KNAUR

Über die Autorin:

Caren Benedikt, geboren 1971, wuchs in einer norddeutschen Kleinstadt auf. Sie absolvierte eine Ausbildung zur Rechtsanwalts- und Notarfachangestellten und arbeitete danach als freie Journalistin. Heute lebt sie gemeinsam mit ihrem Mann und ihren drei Kindern in einem kleinen Ort bei Bremen.

Besuchen Sie auch die Homepage der Autorin:
www.caren-benedikt.de

Caren Benedikt

Die Duftnäherin

Roman

KNAUR

Besuchen Sie uns im Internet:
www.knaur.de

FSC
www.fsc.org
MIX
Papier aus verantwortungsvollen Quellen
FSC® C083411

Originalausgabe September 2013
Knaur Taschenbuch

Redaktion: Dr. Heike Fischer
Umschlaggestaltung: ZERO Werbeagentur, München
Umschlagabbildung: © De Agostini Picture Library / G. Dagli Orti / The Bridgeman Art Library
Satz: Adobe InDesign im Verlag
Druck und Bindung: CPI books GmbH, Leck

ISBN 978-3-426-51293-7

2 4 5 3 1

Für meine Rasselbande

Mit euch geht alles,
ohne euch nichts

Mit ihren sechs Jahren konnte sie nicht verstehen, was vor sich ging. Alles hatte sich draußen abgespielt, lediglich die dumpfen Geräusche waren ins Innere der kleinen Kate gedrungen. Bis zur Nasenspitze hatte sie sich die Decke hochgezogen, wie sie es immer tat, wenn Vater und Mutter sich stritten. Doch diesmal war es anders. Der Vater war allein in die Hütte zurückgekehrt, und sosehr sie auch mit fest aufeinandergepressten Augenlidern gewartet hatte, die Mutter war ihm nicht gefolgt. Erst als die Sonne schon durch die Ritzen der hölzernen Fensterläden gedrungen war, war der Schlaf über sie gekommen.

Weder am nächsten noch am übernächsten Tag kehrte die Mutter heim. Anna hatte Mühe, ganz allein mit ihren kleinen Händen das Essen zuzubereiten und Ordnung zu schaffen, um nicht den Zorn ihres Vaters zu spüren zu bekommen.

Am dritten Tage war dann Gerhild, die Wirtin der Schänke, gekommen, hatte sie an die Hand genommen und zu einem Platz hinter der Kirche geführt, an dem viele Menschen aus der Nachbarschaft versammelt waren. Auch ihr Vater war dort. Er stand an einem Erdhügel, der neben einem Loch aufgeschüttet worden war. Anna beugte sich vor, um erkennen zu können, was sich in dem Erdloch befand. Sie sah ein weißes Tuch, das etwas verhüllte.

Pater Anselm sprach ein paar Worte, die sie nicht verstand, kam herüber und strich ihr über das Haar. Dann wurde die Erde in das Loch gefüllt, und Gerhild führte sie fort.

Sie beschloss, der Mutter von dem eigenartigen Geschehen zu berichten, sobald diese nach Hause kommen würde, und sie zu fragen, was dies alles zu bedeuten hatte.

Sie war noch zu klein, um zu ahnen, dass sie ihr die Frage niemals würde stellen können.

1. Kapitel

Lünen im Jahr 1349

Nur drei Tage. Mehr Zeit blieb ihr nicht, um so weit wie möglich fortzukommen. Eilig stopfte Anna ihre Habseligkeiten in das Tuch, das sie mit einem groben Knoten zum Bündel geschnürt hatte. Als sie das Seidenkleid ganz unten aus der Truhe zog, stockte sie und drückte es an sich. Tief atmete sie den Duft ein. Das Gewand war das Einzige, was ihr von der Mutter geblieben war, und all die Jahre über hatte sie es gehütet wie einen wertvollen Schatz.

Ihr gesamtes Vermögen bestand aus den Münzen, die sie mühsam Tag für Tag in einem kleinen Säckchen inmitten ihres Strohlagers versteckt hatte. Welch unbeschreibliche Angst hatte sie jedes Mal ausgestanden, wenn sie aus der Schänke oder vom Markt heimkam und die Einnahmen bei ihrem Vater ablieferte. Ganz vorsichtig, damit kein Verdacht aufkam, behielt sie nie mehr als nur einen Silberpfennig für sich. Wäre sie von ihrem Vater dabei ertappt worden, er hätte sie totgeprügelt. Doch meist war er zu betrunken, um ihr auf die Schliche zu kommen. Zufrieden spürte sie nun das Gewicht der Geldkatze um ihren Hals. In den letzten Jahren hatte sich genug angesammelt, dass sie fortlaufen und anderswo ein neues Leben beginnen könnte. Wie hatte sie diesen Tag herbeigesehnt! Doch nun, da er gekommen war, verspürte sie die Erleichterung nicht, die sie sich so sehr erhofft hatte.

Anna schämte sich nicht des befreienden Gefühls, das sie empfunden hatte, als die Büttel ihren Vater abführten. Solange sie ihn wegsperrten, war sie in Sicherheit, wenngleich diese nicht lange anhalten würde. Dass der Schultheiß durchgreifen würde, hatte sich abgezeichnet. Zu vielen Menschen war Helme das Geld schuldig geblieben. Nur ihm selbst war es in seinem Dunstkreis von Bier und Schnaps entgangen. Nun war die Gelegenheit für ihre Flucht gekommen. Anna rechnete damit, einen guten Vorsprung herausholen und ihre Spuren verwischen zu können. Drei Tage, mehr Zeit bliebe ihr nicht. Zum Glück hatten sie Helme so überraschend mitgenommen, dass Anna dem Schicksal entgangen war, einem Kumpan ihres Vaters zu Willen sein zu müssen, um so einen Teil seiner Schulden zu begleichen. Helme hatte nur gelacht, als Anna ihn unter Tränen anflehte, ihr diese Schmach zu ersparen, sie gepackt und in das Kellerloch sperren wollen, gerade in dem Moment, als der Schultheiß mit einem Helfer die Kate betrat und ihn mitnahm.

Der letzte Blick, den sie ihm zuwarf, bevor er ins Freie gezerrt wurde, ließ all den Hass und die Verachtung erkennen, die sich seit dem Tod ihrer Mutter vor bald zehn Jahren in ihr angesammelt hatten. Sein wütendes Gebrüll verriet Anna, dass er den Ausdruck in ihren Augen sehr wohl hatte lesen können.

Jetzt raffte sie ihre wenigen Habseligkeiten, schnürte mit dem zerschlissenen Tuch, das sie über ihr Lager gespannt hatte, ein Bündel und verließ das Haus. Bevor sie die Tür hinter sich schloss, blickte sie sich ein letztes Mal um. Nie wieder würde sie zurückkehren. Wenn sie es schaffte, ohne Spuren zu hinterlassen, zu verschwinden, läge ein neues Leben vor ihr. Finge er sie jedoch wieder ein, bliebe ihr nichts, als sich den kleinen geschnitzten Holzdolch, den sie sich unter den Röcken fest ans Bein geschnürt hatte, ins Herz zu rammen. Sie war bereit dazu. Weder Schmerz noch Tod würden ihr die gleichen Qualen bereiten, die sie empfand, würde sie weiter mit ihm leben müssen. Leise zog sie die Tür ins Schloss, atmete geräuschvoll aus und trat auf den Weg. Bis Dortmund, die nächstgelegene Stadt, bräuchte sie nicht mehr als den Nachmittag. Hier würde er sie als Erstes suchen. Bis nach Münster, in die andere Richtung, verginge dagegen ein ganzer Tag. Doch Anna wollte weder in den einen noch in den anderen Ort. Zielsicher setzte sie ihren Weg fort. Sie hörte schnelle Schritte hinter sich, drehte sich jedoch nicht um. Ihr Atem ging rasch und flach, sie ballte die Hände zu Fäusten.

»Wo willst du hin?«

Erleichtert atmete sie aus, als sie die Stimme erkannte und stehen blieb.

»Wo willst du hin?«, wiederholte Jakob. Der Achtjährige lebte in der Kate seiner Tante, nur einen Steinwurf von Annas Heim entfernt.

»Ich gehe fort.«

»Weshalb?«

Anna schwieg.

»Kommst du wieder?«

Ruhig schüttelte sie den Kopf.

»Und wohin willst du?«

Anna schaute sich um, konnte jedoch niemand entdecken, der ihr Gespräch belauschen konnte.

»Du darfst es aber niemandem sagen, hörst du?«

Jakob nickte eifrig.

»Vor allem nicht meinem Vater. Hast du verstanden? Er wird dir Geld geben, damit du mich verrätst. Doch du darfst es nicht tun!«

»Versprochen.«

»Ich will versuchen, mich nach Köln durchzuschlagen.«

»Köln?«

»Sei ruhig!«, zischte sie. »Man könnte dich hören.«

»Aber das ist furchtbar weit«, flüsterte Jakob.

»Ich weiß. Aber ich muss es einfach schaffen.«

»Ich werde dich nicht verraten.«

Sie beugte sich zu ihm hinab, drückte ihn kurz an sich und ging dann bis zur Weggabelung, wo sie die Straße Richtung Süden einschlug. Jakob sah ihr nach, bis sie aus seinem Blickfeld verschwunden war. Er brauchte nicht lange, um einen Entschluss zu fassen. Annas Vater hatte seine Schulden nicht bezahlen können und war nun im Keller des Pfarrers eingesperrt. Es war nicht das erste Mal, und Jakob wusste, dass Helme noch immer irgendeine Möglichkeit gefunden hatte, um Geld aufzutreiben. Woher, das wusste er nicht. Doch dass ihm die Nachricht von Annas Flucht etwas wert sein würde, dessen war sich Jakob sicher. Also schlenderte er hinüber zum Pfarrhaus, setzte sich auf einen der großen Findlinge davor und wartete. Irgendwann würde Helme wieder auf freien Fuß gesetzt werden, und dann wäre Jakob zur Stelle. Er zog sein Messer hervor und setzte seine Schnitzerei an der Flöte fort, die er am nächsten Markttag verkaufen wollte. Ein Lächeln umspielte seine Lippen. Wie dumm Anna doch war, wenn sie glaubte, ihm vertrauen zu können. Er selbst würde einen solchen Fehler niemals begehen.

Kaum dass Anna hinter der Biegung verschwunden war, blickte sie sich um. Jakob hatte ihr die Geschichte abgekauft und wartete wahrscheinlich nur darauf, ihrem Vater einige Pfennige abzuschwatzen, indem er ihm verriet, dass sie sich in Richtung Köln davongemacht hatte. Eilig legte sie den Weg bis zu dem kleinen Waldstück zurück, wo sie im Schutze der Bäume die Richtung änderte und ihren eigentlichen Weg nach Bremen einschlug.

2. Kapitel

Sein Körper fühlte sich taub an. Gawin kauerte am Waldboden und beobachtete jede noch so kleine Bewegung seines Opfers. Die Angst, dass ihm seine Beine im richtigen Moment nicht gehorchen würden, ließ ihm den Angstschweiß im Nacken zusammenlaufen. Vorsichtig prüfte er seine Glieder. Zu lange schon hatte er dort gehockt und das Kaninchen nicht aus den Augen gelassen. Fest umklammerte er den massiven Stock, mit dem er zustechen würde. Langsam stemmte er sich vom Boden hoch. Das Kaninchen blieb ungerührt sitzen. Wenn es jetzt aufschrecken und davonlaufen würde, müsste er verhungern. Schon seit Tagen hatte er nur noch Blätter gekaut. Davor war es ein Apfel gewesen, den er einer der Marktfrauen gestohlen und sofort verschlungen hatte. Die Prügel, die er dafür bezog, waren fürchterlich gewesen. Noch immer spürte er die Wunden, die das Knotenseil, mit dem der Marktaufseher zuschlug, auf seinem Rücken hinterlassen hatte. Doch immerhin war er an diesem Tag nicht vor Hunger eingegangen. Ob ihm das heute wieder gelingen würde, wusste er nicht. Vorsichtig pirschte er sich heran, das Kaninchen blickte auf. Gawin erstarrte. Einen Moment lang schien das Tier ihn anzusehen. Er fühlte sich ertappt, rührte sich nicht und wartete, bis es wieder zu Boden sah. Jetzt war der Moment gekommen. Er fasste den Stab so fest, dass seine Fingerknöchel weiß unter der Haut hervortraten. Dann machte er einen Sprung, holte mit dem Stock aus und stieß ihn seiner Beute in den Leib. Gawin keuchte, starrte auf den Kaninchenkörper und wartete. Kein Fortspringen, keine Bewegung. Das Kaninchen war tot. Seine ganze Anspannung entlud sich in einem einzigen, gellenden Siegesschrei. Eine Welle der Befriedigung ging durch seinen Körper. Mit einem Ruck zog er den Stock aus dem Leib, hob das tote Geschöpf vom Boden auf und betrachtete es von allen Seiten. Er würde nicht verhungern. Weder heute noch in den nächsten Wochen.

Anna beobachtete den Fremden mit wechselnden Gefühlen. Er schien nicht älter als zwölf oder dreizehn Jahre zu sein und besaß einen hageren, ausgemergelten Körper. Seine Bekleidung bestand ausschließlich aus Lumpen, die vor Dreck standen. Die Arme waren so dünn, als würden sie jeden Moment zerbrechen. Überhaupt wirkte sein gesamter Körper, als hätte er überhaupt kein Fleisch mehr auf den Knochen, sondern als wären diese nur noch von Haut umspannt. Nie zuvor hatte sie solch einen klapperdürren Menschen gesehen, und der Anblick ließ sie erschaudern. Bei dem Schrei, den der Junge nach dem Erlegen seiner Beute ausgestoßen hatte, war sie zusammengefahren. Still verbarg sie sich hinter den Bäumen, während ihr Herz heftig pochte. Zwar konnte ihr dieser kleine Kerl nicht gefährlich werden, doch die Art, in der er das Kaninchen erlegt hatte, ließ an seiner Entschlossenheit keinen Zweifel aufkommen. Sie hatte viel Geld bei sich, und wenn ihr dieses Kind auch körperlich unterlegen sein mochte, konnte es dennoch schnell genug sein, um ihr die Geldkatze zu entreißen und im Dickicht zu entkommen. Also wartete sie, bis der Junge seine Habseligkeiten zusammengetragen hatte und sich weiter durch den Wald schlug, um dann in sicherer Entfernung ihren eigenen Weg fortzusetzen.

Gawin war auf der Hut. Das Mädchen, das sich so tölpelhaft laut durch den Wald bewegt hatte und ihn nun beobachtete, musste irgendetwas im Schilde führen. Bestimmt würde es versuchen, ihm seinen Fang zu stehlen. Was sollte es auch sonst von ihm wollen? Dass er außer seiner Beute nichts besaß, sah man ihm schließlich deutlich an. Doch er konnte sich nicht mehr allzu viel Zeit lassen, das Kaninchen aufzuspießen und zu braten. Sein Hunger war einfach zu groß. Wenn die junge Frau ihm noch lange folgte, würde er wohl oder übel ein Stück aus dem Tier herausreißen und roh hinunterschlingen müssen. Seinen Verschlag aufzusuchen schien ihm zu riskant. Er sah sich um. Nicht weit von hier gab es eine einigermaßen geschützte Stelle, wo er ein Feuer machen und dabei die Umgebung im Auge behalten konnte. Wenn sie ihn dort überfallen wollte, würde er sie rechtzeitig kommen sehen, um sich das Kaninchen zu schnappen und damit verschwinden zu können.

Ein Geräusch ließ Anna zusammenfahren. Hastig drehte sie den Kopf und blickte sich um. Würde sie verfolgt? Oder war es ein Tier, das sie jeden Moment angreifen würde? Schnell fuhr sie wieder herum und suchte nach dem Jungen, der sich weiter in nördlicher Richtung bewegte. Nur noch einen Moment, dann würde sie ihn aus den Augen verlieren. Wie von selbst setzten sich ihre Beine in Bewegung. Auch wenn sie nicht darauf hoffen durfte, würde er ihr womöglich beistehen, sollte sie in Not geraten. Und solange er ohnehin in die gleiche Richtung ging, in die auch sie wollte, konnte es nicht schaden ihm zu folgen. Er machte nicht den Eindruck, als ob er sich nur auf der Jagd befunden hätte und nun mit seinem Fang nach Hause zurückkehren würde. Mehrfach blieb er stehen und blickte sich nach allen Seiten um. Anna duckte sich, um nicht von ihm entdeckt zu werden. Nach einiger Zeit lichtete sich der Wald. Der Bursche schien sich hier auszukennen. Zielstrebig hielt er auf eine Fläche zu, die offenbar schon mehrfach als Feuerstelle benutzt worden war. Er sammelte einige Zweige und schichtete sie auf. Aus einem Tuch zog er etwas hervor, das Anna auf die Entfernung hin nicht erkennen konnte. Doch nachdem nur einen Augenblick später einige Funken aufsprühten, musste es wohl ein Feuerstein gewesen sein. Sorgfältig legte der Knabe noch mehrere dicke Äste auf das von ihm entzündete Reisig, trat einen Schritt zurück und betrachtete die Flammen, die sich gierig am Holz hinauffraßen. Er zog einen etwas kleineren Holzspeer hervor als den, mit dem er das Kaninchen erlegt hatte, und spießte ein Stück Fleisch auf. Anna stellte verwundert fest, dass er seine Beute irgendwann, nachdem er sie erlegt hatte, auch zerteilt haben musste, ohne dass sie es bemerkt hatte. Obwohl er das Fleisch erst wenige Augenblicke über den Flammen gedreht hatte, zupfte er etwas vom Rand ab und steckte es in den Mund. Sein Hunger musste unvorstellbar groß sein. Bei diesem Anblick begann auch Annas Magen, sich bemerkbar zu machen und laut zu knurren. Schnell duckte sie sich auf den Boden hinab, wartete einen Moment, ob der Knabe sie entdeckt haben könnte, und zog, als dieser nicht einmal in ihre Richtung sah, ein Stück Trockenfleisch aus ihrem Bündel hervor. Erst jetzt wurde ihr bewusst, dass sie seit ihrem Aufbruch vor zwei Tagen nur einmal etwas gegessen hatte. Zu schnell hatte sie vorankommen und zu dem Zeitpunkt, an dem ihr Vater freikam, schon möglichst weit weg sein wollen. Selbst wenn er sich zunächst in eine falsche Richtung wandte, würde ihm wahrscheinlich irgendwann aufgehen, dass sie ihm eine Falle gestellt und ihn in die Irre geführt hatte. Wohin er dann als Nächstes gehen würde, wusste nur Gott allein. Sie schreckte hoch. Der Knabe saß nicht mehr am Feuer. Oh, mein Gott! Sie war unaufmerksam gewesen und hatte nicht bemerkt, dass er sich davongemacht hatte. Einen Moment schlug ihr Herz schneller. Wo war er hin? Gerade wollte sie sich aufrichten, als sie plötzlich von hinten gepackt und hochgezogen wurde. Ihr Kopftuch wurde so heftig heruntergerissen, dass sich ihre hellblonden, langen Haare aus dem Knoten lösten.

»Na, was haben wir denn da für ein Täubchen?«

Anna wehrte sich gegen den harten Griff, konnte sich jedoch nicht aus der Umklammerung befreien. Der Alkoholgestank des grobschlächtigen Kerls erinnerte sie so stark an ihren Vater, dass ihr vor lauter Ekel und Angst ganz übel wurde.

»Was treibst du dich hier herum, hä?« Sein Gesicht war nun ganz nah vor ihrem. Sie wandte den Kopf ab, um dem Fäulnisgeruch, der seinem Mund bei jedem Wort schwallartig entströmte, auszuweichen.

»Na, willst du nicht antworten?« Er zog sie noch dichter an sich heran. »Alles hier im Wald gehört dem Grafen Bernhard zur Lippe, dem Herrn von Rheda. Und ich bin sein Meier. Also bestimme ich über den Wald, die Ländereien und alles, was sich dort befindet. Verstehst du?« Er umfasste ihre Taille und presste sein Gesicht an ihren Hals. »Alles hier ist meins«, keuchte er und leckte mit der Zunge über ihre Haut.

Anna versuchte, ihn von sich wegzuschieben. »Lasst mich!« Verzweifelt drückte sie ihre Hände gegen seine Gurgel, und es gelang ihr tatsächlich, ihn ein Stück von sich zu drücken. Worauf er nur noch fester zupackte, sie erneut an sich zog und mit seiner Hand ihre linke Brust umfasste. »Ja, so mag ich's.« Brutal presste er seine Lippen auf die ihren, als er plötzlich mit einem verdutzten Gesichtsausdruck seine Umklammerung löste und einen Schritt nach hinten taumelte. Ein weiteres Mal sauste der dicke Ast auf seinen Hinterkopf, und der Meier schlug, ohne sich noch abfangen zu können, der Länge nach auf dem Waldboden auf.

Anna blickte den Jungen an, der mit erhobenem Arm dastand, bereit, nochmals zuzuschlagen. Erst als er sah, dass der Mann sich nicht mehr rührte, ließ er seinen Arm mit dem Ast langsam sinken.

»Du musst besser aufpassen. Eine Horde Reiter hätte sich lautloser durch den Wald bewegt als du«, murmelte er zerknirscht, beugte sich dann zu Annas Angreifer hinab und durchsuchte ihn. Er zog ein kleines Lederbündel aus dessen Wams hervor, prüfte den Inhalt und steckte das Säckchen ein.

»Wir sollten von hier verschwinden. Er wird noch ein Weilchen schlafen und mit einer gewaltigen Beule am Kopf wieder aufwachen. Dann will ich lieber nicht mehr hier sein.«

Benommen hob Anna ihr Bündel auf, zog das Kopftuch wieder über ihr Haar und folgte dem Jungen, der sich flink seinen Weg durch den Wald bahnte. Sie lief ihm eine ganze Weile nach, bis er schließlich abrupt stehen blieb. Er sah sich um, und auch Anna blickte in alle Richtungen, um zu sehen, ob ihnen jemand gefolgt sein könnte.

»Wir sind da. Komm!«

Der Wald war hier so dicht, dass man kaum noch die Hand vor Augen sehen konnte. Einen Moment glaubte sie sogar, den Jungen verloren zu haben. Doch als sie etwas weiterging, stieß sie mit der Hüfte gegen das Holzdach eines Verschlages, duckte sich und kroch auf allen vieren hinein. Drinnen war es stockdunkel. Tastend rutschte sie auf den Knien weiter. Der Geruch wurde modriger, der Boden sandiger.

»Wir sind gleich da«, hörte sie die Stimme des Jungen.

Sie hallte, und es klang, als sei er ein gutes Stück von ihr entfernt. Wie blind bewegte sie sich weiter voran, bis sie ein Geräusch hörte und im nächsten Moment einige Funken, gefolgt von einer Flamme, aufblitzen sah, die sich zischend durch ein paar trockene Zweige brannte.

Sie war in einer Steinhöhle, in einem großen Felsendom,

wie sie nun erkannte, als der Knabe ein größeres Holzstück nachlegte und es sofort um einiges heller wurde.

Sie ließ ihren Blick an den Wänden entlangschweifen, die über und über mit Malereien versehen waren. An einigen Stellen waren sogar Formen in den Stein gehauen worden, und in einer Ecke waren kleine geschnitzte Holzfiguren aufgereiht.

»Das reicht«, befand er, als er ein weiteres Stück Holz aufgelegt hatte. »Wenn die Flammen zu weit nach oben züngeln, kann der Rauch nicht mehr abziehen.«

Sorgfältig errichtete er mit weiteren Holzstücken eine Art Gestell zum Braten des Fleisches ähnlich dem, das Anna schon gesehen hatte, als sie ihn im Wald aus der Ferne beim Feuermachen beobachtet hatte.

»Hast du all die Malereien und Schnitzarbeiten angefertigt?«

Der Junge nickte. »Hast du etwas zu essen bei dir?«

Anna bejahte und zog schnell ein Tuch aus ihrem Bündel hervor, in dem sich Trockenfleisch, fünf Äpfel, ein Kanten Brot und einige Beeren befanden, und breitete alles vor dem Jungen aus. Hastig griff er nach einem Apfel und biss in ihn hinein.

»Gut. Ich gebe dir auch was von dem Kaninchen ab.«

Anna nickte stumm und sah ihn an. Aus der Nähe erkannte sie, dass er keineswegs mehr so jung war, wie sie ihn geschätzt hatte. Er konnte nur wenig jünger sein als sie selbst. Sein Körper war zwar dünn und ausgemergelt, doch er war so groß wie sie, vielleicht sogar etwas größer. Mit verbissenem Gesichtsausdruck bohrte er ein kleines, stumpfes Messer in den Rumpf des Kaninchens und versuchte, ein Stück Fleisch aus ihm herauszuschneiden.

»Warte, ich habe etwas Besseres.« Anna zog ein Messer hervor, das sie ihrem Vater, kurz bevor sie das Haus für immer verließ, gestohlen hatte. Er hatte es dazu benutzt, Hühner auszuweiden, oder manchmal auch, um ihr Angst zu machen. »Hier!«

Der Bursche nahm es und betrachtete es von allen Seiten. »Donnerwetter!«

Augenblicklich stieß er es in den Leib des Kaninchens und versenkte es fast vollständig darin. Geschickt bewegte er es vor und zurück, trennte das Fell von den Muskeln und zog es danach mühelos vom Rumpf ab. Er teilte das Fleisch in mehrere Stücke, spießte eines nach dem anderen auf und lehnte es vorsichtig an das soeben aufgeschichtete Feuergestell. Blut tropfte herab und zischte in den Flammen auf. Sorgsam packte er das restliche Fleisch, von den Eingeweiden getrennt, auf ein Tuch, legte die Enden des Stoffes übereinander, bis alles abgedeckt war, und schob das Bündel vorsichtig an die Höhlenwand. Dann drehte er sich wieder dem Feuer zu.

Anna starrte in die Flammen. »Danke«, brachte sie kurz hervor.

Er erwiderte nichts.

»Du musst besser aufpassen«, sagte er nach einer Weile. »Was macht eigentlich eine wie du hier im Wald?«

Anna schwieg. Ganz gewiss würde sie ihm nicht erzählen, wer sie war und woher sie kam. Und erst recht nicht, wohin sie gehen wollte. Er hatte ihr zwar geholfen. Aber das hieß noch lange nicht, dass sie ihm vertrauen konnte. Sie hätte nicht einmal mit ihm hierherkommen sollen. Ihr Herz pochte schneller, als sie an das Geld dachte, das sie bei sich trug. Ohne zu zögern, hatte er den Meier niedergeschlagen und ihn beraubt. Und nun befand sie sich mit ihm zusammen in diesem Verschlag. Wie hatte sie nur so dumm sein können? Verstohlen blickte sie in die Richtung, aus der sie gekommen war.

»Dann eben nicht.« Seine Stimme ließ Anna zusammenzucken.

»Wenn du stumm sein willst wie ein Fisch, ist mir das auch recht.«

Er drehte alle Spieße nacheinander um. Das gebratene Fleisch roch köstlich, und Annas Magen meldete sich lautstark.

»Dein Magen erzählt mehr als du.«

Sie musste schmunzeln. Auf einmal kam es ihr albern vor, sich vorzustellen, was ihr der Bursche alles an möglichen Greueltaten antun könnte, während er einfach nur dasaß und darauf wartete, das Fleisch essen zu können.

»Ich heiße Anna!«

»Meine Güte, der Magen spricht auch noch.«

Sie lachte kurz auf, um sofort wieder zu Boden zu sehen.

»Ich heiße Gawin.«

»Woher kommst du, Gawin?«

»Von hier und dort. Und du?«

»Ich auch.«

Sie sahen sich einen Moment lang an, dann lachten sie los.

»Also kommen wir sogar aus dem gleichen Dorf«, witzelte Gawin. Er betrachtete seinen unerwarteten Gast. Sie war bildhübsch, wahrscheinlich etwas älter als er. Als ihr der Meier das Tuch vom Kopf gerissen hatte, waren lange, hellblonde Haare zum Vorschein gekommen. Solche Haare hatte er noch nie zuvor gesehen, nur davon gehört. Die Damen bei Hofe, hieß es, bleichten ihre Haare so lange mit Zitronensaft, bis sie einen helleren Farbton annahmen. Warum sie das taten, hatte Gawin nie verstanden. Doch dieses Mädchen machte ihm nicht den Eindruck, seine Haare derart behandelt zu haben. Einen Moment überlegte er, es danach zu fragen. Doch da es gerade einmal mit Mühe seinen Namen hervorgebracht hatte, von dem er noch nicht einmal wusste, ob es sein richtiger war, ließ er es lieber bleiben. Und warum sollte es auch einem wie ihm auf eine solche Frage antworten?

»Wohnst du hier?«

Er nickte.

»Ziemlich ungewöhnlich, so eine Höhle mitten im Wald.«

»Eigentlich nicht. Hier gibt es einige Felsen, sie fallen nur nicht so auf, weil sie völlig von Pflanzen überwuchert sind. Manche sind hohl, andere nicht.«

»Lebst du allein hier?«

Seine Miene verfinsterte sich, und Anna bereute augenblicklich, ihm diese Frage gestellt zu haben.

»Entschuldige.«

»Schon gut. Es stimmt ja, ich bin allein.« Das hatte er ursprünglich nicht sagen wollen, doch nun, da es heraus war, tat es ihm gut, und seine Anspannung ließ nach.

»Ich auch.« Ihre Stimme war nicht mehr als ein Flüstern.

»Sind deine Eltern tot?«, fragte Gawin.

Anna nickte. »Und deine?«

»Ich habe sie nie kennengelernt.« Ohne weiter darüber nachzudenken, hatte er ihr die Wahrheit gesagt. Ein ungewohntes Gefühl. Wann immer er in den vergangenen Jahren ein Wort über sein Leben verloren hatte, spann er stets eine Geschichte zusammen, die ihm im jeweiligen Moment passend erschien. Manchmal wusste er selbst nicht mehr, was wahr oder erfunden war.

»Wie lange lebst du schon hier?«

»Ein paar Jahre. Für mich ist es in Ordnung, wenn ich genug zu essen finde.« Leise fügte er hinzu: »Nur im Winter ist es schwer.«

Anna nickte, dann schwiegen beide eine Weile.

»Du kannst hierbleiben, wenn du willst«, nahm Gawin das Gespräch wieder auf.

Anna sah ihn an. »Bis morgen früh. Dann muss ich weiter.«

Ihre Antwort versetzte ihm einen Stich. Nie zuvor war jemand außer ihm in der Höhle, seinem Zuhause, gewesen. Und es hatte ihm nichts ausgemacht. Doch jetzt, wo sie mit ihm am Feuer saß und die Einsamkeit durchbrochen hatte, die ihn seit Jahren umgab, wollte er nicht, dass sie wieder ging.

»Wo willst du hin?«

Wieder war ihre Antwort nur ein Schweigen. Gawin nahm einen der Fleischspieße, prüfte ihn und reichte ihn Anna.

»Ist fertig.«

Er sammelte die anderen Stöcke ein, legte sie sorgfältig auf das Tuch, in dem sich das rohe Fleisch befand, und aß endlich selbst das erste Stück. Der Genuss, den ihm diese Mahlzeit bereitete, war ihm deutlich anzusehen. Seine Besucherin verfolgte aus dem Augenwinkel heraus, dass er jeden Bissen lange kaute, bevor er ihn hinunterschluckte. Sie selbst hatte bisher keinen Hunger gekannt und fragte sich nun, was wohl schlimmer war. Ihr eigenes elendes Dasein bei ihrem Vater oder Gawins Leben, geprägt von Hunger, Angst und Einsamkeit.

»Willst du mitkommen?«, hörte sie sich selbst sagen, ohne zuvor darüber nachgedacht zu haben.

Gawin blickte verwundert auf. »Wohin?«

Ihr Herz klopfte. Sie hatte ihn ganz spontan gefragt und überlegte nun, wie es wohl wäre, eine Begleitung zu haben. Gawin sah sie jedoch so erwartungsvoll an, dass sie wünschte, ihren Mund gehalten zu haben.

»Ich will in die Stadt.«

»In welche?«

Sie antwortete nicht.

»Und was willst du dort?«

»Leben«, erklärte sie sofort. »In Freiheit leben und Kleider nähen.«

Gawin schien verblüfft. »Bist du Näherin?«

»Ich habe genäht, dort, wo ich bisher lebte, und die Kleider auf den Märkten verkauft.«

»Aber du hast gar keine Stoffe bei dir.«

Schon wollte Anna nach der Geldkatze um ihren Hals greifen, doch dann hielt sie mitten in der Bewegung inne und legte beide Hände um den Fleischspieß.

»Ich werde Stoff und Garn kaufen, sobald ich den nächsten Markt erreiche.«

Gawin gingen eine Menge Fragen durch den Kopf, vor allem die, ob sie den Stoff denn auch bezahlen könne. Doch ein Gefühl sagte ihm, dass es besser wäre still zu sein. So nickte er nur und beließ es bei ihrer Erklärung.

»Ich kann nicht nähen, und ich habe auch kein Geld«, sagte er schließlich. »Ich wüsste nicht, wie ich in einer Stadt überleben sollte. Außerdem«, er machte eine kurze Pause, »würden sie einen wie mich gar nicht erst durchs Stadttor hineinlassen.«

Anna erwiderte nichts. Schweigend aß sie das Fleisch, trank einen Schluck aus ihrem Wasserschlauch und rückte bis an die Höhlenwand zurück, wo sie sich zusammenkauerte. Mit einem Mal überkam sie eine gewaltige Müdigkeit. Die schützende Höhle, das Feuer, der gefüllte Bauch. Und sie war nicht allein.

»Schlaf gut«, sagte Gawin und legte sich mit dem Rücken zum Feuer gleichfalls nieder.

»Du auch«, vernahm er ihre Stimme.

Einen Moment lang lag er nur so da und lauschte ihrem Atem. Es war schön, Gesellschaft zu haben. Er spürte, wie ihm eine Träne über die Wange lief. Morgen früh würde sie fort sein und er wieder allein. So einsam wie in diesem Moment hatte er sich noch nie gefühlt.

3. Kapitel

Hastig schlug sie die Augen auf. Ihr Atem ging schnell, und sie versuchte, im Dunkeln etwas zu erkennen. Das Feuer war ausgegangen, und sie hatte jedes Zeitgefühl verloren.

»Es ist noch nicht Morgen«, hörte sie Gawin in die Dunkelheit hinein sagen.

»Woher weißt du das?«

»Ich weiß es eben. Schlaf weiter. Ich wecke dich, sobald der Tag anbricht.«

Hatte er etwa schon länger dort wach gelegen und ihrem Atem gelauscht? Sie fröstelte. Die feuchte Luft in der Höhle fühlte sich klamm an, die Kleidung klebte schwer an ihrem Körper. Das Strohlager zu Hause war wärmer und vor allem trockener. Dennoch fühlte sie sich hier wohler und sicherer und empfand vor allem Stolz. Sie war geflohen, hatte den Aufbruch gewagt und ihr Schicksal in die eigenen Hände genommen. Nie wieder wollte sie Angst empfinden und sich fügen. Lieber würde sie sterben. Mit diesen Gedanken glitt sie sanft zurück in den Schlaf, während Gawin weiterhin mit bangem Herzen ihrem Atem lauschte. Sobald der Morgen da wäre, würde sie fortgehen und ihn zurücklassen. Einen Moment lang, einen kurzen Augenblick, hegte er den Gedanken, den Ausgang zu versperren und sie dadurch zum Hierbleiben zu zwingen. Er wollte nicht mehr allein sein. Mutlos seufzte er, als er wieder zur Besinnung kam. Selbstverständlich würde er die Höhle nicht verschließen. Er schalt sich selbst einen Dummkopf. Einen Dummkopf, der es nicht anders verdiente, als für immer allein zu sein.

»Es wird Tag.« Seine Stimme klang sanft, vorsichtig berührte er ihre Schulter. Anna kam es so vor, als habe sie seit dem letzten Wachwerden nur einen Wimpernschlag lang die Augen geschlossen, dabei mussten seither mehrere Stunden vergangen sein.

»Danke.«

Sie setzte sich auf und blinzelte in die Dunkelheit. Sie konnte keinen Lichtunterschied zu vorher ausmachen. Woher Gawin wissen wollte, dass der Tag mittlerweile angebrochen war, konnte sie sich nicht erklären.

»Willst du noch etwas essen?«

Im ersten Moment wollte sie ablehnen, doch dann besann sie sich. Es kam nicht darauf an, ob sie sofort aufbrach oder sich noch etwas Zeit ließ. Ihr nächstes Ziel würde sie heute sowieso nicht erreichen und ob sie Gelegenheit fände, eine sichere Rast einzulegen, konnte sie nicht wissen.

»Ja.«

»Dann entfache ich das Feuer.«

»Und du?«, fragte Anna. »Bist du sicher, dass du wirklich hierbleiben und nicht mit mir kommen willst?«

Funken sprühten auf. Eine kleine Flamme fraß sich durch trockenes Gehölz, entzündete ein breiteres Holzscheit und erwärmte sofort ihre Haut. Anna rieb sich die Arme und streckte ihre Hände dem Feuer entgegen. Gawin hatte ihr noch nicht geantwortet, und sie suchte seinen Blick. Er sah sie nicht an, steckte geschäftig das Fleisch auf die Spieße und lehnte sie dann an das Gestell, das er am Vortag über der Feuerstelle gebaut hatte. Einen Spieß behielt er in den Händen und drehte ihn mit gleichmäßigen Bewegungen über der Flamme. Auf ihm befand sich eines der Fleischstücke, die er schon gestern vorgegart hatte. So brauchte es nicht lange, bis er es für den Verzehr für gut befand und an Anna weiterreichte.

»Danke.«

Er nickte, nahm dann einen der angelehnten Spieße und prüfte das Fleisch. Mit nur geringem Appetit zupfte er Stücke vom Rand ab und stopfte sie sich in den Mund.

»In welche Stadt willst du gehen?«

»Mal sehen«, wich Anna der Frage aus.

»Einen wie mich wollen sie in der Stadt nicht.« Es gelang ihm nicht, die Traurigkeit dabei aus seiner Stimme zu verbannen.

»Du könntest dir dort Arbeit suchen.«

»Was soll einer wie ich schon arbeiten?«

Anna überlegte. Die Frage war berechtigt. Wenn er schon so lange im Wald wohnte und nie etwas mit den Stadtmenschen zu tun gehabt hatte, war sein Leben nicht nur völlig anders verlaufen als das ihre. Er hatte zudem auch nie irgendeine Art von Tätigkeit erlernt oder ausgeübt. Daran hatte sie bisher nicht gedacht.

»Du kannst gut jagen.«

»Das kann jeder.«

Sie wollte widersprechen, wusste aber nichts Stichhaltiges dagegen einzuwenden.

»Hast du denn nie woanders gelebt? Ich meine, außer hier im Wald?«

Er zögerte und hörte auf zu essen. Stattdessen zupfte er missmutig weitere Fasern von dem gebratenen Stück Fleisch auf seinem Spieß ab. Noch nie hatte er jemandem seine Geschichte erzählt. Manchmal glaubte er ja selbst nicht mehr, dass es ein Leben außerhalb des Waldes für ihn gegeben hatte.

»Ich war auf einem Schiff«, hörte er sich selbst mit rauher Stimme sagen.

»Du bist zur See gefahren? War dein Vater Seefahrer?«

Gawin schüttelte den Kopf. »Er war nicht mein Vater. Nur ein Freund meiner Eltern. Nach ihrem Tod hat er sich um mich gekümmert.«

»Was ist geschehen?«

Gawin schwieg. Statt zu antworten, stopfte er sich wieder Fleisch in den Mund und kaute geräuschvoll. Er wollte ihr nicht erzählen, was passiert war. Was hätte er auch schon groß sagen sollen?

Seine Eltern waren gestorben, noch bevor er sich ihre Gesichter hatte einprägen können. Ein Mann, der ihm erzählte, ihr Gefährte gewesen zu sein, nahm sich seiner an und ließ ihn auf seinem Schiff leben, bis zu jenem Tag, an dem er wegen einer Gaunerei am höchsten Mast aufgeknüpft worden war. Ihn hatte die Besatzung beim nächsten Anlegen an Land abgesetzt und sich selbst überlassen. Das war viele Jahre her, aber er wollte weder jetzt noch irgendwann sonst in seinem Leben wieder darüber sprechen.

Anna sah die Veränderung in seinem Gesicht. Er brauchte nichts weiter zu sagen, sie wusste auch so, dass er nicht darüber reden wollte.

»Du hast mir gestern sehr geholfen«, sagte sie. »Was ist, wenn der Meier dich erwischt?«

»Er weiß ja nicht, dass ich es war. Außerdem hat er mich bisher auch nie bemerkt.«

»Ich will nicht, dass dir etwas geschieht.«

Gawin spürte, wie er errötete. Noch nie hatte ihm jemand etwas so Freundliches gesagt. Sein Herz klopfte schnell in seiner Brust.

»Warum?«, brachte er überrascht hervor.

Anna hob kurz die Schultern. »Ich weiß nicht. Weil du mir geholfen hast.« Sie machte eine kurze Pause. »Wie alt bist du?«

Er überlegte. Nicht weil er abwog, ob er ihr die Wahrheit sagen sollte. Gawin wusste es einfach nicht.

»Vierzehn«, antwortete er. »Nein, warte, eher fünfzehn. Wir haben Frühjahr.«

Seine Antwort ließ Anna erschauern: Er konnte sein eigenes Alter nicht mit Gewissheit benennen. Sie empfand tiefes Mitleid mit ihm. Dieser Junge verkörperte für sie die Einsamkeit. Sie räusperte sich.

»Dann bist du bald ein Mann. Willst du dein Leben etwa damit verbringen, dich in einer feuchten Höhle zu verstecken?«

Gawin zuckte mit den Schultern. Anna wartete noch einen Moment, ob er etwas sagte. Schließlich begann sie ihre Habseligkeiten zusammenzusammeln.

»Ich werde mich jetzt aufmachen. Hab Dank für deine Hilfe.«

»Ich zeige dir den Weg hinaus. Sonst stößt du in der Dunkelheit noch irgendwo an.«

Dicht hinter Gawin kroch Anna aus der Höhle. Der Morgen graute, und nur wenig Licht drang durch das Blätterdach der Bäume auf den Waldboden hinab.

»In welche Richtung willst du?«

Anna zögerte. Sie wollte ihm nicht die ganze Wahrheit sagen. Zu groß war ihre Angst, dass ihr Vater irgendwann hier auftauchen und Gawin nach ihr befragen könnte. Wer wusste schon, wie lange es dauern würde, bis der Junge sie unter Schmerzen verriet? Doch bereits im nächsten Moment schalt sie sich einen Dummkopf. Wie sollte ihr Vater ausgerechnet darauf kommen, in diesem Wald nach ihr zu suchen, und dann auch noch direkt auf Gawin stoßen?

»Du musst es mir nicht sagen«, unterbrach Gawin ihre Gedanken.

»Das ist es nicht«, gab sie schnell zurück. »Ich will an der Weser entlang flussabwärts.«

»Komm! Ich zeig dir den Weg.« Gawin schlug sich vor ihr durch das dichte Gebüsch, hielt die Zweige für sie beiseite und ließ sie hindurchschlüpfen. Es dauerte nicht lang, bis sie eine Lichtung erreichten und er stehen blieb.

»Du musst da runtergehen«, deutete er mit ausgestrecktem Arm nach rechts. »Nach der Lichtung kommst du wieder in ein kleines Waldstück. Die Bäume stehen dort nicht sehr dicht. Halte dich dort linker Hand, dann kommst du bald an eine Weggabelung. Auch hier hältst du dich links. Der Weg führt dich aus dem Wald hinaus.«

Anna folgte mit den Augen seinem Fingerzeig. Sie traute sich nicht, noch einmal zu fragen, ob er sie nicht begleiten wolle. Wahrscheinlich war es ohnehin besser, sich allein durchzuschlagen. So ein ungepflegter, halb verhungerter Kerl wie Gawin würde sie nur aufhalten.

»Es soll ein Kloster in Rehburg-Loccum geben. Kennst du es?«

Gawin runzelte die Stirn. »Hast du nicht gesagt, dass du in eine Stadt willst?«

»Ich will ein paar Tage im Kloster unterkommen, um dort zu rasten und mir neue Kleider zu nähen.«

»Und du glaubst, die Ordensschwestern geben dir einfach so Stoff für ein Kleid, nur weil du darum bittest?«

Anna zuckte mit den Schultern. Sie würde ihm unter keinen Umständen verraten, dass sie genug Geld dabeihatte, um den Schwestern ganze Stoffballen abzukaufen.

»Na, versuchen kannst du es ja«, räumte Gawin ein und deutete erneut über die Lichtung. »Ich kenne das Kloster. Es ist derselbe Weg. Aber da wirst du kein Glück haben.«

»Weshalb nicht?«

»Es ist ein Mönchskloster. Die werden einer einzelnen Frau keinen Zutritt gewähren und erst recht nicht mit ihr unter einem Dach leben.«

Anna überlegte. Auf den Gedanken, dass in dem Zisterzienser-Kloster, von dem sie schon das eine oder andere Mal in der Schänke gehört hatte, keine Ordensschwestern, sondern nur Mönche leben könnten, war sie nie gekommen. Sie musste sich etwas anderes einfallen lassen.

»Ich danke dir.« Anna war versucht, ihn zum Abschied zu umarmen, überlegte es sich aber schnell anders. »Leb wohl!«

Gawin sah ihr nach, wie sie sich schnellen Schrittes davonmachte. Sein Herz lag schwer wie ein Felsklumpen in seiner Brust. So plötzlich, wie Anna in sein Leben getreten war, hatte sie ihn auch wieder verlassen. Die Einsamkeit, an die er sich mit der Zeit gewöhnt und die ihm zuvor nur ab und zu zu schaffen gemacht hatte, breitete sich jetzt wie ein Flächenbrand in seinem Körper aus und schien ihm den Atem zu nehmen. Er war wieder allein, nur fühlte es sich auf einmal unerträglich an. Wütend machte er sich auf den Rückweg zu seiner Höhle. Er wünschte, er wäre ihr nie begegnet.

4. Kapitel

Margrite konnte es nicht leiden so langsam voranzukommen. Sie hatte einiges an Gewicht mit sich herumzuschleppen, war aber immer noch flinker unterwegs als diese dünnen Klappergestelle von Dirnen, die vor lauter Schwatzhaftigkeit keinen Fuß mehr vor den anderen bekamen. Und dieses furchtbare Gekicher immerzu, sobald sich die Männer anschickten, ein wenig mit ihnen zu plaudern. Glaubten diese Kerle etwa, dass sie deswegen nicht bezahlen müssten? Da würde Margrite sie ganz schnell eines Besseren belehren. Grimmig zog sie dem Ochsen eins mit der Peitsche über. »Na los, mach schon. Sonst müssen wir noch hier draußen übernachten.«

Das Tier schien den Schlag gar nicht bemerkt zu haben. Unbekümmert und ohne Hast zog es den Karren hinter sich her.

»Warum so übellaunig, Margrite? Wir werden das Rasthaus auch ohne Eile noch vor der Dunkelheit erreichen.« Gutmütig klopfte Anderlin ihr den Rücken und sah sie aufmunternd an.

»Wir kommen viel zu langsam voran.« Sie seufzte. »Ich will rasch weiter Richtung Norden. Dort hat sich die Pest längst nicht so ausgebreitet wie hierzulande.«

»Sorg dich nicht. Wir sind der Krankheit bislang entkommen und werden es auch weiterhin.«

Sie mühte sich um ein Lächeln, doch auf ihrer Stirn erschien eine tiefe Sorgenfalte. Sie hatte schon zu viele Menschen elendig verenden sehen. Wann auch immer ihr Tag kommen würde – auf diese Art und Weise wollte sie die Welt nicht verlassen.

Früher als gedacht erreichten sie die Schänke. »Nicht mehr weit von hier liegt Burg Beyenburg. Wir könnten in der Burgsiedlung Rast machen und einige Waren anbieten«, schlug Anderlin vor und sprang vom Karren.

»Wir werden in Beyenburg haltmachen, aber nicht mehr heute. Wenn wir Geschäfte machen wollen, sollten wir uns dort in anständigem Zustand zeigen. Das bringt mehr Geld«, widersprach Margrite.

Die anderen Mitglieder der Gruppe, zwei weitere Frauen und zwei Männer, standen teilnahmslos neben ihnen am Wagen und verfolgten das Gespräch. Seit ihrem Aufbruch in Würzburg hatten ausschließlich Margrite und Anderlin das Wort geführt. Daran schien sich auch jetzt nichts zu ändern.

»Außerdem«, fügte Margrite hinzu, »werden wir hier weniger für die Nacht bezahlen müssen als in der Siedlung.«

»Ja, weil es hier weniger sicher ist«, gab Anderlin zu bedenken.

»Ich beschütze dich schon«, frotzelte Margrite. »Ich habe bisher gutes Geld verdient. Davon spendiere ich dir am Abend ein Bier, mein Guter.« Sie tätschelte ihm den Arm. »Und euch anderen auch. Aber nur eines, den Rest bezahlt ihr hübsch selbst.«

Im Innern der Schänke roch es muffig und klamm. Die Binsen am Boden mussten schon seit geraumer Zeit nicht mehr gewechselt worden sein. Der Gestank von Erbrochenem stieg Margrite in die Nase.

»He, Wirt, bei dir stinkt es!«, rief sie beim Eintreten.

Doch statt eines erwachsenen Mannes stand ein Kind hinter dem Tresen, ein kleiner Junge, nicht älter als zehn Jahre.

»Entschuldigt!« Der Bursche trat verlegen von einem Bein auf das andere. »Das ist der Kerl da«, fügte er flüsternd hinzu und deutete auf einen Mann, den Margrite übersehen hatte.

Er lag zusammengerollt in der hintersten Ecke des Raumes und schlief.

»Ist er verletzt?«

Der Junge schüttelte den Kopf. »Nur betrunken. Ist besser, wenn er schläft.«

Sie wandte sich um. »Wo sind deine Eltern? Wir brauchen ein Lager für die Nacht.«

»Mein Vater wird bald zurück sein. Wie viele seid ihr?«

»Sechs und ein Ochse.«

»Dann werdet ihr genug Platz in der Scheune finden.«

Margrite nickte und gab den anderen ein Zeichen, ihre wenigen Habseligkeiten abzuladen und zum Stall hinüberzubringen.

»Trag uns Essen und Trinken zusammen und bring es zum Lager.« Sie drückte dem Jungen zwei Münzen in die Hand. »Dies wird für eine Nacht reichen, morgen ziehen wir weiter. Und das hier«, sie zog einen Pfennig hervor, »ist nur für dich, das brauchst du deinem Vater nicht zu sagen.«

»Danke.«

»Nun geh und bereite uns das Essen. Wir sind hungrig.« Margrite verließ die Schankstube. Bevor sie die Tür schloss, warf sie jedoch noch einen letzten Blick auf den Trunkenbold in der Ecke. Ein Gefühl, auf das sie sich bisher noch immer hatte verlassen können, riet ihr zur Vorsicht. Er schien ihr einer der Männer zu sein, denen man als Frau besser aus dem Wege ging. Instinktiv tastete sie nach dem Messer, das sie sich unter ihrer Kleidung mit einem Band um die Hüfte herumgebunden hatte. Sie würde es heute Nacht lieber in der Hand behalten. Dann schloss sie die Tür.

Als sie die Scheune erreichte, hatten die anderen bereits den Ochsen ausgespannt, den Karren abgeladen und sich jeder einen Platz für die Nacht gesucht. Der Strohgeruch stieg ihr in die Nase. Es war kein frisches Stroh, wie sie es von früher her kannte. Doch es erinnerte sie an ihr ehemaliges Zuhause, an Sorglosigkeit, an eine Wiese, auf der sie als Kind gespielt hatte. So schön diese Erinnerungen auch waren, dachte sie trotzdem nur ungern an jene Zeit zurück. Zwar waren seit damals viele Jahre vergangen, doch der Schmerz über den Verlust war geblieben. Margrite ballte die Hände zu Fäusten. Ihre Fingernägel bohrten sich in die Haut ihrer Handflächen. Ihr tat es wohl, verdrängte die kleine Verletzung doch den weit tieferen Schmerz, den sie in sich trug.

»Da bist du ja. Hast du dem Jungen Bescheid gegeben, dass er uns Bier bringen soll?«

»Du kriegst gleich was zu saufen. Der Bengel hat hier keine Hilfe. Er bereitet das Essen und bringt uns dann alles rüber.« Margrite ließ ihr Bündel gleich an der ersten freien Stelle zu Boden gleiten.

»Warum gehen wir nicht in die Schankstube? Dort können wir am Tisch essen und saufen, ohne dass der Bursche hin und her laufen muss?«, fragte Cecilie.

»Weil da drin ein Besoffener liegt, der stärker stinkt als ein ausgeweidetes Schwein.«

»Dann packen wir ihn eben an allen vieren und schmeißen ihn raus«, mischte sich nun auch Anderlin ein. »Cecilie hat recht. Wenn wir schon in einem Wirtshaus übernachten, will ich auch an einem Tisch essen.«

»Ich sage euch, mit dem Kerl da drin gibt es nur Ärger«, versuchte Margrite die anderen abermals zu überzeugen. Doch sie wusste, dass es zwecklos war. Die fünf standen bereits am Scheunentor und sahen sie an, gespannt, wie die Auseinandersetzung ausgehen würde. Sie wollten sich die Bequemlichkeit gönnen, ihre Speisen nicht wie auf der Wanderung, auf dem Boden vornübergebeugt, einnehmen zu müssen.

Sie würde sie nicht umstimmen können. »Wenn ihr es unbedingt wollt.«

Als sie die Scheune verließen, wären sie fast mit dem Jungen zusammengestoßen, der, mit Speisen beladen, das Tor zu öffnen versuchte.

»Gib schon her«, forderte Anderlin ihn auf und nahm ihm das Bier ab. »Wir kommen in die Schänke. Du kannst alles andere dort auftischen.«

Der Bengel zögerte einen Moment, entgegnete aber nichts und folgte seinen Gästen in die Wirtschaft. Die Tür stand offen, und der Mann, der noch kurz zuvor in der Ecke gelegen hatte, war fort.

»Wo ist denn nun dein stinkendes Schwein, Margrite?«, fragte Otto.

»Eben war er noch hier«, gab sie schulterzuckend zurück.

»Umso besser. Aber lasst die Tür offen stehen. Sein Gestank ist geblieben.«

Der Junge tischte reichlich auf. Vermutlich mehr, als sein Vater den Gästen für das Geld geboten hätte. Wann immer noch Bier oder Schinken verlangt wurde, eilte er sich das Gewünschte herbeizuholen. Bestimmt würde er Prügel beziehen, dachte Margrite, wenn der Wirt zurückkäme und seine Bestände prüfte. Sie gab vor austreten zu müssen. Ohne dass die anderen es mitbekamen, sagte sie dem Knaben im Vorbeigehen, dass es genug an Essen sei und er mehr Geld verlangen müsse, wenn weitere Speisen gefordert würden. Sie steckte ihm noch eine Münze zu. »Und das hier reicht auch nur noch für zwei Krüge Bier.« Er nickte unmerklich. In diesem Moment baute sich der Trunkenbold, der sich anscheinend doch noch nicht auf und davon gemacht hatte, vor ihr in der Tür auf. Margrite musterte ihn und ging wortlos zurück an den Tisch, ohne ihre vermeintliche Notdurft verrichtet zu haben.

»He, du Bengel, ich hab noch nicht genug. Bring mir Schnaps. Dein Bier ist so dünn, dass nicht mal ein kleines Mädchen davon besoffen wird«, lallte der Mann.

»Dafür hat es aber bei ihm ganz gut gereicht«, kicherte Cecilie. Margrite warf ihr einen warnenden Blick zu.

»Was hast du Hure gesagt?« Der Fremde schwankte auf den Tisch zu.

Anderlin verdrehte die Augen. Dass die Weiber aber auch nie ihr vorlautes Mundwerk halten konnten. Nun konnte er wieder die Kohlen für sie aus dem Feuer holen. Es gab wirklich nur Ärger, wenn man Dirnen mit sich reisen ließ. Er stand auf.

»Ach was, lass doch die Huren schwatzen«, sagte er versöhnlich und legte seine Hand auf die Schulter des Mannes. »Ich gebe dir ein Bier aus, und dafür vergessen wir die Sache.«

»Ich werd sie an den Haaren nach draußen schleppen und ihr beibringen, dass ein Weibsbild sich dem Manne zu fügen hat.«

Zwar lallte er, doch Anderlin schätzte ihn deshalb noch lange nicht als leichten Gegner ein. Er war auffallend groß, und auch wenn sie in der Überzahl waren, würde er ihnen doch gewaltigen Ärger bereiten können. Und das alles nur, weil eine Hure ihr freches Maul nicht gehalten hatte.

»Das ist es nicht wert. Setz dich und trink mit uns.« Margrites Körper spannte sich. Anderlins Stimme klang besänftigend, und vielleicht ließ der Mann sich ja durch seine Worte beruhigen. Noch war sie sich nicht sicher, ob es ihr lieber war, dass der Kerl sich einfach zu ihnen gesellen und sie damit erneut seinem widerlichen Gestank aussetzen würde, oder ob ihre Begleiter ihn nicht besser packen und zu Boden prügeln sollten, bis er den Schwanz einzog und davonkroch. Doch da murmelte er schon einige unverständliche Worte und zog sich einen Stuhl heran. Zu Margrites Erleichterung rückte er ihn wenigstens neben Cecilie und damit an das entgegengesetzte Ende des Tisches. Wenn er schon bei ihnen saß, dann wenigstens so weit weg von ihr wie nur möglich.

»Wie ist dein Name?«, begann Anderlin das Gespräch und musterte ihn. Der Mann hatte ein gefälliges Äußeres, gut geschnittene Gesichtszüge, dichtes schwarzes Haar und ebenso dunkle Augen. Ein Kerl, der den Frauen gefallen mochte, wäre da nicht der Gestank gewesen.

»Helme«, kam die kurze Antwort.

Anderlin stellte alle am Tisch Anwesenden vor, plauderte über dies und das und berichtete, dass sie aus Würzburg kamen.

»Aus Würzburg? Dann seid ihr die alte Königsstraße gegangen?«

Anderlin nickte. »Ebendie.«

»Womöglich könnt ihr mir helfen.« Der Fremde schien plötzlich völlig klar. »Ich suche jemanden.«

»Wie wir alle«, scherzte Anderlin.

Doch der andere ging nicht darauf ein. Seine Miene zeigte keine Regung.

»Wen suchst du denn?«

»Sie hat blonde, lange Haare bis hierher.« Er legte die Finger an die Hüfte. »In der Farbe nicht ganz so kräftig wie Weizen, sondern viel heller. Man vergisst ihren Anblick nicht, wenn man sie einmal gesehen hat. Ist sie euch begegnet?«

Anderlin wollte etwas sagen, doch Margrite kam ihm zuvor. »Was willst du von ihr?«

»Das geht dich nichts an, Weib!«, spie der Fremde aus. »Sie ist meine Tochter, wenn ihr das wissen wollt.«

»Wir haben sie gesehen«, antwortete Margrite schnell.

»Wo?«

»Auf dem Weg hierher.«

»Weit von hier?«

»Wir sahen sie gerade erst gestern. Sie war mit einer kleinen Gruppe unterwegs.« Margrite sah in die Runde ihrer Begleiter und bedeutete ihnen fast unmerklich zu schweigen.

»Ist sie Richtung Süden gegangen?«

Margrite nickte.

»Dann hat sie es tatsächlich wahr gemacht«, murmelte Helme.

»Willst du versuchen sie einzuholen?« Margrite musterte ihn mit Interesse. Er hob den Krug und trank gierig das Würzbier, das ihm rechts und links aus den Mundwinkeln lief und auf sein Wams tropfte.

»Ich weiß jetzt, wo ich sie finde. Sie kann sich ruhig noch ein wenig länger in Sicherheit wiegen. Sie ist zu Fuß, ich zu Pferd. Da hole ich sie schnell ein.« Bei seinem verächtlichen Grinsen stellten sich Margrites Nackenhaare auf. Sie war schon vielen Männern wie ihm im Laufe ihres Lebens begegnet und erkannte es wie immer an den Augen. Keine Seele und kein Verstand, die ihn zügelten, kein Herz, das Leid und Not zu verstehen vermochte. Er hatte eine schöne äußere Hülle, die wohl so manch einen zu blenden vermochte. Aber nicht sie. Angewidert griff sie nach dem Krug und ihrem Essen und stand auf.

»Ich bin müde und brauche Schlaf.« Keiner der anderen machte Anstalten ihr zu folgen. Sie fragte sich, ob einer von ihnen ihre Lüge mit einer unbedachten Bemerkung aufdecken würde, und ließ nochmals ihren Blick über ihre Begleiter streifen. Doch diese schienen sie ohne ein Wort verstanden zu haben. »Macht nicht mehr so lange. Wir müssen früh am Morgen weiter.«

»Wir kommen bald nach«, versprach Anderlin. Bevor sie

den Schankraum verließ, sah Margrite noch, dass der Wirtsjunge erneut die Krüge füllte. Mit einem unguten Gefühl verließ sie das Haus.

Dass die anderen nach und nach zum Schlafen in die Scheune gekommen waren, hatte Margrite nur vage wahrgenommen. Zu bequem war die Lagerstatt im Stroh, zu wohl fühlte sie sich in der Wärme und dem Geruch um sie herum. Das erste Mal seit Tagen hatte sie die Riemen ihrer Sandalen lösen und ihre Schuhe beiseitestellen können. Eine Wohltat für ihre geschundenen Füße, die sie tagein, tagaus über die Pfade trugen. Ein Geräusch schreckte sie auf. Durch die Schlitze der Holzbretter hindurch konnte sie erkennen, dass draußen noch tiefe Nacht herrschte. Der Morgen graute noch nicht, und nun wurde ihr auch bewusst, dass es die Hufschläge eines fortgaloppierenden Pferdes waren, die sie geweckt hatten. Nur umrissartig konnte sie ihre Begleiter in der Scheune ausmachen. Ganz sicher war sie nur bei Anderlin, der mit seinem Schnarchen fast schon die Stallwände erzittern ließ. Langsam gewöhnten sich Margrites Augen an die Dunkelheit. Binhildis lag am nächsten bei ihr. Sie hatte sich zusammengerollt wie ein kleines Kind, atmete gleichmäßig und seufzte gelegentlich zufrieden auf. Wolfker und Otto hatten es sich am anderen Ende der Scheune gemütlich gemacht. Margrite war schon mehrfach aufgefallen, dass sie sich ein wenig vom Rest der Truppe absonderten. Sie hatte in Würzburg, kurz vor ihrem Aufbruch, Gerüchte vernommen, dass Wolfker und Otto nicht nur Freunde aus Jugendtagen wären, sondern sich in einer Art und Weise miteinander verbanden, wie es gottessträflicher nicht sein konnte. Sie selbst hatte keine Beobachtung in diese Richtung gemacht. Doch sie war wachsam. Wenn sich die beiden tatsächlich wider die Natur und Gottes Willen einander näherten, waren sie alle in Gefahr, auf dem nächstbesten Scheiterhaufen zu landen. Umso genauer beobachtete sie nun, ob sie etwas erkennen konnte, was dem Verhalten zweier Männer im Schlaf nicht geziemte. Doch alles, was sie sah, waren zwei Männer, die leise schnarchten, ohne einander in einer irgendwie anstößigen Weise zu berühren. Beruhigt atmete sie aus. Doch etwas, das sie nicht näher zu bestimmen vermochte, ließ ihren Blick abermals unruhig durch die Scheune wandern. Sie verstand es selbst nicht sofort. Plötzlich wurde es Margrite klar, und ihr Herz begann so heftig in ihrer Brust zu schlagen, dass sie keuchte. Wo war Cecilie? Hatte sie dem Fremden das Pferd, das vor dem Wirtshaus stand, gestohlen und sich damit auf und davon gemacht? Sicher würden die anderen und sie eine solche Tat schwer zu büßen haben. Doch weit weniger als dieser Gedanke beunruhigte Margrite noch etwas ganz anderes. Ihr Gefühl sagte ihr, dass etwas geschehen war, etwas viel Schlimmeres als der Diebstahl eines Pferdes. Sie schob ihren Umhang, mit dem sie sich während des Schlafs zugedeckt hatte, beiseite und schlich vorsichtig zur Tür. Einen Moment lang überlegte sie Anderlin zu wecken, um mit ihm gemeinsam nachsehen zu gehen. Doch dann entschied sie sich dagegen. Wenn sie weiterhin ihre Stellung in der Gruppe behaupten wollte, durfte sie nicht bei der erstbesten Gelegenheit Angst zeigen und nach einem Beschützer rufen. Bekämen die beiden Dirnen das mit, würde sie deren Respekt, den sie sich mühsam erworben hatte, schnell wieder verlieren und könnte womöglich nicht einmal mehr den Hurenlohn für sie einfordern, der neben dem Handel mit Kleinwaren immerhin einen guten Teil ihrer Einkünfte darstellte. So gab sie acht, keinen Laut von sich zu geben, öffnete mit einem leichten Knarren die Tür und trat ins Freie. Es war eine sternenklare Nacht. Margrite sog die klare Luft mit einem tiefen Atemzug in ihre Lungen ein und sah sich um. Der Platz neben dem Wirtshaus, wo noch gestern der Gaul gestanden hatte, war leer. Einen Moment war sie versucht, nach Cecilie zu rufen, doch schien ihr das im Hinblick auf den möglichen Diebstahl nicht besonders schlau. Vorsichtig näherte sie sich dem Wirtshaus. Sie wusste nicht, ob der Wirt in der Nacht noch zurückgekommen war. Ebenso wenig war ihr bekannt, wie es sich mit der Mutter des Jungen verhielt. Aber es war sehr wahrscheinlich, dass die Familie die oberen Räume des Gasthauses bewohnte. Sie musste also leise sein, um keinen von ihnen zu wecken. Darauf bedacht, nur ja keinen Laut von sich zu geben, öffnete sie die Tür zum Schankraum. Der Gestank hatte sich im Vergleich zum Vortag etwas gelegt. Trotzdem stiegen Margrite immer noch die unterschiedlichsten Gerüche in die Nase, die ihr alles andere als angenehm waren. Sie riss die Augen weit auf, um in der Dunkelheit besser sehen zu können, und lauschte auf jedes Geräusch. Ein Schnarchen oder Atmen war nicht zu hören. Im Schankraum waren also weder Cecilie noch der Fremde, obwohl Margrite ganz fest damit gerechnet hatte, wenigstens einen von ihnen hier anzutreffen. Ihre Haut begann zu kribbeln, als sie neben dem ihr bekannten Gestank von Bier und menschlichen Absonderungen noch einen anderen Geruch wahrnahm, einen metallenen. Im selben Moment spürte sie, dass ihre Füße feucht wurden. Sie musste in irgendeine Lache getreten sein. Wie von selbst brachte ihr Verstand den Geruch und die Pfütze, in der sie stand, in einen Zusammenhang. Schnell trat sie zurück und stolperte zur Tür hinaus. Im Licht des Mondes hob Margrite einen ihrer Füße, um die Flüssigkeit genauer betrachten zu können, und unterdrückte einen Schrei. Sie rannte zur Scheune hinüber, riss die Tür auf, stürzte zu Anderlin und rüttelte ihn aus dem Schlaf.

»Komm schnell!«, waren die einzigen Worte, die sie herausbrachte. Verschlafen, vom Anblick der verstörten Margrite aber alarmiert, folgte er ihr ins Freie.

»Im Wirtshaus«, brachte sie flüsternd hervor.

Sie eilten zur Schänke hinüber, und Margrite öffnete die Tür, hielt Anderlin aber zurück, als er eintreten wollte.

»Du kannst es von hier aus sehen«, kündigte sie an und deutete mit dem Finger nach unten. Anderlin kniff die Augen zusammen. Er sah den Umriss eines Menschen am Boden liegen.

»Wir brauchen eine Fackel«, flüsterte er, doch Margrite schüttelte langsam den Kopf.

»Sieh genau hin, dann kannst du alles erkennen.«

Anderlin bückte sich hinab und trat so nah wie möglich heran. Er zuckte zurück, als er im einfallenden Mondlicht in die weit geöffneten Augen Cecilies blickte. Trotz des aufkommenden Ekels zwang er sich, sie genauer zu betrachten. In ihrem Mund steckte ein Stoffbündel, das wohl dazu gedient hatte, ihre Schreie zu unterdrücken. Ihr Kleid war vom Halsbund bis fast hinunter zur Taille aufgerissen und ließ einen Teil ihrer nackten Brust erkennen. Ihr Rock war bis über die Hüfte hochgeschoben, ihre Beine nackt und eigenartig verkrümmt, so als ob sie gar nicht zu Cecilies Oberkörper mit den seitlich gerade ausgestreckten Armen gehören würden. Eine große Blutlache hatte sich um sie herum ausgebreitet, ohne dass Anderlin in der Dunkelheit jedoch eine offene Wunde an ihrem Körper hätte ausmachen können.

»Dieses Schwein«, war das Einzige, was Anderlin entfuhr. Margrite sagte nichts. Vorsichtig schlossen sie die Tür wieder hinter sich, und Anderlin atmete mehrmals tief ein und aus.

Der Schreck war ihm in alle Glieder gefahren. Mit seinen mehr als vierzig Lebensjahren hatte er schon so einiges gesehen. Doch eine dergestalt zu Tode gequälte Kreatur ließ Übelkeit in ihm aufsteigen und entsetzte ihn zutiefst.

»Was sollen wir jetzt tun?«

Margrite überlegte einen Moment. »Ist der Wirt gestern noch heimgekehrt, wie der Junge es angekündigt hat?«

Anderlin nickte. »Ja, kurz nachdem du gegangen bist.«

»Dann müssen wir ihn wecken und ihm die Schweinerei da drinnen zeigen.«

»Was ist, wenn er uns nicht glaubt und behauptet, wir seien das gewesen?«

Der Gedanke war Margrite auch schon gekommen, doch sie hatte ihn sofort wieder verworfen.

»Warum hätten wir so etwas tun sollen? Sie gehörte zu uns. Während sich der Kerl, der gestern noch hier war, dagegen klammheimlich mitten in der Nacht auf und davon gemacht hat.«

Anderlin rieb sich nachdenklich das Kinn. »Du hast recht. Wenn wir die anderen zusammenrufen und uns ebenfalls davonstehlen, würde das nur gegen uns sprechen und unsere Lage verschlechtern.«

»Du gibst dem Wirt Bescheid. Ich wecke die anderen und berichte ihnen, was geschehen ist.«

Anderlin ballte die Hände zu Fäusten. »Wir dürfen das Schwein nicht entkommen lassen.«

»Der ist doch längst über alle Berge.« Ihre Stimme klang traurig. »Aber so etwas hat der nicht zum ersten und auch nicht zum letzten Mal gemacht. Dennoch wird er seine Strafe noch bekommen.« Sie wollte zur Scheune hinübergehen, doch Anderlin hielt sie am Arm zurück.

»Du hast es gewusst, nicht wahr?«

Margrite zuckte mit den Schultern. »Ich habe geahnt, dass er gefährlich ist. Aber an so etwas habe ich nicht gedacht.«

Er hielt sie noch immer an ihrem Arm fest. »Woher?«

»Ich sah es an seinen Augen«, erklärte Margrite und löste sich von ihm. »Man sieht es immer an ihren Augen.«

5. Kapitel

Zufrieden blickte Anna über die Wiesen. Kaum dass sie einen Schritt aus dem Wald herausgemacht hatte, erstreckte sich auch schon das hügelige Münsterland bis zum Horizont vor ihr. Es schien ihr wie ein Blick in die eigene Freiheit zu sein, aus der Dunkelheit des Waldes hinaus und in ein Tal voller saftig grüner Wiesen zu treten. Fernab des Weges schritt sie querfeldein Richtung Norden. Bald müsste sie einen Flusslauf ausmachen, wenn nicht, wüsste sie, dass sie falsch gelaufen war. Doch sie hatte keine Eile. Entgegen besserem Wissen hatte sie sich dennoch dazu entschieden, das Kloster Rehburg-Loccum aufzusuchen und ihren ursprünglichen Plan weiterzuverfolgen. Sie hatte schon so viel gelogen und dem Willen des Herrn zuwidergehandelt, dass es auf eine Unwahrheit mehr oder weniger nun auch nicht mehr ankam. Was genau sie den Zisterzienser-Mönchen sagen wollte, wusste sie nicht. Aber ihr würde schon noch etwas einfallen.

Wie von selbst trugen ihre Füße sie die Hügel hinauf und wieder hinab. In der Ferne erkannte sie eine kleine Gruppe von Menschen, die auf einem Feld ihre Arbeit verrichteten. Alles schien ihr so ruhig und harmonisch vonstattenzugehen. Wenn sie zu Hause hinter der Kate die wenige Saat ausgebracht oder das Gemüse geerntet hatte, war es ihrem Vater nie schnell genug gegangen. Nie war ein Wort des Dankes oder gar des Lobes über seine Lippen gekommen, ganz gleich wie geschickt und flink sie ihre Arbeit auch immer erledigt hatte. Und es waren harte Aufgaben gewesen, die sie neben den Verrichtungen im Haushalt manchmal erst dann zu Bett hatten gehen lassen, wenn die Dunkelheit schon seit Stunden hereingebrochen war. Aber was auch immer sie tat – es war nie gut, nie schnell, nie ausreichend genug. Sie fühlte sich erschöpft und krank von dem Moment an, an dem sie morgens die Augen aufschlug, bis sie sie abends wieder schloss. Dazwischen lagen lange Stunden der Qual und oft auch der Angst. An ein anderes Leben, wie sie es zu Lebzeiten ihrer Mutter noch gekannt hatte, konnte sie sich kaum mehr erinnern. Sie blieb kurz stehen und ließ, auf dem Plateau eines Hügels angekommen, abermals ihren Blick über die Landschaft schweifen. Ein Gefühl von Freiheit durchströmte sie; die schwachen Sonnenstrahlen waren wie eine warme, duftende Decke auf ihrer Haut. Für einen Moment schloss sie die Augen, streckte ihre Arme weit aus, reckte ihr Gesicht der Sonne entgegen und drehte sich im Kreis. Nie zuvor, solange sie zurückdenken konnte, hatte sie eine solche Kraft in sich gespürt. Am liebsten hätte sie laut geschrien vor Freude, hielt sich aber zurück. Ihr neues Leben lag vor ihr. Nichts würde sie aufhalten. Und dann meinte sie, in der Ferne endlich einen Fluss erkennen zu können. Lachend lief sie los, strauchelte und kullerte unsanft die Erhebung hinab. Regungslos blieb sie liegen, ohne sich verletzt zu haben, und sah in die Wolken. Ungewöhnlich langsam zogen sie vorüber, als wollten sie, dass Anna sie in aller Ruhe betrachten konnte. Ob sie schon immer so herrlich ausgesehen hatten, wenn sie über ihren Kopf hinweggezogen waren? Anna wusste es nicht. Nie hatte sie Zeit dazu gehabt, Wolken zu beobachten. Nie hätte sie sich getraut, im Gras zu liegen und ihren Gedanken nachzuhängen. Plötzlich hörte sie ein Geräusch. Gebannt lauschte sie. War da jemand ganz in ihrer Nähe und lief über dieselbe Wiese wie sie? Sie wagte nicht zu atmen oder gar aufzustehen. Ängstlich blickte sie den Hügel hinauf, von dem sie hinabgerollt war, und versuchte etwas zu erkennen. Eine Gestalt stand auf dem höchsten Punkt der Anhöhe und beobachtete sie, lief dann los und stolperte zu ihr hinab. Schon wollte sie aufspringen und sich davonmachen, als sie ihn erkannte. Nur wenig später hatte Gawin sie erreicht und beugte sich über sie.

»Bist du verletzt?«

Eben noch starr vor Schreck, ließ sie sich nun von Gawin auf die Beine helfen, der erleichtert feststellte, dass ihr nichts weiter zu fehlen schien.

»Ich dachte schon, du hättest dir den Hals gebrochen.«

Anna lächelte ihn an. »Was machst du hier?«

»Nichts Besonderes«, murmelte er.

»Hast du es dir anders überlegt? Möchtest du doch mit mir kommen?«

Gawin zuckte mit den Schultern. »Vielleicht sollte ich dich tatsächlich ein Stück des Weges begleiten. Und wenn wir uns als Bruder und Schwester ausgeben, werden die Mönche des Klosters dich womöglich nicht abweisen.«

»Ein guter Gedanke.«

»Aber wir sind einander zu nichts verpflichtet«, stellte Gawin trotzig klar. »Wenn es genug ist, dann gehe ich, ohne mich erklären zu müssen.«

»Ich ebenso.«

Sie blickten sich an. Gawin streckte Anna den Arm entgegen, um ihre Abmachung mit einem Händedruck zu besiegeln. »Dann sind wir uns also einig«, stellte er fest, als sie seine Geste erwiderte und ihm dabei ein weiteres Lächeln schenkte.

Gemeinsam gingen sie über die Wiesen, stets darauf bedacht, einen gewissen Abstand zueinander einzuhalten. Am frühen Nachmittag machten sie Rast und aßen gemeinsam. Ihr Proviant würde zwar noch eine Zeitlang reichen, aber um den Wasservorrat war es schlechter bestellt. Gawin bemerkte

Annas besorgten Blick, als sie den restlichen Inhalt ihres Trinkschlauchs prüfte.

»Wir werden noch heute das Kloster erreichen. Selbst wenn sie uns nicht bei sich aufnehmen, werden sie uns Brot und eine kleine Trinkration nicht verweigern«, sagte Gawin.

»Ich weiß«, erklärte Anna. »Lass uns weitergehen. Ich will noch vor Einbruch des Abends dort eintreffen.«

Sie standen auf, sammelten ihre Sachen ein und machten sich auf den Weg. Nicht lange nachdem sie aufgebrochen waren, konnten sie in der Ferne bereits das auf einer kleinen Anhöhe gelegene Kloster ausmachen.

Ein großes, schweres Tor mit schmiedeeisernen Beschlägen in einem Rundbogen stellte den Eingang zu dem massiv gebauten Steingebäude dar. Rechts und links des Tores befanden sich noch zwei ins Mauerwerk eingelassene Spitzbogenfenster, und direkt über dem Tor waren weitere Fenster angebracht – ein größeres, umgeben von vier kleineren. Anna fühlte, dass ihre Ankunft bereits bemerkt worden war. Doch erst auf mehrfaches Klopfen hin hörte sie, wie der Riegel innen mit einem lauten Quietschen beiseitegeschoben wurde.

»Was wollt ihr?«

Der Mann, der sich im Torbogen zeigte, trug eine Kutte, sah ansonsten jedoch nicht so aus, wie Anna sich einen Mönch vorgestellt hatte. Ihr Bild von einem Diener des Herrn auf Erden war eher das eines dünnen, von den Sorgen der Welt und der Menschen geplagten und niedergedrückten Männleins, das einzig und allein auf den letzten Tag seines Daseins wartete und die Belohnung seines Tuns herbeisehnte. Pater Anselm kam ihr in den Sinn, der Prediger, der sich schon seit Jahren um das geistliche Wohl der Menschen ihrer Heimatstadt kümmerte und an dieser Aufgabe fast körperlich zu zerbrechen schien. Er war klapperdürr, hatte ein spitz zulaufendes Gesicht und einen krummen Rücken. Die Haare waren ihm wie seine Zähne bereits vor Jahren fast vollständig ausgefallen, und seine Haut spannte sich durchsichtig über seinen Schädel sowie die dünnen Finger und Arme.

Doch der Mönch, der hier vor ihr stand, war das genaue Gegenteil von Vater Anselm. Groß, beleibt und den Kranz der Tonsur in vollem, dichtem Schwarz, hatte er abwartend beide Hände in die Hüften gestemmt.

»Verzeiht uns die Störung, ehrwürdiger Bruder!« Gawin neigte demütig den Kopf, während Anna die Knie beugte. »Meine Schwester und ich kommen von weit her. Wir haben keine Eltern mehr, wollen jedoch nicht betteln. Meine Schwester kann nähen und sticken, und ich bin in handwerklichen Dingen äußerst geschickt. Wir bitten Euch um Unterkunft, um unsere Kleidung richten zu können, bevor wir weiterziehen, um in Gottes Auftrag unser Glück zu finden.«

Der Mönch musterte sie kritisch.

»Wir haben Geld, um Tuch von Euch zu kaufen und hieraus Gewänder anzufertigen. Wenn Ihr es wünscht, auch für Euch und Eure Brüder«, fügte Anna hinzu.

Der Mönch sah Anna einen Augenblick lang in die Augen, dann entspannte sich seine Haltung.

»Wenn das so ist.« Er gab das Tor frei. »Ich bin Bruder Hermannus, tretet ein.«

Anna und Gawin folgten Hermannus durch einen Arkadengang, dessen spitz zulaufende Bögen sich im Gewölbe exakt in der Mitte der Decke trafen. Staunend betrachtete Anna die fein geschliffenen Wölbungen, die sorgsam gearbeiteten Säulen und Mauerabschlüsse mit den goldfarbenen Verzierungen und den farbigen Rändern, die fein und zierlich wirkten. Selbst in Lünen hatte sie noch kein so schönes, großes

Gebäude betreten. Sie fühlte sich reich beschenkt und in einer Sicherheit geborgen, die sie nur aus frühesten Kindheitstagen kannte. Anna dachte daran, wie sehr ihrer Mutter dieser Ort gefallen hätte. Als sie noch klein war, hatte die Mutter sich am Abend nach getaner Arbeit oft zu ihr auf das Lager gekuschelt, sie in den Arm genommen und ihr Geschichten von Kirchenhäusern erzählt, die so groß, so wunderschön und prachtvoll waren, dass sie keinen Zweifel daran aufkommen ließen, dass es der wahrhaftige Wille des Herrn war, mit ihnen seine Macht auf Erden zu bekunden. Die Mutter berichtete ihr von einem Gotteshaus, das sie gesehen hatte und das so schön, groß und voller Prunk war, dass sie es in ihrem ganzen Leben nie mehr vergessen würde. Die Krypta, so schilderte sie Anna, ähnelte einer riesigen Halle mit vielen hohen Säulen, die durch Bögen miteinander verbunden waren. Die Fenster waren bunt und reich verziert, die Nischen und Steinsarkophage aus kostbarem Stein und teilweise mit Goldplättchen beschlagen. Ganz still hatte Anna dagelegen und der Stimme ihrer Mutter gelauscht, die ihr immer und immer wieder die Geschichte des Prachtbaus erzählte und dabei beschrieb, mit welchem Gefühl sie unter den großen Bögen hindurchgeschritten war, den Blick gen Himmel und Gott gerichtet in der Hoffnung auf dessen Gnade. Kurz vor dem Einschlafen, wenn die Geschichte fast zu Ende erzählt war, kam die Stelle, die Anna besonders liebte. Dann erzählte ihr die Mutter von dem einzigen Bewohner des Bauwerks, der seit dessen Fertigstellung in ihm lebte und dort noch sein würde, wenn sie selbst und Anna wie auch deren Kinder und Kindeskinder und sogar deren Enkel schon längst ihren Platz bei Gott gefunden hätten. Sie erzählte von der Besonderheit, die nur dieses eine Bauwerk besaß. Es war eine kleine, in Stein gemeißelte Maus, die im Ostchor des Doms in einer Nische saß und die Wand hinaufblickte. Anna wusste nicht, ob dies der Wahrheit entsprach oder nur eine Erfindung ihrer Mutter war, die sie mit diesem außergewöhnlichen Einfall zu unterhalten suchte. Doch selbst in diesem Moment, nach so vielen Jahren, durchströmte Anna ein warmes Gefühl bei dem Gedanken an diese Geschichte, die für sie Sicherheit und Kindheit bedeutete und die ihr hier, an diesem heiligen Ort, so nah, so greifbar schien, dass sie schon jetzt bedauerte, bald wieder von hier fortzumüssen.

»Wartet hier drinnen!« Bruder Hermannus wies auf eine Tür. »Ich werde Prior Ortlieb holen.«

Sie traten in die kleine Zelle, in der sich nur eine Pritsche und ein Stuhl befanden. Anna setzte sich auf die Lagerstatt.

»Was glaubst du? Ob wir hierbleiben können?« Gawin nahm auf dem Stuhl Platz.

»Wer weiß? Vielleicht, wenn wir ihnen von Nutzen erscheinen.«

»Für heute Nacht können wir sicher verweilen. Was morgen ist, werden wir sehen.«

Die Tür wurde geöffnet, und Bruder Hermannus betrat zusammen mit einem weiteren Mann das Zimmer.

»Prior Ortlieb, dies sind die Fremden, von denen ich Euch berichtete.«

Der Klostervorsteher trat näher.

»Bruder Hermannus sagte, dass ihr uns eure Dienste angeboten habt. Was könnt ihr?«

Gawin war vom Stuhl aufgesprungen und senkte zum Zeichen der Ehrerbietung wieder den Kopf.

»Meine Schwester Anna ist eine gute Näherin, ich geschickt in vielen handwerklichen Arbeiten.«

»In welchen?«

»Was auch immer Ihr wollt.«

»Habt ihr Werkzeug?«

Diese Frage hatte Gawin befürchtet. »Nein, Herr!«

»Ich habe verschiedene Garne und alles, was ich für das Nähen benötige, bei mir«, sagte Anna schnell. Gawin sah sie verblüfft an.

»Und du? Wie willst du arbeiten, wenn du kein eigenes Werkzeug hast?«

»Ich arbeite mit dem, was Ihr mir zur Verfügung stellt.«

»Um es zu stehlen, wenn ihr euch wieder davonmacht?«

»Wir stehlen nicht«, erwiderte Anna mit fester Stimme.

Der Prior musterte die beiden Reisenden von oben bis unten. Seiner Miene war nicht zu entnehmen, was hinter seiner Stirn vorging.

»Deine Schwester hat ein loses Mundwerk, mein Junge. Halte sie im Zaum, dann könnt ihr euch für einige Zeit hier verdingen. Bruder Hermannus wird euch zeigen, was zu tun ist.« Er machte auf den Hacken kehrt und verließ den Raum.

Anna bedauerte augenblicklich, sich eingemischt zu haben. Gawin hatte bis dahin alles im Griff gehabt. Wie leicht hätte ihr ganzer Plan durch ihre Bemerkung schiefgehen können.

»Du solltest dich besser zurückhalten, wenn ihr nicht im hohen Bogen vor die Tür gesetzt werden wollt. Ein geschwätziges Weib ist das Letzte, was wir hier gebrauchen können.«

Anna senkte den Kopf und nickte.

Damit ließ Hermannus die Sache auf sich beruhen. Er erklärte ihnen, wann sie sich zu den Essenszeiten im Refektorium einzufinden hätten, und kündigte ihnen an, dass er einen Mönch mit Tuch und Garnen vorbeischicken würde, der Anna alles Notwendige zeige. So lange solle sie jedoch in der Zelle bleiben und sich ruhig verhalten. Gawin forderte er auf, mit ihm zu kommen. Er wolle ihm das vorhandene Werkzeug zuteilen und ihm darlegen, welche Arbeiten vorrangig zu erledigen seien. Mit einem stummen Blick verabschiedete Gawin sich von Anna und folgte dem Mönch.

Anna saß auf der Pritsche und vertrieb sich die Zeit damit, ihre Beine baumeln zu lassen. In diesem engen Raum war es nicht mehr weit her mit der Freiheit, die sie noch auf dem Weg hierher verspürt hatte. Doch weit wichtiger war, in Sicherheit und unerkannt zu bleiben. Ihr Vater würde wahrscheinlich schon wieder aus dem Keller Pater Anselms freigekommen sein. Und er würde sie suchen. Bei dem Gedanken lief ihr ein eiskalter Schauer über den Rücken. Es war nicht so sehr der Tod, der sie schreckte und dem sie zweifellos entgegensah, wenn er sie fände. Es waren vielmehr die Stunden vor dem erlösenden Tod, die ihr eine solche Angst bereiteten, dass es ihr fast den Atem nahm. Sie betete zum Herrn, dass es ihr gelänge, sich sofort ihr Messer in den Leib zu rammen, bevor er ihrer habhaft werden würde. Manchmal, in den verzweifelten Stunden im Kellerloch ihres Hauses, hatte Gott ihr die Gnade zuteilwerden lassen, ihren Körper verlassen zu können. Dann war sie ihrem Gefängnis entflohen und hatte von oben, an der Decke schwebend, auf ihre äußere Hülle hinabgeblickt. Die Dunkelheit war mit einem Mal verschwunden, und sie wähnte sich hoch oben im Baum hinter der Kate, der ihr im Sommer Schatten spendete. So, stellte sie sich vor, würde es auch sein, wenn sie sich den kleinen Dolch ins Herz stieße. Sie würde über allem schweben, ohne Schmerz, Angst und Wut, und auf die Welt und das Unrecht hinabschauen. Ein Lächeln wäre auf ihren Lippen zu sehen, und ein weißes Gewand umspielte ihren Körper.

Anna erschrak, als unverhofft die Tür der Kammer geöffnet wurde und ein junger Novize, einen Stoffballen mit braunem Tuch unter dem Arm, vor ihr stand.

»Verzeiht, wenn ich Euch erschreckt habe.«

»Es geht schon, ich habe geträumt.«

»Bruder Hermannus ordnete an, Euch dies zu bringen.« Er legte den Ballen samt zusätzlichen Materialien auf die Pritsche, von der sich Anna erhoben hatte.

»Ihr sollt zunächst hiermit beginnen.« Er entfaltete eine Mönchskutte. »Sobald Ihr ein solches Gewand aus dem Stoff gefertigt habt, lasst nach mir schicken. Aber eilt Euch. Es hat keinen Sinn, langsam zu arbeiten. Wenn Ihr nicht die Fertigkeit besitzt, es in einem Tag fertigzustellen, können wir Eure Dienste nicht gebrauchen.«

Anna musterte ihn. Er war jünger als sie, vermutlich auch jünger als Gawin, und er machte nicht den Eindruck auf sie, als ob er diese Worte selbst gewählt hätte. Vermutlich war er vom Prior angewiesen worden, so mit ihr zu sprechen. Sie ärgerte sich über sich selbst. Gawin und sie waren erst seit kurzer Zeit in diesem Kloster. Und doch hatte sie es bereits geschafft, den Kirchenoberen zu verärgern. Es war, wie Dietrich, Gerhilds Mann, dem sie in der Schänke oft geholfen hatte, ihr stets gesagt hatte. Für eine Frau besaß sie eine viel zu zügellose Zunge und stellte Fragen, die sie nicht zu interessieren hatten. Anna beschloss, ab heute mehr darauf zu achten und sich fortan zurückzuhalten. Und so widerstand sie auch gleich der Versuchung, den Boten nach seinem Namen zu fragen.

»Braucht Ihr noch etwas?«

Anna schüttelte den Kopf. »Nein. Ich habe alles. Und ich werde morgen fertig sein.«

Der Novize nickte. »Wenn die Glocke geläutet wird, gibt es das Essen für die Brüder. Erst wenn diese fertig sind, seid Ihr an der Reihe. Ich werde kommen und Euch holen. Ihr verlasst die Kammer nur, wenn es Euch erlaubt wird.«

Anna senkte den Kopf und bedeutete ihm, verstanden zu haben.

»Für Eure Notdurft steht ein Eimer unter der Pritsche. Solltet Ihr ihn benutzt haben, werde ich ihn mitnehmen und leeren, sobald ich wiederkomme.« Ohne eine Antwort abzuwarten, verließ er den Raum und schloss die Tür.

Anna griff nach der Mönchskutte und hielt sie in die Höhe. Die Nähte waren alles andere als sauber gefertigt. Eine solche Arbeit hätten ihr die Leute in Lünen, für die sie etwas genäht hatte, zurückgegeben und die Bezahlung dafür verweigert. Umso besser für sie. Nicht nur, dass sie gewiss weniger als einen Tag für solch ein einfach gearbeitetes Gewand benötigen würde, müsste sie auch viel weniger Sorgfalt darauf verwenden und konnte somit mehr schaffen. Ohne zu zögern, machte sie sich an die Arbeit.

6. Kapitel

Die Sonne stand hoch am Himmel, trotzdem fröstelte Margrite. Sie trieb die Gruppe an, um so schnell und weit wie möglich von dem Gasthaus und der schrecklich zugerichteten Cecilie fortzukommen. Erst bei Tageslicht war die ganze Grausamkeit und Ungeheuerlichkeit der Tat zutage getreten. Die Blutlache, in der der Leichnam lag, hatte ihren Ursprung im fürchterlich zugerichteten Unterleib der Toten. Offenbar hatte sich der Mörder nicht damit begnügt, Cecilie nur brutal zu schänden, sondern war danach auch noch mit einem Dolch in sie eingedrungen, mit dem er ihren Leib von innen heraus zerschnitten und einen Teil des Darms nach außen gestülpt hatte. Der Gedanke daran ließ die Übelkeit, die Margrite schon den ganzen Tag über begleitete, erneut in ihr aufsteigen. Es war nicht das erste Mal, dass sie eine Tote gesehen hatte. Doch die Art ihrer Entstellung und die Tatsache, dass Cecilie wenige Stunden zuvor noch das blühende Leben selbst gewesen war, führten ihr vor Augen, wie rasch ein Mensch, seine Seele, sein ganzes Sein, vernichtet und ausgelöscht werden konnte. Und dies, ohne dass irgendein Grund oder gar Sinn dahinterstanden. Margrite verstand noch, dass Schlachten zu schlagen waren, in denen Menschen fürchterlich zugerichtet wurden und Arme und Beine oder gar ihr Leben verloren. Sie wusste auch, dass so manch armer Sünder zur falschen Zeit am falschen Ort war, dass er Dinge vernahm, die nicht für seine Ohren bestimmt waren, und dass die Gefahr, so jemanden am Leben zu lassen, vielen Menschen einfach zu groß war, wollten sie ihr eigenes Fortkommen dadurch nicht behindern. Margrite konnte auch die Wut begreifen, mit der ein Dieb zu Tode geprügelt wurde, weil er das Essen einer Familie gestohlen hatte und diese nun hungern musste. All das konnte sie verstehen. Nur die bloße Grausamkeit an Mensch oder Tier, das Sich-Weiden an anderer Qual und Leid, war ihrem offenen und unverstellten Gemüt so zuwider und unbegreiflich, dass der Schock angesichts dessen, was sie über viele Jahre hinweg bereits gesehen und nun bei Cecilie wieder hatte erleben müssen, sich tief in ihre Seele brannte und sie wund zurückließ.

»Margrite! Du rennst ja schon fast. Nicht so schnell.« Anderlin hatte ihren Arm gepackt und hielt sie fest. Verstört sah sie ihn an. Sie hatte nicht gemerkt, wie rasch sie gegangen war, noch war ihr bewusst gewesen, dass sie mehrfach von ihren Begleitern angesprochen worden war, ohne ihnen geantwortet oder ihren Schritt verlangsamt zu haben. Erst Anderlins Griff holte sie in die Gegenwart zurück. Im ersten Moment wollte sie wie gewohnt bärbeißig reagieren, hielt sich dann aber zurück.

»Ich habe es nicht bemerkt«, brachte sie entschuldigend hervor.

Anderlin suchte ihren Blick. »Wollen wir Rast machen? Wir sind schon Stunden gegangen. Es würde uns allen guttun.«

Margrite nickte schweigend, und Anderlin ließ ihren Arm los. Wolfker spannte den Ochsen aus, legte einen Strick um den Hals des Tieres und führte es zum Grasen auf die Wiese. Binhildis kramte ihren Beutel mit Essen hervor und hielt ihn Margrite entgegen. »Ich habe noch Äpfel. Nimm dir einen.« Margrite sah sie überrascht an. Sie hatte sich den gesamten Weg über nicht besonders mit Binhildis verstanden. Außerdem wusste sie, dass diese sie mehrfach zu übervorteilen versucht hatte, indem sie hinter ihrem Rücken Geschäfte abschließen und Margrite damit um ihren Anteil bringen wollte.

Doch auch ihr schien Cecilies Tod nahezugehen. Vielleicht erhoffte sie sich aber auch nur, im Falle eines weiteren Überfalls besser geschützt zu sein, wenn sie sich mit allen, also auch mit ihr, Margrite, gut stellte. Margrite wusste es nicht. Doch war es ihr im Moment auch nicht wichtig. Sie fühlte sich zu geschwächt und kraftlos, um jede Geste ihres Gegenübers mit dem ihr eigenen Argwohn auszudeuten. Also griff sie mit einem Nicken in den Beutel und zog einen Apfel hervor.

»Hab Dank, Binhildis.«

Die Jüngere nickte und hob kurz die Mundwinkel.

»Keinem von uns geht's besonders nach dieser Sache.«

Gemeinsam setzten sie sich am Wegesrand ins Gras. Wolfker und Otto rückten nicht, wie gewöhnlich, von der Gruppe ab, sondern nahmen ihre Plätze gegenüber den Frauen ein. Anderlin setzte sich an Margrites Seite.

»Er wusste genau, was er tat«, erklärte er nach einer Weile.

»Wie?« Margrite wandte sich ihm zu.

»Der Mann. Cecilies Mörder. Er wusste genau, was er tat. Es war nicht das erste Mal, das schwöre ich euch. Bedenkt nur einmal, wie wenig Zeit er von dem Moment an hatte, an dem ich mich schlafen legte, bis Margrite die Leiche von Cecilie fand. Als Wolfker und Otto gingen, waren nur noch wir drei im Wirtshaus. Und ich hatte den Eindruck, dass der Widerling inzwischen wieder ziemlich klar im Kopf war. Cecilie schien recht angetan von ihm zu sein. Er erzählte uns von seiner Tochter, die er suchte. Die mit den langen, weißblonden Haaren.«

»Habt ihr ihm etwa gesagt, dass wir das Mädchen gar nicht gesehen haben auf unserem Weg?« Angst lag in Margrites Stimme.

Anderlin machte eine wegwerfende Handbewegung. »Ach, wo denkst du hin? Wir sind natürlich bei deiner Geschichte geblieben, dass wir dem Mädchen begegnet sind. Es kam mir auch so vor, als bestätige ihn das in seiner Vermutung, wohin sie gegangen sein könnte.«

»Und?«

»Er erzählte Cecilie und mir eine haarsträubende Geschichte, wonach sie nur weggerannt sei, weil sie ihrem Liebsten folgen wollte, der sich aus dem Staub gemacht hat. Sie würde nicht mal genau wissen, wohin konkret sie gehen sollte, und er wolle sie nur suchen und heimholen, damit ihr unterwegs nichts geschehe.«

Margrite spuckte ins Gras. »Sobald er die Kleine gefunden hat, ganz gleich ob sie nun wirklich seine Tochter ist oder nicht, wird sie auch schon mausetot sein.« Sie stockte kurz. »Wenn sie Glück hat«, fügte sie mit rauher Stimme hinzu.

»Können wir das Mädchen nicht irgendwie warnen?« Binhildis sah in die Runde. »Ich meine, schließlich wissen wir, was er mit Cecilie gemacht hat.«

»Wie sollten wir das? Wir wissen weder, wer sie ist, noch, wohin sie gegangen ist.«

»Er sagte doch, wenn wir aus Würzburg kommen, müssten wir ihr begegnet sein, wenn sie wie wir die alte Königsstraße genommen hat. Demnach muss sie in Richtung Süden gegangen sein.«

»Zumindest glaubt er das.«

Für eine Weile sagte niemand etwas. Alle hingen ihren Gedanken nach.

»Wenn das Mädchen schlau ist«, nahm Anderlin das Gespräch wieder auf, »hat sie ihm eine falsche Fährte gelegt.«

»Genau das glaube ich auch«, erklärte Margrite. »Ich weiß nicht, weshalb, aber irgendwie wird sie es schon geschafft haben, ihn in die Irre zu führen. Vielleicht aber auch nicht. In jedem Fall können wir sie gut übersehen haben, wenn sie sich abseits der Wege durch die Felder geschlagen hat, ganz gleich wie auffällig sie auch aussieht. Doch wenn nicht …«

»Wenn nicht? Was denkst du?«

»Wenn sie ihn wirklich getäuscht haben sollte und nicht Richtung Süden gegangen ist, könnten wir auf unserem weiteren Weg in den Gasthäusern nach ihr fragen. Und auch die Leute, die uns begegnen. Wir können zwar nichts mehr für Cecilie tun, doch vielleicht können wir das Mädchen noch retten. Was denkt ihr?« Margrite wirkte, als gebe ihr dieser Gedanke neuen Mut.

»Du hast recht!«, entschied Anderlin. »Wir fragen nach dem Mädchen. Und nach dem Kerl auch. Wir reisen viel durchs Land. Irgendwann, eines schönen Tages, werde ich den Mörder wiedersehen, das weiß ich. Ich werde hinter seinem Rücken auftauchen und ihn fühlen lassen, was Cecilie durchmachte, bevor Gott sie von ihren Qualen erlöste.«

Margrite lief ein Schauer über den Rücken, als sie die Kälte in Anderlins Stimme hörte. Ein Blick in seine Augen genügte außerdem, um zu wissen, dass er nicht nur leere Worte gemacht hatte.

7. Kapitel

Ohne jede Mühe schaffte Anna nicht nur eine, sondern sogar zwei Kutten an einem Tag. Bruder Hermannus zeigte sich mit ihr zufrieden, und auch an Gawins Arbeit hatte er nichts auszusetzen. Es schien, als könne dieser einfach jede handwerkliche Aufgabe, die ihm aufgetragen wurde, zur vollen Zufriedenheit der Mönche erledigen. Nach der alltäglichen Pflicht, Kutten herzustellen und auszubessern, widmete sich Anna stets eine volle Stunde lang der Fertigstellung ihrer wie auch Gawins neuer Kleidung. Den Stoff dafür kaufte Gawin von den Mönchen. Ohne diese zu übervorteilen, verstand er es geschickt, einen guten Preis auszuhandeln, indem er gegenüber Bruder Hermannus mit dem Gewinn argumentierte, der dem Kloster durch Annas und seinen eigenen Arbeitseinsatz entstand. Schließlich, so führte Gawin an, nähe Anna doppelt so schnell wie verlangt, verzehre jedoch nur die Menge, die ihr für einen Arbeitstag zustand. Es sei also nur recht und sicher auch Gottes Wille, der Anna ja mit der Gabe des geschickten und raschen Arbeitens gesegnet habe, dass sie deshalb sowohl zu ihrem eigenen wie auch zum Wohl der gläubigen Brüder unterschiedlichste Aufgaben verrichten könne. Die Worte, die Gawin wählte, hatte er zuvor haarklein mit Anna abgesprochen, und als er mit dem Stoff, den sie benötigte, in die Kammer zurückkehrte, gierte sie bereits danach zu hören, was Bruder Hermannus gesagt hatte. Als Gawin ihr berichtete, dass ihr Plan aufgegangen sei und er noch zwei Pfennige weniger für einen Tuchballen hatte bezahlen müssen, als sie sich erhofft hatten, fiel Anna ihm stürmisch um den Hals. In diesem Moment betrat der junge Novize, von dem sie inzwischen wussten, dass er Thomas hieß, die kleine Zelle.

»Verzeiht!«, brachte er entschuldigend hervor.

Anna war verlegen, Gawin hingegen blieb völlig ungerührt.

»Sie ist meine Schwester«, entgegnete er selbstverständlich und wandte sich dann an Anna: »Du brauchst keineswegs verlegen zu sein. Es ist nur natürlich, dass Bruder und Schwester einander gelegentlich in Liebe umarmen.«

»Der Prior möchte Euch sprechen«, sagte der Novize, ohne auf Gawins Bemerkung einzugehen.

»Gut. Sag dem Prior, wir kommen sogleich.«

»Er möchte nur mit Euch sprechen. Sie«, er wies mit dem Finger auf Anna, »bleibt hier.«

Anna seufzte kaum hörbar, aber Gawin bemerkte es trotzdem. In den sechs Tagen, die sie sich inzwischen hier aufhielten, hatte sie noch kein einziges Mal die Kammer verlassen dürfen, während Gawin bereits das gesamte Kloster nebst Gärten inspiziert hatte. Anna verlor kein Wort darüber, aber der Umstand, Tag für Tag in ihrer Kammer eingesperrt zu sein, machte sie traurig und ließ ihre Unruhe immer größer werden.

»Ich komme«, lenkte Gawin ein, warf Anna einen entschuldigenden Blick zu und verließ das Zimmer.

Als er zusammen mit Bruder Thomas die Zelle des Priors erreichte, hatte er den Entschluss gefasst, all seinen Mut zusammenzunehmen und sich dafür einzusetzen, dass Anna künftig jeden Tag mindestens fünfzehn Minuten nach draußen gehen durfte. Zögerlich klopfte der Novize an und bot Gawin den Vortritt, als die Stimme des Priors drinnen erschallte.

»Vater, Ihr wünschtet den neuen Handwerker zu sprechen.«

»Hab Dank, Bruder Thomas. Und du, trete ein und setz dich dort hin. Ich habe mit dir zu sprechen.«

Gawin nahm auf dem ihm zugewiesenen Stuhl Platz. Es war das erste Mal, dass er die Kammer des Priors betrat. Er hatte sie sich größer und auch üppiger ausgestattet vorgestellt. Doch die Zelle war nur um ein weniges breiter als die, die er sich mit Anna teilte.

»Bist du enttäuscht?«, fragte der Prior.

»Ehm, enttäuscht? Nein. Weshalb?«

»Ich sehe es an deinem Blick.«

Gawin wusste nicht, was er darauf erwidern sollte. Schließlich wäre es nicht sehr schmeichelhaft, dem Prior gegenüber eingestehen zu müssen, dass er ihn für eitler und machtbewusster gehalten hatte.

»Du bist nicht dumm, das sehe ich. Und deine Arbeit verrichtest du ebenfalls geschickt. Sehr geschickt sogar. Bruder Hermannus berichtete mir davon. Und ich selbst habe über das gestaunt, was du geleistet hast. Woher kommst du, Junge?«

Gawin freute sich nur kurz über das Lob und besann sich dann schnell auf die Geschichte, die sich Anna und er zurechtgelegt hatten.

»Ich bin mit meiner Schwester hier. Unsere Eltern sind tot.«

Der Prior lächelte spöttisch.

»Du hast meine Frage nicht beantwortet. Woher kommt ihr?« Er trat direkt vor Gawin und sah ihm in die Augen.

»Von überall und nirgends. Wir waren an keinem Ort sehr lange.«

Gawin fluchte innerlich. Anna und er hatten sich sehr genau zurechtgelegt, was sie sagen wollten, wenn jemand nach ihrer Herkunft fragte. Sie hatten besprochen, wann ihre Eltern gestorben waren und woran. Wie qualvoll es gewesen war, ihren Tod mit ansehen zu müssen, wie furchtbar das Leid der Geschwister. Doch einen Ort festzulegen, an dem sie geboren worden waren, hatten sie versäumt.

»Von überall und nirgends, ja?« Der Kirchenmann hob die Augenbrauen. »Ich verstehe, ich verstehe«, murmelte er, trat einige Schritte zurück und sah aus dem Fenster. »Du heißt Gawin, nicht wahr?«, fragte er, ohne den Jungen dabei anzusehen.

»Ja, das ist mein Name.«

»Gawin von überall und nirgends, soso.« Der Prior drehte sich wieder um und betrachtete ihn argwöhnisch. »Wie lange willst du mit deiner Schwester hierbleiben?«

Gawin spürte einen Kloß im Hals. Es mochte Anna im Kloster nicht sonderlich gefallen, doch er selbst hatte sich schnell an den sicheren Schlafplatz und die Arbeit hier gewöhnt. Nur ungern würde er rasch wieder von dannen ziehen.

»Solange Ihr Arbeit für uns habt, Vater.«

»Das ist genau, was ich hören wollte.« Der Abt schien wie verwandelt. Weniger launisch und viel gelöster. »Ich habe hier noch einiges für euch zu tun.«

»Was immer Ihr wollt, Vater. Allerdings …«

»Allerdings was?« Sofort war der misstrauische Ausdruck wieder in seinen Augen.

»Meine Schwester. Sie durfte die Kammer noch kein einziges Mal verlassen. Und es ist Frühling. Sie sieht durch das kleine Fenster ihrer Kammer, dass die Sonne an Kraft gewinnt, während sie selbst zwischen kühlen, dunklen Wänden gefangen ist. Wenn Ihr erlaubtet, dass sie täglich für kurze Zeit in den Innenhof oder gar den Klostergarten gehen darf, könntet Ihr Euch uneingeschränkt auf unsere Dienste verlassen.«

Der Abt zögerte. »Ich will nicht, dass mir ein Weibsbild Unruhe unter die Brüder bringt.«

»Aber das will sie doch gar nicht«, versuchte Gawin ihn zu besänftigen. »Sie will nur ein wenig an die frische Luft. Ich selbst werde dafür sorgen, dass sie mit keinem der Brüder auch nur ein Wort spricht, das versichere ich Euch.« Er senkte den Kopf.

Der Prior überlegte lange, schritt dabei im Zimmer auf und ab und sah zum Fenster hinaus.

»Sie darf täglich während der gesamten Essenszeit in den Garten und sich dort frei bewegen. Bruder Thomas wird ihr Bescheid geben und sie hinführen. Noch bevor die Brüder das Refektorium wieder verlassen, hat sie in ihre Kammer zurückzukehren. Und es ist ihr bei Strafe verboten, mit jemandem zu sprechen. Ausgenommen Bruder Thomas natürlich.«

»Ich danke Euch, ehrwürdiger Prior.« Gawin war aufgestanden und verbeugte sich tief vor dem Kirchenmann.

»Nachdem das nun geklärt ist, möchte ich über deine künftige Arbeit mit dir sprechen. Ich habe etwas Großes, etwas Gewaltiges vor. Und du sollst es für mich vollbringen.«

8. Kapitel

Schlecht gelaunt hockte Helme am Waldrand und wartete. Irgendwann musste ja jemand vorbeikommen, dem er die Kleidung abnehmen konnte. So wie er aussah, brauchte er nicht einmal den Versuch zu unternehmen, ein Stadttor zu passieren, ganz gleich in welchem Ort.

Das Miststück hatte stärker geblutet als ein abgestochenes Schwein und war für seinen Geschmack auch noch viel zu früh ohnmächtig geworden. Wäre sie ihm nicht einfach unter den Händen weggestorben, hätte er sich noch stundenlang mit ihr vergnügen können. Stattdessen hatte ihr Blut schon seine Hose durchtränkt, kaum dass er begonnen hatte. In der Dunkelheit des Gasthauses hatte er es zu spät bemerkt. Nun blieb ihm nichts anderes übrig, als den nächstbesten Kerl seiner Kleidung zu berauben. Er hoffte nur, dass in den nächsten Stunden nicht nur Kleinwüchsige an ihm vorbeiziehen würden, deren Sachen ihm sein Lebtag lang nicht passen würden. Stunde um Stunde würde er hier womöglich hocken, bis jemand mit seiner Statur des Weges zog. Womöglich würde er sogar mehrere Tage hier festsitzen, ohne voranzukommen. Kostbare Zeit, in der Anna den Abstand zwischen ihnen weiter vergrößern könnte. In den letzten Wochen war es für Helme auch so schon alles andere als gut gelaufen. Seit diese Schwachköpfe ihn in Pater Anselms Keller geworfen hatten, war sein Leben aus den Fugen geraten. Dabei hatte er doch vorgehabt, das geliehene Geld zu besorgen und seine Schulden zu bezahlen. Sich ständig das Gejammer seiner Gläubiger anhören zu müssen, dass sie doch nur ihre Familie zu ernähren versuchten, war ihm ohnehin zuwider. Doch mit seiner Einsperrung hatten sie Anna die Gelegenheit gegeben, sich davonzumachen. Das würden sie noch büßen! Voller Zorn legte er die Hand auf die kleine Armbrust, die neben ihm lag, und ballte die andere zur Faust, bis seine schmutzigen Fingernägel tiefe Einkerbungen in seiner Handfläche hinterließen. Fast zärtlich strich er über die Waffe. Er hatte sie selbst gebaut, vor Jahren schon. Feinstes Eibenholz hatte er dafür verwendet, Hirschgeweih und Tiersehnen. Sie war mit anderen Armbrüsten, deren Bogen einem stehenden Mann meist bis übers Knie reichte, nicht zu vergleichen. Sein Bogen war nicht größer als zwei Handflächen und hielt mittels einer speziellen Sicherung stets zwei anstatt nur eines Pfeiles gespannt, so dass er in Notsituationen den Pfeil nicht erst einlegen und spannen musste, sondern den Abzug sofort betätigen konnte. Mit zwei Riemen war die Waffe allezeit an seinem rechten Unterarm befestigt. Wann immer ein Fremder seine Armbrust zu Gesicht bekam, war sie meist das Letzte, was er auf Erden sah. Schon immer hatte er das Gefühl von Überlegenheit genossen, das Töten geliebt. Es war das Einzige, was ihn wirklich in Erregung versetzte. Der Anblick eines wimmernden Menschen in Erwartung des Unvermeidlichen ließ seinen eigenen Leib erbeben. Stets war es die Angst in den Augen seines Gegenübers, die seinem Glied die nötige Steife verlieh. Schon sehr früh hatte er dies gemerkt. Seinen ersten Höhepunkt hatte er auf der Jagd gehabt, als er im Auftrag des Meiers ein Reh zunächst am Hinterlauf erwischt und dann mit zunehmender Erregung beobachtet hatte, wie das Tier verzweifelt versuchte, wieder auf die Beine zu kommen, um zu fliehen. Die Todesangst, die in den Augen des Wilds stand, als er es erneut zu Boden zwang und ihm mit einem gezielten Streich die Kehle durchschnitt, verhalf ihm zum Erguss. Fortan wusste er, was er zu tun hatte, um Befriedigung zu erfahren. Nicht selten hatte er dabei nicht mehr gewusst, was er tat. Als er ungefähr siebzehn Jahre alt und mit ein paar Kumpanen im Hurenhaus gewesen war, wollte es bei ihm einfach nicht funktionieren. Sosehr er dem Miststück auch drohte, sie machte sich über ihn lustig und gab das übliche Hurengewäsch von sich, dass er es wohl härter bräuchte, um es bringen zu können. Bis seine Wut schließlich die Oberhand gewonnen und er sie so lange gewürgt hatte, bis ihr dummes Grinsen zu einer schmerzverzerrten Grimasse geworden war. Mit jedem Augenblick war seine Erregung gewachsen, bis sein Glied prall und steif war und er sie mit aller Gewalt nahm. Dass das Leben zu diesem Zeitpunkt bereits aus ihrem Körper gewichen war, störte ihn nicht weiter. Vielmehr verspürte er so etwas wie Triumph darüber, selbst noch im Tode über ihren Leib verfügen zu können. Irgendwelche Folgen hatte das Geschehen damals nicht für ihn gehabt. Der Hurenwirt kümmerte sich darum, die Leiche unbemerkt verschwinden zu lassen, wenngleich Helme ihm dafür einen ganzen Monatslohn überlassen musste. Doch von da an war ein Punkt überschritten gewesen, und er versuchte gar nicht mehr erst, sich auf die Weise Befriedigung zu verschaffen, die seine Saufkumpane für gewöhnlich hielten. Es gab nur einen unter ihnen, der seine Leidenschaft teilte und der wie er den unglaublichen Genuss zu spüren vermochte, den einem allein die Todesangst eines anderen Menschen verschaffen konnte. Seither hatten sie gemeinsam so mancher Hure gezeigt, dass sie ihnen ihre Angst nicht vorzuspielen brauchte. Sie sorgten schon dafür, dass sie echt war. Wegen einer dummen kleinen Magd waren sie am Ende aus seiner Heimatstadt vertrieben worden. Noch heute würde er der kleinen Schlampe am liebsten den Hals dafür umdrehen, hatte er doch seinen Freund seit jenen Tagen nicht mehr gesehen, wenngleich er oft an ihn dachte. Stattdessen war er auf einen Handel eingegangen, der ihm ein stetiges Einkommen sichern sollte. Nur bei der Frau, die er dafür hatte heiraten müssen, war es Helme nicht gelungen, ihr die Angst einzuflößen, die ihm Genuss verschaffte. Ihr verdammter Stolz und ihre Widerstandskraft waren einfach zu groß gewesen. Katharina, Annas Mutter, vermochte ihn mit ihrer unglaublichen Ruhe und Gelassenheit zwar aufzuregen, jedoch nicht zu erregen. Als die einzig mögliche Lösung für sie nur noch darin bestanden hatte, Helme zu heiraten und ihre damals nur wenige Tage alte Tochter gemeinsam mit ihm aufzuziehen, als ob sie tatsächlich die seine wäre, schien sie sich ganz und gar in ihr Schicksal ergeben zu haben. Sie hatte sich sowohl mit dem Leben an seiner Seite als auch mit ihrem Tod abgefunden. Es war ihr gleichgültig. Für sie zählte nur Anna. Und dass Helme Anna niemals töten würde, wusste seine Frau nur zu gut. Denn das Geheimnis um Anna sicherte ihm lebenslange Einkünfte. Sie zu töten hieß, sich selbst seiner Existenzgrundlage zu berauben.

Doch nun hatte er wegen Anna sein sicheres Heim verlassen müssen, um sich auf die Suche nach ihr zu machen. Er hatte keine andere Wahl, als sie so schnell wie möglich wieder einzufangen. In den Tagen, die sie ihm voraus war, hatte sie ein gutes Stück Weges zwischen sie bringen können. Er durfte nicht zulassen, dass die Nachricht von ihrem Verschwinden an oberster Stelle durchdrang. Wenn dies geschah, wäre er seines Lebens nicht mehr sicher. So weit würde er es nicht kommen lassen.

Helme konnte nicht ahnen, dass er seinen sicheren Unterschlupf in Lünen nicht hätte verlassen müssen, um Anna wieder einzufangen. Denn zur gleichen Zeit, während der er am Waldrand wartete und nach einem möglichen Opfer Ausschau hielt, das er mit der Armbrust erledigen und seiner

Kleider berauben konnte, klopfte ein Bote an die Tür von Helmes verlassener Kate, um diesem die Nachricht von Annas Aufenthaltsort zu überbringen.

Stephan, ein junger Novize aus dem Kloster Rehburg-Loccum, der neben der Schriftrolle auch noch einen Siegelring bei sich trug, der die Echtheit des Schriftstücks bestätigte, wartete einen halben Tag vergeblich. Doch dann verschaffte sich sein Magen so laut Gehör, dass er zum Wirtshaus hinübergging, in dem Anna noch vor wenigen Wochen gearbeitet hatte, und dort fragte, ob ihm vielleicht jemand etwas über Helmes Verbleib sagen könnte. Zwar wusste jeder im Ort zu berichten, dass dieser wegen seiner Schulden zunächst im Keller des Paters eingesperrt, nach drei Tagen aber wieder in die Freiheit entlassen worden war. Auch ging das Gerücht, dass seine schöne Tochter, die engelsgleiche Anna, diese Zeit zur Flucht vor dem ungeliebten Vater genutzt hatte. Wohin die beiden jedoch gegangen waren, vermochten die Bewohner nicht mit Sicherheit zu sagen. Der einzige Hinweis, der dem Novizen gegeben wurde, war der, dass sich die Tochter angeblich in Richtung Köln aufgemacht hatte und der Vater ihr gefolgt war. Dass der Bote bereits über den Verbleib der jungen Frau Bescheid wusste, sagte er im Gegenzug nicht. Es war das erste Mal, dass ihm eine solche Aufgabe übertragen worden war, und wohl oder übel musste er sich eine gewisse Ratlosigkeit eingestehen, wie nun weiter vorzugehen sei. In keinem Fall jedoch wollte er zum Kloster zurückkehren und vom Scheitern seiner Mission berichten. So beschloss er noch zu warten, denn er hoffte darauf, dass Helme in wenigen Tagen wieder auftauchen würde. Zudem barg sein Auftrag auch den Reiz, dem Klosterleben eine Zeitlang entfliehen zu können. Denn während der tägliche Trott bei den gläubigen Brüdern weder Abwechslung noch Würze bot, gewährte ihm diese geheime Reise Eindrücke, die ihm hinter den schweren Klostermauern bisher verwehrt geblieben waren. Nie hätte er sich der Fleischeslust hingegeben, und bei jedem Versuch der hiesigen Weibsbilder ihn zu locken, wendete er sich angewidert in die entgegengesetzte Richtung. Dass ihn ihr Verhalten jedoch keineswegs kaltließ, verriet ihm die Steife zwischen seinen Beinen. Um sich nicht zu verraten, behielt er deshalb, solange diese währte, stets Platz, scheute einen direkten Blick und schien ganz und gar mit seinem Dünnbier beschäftigt zu sein, ganz gleich wie deutlich die Versuche der Hübschlerinnen auch waren.

Erst nachdem er drei Tage vergeblich gewartet hatte, machte er sich auf den Rückweg zum Kloster. Die Nachricht legte er zusammen mit dem Siegelring offen in Helmes Kate auf den Tisch. Er konnte nur hoffen, dass dieser alsbald nach Hause zurückkehrte, schließlich behagte es ihm gar nicht, seinem Mentor vom Scheitern seiner Aufgabe berichten zu müssen. Er wusste, welches Vertrauen sein geistiger Führer mit der Übersendung der Nachricht in ihn gesetzt hatte. Wenngleich er nicht wusste, weshalb es so wichtig war, diesen Helme über den Aufenthalt seiner Tochter zu unterrichten, wollte er doch seinen Oberen nicht enttäuschen.

9. Kapitel

Es war der immer gleiche Vorgang, den zu beobachten Anna ein sicheres Gefühl verlieh. Einer der Mönche, meistens war es Adolfus, durchschritt den großen Saal, nahm eine Kerze und entzündete nach und nach die Fackeln an den Wänden. Es waren an jeder Seite dreizehn Wachsstangen, die im Abstand von mehreren Metern in schmiedeeisernen Halterungen steckten. Anna durfte nur zu dieser frühen Stunde, in der die übrigen Mönche in der Kirche zusammenkamen und ihre Gebete sprachen, den Raum betreten. Der Geruch des Wachses und des Feuers, die Wärme, die sie augenblicklich zu spüren meinte, sobald die Flammen größer wurden, schenkten Anna ein Gefühl von Geborgenheit. Sie empfand es als Privileg, dass sie sich eine Kammer mit Gawin teilte, während andere Wanderer und Pilger in der schlichten Halle untergebracht wurden, wo sie dicht zusammenrücken mussten, um der Kälte zu entkommen. Womit Gawin und sie sich diese besondere Behandlung verdient hatten, wusste sie nicht, doch erklärte sich die Bevorzugung teilweise mit den ihnen übertragenen Aufgaben, denen sie so in aller Ruhe nachgehen konnten. Manchmal jedoch beneidete sie die übrigen Schutzsuchenden, die gemeinsam aßen, tranken und sich unterhielten, während es ihr selbst untersagt war, sich zu ihnen zu gesellen.

Gawin arbeitete inzwischen ununterbrochen. Wenn er dann spät am Abend in die gemeinsame Kammer kam, konnte er die Augenlider fast nicht mehr offen halten und schlief ein, sobald er sich auf dem Lager zusammengerollt hatte. Anna wusste nicht viel über ihn, doch es war offensichtlich, wie sehr ihn das Leben und die Arbeit hier im Kloster erfüllten. Sie selbst vermochte dieses Glück nicht mit ihm zu teilen. Sosehr sie sich bei den Mönchen auch in Sicherheit wog, so zehrte doch die Einsamkeit jeden Tag mehr an ihr. Nur gut, dass sie schon bald die Herstellung der notwendigen Kleider abgeschlossen haben würde, und damit die Zeit kam, sich wieder auf den Weg zu machen. Auch wenn sie sich ein wenig vor dem Moment des Aufbruchs fürchtete. Wie würde Gawin reagieren? Sie wusste nicht, woran er gerade arbeitete, und war nicht sicher, ob er das Leben, welches sich ihm hier bot, so einfach und leichten Herzens wieder aufgeben würde. Der Gedanke, ohne ihn weiterziehen zu müssen, schmerzte sie. Das Räuspern des Mönchs ließ sie aufblicken. Er hatte bereits alle Fackeln entzündet. Es war das Zeichen für Anna, den Saal wieder zu verlassen und in ihre Kammer zurückzukehren. Ihr waren nur die wenigen Augenblicke am Morgen, gleich nachdem sie die Zelle verlassen hatte und während die Mönche aßen, gegönnt, um sich frei im Innenhof, dem angrenzenden Kräutergarten und im Saal zu bewegen. Schweigend erhob sie sich von der Bank und folgte dem Mönch nach draußen. Im Arkadengang blieb sie stehen und lauschte sehnsüchtig den aus einiger Entfernung zu ihr dringenden Stimmen der Klosterbesucher. Einen Moment lang war sie in Versuchung, den Geräuschen zu folgen und einen kleinen Schwatz zu halten, doch sie wollte sich dem Willen des Priors keinesfalls widersetzen. Wie Bruder Hermannus ihr offenbart hatte, gestattete es dieser nicht, dass sie sich unter jene mischte, die für ein paar Tage, manchmal auch nur für eine Nacht, im Kloster Unterschlupf suchten. Seufzend ging sie wieder zu ihrer Kammer zurück. Nur noch wenige Tage, so sagte sich Anna, dann wäre ihre Arbeit beendet, und Gawin und sie könnten fortgehen. Als sie die Tür öffnete, war sie überrascht, den jungen Mann, von dem im Kloster jeder annahm, dass er ihr Bruder sei, auf dem Stuhl in ihrer Zelle vorzufinden.

»Gawin«, meinte sie. »Was tust du denn hier?«

»Komm rein. Ich muss dir was erzählen.«

Anna trat ein und schloss die Tür hinter sich. Seinem Gesichtsausdruck war zu entnehmen, dass er aufgeregt, ja geradezu heiter war.

»Was ist geschehen?«

»Setz dich«, forderte er sie auf. Anna folgte seiner Bitte und nahm auf der Pritsche Platz.

»Und?«

Gawin zog seinen Stuhl näher heran, so dass er direkt vor ihr saß. »Vor zwei Tagen, als der Prior mich zu sprechen wünschte, hat er mich bezüglich seines Vorhabens ins Vertrauen gezogen.«

»Ja?«

»Stell dir vor, Anna. Er trug mir auf, eine Zeichnung zu fertigen und ihm mitzuteilen, ob es mir möglich sei, eine Madonna zu schnitzen, die größer als ein Mensch ist.«

»Und das hast du getan?«

»Ganz recht. Deshalb war ich gestern den ganzen Tag über im Skriptorium. Ich wollte es dir erzählen, doch der Prior hat mir untersagt, mit irgendjemandem, ganz gleich wem, darüber zu sprechen. Heute Morgen nun war ich bei ihm und habe ihm den Entwurf vorgelegt. Er war nicht ganz so, wie er ihn sich vorgestellt hat. Doch ich habe ihm erklärt, dass ich sicher sei, die Statue auf diese Weise fertigstellen zu können. Das hat ihn überzeugt.«

»Und nun«, hakte Anna unsicher nach, »willst du ihm eine Madonna bauen?«

Gawin lehnte sich zufrieden auf dem Stuhl zurück und verschränkte die Arme vor der Brust. »Ganz recht«, meinte er stolz. »Kannst du dir das vorstellen? Ich? Wie ein richtiger Künstler?«

Seine Begeisterung versetzte Anna einen Stich ins Herz.

»Aber«, wandte sie zögernd ein, »so etwas zu fertigen dauert viele Monate, vielleicht sogar Jahre.«

»Ganz recht. Monate, in denen wir gut versorgt sind und uns nicht fragen müssen, wo wir schlafen und ob wir am nächsten Tage genug zu essen haben werden.« Gawin sprudelte geradezu über vor Begeisterung. Er beugte sich vor und ergriff Annas Hände. »Wir haben so ein Glück, Anna.«

Unsicher lächelte sie ihn an. »Aber«, ihre Stimme war nur noch ein Flüstern, »bist du nicht viel zu jung, um eine solche Arbeit zu verrichten?«

»Das habe ich mich auch kurz gefragt, doch der Prior scheint mir angesehen zu haben, was ich dachte, und wies mich darauf hin, dass es eine besondere, von Gott gegebene Gabe sei, etwas Derartiges bereits in so jungen Jahren vollbringen zu können.«

»Aber wir wollten doch weiterziehen«, gab Anna zu bedenken.

Gawin ließ ihre Hände los und sah sie fragend an.

»Du hast es doch gehört«, erwiderte er. »Wir müssen nicht weiterziehen. Ich werde dem Prior das Abbild einer Heiligen bauen. Wir sind in Sicherheit.«

Wieder ergriff er ihre Hände. »Anna, versteh doch. Unsere Not hat ein Ende.«

Sie antwortete nicht, senkte nur den Kopf.

»Freust du dich denn gar nicht?« Gawin ließ sie los. Er hatte keinen Augenblick gezögert und sofort zugestimmt, als der Prior ihm von seinen Plänen berichtet hatte, eine Madonna fertigen zu lassen, die überall im Land bekannt gemacht werden würde. Der Kirchenmann hatte geschwärmt, dass die

Menschen in Scharen kämen, um zu Füßen der Statue zu beten und den Allerhöchsten um Schutz und Wohlstand zu bitten. Zwar wusste Gawin, dass der Prior dabei auch seinen eigenen Wohlstand und den des Klosters im Sinn hatte, doch der Stolz darüber, dass ihm diese Aufgabe übertragen werden sollte, hatte ihn mit solchem Glück erfüllt, dass er an nichts anderes mehr gedacht hatte. Ihm, dem ewigen Taugenichts, der noch vor wenigen Wochen dem Hungertod näher gewesen war als dem schaffensreichen Leben. Nicht nur die Aussicht auf regelmäßiges Essen und einen Schlafplatz, gepaart mit der Sicherheit des Gotteshauses, sondern vor allem die Möglichkeit, endlich sein Leben angehen und ihm einen Sinn geben zu können, und noch mehr der Wunsch, das in ihn gesetzte Vertrauen, ein solches Kunstwerk zu fertigen, nicht zu enttäuschen, hatten Gawin geradezu in einen Rausch versetzt. Deshalb war er auch nicht darauf gefasst, von Anna eine solche Zurückweisung zu erfahren. Zorn stieg in ihm auf, den er zu unterdrücken versuchte.

»Aber Anna, hier haben wir doch alles im Überfluss, viel mehr, als wir uns je erträumten.«

»Mehr, als du dir erträumtest vielleicht«, entgegnete Anna bitter.

»Was willst du damit sagen?«

Sie hob den Kopf und sah ihm in die Augen. »Gawin, ich hatte nie vor, länger hierzubleiben. Für dich mag das alles ganz wunderbar sein. Das regelmäßige Essen, ein warmes Lager, eine Aufgabe. Doch ich …« Sie brach ab.

»Was denn?« Sosehr er sich auch bemühte, sie zu verstehen, schien es ihm, als würden sie plötzlich in zwei unterschiedlichen Sprachen miteinander reden.

»Ich bin hier eingesperrt, tagein, tagaus. Ich freue mich darauf, Bruder Adolfus am Morgen dabei zuzusehen, wie er die

Fackeln entzündet. Und während des kurzen Moments am Nachmittag, den ich im Hof verbringe, versuche ich so viel Luft einzuatmen, dass mir fast schwindelig wird. Ich bin stets allein, ich habe niemanden, mit dem ich sprechen kann. Und nur aus einem einzigen Grund habe ich das bislang ertragen. Weil ich die Aussicht habe, dass meine Tage hier gezählt sind.«

»Aber du hast doch mich«, wandte Gawin zögerlich ein.

»Du bist doch nie hier.« Ihre Stimme war immer leiser geworden und zuletzt fast ganz abgebrochen.

»Aber Anna, eine solche Gelegenheit werde ich mein ganzes Leben lang nie wieder bekommen.«

Ihr wurde schwer ums Herz bei dem, was sie ihm nun sagen musste. Die Lüge über ihre Verwandtschaft hatte sie zwischenzeitlich so verinnerlicht, dass ihr tatsächlich so war, als würde sie sich von ihrem Bruder verabschieden müssen.

»Du hast recht«, sagte sie leise. »Solch eine Gelegenheit bietet sich dir nur einmal. Deshalb solltest du sie ergreifen.« Ein leiser Hoffnungsschimmer keimte in Gawin auf.

»Doch«, führte Anna ihre Rede fort, »ist es nicht der Weg, den ich gehen werde.« Sie beugte sich zu ihm vor. »Fertige deine Madonna, Gawin, und lass dich von niemandem dabei aufhalten. Du tust das Richtige. Aber ich«, sie zögerte kurz, »ich werde gehen und meinen eigenen Weg suchen.«

Ihm war, als hätte sie ihm einen Schlag in die Magengrube verpasst.

»Aber«, wandte er stockend ein, »du bist meine Schwester. Du kannst doch nicht einfach so ohne mich weggehen.«

»Das bin ich nicht, und du weißt es.« Zärtlich strich sie mit der Hand über seine Wange.

Er nickte, während sich seine Augen mit Tränen füllten. »Aber es fühlt sich so an.«

Auch Anna kämpfte mit den Tränen. »Ich weiß. Aber es

geht nicht anders. In drei Tagen werde ich gehen, Gawin.« Er wollte tapfer sein, konnte jedoch nur schwer ein Schluchzen unterdrücken.

»Werden wir uns wiedersehen?«

Anna versuchte zu lächeln. »Ganz bestimmt. Baue du in Ruhe dein Kunstwerk. Ich werde bis Bremen ziehen und dort auf dich warten.«

»Und wenn es mehrere Jahre dauert?«

»Dann werde ich dort eben mehrere Jahre auf dich warten.«

Gawin kaute auf seiner Unterlippe, dann sprang er plötzlich auf. »Ich gehe jetzt an die Arbeit. Es gibt viel zu tun.« Mit diesen Worten ging er zur Tür und verließ den Raum, ohne sich noch einmal umzudrehen.

Drei Tage später hatte Anna die für Gawin neu gefertigten Kleider, zu einem Stapel geordnet, auf den Stuhl gelegt, die Mönchskutten fein säuberlich auf dem Tisch aufgeschichtet und ihre eigenen Sachen in einem kleinen Sack verstaut, den sie in der Ecke aufbewahrte. Eine kurze Umarmung war die einzige Geste, die sie sich zum Abschied erlaubten, bevor sich Gawin am Morgen wieder seiner Arbeit widmete. Sie hatten abgesprochen, Annas Weggang weder Bruder Hermannus noch dem Prior anzukündigen, um auf diese Weise alle Schwierigkeiten, die sich dadurch vielleicht für sie ergeben mochten, zu vermeiden. Stattdessen waren sie übereingekommen, dass Gawin erst am nächsten Tag im Kloster berichten sollte, Anna habe sich offenbar heimlich auf und davon gemacht. Sie wollte stark sein, doch die Tränen liefen ihr über das Gesicht, als sie ihn an sich drückte. Die Angst, ihn vielleicht nie wiederzusehen, ließ sie leise schluchzen. Sie hatte bislang nur ein einziges Mal in ihrem Leben einen solchen Abschiedsschmerz empfunden. Das war gewesen, als Gerhild ihr erklärt hatte, wessen Beerdigung sie vor wenigen Tagen beigewohnt hatte und dass ihre Mutter nie wiederkäme. Und nun war ihr dieser Junge, den sie nur einige Wochen kannte, wie ein eigener Bruder ans Herz gewachsen. Gawin ging es mit seinen Gefühlen für sie nicht anders. Anna, so kurz er sie auch kannte, war seine ganze Familie und der Schmerz über ihren Verlust so tief, dass er wie gelähmt war. So viele Jahre hatte er allein im Wald gelebt und nur dann Menschen getroffen, wenn er sich zum nächsten Dorf aufgemacht hatte, um dort einige seiner Schnitzereien zu verkaufen. Ein Tag war für ihn wie der andere gewesen. Erst als Anna in sein Leben getreten war, hatte sich dies geändert. Manchmal, wenn er in letzter Zeit aus einem Alptraum hochgeschreckt war, der ihn in die Einsamkeit des Waldes zurückgeführt hatte, war er von seiner Pritsche aufgestanden und hatte Annas Haar berührt. Er musste einfach fühlen, dass sie da und er der Einsamkeit seiner Höhle entkommen war. Sobald er sie spürte, ging es ihm besser, seine Atmung beruhigte sich, und er legte sich wieder hin. Was sollte nun werden, wenn sie fortging und ihn zurückließ?

»Ich werde dir folgen, sobald die Statue fertig ist«, brachte er mühsam hervor.

»Und ich werde in Bremen auf dich warten und so lange nicht fortziehen, bis du mich gefunden hast.«

»Leb wohl!« Er strich ihr über das Haar, das ihren Kopf wie ein goldenes Seidentuch umspielte. Vorsichtig näherte er sich ihrem Gesicht, küsste sie auf die Wange und sog noch einmal ihren Duft ein. Dann löste er sich mit einem Ruck von ihr, öffnete die Tür und ging hinaus.

»Leb wohl«, hauchte Anna, ohne dass er es noch hören konnte. Dann verhüllte sie ihre Haare mit einem schwarzen Tuch, ging ein letztes Mal in den großen Saal und beobachtete, wie Bruder Adolfus die Fackeln entzündete. Noch bevor die Sonne am Horizont aufging, wollte Anna den Weg entlang der Weser erreicht haben. Selbst wenn sie sich viel Zeit ließe, würde sie spätestens übermorgen durch das Bremer Stadttor schreiten können. Dann, so hoffte sie, würde sich der eiserne Gurt, der sich seit dem Abschied von Gawin fest um ihr Herz gelegt hatte, vielleicht ein wenig lösen.

Als die Mönche das Morgengebet beendeten und Anna gerade heimlich durch das Klostertor huschen wollte, legte sich plötzlich eine schwere Pranke auf ihre Schulter.

»Nicht so schnell, Kleine«, hörte sie eine Stimme hinter sich.

Zögernd drehte sie sich um. »Ich wollte nur …«

»Du wolltest dich davonmachen«, gab er mit einem unangenehmen Grinsen zurück. »Doch welche brave Schwester wird denn ihren Bruder allein zurücklassen?«

Er packte sie an den Haaren und zerrte sie wieder in den Klosterhof hinein. Tränen stiegen in ihre Augen, die Arkadengänge begannen, vor ihr zu verschwimmen. Grob zog er sie hinter sich her, ohne auf ihr Jammern und Wehklagen zu achten. Gang um Gang schleppte er sie mit sich in einen Teil des Klosters, den sie nie zuvor betreten hatte. Wie ein Labyrinth erschienen ihr die vielen Treppen und Gänge. Hier war kein Mönch mehr, kein Leben. Alles war still und unbewohnt. Polternd öffnete er eine Holztür, hinter der eine Treppe steil nach unten führte. Modrig feuchter Geruch schlug Anna entgegen, es war kalt und klamm. Er stieß sie die Stufen hinab und weiter an Weinfässern vorbei bis zu einem rund gemauerten Raum, in dem sich zwei nebeneinanderliegende Zellen aus Eisenstäben mit Eisenscharnieren an den Türen befanden. Mit einem harten Stoß schubste er Anna hinein, die mit einem Aufschrei zu Boden ging.

»Hier bleibst du erst mal, mein Täubchen, bis wir wissen, was wir mit dir machen.« Die Tür fiel schwer ins Schloss, das Quietschen des Beschlags war zu hören. Seine Schritte entfernten sich. Eher erstaunt als verzweifelt blickte Anna Bruder Hermannus nach, der sich mit schnellen Schritten entfernte. Erst jetzt wurde ihr klar, dass sie eine Gefangene war.

10. Kapitel

In eine fremde Stadt zu kommen war für Margrite stets, als könnte ihr Leben hierdurch eine ganz neue, ungewohnte Wendung nehmen. Zwar erwartete sie dies nicht wirklich, doch die Möglichkeit, ihrem bisherigen Dasein zu entfliehen und einer Zeit entgegenzusehen, die alles bisher Dagewesene in den Schatten zu stellen vermochte, hielt sie durchaus für gegeben. Die Sehnsucht, eines Tages das zu finden, was sie seit ihrem frühen Verlust wiederzuerlangen suchte, schob sie beiseite, so gut es eben ging. Manchmal, während der Nacht, wenn ihre Gedanken an Kraft verloren und die Gefühle übermächtig wurden, wünschte sie sich in die alte Heimat zurück. Wie sehr sie diese Träume hasste. Das Gefühl, aufzuwachen und zu wissen, dass es nie wieder so sein würde, zerfraß ihr Herz und ihren Verstand. Tief in ihrer Seele lag all das begraben, was sie so sehr liebte. Mit dem Verlust hatte sie umzugehen gelernt, nie jedoch mit der Hoffnung, dass es eines Tages wieder so sein könnte, wie es einst gewesen war. Auch deshalb liebte sie fremde Orte. Nichts erinnerte dort an das Vergangene. Dort gab es nur das Künftige, ganz gleich ob gut oder schlecht.

Bereits ein gutes Stück vor den Stadttoren hatte sie Binhildis aufgefordert, ihre Hurenbänder abzulegen. Stattdessen sollte sie das Kleid, das sie trug, mit einem Lederband enger zusammenziehen und dadurch einen weniger großzügigen Blick auf ihre Brüste gewähren. Mit den Jahren hatte Margrite gelernt, dass es ihr zum Vorteil gereichte, wenn eine Seifensiederin und Händlerin, wie sie es war, nicht unmittelbar mit den Huren in Zusammenhang gebracht wurde, die ihr dafür, dass sie sich der Gruppe während der Reise anschließen durften, einen Teil ihrer Einnahmen abgaben. Beim Durchqueren des Stadttors zwinkerte sie einem der Wachmänner zu, was dieser mit einem schiefen Grinsen quittierte.

»Ich glaube, hier wird's mir gefallen, Anderlin«, sagte Margrite laut. Der Soldat musterte sie, verstand ihre Bemerkung als Anspielung auf sich und machte keine Anstalten, die kleine Gruppe aufzuhalten. Margrite kannte das schon. Je unbeschwerter sie und ihre Begleiter mit den Torwachen umgingen, desto weniger Scherereien hatten sie zu erwarten. Und sich ins rechte Licht zu rücken hatte sie über die Jahre hinweg gelernt, nachdem sie nie so schön oder zart gewesen war wie viele andere Mädchen des Dorfes, aus dem sie stammte. Doch schon früh hatte sie begriffen, dass sie anscheinend dennoch etwas an sich hatte, was die Männer anziehend fanden. Obgleich sie sich selbst nicht recht erklären konnte, was das sein mochte. Für eine Frau war sie zu groß, und so mancher Mann fühlte sich bedroht, sobald Margrite ihren beachtlichen Leib vor ihm aufbaute.

Im Städtchen herrschte reges Treiben. Es war kein Markttag, aber die ersten Händler begannen bereits, ihre Stände für den nächsten Tag aufzubauen. Ein zwischen ihnen umherschreitender Stadtbüttel sorgte dafür, dass ein jeder genau den Platz belegte, der ihm zugewiesen worden war. Margrite und ihre Begleiter würden ein gutes Stück abseits des Hauptplatzes ihre Waren anbieten müssen. Die guten Stände waren den ortsansässigen Händlern vorbehalten, die der Stadt nicht nur höhere Gebühren gemäß der Menge und Größe ihrer dargebotenen Waren zu entrichten hatten, sondern sich dank der ein oder anderen Münze aus der Hand einer hochgestellten Persönlichkeit auch den besten Standort sicherten. Doch das machte Margrite nichts aus. Sie wusste, dass die Waren, die sie anzubieten hatten, eine Besonderheit in kleineren Städten darstellten. Sie hatten noch immer ihr Geschäft gemacht. Die Weise, in der Anderlin und sie ihr Handelsgeschäft aufgebaut hatten, war mit viel Arbeit verbunden gewesen. Sie hatten die Lücke erkannt, die sich durch den stetig wachsenden Handel auf den Flusswegen auftat. Denn Orte, die an keinem oder nicht wenigstens an einem kleineren Strom lagen, wurden vielfach nur noch mit Waren beliefert, die für die Grundversorgung der Menschen ausreichten, jedoch nicht mit Gütern wie Gewürzen, edlen Tüchern oder eben der von Margrite hergestellten Seife. So kauften Anderlin und sie seit Jahren große Warenmengen ein, mit denen sie im Laufe des Jahres einmal quer durchs ganze Land zogen, um sie in kleinen Städten zu verkaufen. Manchmal nahmen sie dabei das Zehnfache von dem ein, was sie in den großen Anlegehäfen ursprünglich dafür bezahlt hatten. Hinzu kamen die Einnahmen aus der Seifenherstellung, ein Handwerk, auf das sich nur wenige verstanden. Margrite beherrschte die Kunst des Seifensiedens dagegen vollendet, und Jahr für Jahr stellte sie mehr Duftseifen her, um den unterschiedlichen Wünschen der Leute entgegenkommen zu können.

Margrite beobachtete einen Spielmann, der ein melodisches Liedchen auf seiner Flöte spielte. Er hielt das Instrument mit nur einer Hand; der linke Ärmel seiner Jacke hing dagegen leer an seinem Körper hinab. Für einen Moment fiel die Seifensiederin auf die kleine List herein. Dann beobachtete sie jedoch, wie der Musikant nach seinem Spiel dicht an einer Bürgerin vorbeiging und wie zufällig mit ihr zusammenstieß. Seine Flöte und der Inhalt ihres Korbes gingen zu Boden, und gemeinsam mit der Frau bückte er sich. Während sie die Habseligkeiten aus ihrem Korb wieder einsammelte, hob er mit einer Hand die Flöte auf. Doch unter seiner Jacke kam für einen Wimpernschlag seine andere Hand hervor, griff blitzschnell nach der Geldkatze der Frau und verschwand danach ebenso flink wieder unter der Kleidung, wie sie hervorgeschnellt war.

»Verzeiht, verzeiht!«, murmelte der Spielmann. »Vor nicht allzu langer Zeit habe ich meinen Arm verloren und bin noch etwas ungeschickt in meinen Bewegungen.«

Die Bürgerin schien verärgert, ließ es aber mit einem Blick auf den leeren Ärmel seiner Jacke bewenden. Wieder und wieder verbeugte sich der Dieb unterwürfig vor ihr, bis die Frau wieder ihres Weges ging und er sich in die andere Richtung davonmachte. Margrite grinste. Wie dumm die Städterinnen doch oftmals waren. Kaum dass sie einen vermeintlich Verstümmelten sahen, siegte schon ihr Mitleid über ihren Verstand. Margrite war es einerlei. Aber sie würde auf der Hut sein, wenn ihr ein Krüppel begegnete.

Die Gruppe ließ ihre Blicke in alle Richtungen schweifen, während sie langsam die Straße entlangging.

»Was glaubst du? Ob er wohl hier ist?«, fragte Anderlin. Margrite wusste sofort, dass er von Cecilies Mörder sprach. »Wenn ja, ist er noch dümmer, als ich dachte. Doch ich glaube, er hat sich eher nach Köln aufgemacht.«

»Was werden wir tun, wenn wir ihn sehen?« Binhildis war zu ihnen aufgerückt. Zwar hatte sie bisher kaum erkennen lassen, was sie über Cecilies Tod dachte. Doch dass ihr bei dem Gedanken, deren Peiniger erneut über den Weg zu laufen, alles andere als wohl war, war ihrer Stimme deutlich anzuhören.

Anderlin ballte seine Rechte zu einer Faust und reckte sie gen Himmel. Doch bevor er etwas sagen konnte, erklärte

Margrite: »Wenn er wirklich hier sein sollte und wir ihn sehen, werden wir den Mord dem Stadtvogt anzeigen.«

Anderlin schien überrascht. »Nein, den Kerl kaufe ich mir selbst«, stellte er klar.

»Das wirst du nicht tun!«, fuhr sie ihn schroff an. »Nicht nur, dass das Schwein unberechenbar ist. Wir müssen ihm allein schon deshalb beim Vogt zuvorkommen, damit er den Spieß nicht umdreht und *uns* mit der Behauptung anzeigt, wir würden gemeinsame Sache machen, und nicht er, sondern wir hätten Cecilie so zugerichtet.«

»Wie kommst du darauf? Warum sollte er so etwas tun?«

»Weil er ein Widerling ist«, erkannte Margrite. »Und verschlagen obendrein. Und so, wie Cecilie zugerichtet war, hat er anscheinend Übung im Töten. Der wusste genau, was er tat.«

Nach dieser Erklärung schwieg Anderlin. Er wusste, dass es keinen Sinn hatte Margrite zu widersprechen. Doch im Stillen nahm er sich vor, sich den Mörder vorzuknöpfen, sobald er in sein Blickfeld geriet.

»Dort vorn ist eine Schänke«, sagte Wolfker. »Es könnte nicht schaden, schon jetzt nach einem Lager zu fragen. Wahrscheinlich werden die anderen Händler erst in ein paar Stunden eintreffen. Also stehen unsere Aussichten gut, heute Nacht noch ein Dach über den Kopf zu kriegen.«

Anderlin nickte und steuerte seinen Ochsenkarren zu dem Wirtshaus hinüber. Die Tür stand offen, und aus dem Innern des Gebäudes drang eine Frauenstimme, die fröhlich ein Liedchen vor sich hin trällerte.

Anderlin trat ein und räusperte sich.

»Seid gegrüßt, Frau. Wo ist der Wirt?«

»Fort. Was willst du?«

»Wir sind zu sechst. Nein, zu fünft«, korrigierte er sich

schnell. »Wir brauchen eine Unterkunft für die Nacht und etwas zu essen.«

»Seid ihr zum Markt gekommen?«, wollte die Frau wissen, nachdem die anderen nun ebenfalls hinter Anderlin in die Wirtsstube getreten waren.

Anderlin nickte.

»Aber bezahlt wird gleich.«

»Zeig uns die Kammer und tische uns auf. Dann erhältst du deinen Lohn.«

Sie blickte mürrisch drein, bedeutete ihnen, ihr zu folgen, und führte sie eine Stiege hinauf, deren Holz unter jedem ihrer Schritte ächzte.

»Frisches Stroh ist im Stall, wenn ihr wollt.«

Oben angelangt, ging Binhildis zielstrebig in eine Ecke des Raumes, schob dort das mit Binsen vermischte Stroh beiseite und häufte es ein Stückchen weiter entfernt auf.

»Ich gehe zum Stall und hole frisches Stroh. Dieses hier stinkt und ist so verlaust, dass auch das Katzenfell nichts dagegen ausrichten kann.« Sie deutete auf den kleinen Umhang, den sie am Hals trug. Margrite blickte sie an. Sie bezweifelte, dass der Überwurf auch nur eine Laus weniger beherbergte als das miefende Stroh, sagte jedoch nichts. Das Fell schien Binhildis' ganzer Stolz zu sein und sie an bessere Zeiten zu erinnern. Ein Gefühl, das Margrite aus eigener Erfahrung nur allzu gut kannte. »Ich komme mit dir«, sagte sie schnell, stieg zusammen mit Binhildis wieder die Stufen hinab und zog sie durch die Hintertür ins Freie.

Der Stall befand sich direkt an der Rückseite des Gasthauses und war von diesem nur durch einen kurzen, matschigen Weg getrennt. Seine Tür war nur angelehnt. Margrite schob Binhildis hinter sich und schlug die Pforte mit Schwung auf. Der Geruch, der ihnen entgegenschlug, verriet, dass hier früher Schweine gehalten worden waren. Margrite machte einen Schritt nach drinnen und nahm dabei eine schnelle Bewegung aus den Augenwinkeln wahr: Jemand versuchte sich zu verstecken. Sofort sah sie sich eilig nach einem Gegenstand um, der ihr als Waffe dienen könnte.

»Komm raus, oder ich schlag dir hiermit den Schädel ein«, schnauzte sie, kaum dass sie sich eine an der Wand stehende Schaufel gegriffen hatte und deren Blatt mit einem scheppernden Geräusch flach auf den Boden schlug.

Vorsichtig bewegte sich das Stroh in der hinteren Ecke. »Habt Erbarmen mit einem Krüppel«, bat eine schwache Stimme, und zaghaft lugte ein Gesicht hervor. Ein Lächeln spielte um Margrites Lippen, als sie den Spielmann erkannte, der zuvor die Bürgersfrau um ihre Münzen gebracht hatte. Er richtete sich auf und streifte sich mit der rechten Hand Strohhalme und Spelzen von seiner Jacke, deren linker Ärmel noch immer leer an ihm herunterbaumelte. Binhildis nahm es mit bestürztem Gesicht wahr.

»Was ist Euch geschehen?«

Der junge Mann räusperte sich, doch bevor er etwas antworten konnte, erwiderte schon Margrite an seiner Stelle: »Eine schwere Erkrankung, eine gar fürchterliche Entstellung, auch grober Unsinn, Täuschung oder Betrug genannt.« Sie lächelte ihn abschätzig dabei an.

Er zögerte kurz, zeigte dann aber ein breites Grinsen. »Ihr seid eine gute Beobachterin.«

Margrite nahm es mit einem amüsierten Kopfnicken zur Kenntnis. »Was treibt Ihr hier? Habt Ihr eine Schlafstelle im Gasthaus?«

»Nicht direkt.«

»Ich verstehe. Wir wollen uns hier nur frisches Stroh holen und haben ansonsten nichts gesehen.«

»Ich danke Euch.«

Margrite bückte sich hinab, raffte ihren Überrock zu einer Schürze und füllte sie mit Stroh. »Binhildis«, sagte sie scharf. »Willst du weiter wie angewachsen hier stehen bleiben oder dir nicht lieber das Stroh für dein Lager nehmen, bevor die anderen kommen und darauf herumtrampeln?«

Eilig ging Binhildis in die Knie und tat es Margrite gleich. Die Blicke, die sie dem Fremden dabei zuwarf, entgingen weder ihm noch Margrite, die langsam die Geduld mit Binhildis verlor.

»Was glaubst du, was du da tust?«

»Was denn?«, entrüstete sich die Jüngere.

Margrite legte den Kopf schief. »Glaubst du, ich sei plötzlich erblindet?«

Trotzig raffte Binhildis das Stroh zusammen. »Ich muss auch sehen, wo ich bleibe.«

»Genau. Und deshalb bestimmt nicht bei einem, der vorgibt, ein Krüppel zu sein, um auf diese Weise die Leute besser bestehlen zu können.«

Binhildis blickte missmutig drein.

»Euch ist schon bewusst, dass ich hier stehe und Euch zuhöre?« Der Fremde schien zu schwanken, ob er amüsiert oder gekränkt sein sollte.

Margrite zog die Augenbrauen hoch. »Ein Betrüger und doch so empfindlich? Sei es drum! Solange Ihr Euch nur von uns und unseren Ständen fernhaltet und nicht den Versuch unternehmt, etwas von unseren Waren unter Eurem Umhang verschwinden zu lassen, könnt Ihr in Eurem vermeintlichen Krüppeldasein meinetwegen treiben, was Ihr fröhlich seid.«

»Von Euren Ständen? Ihr seid Händler?«

Margrite behielt den Saum ihres Kleides in der Hand, damit ihr das gesammelte Stroh nicht entglitt, und richtete sich auf. »Selbstverständlich sind wir Händler. Was dachtet Ihr denn?«

Der Fremde schien sich seine nächsten Worte genau zu überlegen. »Ihr tragt zwar weder Hurenbänder noch Flicken, und auch der züchtige Kragen mag einiges verbergen, doch glaubte ich, Euer Gewerbe so genau zu erkennen, wie das Stroh hier gelb ist.«

Margrites Herz klopfte laut in ihrer Brust. Sie war deftige Reden aus der Zeit gewohnt, in der sie sich tatsächlich als Hure hatte durchschlagen müssen. Doch das war Jahre her, und da sie die Bänder schon vor so langer Zeit entfernt und ihr Kleid seitdem züchtig geschnürt hielt, fühlte sie sich nun verletzt und gedemütigt. Sie suchte nach Worten, doch ihr sonst so schlagfertiges Mundwerk schien ihr nicht zu Hilfe eilen zu wollen.

Der Fremde bemerkte die Veränderung in ihrem Gesicht. War es möglich, dass er ihren wunden Punkt getroffen hatte? Die Frau schien bestürzt, und er bedauerte augenblicklich, so rüde mit ihr gesprochen zu haben. Zwar war sie zweifelsfrei das, für was er sie hielt, doch der betroffene Ausdruck in ihren Augen ließ ihn Mitleid mit ihr haben.

»Verzeiht!«, brachte er eilig hervor. »Ich sehe, ich habe mich getäuscht. Ich bin ein Narr und hoffe auf Eure Milde.« Er deutete eine Verbeugung an.

Margrites Herz pochte noch immer. Nur selten hatte sie einen Gedanken daran verschwendet, wie die Menschen, denen sie auf ihren Reisen begegnete, sie beurteilten. Eines Tages, das hatte sie sich immer geschworen, würde sie wieder das Weib sein, das sie einst gewesen war. Vor zwei Jahren hatte sie die Bürgerrechte der Stadt Bremen erhalten. Zwar nicht, ohne einiges dafür getan zu haben, um den Mann, der sich diesbezüglich für sie eingesetzt hatte, zuvor auf ihre Seite zu ziehen. Doch war sie damit ihrem Ziel, eines Tages an der Seite eines ansehnlichen Gatten anerkannt und geachtet zu werden, ein gutes Stück näher gekommen. Schon bald würde sie wieder zurück in Bremen sein, in ihrem eigenen, kleinen Haus, wo sie sich nicht mehr über Diebe und unverschämte Kerle, wie den vermeintlich Einarmigen vor ihr, ärgern müsste.

»Schon gut«, murmelte sie. »Binhildis, nimm das Stroh und lass uns gehen.«

Die Jüngere stopfte nach, nahm, so viel sie tragen konnte, und huschte aus dem Stall. Der Bursche suchte nach Worten, doch bevor er noch etwas sagen konnte, verließ auch Margrite den ehemaligen Schweinekoben.

Draußen begegneten sie Anderlin.

»Die Wirtin sagt, dass wir den Ochsenkarren im Stall unterstellen können. Sie sperrt in der Nacht die Tür ab.«

Margrite blickte missmutig drein. »Da drin gibt's Ratten«, sagte sie laut. »Ratten von der Sorte, die nicht viel Gutes übrig lassen, wenn man nicht aufpasst.«

Anderlin zog die Augenbrauen in die Höhe. »Dann sage ich Wolfker und Otto, dass sie die Waren nach oben in die Kammer schaffen sollen.«

Margrite nickte, trat an Anderlin vorbei und wollte eben wieder durch die Hintertür ins Wirtshaus zurückkehren, als er ihren Arm fasste und sie zurückhielt. »Alles in Ordnung mit dir?«

Sie seufzte. »Aber ja. Ich bin nur müde«, wiegelte sie ab, zog Anderlin ins Gasthaus hinein und schlug die Tür fester zu, als sie es geplant hatte.

11. Kapitel

Es war nicht nur die klamme Luft und die Angst, wie es weitergehen sollte, die Anna fast den Atem raubten. Viel mehr lähmte sie der Umstand, eingesperrt zu sein. Nervös pulte sie an ihren Fingernägeln. Quälende Erinnerungen stürmten auf sie ein. Im Loch, wie sie das Gefängnis daheim bei ihrem Vater nannte, hatte sie oft endlose Tage und Nächte verbringen müssen. Sie war noch klein gewesen, als er sie erstmals dort eingesperrt hatte. Weswegen, wusste sie nicht mehr. Wegen einer Kleinigkeit wahrscheinlich, oder aber einfach nur aus einer Laune heraus. Es schien ihr, als hätte er ihr Jammern und Wehklagen, wenn er ihr mit dem Loch drohte, mehr genossen als einen guten Tropfen Wein. Das Loch war nichts weiter als ein kleiner tiefschwarzer Raum, der in den Erdboden des Hauses gegraben worden war und zu dem nach Öffnen einer Bodenluke eine steile Holzstiege hinabführte. Helme nutzte ihn, um die im Auftrag des Meiers geschossenen Tiere so lang darin aufzuhängen, bis er sie ausweidete und ihre Felle, das Fleisch und die Innereien verwertete. Für Anna war es der Raum, der Himmel und Hölle voneinander trennte und sie in Letztere verbannte. Manches Mal war das in ihm aufgehängte Fleisch bereits verwest, weil Helme es in seinem Rausch versäumt hatte, es rechtzeitig mit der nötigen Sorgfalt zu verarbeiten. Wie immer, wenn etwas gegen seinen Willen geschah, ließ er es dann an Anna aus und sperrte sie oft tagelang zu den sich immer weiter zersetzenden Kadavern ins Loch. Mehr als einmal hatte Anna geglaubt, sich ebenfalls in der Dunkelheit aufzulösen, ohne dass es jemand merken oder sich gar daran stören würde. Nur einmal hatte sie Hilfe erhalten. Ohne Grund hatte Helme die Luke geöffnet und sie ins

Loch hinuntergestoßen, gerade als sie zum Gasthaus gehen wollte, um dort zu bedienen. Alles Weinen und Betteln nützte nichts. Selbst als sie sagte, dass sie das Geld brauchen würden, welches sie in der Schänke verdiente, ließ er sich nicht erweichen. Nach einiger Zeit, die sie dort unten im Dunkeln gekauert hatte, hörte sie oben jedoch zwei Stimmen, die sich zu streiten schienen. Vorsichtig krabbelte sie die Stufen hinauf, bis sie mit dem Ohr an der Luke saß und zu erlauschen versuchte, was im Haus gesprochen wurde. Zuerst konnte sie nur das wütende Gebell ihres Vaters ausmachen, doch nach einer Weile erkannte sie, dass Gerhild, die Wirtin der Schänke, sich mit Helme stritt. Anna wagte kaum zu atmen, während sie darauf wartete, wie der Zwist wohl ausgehen mochte. Erst als sie hörte, dass die Tür geöffnet wurde und Gerhild offenbar im Begriff war, das Haus wieder zu verlassen, trommelte Anna nach Leibeskräften gegen die verschlossene Luke und brüllte ihren Namen. Stimmen wurden laut, schnelle Schritte, dann öffnete jemand das Loch. Anna blinzelte ins Licht, nahm Gerhilds Gesicht wahr, das sie mitfühlend ansah. Sie streckte ihr die Hand entgegen. Helme protestierte heftig, aber nur kurz. Die Wirtin drohte ihm damit, dass, sollte er ihr nur noch einen Schritt näher kommen oder sie gar anrühren, sie ihren Mann und die Lüner herbeirufen würde. Dann griff sie Annas Hand, zog sie aus dem Loch heraus und schob sie aus dem Haus. In den darauffolgenden Wochen fürchtete Anna um ihr Leben und fragte sich stets, wie Helmes Rache für diese Zurechtweisung wohl ausfallen würde. Doch aus Gründen, die sie bis heute nicht ganz begriff, hielt er sich zurück. Gerhild hatte sie danach immer wieder bestärkt, ihr sofort zu sagen, wenn er sie wieder schlecht behandelte. Und Anna war auch nicht entgangen, dass der Wirt selbst Helme immer wieder warnende Blicke zuwarf, wenn sie einander begegneten. Aber Anna kannte ihren Vater zu gut, um zu glauben, dass seine Zurückhaltung ewig anhalten würde. Und weder Gerhild noch ihr Mann würden immer zur Stelle sein können, um sie vor ihm zu beschützen. Denn eines hatte sie immer gewusst: Für Helme war es wie bei der Jagd. Wenn er seine Beute lange genug verfolgt hatte, würde er sie erlegen wollen, und kein Mensch der Welt konnte sie dann vor seinem Todesstoß retten. Es waren glückliche Umstände gewesen, vielleicht sogar eine Handreichung Gottes selbst, die dazu geführt hatten, dass er wegen seiner Schulden abgeführt worden war. Man legte sich eben nicht mit dem Grafen an, dachte Anna spöttisch, wenngleich ihr dieser Fehler ihres Vaters die Flucht ermöglicht hatte. Aber was hatte ihr die genutzt? Letztendlich nichts, denn wieder war sie in einem Gefängnis, und wieder ohne Grund. Zumindest wusste sie nicht, weshalb sie hier eingesperrt worden war. Anna lauschte. Sie vernahm das Knarren einer Tür, dann das Geräusch von Sandalen, die die Treppenstufen hinabkamen. Einer der Mönche kam zu ihr. Beunruhigt traute sie sich kaum zu atmen. Sie hörte ein Plätschern, Schritte, dann wieder das Geräusch der Sandalen auf der Treppe. Der Mönch entfernte sich. Eilig rüttelte sie an den Eisenstäben ihres Gefängnisses.

»Ich bin hier! Holt mich hier raus!«

Sie brüllte aus Leibeskräften. Doch das Sandalengeräusch war nicht mehr zu hören. Ein leises Knarren, die Tür am Ende der Treppe wurde wieder ins Schloss gedrückt. Bitter stieg die Erkenntnis in ihr auf, dass der Mönch nur gekommen war, um Wein zu holen. Zwar musste er sie gehört haben. Doch er hatte ihr Rufen einfach ignoriert. Im Kloster wusste man also, dass sie hier gefangen gehalten wurde, aber es schien niemanden zu stören. Sie seufzte tief, setzte sich auf die kleine Pritsche, zog die Beine an und umfasste sie mit ihren Armen. Vor und zurück bewegte sie sich wie zu einer Melodie, die nur sie hören konnte. So hatte sie es schon als Kind gemacht. Nach dem Tod ihrer Mutter hatte sie tagelang so dagesessen, ihren Körper vor- und zurückbewegt und sich so zur Ruhe gebracht. Schon damals war ihr immer wieder die Frage nach dem Warum durch den Kopf gegangen: Warum war ihre Mutter gestorben, warum hatte Gott nichts unternommen, warum hatte ihr der Herr seine schützende Hand entzogen? Doch als sie nun so dasaß und darüber nachdachte, drängte sich zum ersten Mal auch eine andere Frage in ihr Bewusstsein: Woran? Woran war ihre Mutter gestorben? Sie war noch keine dreißig Jahre alt gewesen, eher kaum über die zwanzig hinaus. Zwar hatte sie all die Jahre über hart arbeiten müssen, doch Anna kannte Frauen, die das gleiche Leben wie ihre Mutter führten und dennoch über dreißig, manchmal sogar vierzig Jahre waren. Eigenartig, dass sie sich diese Frage noch nie zuvor gestellt hatte.

»Wie kommst du voran, mein Sohn?«

Gawin blickte nicht auf, sondern fuhr in vorsichtigen, kurzen Bewegungen mit einer breiten Klinge über das Holz, aus dem sich bereits sichtbar der Körperumriss einer Frau in einem langen Gewand herauszuschälen begann.

»Wie Ihr seht, Vater, sehr gut. Eine Schwierigkeit liegt nur noch in den Armen. Ich werde sehr vorsichtig an ihnen arbeiten müssen, um nicht die gesamte Figur zu ruinieren.«

Er ließ das Werkzeug sinken und betrachtete den Holzstamm, aus dem einmal eine anbetungswürdige Madonna entstehen sollte. Fast zärtlich berührte er den oberen Teil, aus dem er das Gesicht fertigen würde.

»Sie wird wunderschön, ich habe bereits vor Augen, wie sie aussehen wird. Ihr werdet zufrieden mit mir sein.«

»Hüte dich vor den Anfängen des Hochmuts, mein Sohn!«, bemerkte der Prior streng. »Ich werde glücklich darüber sein zu sehen, wie der Herr deine Hand bei der Schaffung dieses Kunstwerks zu führen verstanden hat.«

Gawin blickte demütig zu Boden. »Selbstverständlich, Vater, verzeiht.«

Das Gesicht des Priors entspannte sich und nahm einen milden Ausdruck an. »Setze nun dein Werk fort. Ich will dich nicht weiter stören.«

Mit diesen Worten hob er die Kutte ein wenig an und ging mit schnellen Schritten davon.

Gawin widmete sich wieder seiner Holzfigur, doch mit seinen Gedanken war er bei Anna. Ob sie das nächste Dorf, womöglich schon die nächste Stadt erreicht hatte? Er sah sie vor sich, wie sie in die Sonne blinzelte, deren Strahlen sich wärmend auf ihre Haut legten. Es schmerzte ihn daran zu denken, dass sie am Ende dieses Tages nicht mehr da sein würde und er ihr nicht berichten könnte, welche Fortschritte seine Madonna machte. Ein tiefer Seufzer entfuhr ihm, dann aber zwang er sich zur Ruhe. In wenigen Wochen würde er ihr folgen und hier einen Teil seines Selbst zurücklassen, in einer Statue, die an Glanz und Anmut alles bislang Dagewesene in den Schatten stellen sollte. Zufrieden betrachtete er sein Werk, bevor er die Klinge nahm und vorsichtig weiterschnitzte.

Das Gefühl, sie nicht umbringen zu können, sobald er sie gefunden hätte, wurmte ihn. Was für ein herrlicher, befriedigender Moment würde es sein, ihr die Hände um den Hals zu legen und langsam die Luft zum Atmen abzupressen. Der Gedanke erregte ihn.

Er hatte kaum Freude daran gehabt, dem Kerl, dem er die Kleider gestohlen hatte, den Garaus zu machen. Edle Kleidung, das musste Helme zugeben. Noch nie zuvor hatte er einen solch kostbaren Stoff auf der Haut getragen. Doch die Tötung an sich war lustlos, ohne jeden Reiz und viel zu schnell vorbei gewesen. Der Alte hatte nicht einmal ängstlich gewirkt, eher überrascht. Richtiggehend geärgert hatte Helme sich. Wenn der Mann wenigstens ein Weib mit dabeigehabt hätte, mit dem Helme sich anschließend noch ein bisschen hätte vergnügen können. Aber die Weiber waren ja nie zur Stelle, wenn man sie brauchte, und die restliche Zeit überflüssig. Verächtlich spuckte er auf den Boden. Nur noch zwei, vielleicht drei Stunden, dann würde er Rheindorf erreichen. Dort würde er sich einen guten Würzwein genehmigen und vielleicht noch eine Hure. Andererseits würde er diese wohl oder übel bezahlen müssen, wenn er kein Aufsehen erregen wollte. Doch dafür würden die paar Münzen, die er erbeutet hatte, kaum reichen. Schließlich musste er seine Ausgaben drosseln, solange er nicht in Lünen und damit nah an seiner Geldquelle war. Wieder schwoll der Ärger in Helme wie eine gewaltige Welle an. Wenn er Anna in die Finger bekäme, würde er ihr heimzahlen, was er ihretwegen alles entbehren musste. Übellaunig setzte er seinen Weg fort.

»Was bietet Ihr an, Händlerin?« Seine Stimme klang tiefer, als sein Aussehen es vermuten ließ.

Margrite, die gemeinsam mit Anderlin und Binhildis noch die Auslagen sortierte, während Wolfker und Otto es vorgezogen hatten, im Wirtshaus zu bleiben, sah ihn überrascht an. Ein Schmunzeln huschte über ihr Gesicht, als sie den Burschen aus dem Stall erkannte. Einen Moment stieg die Bemerkung, die er am gestrigen Tage über sie gemacht hatte, wieder in ihr hoch und versetzte ihr einen Stich. Doch ein Blick in seine Augen genügte ihr, um zu begreifen, dass er sie bereute.

»Habt Ihr denn genug Geld, um meine edlen Seifen, Kräuter, Tücher und Schnüre zu erwerben?«

Nun lächelte auch er. »Ich habe gestern ein sehr lohnenswertes Geschäft mit einer Bürgerin abgeschlossen. Das müsste reichen, um etwas von Euren Waren kaufen zu können.«

»Ein Geschäft mit einer Bürgerin, ja?« Margrite grinste breit. Der Kerl fing an, ihr sympathisch zu werden. »Ob die Bürgerin das ebenfalls so sieht, mag fraglich sein. Doch meine Waren verkaufe ich Euch gern.«

Die Anspannung, die ihn erfasst hatte, seitdem er sich an diesem Morgen vorgenommen hatte die Händlerin aufzusuchen, fiel mit einem Schlag von ihm ab. Entspannt ließ er seinen Blick über die Auslagen schweifen.

»Mein Name ist Hanno«, bemerkte er beiläufig. »Und wie nennt man Euch?«

»Margrite.«

»Ich habe noch nie eine Seife gesehen, nur davon gehört. Darf ich sie in die Hand nehmen und an ihr riechen?«

Margrite griff nach einem Seifenstück und schabte mit einem Messer ein wenig davon ab.

»Taucht Eure Hände in die Schale mit dem Wasser dort.«

Sie deutete ans Ende des Tisches, auf dem ein Gefäß stand, das Hanno an einen zu breit geformten Krug erinnerte. Er ging wie ihm geheißen zu dem Krug hinüber, tauchte seine Hände ins Wasser und ging dann zu Margrite zurück. Sie war um den Verkaufsstand herumgekommen. »Streck deine Hände aus und mach sie auf. Beide Hände«, wechselte sie in die vertraute Anrede über. »Sobald ich die Seifenflöckchen in sie hineinlege, beginnst du sie zu zerreiben.«

Hanno tat es, und augenblicklich nahm er einen Duft von frischen Blumen wahr, der ihn ganz und gar einzuhüllen schien. Er führte seine Hände direkt an seine Nase und atmete tief ein. Ein wohliges Kribbeln lief über seinen gesamten Körper.

»Das ist ein Wunder«, brachte er laut hervor. Wieder drückte er sich die Hände vors Gesicht und atmete tief ein. »Es ist herrlich, berauschend!« Seine Stimme war so laut, dass einige Leute stehen blieben und ihn verwundert ansahen.

»Es ist unglaublich!«, rief er. »Habt Ihr jemals etwas so Herrliches gerochen?« Er streckte den Menschen seine Hände entgegen. Die Seife verströmte ihren Duft wie ein gerade aufgeblühter Rosenbusch in alle Richtungen. Neugierig kamen die Bürger näher, schnupperten sich weiter voran, bis der Stand von Margrite von einer wahren Menschentraube umringt war. Hanno rief und erzählte weiterhin von einem Wunder, das es zu bestaunen gelte, und selbst die umstehenden Händler drängten herbei, um mitzubekommen, was es mit dem Auflauf an Margrites Stand auf sich hatte.

»Woher kommt dieser Duft?«, drang die Stimme eines Mannes an Margrites Ohr.

»Es ist die Seife!« Hanno zog den Schemel zu sich heran, der neben dem Warentisch stand und den Margrite von Zeit zu Zeit zum Ausruhen benutzte. Mit einem Satz sprang Hanno hinauf und streckte seine Hände nach oben.

»Es ist die Seife!« Er wedelte mit den Händen um sich. Überraschte, teilweise zweifelnde Blicke trafen ihn. Da kam ihm ein Gedanke. Flink sprang er wieder von dem Schemel herab. Ohne Margrite zu fragen, griff er nach ihrem Messer, nahm sich ein Stück Seife und ging damit zu der Wasserschale hinüber. Vorsichtig schabte er mit der Klinge über die Seife und ließ kleine Flöckchen in das Nass fallen. Dann, nachdem er Messer und Seifenstück wieder auf den Tisch gelegt hatte, fuhr er mit der Hand in die Lauge und rührte darin herum.

»Das müsst Ihr riechen. So duften nur Fürsten, Könige und Bischöfe. Wer so duftet, ist reich, gewandt und kann alles haben.«

Wie ein Großfürst schritt er durch die Reihen der Menschen, die ihm ehrfürchtig Platz machten. Er trat auf einen Bürger zu.

»Ihr erlaubt?« Hanno zog seine Hand aus dem Krug, griff nach der des völlig verblüfften Mannes, tauchte sie in das Wasser und zog sie sogleich wieder heraus. »Sagt mir, Bürger«, forderte Hanno mit lauter Stimme, »sagt mir, wer so riecht: Bürger oder Könige?«

Der Mann führte seine Hand an die Nase und nahm einen tiefen Atemzug. Gespannt warteten die Menschen um ihn herum auf sein Urteil.

»Könige!«, brüllte er aus voller Kehle. »Nur Könige duften so!«

Die Menschen jubelten auf. Hanno seinerseits ließ einen kurzen Moment verstreichen, bevor er wieder auf den Schemel sprang und dort einen Augenblick zu überlegen schien.

»Händlerin!«, rief er dann Margrite zu. »Ich bitte Euch! Lasst mich etwas von dieser Seife erwerben, bevor mir die anderen hier zuvorkommen.« Er zog den Geldbeutel heraus, den er am Vortag der Bürgerin gestohlen hatte.

»Dies ist alles, was ich habe!« Er warf das Säckchen zu Margrite hinüber, die es geschickt auffing. »Gebt mir dafür so viel Seife, wie ich bekommen kann.«

»Für so viel Geld bekommt Ihr ein halbes Stück!«, rief Margrite ihm zu. »Die reicht Euch die nächsten zehn Jahre.«

»Habt Dank!« Hanno sprang von dem Schemel herab und eilte ihr entgegen, um sein halbes Stück Seife in Empfang zu nehmen.

In diesem Moment brach die Hölle los.

»Wie viel bekomme ich hierfür?«, rief ein Mann, der eine prall gefüllte Geldkatze in die Luft streckte.

»Ich habe reine Silberlinge!«, hörte Margrite jemanden rufen, darum bemüht, dem Andrang der Leute standzuhalten.

So schnell sie konnte, teilte sie die Seife in Stücke, während Anderlin und Binhildis die Münzen in Empfang nahmen, ihr zeigten und die Seife, die es hierfür zu kaufen gab, dann an die Kunden weiterreichten. Schneller, als Margrite es je für möglich gehalten hatte, war nicht mehr ein einziges Seifenflöckchen auf dem Tisch.

»Wann treibt Ihr hier das nächste Mal Handel?«, fragte eine Frau, die als eine der wenigen keine Seife mehr erhalten hatte und darüber ganz unglücklich war. Margrite wollte gerade antworten, als Hanno hinzutrat.

»Es bricht mir das Herz, ein halbes Seifenstück zu besitzen, während Ihr, die Ihr Euch nichts sehnlicher gewünscht habt, keines mehr erwerben konntet.« Er griff nach Margrites Messer und teilte sein Stück. Überglücklich nahm die Frau es an sich, drückte Hanno mehrere Münzen dafür in die Hand, dankte ihm noch einmal überschwenglich und eilte davon. Erschöpft ließ Margrite sich auf den Schemel fallen, nachdem der ganze Markt auf einmal wie leergefegt war, während Anderlin zufrieden das Holzkästchen begutachtete, in das er und Binhildis das eingenommene Geld gelegt hatten.

»Ihr seid ein Teufelskerl«, sagte er anerkennend zu Hanno. »Durch Euer Geschrei habt Ihr uns mehr Geld eingebracht, als wir auf einem Dutzend Märkte hätten verdienen können.«

Hanno grinste breit. »Das war ja der Sinn der Sache.«

Margrite stand auf, ging zu Anderlin hinüber und griff nach der Geldkatze, die Hanno ihr während seines kleinen Auftritts zugeworfen hatte.

»Die hier gehört dir!« Sie warf sie zu ihm hinüber. Hanno

zog die Münzen hervor, die er für die Seife bekommen hatte, die er der letzten Kundin verkauft hatte, und streckte Margrite diese zusammen mit der Seife entgegen.

»Und dies beides dir!«

Margrite nahm die Münzen. »Die Seife behalt. Die hast du dir redlich verdient.«

Er lachte und steckte das Seifenstück und den Geldbeutel wieder ein. »Na dann. Vielleicht sieht man sich mal wieder auf irgendeinem Markt.« Er hob zum Abschied die Hand.

»Warte!« Margrite sah Anderlin kurz an, als müsse sie eine Entscheidung treffen. Doch ohne dass sie ein Wort miteinander gewechselt hatten, schien er zu wissen, worauf sie hinauswollte, und nickte.

»Was hältst du davon, mit uns zu kommen?« Margrite ging um den Verkaufsstand herum und blieb vor Hanno stehen. »Siehst nicht aus, als würde jemand zu Hause auf dich warten. Du könntest dich uns anschließen und auf anderen Märkten das Gleiche tun, was du heute gemacht hast. Am Ende des Tages bekommst du dafür dein Geld, immer abhängig davon, wie viel wir verkaufen konnten. Was meinst du?«

Hanno wirkte verblüfft. Er wusste nicht, ob wegen des überraschenden Vorschlags oder weil er sich fragte, was es wohl für ein Gefühl wäre, nach all den Jahren wieder zu anderen Menschen zu gehören. Einen kurzen Moment beschlich ihn die Angst, dass Margrite es nicht ernst meinen könnte und ihn, sobald er einwilligte, auslachen würde. Doch er schob den Gedanken schnell beiseite.

»In welche Richtung geht ihr?«

»Wir wollen nach Bremen und auf dem Weg dorthin weiter Handel treiben«, erklärte Margrite. »Aber erst einmal muss ich neue Seife herstellen«, fügte sie hinzu.

»Du machst die Seife selbst? Das kannst du?«

Die Verwunderung in Hannos Stimme ließ ein Gefühl des Stolzes in ihr aufkommen.

»Natürlich. Deshalb kann ich sie ja auch so günstig verkaufen.«

»Günstig?« Seine Stimme überschlug sich fast. »Von dem, was du für ein halbes Stück Seife bekommst, kann eine Familie sich einen ganzen Monat lang Essen kaufen.«

»Und dennoch ist meine Seife günstiger als die anderer Händler, glaub mir. Wenn wir erst einmal auf die großen Märkte in Köln und Augsburg kommen, wirst du es schon sehen.«

»Was ist nun?«, schaltete sich Anderlin ein. »Willst du mit uns kommen?«

»Ja, das würde mir gefallen«, hörte Hanno sich selbst sagen, ohne weiter darüber nachgedacht zu haben.

»Dann sind wir uns einig«, stellte Anderlin zufrieden fest und begann seine Waren einzusammeln.

»Was tust du da?«, fragte Margrite. »Wir haben noch nicht einen Ballen Tuch verkauft, und auch die Schnüre liegen unangetastet.« Sie ging zu Anderlin hinter den Stand.

»Mein Täubchen.« Anderlin trat zu ihr, nahm sie trotz ihrer halbherzigen Gegenwehr in den Arm und drückte sie herzlich an sich.

»Wir haben heute so viel verdient, dass wir es uns getrost sparen können, noch für wenige Pfennige auf Käufer zu warten, die, wie du siehst, außerdem schon alle nach Hause gegangen sind. Die anderen Händler packen auch schon zusammen.«

Ärgerlich wischte sich Margrite mit dem Ärmel über die Wange, als Anderlin ihr einen dicken Kuss aufdrückte, sagte aber nichts.

Er lachte gutmütig auf. »Heute, mein Täubchen, lassen wir

es uns gutgehen, und du bekommst das beste Essen, das dieses Dorf zu bieten hat. Schließlich weißt du, wie man Wunderseife herstellt.« Er tätschelte ihr den Rücken.

Hanno sah, wie es in Margrite arbeitete, und glaubte fast schon, dass sie Anderlin gleich gewaltig zusammenstauchen würde. Doch dann senkten sich ihre Schultern, und sie legte ihren Kopf an die Brust ihres Begleiters. »Recht hast du. Heute lassen wir es uns gutgehen.« Sie berührte mit der Hand sein Wams, und die Zärtlichkeit, die die beiden miteinander verband, ließ Hanno lächeln.

»Ich glaube, bei euch wird's mir gut gefallen«, stellte er zufrieden fest.

12. Kapitel

An die klamme Kälte hatte sie sich in den drei Tagen, die sie hier festsaß, schon gewöhnt. Aber die Dunkelheit und der Gestank machten ihr von Stunde zu Stunde mehr zu schaffen. Dabei musste sie sich eingestehen, dass es vor allem der Geruch ihres ungewaschenen Körpers und ihre Notdurft waren, die ihr Übelkeit verursachten. Der Eimer, in den sie sich erleichterte, war bisher nur einmal geleert worden. War es Tag oder Nacht, Morgen oder Abend? Sie wusste es nicht mehr. Jedwedes Zeitgefühl war ihr abhandengekommen. Zu Beginn ihrer Gefangenschaft hatte sie sich noch daran orientiert, wann sie Essen und Trinken erhalten hatte. Dann war es ihr jedoch so vorgekommen, als wären die Mahlzeiten von zuvor drei auf nur mehr zwei verringert worden. Oder erhielt sie inzwischen sogar nur noch eine Ration pro Tag? Anna vermochte es nicht zu sagen. Sie starrte in die Dunkelheit. Die Fackel, die ihr am Anfang etwas Licht gespendet hatte, war vor mindestens zwei Tagen erloschen. Nur wenn ihr das Essen gebracht wurde, erhellte für einen Moment der Lichtschein eines Talglichts im Gang ihr Gefängnis. Doch sobald der Mönch sich wieder entfernte, holte sich die Schwärze sogleich zurück, was sie an Sichtbarem hatte preisgeben müssen.

Anna hatte längst aufgehört darüber nachzugrübeln, welch schreckliches Verbrechen sie begangen haben mochte, um diese Bestrafung zu verdienen. Zu verdienen? Anna dachte über das Wort nach. Nein! Sie hatte diese Strafe nicht verdient, sie hatte sie geschenkt bekommen. Strafe war das Einzige in ihrem Leben, was sie sich nicht hatte erarbeiten müssen, sondern umsonst bekommen hatte. Einfach so. Und noch ein weiterer Gedanke hatte sie während der Tage, die sie hier saß, über alle Maßen beschäftigt. Sie hatte aufgehört sich zu fragen, wann die Qualen, die sich durch ihr Leben hindurchzogen, endlich vorüber wären. Stattdessen fragte sie sich nur noch, wann sie sich endlich mit ihnen abfinden würde. Wann würde sie akzeptieren können, dass ihre Träume von Freiheit und Selbstbestimmtheit nichts anderes waren als Unsinn? Und wann würde die Sehnsucht in ihr, in Frieden und mit ihrer eigenen Hände Kraft für sich sorgen zu können, ein für alle Mal erlöschen? Und wann, wann, wann würde die Stimme ihrer Mutter, die ihr wieder und wieder sagte, dass sie etwas Besonderes war und dass ihr eigentlich ein anderes Leben zustand, in ihrem Kopf verstummen? Wann würde sie selbst endlich aufhören, Gott um Gnade anzuflehen und ihn zu fragen, welchen Weg er ihr aufzeigen wollte? Doch warum sollte der Herr einer wie ihr überhaupt zuhören?

Ein Knarren hallte durch den Keller, und das Schlurfen von Sohlen auf den Stufen der Treppe war zu hören. Anna nahm es wahr, doch kümmerte es sie kaum mehr. Plötzlich wurde der Riegel zu ihrer Kammer zurückgeschoben, und ein Lichtschein erhellte den Raum.

»Ich darf nicht mit Euch sprechen. Ihr seid eine Hexe und steht mit dem Teufel im Bunde, das weiß ich.«

Annas Pulsschlag beschleunigte sich. »Bruder Adolfus?«

»Ich darf nicht mit Euch sprechen! Bleibt, wo Ihr seid, damit ich den Eimer holen kann.«

»Seid Ihr ab jetzt mein Bewacher, Bruder Adolfus?«

»Ich darf nicht mit Euch sprechen!«

»Habt Dank, Bruder Adolfus, dass Ihr Euch um mich kümmert. Was ist mit Bruder Ignazius?«

»Er liegt mit Fieber, und sicher wart Ihr diejenige, die ihn verhext hat.«

»Ich soll ihn verhext haben? Ich bin ja nicht mal …« Sie brach ab. Sich verteidigen zu wollen würde nur seinen Widerstand ihr gegenüber verstärken. »Ich bete ebenso zum Herrn wie Ihr, Bruder Adolfus. Und ich werde beim Herrn dafür beten, dass er Bruder Ignazius alsbald gesunden lassen möge.«

Adolfus blieb stehen und sah sie an.

»Ihr wart es doch, die ihn verflucht hat«, schimpfte er aufgebracht.

»Wer dies Euch auch immer gesagt hat, spricht nicht die Wahrheit.« Anna wägte ihre nächsten Worte genau ab, als sie das trotzige Funkeln in seinen Augen sah.

»Aber sicher glaubt derjenige, der Euch gesagt hat, ich hätte Bruder Ignazius verhext, dass er die Wahrheit sagt. Doch so ist es nicht.«

Er beäugte sie weiterhin misstrauisch, aber es schien Anna, dass er über ihre Worte nachdachte. »Ich habe einen Verdacht«, brachte sie verschwörerisch hervor.

Bruder Adolfus sah sie an.

»Was für einen Verdacht?«

Anna musste sich zusammenreißen, um ihm ihre Erleichterung darüber, dass er ihr zuhörte, nicht allzu sehr zu zeigen. »Ich vermute, dass Euch Bruder Hermannus gesagt hat, dass ich eine Hexe bin.«

Bruder Adolfus ließ sich nicht anmerken, ob sie mit ihrer Vermutung richtiglag.

»Bruder Hermannus war es auch, der mich in diese Zelle gebracht hat«, erklärte sie. »Er ist ein guter Mönch, und er hat recht daran getan mich hier einzusperren.«

Nun schien sie die komplette Aufmerksamkeit des Mönches zu besitzen. Sie stand auf und faltete die Hände wie zum Gebet. »Der Teufel muss in mich gefahren sein, dass ich meinen Bruder verlassen und mich davonmachen wollte. Doch hier unten, in der Dunkelheit, ist mir im Gebet wieder und wieder der Herrgott begegnet. Er allein. Und er hat mir Mut gemacht, während der Teufel sich nicht mehr hat blicken lassen. Der Herr hat mir gezeigt, welcher Weg der richtige ist. Der Dämon hingegen hat seine Macht über mich verloren.«

Adolfus musterte sie zweifelnd, dann griff er sich den Eimer und verschwand.

Zwei weitere Tage waren seit dem Gespräch mit Bruder Adolfus vergangen. Zumindest war dies Annas Einschätzung, denn sie hatte seitdem vier Mahlzeiten bekommen. Vielleicht waren es auch schon drei Tage. Doch das war nicht weiter wichtig. Wichtig war allein, dass der Erfolg, den sie sich von ihrer Unterredung mit Adolfus erhofft hatte, bislang ausgeblieben war. Weder war Bruder Hermannus zu ihr gekommen, noch hatte sie von anderer Seite erfahren, was sie tun musste, um freizukommen.

Unzählige Male hatte sie sich den Kopf zermartert, weshalb man sie eingesperrt hatte. Wahrscheinlich fürchtete man, dass Gawin seine Arbeit nicht fortsetzen würde, wenn sie das Kloster verließe. Andererseits hätte man ihm im Umkehrschluss dann auch erzählen müssen, dass man sie deshalb im Keller festgesetzt hatte. Doch weshalb war er dann in all den Tagen, in denen sie nun schon hier unten festgehalten wurde, nicht ein einziges Mal zu ihr gekommen? Es ergab einfach keinen Sinn.

Ein weiterer Gedanke schoss Anna durch den Kopf und blieb schwer wie ein Stein in ihrer Magengrube liegen. Was wäre, wenn Gawin Bescheid wüsste, aber gar nicht daran dachte, ihr in dieser misslichen Situation beizustehen?

Das Quietschen der Kellertür ließ Anna zusammenfahren. Gespannt lauschte sie. Nur ganz leise vernahm sie das Geräusch von Ledersohlen auf den Stufen. Es hörte sich an, als ob mehrere Personen die Treppe hinabgestiegen kämen. Anna lauschte. Sie rechnete damit, im nächsten Moment den Schein einer Fackel zu sehen, doch es blieb dunkel. Nur ganz leise konnte sie zwei Stimmen ausmachen, die eine tief und männlich, die andere eher hoch, fast wie die einer Frau. Aufmerksam spitzte sie die Ohren. Die tiefe Stimme war ihr vertraut. Sie versuchte, ihr ein Gesicht zuzuordnen. Bruder Hermannus, erkannte sie. Ihre Gedanken überschlugen sich. Sie horchte weiter. Jetzt war sie sich ganz sicher, die Stimme des Mönches erkannt zu haben, die andere, die eher weibliche, war ihr jedoch nach wie vor unbekannt. Vielleicht sprach Bruder Hermannus mit jemandem, der Anna davon überzeugen sollte, dem Teufel abzuschwören. Was für ein unsinniger Gedanke. Sie würde alles und jedes bezeugen, um nur endlich aus diesem Loch herauszukommen. Wieder lauschte sie angestrengt. Die Schritte kamen nicht näher, was sie wunderte. Was machte Bruder Hermannus mit einer Frau hier unten im Keller? Und wo käme diese überhaupt her? Gehörte sie zu den wenigen Frauen, die zusammen mit einer Gruppe von Männern reisten und deshalb für wenige Pfennige über Nacht Unterschlupf im Kloster fanden? Plötzlich erkannte Anna, dass sie sich getäuscht hatte. Die zweite Stimme gehörte keiner Frau, sondern einem Knaben, der noch nicht in den Stimmbruch gekommen war. Wahrscheinlich einem der jungen Novizen. Als sie sich jedoch erneut fragte, was die beiden hier unten im Keller taten, hörte sie den Novizen plötzlich so schrecklich aufwimmern, dass sie am ganzen Körper Gänsehaut bekam.

»Sei ruhig«, hörte sie Bruder Hermannus zischen. »Es ist

der Wille des Herrn, dass du dich fügst.« Die letzten Worte gingen in einem kurzen Stöhnen unter.

Anna trat von der Tür zurück, presste die Hände fest auf beide Ohren, setzte sich auf ihre Pritsche und zog die Beine gegen ihre Brust. So musste sie wenigstens nicht mehr hören, was nur wenige Meter von ihr entfernt vor sich ging. Dennoch war ihr der Gedanke an das, was der Novize zu erleiden hatte, so zuwider, dass ihr übel wurde. Sie hörte auch nicht, wie die beiden nach einer Weile die Stufen wieder hinaufstiegen. Einzig das Quietschen der Kellertür, die oben wieder geschlossen wurde, drang, obwohl sie sich noch immer die Ohren zuhielt, zu ihr durch.

Stundenlang geschah nichts mehr, dann wurde erneut die Tür geöffnet, und das Geräusch sich nähernder Ledersohlen war wieder zu vernehmen. Anna wagte nicht, sich von ihrer Pritsche zu erheben. Erst als sich der Schein einer Fackel ihrer Zelle näherte, stand sie auf. Bruder Adolfus trat an die Tür.

»Es ist mir nicht erlaubt mit Euch zu sprechen.«

»Ich weiß.«

Der Mönch betrat die Zelle, ging zu dem Eimer hinüber und trug ihn hinaus. Sorgfältig schloss er die Tür wieder hinter sich ab und wandte sich zum Gehen.

»Wärt Ihr wohl so gütig, meinem Bruder einen Gruß von mir zu bestellen?«

Bruder Adolfus blieb abrupt stehen und drehte sich zu ihr um. Er wollte etwas sagen, und Anna konnte sehen, wie es in ihm arbeitete. Ohne ein Wort wandte er sich wieder um, griff nach dem Eimer und eilte davon.

Es dauerte ein wenig, bis er mit dem entleerten Behältnis zurückkam.

»Habt Dank«, sagte Anna, als er den Raum betrat und den Eimer wieder abstellte.

Mit einem Seufzer ließ sie sich auf ihre Pritsche sinken. Adolfus blieb stehen und sah sie nachdenklich an.

»Gleich werde ich Euch noch frisches Wasser bringen und auch etwas zu essen.«

»Danke.« Anna sah nicht auf.

Er zögerte. Sie tat ihm leid, wie sie so dasaß, eingesperrt, im Dunkeln und ohne jeden Kontakt zu anderen Menschen. Und ihm, dem Einzigen, der hier herunterkam, war es strikt verboten, mir ihr zu sprechen. Ihr Anblick erinnerte ihn an die Zeit, in der ihm, jung und unerfahren, wie er gewesen war, noch diverse Verfehlungen gegen die strengen Klosterregeln unterlaufen waren. So war ihm, nachdem er es während des still einzunehmenden Essens zwei Mal gewagt hatte seinen Nachbarn anzusprechen, eine dreiwöchige Schweigezeit als Strafe auferlegt worden. Während dieser drei Wochen hatte er mit niemandem sprechen dürfen und keiner der Mönche mit ihm. Er erinnerte sich daran, wie einsam, ja wie gottverloren, er sich gefühlt hatte und wie es ihm fortan eine Lehre gewesen war, sich nur ja nicht mehr der Sünde der Geschwätzigkeit schuldig zu machen. Nun stand er hier als Kerkermeister eines jungen Mädchens, dessen Verfehlungen ihm nicht klar waren. Zwar stand es ihm nicht zu, die Gründe dafür zu hinterfragen. Er war nur ein einfacher Mönch, und Bruder Hermannus der Stellvertreter des Priors. Aber eigenartig fand er es schon, dass im Kloster neuerdings Gefangene gehalten wurden. Es passte nicht in Adolfus' Bild von einem Gott gewidmeten Leben, Menschen in einen Keller zu sperren und sie dort sich selbst zu überlassen. War er doch genau deshalb ins Kloster gegangen, weil ihm die Welt und das Gebaren der Menschen außerhalb der sicheren Mauern sowie die Rücksichtslosigkeit, mit der diese einander begegneten, zutiefst zuwider waren. Nun ängstigte es ihn, diese junge Frau ihrer

Freiheit beraubt zu wissen, ohne nachvollziehen zu können, welch schwere Sünde sie begangen haben sollte. Denn auch wenn es ihm nicht zustand, sich hierüber den Kopf zu zerbrechen, verfolgte ihn das Bild, wie sie einsam und verlassen auf ihrer Pritsche kauerte, doch bis in seine Träume hinein. Er hatte Anna im großen Saal beobachtet, wenn sie ihm Morgen für Morgen dabei zusah, wie er die Fackeln entzündete. Ganz still hatte sie sich dort immer gegen die Säulen gedrückt, um nur ja von niemandem gesehen zu werden. Wie vom Teufel besessen hatte sie wahrlich nicht auf ihn gewirkt. Und auch jetzt konnte er keine düstere Macht erkennen, die sich ihrer bemächtigt hatte.

»Was meint Ihr? Würde es Euch eine Freude bereiten, statt des Wassers heute einmal Wein zu bekommen?«

Langsam sah sie auf. Sie schien ihm müde zu sein, fast war es schon, als begreife sie seine Worte nicht. Ein kleines, fast unmerkliches Lächeln hellte ihr Gesicht auf.

»Das wäre wunderbar.«

Als er wiederkam, eilte ihm der Duft guten Essens voraus. Unruhe ergriff Anna. Es roch nach Fleisch, mehr konnte sie nicht ausmachen. Fleisch! Sie hatte bisher in ihrem Leben nur wenige Male hungern müssen, und nie hätte sie gedacht, dass es ihr so viel ausmachen würde. Bruder Adolfus stellte das Tablett vor sich auf dem Fußboden ab, zog sein Schlüsselbund hervor und entriegelte das Schloss. Es schien ihm Freude zu bereiten, Anna mit guten Speisen verwöhnen zu können, denn er lächelte sie herzlich an.

»Wir haben einen Verbündeten in der Küche«, raunte er ihr verschwörerisch zu. »Doch das muss unter uns bleiben.« Seine Augen funkelten.

»Bruder Adolfus!« Am liebsten hätte Anna den Mönch

umarmt, zwang sich aber, einen angemessenen Abstand zu ihm einzuhalten.

Statt das Tablett nur abzustellen, wie er es sonst immer tat, ging er jedoch zu ihr hinüber und reichte es ihr.

»Lasst es Euch schmecken, Kind. Ich komme morgen wieder, um nach Euch zu sehen.«

Sie nickte, brachte aber keinen Ton heraus. Erst als er die Tür von draußen verschloss, sprach sie ihm leise ihren Dank aus.

13. Kapitel

Ich suche Arbeit! Kennst du einen hier im Ort, der für ein paar Tage einen kräftigen Mann einstellen will?«

Der andere musterte die feine Kleidung. »Siehst gar nicht so aus, als ob du es nötig hättest zu arbeiten. Was kannst du denn?«

»Alles, was ein Mann so können muss.«

»Hm.« Der Wirt sah Helme zweifelnd an. Auf ihn machte der Mann nicht gerade den Eindruck, als ob er harte Arbeit gewohnt wäre.

»Und eine Frage habe ich: Ist hier vor kurzem ein junges Mädchen vorbeigekommen? Eine, die dir vielleicht sogar angeboten hat, in deiner Schänke zu arbeiten?«

»Wie sieht sie denn aus?«

»Dünn und klapprig, aber mit einem Engelsgesicht und Haaren, die den Schimmer von goldfarbenen Perlen haben.«

»So eine war hier nicht. Wäre mir aufgefallen.«

Helme schlug mit der flachen Hand auf den Tresen. »Verdammt! Niemand scheint sie gesehen zu haben.«

Der Wirt sah Helme, von dessen unerwarteter Heftigkeit irritiert, nun etwas genauer an. Der Ausdruck in den Augen des Fremden beunruhigte ihn. Er kannte diese Art von Mann, wenngleich dieser in seinen vornehmen Kleidern durchaus gepflegt wirkte. Doch Aussehen hin oder her. Wenn ihm einer Ärger zu machen drohte, erkannte er dies schon, wenn er ihm nur ein einziges Mal ins Gesicht schaute. Und dieser hier war einer von der schlimmsten Sorte. Der Wirt sah sich in der Gaststube um. Auf der hinteren Bank saß ein Medicus, der auf der Durchreise war und bei ihm Quartier bezogen hatte. Er redete gerade mit dem alten Borchard, einem ehemaligen Töpfer, der seine Werkstatt vor einigen Jahren an seinen Sohn übergeben hatte und seither öfter in der Schänke saß. Borchard und der Medicus unterhielten sich schon eine ganze Weile über die Herstellung einer bestimmten Art von Glas, welches der Medicus in verschiedenen Formen, sei es als Schale oder auch als Krug, auf seinen Reisen in Italien gesehen hatte. Der alte Borchard staunte mit offenem Mund, als ihm der Medicus das hauchdünne Glas beschrieb, das aber ebenso stabil wie ein getöpferter Krug sein sollte.

Der Wirt ließ seinen Blick weiter durch den Raum schweifen. Diese beiden wären ihm für den Fall, dass der Fremde Ärger machen würde, keine große Hilfe. Ansonsten saßen nur noch zwei Weiber an einem Tisch, die auf Freier warteten. Von ihnen brauchte er erst recht keinen Beistand zu erwarten. Die Tür öffnete sich, und Jeschke, für den die beiden Huren am Tisch anschaffen gingen, betrat die Schänke.

»Fridel«, begrüßte er den Wirt und stellte sich an den Ausschank, »gib mir ein Würzbier. Aber misch kein Wasser hinein.«

Der Wirt fühlte sich erleichtert. Er kannte Jeschke bereits von Kindesbeinen an. Zwar gefiel ihm nicht immer, wie dieser mit den Frauen, die ihm seinen Lebensunterhalt sicherten, umging, und tat dies auch kund. Dennoch achteten sie einander und kamen niemals auf die Idee, sich in die Geschäfte des anderen einzumischen.

»Suchst du vielleicht einen guten Mann, der dir bei der Arbeit hilft?«

Jeschke grinste den Fremden, der ihn angesprochen hatte, breit an. »Es wäre mir neu, wenn Kerle künftig die Arbeit machen, von der ich meinen Humpen Bier bezahle.« Er lachte kehlig auf, und auch Fridel schmunzelte.

»Willst du mich für dumm verkaufen?« Helme straffte die Schultern und schaute Jeschke wütend an.

Versöhnlich legte ihm dieser die Hand auf den Rücken. Er deutete auf die Frauen, die im Wirtshaus saßen.

»Damit verdiene ich mein Geld, mein Freund.«

Helme blickte wütend zu den Frauen hinüber, begriff dann aber und lachte laut auf. »Verstehe. Nun gut, dann wirst du wohl tatsächlich keine Arbeit für mich haben.«

»Gib ihm ein Würzbier von mir, Fridel. Wenn ich ihm schon sonst nicht helfen kann.«

Der Wirt schenkte nach. Helme griff sich den gefüllten Krug und trank ihn in einem Zug aus. Mit einem lauten Geräusch stellte er ihn auf den Tresen zurück.

»Vielleicht kannst du mir dennoch helfen, wenngleich nicht mit Arbeit«, nahm er das Gespräch wieder auf.

Der andere blickte ihn interessiert an.

»Ich suche jemanden, ein Mädchen.«

Jeschke machte eine einladende Geste zu den beiden Frauen hinüber. »Wie ich dir sagte, das ist mein Gelderwerb.«

Helme zog die Stirn in Falten. »Kein solches Mädchen. Ein anderes. Es muss vor einigen Tagen hier durchgekommen sein. Vielleicht hat es hier sogar haltgemacht.«

»Wie sieht sie denn aus, deine kleine Freundin?« Bei diesen Worten bedeutete er dem Wirt, die Krüge erneut zu füllen.

»Sie ist nicht meine Freundin, sondern meine Tochter«, stellte Helme klar. »Und sie ist mir fortgelaufen, das ungehorsame Ding.«

»Warum willst du sie dann wiederholen? Töchter kosten doch nur Geld. Lass sie laufen, rat ich dir. Wenn sie unterwegs einen Kerl trifft, sparst du dir sogar noch die Aussteuer.«

»Hab ich dich nach deiner Meinung gefragt?« Helme blickte mürrisch drein.

Der Wirt musterte ihn argwöhnisch. Er war bei dem Fremden auf alles gefasst und behielt jede seiner Bewegungen genau im Auge.

»Hab ihm schon gesagt, dass sie nicht hier durchgekommen ist«, stellte er Jeschke gegenüber klar.

»Wie sieht sie denn aus?«, fragte dieser.

Helme sah nicht von seinem Krug auf. »Sie hat blondes Haar, ganz hell. Hast du jemals eine in der Sonne funkelnde Perle gesehen? Genau in dieser Farbe.« Er brachte seine Hand auf Brusthöhe. »Ungefähr so groß und sehr dünn.«

»Und mit einem Engelsgesicht«, ergänzte Fridel in Erinnerung an die Beschreibung, die der Fremde ihm wenig zuvor bereits gegeben hatte. Helme brummte zur Bestätigung.

Jeschke setzte den Krug an seine Lippen und leerte ihn. »An so eine könnte ich mich gewiss erinnern, wenn ich sie zu Gesicht bekommen hätte.«

»Aber sie muss hier durchgekommen sein.«

»Wohin ist sie denn unterwegs?«

»Nach Köln.«

Jeschke kratzte sich nachdenklich das Kinn. »Die alte Reichsstraße führt direkt hier durch. Aber wenn sie an einem der Markttage nur durchgezogen ist und sich nicht lange aufgehalten hat, muss sie auch von niemand bemerkt worden sein.«

»Bisher wurde sie nur ein einziges Mal auf dem ganzen Weg von Lünen hierher von jemandem gesehen. Es scheint, als halte sie sich von den Leuten fern.«

»Hat sie denn dafür einen Grund?« Der Wirt sah ihn an und trocknete ein Gefäß, während er sprach.

Helme verzog angewidert das Gesicht. »Sie hat mich des Nachts bestohlen und sich mit meinem gesamten Geld davongemacht. Ich denk mir, das ist Grund genug, um nicht gesehen werden zu wollen.«

»Was wirst du mit ihr machen, wenn du sie findest?« Fridel musterte ihn eindringlich und fragte sich insgeheim, ob er es dem Fremden wohl sagen würde, wenn er das Mädchen gesehen hätte.

»Rechts und links würde ich sie meine Hand spüren lassen, mir mein Geld nehmen und dann nach Hause zurückkehren, während sie sich meinetwegen hinscheren könnte, wohin sie will.«

Der Wirt glaubte ihm nicht, doch auch das behielt er für sich. Wenn die junge Frau sich wirklich mit dem Geld ihres Vaters davongemacht haben sollte, würde sie auf dem Weg von Lünen sicher bereits die eine oder andere Münze ausgegeben haben. Und der Kerl sah nicht danach aus, als würde er ihr durchgehen lassen, dass sie ihm die Summe nicht auf den Heller genau wieder zurückzahlte.

Er warf seinem Freund einen Blick zu, und ohne ein Wort gesprochen zu haben, wusste er, dass auch dieser dem Fremden seine Geschichte nicht abnahm.

Jeschke kannte die Frauen, er wusste, wie sie dachten. Und er kannte die Männer gut genug, um zu wissen, wie sie die Weiber behandelten. Er hatte ein paar Huren, ja, und ihm war auch bewusst, dass es seinem alten Freund Fridel nicht gefiel, womit er sein Geld verdiente. Sicher hatte sich auch das ein oder andere seiner Mädchen geziert, bei einem Kerl zu liegen, der stank wie ein Fisch. Aber am Ende war es noch immer das Gewicht der Münzen in ihren Händen gewesen, das sie, sobald sie ihren Ekel überwunden hatten, versöhnlich stimmte. Und Jeschke war gerecht, wenn es um die Bezahlung ging. Nie nahm er den Frauen alles ab. Wenn ihnen ein Freier, weil er zu betrunken, zu reich oder einfach zu dumm war, mehr gab, als er musste, ließ er ihnen den zusätzlichen Gewinn. Er verlangte immer den gleichen Anteil, der ihm ein angenehmes

Leben ohne Sorgen ermöglichte. Und dafür passte er gut auf seine Schäflein auf. Wenn er in all den Jahren ein paar Mal zugeschlagen hatte, dann nie bei seinen Huren, sondern immer nur bei Kerlen, die mehr oder weniger darum gebettelt hatten. Jeder im Ort wusste, dass mit Jeschke nicht zu spaßen war, wenn eines seiner Mädchen schlecht behandelt wurde. Deshalb waren auch einige Huren zu ihm gekommen, die vormals auf eigene Rechnung anschaffen gegangen waren, nun aber gern etwas von ihrem Lohn abgaben, um dafür in den Genuss von Jeschkes Schutz zu kommen.

Gutmütig klopfte er Helme auf den Rücken.

»Hier wirst du sie nicht finden, deine kleine Diebin. Wahrscheinlich ist sie längst in Köln angekommen.«

»Habt ihr noch ein Zimmer für die Nacht?«

Fridel und Jeschke tauschten fast unmerklich einen Blick, dann schüttelte der Wirt langsam den Kopf. »Bei mir ist kein Platz mehr, bedaure.«

»Gibt es hier ein weiteres Gasthaus?«

»Bis ans Ende der Straße und dann Richtung Kirchturm nach rechts. Vielleicht ist dort noch etwas frei.«

Helme zog ein paar Münzen hervor, legte sie auf den Tresen und ging zur Tür. »Es ist nur für eine Nacht«, teilte er den anderen mit. »Morgen ziehe ich weiter und hole mir zurück, was mir gehört.« Mit diesen Worten verließ er die Gaststube, während der Wirt, lauter, als er es wollte, erleichtert ausatmete.

14. Kapitel

Einen wie dich habe ich noch nie gesehen«, meinte Margrite und ließ ihren Blick von Kopf bis Fuß über Hanno gleiten.

»Und eine Schönheit, wie Ihr es seid, ist mir auch noch nie begegnet«, sagte er galant, deutete eine Verbeugung an und schmunzelte.

Sie lachte auf. »Und nie um ein Wort verlegen. Woher kommst du?«

Sein Gesicht verzog sich etwas, und er zuckte ratlos mit den Schultern. »Ich war noch klein, als ich im Findelhaus abgegeben wurde. An meine Eltern habe ich kaum noch eine Erinnerung. Nur das hier.« Er zog eine kleine, einfache Holzflöte hervor. »Das ist meine Heimat. Von hierher komme ich.«

Behutsam legte er das Instrument an seine Lippen und begann leise, eine Melodie zu spielen. Es war kein gängiges, lautes Lied, wie es die Spielleute zur Unterhaltung der Menschen normalerweise zum Besten gaben. So eine Musik wie diese hatte Margrite noch nie zuvor gehört. Sie klang, als drücke Hanno mit jedem Laut eine tiefe Sehnsucht aus. Je länger er spielte, desto langsamer ging die Gruppe, bis Margrite schließlich stehen blieb und auch die anderen innehielten. Otto und Wolfker nutzten die kurze Rast, um den Ochsen am Wegesrand grasen zu lassen.

Binhildis hatte eine Gänsehaut am ganzen Körper, und selbst Anderlin lauschte wie gebannt den Klängen, die Hanno seiner Flöte zu entlocken verstand. Die Melodie wurde nun schneller, lauter, fordernder und bewegte sich hörbar dem Höhepunkt des Liedes entgegen, dessen Ende Hanno mit langen, klagenden Tönen einleitete, die er variierte, bis er das Instrument schließlich sinken ließ.

Einen Moment sahen sie ihren neuen Freund nur stumm an. Margrite fand als Erste wieder ihre Sprache.

»Das war einfach wundervoll. Ich habe nie zuvor jemanden so leidenschaftlich spielen hören. Was war das für ein Lied?«

»Das war nicht nur ein Lied«, stellte Hanno mit leiser Stimme fest. »Es sind die Klänge meiner Heimat. Irland. Ich bin Ire.«

»Ire?« Anderlin schien überrascht. »Sind die Iren nicht alle rothaarig und haben grüne Augen? Deine Haare sind dagegen pechschwarz, und deine Augen eifern mit dem Blau des Himmels um die Wette.«

»Ich weiß.«

Hanno setzte sich wieder in Bewegung, und die anderen folgten ihm. Als Margrite auf gleicher Höhe mit ihm war, wandte er ihr sein Gesicht zu und meinte: »Und doch bin ich Ire. Ich weiß es.«

Hanno erzählte ihnen, woran er sich noch erinnerte. Er hatte mit seinen Eltern in einer kleinen Kate gelebt, die direkt an den Klippen gelegen hatte. Ein breiter Weg führte von ihr hinunter zu einer kleinen Bucht, in der regelmäßig Schiffe der Hanse anlegten, um ihre Waren dort zu löschen. Die Güter wurden nach oben in ein neben der Kate gelegenes Lager gebracht und von dort aus an verschiedene Händler weiterverkauft. Hierfür war sein Vater verantwortlich.

Hannos Aufgabe war es wiederum, dem Vater beim Sortieren und Zuordnen der Waren zu helfen. Die Geschäfte liefen gut, dennoch blieb der Familie kaum mehr übrig, als sie zum Leben brauchte. Wären da nicht die wenigen Schafe gewesen, die sie sich hielten, wäre es ihnen nicht einmal möglich gewesen, ihren täglichen Hunger zu stillen. Doch über die Jahre hinweg schwächte der ständige Zwist mit England das irische Volk. Und damit stieg auch für die Handelsschiffe das Risiko, vor Irlands Küsten anzulegen. Hannos Familie verdiente von Monat zu Monat weniger, die Zeiten ständigen Hungerns nahmen zu. Hanno war etwa fünf Jahre alt, als sein Vater ihm und der Mutter erklärte, dass sie Irland verlassen müssten. Der Plan von Hannos Vater sah vor, an Bord eines Schiffes zu gehen, das einem Kaufmann gehörte, den er schon seit vielen Jahren kannte, und mit diesem in eine der reichen Hansestädte zu reisen. Sie gaben dem Kaufmann ihr letztes Geld dafür, und nach vielen Wochen auf See erreichten sie schließlich ihr Ziel. Hanno erinnerte sich noch an die Zuversicht, die in den Augen seiner Eltern gelegen hatte. Und der Kaufmann, an dessen Namen sich Hanno nicht mehr erinnerte, half seiner Familie in der ersten Zeit nach ihrer Ankunft, so gut es ging. Alles schien sich zum Guten zu wenden, bis seine Mutter krank wurde. Zumindest hatte er das damals geglaubt. In Wahrheit trug sie jedoch ein Kind unter ihrem Herzen, das sie mit jedem Tag mehr schwächte, bis sie sich schließlich nicht mehr von ihrem Lager erheben konnte. Sein Vater arbeitete weiter als Tagelöhner und nahm verzweifelt jede weitere erdenkliche Stelle an, um seiner Familie in der neuen Heimat ein schönes Leben zu bereiten. Doch nur wenige Wochen nachdem sie das Lager nicht mehr hatte verlassen können, tat Hannos Mutter ihren letzten Atemzug. Er hatte noch immer das Bild vor Augen, das sich ihm geboten hatte, als er sie, bereits aufgebahrt, zum letzten Mal gesehen hatte, um für immer Abschied von ihr zu nehmen. Ihre Arme waren so dünn gewesen, dass sie Hanno an abgenagte Knochen erinnerten, ihre geschlossenen Augen hatten tief in den Höhlen gelegen. Nur ihr Bauch mit dem Kind darin, das ihr das Leben geraubt hatte, ragte prall nach oben und schien ihren gesamten Körper unter sich erdrücken zu wollen.

»Ich habe dieses ungeborene Kind so sehr gehasst«, beschrieb Hanno seine damaligen Gefühle. »Gefreut habe ich mich darüber, dass es nun nicht mehr zur Welt kommen würde, weil es, wegen seiner bösen Absicht, meine Mutter zu zerstören, nun auch keine Rettung mehr für es selbst gab.«

Die Mitglieder der Gruppe schwiegen betroffen.

»Und dein Vater?«, fand Margrite als Erste ihre Stimme wieder.

»Er ging danach fort und ließ mich zurück. Wahrscheinlich wusste er einfach nicht, wie er mich nun ganz allein versorgen sollte. Aber er hätte es verdammt noch mal versuchen müssen.« Hanno ballte die rechte Hand zur Faust. »Er gab mich schließlich im Findelhaus ab. Als ich zwölf wurde, rannte ich fort und lebe seither mal hier, mal dort.«

Mehr sagte er nicht. Und obwohl Margrite das Gefühl hatte, dass er noch weit mehr zu berichten gehabt hätte, fragte sie nicht danach.

Genau wie sie, Binhildis, Anderlin, Otto und Wolfker hatte auch er niemanden mehr auf der Welt. Wenn er sich ihnen gegenüber ehrlich verhielte und nicht versuchte, sie zu bestehlen, würde er bei ihnen bleiben können.

»Lasst uns dort vorn Rast machen«, unterbrach Anderlin ihre Gedanken. »Wir werden Bremen heute ohnehin nicht mehr erreichen und können deshalb ruhig etwas langsamer weiterziehen und gegen Nacht in einer Schänke übernachten.«

»Gibt es denn noch Wirtshäuser auf dem Weg?«, fragte Hanno.

»Mehr als eine Handvoll«, beruhigte Anderlin ihn. »Wir sind den Weg schon oft gegangen. Die Wirte auf dieser Strecke kennen uns beim Namen.«

15. Kapitel

Es war nicht mehr dunkel um sie. Ihr kam es vor wie eine zärtliche Geste, dass Bruder Adolfus die Fackel in die Wandhalterung ihrer Zelle steckte, bevor er ging. Er kam inzwischen mehr als zweimal am Tag, um ihr Essen und Trinken zu bringen, ihre Notdurft fortzuräumen oder um einfach nur nach ihr zu sehen. Weder Bruder Hermannus noch einer der anderen Mönche kamen zu ihr herunter, was Anna mit einer gewissen Erleichterung zur Kenntnis nahm. Bruder Adolfus meinte es gut mit ihr, und manchmal, wenn er seine Pflichten erledigt hatte, schenkte er ihr zusätzlich noch ein wenig von seiner Zeit, sprach und betete mit ihr. Sie wagte nicht, ihn darauf anzusprechen, wie es um ihre mögliche Entlassung aus dem Gefängnis stand. Zu groß war die Angst, den einzigen Freund, den sie hier unten hatte, zu verlieren oder ihm das Gefühl zu geben, von ihr benutzt zu werden.

So unglaublich es ihr selbst erschien, hatte sie sich doch an ihre Situation gewöhnt, wenn auch nicht mit ihr abgefunden, denn dafür war sie entschieden zu jung. Sie würde unmöglich ihr Leben hier unten fristen können. Ob der Prior selbst wohl um ihre Gefangenschaft wusste und diese für gut befand? Oder sie, wenn er davon erführe, aus ihrer misslichen Lage befreien würde? Auf ein Einlenken Bruder Hermannus' wagte sie nicht mehr zu hoffen. Trotzdem schämte sie sich dafür, in einem stillen Moment darüber nachgedacht zu haben, was wohl mit ihr geschehen würde, wenn der Herr ihn zu sich riefe. Sie wusste, dass es eine Sünde war, einem anderen Menschen den Tod zu wünschen. In aller Eile hatte sie deshalb fünfzehn Ave-Maria hintereinander gebetet und den Herrn um Verzeihung dafür gebeten, dass sie dem Dämon der Rachsucht Platz in ihren Gedanken eingeräumt hatte. Ihr war nicht entgangen, dass Bruder Hermannus mehrere Male mit einem Novizen in den Weinkeller gekommen war. Ob es der gleiche gewesen war, der schon vor einigen Tagen so jammervoll darum gefleht hatte, dass der Mönch von ihm ablassen möge, vermochte sie nicht zu sagen. Was für eine schwarze Seele sich doch in Bruder Hermannus' Innerem befand. Ein mächtiges Angstgefühl hatte sich in ihrem Körper ausgebreitet bei dem Gedanken, dass der Geistliche eines Tages womöglich auch zu ihr kommen könnte. Doch dies war bislang nicht eingetreten. Überhaupt hatte sie ihn, seitdem er sie hier unten eingesperrt hatte, nicht mehr zu Gesicht bekommen, wofür sie dankbar war.

Ein Geräusch ließ sie aufhorchen. Hatte nicht eben die Kellertür geknarrt? Angestrengt lauschte sie in die Dunkelheit. Sie war sich sicher, etwas gehört zu haben, konnte aber weder die über die Stufen schlurfenden Ledersohlen Bruder Adolfus' noch das schleifende und kratzende Geräusch, das zu hören war, sobald die Mönche Weinfässer im Keller verschoben, ausmachen. War es Bruder Hermannus, der sich wieder einen Novizen zu Willen machen wollte? Nein, das ginge keinesfalls lautlos vonstatten. Und doch konnte sie die Anwesenheit eines Menschen geradezu körperlich spüren. Einen Lidschlag lang überlegte sie, laut zu rufen und zu fragen, wer dort draußen sei. Doch ein banges Gefühl riet ihr zur Vorsicht. Ein Schauer lief ihr über den Rücken. Ob Bruder Hermannus jemanden geschickt hatte, um sie zu ermorden? Welchen Grund könnte ein Besucher sonst haben, sich anzuschleichen?

Anna wagte kaum zu atmen. Im flackernden Licht der Fackel sah sie sich nach einem Gegenstand zur Verteidigung um.

Doch außer der Pritsche mit der dünnen Decke darauf und dem Eimer, der eine Handbreit mit Urin gefüllt war, befand sich nichts Verwendbares in ihrer Zelle. Schnell griff sie nach dem Eimer und zog ihn dicht vor sich, nachdem sie sich in die hinterste Ecke verkrochen hatte. Zwar würde man sie auch in ihrer Ecke sofort entdecken, aber sie würde von hier aus zumindest die kurze Zeit, die ihr Gegenüber brauchte, um sich zu orientieren, dazu nutzen können, ihrem Angreifer den Urin ins Gesicht zu schütten und die Gelegenheit zur Flucht zu nutzen.

Dumpf spürte sie ihr Herz pochen, während sie den Rand des Eimers fest umklammert hielt.

Sie hörte ein leises Scharren vor der Tür. Ihre Finger krallten sich noch fester um den Eimer.

»Anna?« Die Stimme auf der anderen Seite der Tür war kaum mehr als ein Flüstern.

Anna erkannte sie nicht gleich.

»Anna, bist du da drin?«

Gawin! Eilig stellte sie den Eimer ab und hastete zur Tür hinüber. Sie reckte sich und sah durch das Gitter.

»Gawin! Du bist gekommen!«

»Mein Gott, du bist tatsächlich hier eingesperrt. Und ich dachte, du wärst fortgegangen.«

»Scht!«, machte Anna. »Nicht so laut.«

Er senkte seine Stimme. »Warum bist du hier unten? Ich wusste nichts davon, sonst wäre ich sofort gekommen.«

»Ich weiß«, sagte Anna sanft. »Hast du einen Schlüssel, um mich hier herauszuholen?«

Gawin zögerte. »Nein«, bekannte er. »Ich habe ja bis eben noch nicht einmal geglaubt, dass du wirklich hier unten festsitzt. Warum hat man dich hier eingesperrt?«

Anna seufzte tief. »Ich weiß es wirklich nicht.«

»Hab keine Angst. Ich werde dich hier herausholen. Bruder Hermannus scheint mir sehr gewogen. Ich …«

»Nein!« Anna hatte das Wort fast geschrien, nun fügte sie leiser hinzu: »Bruder Hermannus war ja derjenige, der mich eingekerkert hat.«

Gawin schwieg. Er öffnete den Mund und schloss ihn dann wieder, ohne einen Ton hervorgebracht zu haben. Vorsichtig tastete er mit den Fingern durch das Gitterfenster der Tür. Anna legte ihre Hand auf die seine.

»Bruder Adolfus sagte mir, dass du hier gefangen gehalten wirst. Ich konnte es nicht glauben.«

Anna unterdrückte ein Schluchzen. Das plötzliche Auftauchen Gawins ließ sie um Fassung ringen. Die Hoffnung darauf, ihrem Gefängnis zu entfliehen, ihre Freiheit zurückzuerlangen und endlich ein eigenes Leben führen zu können, ließ sie erschauern.

»Ich werde dich hier herausholen«, wiederholte Gawin sein Versprechen. »Wir werden zusammen fliehen.«

Seine Stimme brach, und Anna ahnte, was in ihm vorging.

»Und deine Madonna? Wenn du mich hier herausholst, wirst du sie niemals fertigstellen können.«

Gawin drückte ihre Hand, bevor er seine eigene durch die Gitterstäbe zurückzog. »Es wird andere Madonnen geben.« Er versuchte, seiner Stimme einen zuversichtlichen Klang zu geben. »Erst einmal müssen wir unbemerkt von hier verschwinden. Halt dich bereit! Ich komme so schnell es geht zurück.«

Anna schluchzte, so sehr berührten seine Worte ihr Herz.

»Ich beeile mich!«

Auf leisen Sohlen machte er sich wieder davon.

16. Kapitel

Es war noch früh am Tag, als Helme sein Pferd durch das Stadttor von Köln führte. Freudige Erregung ergriff von seinem Körper Besitz. Die Stadt war groß, doch Anna würde sich nicht lange vor ihm verstecken können. Sie wusste ja nicht einmal, wie nah er ihr bereits war. Er sah sich um. Der zur Schau gestellte Prunk der Bischofsstadt brachte selbst einen so hartgesottenen Menschen wie ihn zum Staunen. Die Leute rannten hier so geschäftig umher wie Ameisen im Wald. Ihm kamen drei Männer in den Gewändern von Patriziern entgegen, der eine von ihnen dick, die anderen beiden schlank und hochgewachsen. Wohlgefällig lachten sie über einen Scherz, den einer der Ihren gemacht hatte, und tratschten wie Waschweiber über einen vierten, den sie »den Alten Overstolz« nannten. Helme hatte diesen Namen noch nie gehört und zögerte deshalb kurz, bevor er die drei ansprach: »Verzeiht, Ihr hohen Herren. Ich bin fremd in der Stadt. Wo kann ich hier eine gute Unterkunft finden?«

Einer der drei Angesprochenen, der Dicke mit dem runden Gesicht und dem fliehenden Kinn, musterte ihn missmutig. Die Kleidung des Fremden war nicht die schlechteste, und seiner hochgewachsenen Erscheinung mangelte es auch nicht an einer gewissen Anmut. Doch anzunehmen, dass er vom gleichen Stande war wie sie, wäre Unsinn gewesen.

»Bist du von gehobenem Stand und hat man dich deiner guten Kleider beraubt, oder bist du einfach nur frech und dumm, dass du es wagst uns zu belästigen?«

Helme straffte seinen Oberkörper. Er überragte den Fettsack um gut einen Kopf und hätte diesem mit einem einzigen, kraftvollen Streich seines Schwertes nur allzu gerne Respekt eingeflößt. Die Kleider, die er am Leibe trug, waren die besten, die er jemals getragen hatte. Doch der Patrizier hatte ihn auf einen Gedanken gebracht.

»Jetzt seht mich nur an.« Helme lachte kurz auf, blickte an sich herab und klopfte sich gegen die Hosenbeine. »Ihr habt recht, mein Freund, ich wurde auf dem Weg hierher tatsächlich ausgeraubt. Mein Diener wurde getötet, und ich muss dringend einen Boten nach Hause senden, der dort berichtet, was mir geschehen ist, und mir frisches Geld bringt.«

Der Patrizier blickte ihn erst verwundert, dann bedauernd an. »Es wird eben nicht besser außerhalb der Stadtmauern«, grummelte er und machte einen Schritt auf Helme zu. »Habe ich Euch im ersten Moment doch tatsächlich für einen trickreichen Bettler gehalten, die hier, wo man geht und steht, die Hand aufhalten und um ein Almosen bitten.« Verächtlich spuckte er aus. »Die Armen verschandeln eine jede Stadt, selbst wenn sie so prachtvoll ist wie unsere.«

Helme nickte und verzog spöttisch den Mund. »Wem sagt Ihr das? Lasst mich nur erst ein Bad nehmen und wieder in vernünftigen Kleidern stecken, dann werdet Ihr Euch selbst einen Narren schelten, mich für solch einen Abschaum gehalten zu haben.«

»Ich bitte Euch!«, schaltete sich nun einer der beiden anderen Patrizier in das Gespräch ein. »Würde erkennt man doch immer, ganz gleich in welchem Gewand.«

Helme neigte den Kopf in einer Anerkennung zollenden Geste vor ihm. Diese reichen Säcke versuchten doch tatsächlich, sich gegenseitig an Schläue zu überbieten. Ihm sollte es nur recht sein. »Nun ja, ich kann Euren Freund schon verstehen, wenngleich ich Euren scharfen Blick nur zu bewundern vermag. Ich bin Helme von Minden, zu Euren Diensten.« Er deutete eine tiefe Verbeugung an.

»Von Minden, ja? Ihr seid sicher ein gutes Stück unterwegs gewesen. Was seid Ihr, ein Kaufmann?«

»Wie ich schon sagte, Ihr besitzt einen scharfen Blick.«

»Nun«, meinte der Patrizier und legte Helme den Arm um die Schulter, »wir Kaufleute sollten zusammenhalten. Nehmt meine Gastfreundschaft an, während Ihr einen Diener nach Eurem Geld schicken lasst. Ein Wirtshaus mag gewiss für eine einzige Übernachtung angehen, doch Euer Bote wird einige Tage brauchen, um den Weg zurückzulegen. Und solch eine lange Wartezeit in den Mauern einer solchen Unterkunft verbringen zu müssen ist unter der Würde eines Kaufmanns. Ich werde Euch außerdem mit einigen Kleidern aushelfen. So wie Ihr seid, könnt Ihr ja unmöglich auf die Straße treten. Nehmt Ihr also meine Einladung an?«

Helme streckte ihm die Hand entgegen. »Unter uns Kaufleuten, ich nehme Eure Einladung an.«

17. Kapitel

»Bei Gott! Wie schwer kann es denn sein, Schweineschmalz zu besorgen?« Rasch trank sie einen Schluck aus dem schweren Krug, den der Wirt des kleinen Gasthauses ihr gebracht hatte. Während Otto und Wolfker den Ochsen versorgten, hatte Margrite Binhildis zum Schmalzholen geschickt und währenddessen gemeinsam mit Anderlin und Hanno in der Schänke gewartet. Margrite fuchtelte mit den Händen über dem Kopf. »Kannst du mir vielleicht sagen, wie ich Seife sieden soll, wenn ich kein Fett habe?« Sie stemmte die Hände in die Hüften und warf Binhildis einen wütenden Blick zu.

»Aber ich habe ja überall nachgefragt«, gab diese mit einem beleidigten Gesichtsausdruck zurück.

»Überall?« Margrite zog verärgert die Augenbrauen in die Höhe. »Wahrscheinlich bist du gerade einmal zum erstbesten Metzger gegangen und hast gefragt. Und danach kommst du und sagst, du wärst überall gewesen.« Sie schüttelte den Kopf. »Du wirst wohl nie begreifen, dass wir mit dem Verkauf einer Seife hundertmal mehr verdienen, als wenn du dich unter einen Kerl legst.«

Binhildis wirkte nun empört. »Dann geh halt selbst und frag nach.«

»Binhildis«, mischte sich Anderlin ein. »Margrite hat recht. Du wolltest dich uns unbedingt anschließen, hast aber wahrlich noch nicht viel zu unserem Verdienst beigetragen.«

»Was kann ich dafür, wenn wir unterwegs kaum Freiern begegnen? Das ist nicht meine Schuld.«

»Und es ist nicht unsere Schuld, dass du trotzdem etwas essen willst. Und nicht mal wenig«, fügte Margrite grimmig hinzu.

Binhildis schmollte. Anderlin ging zu ihr hinüber und tätschelte ihren Arm. »Sei's drum. Dann wird Margrite wohl erst in Bremen wieder Seife sieden können. Mach dich nützlich und hilf Otto und Wolfker, den Ochsen zu versorgen. Wir haben noch immer viel Tuch geladen, und er hat gewaltig an Gewicht zu ziehen.«

»Ich helfe dir«, bot Hanno an. Binhildis nickte. »Ich kümmere mich darum«, sagte sie kleinlaut und bedeutete Hanno mit ihr zu gehen.

Margrite wartete, bis die beiden außer Hörweite waren. »Sie ist zu bequem, Anderlin. Setzt sich zurück und wartet, bis wir die ganze Arbeit erledigen. Bis Bremen nehme ich sie noch mit, danach muss sie allein zurechtkommen.«

»Auch sie hat gearbeitet und ihren Teil beigetragen«, gab Anderlin versöhnlich zurück.

»Pah! Gearbeitet! Dass ich nicht lache.« Ärgerlich stemmte sie die Fäuste in ihre üppigen Hüften. »Die paar Male, die sie die Beine breit gemacht hat, um dann tagein, tagaus mit vollen Händen zuzugreifen, sobald sie das Essen nur von weitem gerochen hat. Die Regeln, um uns begleiten zu dürfen, waren andere.«

»Ich weiß ja, dass du recht hast.« Anderlin klang erschöpft. »Wenn wir das nächste Mal Begleiter mitnehmen, werden wir vorher einen festen Preis dafür vereinbaren, und jeder muss selbst für sein Essen sorgen.«

Margrite grunzte zufrieden. »Morgen schon werden wir Bremen erreichen. Sehr früh, in diesem Jahr.«

Anderlin setzte sich auf der Bank zurück und verschränkte die Hände hinter dem Kopf. »Mir wird's gut gefallen, die nächsten Monate nicht mehr umherziehen zu müssen.«

Margrite nickte. Sie waren viele Monate unterwegs gewesen, und sie freute sich darauf, noch bevor die Ernte auf den

Feldern eingebracht wurde, in der Stadt zu sein. Bis zum nächsten Frühjahr würden sie nicht wieder aufbrechen, sondern mit den Einnahmen zurechtkommen müssen, die sie für den Verkauf ihrer Ware auf dem Bremer Markt erhielten. Seit sich Margrite das kleine Haus in der Nähe des Hafens, etwas abseits der schönen bremischen Straßen mit den reichen Fachwerkgebäuden, gekauft hatte, fiel es ihr von Jahr zu Jahr schwerer, sich aufzuraffen und durchs Land zu ziehen. Solange sie unterwegs waren, um ihre Seife anzubieten und Handelsware aus fernen Landen aufzukaufen und gewinnbringend wieder unter die Leute zu bringen, kümmerte sich Agnes, die Frau des Schmieds, um ihre Kate und beherbergte dort auch Fremde und Reisende. Den Gewinn für Kost und Logis teilten die beiden unter sich auf. Auf diese Weise erwarteten Margrite stets ein paar Münzen, wenn sie in ihr Heim zurückkam. Wobei der Begriff Heim nicht ganz passend war. Sie kam nach Bremen, in die Stadt der stolzen Handelsleute und Gilden. Ein wahres Zuhause war ihr die Stadt nie geworden, doch das machte ihr nichts. Zwar wünschte sie sich insgeheim nichts so sehr, als das Gefühl zu haben, in ihr eigenes Heim zurückkehren zu können. Doch war ihr dies seit der Zeit verwehrt, in der sie mit solcher Härte aus dem Ort, den sie ihr Zuhause genannt hatte, vertrieben worden war, dass ihr Puls auch heute noch heftiger zu schlagen begann, sobald sie nur daran dachte.

»Na, wo bist du denn mit deinen Gedanken?«

Anderlins Stimme ließ sie zusammenfahren. Bestürzt nahm er es zur Kenntnis.

»Ich wollte dich nicht erschrecken. Verzeih!«

»Schon gut.«

Anderlin beugte sich näher zu ihr heran. »Was ist denn, Margrite?«

Ihre Stirn legte sich in Falten. »Was soll schon sein? Ich will endlich ankommen, genau wie du. Bin froh, wenn ich mal weniger zu tun hab.«

»Ach, Margrite.« Seine Stimme klang wie immer versöhnlich und ruhig. »Wie lange kenne ich dich nun schon? Sind's am Ende fünf, sechs oder gar noch mehr Jahre? Ich sehe doch, dass dich etwas bedrückt. Willst du es mir nicht sagen?«

Sie blickte mürrisch drein, ohne etwas zu erwidern. Er legte seine Hand auf die ihre.

»Gritchen, Gritchen! Wenn du's nicht sagen willst, soll's mir auch recht sein. Aber wenn du's am Ende doch noch loswerden möchtest, dann weißt du ja, wo du mich findest.«

Er erhob sich von der Bank. Schnell fasste Margrite nach seiner Hand und hielt ihn zurück, so dass er sich rasch wieder zu ihr setzte.

»Bist du's nicht auch manchmal leid?«

»Was denn?«

»Das Umherziehen. Immer auf der Suche nach Waren, die andere Händler nicht anbieten, immer in Schänken übernachten, wo selbst das Wasser stinkt, als hätt das Vieh sich drin entleert. Nie im eigenen Bett aufzuwachen und des Nachts stets eine Hand am Griff der Klinge. Hast du nicht auch das Gefühl, dass wir langsam zu alt für so etwas werden?«

Anderlin strich sich nachdenklich über den Bart. »Da ist schon was Wahres dran«, gestand er ein. »Und du, mit deiner Seifensiederkunst, könntest dich ja auch leicht niederlassen.« Er seufzte leise. »Doch ich bin nur ein einfacher Händler. Und wenn ich meinen Kunden nicht biete, was andere nicht haben, bleibt das Geld am Ende aus. Was sollte ich dann tun? In einem Dorf festsitzen und die Leut anbetteln?«

Margrite sah ihn mit einem zärtlichen, fast schon liebevollen Blick an. Sie schien mit sich zu ringen, ob sie das, was ihr auf den Lippen lag, auch aussprechen sollte. Doch dann verschwand das zärtliche Lächeln, und Margrites Gesicht nahm seinen gewohnt unnahbaren Ausdruck an.

»Hast schon recht«, sagte sie, tätschelte dabei Anderlins Bein und stand auf.

Er sah ihr nach, als sie die Gaststube verließ. Leid tat sie ihm, doch wollte er sich dies nicht anmerken lassen. Er hatte ihr nie gesagt, dass er ihre Geschichte kannte und wusste, was ihr zugestoßen war. So viele Jahre schon bereisten sie Seite an Seite die Handelswege, standen einander bei und sorgten fast wie Eheleute füreinander. Doch in all der Zeit hatte Margrite nie den Mut gefunden, oder vielleicht auch nur ihre Scham überwunden, und ihm erzählt, was er bereits wusste. Und er würde einen Teufel tun und ihr gestehen, dass er die Wahrheit darüber kannte, was ihr widerfahren war.

Er hatte weder neugierig noch hinter ihrem Rücken gefragt. Der Mann, der ihm Margrites Schicksal, oder, besser gesagt, Herlindes, wie sie mit richtigem Namen hieß, erzählt hatte, sprach ihn eines Tages auf dem Markt an. Anderlin hatte bemerkt, dass der Fremde sie schon eine geraume Zeit lang vom gegenüberliegenden Stand aus beobachtet hatte. Zwar konnte man Margrite nicht wirklich schön nennen. Dafür war sie zu groß und zu kräftig gebaut, und ihr Gesicht besaß nicht die lieblich feinen Züge, die Männer an Frauen in der Regel als anziehend empfanden. Doch wer sie einen Moment länger ansah, fühlte sich dennoch von ihr angezogen. Ob es an ihrem Witz oder der unkomplizierten Art lag, mit der sie die Welt betrachtete, wusste Anderlin nicht zu sagen. Jedenfalls hatte er sich nicht weiter darüber gewundert, dass der Mann sie aus sicherer Entfernung anstarrte. Doch kaum dass Margrite den Stand kurz verließ, kam der Fremde auch schon herüber und sprach Anderlin an. Zu dessen Überraschung meinte er, dass er froh sei, Herlinde wohlauf in Anderlins Begleitung wiederzusehen. Er hätte sich ein ums andere Mal gefragt, was wohl aus ihr und ihrem Kind geworden wäre.

Anderlin verstand zunächst nicht, von wem er sprach, bis ihm der Fremde erklärte, dass er damit die Frau meinte, die soeben fortgegangen war.

»Margrite?«, hatte Anderlin verwundert gefragt.

»Margrite? So nennt sie sich jetzt also?«

Spätestens ab diesem Moment war Anderlins Neugierde geweckt gewesen, wenngleich er sich fragte, ob er wirklich hören wollte, was der Mann ihm zu berichten hatte. Doch dann beschloss er, sich die Geschichte anzuhören, überließ Hertwig, einem ihrer damaligen Mitreisenden, die Aufsicht über den Stand und ging mit dem Fremden in eine der umliegenden Schänken.

Heinfried, wie sich ihm der Mann nun vorstellte, kam aus dem gleichen Dorf wie Margrite und kannte sie schon von Kindesbeinen an. Als Margrite ungefähr siebzehn Jahre alt gewesen war, hatten einige Dörfler einen Fremden verwundet am Straßenrand liegen gefunden. Ob er wirklich so krank gewesen war, wie er tat, bezweifelte Heinfried im Nachhinein. Er hatte dem Kerl von Anfang an nicht getraut. Die Dörfler brachten ihn in das Haus, das Margrites Vater gehörte. Er war einer der Wortführer des kleinen Ortes, hoch angesehen und bei allen beliebt. Ein Mann mit Einfluss, auf dessen Rat man etwas gab. Margrite pflegte den Fremden Tag und Nacht, behandelte seine Wunden, kochte für ihn und – verliebte sich. Weshalb der alte Volkmar in die Heirat seiner Tochter mit diesem Taugenichts einwilligte, verstand Heinfried bis heute nicht. Hätte Volkmars Frau Magda, Margrites Mutter, damals noch gelebt, wahrscheinlich wäre es nie zu diesem unglückseligen Bund gekommen.

Denn Egbert, so hieß Margrites Mann, erwies sich genau als der Versager und Faulpelz, den Heinfried vom ersten Moment an in ihm gesehen hatte. Margrite arbeitete wie ein Pferd und schuftete sich den Rücken krumm, während er seine Tage in der Schänke verbrachte und jeder Frau, die nicht schnell genug das Weite suchte, unter den Rock fasste. Doch weder sie noch ihr Vater wollten etwas davon wissen.

Etwa drei Monate lebten sie zusammen, da wurde Margrite schwanger. Trotz der harten Arbeit wirkte sie überglücklich, verrichtete all ihre Aufgaben ohne jeden Verdruss und freute sich von Tag zu Tag mehr auf den Moment, an dem sie das erste Mal ihr Kind in den Armen halten würde. Egbert scherte sich um nichts, doch Margrite verzieh ihm alles. Eines Tages, Heinfried mutmaßte, dass Margrite nur wenige Wochen vor der Geburt ihres Kindes stand, geschah das Unfassbare. Egbert hatte sich schon vor einer Weile mit Berta, der Frau des Schmieds, eingelassen und lag ihr regelmäßig bei. Bis auf deren Mann und Margrite schien jeder im Dorf Bescheid zu wissen. An diesem Tag nun erwischte der Schmied, als er gemeinsam mit einigen seiner Freunde das Haus betrat, sein untreues Weib mit Egbert, und ein fürchterlicher Streit entbrannte. Die beiden Männer schlugen aufeinander ein, wobei der Schmied klar die Nase vorn hatte und Egbert wie einen räudigen Köter aus seinem Haus prügelte. Dieser zog wütend und unter dem johlenden Gelächter der Männer davon. Irgendwann am Abend war er jedoch von allen unbemerkt zur Schmiede zurückgekehrt und steckte sie in Brand. Die Männer rannten aus dem Haus, um das Feuer zu löschen, während Egbert nur dastand und lachte. Der Schmied ging erneut auf ihn los und verpasste ihm einen harten Schlag, holte aus und wollte nochmals zuschlagen, als Egbert ihm ein Messer mitten ins Herz rammte. Die Männer verharrten in ihrem Bemühen, das Feuer zu löschen. Berta warf sich wie von Sinnen über den Körper ihres toten Mannes und verfluchte Egbert. Ein Tumult brach aus. Egbert rannte, verfolgt von den Männern, in sein Haus, in dem die schwangere Margrite schon schlief. Er verbarrikadierte sich in der Kate, und Margrite, durch den Lärm geweckt, eilte ihrem Mann zu Hilfe. Einige Zeit lang hämmerten die Männer noch gegen die Tür, bis Rufe laut wurden, dass die Flammen in der Schmiede nun auf die anderen Häuser übersprangen. Das ganze Dorf war auf den Beinen, um des Feuers Herr zu werden. Egbert nutzte die Gelegenheit, griff sich seine Habseligkeiten und was er sonst noch tragen konnte, nahm ein Pferd und machte sich davon. Margrite, die inzwischen zu den anderen gerannt war und alles tat, um mit ihnen zusammen die noch unbeschädigten Häuser vor den Flammen zu schützen, ließ er zurück.

Es dauerte Stunden, bis sie das Feuer wieder unter Kontrolle hatten, berichtete Heinfried in niedergeschlagenem Ton. Fast das gesamte Dorf war niedergebrannt, und die Verzweiflung der Menschen schlug in Wut um, in eine Wut, die sich entladen wollte. Schnell wurden die ersten Rufe laut, dass Margrite als Egberts Weib schuld an der ganzen Misere sei. Schließlich wäre der Hundsfott ihretwegen in die Dorfgemeinschaft aufgenommen worden. Margrites Jammern und Bitten ging in einer Hetzjagd unter. Wütend griffen die Dörfler nach Steinen, als Margrite sich weigerte, das Dorf zu verlassen. Einzig ihr Vater stand ihr bei, konnte aber gegen die Überzahl der Menschen nichts ausrichten. Die aufgebrachten Leute warfen Steine nach Margrite und ihrem Vater, bis dieser auf einmal, von einem solchen schwer am Kopf getroffen, zu Boden ging. Weinend warf Margrite sich über seinen Körper und versuchte ihn zu schützen, doch es war zu spät. Ihr Vater war bereits nicht mehr am Leben, und Margrite stieß einen markerschütternden Schrei aus. Darauf setzten für einen kurzen Moment sogar die Steinwürfe aus. Dann aber brüllte jemand aus der Menge, Margrite solle gleich ihrem Mann aus dem Dorf verschwinden, und wieder flog ein Stein. Weinend stemmte die Schwangere sich hoch, warf noch einen letzten Blick auf ihren Vater und verschwand, ohne sich noch ein einziges Mal umzublicken, im angrenzenden Wald. Schwere Treffer hatte sie einstecken müssen.

Heinfried erzählte Anderlin, dass dies das letzte Mal gewesen war, dass er Margrite gesehen und sich seither immer wieder gefragt hatte, was wohl aus ihr und ihrem ungeborenen Kind geworden sei.

»Sie hat kein Kind«, hatte Anderlin tonlos erklärt.

»Hätte mich auch gewundert, wenn das Ungeborene das überlebt hätte«, war Heinfrieds nachdenkliche Antwort gewesen.

Als Anderlin danach an den Stand zurückgekehrt war, wartete Margrite bereits auf ihn und wollte wissen, wo er gewesen wäre. Er war ihr die Antwort schuldig geblieben, noch zu betroffen von dem, was er soeben über seine Begleiterin erfahren hatte.

Dies lag nun schon einige Jahre zurück, doch nicht ein einziges Mal hatte Margrite in all der gemeinsamen Zeit den Versuch unternommen, ihm von ihrem Schicksal zu erzählen.

Und er beließ es dabei. Jeder hatte seine Geheimnisse, das hatte ihn das Leben gelehrt. Doch dass Margrite ihm bis heute offenbar nicht genug vertraute, versetzte ihm immer wieder aufs Neue einen Stich.

Er erhob sich von der Bank und streckte seine müden Glieder. Noch ein Tag, dann würden sie endlich Bremen und damit ihr sicheres Quartier erreichen. Er wollte nur noch schlafen.

18. Kapitel

Ihr bringt Euch in Schwierigkeiten.« Annas Stimme klang flehend. Trotz der Erleichterung, ihrem Gefängnis entfliehen zu können, sorgte sie sich über alle Maßen um das Schicksal Bruder Adolfus'.

»Das ist ein Kloster und kein Gefängnis«, stellte der Mönch klar. »Es ist nicht richtig, was hier geschieht.«

»Aber es gibt sicher nur sehr wenige Schlüssel für diesen Kerker. Man wird herausfinden, dass Ihr mir geholfen habt.«

»Weshalb ich sicherheitshalber den von Bruder Hermannus gestohlen habe«, mischte Gawin sich nun grinsend in ihr Gespräch ein.

»Ich werde, wenn Ihr einen gewissen Vorsprung habt, aufgeregt zu ihm eilen und ihm berichten, dass die Gefangene geflohen ist. Natürlich wird er mir vorhalten, dass es nur zwei Schlüssel gibt. Worauf ich ihm«, Adolfus' Mundwinkel zuckten amüsiert, »den meinen sofort unter die Nase halten werde, während der seine unauffindbar sein wird.«

Anna drückte sich kurz an ihn. »Habt Dank, Bruder Adolfus!«

»Kommt jetzt. Wir haben nicht viel Zeit. Ich werde Euch einen Geheimgang zeigen, dem Ihr folgen müsst. Es gibt nur zwei Abzweige. Beide Male wendet ihr Euch nach links. Am Ende des Ganges müsst ihr dann eine Steinplatte mit aller Kraft nach oben stemmen. Danach seid Ihr in Freiheit.«

Anna standen Tränen in den Augen. Ob vor Erleichterung, Dankbarkeit oder auch, weil nun der Abschied von Bruder Adolfus bevorstand, vermochte sie nicht zu sagen.

»Hier habt Ihr ein kleines Bündel mit Essen und Trinken. Es ist nicht viel, wird Euch aber über die ersten Tage helfen.«

»Mein Geld!« Der Gedanke durchfuhr Anna siedend heiß und ließ sie an die Stelle ihrer Brust fassen, an der sie den Beutel verwahrt hatte. »Bruder Hermannus hat mir die Geldkatze abgerissen, bevor er mich hier eingesperrt hat. Wir haben keinen Pfennig mehr.«

»Wir können es nicht riskieren, in seiner Kammer danach zu suchen«, wandte Gawin ein. Tröstend nahm er Anna kurz in den Arm. »Wir werden uns neues Geld verdienen, dort, wo wir leben.«

»Aber all die Jahre über habe ich Münze um Münze gespart.« Sie schluchzte leise. »Es gehört mir.«

»Ich weiß«, sagte Gawin. »Doch wenn er uns erwischt und hier unten einsperrt, helfen uns die Münzen auch nichts mehr.« Er ließ seine Worte einen Augenblick wirken. Schließlich nickte sie.

»Wir werden neues Geld verdienen«, wiederholte sie seine Worte und versuchte tapfer zu sein. Doch der Kloß, der in ihrem Hals steckte, war deshalb noch lange nicht verschwunden.

Gawin lächelte sie an. »Komm jetzt.« Sanft zog er sie am Arm.

Fast vorsichtig trat Anna aus ihrer Zelle. Bruder Adolfus lauschte gespannt, ob oben die Kellertür geöffnet wurde. Seine Angst entdeckt zu werden, war groß und machte ihn unruhig.

»Ich bringe Euch noch bis zum Gang, danach müsst Ihr Euren Weg allein weitergehen.«

Anna schluckte. Würde sie diesen Mönch, der ihr der einzige Freund in den letzten Wochen gewesen war, jemals wiedersehen? Die Sorge um ihn schnürte ihr den Hals zu.

»Was ist, wenn Bruder Hermannus Euch dennoch auf die Schliche kommt?«

»Der Herr ist groß und weise. Er allein bestimmt, was geschehen wird.«

Seine Antwort beunruhigte Anna noch mehr. Wie konnte Adolfus nur glauben, dass Gott die Zeit hatte, sich um das Schicksal eines kleinen Mönches zu kümmern? Sie wollte etwas sagen, besann sich jedoch und schluckte die Worte, die ihr auf der Zunge lagen, hinunter. Schweigend nickte sie.

»Kommt jetzt!«

Auf leisen Sohlen führte Adolfus die beiden an den aufgereihten Weinfässern vorbei, die sich links und rechts eines kleinen Ganges befanden, der in einer Arkadenwölbung vor einer gemauerten Wand endete. Anna blieb stehen und sah Adolfus fragend an. Hier gab es keinen Ausgang. Der Mönch musste sich getäuscht haben. Sie hörte das Blut in ihren Ohren rauschen. Verzweifelt griff sie nach Gawins Hand.

Doch Bruder Adolfus tastete mit den Fingern den Mauerbogen entlang, streckte sich dann in die Höhe und bekam einen kleinen Hebel zu fassen, den man, wusste man nicht, wo er sich befand, mit bloßem Auge nie entdeckt hätte. Er zog an ihm, worauf ein mechanisches Geräusch zu hören war, das sich an den Kellerwänden brach. Schon öffnete sich die Mauer vor ihren Augen wie von Zauberhand einen Spaltbreit. »Helft mir!« Bruder Adolfus zwängte sich in den Spalt und stemmte sich mit der Schulter gegen die Felstür, Gawin trat eilig hinzu und half ihm. Das knirschende Geräusch aufeinanderreibender Steine klang für Anna wie ein geplagtes Stöhnen. Vorsichtig hielt sie die Fackel vor sich und leuchtete in die Dunkelheit des Ganges hinein.

»Vergesst nicht: Wenn der Gang sich teilt, wendet Euch zweimal nach links. Dann werdet Ihr bald wieder das Licht des Tages schauen können.«

Anna schluckte schwer. »Habt Dank!« Obgleich sie wusste, dass es sich nicht schickte, trat sie zu Bruder Adolfus und umarmte ihn. »Auch wenn wir uns nie wiedersehen sollten, werde ich Euch immer in meinem Herzen bewahren.« Noch einmal drückte sie den Mönch an sich.

Bruder Adolfus atmete tief durch. Wie sehr war ihm die junge Frau in den letzten Wochen doch ans Herz gewachsen. Seine kleine Schwester wäre heute etwa so alt wie sie gewesen, vielleicht ein bisschen älter. Doch Marie war tot. Tot, weil er zu schwach gewesen war, sie zu retten. Oder zu feige. Hätte er nur ein Fünkchen mehr Mut besessen, wäre Marie vielleicht noch am Leben. Es war viele Jahre her, dass sie auf dem zugefrorenen kleinen Weiher gespielt hatten. Ausgelassen waren sie über die noch viel zu dünne Eisschicht gerutscht, hatten sich im Kreis gedreht und gelacht. Dann war Marie ganz plötzlich verschwunden. Eingebrochen im Eis, ohne Vorwarnung, ohne Schrei. Sofort war sie mit dem Kopf unter Wasser gewesen. Und er selbst hatte nur dagestanden, unfähig sich zu rühren. Bis er um Hilfe geschrien hatte, mussten Ewigkeiten vergangen sein, so war es ihm damals wenigstens vorgekommen. Er war zwei Jahre älter als seine kleine Schwester und hätte sie beschützen müssen. Sein Vater hatte nur wenige Meter von ihnen entfernt am Ufer Holz aufgeschichtet und war nach seinem Schrei sofort ins Wasser gesprungen, um die kleine Marie wieder an die Oberfläche zu holen. Irgendwann tauchte er mit ihr auf. Verzweifelt hievte er ihren leblosen Körper aus dem Wasser. Erst da, so erinnerte sich Adolfus, vermochte er es, sich aus seiner Erstarrung zu lösen und dem Vater dabei zu helfen, Marie an Land zu bringen.

Doch alles Aufwärmen, die vielen Decken und heißen Wickel hatten nichts genutzt. Es dauerte noch einen ganzen Tag, bis sie ihren letzten Atemzug getan hatte und ins Reich des Herrn einging. Und wenn ihm die Eltern auch immer wieder sagten, dass es nicht seine Schuld gewesen sei, wäre Adolfus ihr doch am liebsten gefolgt.

Er griff nach Annas Hand. Das Gefühl einer göttlichen Eingebung, nein, der eigenen Vergebung durchflutete ihn mit aller Macht. Die Erkenntnis, dass er nach all den Jahren gefunden hatte, wonach er suchte, trieb ihm Tränen der Freude in die Augen. Er hatte sich damals nicht rühren und seine Schwester retten können. Doch nun hatte der Herr ihm die Möglichkeit gegeben, seine Angst zu bezwingen und das Richtige zu tun, ohne dabei die daraus für ihn entstehenden Folgen zu bedenken. Dieses Mädchen würde er retten können, er hatte es bereits getan. Dankbar umschloss er ihre Hand und hielt sie fest in der seinen.

»Auch Ihr werdet auf ewig in meinem Herzen sein«, brachte er stockend hervor, hin- und hergerissen zwischen dem Schmerz des Abschieds und der Freude, die er darüber empfand, sich selbst überwunden zu haben.

Gawin legte ihm zum Abschied die Hand auf die Schulter und berührte dann sanft Annas Arm. Wortlos nahm er ihr die Fackel ab und trat durch die geöffnete Felstür in den Gang.

Anna schluckte schwer. Tränen trübten ihren Blick. Sie legte eine Hand an Adolfus' Wange. »Lebt wohl!«, flüsterte sie noch, bevor sie schnell in den Gang huschte.

»Gebt acht, Bruder Adolfus!«, rief Gawin. »Wir schieben jetzt!«

Mit aller Kraft stemmten sich die beiden gegen die Steintür, die langsam wieder in ihre ursprüngliche Position zurückglitt. Das wenige Licht, das von draußen noch durch die Tür in den Gang fiel, wurde immer schwächer, bis nur noch die brennende Fackel in Gawins Hand den Weg, der vor ihnen lag, erhellte.

Gawin und Anna hörten noch, wie Bruder Adolfus auf der

anderen Seite der Wand den Hebel zum Verriegeln der Tür drückte, und lauschten eine Weile. Aber auf der anderen Seite der Wand blieb alles still.

»Komm!«, hörte Bruder Adolfus durch die Mauer Gawins Stimme noch sagen, dann sich entfernende Schritte. Er lehnte sich an die Wand und atmete tief durch. Tränen liefen ihm über die Wangen, und er hätte nicht zu sagen vermocht, ob es Tränen der Erleichterung oder des Schmerzes waren.

Schon vor Tagen war der Bote heimgekehrt, den Bruder Hermannus mit der Nachricht zu Helme geschickt hatte, Anna in seinen Fängen zu haben. Dass der Novize den früheren Kumpan nicht angetroffen hatte, verärgerte Hermannus. Doch in Kürze würde dieser gewiss heimkehren, die von Bruder Stephan dort hinterlassene Nachricht finden und sich sofort auf den Weg zum Kloster machen.

Außerdem hatte Hermannus für das Wichtigste – dass Helmes Tochter im Klosterkerker festsaß und ihnen nicht mehr entfliehen konnte – ja bereits gesorgt. Anna müsste es nun eben noch ein paar Tage länger dort unten aushalten, bis ihr Vater sie abholen kam.

19. Kapitel

Noch nie in seinem Leben hatte Helme in solch einem prächtigen Bett geschlafen. Mit welcher Einfalt ihm die guten Bürger Kölns seine Geschichten abgekauft hatten, schien ihm noch immer unfassbar. Langsam setzte er sich auf, ließ sich aber sogleich wieder zurück in die Kissen sinken, nachdem ihm sein Kopf in sitzender Position zu platzen drohte. Dieses Gesöff, das die Kölner Bier nannten, war in seiner Wirkung anders als alles, was er bislang an Getränken kannte. In Gedanken ging er den gestrigen Abend noch einmal durch, zumindest den Teil davon, den er in Erinnerung hatte. Diese Dummköpfe hatten geradezu an seinen Lippen gehangen, als er ihnen das Ammenmärchen vom Überfall auf ihn noch einmal detailliert und mit allen Schikanen ausgeschmückt erzählt hatte. Hatte er von acht oder zehn Männern gesprochen, die es gebraucht hatte, um ihn zu Boden zu ringen und ihm sein Hab und Gut zu entreißen? Er wusste es nicht mehr, was ihn ärgerte. Denn es war eine Grundregel, sich die Geschichten, die man sich zurechtlog und anderen zum Besten gab, bis in die kleinste Einzelheit hinein zu merken. Das nächste Mal würde er vorsichtiger sein und nicht mehr so viel Bier dabei trinken. Andererseits waren seine Zuhörer ebenso betrunken gewesen wie er und hatten sich gewiss auch nicht alles merken können. Aber da war noch eine Sache gewesen, die ihm in diesem Moment nicht mehr einfallen wollte. Es war irgendetwas, was Egidius, der dicke Gewürzhändler, zu ihm gesagt hatte. Was war das gleich noch gewesen? Es hing damit zusammen, dass er Helme aufgefordert hatte, die Leute, die ihn überfallen hatten, zu beschreiben, so viel wusste er noch. Egidius hatte dabei etwas Drängendes in seiner Stimme gehabt, etwas Forderndes. Sein Gesicht hatte sich, während er sprach, grimmig verzogen. Nach und nach kam die Erinnerung zurück. Hatte Egidius nicht gefragt, ob die Angreifer Spitzhüte aufgehabt hätten? Ja, das war es gewesen. Helme hatte geantwortet, dass alles sehr schnell gegangen wäre und er dies nicht beschwören wolle, um niemanden fälschlicherweise der an ihm begangenen Schandtat zu beschuldigen. Aber er glaube, sich ganz dunkel daran erinnern zu können, dass einige der Angreifer tatsächlich solche Hüte getragen hätten. Erst jetzt, da Egidius es erwähnte, sei es ihm wieder eingefallen.

»Seht ihr!«, hatte Egidius gebrüllt und war von der Bank aufgesprungen. »Wie ich es euch allen immer sage. Es ist das Judenpack. Sie überfallen und berauben ehrbare Bürger, schleichen sich dann in unsere Städte und verleihen unser eigenes Geld für sündhaft hohe Zinsen wieder an uns zurück.« Er spuckte auf den Boden.

»Egidius' Geschäfte laufen nicht mehr so gut, seit einige jüdische Händler Kräuter und Gewürze zu niedrigeren Preisen auf dem Markt anbieten. Er hat schon eine Menge Geld dadurch verloren«, hatte Albrecht, der Patrizier, bei dem Helme untergekommen war, ihm leise zugeraunt.

»Und was kann man da dagegen machen?«, hatte Helme herausfordernd gefragt.

Danach war eine Diskussion unter den Geschäftsleuten ausgebrochen, an die sich Helme nur noch bruchstückhaft erinnern konnte. Doch sein Instinkt sagte ihm, dass es sich lohnen könnte, an der Judensache dranzubleiben. Schließlich würde er seinen Gastgeber noch so lange hinhalten müssen, bis er dieses Drecksweib endlich gefunden hätte und es an den Haaren aus der Stadt schleifen könnte. In den Schänken, die er bisher aufgesucht hatte, war Anna jedenfalls nicht aufgetaucht. Und er musste stets sehr vorsichtig nach ihr fragen, um nur ja kein Aufsehen zu erregen. Denn die Geschichte vom ausgeraubten Kaufmann würde ihm wohl niemand mehr abnehmen, wenn er in der Stadt ganz offensichtlich nach einem bestimmten Mädchen suchte, anstatt hier seinen Geschäften nachzugehen.

Die Zeit lief auch so schon gegen ihn und würde die drei Männer um ihn herum, die ihm jetzt noch aus der Hand fraßen, misstrauisch werden lassen. Da könnte ihm die Sache mit den Juden als kleine Ablenkung nur recht kommen. Angesehene Bürger davon zu überzeugen, sich gegen die Juden auflehnen zu müssen, würde ihre Aufmerksamkeit von ihm ab- und auf Letztgenannte hinlenken. Das war genau das, was Helme brauchte.

Ungeachtet der Kopfschmerzen, die wieder wütend gegen seine Schädelwand pochten, erhob er sich aus dem weichen Bett. Er würde Egidius am besten gleich aufsuchen und ein bisschen mit ihm plaudern. Bei dem Hass, den er gestern in den Augen des Patriziers hatte lodern sehen, würde es ihm sicher ein Leichtes sein, den ein oder anderen giftigen Samen in ihm zu säen und dessen Judenhass weiter heranwachsen zu lassen.

»Helme von Minden, welche Freude!«, begrüßte der Gewürzhändler ihn, als er auf einen Wink des Dieners dessen Kontor betrat. Egidius war hinter seinem Schreibpult hervorgetreten und kam mit ausgestreckten Armen auf seinen Gast zu. »Was verschafft mir die Ehre?«

»Egidius, mein Freund! Ich wollte nur sehen, ob Euch das Bier auch so zusetzte wie mir. Man könnte meinen, Ihr wolltet einen von Minden mit diesem Gebräu möglichst rasch dem Herrn überstellen.«

»Aber, aber.« Egidius deutete auf einen Lederstuhl, der vor

dem massiven Holztisch stand, an dem er gearbeitet hatte. »Vielleicht hätten wir Euch warnen sollen. Schon oft hörten wir, dass die Kölner Bierbraukunst der anderer Städte weit voraus ist.«

»Wie so vieles in Eurer herrlichen Stadt.«

Egidius gab dem Diener, der noch immer an der Tür stand, einen Wink. »Bring meinem Gast etwas zu trinken, das seinem Kopf weniger zusetzt als das Bier vom gestrigen Abend. Und trag dazu auch eine kleine Speise auf.«

Der Diener nickte und verschwand ohne ein Wort.

»Euch scheint es hier bei uns zu gefallen«, stellte der Patrizier zufrieden fest.

»Gibt es denn Leute, denen es nicht so geht?«

Der Diener betrat mit einem Tablett in den Händen wieder den Raum.

»Stell es einfach hier auf dem Tisch ab, Hans. Ich werde unserem Gast selbst vorlegen.«

Sie schwiegen, bis der Diener den Raum wieder verlassen und die Tür hinter sich geschlossen hatte.

»Ihr wolltet mir erzählen, was Euch so begeistert an unserem Köln«, nahm Egidius das Gespräch wieder auf.

Helme lehnte sich entspannt in seinem Stuhl zurück, trank einen Schluck von dem angewärmten Würzwein und biss herzhaft in das bereitgelegte Gebäck.

»Ich sah alles in allem noch nie eine schönere, lebendigere Stadt. So einfach ist das. Allerdings ...« Er brach ab und nahm einen weiteren Schluck.

»Allerdings? Ihr macht mich neugierig.«

Helme beugte sich Egidius verschwörerisch entgegen. »Ich dachte, Ihr wärt derjenige, der schon längst erkannt hätte, was an der Wurzel dieser stolzen und herrschaftlichen Blüte nagt und sie mit Fäulnis zu überziehen vermag.«

»Ihr sprecht in Rätseln, mein Freund.« Egidius beugte sich nun ebenfalls vor, und Helme wusste, dass er ihn nunmehr am Haken hatte. Er durfte jetzt nur nicht zu offensichtlich zu Werke gehen. Er stellte seinen leeren Becher auf dem Tisch ab, lehnte sich erneut in seinem Stuhl zurück und hob abwehrend die Hände.

»Vielleicht habe ich mich auch getäuscht. Schließlich ist es Eure Stadt, nicht die meine. Ich möchte mich auf keinen Fall einmischen.«

»Aber, mein Lieber, Ihr seid ein kluger Kaufmann und uns zum Freund geworden. Ob Ihr nun hier lebt oder nicht. Wir sind eine freie Handelsstadt. Sagt mir, was Ihr denkt.«

»Nun, meine Sorge gilt Euch, der Ihr ehrlich und aufrecht Handel treibt, dem Herrn in angemessener Weise huldigt und auf Eure Würde und Euren Stand bedacht seid.«

»Zumindest mehr als die obersten Kirchenherren, die uns das Geld aus der Tasche ziehen und Rechte durchzusetzen versuchen, deren Inhalt sie kaum in der Lage sind zu verstehen.«

»Die Kirche und der wahre Glauben haben nicht immer viel miteinander gemeinsam.«

»Wohl gesprochen, Helme von Minden.«

»Und ebendiesen Umständen gilt meine Sorge, der ich als ein Außenstehender beobachte, wie Eure Großherzigkeit und Euer Fleiß von manchen Menschen zu ihrem eigenen Wohl und Vorteil ausgenutzt werden.«

»Von wem sprecht Ihr?«

Wieder hob Helme abwehrend die Hände. »Ich bin nur ein Beobachter und möchte niemanden gegen seinen Nächsten aufbringen.«

»Herrgott, Mann, nun sprecht doch endlich!«

»Wenn Ihr es wünscht.« Helme machte eine bedächtige

Pause, als würde er seine nächsten Worte sehr genau wählen müssen. »Neben den vielen reichen Händlern gebt Ihr auch weniger betuchten, ehrlichen Arbeitern ein gutes Zuhause. Ihr lebt mit ihnen Seite an Seite, wenngleich sie weit unter Eurem Stand sind.«

»Ganz wie es sich für einen guten Katholiken geziemt«, erklärte Egidius.

»Genau«, stimmte Helme ihm zu. »Aber da sind noch andere, die sich neben den Huren, Bettlern und anderem Abschaum unter Euch gemischt haben.«

»Welche anderen?«

»Die Gefährlichen, die falschen Glaubens sind.« Helme vermied es, das Wort Juden in den Mund zu nehmen.

Egidius knallte seinen Becher so heftig auf den Tisch, dass der Rest des Würzweins aus ihm heraus und auf die Holzplatte schwappte.

»Verdammt, Ihr wisst gar nicht, wie recht Ihr damit habt! Diese gottverfluchten Ungläubigen.«

Helme nickte schweigend.

Sein Gastgeber stand auf, schenkte ihnen die Becher noch einmal voll und reichte einen an seinen Besucher.

»Schon lange habe ich den Rat der Stadt und die obersten Kirchenherren vor ihnen gewarnt, glaubt mir.«

»Eines Tages werden Euch noch die Pilger fortbleiben. Kein guter Christ betet gern in einem Gotteshaus, das in einer von Ungläubigen überlaufenen Stadt steht.«

»Genau das habe ich den Ratsleuten auch gesagt. Sie stehlen und verpesten unsere Stadt, diese verdammten Juden.«

Helme lächelte zufrieden. Nun hatte Egidius das Wort endlich ausgesprochen.

»Doch was soll man tun?« Der Kölner redete sich langsam in Rage. »Sie stehlen und machen den ehrlichen Händlern das Geschäft kaputt, schlimmer noch, sie verleihen das Geld, das sie zuvor von uns erbeutet haben. Für hohe Zinsen, versteht sich. Kaum einer von uns …«, er brach mitten im Satz ab.

Aber der Halbsatz reichte aus, um Helme ahnen zu lassen, dass der Patrizier sich bei einem jüdischen Geldverleiher verschuldet hatte.

»Viele ehrliche Kölner Bürger waren in den letzten Monaten dazu gezwungen, mit diesen kreuchenden Dieben Geschäfte abzuschließen. Und glaubt Ihr etwa, Mutter Kirche steht uns gegen sie bei?«

Offenbar erwartete er keine Antwort.

»Ich will es Euch sagen – sie tut es nicht!« Ärgerlich griff er nach seinem Becher und leerte ihn in einem Zug.

»Was wäre, wenn Ihr einen Zusammenschluss mit den Gilden erwägen würdet?«

»Das wäre ein kräftiges Bündnis, in der Tat. Doch was glaubt Ihr wohl, wie viele der Gildner ebenfalls hohe Schulden bei den Juden machen mussten? Eine ganze Menge! Das wäre nun ein guter Grund mehr, um uns zusammenzuschließen und uns gegen das Pack aufzulehnen, doch was meint Ihr, wird dann passieren, hä? Richtig! Sie würden ihr Geld alle auf einmal mit Zins und Zinseszins von uns zurückfordern. Und keiner von uns könnte das bezahlen. Sie haben uns in der Hand und können uns zerquetschen wie Würmer.«

»Stolze Männer wie Euch zerquetschen? Ich bitte Euch, Egidius. Das kann unmöglich Euer Ernst sein.«

»Oh, doch«, entgegnete der Patrizier bitter, »es ist mein voller Ernst.«

»Aber …« Helme zögerte, bevor er weitersprach, um seinen Worten mehr Gewicht zu verleihen. »Aber wenn es nun einen Weg gäbe, die Ratten aus der Stadt zu jagen, ohne ihnen das von ihnen begehrte Futter mitzugeben, was würdet Ihr dazu sagen?«

»Wenn Ihr uns einen solchen Weg aufzeigen würdet, wären wir Kölner Euch zu Dank verpflichtet, das versichere ich Euch. Und die Dankesbezeugungen der Kölner Bürger sind noch immer sehr großzügig ausgefallen.«

Helme hob den Becher und prostete Egidius zu. Hier tat sich ihm eine ungeahnte Möglichkeit auf, die er nicht ungenutzt an sich vorüberziehen lassen wollte. Die Suche nach der kleinen, undankbaren Schlampe, die er aufgezogen hatte, würde daher noch ein Weilchen warten müssen. Denn dieses Geschäft hier könnte sich womöglich als noch ergiebiger und weitaus lohnender erweisen, als es die Zurückführung der »verlorenen Tochter« sein würde.

20. Kapitel

Tief sog Anna die frische Luft in ihre Lungen. Obgleich sie bereits einen halben Tagesmarsch strammen Schrittes vom Kloster entfernt waren, gönnten sie sich keine Pause. Zu groß war die Angst, doch noch von den Mönchen eingefangen und ins Verlies zurückgeschleift zu werden. Noch viel zu aufgewühlt von der Flucht, hatten sie nur wenige Worte miteinander gewechselt und hingen stattdessen ihren Gedanken nach. Gawin tastete das Bündel ab, in das Bruder Adolfus ihnen etwas zu essen gelegt hatte.

»Wollen wir eine kurze Rast machen?«, schlug er vor.

Anna wollte schon verneinen, blieb dann aber stehen, um sich erst einmal umzusehen. Die Straße war breit und rechts und links von langgestreckten Grasflächen gesäumt. So weit das Auge blicken konnte, waren weder Mensch noch Tier zu entdecken, geschweige denn Häuser. Und so machte Anna, statt zu antworten, einfach ein paar Schritte zur Seite und ließ sich ins Gras sinken.

Gawin öffnete das zusammengeknotete Tuch, das Bruder Adolfus ihnen gegeben hatte, und breitete es samt den darin befindlichen Speisen vor Anna aus. Vier Äpfel, ein Kanten Brot und etwas Trockenfleisch kamen zum Vorschein. Dann reichte er ihr den Trinkschlauch.

»Ich kenne mich in dieser Gegend nicht aus. Wir können nur hoffen, dass wir bald an einen Wasserlauf kommen.«

»Das werden wir«, sagte Anna.

»Woher willst du das wissen? Warst du denn schon einmal hier?«

Sie schüttelte den Kopf. »Noch nie. Und doch kenne ich den Weg genau. Meine Mutter …«, sie schluckte schwer. »Meine

Mutter und einige Reisende, die ich in der Schänke bediente, erzählten mir von diesem Weg.«

Gawin ließ sich neben ihr ins Gras fallen. »Ich weiß fast gar nichts von dir«, stellte er fest.

Anna zupfte ein Stück Trockenfleisch ab. »Da gibt's auch nicht viel zu wissen.«

»Warum bist du von zu Hause weggegangen?«

Anna schwieg, und auf ihrer Stirn erschien eine tiefe Falte, die sie älter aussehen ließ. Ihre Lippen waren fest aufeinandergepresst.

»Von dir weiß ich ja auch nicht viel«, entgegnete sie trotzig.

Gawin zuckte mit den Schultern. »Wenn du etwas wissen willst, dann frag.«

Und als sie weiterhin nichts sagte, meinte er: »Es wäre klug, wenn wir uns unsere gemeinsame Geschichte noch einmal ganz genau zurechtlegen würden, nachdem uns diesbezüglich schon ein grober Schnitzer unterlaufen ist. Schließlich soll man uns für Geschwister halten. Da sollten wir auf die wichtigsten Fragen doch dasselbe antworten können.«

»Also gut«, meinte Anna. »Was wollen wir also sagen?«

»Zunächst einmal müssen wir festlegen, wo wir aufgewachsen sind.«

Anna überlegte, welche Orte sie außer Lünen noch ganz gut kannte, denn sie wollte unter keinen Umständen die Wahrheit sagen. Aber was wäre, wenn sie ausgerechnet eine Stadt nannte, aus der ihr Gegenüber stammte? Ihre Flunkerei wäre damit sofort aufgedeckt. Ratlos sah sie Gawin an.

»Woher kommst du denn?«

»Hab ich dir doch bereits gesagt. Damals, im Wald, weißt du nicht mehr? Ich war auf einem Schiff zu Hause.«

»Ich meine davor. Bevor du auf dem Schiff warst. Du hast mir seinerzeit gesagt, dass ein Freund deiner Eltern dich nach ihrem Tod mit zu sich aufs Schiff genommen hat. Aber davor, wo hast du davor mit deinen Eltern gelebt?«

Gawin zuckte mit den Schultern. »Das weiß ich nicht mehr.«

Anna seufzte. »In Ordnung. Dann werden wir einfach sagen, dass wir aus einem kleinen Dorf in der Nähe von … Konstanz, was hältst du von Konstanz, kommen?«

»Wo liegt denn das?«

»Irgendwo in der entgegengesetzten Richtung von hier.«

Gawin hob die Augenbrauen. »Meinst du, dass wir damit durchkommen?« Er wies mit dem Arm den Weg entlang, den sie gekommen waren. »Wenn wir sagen, dass wir von irgendwo aus dieser Richtung kommen?«

Anna kaute auf ihrer Unterlippe. Gawin hatte recht.

»Also gut, was hältst du davon, wenn wir einfach sagen, dass wir in einem kleinen Dorf in der Nähe des Rheins geboren wurden, dort aber nie gelebt haben, weil unsere Eltern Händler und ständig mit uns unterwegs waren. Und wir uns, seitdem sie an der Pest gestorben sind, allein durchgeschlagen haben. Dann wird man uns sicher nicht weiter ausfragen.«

Gawin nickte. »Gefällt mir gut. Das könnte klappen. Aber wir sollten uns auch gemeinsame Erinnerungen und Erlebnisse überlegen. Eben alles, was Geschwister so voneinander wissen.«

»Wir sollten weitergehen«, schlug Anna vor und stand auf. »Und unterwegs werde ich dir so viele Geschichten über unsere gemeinsame Kindheit erzählen, dass du mich für die liebste Schwester auf der Welt hältst.«

»Oder du mich für den besten Bruder, den du dir nur wünschen kannst.«

Sie lachten ausgelassen.

Anna beschattete mit der Hand ihre Augen und blickte den Weg entlang, der vor ihnen lag.

»Ich will es nicht beschwören, aber wenn wir weiter in diese Richtung gehen und nicht mehr rasten, müssten wir noch vor Einbruch der Dämmerung an die Stadtmauern Bremens gelangen.«

In ihrer Stimme lag freudige Erwartung. Gawin hingegen hatte gemischte Gefühle. Anna schien sich ihrer Sache sehr sicher, während er weit weniger zuversichtlich war. Was würde sie in der fremden Stadt erwarten? Sie besaßen überhaupt kein Geld, und ihre Wegzehrung würde bereits morgen aufgebraucht sein. Er raffte die Reste ihres Essens zusammen und schnürte das Tuch wieder zu einem Bündel.

»Was werden wir tun, wenn wir in der Stadt ankommen?«, fragte er vorsichtig.

Anna schien bester Laune zu sein. »Als Erstes suchen wir uns Arbeit«, meinte sie. »Oder nein«, korrigierte sie sich schnell. »Zuallererst gehen wir zum Dom.«

»Und was wollen wir da?«

»Ihn berühren«, antwortete sie sofort, als könne es nichts Wichtigeres geben.

Gawin zog die Stirn kraus und betrachtete Anna nachdenklich, während sie ihren Weg fortsetzten. Was konnte sie damit bezwecken wollen, das Gotteshaus zu berühren? Er hatte das Gefühl, sie immer weniger zu verstehen. War sie etwa verrückt? Und hatte Bruder Hermannus sie vielleicht deshalb im Keller eingesperrt? Im Kloster war ihm das erste und vielleicht einzige Mal in seinem Leben die Aufgabe übertragen worden, eine Madonna von unvergleichlicher Schönheit anzufertigen. Nie zuvor hatte ihm jemand eine solche Arbeit zugetraut. Was wäre, wenn er dies alles nur dafür aufgegeben hätte, eine Frau zu befreien, die nicht ganz klar im Kopf war? Die Sorge legte sich wie ein dunkler Schatten auf sein Gemüt und verstärkte mit jedem weiteren

Schritt das Gefühl, einen schrecklichen Fehler begangen zu haben.

Schweigend gingen sie weiter. Doch während Annas Schritte leicht und unbeschwert waren, trottete Gawin wie ein geprügelter Hund neben ihr her. Er sah es vor sich, das Leben, das ihn in Bremen erwartete. Es war das gleiche, von dem er nur wenige Wochen zuvor geglaubt hatte, es für immer hinter sich gelassen zu haben. Wieder würde er stehlen und sich das Essen zusammenklauben müssen. Keine Arbeit und auch nichts anderes haben, woran er glauben konnte. All dies stand ihm so klar vor Augen, als ob es bereits eingetreten wäre. Da hatte ihm der Herr mit der Anfertigung einer Heiligen die Hand geboten, dank der er sich ihm weiter annähern könnte – und nun das! Schon meinte er, seinen Körper im drohenden Fegefeuer der Hölle brennen zu sehen und den Geruch verbrannter Haut zu riechen.

»Was hast du?«

Gawin machte einen Satz, so sehr erschrak er sich bei ihren Worten.

»Du bist weiß wie ein Leichentuch«, stellte Anna besorgt fest. »Ist dir nicht gut?«

»Ich hab, ich meine …«, stammelte er.

Sie blieb stehen. »Was denn?«

»Warum wurdest du von Bruder Hermannus in den Keller gesperrt?«

Langsam setzte Anna sich wieder in Bewegung. »Ich weiß es wirklich nicht.«

Gawin ging weiter stumm neben ihr her, während sie den Blick starr auf den Pfad vor sich gerichtet hielt. Sie spürte, dass er sie immer wieder von der Seite ansah. Offenbar wartete er auf eine Erklärung von ihr. Doch was sollte sie ihm sagen?

»Ich kann dir nur sagen, was geschehen ist«, erklärte sie. »Aber das Warum ...« Sie zuckte mit den Schultern.

Dann berichtete sie ihm, wie sie unbemerkt aus dem Kloster hatte huschen wollen und Bruder Hermannus sie grob daran gehindert und ohne jede weitere Erklärung eingesperrt hatte.

»Und Bruder Adolfus? Weshalb hat er dir geholfen?«

Sie hob die Hände und bedeutete ihm, auch darauf keine Antwort zu wissen. »Ich denke, er hat erkannt, dass ich zu Unrecht eingesperrt worden bin. Eine andere Erklärung habe ich nicht.«

Gawins Gedanken schwirrten wie ein wilder Schwarm Bienen durch seinen Kopf. Hatte sie ihm die Wahrheit gesagt?

Anna betrachtete versonnen die Gegend. Die Ernte auf den Feldern war noch nicht eingebracht worden. Daheim in der Schänke hatte sie die Leute darüber reden hören, dass das große Sterben bald auch ihre Gegend erreichen würde. Brach die Seuche nicht mehr vor dem Winter aus, standen die Aussichten, sie zu überleben, etwas besser. Lag Schnee über einem Dorf, scheute die Pest den Ort, weil sie, so erzählte man sich, selbst schwarz wie ein Dämon, vor der Reinheit zurückwich. Anna wusste nicht, ob dies der Wahrheit entsprach. Aber sie hielt es für möglich. Dass Engel im weißen Gewand den Teufel schreckten, wusste sie zumindest, seitdem sie klein war. Doch konnte sie sich das große Sterben nicht wie einen dunklen Körper vorstellen, eher wie eine breite, zähe Flüssigkeit, die sich klebrig über ihre Opfer ergoss. Dass jedoch der Teufel die Pest hervorgebracht hatte, davon war auch sie überzeugt.

Anna schüttelte den Kopf. Sie wusste nicht, weshalb sie gerade jetzt an die schreckliche Seuche denken musste. Bremen lag nochmals ein gutes Stück von Lünen entfernt. Vielleicht würde die Krankheit gar nicht bis dorthin kommen.

Sie zog ihren Umhang fester um die Schultern. Schüchtern

sah sie zu Gawin, der ohne jede Gefühlsregung neben ihr des Weges ging. Warum war er nur so zögerlich? Noch vor wenigen Wochen hatte er sich damit abgefunden gehabt, wie ein Wilder im Wald zu leben. Es war seine Entscheidung gewesen, sich ihr anzuschließen. Dennoch hatte sie kurz zuvor den seinerseits unausgesprochenen Vorwurf herauszuhören geglaubt, dass sie selbst die Schuld an ihrer Gefangenschaft trug. Misstrauen hatte in seiner Stimme gelegen.

Die Wolken zogen sich bedrohlich über ihnen zusammen, und in der Ferne war bereits ein erstes Donnergrollen zu hören.

»Wir sollten uns eilen, damit wir nicht völlig durchnässt sind, wenn wir Bremen erreichen«, drängte Anna.

Gawins Antwort war nicht mehr als ein Grunzen, und Anna verspürte keine Lust, erneut in ihn zu dringen, um zu erfahren, was ihn beunruhigte.

Sie beschleunigte ihren Schritt, merkte aber schon bald, dass Gawin hinter ihr zurückfiel.

»Kannst du oder willst du nicht schneller gehen?« Ihre Stimme klang gereizt, und sie mühte sich nicht, dies zu verbergen.

Gawin blieb stehen und musterte sie. Die junge Frau stoppte nun ebenfalls und stemmte die Hände in die Hüften.

»Was ist?«, wollte sie wissen.

Er öffnete den Mund und schloss ihn wieder, ohne einen Laut von sich zu geben.

Sie machte einen raschen Schritt auf ihn zu. »Jetzt pass mal auf, Gawin! Ich habe dich nicht darum gebeten mich zu begleiten. Ich brauche dich nicht, und du brauchst mich nicht. Wir können gut ohneeinander auskommen. Wenn es dir lieber ist, in dem Kloster weiter an deiner Holzfigur zu arbeiten, dann geh zurück. Sag einfach, dass ich unvermittelt bei dir aufgetaucht bin und dich dazu bewegen wollte mich zu begleiten, du dich aber dagegen entschieden hast.«

»Aber ich …« Mehr brachte er nicht heraus.

Sie trat einen Schritt zurück. »Du kannst das übrige Essen für den Rückweg behalten. Ich werde jetzt weitergehen. Und ich werde nicht mehr auf dich warten.« Sie machte auf dem Hacken kehrt und ging schnellen Schrittes davon.

»Warte!«

Anna reagierte nicht.

»Warte!«, rief Gawin erneut, doch weder antwortete sie ihm, noch verlangsamte sie ihren Schritt.

»Verdammt!«, entfuhr es ihm. Eilig rannte er Anna nach, bis er zu ihr aufgeschlossen hatte. Gemeinsam hetzten sie weiter voran, als wäre ein Verfolger hinter ihnen her. Gawin war völlig außer Atem, nachdem er im Laufschritt eine Anhöhe erklommen hatte. Da blieb Anna so plötzlich stehen, dass er sie fast umgerannt hätte.

»Was ist?«, fragte er keuchend.

Das Gesicht der jungen Frau entspannte sich. Glücklich lächelte sie ihn an.

»Da«, hauchte sie und deutete mit der Hand geradeaus.

Gawins Blick folgte ihrem ausgestreckten Arm.

»Bremen«, fügte sie hinzu und schluckte. »Dort vorn liegt Bremen.«

Gawin sah die Freudentränen in ihren Augen, und obwohl er nicht wusste, weshalb, trat er nun an sie heran und nahm sie in den Arm.

»Ja, Bremen«, bekräftigte er und gab ihr einen Kuss auf die Stirn. »Unser neues Zuhause.«

Es donnerte kräftig, als Margrite den Ochsenkarren durch das Stadttor von Bremen führte. Sie musste ihren Schritt verlangsamen, weil eine junge Frau vor ihr staunend die Steine des Torbogens betrachtete und ihr dadurch den Weg versperrte.

»Nun geht schon weiter«, forderte Margrite sie schroff auf.

Der Begleiter der Frau trat sofort einen Schritt zurück und zog diese sanft mit sich.

»Komm schon, Anna, wir halten die Händler auf«, hörte Margrite den jungen Mann sagen.

Das Mädchen sah Margrite darauf an und stammelte hastig eine Entschuldigung. Dann eilte sie mit ihrem Begleiter davon.

»Auch wenn wir schon anstrengendere Reisen hinter uns haben, kann ich es diesmal kaum abwarten, endlich nach Hause zu kommen«, stellte Anderlin fest.

»Wir werden eben älter, mein Guter«, rief Margrite ihm über die Schulter zu.

Hanno zog seine Flöte hervor und spielte eine irische Melodie. Sie war fröhlicher als die Klänge, die er dem Instrument während ihrer Wanderung entlockt hatte, und schien Margrites Schritte sofort um einiges leichter und schwungvoller werden zu lassen.

»Otto und ich, wir gehen jetzt unserer Wege«, erklärte Wolfker. »Es sei denn, ihr braucht uns noch.«

»Nein«, meinte Anderlin. »Ihr könnt ruhig gehen. Aber versauft und verhurt nicht gleich alles, was ihr verdient habt. Die Wintermonate können lang werden ohne Geld.«

Wolfker lächelte. »Wir werden sehen, dass wir im ›Roten Ochsen‹ unterkommen. Wenn ihr Arbeit für uns habt, lasst nach uns schicken.«

Anderlin nickte, worauf die beiden ihnen allen noch einmal zunickten und dann nach rechts in eine Gasse abzweigten.

»Was ist mit dir, Binhildis?«, wollte Anderlin wissen.

»Sie wird vorerst bei mir wohnen«, antwortete Margrite an Binhildis' Stelle. »Für den Anfang reicht es, wenn sie ihr

Essen bezahlt und mir ein bisschen bei der Seifenherstellung hilft. Danach sehen wir weiter.«

»Hast halt doch ein gutes Herz«, urteilte Anderlin.

»Ach, red doch nicht!« Margrite machte eine wegwerfende Handbewegung.

»Könnte ich ebenfalls bei dir unterkommen, bis ich etwas anderes gefunden habe?«, bat Hanno.

»Sei's drum. Eine Hure, ein Händler und eine Seifensiederin unter einem Dach. Da fällt ein Spielmann kaum noch auf.«

Hanno grinste und setzte die Flöte wieder an seine Lippen. Die Melodie, die er spielte, war noch fröhlicher als zuvor, außerdem machte er nun auch noch Tanzschritte zur Musik und vollführte kleine Drehungen vor Margrite, die darauf laut zu lachen begann. Sie freute sich darauf, in wenigen Augenblicken ihr Haus zu betreten, die Feuerstelle zu entfachen und in ihrem Bett schlafen zu können. In ihrem eigenen Bett, das sie sich vor Jahren, als sie sich noch dazu hergegeben hatte, redlich für ihre Dienste an einem Zimmermann erworben hatte. Geld hatte er keines gehabt, war aber brünstig wie ein Bulle gewesen. Fünf Mal hatte sie ihm beiliegen müssen, bis er seinen Teil der Abmachung eingehalten und ihr endlich ein eigenes Bett gezimmert hatte. Es gab ihr ein Gefühl von Geborgenheit, in ihm zu liegen.

Jetzt beschleunigte sie ihren Schritt und hatte kaum noch Augen für Hanno, der sich redlich mühte, sie mit seinen Melodien zu erfreuen.

Nur wenige Momente später trat eine weitere Gruppe durch das Bremer Tor. Ihre Mitglieder wirkten erschöpft, und einer von ihnen musste gar auf einer Trage liegen, so geschwächt war er von der Reise. Und auch wenn er weniger dick bekleidet gewesen wäre, hätten die Wachmänner die schwarzen Wölbungen unter seinen Achselhöhlen nicht sehen können. Er selbst meinte, den Teufel bereits kichern zu hören, als er die Augenlider völlig entkräftet schloss, um endlich ein wenig Schlaf zu finden.

21. Kapitel

Und ich sage, dass Gott uns strafen wird, wenn wir die Ungläubigen weiterhin in unserer Mitte lassen.« Egidius schnaubte vor Wut und presste seine Hände mit aller Kraft auf die Tischplatte. Er ließ den Blick über seine Gäste gleiten. Nach dem Gespräch mit Helme hatte er sogleich einen Großteil der Kölner Kaufmannschaft zu sich eingeladen, um mit ihnen über die Schwierigkeiten, die seiner Meinung nach durch die Juden in die Stadt gebracht wurden, zu sprechen.

»Mein Lieber! Wir alle, die wir hier anwesend sind, wissen doch, dass es dir nicht nur um das Wohlgefallen des Herrn geht«, wandte Albrecht, Helmes Gastgeber, ein.

Die Stimmung unter den anwesenden Kaufleuten war gespannt. Helme beobachtete den Tuchhändler Vogter, der nervös auf seinem Stuhl hin und her rutschte und seinen Blick fest auf den Boden gerichtet hielt, während er sprach.

»Ja, das wissen wir, da hast du recht. Doch wie und welche unserer Güter können wir überhaupt noch schützen, jetzt wo uns zusätzlich auch noch die Pest im Nacken sitzt? Überall im Land sind Todesopfer zu beklagen, ganze Dörfer wurden ausgelöscht.«

Egidius zögerte einen Moment, um seine nächsten Worte wirken zu lassen. »Was ist, wenn es gar nicht der Teufel war, der seine Dämonen ausgesandt hat, um die Menschen mit schwarzen Flecken zu kennzeichnen und damit dem Tode zu weihen, sondern Gott selbst?«

Ein Raunen ging durch den Raum. Kaum einer wagte zu atmen, geschweige denn, die gestellte Frage zu Ende zu denken.

Egidius setzte nach. »Habt ihr euch alle, die ihr hier als kluge und verständige Männer sitzt, niemals gefragt, warum die

Pest schon über so viele Städte gekommen ist, unser schönes Köln aber bisher verschont hat? Ist keinem von euch der Einfall gekommen, dass die Pest nicht Teufels-, sondern vielmehr Gotteswerk ist, um diejenigen zu bestrafen, die seinen Namen missbrauchen?«

Albrecht rieb sich nachdenklich das Kinn. »Du glaubst wirklich, dass die Tausende und Abertausende von Menschen, die elendig krepiert sind, allesamt Sünder waren? Und was ist mit den Kindern? Manche von ihnen waren kaum lang genug auf der Welt, um sich auch nur einer einzigen Sünde schuldig gemacht haben zu können.«

»Spotte des Herrn nur ja nicht!« Egidius hielt ihm den ausgestreckten Arm wie ein Schwert entgegen. »Deine Worte sind reine Blasphemie.«

Albrecht hob abwehrend beide Hände in die Höhe. »Schon gut, schon gut«, beschwichtigte er. »Ich spotte des Herrn keineswegs, nichtsdestotrotz war meine Frage ernst gemeint: Glaubst du wirklich, dass all diese ausgemergelten Kreaturen gesündigt haben und zur Strafe die Pest verdienten?«

Egidius zuckte mit den Schultern. »Das weiß der Herr allein.«

Allgemeines Gemurmel kam auf. Die Männer sprachen über den einen oder anderen Pestfall, von dem sie gehört hatten, stellten Mutmaßungen an, ob es dieser oder jener wohl verdient hatte, auf diese Weise zugrunde zu gehen, und hielten sich auch nicht mit Mutmaßungen zurück, wen es in der Stadt wohl als Ersten treffen würde, wenn es wirklich Gottes Wille wäre.

»Was glaubst du, was uns bisher vor dem Ausbruch der Pest bewahrt hat?«

Den Mann, der diese Frage stellte, hatte Helme bisher noch

nicht kennengelernt. Seine Kleidung war vornehm und aus feinstem Tuch, seine Haare modisch gestutzt und seine Schuhe mit einem seidenen Überzug versehen. Nach seinen Worten herrschte absolute Stille. Er musste sehr angesehen unter den Händlern sein, sonst hätten sie nicht in dieser Weise auf ihn reagiert.

»Ich kann nur mutmaßen«, gab Egidius zu. »Doch ich glaube, es hängt mit unserem herrlichen Dom und den Gebeinen der Heiligen Drei Könige zusammen. Sie halten schützend die Hand über unsere Stadt.«

»Darf ich etwas dazu sagen?«, fragte Helme.

Da ihm niemand antwortete, nahm er dies als Zustimmung.

»Ich bin fremd in der Stadt und danke Euch, dass Ihr einen Euch unbekannten Kaufmann überhaupt in Eure Reihen aufgenommen habt. Aber eben weil ich nicht von hier bin, viel gereist und ein ums andere Mal Orte besucht habe, die der Herr ganz offensichtlich bereits vor Jahren aufgegeben hat, will ich Euch meine Erkenntnis mitteilen.« Er erhob sich von seinem Stuhl, schritt im Raum auf und ab und ließ dabei seinen Blick über die Gesichter der Anwesenden schweifen.

»Ihr seid Städter, wie ich sie noch an keinem anderen Ort je erlebt habe.« Er ballte seine Hand zur Faust. »Ihr seid stolz und doch barmherzig, Ihr seid klug, ohne zu betrügen, Ihr seid ehrlich im Glauben, ohne jene, die sich von diesem abgewandt haben, bekehren zu wollen. Ihr seid für mich das Volk, das Gott sich dachte, als er die Menschheit erschuf. Ihr zetert nicht über das Unglück, Ihr bezwingt es und verwandelt es in Glück. Ihr seid Männer der Macht und dennoch bescheiden. Sogar Eure Diener behandelt Ihr wie ehrbare Menschen.« Er holte tief Luft und atmete geräuschvoll wieder heraus. »Wahrlich, noch nie habe ich solche Bürger wie

Euch erlebt. Deshalb wundere ich mich …« Er hielt mitten im Satz inne.

»Was wundert Euch, sprecht!«

Helme machte den Eindruck, als kämpfe er in seinem Innern mit sich, ob er die nächsten Worte nun aussprechen sollte oder nicht.

»Nun gut, wenn Ihr es denn wünscht, so spreche ich es aus: Ich kann nicht verstehen, wie Ihr die Gotteslästerei in Eurer Mitte nicht nur geschehen lassen könnt, sondern auch so lange nichts tut, bis der Herr keine andere Wahl mehr hat, als Euch trotz all Eurer guten Eigenschaften zu nehmen, was Euch lieb und teuer ist.«

»Ihr glaubt also auch, dass wir seinen Zorn auf uns ziehen, weil wir Juden in unserer Gemeinschaft dulden?«

Der Patrizier, dessen Namen Helme nicht kannte, war nun ebenfalls aufgestanden und hielt seinen Blick starr auf ihn gerichtet. Der Kerl würde ihm noch Schwierigkeiten machen, das spürte Helme bis in die Zehenspitzen hinein.

Er machte eine beschwichtigende Handbewegung.

»Glaubt mir bitte, ich wollte über niemand etwas Schlechtes sagen und mich erst recht nicht in Eure Angelegenheiten einmischen.« Er schlug einen versöhnlichen Ton an. »Doch Ihr werdet mir recht darin geben, dass ich Euch zumindest meine Befürchtung mitteilen musste.« Er öffnete die Arme, als ob er die Anwesenden segnen wollte.

»Ich wurde von Euch aufgenommen wie ein alter Freund. Wenn ich mich nun um Euch ängstige, so kann mir das niemand übelnehmen. Bald werde ich wieder nach Hause zurückkehren und muss mich nicht mehr darum bekümmern, was hier geschieht. Doch Euch nicht wenigstens gewarnt zu haben, würde ich mir nie verzeihen.«

»Ich gebe Euch recht«, erwiderte darauf der andere. »Ihr

seid aus dem Nichts aufgetaucht, niemand kennt Euch, keiner kann für Euch bürgen. Und doch fehlt es Euch an nichts, Ihr teilt mit den wichtigsten Bürgern Kölns das Mahl, tragt die Euch überlassene Kleidung und lebt in einem reichen Haus.« Er ließ einen spöttischen Blick über die Versammelten gleiten. Helme presste die Lippen wütend aufeinander. Er wollte etwas erwidern, doch ihm fiel auf die Schnelle keine passende Antwort ein. Er hatte sich nicht darauf vorbereitet, sich verteidigen zu müssen. Seine kleine Rede über die Kölner Bürger hingegen war er zuvor mehrmals in Gedanken durchgegangen. Und während er noch nach den geeigneten Worten suchte, fuhr der andere auch schon fort.

»Vielleicht hat dieser Mann recht, und wir sind tatsächlich zu barmherzig und gut, um etwas Schlechtes zu sehen oder erkennen zu können, wenn es sich uns nähert. Die Frage ist nur, ist das Übel dort, wo wir es vermuten?«

Er ging zu seinem Platz zurück, nahm unter den Blicken der Männer seinen Hut, trat zur Tür und drückte die Klinke hinab. »Ich glaube kaum, dass wir in dieser Frage heute noch zu einem eindeutigen Ergebnis gelangen können. Doch nachdenken über das, was hier gesprochen wurde, sollte ein jeder von uns. Schließlich sind wir doch so ungeheuer klug, wie der Fremde sagt.« Er hob den Hut zum Gruß, deutete eine Verbeugung an und ging hinaus.

Helme ballte die Hände in den Taschen seiner Hose zu Fäusten. Er bemerkte, wie die Männer ihm verstohlene Blicke zuwarfen. Dieser verdammte Gockel hatte sie alle gegen ihn aufgebracht. Er hatte Misstrauen gegen ihn gesät, und nun musste Helme zusehen, wie er die Händler wieder auf seine Seite ziehen konnte.

»Nein!«, sagte er entschieden und begann wieder auf und ab zu gehen. »Ich werde mich nicht zwischen Euch und Euresgleichen stellen.« Er sah die Männer einen nach dem anderen an, um abzuschätzen, bei welchem der Patrizier Misstrauen gegen ihn geweckt hatte. Jetzt galt es vor allem kühl und besonnen vorzugehen und sich keinen weiteren Fehler mehr zu erlauben.

»Albrecht, mein lieber Freund.« Er ging zu seinem Gastgeber und reichte ihm die Hand. »Ich habe eine Entscheidung getroffen.«

Er atmete einmal tief durch, als fiele es ihm schwer, den nächsten Satz auszusprechen. »Ich werde noch heute fortgehen und deine Gastfreundschaft nicht länger in Anspruch nehmen. Es wird Zeit für mich, nach Hause zurückzukehren und erst wieder vor Euch zu treten, wenn ich beweisen kann, wer ich bin.«

Egidius sprang von seinem Stuhl auf. »Aber Helme, was redest du nur? Lass dich doch nicht durch die Worte Wylands aus unserer Mitte reißen!« Er schnaubte. »Glaubst du denn wirklich, dass wir einen reichen Kaufmann nur daran erkennen, dass er uns ein Geldsäckchen unter die Nase hält? Wenn du schon nicht länger bei Albrecht wohnen willst, so nimm denn meine Gastfreundschaft an. Es würde mich kränken, wenn du ablehnst.«

»Ich habe nie gesagt, dass ich Helme für einen Betrüger halte«, warf Albrecht ein.

Bei dem Wort Betrüger fuhr Helme unmerklich zusammen. Genau diesen Ausdruck hatte er vermeiden wollen.

»Ich weiß, dass du es nicht gesagt hast. Doch machen wir uns nichts vor, wir alle wissen, dass du Geschäfte mit Wyland machst und ihm ein guter Freund bist. Und was er von Helme denkt, haben wir alle eben gehört. Es ist daher das Beste, wenn er bei mir unterkommt.«

Albrecht zuckte gleichgültig mit den Schultern.

»Vielleicht sollte ich doch erst heimkehren und wiederkommen, wenn ich beweisen kann, wer ich bin«, gab Helme zu bedenken. »Mir wäre wohler, wenn …«

»Kommt nicht in Frage!« Egidius hob die Hand. »Du wirst uns sicher noch eine große Hilfe sein. Wir brauchen dich hier.«

Helme seufzte. »Wenn Ihr mich braucht, werde ich Euch nicht im Stich lassen«, entschied er und willigte großmütig ein, noch am selben Tag in Egidius' Haus zu kommen.

22. Kapitel

Staunend sah Anna sich um. Fast stolperte sie über ihre eigenen Füße, den Kopf beständig auf die Fachwerkfronten der Häuser gerichtet anstatt auf den Boden. Entzückt berührte sie deren Gebälk und Mörtel und drehte sich immer wieder um ihre eigene Achse.

»Was denkst du wohl, wohin wir gehen?« Gawins Stimme hatte einen amüsierten Klang.

»Ich weiß genau, wohin wir gehen«, stellte die junge Frau klar. »Wenn wir dieser Straße folgen, müssen wir uns später rechts halten, den Brunnen hinter uns lassen und dann«, sie legte eine kurze Pause ein, »dann stehen wir vor dem Dom«, entfuhr es ihr schwärmerisch.

»Du und dein Dom«, spöttelte Gawin. »Hat ihn vielleicht dein Großvater gebaut?«

Sie lachte hell auf. »Das müsste dann schon mein Ururur… ach, ich weiß nicht, der wievielte Urgroßvater das hätte sein müssen.«

Ihre Schritte beschleunigten sich. Ausgelassen eilte sie die Straße entlang, als wäre sie diese bereits Hunderte Male zuvor schon gegangen und kenne sich bestens aus.

»Woher weißt du so viel über Bremen?«

»Meine Mutter«, antwortete Anna. »Sie hat mir alles über diese Stadt erzählt. Sie ist hier aufgewachsen, weißt du.«

»Und warum ging sie von hier weg? Weil sie deinen Vater geheiratet hat?«

Anna blieb stehen. »Ich weiß es nicht.« Es klang, als stelle sie sich diese Frage in diesem Moment selbst zum ersten Mal. »Aber gewiss nicht wegen meines Vaters.«

»Wieso nicht?«

Ihre Gesichtszüge waren plötzlich ernst, fast schon traurig.

»Weil sie ihn nicht geliebt hat. Aus welchem Grunde auch immer sie diese wunderbare Stadt verlassen hat, es war nicht wegen ihm. Und nun komm!«

Sie fasste ihn am Arm und zog ihn mit sich. Sowenig er auch von Anna wusste, einer Sache war er sich nunmehr gewiss: Er würde sie nicht mehr auf ihren Vater ansprechen.

Hastig schritten sie die Straße entlang und wichen dabei immer wieder wahren Strömen von Menschen aus, die sich in die entgegengesetzte Richtung bewegten. Ob hier immer so ein Gedränge herrschte? Gawin hatte einen solchen Andrang noch nie erlebt, und die vielen Menschen ängstigten ihn. Sein Herz pochte heftig, und für einen kurzen Moment wünschte er sich wieder in die Stille und Einsamkeit seiner Waldhöhle zurück. Dort kannte er sich aus, jeder Baum und Strauch war ihm vertraut. Hörte er ein Geräusch, konnte er es sofort zuordnen. Doch hier, zwischen all den Leuten, fühlte er sich mit jedem Schritt unsicherer. Er versuchte sich mit dem Gedanken zu beruhigen, dass heute vielleicht Markt oder gar ein großes Fest war, auf das die Menschen sich vorbereiteten. Dass hier immer eine derartige Geschäftigkeit herrschte, konnte er sich kaum vorstellen. Er hatte Mühe, Anna an der Hand zu behalten, bei all den vielen Leuten, die ihn in die verschiedensten Richtungen schoben. Da blieb Anna so plötzlich stehen, dass Gawin prompt in sie hineinlief.

»Was machst du?«, fragte er überrascht.

»Da ist er«, antwortete sie ergriffen.

Gawin folgte ihrem Blick und sah zu dem gewaltigen Bauwerk hinauf, dessen Dimensionen ihn noch mehr erschreckten als die Menge Menschen zuvor.

»Komm!« Sofort lief Anna los, ohne weiter auf ihn zu achten, und blieb erst wieder stehen, als ihre beiden Hände den kalten Stein des Gotteshauses berührten.

»Du musst ihn fühlen«, beschwor sie Gawin. »Hier, so. Du musst die Finger spreizen und beide Hände auf ihn legen.«

Er verzog etwas unwillig das Gesicht, tat aber trotzdem wie ihm geheißen.

Sie lehnte sich mit dem Rücken an die Außenmauer des Doms und verharrte so einen Moment völlig still und unbeweglich. Wie lange hatte sie auf diesen Augenblick gewartet? Ihr ganzes Leben, gab sie sich selbst zur Antwort. Tief in ihrem Innern hatte sie stets gespürt, dass Bremen ihr einziges, wirkliches Zuhause war, ohne jemals auch nur einen Tag in dieser Stadt gewesen zu sein. Der Grund dafür waren wohl die Geschichten ihrer Mutter, die jene in Erinnerung an ihre eigenen Kindheitstage immer wieder erzählt hatte. Geschichten von den Straßen Bremens, die von den Stadtoberen sauberer gehalten wurden als in sonst einem Ort. Vom Hafen mit seinen Anlegestellen, von den beladenen Schiffen aus aller Herren Länder, die neben Stoffen, Gewürzen und edlen Weinen auch Gold und Edelsteine ins Land brachten. Vom Dom, in dem der Herr selbst wohnen musste und den er lächelnd und mit Wohlwollen den Bürgern dieser Stadt überlassen hatte, damit sie dort zu ihm beten konnten. Katharinas Erzählungen hatten für Anna immer abenteuerlich geklungen. All die ausgelassenen, fröhlichen und geschäftstüchtigen Menschen dieser Stadt, die in ihrem Streben nach Freiheit und Glück unbeirrt ihren Weg gingen. Anna liebte die Geschichte der kleinen gemauerten Dom-Maus, die sich an der rechten Seitenwand am Fuße eines Rundportals befand. Die beiden Rundbogenportale an den Seitenwänden waren ursprünglich Eingänge an der alten Westfront des Domes zum Marktplatz hin gewesen. Man hatte sie um 1220, als die Westfront mit zwei Türmen neu errichtet worden war, nach innen in den Ostchor versetzt, um den Dom an dieser Stelle um zusätzliche Anbauten erweitern zu können.

Die Maus, gemeinhin ein Symbol für Hexen und Teufel, sollte das Böse am Betreten der Kirche hindern.

»Wir müssen die Maus suchen«, entfuhr es Anna.

»Die was?«

Übermütig ergriff sie seine Hand und zog ihn mit sich um das Gebäude herum, bis sie den Marktplatz erreichten. Ihr Blick fiel auf eine Gruppe von Pilgern, die soeben einem Kirchenmann Münzen in die Hand drückten, um den Dom zur Beichte betreten zu dürfen. »Rasch«, raunte Anna Gawin zu und lief los. Unauffällig mischten sie sich unter die Gruppe, die sich soeben Richtung Dom in Bewegung gesetzt hatte. Kurz darauf betraten sie auch schon das riesige Gebäude, in dessen Innerem sich noch weitere Gläubige schweigend und andächtig im Gespräch mit ihrem Gott befanden. Anna griff erneut nach Gawins Hand, löste sich mit ihm zusammen wieder aus der Gruppe heraus und ging, gemäßigten Schrittes und den Blick nach oben gerichtet, den Seitengang entlang.

»Hast du schon einmal ein so wunderschönes Bauwerk gesehen?«, wollte sie wissen. Gawin schüttelte ganz ergriffen den Kopf. Noch nie zuvor war er in einem Dom gewesen, und die Größe und Pracht des heiligen Gebäudes verschlug ihm fast den Atem.

Da blieb Anna, wie schon so oft an diesem Tag, ganz plötzlich stehen.

»Da ist sie.« Ihre Stimme klang belegt. »Meine Mutter hat die Geschichte nicht erfunden, es gibt sie wirklich.«

Sie deutete auf die kleine steinerne Maus, die, auf den Hinterläufen aufgerichtet und mit den Vorderpfötchen an eine Säule gelehnt, neugierig nach oben sah.

Tränen liefen über Annas Wangen. Gawin legte den Arm um ihre Schultern und hielt sie fest, als sie den Kopf an seine Brust legte. So standen sie einen Moment schweigend.

»Jetzt können wir gehen«, stellte Anna ruhig fest.

»Und wohin?«

Seine Frage ließ ein Gefühl der Beklemmung in Anna aufsteigen. So unbesonnen war sie noch nie gewesen. Sie war tatsächlich nach Bremen gegangen, um mit eigenen Augen zu sehen, ob es die Dom-Maus wirklich gab. Mehr, als dass die Geschichten ihrer Mutter einfach wahr sein mussten und danach alles eine gute Wendung nehmen würde, hatte sie allerdings nicht gedacht. Und darüber die wirklich wichtigen Dinge leichtfertig außer Acht gelassen, was zur Folge hatte, dass sie nun vor dem Nichts stand und auch nicht wusste, was als Nächstes zu tun war. Wie dumm sie nur gewesen war. Schlimmer noch. Sie hatte Gawin in die jetzige Misere mit hineingezogen. Aber nein, das stimmte nicht. Sie war schon immer auf sich selbst gestellt gewesen, hatte stets dafür gesorgt, etwas Essbares auf den Tisch zu bringen, konnte nähen und hatte in Lünen schon Waren auf dem Markt verkauft. Sie würde einen Weg finden, in Bremen Fuß zu fassen. Und Gawin mit ihr.

»Anna?«, riss Gawin sie aus ihren Gedanken. »Wohin wollen wir jetzt gehen?«

Sie antwortete nicht, was auch nicht nötig war, denn Gawin schien zu wissen, was in ihr vorging.

Er bemühte sich, seiner Stimme einen heiteren Klang zu verleihen. »Wenn du jetzt gesehen hast, was du sehen wolltest, könnten wir doch auf den Markt gehen und dort fragen, ob wir beim Be- und Entladen der Karren helfen und uns dadurch ein paar Pfennige verdienen können.«

Sie nickte stumm, dankbar dafür, einen Ausweg von ihm aufgezeigt bekommen zu haben.

Margrite erreichte mit ihrem Gespann den weit ausgebauten Marktplatz.

»Es sind noch mehr Ständler als in den letzten Jahren, nicht wahr?«

Anderlin nickte. »Bremen wächst.«

»Halt kurz den Ochsen fest«, forderte sie Binhildis auf. »Ich will mir ansehen, ob schon andere Seifensieder ihre Waren feilbieten.«

Binhildis war nicht begeistert, bei dem Ochsen stehen bleiben zu müssen, statt endlich in Margrites Haus einzukehren und dort ihre müden Beine ausstrecken zu können, ließ sich aber nichts anmerken.

Margrite schritt durch die Reihen der Standbesitzer, ließ ihren Blick über die reichhaltigen Waren streifen und nahm sich dabei die Zeit, die ein oder andere Besonderheit etwas genauer in Augenschein zu nehmen. Sie blickte an sich hinab. Ihre Kleider standen vor Dreck, und so beschloss sie spontan, die anderen Händler nicht weiter zu beachten, sondern nur noch Ausschau nach anderen Seifensiedern zu halten. Die starken Ausdünstungen der Menschen um sie herum machten es ihr dabei unmöglich, auf der Suche nach einem Konkurrenten ihrer Nase zu folgen.

»Wir haben nichts für euch beide. Schleicht euch fort!«

Der Händler schubste den jungen Mann so kräftig von sich, dass dieser gegen Margrite stieß.

»Verzeiht!«, bat er sie eilig.

Margrites Blick fiel auf die zierliche Frau an seiner Seite. Ihre Kleider waren noch schmutziger als die ihren, und über ihrem Kopf spannte sich ein dunkles Tuch. Auffällig waren die blauen, strahlenden Augen und die helle Haut, die so rein und zart wirkte, als könne sie unmöglich in den unreinen Lumpen stecken, die ihren Körper umgaben. Die Frau hatte etwas ebenso Stolzes wie Zerbrechliches an sich und wirkte auf die Ältere eigenartig vertraut. Auch das engelsgleiche Gesicht kam Margrite irgendwie bekannt vor. Als ob sie jemandem ähnelte ... Aber nein, das war es! Sie hatte sowohl die junge Frau als auch ihren Begleiter heute ja schon einmal gesehen. Und zwar am Stadttor.

»Ihr seid nicht von hier?«, sprach sie den jungen Mann nun unvermittelt an.

Gawin schüttelte den Kopf. »Wir sind erst heute in der Stadt eingetroffen und suchen Arbeit und Unterkunft.«

Die Ältere zuckte mit den Schultern. »Da kann ich euch leider nicht helfen.«

Er nickte, nahm Anna beim Arm und ging mit ihr zu einem Apfelstand, hinter dem sich die Körbe mit den saftigen Früchten zwei Mann hoch stapelten.

»Wir suchen Arbeit. Braucht ihr Leute?«

Der Ständler musterte ihn kurz, schüttelte dann den Kopf und wandte sich wieder seinen Kunden zu.

Margrite sah ihnen nach. Irgendetwas in ihrem Hinterkopf, ein Gedanke, den sie nicht zu greifen vermochte, ließ ein ungutes Gefühl in ihr aufsteigen. Der Anblick der jungen Frau hatte etwas in ihr in Bewegung gesetzt, sie angerührt und gleichzeitig beunruhigt. Anna, so hatte der Mann sie am Stadttor genannt. Der Name sagte Margrite nichts. Und doch war da etwas.

Ohne weiter darüber nachzudenken, folgte sie dem Paar. Immer wieder blieb es stehen, fragte nach Arbeit. Aber die Antwort war immer die gleiche.

Das Gedränge nahm zu. Immer noch mehr Menschen schienen auf den Marktplatz zu strömen, und ein ums andere Mal musste Margrite Knuffe und Schubser einstecken bei dem Versuch, den beiden Fremden zu folgen. Zuletzt reckte sie den Hals, stellte sich auf die Zehenspitzen und blickte in alle Richtungen, nur um enttäuscht festzustellen, dass sie die beiden aus den Augen verloren hatte.

Sie drehte sich um, konzentrierte sich wieder auf die Auslagen der Ständler und prüfte, ob sie einen Seifensieder ausmachen konnte. Sie sah Gewürze und Obst, feine und grobe Tuchballen, Krämer, Metzger, Bierbrauer und Weinhändler. Vor allem Weinhändler. Es war fast, als ob bereits jeder dritte Stand den Rebensaft feilbieten würde. Sie trat näher an einen Weinstand heran.

»Einen guten Tropfen aus dem Rheingau?« Der Händler hielt ihr einen Krug hin. »Probiert.«

Sie griff zu, trank den winzigen Schluck, den der Wirt ihr eingefüllt hatte, und wischte sich mit dem Handrücken über den Mund.

»Ihr müsst den Wein erst eine Weile auf der Zunge behalten und nicht sofort alles runterschlucken. Hier.« Er füllte einen weiteren Schluck in den Krug. »Und jetzt behaltet ihn einen Moment im Mund.« Er beobachtete Margrite. »Spürt Ihr, wie der Wein Euren Gaumen kitzelt?«

Margrite merkte, wie sie errötete.

»Was wollt Ihr für einen Trinkschlauch dieses Weines haben?«

»Nun.« Der Händler musterte sie. »Ich bin ein Ehrenmann und nicht einer von den Halsabschneidern, von denen es hier auf dem Markt mehr gibt als Flöhe in einem Katzenfell.«

»Wie viel?«, wiederholte Margrite ihre Frage.

Er griff unter seinen Tisch und nahm einen prall gefüllten Schlauch von einem Haken.

»Einer hiervon kostet Euch zehn Silberpfennige. Nehmt Ihr zwei, das Doppelte.« Er hob seinen Zeigefinger. »Gönnt Ihr Euch jedoch gar einen dritten, kostet Euch dieser nur die

Hälfte. Also drei für fünfundzwanzig Silberpfennige.« Er grinste sie breit an.

»Ich geb Euch zwanzig Silberpfennige für drei Trinkschläuche.« Margrite verschränkte die Arme vor ihrem Körper.

»Das ist der Preis für zwei Schläuche, gefüllt mit diesem edlen Getränk.«

Margrite machte eine ausholende Handbewegung. »Seht Euch um, guter Mann. Ich kaufe entweder hier oder an irgendeinem anderen Stand.«

»Aber nicht einen derart guten Tropfen.«

Margrite legte den Kopf schief. »Gut, wie Ihr wollt. Dann trinke ich eben einen weniger guten Wein und zahle doch nur das, was ich Euch bot. Wünsche Euch noch gute Geschäfte.« Sie wandte sich zum Gehen.

Der Weinhändler stieß einen leisen Fluch aus.

»Schon gut, schon gut«, gab er nach. »Einer Frau wie Euch kann ich nicht widerstehen.« Er bemühte sich um ein Lächeln, was ihm aber sichtlich schwerfiel.

Margrite zog ihre Geldkatze hervor und zählte ihm die Münzen auf den Tisch. »Hier«, meinte sie lächelnd und nahm dafür ihre drei Trinkschläuche entgegen.

»Und wehe, wenn ich daheim feststellen muss, verdünnten Wein gekauft zu haben. Dann schick ich Euch ein paar Männer vorbei.« Bei diesen Worten musterte sie ihr Gegenüber eindringlich, konnte in seinen Augen aber kein Anzeichen von Unsicherheit entdecken.

»Der einzige Grund, warum deine Männer herkommen werden, wird der sein, dass sie ein ganzes Fass von meinem Wein holen wollen.« Er spuckte auf den Boden.

»Na dann, auf bald«, verabschiedete sie sich.

»Schon recht«, brummte er.

Margrite hängte sich die Riemchen, die an den Trinkschläuchen befestigt waren, um ihren Arm und schlenderte weiter die Reihen entlang. Sie hatte keine Lust mehr, noch weiter Ausschau nach Seifensiedern zu halten, und machte sich auf den Rückweg zu ihren Begleitern. Ein Stückchen vor ihr schien es jedoch nicht weiterzugehen. Sie hörte die Leute schimpfen und Beleidigungen ausstoßen, höhnende Rufe wurden laut. Margrite drängte sich weiter nach vorn, um zu sehen, was dort vor sich ging.

»Ich schwöre, dass es ein Versehen war«, hörte sie die Stimme eines Mannes.

»Bestehlen wolltet Ihr mich!«, schnauzte ein anderer.

Sie streckte sich und erkannte einen Händler, der einen jungen Mann am Arm gepackt hielt und auf ihn einschimpfte. Die Menschen um die beiden herum waren stehen geblieben und betrachteten amüsiert das Schauspiel, das sich ihnen bot. Margrite wollte eben weitergehen, als sie das Gesicht des vermeintlichen Diebes erkannte. Es war der junge Mann, den sie vorhin in Begleitung der zierlichen Frau gesehen hatte. Ohne zu wissen, warum, bahnte sie sich ihren Weg durch die Menge, bis sie direkt vor den Streitenden stand.

»Was ist hier los?«, fragte sie entrüstet und baute sich vor dem Händler auf, den sie zu ihrer Erleichterung auch noch kannte.

Obo war keiner der reisenden Standbesitzer, sondern lebte in Bremen. Sie waren sich schon viele Male begegnet.

»Margrite«, antwortete Obo. »Misch dich hier nicht ein. Der Kerl wollte bei mir stehlen. So was sehe ich diesem Abschaum schon an der Nasenspitze an.«

Sie blieb völlig ruhig. »Hat er etwas gestohlen?«

»Nein. Weil ich ihn schon vorher erwischt habe.«

»Obo, Obo.« Margrite schüttelte langsam den Kopf. »Wie

willst du denn wissen, dass dich jemand bestiehlt, wenn er noch nicht einmal dazu gekommen ist, auch nur eine Hand auszustrecken?«

Einige der Leute um sie herum begannen zu kichern.

Obo schnaubte wütend. »Kennst du den Kerl etwa?«

»Ganz recht«, log Margrite. »Wir sind heute zusammen hier angekommen. Er hat unterwegs gutes Geld verdient. So wie ich das sehe, hast du dir soeben einen Kunden vergrault, mein Lieber.«

»Der sieht aber nicht so aus, als ob er Geld hätte.«

Margrite sah an sich herab und zog ihren Rock in verschiedene Richtungen. »So wie ich, Obo. Wir haben einen langen Marsch hinter uns. Und glaubst du von mir auch, dass ich kein Geld habe?«

»Natürlich nicht.« Er ließ Gawins Arm los. »Verzeiht, aber mir wurde schon so viel gestohlen, dass ich bald nichts mehr zu verkaufen hab. Also noch mal – nichts für ungut.«

Gawin nickte wortlos. Der Händler drehte sich um und ging wieder hinter seinen Stand. Und sofort löste sich auch die Menschenmenge auf, enttäuscht darüber, dass die Sache so glimpflich ausgegangen war.

»Ich dank Euch«, sagte Gawin leise.

Margrite nickte. »Nicht hier. Wo ist deine Begleiterin?«

Er sah sich um, konnte Anna aber nirgendwo entdecken. Um nichts zu riskieren, hatte er sie ein Stück vorausgeschickt, während er versuchen wollte, auch ohne Geld an Lebensmittel zu gelangen. Doch in diesem Moment sah er sie, wie sie sich ihren Weg gegen den Menschenstrom zu ihm zurückbahnte.

Er deutete mit dem Kopf. »Da vorn.«

Margrite folgte seinem Blick. »Kommt«, befahl sie, nachdem sie Anna erreicht hatte, und ging voraus, ohne weiter auf die beiden zu achten. Als sie die Stände hinter sich gelassen hatten und das Gedränge nachließ, ging sie zu einem der Brunnen hinüber, blieb dort stehen und wartete, bis Gawin und Anna zu ihr aufgeschlossen hatten.

»Wenn du schon stehlen musst, dann nicht bei Obo, der hat die Augen überall und dazu auch noch flinke Beine.«

»Habe ich gemerkt«, gab Gawin ohne Umschweife zu.

»Es gibt ein Armenhaus in Bremen, dorthin könnt ihr gehen und euch Essen und Unterkunft geben lassen, bis ihr Arbeit gefunden habt.«

Die junge Frau schüttelte vorsichtig den Kopf.

»Bist du stumm?«

»Nein«, brachte Anna zögerlich hervor.

»Woher kommt ihr?«

Die beiden warfen sich einen Blick zu, als wägten sie ab, ob sie die Auskunft geben oder verweigern sollten.

»Wir sind Geschwister«, antwortete der junge Mann schließlich. »Unser Heimatdorf liegt weit von hier, nahe dem Rhein.«

»Und was treibt euch her?«

»Die Stadt«, kam die zögerliche Antwort der Frau. »Wir möchten hier leben und arbeiten.«

»Was ist mit euren Eltern?«

»Sie sind tot.«

Margrite nickte. »Verstehe. Also, soll ich euch nun beschreiben, wo ihr das Armenhaus findet?«

»Habt Ihr nicht vielleicht Arbeit für uns?« Die Stimme des Mädchens klang flehend. »Wir wollen nicht ins Armenhaus und auch nicht betteln oder stehlen. Ich kann nähen, und mein Bruder ist vortrefflich in der Bearbeitung von Holz. Er kann zimmern, schnitzen oder auch andere Arbeiten am und im Haus verrichten. Und ich könnte bei der Hausarbeit helfen. Ich bin schnell und fleißig.«

Die Ältere bemerkte ihre Verzweiflung und fühlte sich mit einem Mal daran erinnert, dass es ihr einst ebenso ergangen war wie Anna.

»Kommt mit!«, brachte sie knapp hervor und lief dann sofort los. »Aber ich sag euch, wenn ihr faul seid, verpasse ich euch einen Tritt, dass ihr tagelang nicht mehr sitzen könnt.«

Anna blickte Gawin verstohlen an und drückte dann kurz seinen Arm. Endlich ein Hoffnungsschimmer!

23. Kapitel

Selten hatte er sich einer Aufgabe mit so viel Akribie und Sorgfalt gewidmet. Er war tagelang nüchtern geblieben und hatte den Menschen in der Stadt zugehört, um ihre Ängste ausgiebig zu studieren und verstehen zu können.

Die Kölner Bürger liebten ihre Stadt, waren stolz auf den Dom, verehrten die Gebeine der Heiligen und legten einen für Helme geradezu krankhaften Ehrgeiz beim Reliquienhandel an den Tag. Gerade erst gestern hatte er eine Frau beobachtet, die ehrfürchtig vor einem Mann in die Knie gegangen war und ihm viel Geld gegeben hatte, nur damit er ihr den kleinen Fingerknochen irgendeines Heiligen verkaufte. Dass es sich bei dem Finger um einen schlichten Hühnerknochen handelte, hatte Helme im Vorbeigehen erkannt. Aber das hatte er der Frau nicht gesagt. Sollte der Kerl ruhig weiterhin seine Geschäfte mit der Dummheit anderer Leute machen. Ihm war es einerlei. Der verklärte Gesichtsausdruck der Frau jedoch, als ihr der Knochen übergeben wurde, war ihm im Gedächtnis geblieben. Die Menschen hier suchten Schutz und Glück, sie schienen geradezu erzwingen zu wollen, dass Gott ihnen wohlgesinnt war und seine Hand über sie hielt. Sie würden alles dafür tun, um dem Teufel und seinen Dämonen zu entkommen. Es war nicht nur die Angst vor dem Tod an sich, sondern auch die Sorge, auf Erden nicht genug Gutes vollbracht zu haben, um im Schoße des Herrn die Ewigkeit genießen zu dürfen. Alles, was vermeintlich nicht im Auftrag des Herrn geschah, wurde gnadenlos niedergemacht.

Folglich stand Egidius nicht allein da mit seinem Hass gegen die Juden, das hatte Helme deutlich erkannt. Die Kölner

Bürger fürchteten sich vor der heranrückenden Pest und suchten nach Schuldigen. Es waren schon einige Pestfälle in der näheren Umgebung bekannt geworden. Doch die Seuche hatte sich bisher noch nicht innerhalb der Stadt ausgebreitet, da die an ihr Erkrankten bereits bei den ersten Anzeichen mitsamt ihren Kindern und allen erwachsenen Familienmitgliedern vor die Stadtmauern gebracht wurden, wo sie bleiben mussten, bis sie entweder tot oder wieder gesundet waren. Die Krankheit galt gemeinhin als Strafe Gottes. Deshalb konnte auch niemand, der sich ansteckte, auf die Hilfe seiner Mitbürger setzen. Handelte es sich außerdem noch um einen Juden, war die Sache sowieso eindeutig. Andersgläubige waren selbst schuld, wenn der Herr sie mit den schwarzen Flecken zeichnete.

Helme überlegte, wie er aus der allgemeinen Lage und der Verfasstheit der Kölner am besten seinen Vorteil ziehen könnte. Das Leben hier in Köln gefiel ihm ausgesprochen gut. Und die Aussicht, dank seiner Lügengeschichten weiterhin das Leben eines Patriziers führen zu können, war eine äußerst verlockende. Aber dafür musste er sich auf Dauer etwas Besseres einfallen lassen. Der Bote, den Albrecht nach Minden mit einer Nachricht an seinen angeblichen Diener ausgeschickt hatte, damit dieser Helme mit frischem Geld und Kleidung ausstattete, würde schon bald unverrichteter Dinge zurückkehren und seinem Herrn berichten, dass er das ihm beschriebene Gut nicht gefunden hatte. Vielleicht hätte Helme aber auch Glück, und der arme Tropf würde unterwegs überfallen und niedergemacht werden. So oder so blieb ihm nichts anderes übrig, als abzuwarten und die Zeit für sich zu nutzen. Wenn es ihm gelänge, sich für einige Menschen hier in Köln unentbehrlich zu machen, würde er womöglich auch noch einen Weg finden, sich in der Stadt als Kaufmann niederzulassen. Bisher hatte er noch immer nicht das Geringste von Anna gehört oder gesehen und war auch auf niemanden gestoßen, der ihr begegnet war. Vielleicht, so mutmaßte er, war sie unterwegs aufgehalten worden und hatte sich einen Ort zum Verweilen gesucht. Doch ihr Ziel war Köln gewesen. Folglich, dessen war sich Helme ganz sicher, würde sie auch eines Tages dort auftauchen. Und er wäre da, um sie in Empfang zu nehmen. Die Vorstellung, was das für ein Schock für sie wäre, ließ sein Glied in der Hose steif werden. Diese kleine Hure würde noch zu spüren bekommen, was es bedeutete, ihn an der Nase herumgeführt zu haben. Einen kurzen Moment durchfuhr ihn der Gedanke, dass sie vielleicht doch nicht nach Köln unterwegs war. Aber er schob ihn schnell wieder beiseite. Er hatte an alles gedacht. Sein Plan würde aufgehen. Und bis es so weit war, würde er seine Position innerhalb der Kölner Kaufmannschaft stärken und sich seinen Platz unter ihr sichern. Und wenn währenddessen noch der eine oder andere Kölner krepierte, könnte ihm das nur recht sein.

Vor wenigen Tagen war er zu Egidius gezogen. Eine gute Entscheidung, wie er fand, verliefen die Tage und besonders die Abende bei Egidius doch wesentlich launiger. Der Gewürzhändler verstand etwas vom guten Leben. Sein Weib, eine vertrocknete Alte mit dem biederen Aussehen einer ehrbaren, gottesfürchtigen Bürgerin, hatte Helme bisher nur ein paar wenige Male zu Gesicht bekommen. Stets in aufrechter, geradezu starrer Position saß sie auf dem vorderen Rand ihres Stuhls mit einer Stickerei auf den Knien, die sie sich ab und an direkt vor die Augen hielt, um die kleinen, feinen Fäden besser sehen zu können.

Helme konnte sich nur schwerlich vorstellen, dass Mechthild, so hieß das vertrocknete, säuerliche Weib mit Namen, jemals anders ausgesehen haben mochte. Selbst wenn man sich die schlaffe Gesichtshaut samt Falten wegdachte, blieb nichts übrig, was zu irgendeiner Zeit hübsch an ihr gewesen sein konnte. Ihr Vater musste ihr wohl eine ordentliche Aussteuer mitgegeben haben, damit der gute Egidius sich ihrer angenommen hatte.

Kinder hatte das Paar keine bekommen, wie Egidius ihm eines Abends erzählte. Der Herr hatte in seiner Güte andere Pläne gehabt. So waren außer dem Ehepaar nur noch ein Diener und ein Küchenmädchen im Haus. Letzteres war vermutlich noch jünger als Anna, und das pralle Fleisch seines saftigen Körpers zog Helme ebenso an wie den Hausbesitzer selbst. Vor zwei Abenden erst, Egidius und Helme saßen im Kontor und genehmigten sich einen starken Würzwein, hatte sein Gastgeber nach der jungen Dienstmagd gerufen und sie gebeten ihnen nachzuschenken. Als sie neben Egidius stand und seinen Krug füllte, hatte dieser ihr blitzschnell unter den Rock und an die Scham gegriffen. Das Mädchen hatte daraufhin erschrocken gequiekt, einen Satz zur Seite gemacht und dabei ein wenig von dem Wein auf dem Fußboden verschüttet. Egidius bleckte die Zähne und wies es an, die Bescherung sofort wegzuwischen. Dabei streckte er die Beine von sich und rutschte mit dem Hintern auf seinem Stuhl hin und her, als sei ihm die Hose zu eng geworden. Das Mädchen kniete rasch nieder und versuchte mit einem Tuch den Wein von den Holzdielen zu entfernen, deren Oberfläche die Flüssigkeit gierig aufsog. Egidius hob derweil seinen Rock und warf ihn ihm schwungvoll über den Rücken, so dass sein nacktes Gesäß zu sehen war, während es unter Tränen den Boden bearbeitete.

»Sei mein Gast«, forderte Egidius Helme mit einer einladenden Handbewegung in Richtung der Magd auf, die daraufhin vor Entsetzen bewegungslos auf dem Boden kauerte. Nur am leichten Zucken ihrer Schultern war zu erkennen, dass sie zu weinen begonnen hatte.

Helme betrachtete sie. Angesichts ihrer Angst vor dem, was ihr möglicherweise bevorstand, breitete sich ein lustvolles Gefühl in ihm aus.

»Sieh mich an!«, befahl er ihr.

Langsam hob sie den Kopf. In ihren Augen stand stummes Entsetzen, und Helme erkannte, dass die Demütigung, die sie gerade erfuhr, nicht die erste war. Ihr Blick verriet ihm, dass ihr Stolz und ihr Widerstand schon lange zuvor gebrochen worden waren. Der Tod würde dieses Kind nicht mehr schrecken, stellte er enttäuscht fest. Die Versteifung in seiner Hose, die sich langsam und lustvoll aufgebaut hatte, während er Egidius' Spielchen verfolgt hatte, ließ nach. Sein Glied zog sich schlaff zurück.

»Ein anderes Mal«, meinte er deshalb nur und nickte Egidius dankend zu.

»Wie du willst.« Sein Gastgeber zuckte mit den Schultern.

»Du solltest den Wein aufwischen und nicht meinen Boden ruinieren«, schnauzte er die Magd nun an. »Mach, dass du hier rauskommst.«

Schnell erhob sich diese, strich hastig ihren Rock hinab und huschte aus dem Raum.

»Ist sie nicht nach deinem Geschmack?«, nahm Egidius das Gespräch wieder auf.

»Das ist es nicht.« Helme trank einen Schluck und setzte eine besorgte Miene auf. »Ich bin nur zu sehr von dem beunruhigt, was ich in den letzten Tagen beobachten musste. Das lenkt meine Gedanken ab.«

In Egidius' Gesicht, das soeben noch eine erhitzte Röte

gezeigt hatte, kehrte langsam wieder die gewohnte Blässe zurück. Er überlegte sich, ob er auf Helmes Bemerkung eingehen sollte. Viel lieber wollte er über die Weiber sprechen, die Helme zu gefallen vermochten. Oder war es am Ende gar nicht das weibliche, sondern das männliche Geschlecht, das ihn anzog? Das kleine Schauspiel mit der Magd schien seinen Gast jedenfalls nicht ganz kaltgelassen zu haben. Oder gehörte er womöglich zu der Kategorie Mann, die es zu Haus ausschließlich dem eigenen Weib besorgten? Schon allein der Gedanke war Egidius widerlich. Unwillkürlich zeichnete sich vor seinem geistigen Auge das Bild seiner eigenen Frau ab. Nicht im Traum dachte er daran, die alte Natter noch zu besteigen. Die Mitgift, die ihr Vater damals für sie gezahlt hatte, war üppig und dennoch schon nach einem Ehejahr aufgebraucht gewesen. Sein Bruder Cornelius hatte ihm bereits damals vorgeworfen, nicht mit Geld umgehen zu können. Doch das stimmte nicht, in vielen Fällen war es einfach nur Pech gewesen, dass ihm die Münzen durch die Finger glitten. Die Schuld dafür einzig und allein bei ihm zu sehen war absurd. Doch Cornelius und er waren schon von Kindesbeinen an so verschieden gewesen, wie zwei Menschen es nur sein konnten. Niemand, der sie sah oder sprechen hörte, hätte die Vermutung gehabt, dass sie ein und demselben Leib entstammten. Cornelius war der Jüngere und vom Glück Verwöhnte. Was er auch anfasste, verwandelte sich in Gold. Doch eines Tages, da war Egidius sich sicher, würde der Herr seine Gunst Cornelius wieder entziehen und ihm nehmen, was er ihm zuvor jahrein, jahraus geschenkt hatte. Es grämte Egidius, dass seine Eltern diesen Tag nicht mehr erleben würden. Selbst auf dem Sterbebett, nur ein Jahr nach dem Tod des Vaters, hatte seine Mutter ihn noch gedemütigt, indem sie ihm geraten hatte, dass er sich ein bisschen mehr an seinem

Bruder orientieren solle, um so sein Glück zu machen. Die Bemerkung hatte ihn weit mehr geschmerzt, als er zugeben wollte. Und als es darum gegangen war, den Nachlass anzutreten, hatte es ihn mit Genugtuung erfüllt, dass es ihm als dem Älteren zustand, das elterliche Erbe zwischen ihnen aufzuteilen. Doch selbst hier hatte ihm sein jüngerer Bruder noch einen Strich durch die Rechnung gemacht, indem er überheblich gemeint hatte, nichts von dem Erbe haben zu wollen, da Egidius das Geld sowieso viel nötiger brauche als er. Von diesem Tage an hatte sich der Hass in seiner Brust zu einem Flächenbrand ausgeweitet, der nie wieder erloschen war. Doch irgendwann, dessen war er sich sicher, würde sein Bruder noch vor ihm kriechen und ihn, den Älteren, um Hilfe anbetteln müssen. Und dann würde er seinen Triumph genießen.

»Bist du mir etwa gram deswegen?«

Helmes Stimme riss Egidius aus seinen Gedanken.

»Ehm, nein, natürlich nicht.« Seine Hand hatte sich um den Weinbecher gekrampft. Nun stellte er ihn auf den Tisch und bedeutete Helme mit einer Handbewegung weiterzusprechen.

»Du wolltest mir berichten, was dich so nachdenklich gemacht hat, dass du nicht einmal mehr Augen für die Weiber hast.«

Helme musterte ihn nachdenklich. Er kannte seinen Gastgeber noch nicht lange genug, um zu wissen, was hinter dessen Stirn vor sich ging. Doch er meinte, kurz zuvor Wut in den Augen seines Gegenübers aufflackern gesehen zu haben. Wogegen sich diese richtete, konnte er nur vermuten.

»Ich habe mich ein bisschen umgehört und beunruhigende Nachrichten für dich.«

»Was sollte mich wohl beunruhigen können?« Egidius

setzte einen selbstgefälligen Blick auf, den Helme schon öfter an ihm wahrgenommen hatte. Er wusste, dass Egidius' sicheres Auftreten nur gespielt war, und beschloss deshalb, seinem Jagdinstinkt zu vertrauen. Vor sich hatte er ein Tier, das nicht wusste, ob ihm Gefahr drohte und ob es besser fliehen oder noch abwarten sollte.

»Egidius, auch wenn wir uns noch nicht lange kennen, bist du mir doch zum Freund geworden. Ich will nicht, dass irgendein dahergelaufenes Pack deinen Ruf ruiniert.«

Der andere richtete sich in seinem Stuhl auf. »Wer spricht schlecht über mich?« Zornesröte bedeckte seine Wangen.

»Es sind nur Gerüchte, doch du weißt selbst, wie schnell einem Derartiges zum Nachteil gereichen kann.«

»Was für Gerüchte?«

Helme zögerte. Er hatte den Köder ausgeworfen und beobachtete seine Beute nun ganz genau, um an ihrer Reaktion ablesen zu können, ob er zuschlagen oder seinen Angriff abbrechen sollte.

»Wie steht es um dich und deine Finanzen?«, wagte er den Vorstoß.

Das Gesicht seines Gastgebers lief unmittelbar rot an; Egidius schnaubte vor Wut. »Wer behauptet, dass es nicht gut um meine Finanzen stünde? Wer? Sag es mir, und ich reiße ihn auf der Stelle in Stücke.« Ein Zucken erfasste Egidius' rechtes Auge.

Helme lächelte still in sich hinein. Er hatte also ins Schwarze getroffen. Seine Beute war ihm in die Falle gegangen.

»Es gibt Gerüchte, nach denen du dir Geld bei einem Juden geliehen hast.«

Egidius sprang von seinem Stuhl auf und schritt, die Hände auf dem Rücken verschränkt, im Raum auf und ab. »Jeder hat sich etwas bei den Juden geliehen. Sie sind schließlich Geldverleiher.«

»Ja, aber es wird auch darüber geredet, dass du nicht in der Lage dazu bist, deine Schulden und Zinsen zurückzuzahlen.«

Der Patrizier blieb abrupt stehen und stampfte mit dem Fuß auf den Boden. »Ich reiße ihn in Stücke! Nur Benjamin kann so etwas verbreitet haben.« Er ballte die Hände zu Fäusten und stieß sie nach vorne, als hätte er einen imaginären Gegner vor sich.

»Benjamin? Ist das der Jude, dem du Geld schuldest?«

Egidius biss die Zähne aufeinander und nickte.

»Ich weiß nicht, ob er selbst derjenige war. Doch schadet es deinem Ruf. Du musst etwas unternehmen.« Helme setzte eine besorgte Miene auf. »Von Anfang an hast du mich behandelt, als gehöre ich zu deiner Familie. Lass mich dir helfen, mein Freund.« Er war aufgestanden, zu dem Gewürzhändler hinübergegangen und legte ihm nun den Arm um die Schultern. »Lass mich deine Schulden für dich bezahlen, sobald der Diener mit meinem Geld zurück ist.«

Helme kam es so vor, als würde Egidius vor lauter Rührung jeden Moment in Tränen ausbrechen. Was für ein jämmerlicher Narr er doch war. Suhlte sich in Selbstmitleid wie die Säue im Schlamm.

»Ich schulde ihm mehr, als du dir vorstellen kannst. Und die Zeit drängt.«

»Weshalb?« Er wartete kurz, musterte Egidius und ging dann zu seinem Sitzplatz zurück.

Kraftlos ließ der Hausherr sich auf seinen Stuhl sinken und sah zur Decke hoch. »Es stimmt schon, was geredet wird. Ich kann nicht einmal mehr die Zinsen aufbringen, die ich ihm schuldig bin.«

Helme strich sich nachdenklich über das Kinn. »Und wann der Bote mit meinem Geld hier eintrifft, weiß niemand.« Er tat, als denke er nach. »Dann müssen wir uns etwas anderes einfallen lassen.«

Egidius raufte sich die Haare. »Aber was? Glaubst du denn, dass ich nicht selbst schon die ganze Zeit hin und her überlegt habe, was ich tun kann?« Wieder erhob er sich von seinem Stuhl und ging im Raum auf und ab. »Die Geschäfte laufen schlecht. So schlecht, dass ich kaum noch die laufenden Kosten decken kann. Geschweige denn mir selbst noch irgendetwas gönne.«

Er machte eine theatralische Geste. Helme musste sich ein Schmunzeln verkneifen. Den Lebensstil des Patriziers als bescheiden zu bezeichnen wäre einer schamlosen Untertreibung gleichgekommen.

»Die verdammten Juden unterbieten laufend unsere anständigen Preise. Und die Bürger Kölns? Glaubst du etwa, dass sie auf die vertrauen, die ihnen über Jahre hinweg nur die besten Waren geliefert haben?« Er schüttelte heftig den Kopf und meinte dann: »Nein, sie vertrauen diesen Judenlumpen und werfen ihnen ihr Geld in den Rachen. Und das für minderwertige Ware.«

»Die Juden verkaufen minderwertige Waren?«

Der Gewürzhändler blieb stehen und fuchtelte mit dem Arm in der Luft herum. »Sie geben es nicht zu, aber ich weiß dennoch, dass es sich so verhält. Nur die Bürger hier merken es nicht, weil sie keine Ahnung haben.«

»Hast du die anderen Händler eingeweiht? Wissen sie, was die Ungläubigen da verkaufen?«

Egidius ließ seine Faust auf die Tischplatte sausen. »Versucht habe ich es. Doch so gut wie keiner von ihnen wollte etwas davon hören. Manch einer ist zögerlich. Aber unternehmen will keiner etwas.«

»Warum nicht?«

»Das fragst du noch?« Der Patrizier rollte mit den Augen. »Jeder, wirklich jeder einzelne der feinen Herren hat bei dem ein oder anderen Juden Schulden. Jeder!« Er vollführte eine halbe Drehung, als wolle er einen Tanz beginnen. »Und das Judenpack steht zusammen, als wäre es eine einzige große Familie. Vermutlich sind sie das auch. Da merkt doch keiner mehr, ob der Sohn die Mutter vögelt.«

»Wenn dir bisher keiner zuhören wollte, müssen wir dafür sorgen, dass sich das ändert. Was würdest du sagen, wenn ich dir erzählte, dass ich zwei Juden dabei beobachtet habe, wie sie Reliquien aus dem Dom gestohlen und danach zerstört haben?«

Der Patrizier öffnete den Mund und hielt ihn sich dann entsetzt mit beiden Händen zu, um keinen Schrei von sich zu geben.

»Eine Hostienschändung?« Er sprach so leise, dass er kaum mehr zu verstehen war. »Hast du das mit deinen eigenen Augen gesehen?«

Helme zögerte. »Nein«, gab er dann einfach zu. »Aber die Frage ist doch, was geschehen würde, wenn ich es erzählte.«

Sein Gastgeber ging mit unsicheren Schritten zu seinem Stuhl zurück. Seine Gedanken überschlugen sich. Ein solcher Frevel würde das Todesurteil für die Beschuldigten nach sich ziehen. Wollte er tatsächlich so weit gehen?

Er öffnete mehrfach den Mund, brachte jedoch kein Wort heraus. Zu ungeheuerlich schien ihm das Ausmaß dessen zu sein, was hier beim Würzwein besprochen wurde.

Helme trat an das Schreibpult heran. »Denk darüber nach. Ich werde jetzt in meine Kammer gehen und mich schlafen legen. Du kannst mich wecken, wenn du zu einer Entscheidung gelangt bist. Und sei es auch mitten in der Nacht.«

Egidius griff nach seinem Arm. »Warte!« Seine Augen bewegten sich eilig auf der Suche nach einem Punkt, den sie fixieren konnten. Dann blickte er Helme direkt an. »Ich brauche nicht weiter darüber nachzudenken. Erzähl mir, was genau du vorhast.«

24. Kapitel

»Ich sag dir, dein großes Herz wird eines Tages noch dein Ruin sein.« Gutmütig tätschelte Anderlin Margrites Wange.

Die winkte jedoch nur verlegen ab und meinte: »Ach was! Sie werden hart dafür arbeiten müssen, verlass dich drauf.«

»Ist schon gut so, Gritchen.«

»Du sollst mich nicht so nennen!«

»Seit wann hast du etwas dagegen?«

»Es könnte jemand hören und sich denken, dass wir allzu vertraut miteinander sind.«

»Aber das sind wir doch auch«, meinte Anderlin und musste unwillkürlich grinsen.

»Aber nicht auf die Art.« Sie stieß ihm spielerisch gegen die Brust. »Ach, du weißt genau, wie ich's meine.«

Margrite wandte sich ab und bezog ihr Bett mit einem frischen Leinentuch. »Ich kann's kaum erwarten, mich hineinzulegen und bis weit in den Tag hinein zu schlafen.«

»Verdient hast du es dir«, urteilte ihr Begleiter. »Kann ich mein Bettzeug hier ins Zimmer bringen?«

Sie sah ihn verwundert an. »Na sicher. Das haben wir doch immer so gemacht.«

Er zog die Augenbrauen hoch. »Wenn du schon nicht mehr willst, dass ich dich Gritchen nenne, könnte es ja auch sein, dass dir *das* erst recht nicht mehr genehm ist.«

Sie ging zu ihm und nahm ihn wie selbstverständlich in den Arm. »Anderlin, du bist und bleibst ein dummer Kerl. Aber es gibt keinen, mit dem ich mir die Kammer lieber teilen würde als mit dir.«

Er gab ihr einen Kuss auf die Stirn und betrachtete sie dabei eingehend. Älter war sie geworden, und die kleinen Falten um ihre Augen herum zeugten von so mancher Sorge. Doch hatte er auch den Eindruck, dass die Beklemmung, die über viele Jahre hinweg ihr steter Begleiter gewesen war, mit der Zeit nachgelassen hatte. Es gab niemanden, dem er so sehr wie Margrite wünschte, seinen Frieden mit sich und dem Herrn machen zu können und denjenigen verzeihen zu lernen, die ihr das Unverzeihliche angetan hatten.

Seitdem die Handelsgeschäfte und die Seifensiederei gut liefen, verzichtete Margrite darauf den Männern beizuliegen. Es bekam ihr gut, wie Anderlin fand, und es war auch gut zu wissen, dass sie es nicht mehr nötig hatte, für ein paar Münzen die Beine breit zu machen. Zu Beginn ihrer Bekanntschaft hatte auch er dafür bezahlt, sich in ihren prallen Brüsten vergraben zu dürfen. Und ein ums andere Mal waren sie sich auch hier in der Kammer näher gekommen. Stets hatte er sie danach dafür bezahlt, weil er meinte, sie erwarte dies von ihm. Und selbst jetzt, wo er so nah vor ihr stand und zärtlich ihr Gesicht berührte, überkam ihn der sehnliche Wunsch, sie an sich zu ziehen und zärtlich mit ihr zusammenzuliegen. Der Gedanke jedoch, dass es für Margrite nicht mehr als ein Geschäft sein könnte, ließ ihn einen Schritt zurückweichen.

»Was ist?« Sie hatte die Veränderung in seinem Gesicht bemerkt.

»Nichts«, log er rasch. »Ich habe nur Hunger. Was glaubst du, ob die gute Agnes uns inzwischen etwas zubereitet hat?«

»Du kennst doch Agnes. Lock sie mit ein paar Münzen, und sie kocht, scheuert und flickt, und das alles auf einmal.« Margrite boxte ihn liebevoll in die Seite, drehte sich dann um und verließ die Kammer. Sie gingen über den langgezogenen, schmalen Korridor. Margrite hatte zusätzliche Wände in die alte Fischerkate einziehen lassen, um dadurch mehrere, einzelne Schlafräume zu schaffen, die zwar klein waren, sich aber weit besser vermieten ließen. Des Weiteren verfügte das Haus über eine große Küche, in der sämtliche Speisen von allen Gästen gemeinsam eingenommen wurden. Auch der ursprüngliche Wohnraum hatte diesen Zweckmäßigkeiten weichen müssen, was Margrite aber nicht weiter störte. Eines Tages, wenn sie sich zur Ruhe setzte, würde sie die zusätzlichen Wände eben wieder abreißen lassen. Doch noch musste die Unterkunft zweckmäßig sein.

Sie folgten dem Duft frischer Hühnersuppe in die Küche. Dort hatten Hanno und Binhildis bereits auf der Bank Platz genommen und unterhielten sich mit den zwei Neuankömmlingen. Außerdem befand sich noch eine Mutter mit ihrem Sohn und ihrer Tochter im Raum, die kurz aufsah, als Margrite und Anderlin die Küche betraten.

Agnes bemerkte sie, holte zwei zusätzliche Krüge und stellte sie unaufgefordert auf den Tisch. »Fast reicht das Haus nicht mehr aus«, bemerkte sie grimmig.

»Wie viele Gäste haben wir denn insgesamt?« Margrite nahm einen tiefen Schluck Bier und sah Agnes über den Rand des Kruges hinweg an.

»Eine Familie, der Vater ist jedoch unterwegs.« Sie deutete auf die Mutter mit ihren Kindern. »Zwei Seeleute, die noch bis morgen bleiben, und ein Gewürzhändler mit seinem Sohn, der in ein paar Tagen per Schiff in den Orient aufbricht.« Agnes sah zu dem Tisch hinüber, an dem Binhildis, Hanno, Anna und Gawin saßen. »Und dann natürlich noch die, die du selbst mit ins Haus gebracht hast.«

Margrite konnte sich ein Lachen nicht verkneifen. »Agnes, Agnes, du bist wie eh und je eine wahre Perle! Und deine Laune ist auch immer dieselbe.«

Die Angesprochene wollte etwas erwidern und suchte offenbar nach den richtigen Worten, drehte sich dann aber um und widmete sich wieder der Zubereitung ihrer Suppe.

Gawin war aufgestanden, ging um den Tisch herum und setzte sich neben Margrite. »Wir würden gern so schnell wie möglich mit unserer Arbeit beginnen. Was habt Ihr für uns zu tun?«

»Nenn mich Margrite! Das machen hier alle.«

Gawin nickte.

»Für die Kleine da wird es schnell etwas zu tun geben«, mischte sich Binhildis in die Unterhaltung ein. »So wie die aussieht, kann die zehn Freier am Tag haben.«

Anna riss entsetzt die Augen auf.

»Lass mal deine Haare sehen«, forderte Binhildis und riss Anna auch schon im gleichen Augenblick das Tuch vom Kopf. Die schrie kurz und überrascht auf, während ihr das helle Haar wie ein seidener Teppich den Rücken hinabfloss. Eilig griff sie nach dem Tuch, das Binhildis achtlos zu Boden hatte fallen lassen, und mühte sich, ihre Haare erneut darunter zu verbergen.

»Binhildis!«, schnauzte Margrite. »Du dummes Ding. Lass dir das nicht noch einmal einfallen!«

Trotzig zog diese die Schultern hoch. »Ich wollte ja nur mal ihre Haarfarbe sehen. Was soll denn auch dieses alberne Verstecken?«

»Wie meintest du das genau, mit den zehn Freiern am Tag?« Annas Augen huschten ängstlich von Binhildis zu Margrite, während sie die letzten Haarsträhnen unter das Tuch stopfte.

»Ja, was glaubst du denn, welche Arbeit du für sie verrichten sollst?« Binhildis deutete auf Margrite, die den Einwand mit einem energischen Kopfschütteln zurückwies.

Mütterlich beugte sie sich zu der Bank, auf der Anna saß,

hinüber und legte ihre Hand auf deren Arm. »Du wirst dich überhaupt keinem Freier hingeben müssen«, versicherte sie. »Ich sehe doch, dass du nicht so eine bist. Wir werden etwas anderes für dich finden.«

Anna atmete erleichtert aus, und auch Gawins Haltung, der das Geschehen mit einiger Sorge verfolgt hatte, entspannte sich wieder.

»Zunächst einmal werden wir für deinen Bruder etwas finden.« Margrite zog ihre Hand zurück und widmete sich wieder ihrem Krug. »Danach werden wir sehen, ob du tatsächlich so geschickt im Umgang mit Stoffen bist, wie du sagst.«

Anna nickte versichernd.

»Oder aber du hilfst mir bei der Seifenherstellung. Hast du so etwas schon einmal gemacht?«

Anna schüttelte den Kopf. Konnte man Seife tatsächlich selbst herstellen? Sie hatte immer gedacht, dass diese über das Meer aus fernen Ländern bis zu ihnen gebracht werden würde, aus Ländern, in denen verschleierte Frauen in bunten Gewändern ihre Tage damit verbrachten, sich ausschließlich ihrer Schönheit zu widmen. Zumindest hatten ihr das in der Lünener Schänke mehrfach Männer erzählt, die zu Schiff und zu Land jene fernen Orte bereist und dort Dinge gesehen hatten, die Anna sich nicht einmal in ihren kühnsten Träumen vorzustellen wagte. Vor einigen Jahren, als sie zum ersten Mal von den liebreizenden Frauen dieser wundersamen Länder und deren Leben gehört hatte, stellte sie sich am Abend, kurz vor dem Einschlafen, vor, eine jener Grazien zu sein. Mit offenen Haaren, in bunten Gewändern und dem unbeschreiblichen Duft, den diese Schönheiten verströmten.

Ein Lächeln huschte über ihr Gesicht. »Ihr könnt wirklich Seife herstellen?«

Margrite nickte. »Aber ja, und zwar die beste weit und

breit. Und hör endlich auf, mich so gestelzt anzusprechen. Ich komme mir ja wie eine alte Frau vor, wenn du das tust.« Sie lächelte herzlich.

Ein Kribbeln zog über Annas Haut. »Und Ihr … du würdest es mir wirklich beibringen?«

»Aber gewiss!«

»Ich will es auch lernen!« Binhildis klang eingeschnappt. »Du kennst sie noch keinen Tag und willst es ihr zeigen, aber ich soll weiter die Beine breit machen, damit ich meinen Beitrag bezahlen kann?«

»Hat irgendjemand gesagt, dass du es nicht ebenfalls lernen darfst? Nun hör schon auf, hier wie eine Ziege herumzumeckern.« Die Seifensiederin verzog unwillig das Gesicht. »Hoffentlich gibst du wenigstens Ruhe, wenn sich dir einer beilegt. Sonst wirst du dein Geld bald nicht einmal mehr damit verdienen können.« Sie stand auf und ging zu Agnes und damit auch zum Suppentopf hinüber, der über der Feuerstelle hing.

»Kann man die Suppe schon essen?«

Agnes blickte mürrisch drein, holte eine Schale und befüllte sie. »Lass es dir schmecken. Aber richtig fertig ist sie erst, wenn das Fleisch noch länger darin gezogen hat.«

Margrite nahm die Schale und ging zurück an den Tisch. Jetzt fühlte sie sich wirklich zu Hause angekommen. Mit geschlossenen Augen führte sie den Löffel mit der Suppe genüsslich zum Mund.

Kaum dass sie die Mahlzeit beendet hatte, forderte sie Anna auf ihr zu folgen und verließ die Küche. Über den langgestreckten Flur kamen sie an eine Tür, die zu einer Art Durchgangsraum führte. Das Zimmer war so eng, dass man sich kaum in ihm umdrehen konnte, ohne dabei an die breiten

Tonkrüge zu stoßen, die fein säuberlich auf mehreren, an der Wand befestigten Regalen standen.

»Hier lagern wir die Asche, die zur Seifenherstellung benötigt wird. Komm hier entlang.«

Die Hauswirtin ging Anna voran zur nächsten Tür, die als Hinterausgang benutzt wurde und auf den rückwärtigen Hof hinausführte. Der Duft, der Anna entgegenschlug, sobald sie ins Freie trat, umfing sie wie eine zärtliche Umarmung.

»Herrlich!«, entfuhr es ihr staunend.

Im gesamten Hof waren Holzkästen mit Blumen aufgestellt, so dass es einem fast vorkam, als stände man inmitten einer blühenden Wiese. Margrite trat an das Hochbeet heran und pflückte mit Daumen und Zeigefinger eine vertrocknete Blütendolde ab, die sie zwischen ihren Fingern verrieb. Danach griff sie nach Annas Hand und ließ die dergestalt zermahlenen Blumenkrümel auf deren Handfläche rieseln.

»Man nennt es Lavendel«, erklärte sie. »Es gibt kaum eine Pflanze, die einer Seife einen ähnlich kräftigen Duft verleiht.«

Anna beugte sich vor und schnüffelte. »Wunderbar!«

»Wir pflanzen sie an und trocknen sie nach der Blütezeit. So habe ich für ein ganzes Jahr genug Blüten, die ich zu Seife verarbeiten kann.« Margrite schmunzelte. »Nur habe ich meine gesamte Seife bereits auf dem Weg hierher verkauft. Deshalb sind wir auch früher als sonst nach Bremen zurückgekehrt.«

Anna nickte, führte die Hände an ihre Nase und sog den Lavendelduft tief in ihre Lungen ein. Ein Schauer durchfuhr ihren Körper, so stimulierend wirkte die Pflanze auf sie.

Die Ältere beobachtete es. Und da war er wieder – der Gedanke in ihrem Hinterkopf. Das Gefühl, das Mädchen nicht nur schon am Stadttor gesehen zu haben, sondern bereits früher einmal. Es war eine Art des Wiedererkennens, die sie zutiefst verwirrte. Doch woher nur kannte sie das Mädchen?

»Warum seid ihr aus eurem Heimatort weggegangen, dein Bruder und du?«

Anna ließ die Hände sinken und zuckte mit den Schultern. »Wir haben dort nie gelebt, sind immer nur mit unseren Eltern durchs Land gezogen und wollen uns nun etwas Eigenes aufbauen.«

»Verstehe. Wenngleich es nicht besonders geschickt war, ohne Geld in die neue Heimat aufzubrechen.«

»Aber wir hatten Geld.« Anna brach ab und überlegte sich, ob sie von dem Geschehen im Kloster etwas preisgeben sollte. »Man hat es uns gestohlen.«

Margrite machte eine bedauernde Geste. »Nun seid ihr ja hier und könnt euch etwas verdienen.«

»Anderlin hat meinem Bruder angeboten, mit ihm die Zimmermänner zu besuchen. Vielleicht braucht einer von ihnen einen Lehrjungen.«

»Oder zumindest einen Zuarbeiter«, versuchte Margrite die Hoffnungen der Jüngeren zu dämpfen. »Nicht jeder, der hier arbeiten will, kann mit einer dauerhaften Beschäftigung rechnen.«

Anna lächelte wissend. »Wenn der Meister sieht, was Gawin kann, wird er ihn so lange wie möglich bei sich behalten wollen.«

»Ist er denn so gut?«

»Nicht nur gut. Er ist der Beste.«

»Am besten lässt du mich erst einmal sprechen«, ordnete Anderlin an. »Der alte Jordan ist nämlich manchmal ein bisschen eigen.«

Gawin nickte schweigend und trat hinter ihm in die Werkstatt des Zimmer- und Tischlermeisters ein, in der die Luft mit Holzstaub versetzt war. Überall standen Hölzer verschiedenster Größe und Sorte, fertige, teils verzierte Schränke, eine Bank und ein großer Tisch, dessen Oberfläche zum Schutz vor Beschädigungen mit einem Tuch abgedeckt war. Aus einem angrenzenden Raum hörte man Arbeitsgeräusche.

»Jordan!«, rief Anderlin laut und trat bis in die Mitte der Werkstatt vor.

Die Laute im Nebenraum verstummten, und ein Mann, der Gawin schon uralt zu sein schien, trat unter die Tür.

Dünn war der Zimmermann geworden, fand Anderlin, und alt. Die Falten in seinem Gesicht schienen noch tiefer geworden zu sein seit ihrer letzten Begegnung, die nur wenige Monate zurücklag.

»Anderlin? Ich wusste gar nicht, dass du wieder in Bremen bist.« Der Alte kam zu ihnen herüber und reichte Anderlin die Hand.

»Erst seit gestern. Und ich habe dir auch gleich jemanden von unterwegs mitgebracht.« Er deutete auf Gawin.

»Ich will keinen haben, den du aufgelesen hast.« Der Zimmermann verzog sein Gesicht.

Anderlin lachte kehlig auf. »Ich hab ihn nicht aufgelesen. Er ist geschickt im Umgang mit Holz und sucht eine Anstellung.«

»Ich brauche niemand.«

»Aber alter Freund.« Anderlin legte ihm in einer vertrauten Geste den Arm um die Schultern, was Jordan noch schmächtiger und zerbrechlicher wirken ließ. »Wenn ich mich hier so umsehe, würde dir ein bisschen Hilfe ganz guttun. Man munkelt schon, du könntest deinen vielen Aufträgen nicht mehr nachkommen.«

Der Alte schnaubte vor Wut. »Ich verrichte immer noch jede Arbeit, die anfällt.« Er fuchtelte mit dem Finger vor Anderlins Gesicht herum. »Wer etwas anderes behauptet, ist ein

Lügner. Und nur weil vielleicht mal einer ein wenig länger warten muss, heißt das noch lange nicht, dass ich nicht mehr schnell genug arbeite.«

»Aber, aber, das weiß ich doch. Nichtsdestotrotz könntest du mehr schaffen, wenn du jemanden hättest, der dir zur Hand geht. Und dieser junge Bursche hier ist geschickt und fleißig.«

»Fleißig!« Der Alte spuckte verächtlich auf den Boden. »Die Burschen wissen heutzutage doch gar nicht mehr, was das bedeutet. Sie lungern nur faul herum und gaffen jedem Rock hinterdrein. Die paar Münzen, die sie verdienen, lassen sie bei den Huren oder besaufen sich dermaßen, dass sie am nächsten Tag kaum von der Pritsche hochkommen.«

Anderlin packte Gawin bei den Schultern und schob ihn vor sich, so dass dieser nun direkt vor Jordan zu stehen kam. »Sieh ihn dir an«, forderte er den Zimmermann auf. »Er will arbeiten und ist sich für keine Arbeit zu schade. Genau wie du damals, als der alte Ortlieb dir hier eine Lehrstelle gegeben hat. So ist es zumindest in ganz Bremen bekannt. Nun mach schon, Jordan, gib deinem Herzen einen Stoß.«

Der Zimmermann fuchtelte wieder mit seinem Finger herum, doch diesmal vor Gawins Gesicht. »Schon viele hab ich hier kommen und gehen sehen. Und keiner von ihnen hat was getaugt.« Sein Rücken war schon so krumm, dass er zu dem Jüngeren aufsehen musste. Ganz nah kam er mit seinem Gesicht an Gawin heran und blickte ihm lange in die Augen. Dann wandte er sich mit einem Ruck zu Anderlin. »Nur eine Verfehlung von dem Burschen, und ich schmeiß ihn raus, und du bist mir außerdem persönlich für ihn verantwortlich.«

Wohlwollend klopfte Anderlin ihm auf den Rücken. »Wusste ich's doch, dass du dein Herz noch immer auf dem richtigen Fleck hast.«

»Hast du eine Schlafstätte?« Jordan hatte seine grimmige Miene noch immer nicht abgelegt.

»Ehm, ja. Meine Schwester und ich sind gegen die Zahlung eines Entgelts bei Margrite untergekommen.« Dabei deutete er auf Anderlin.

Der Zimmermann drehte sich um und schlurfte in Richtung Nebenraum zurück. »Morgen in der Früh fängst du an. Und viel bezahle ich nicht«, hörte Gawin ihn grummeln. Dann war der Alte aus ihrem Blickfeld verschwunden.

»Nun hast du also Arbeit«, stellte Anderlin zufrieden fest und schob den etwas verdutzten Gawin aus der Werkstatt hinaus.

25. Kapitel

Esther spürte, dass sich etwas verändert hatte. Sie hätte nicht konkret benennen können, was es war. Ob es die Angst vor der sich immer weiter ausbreitenden Pest oder gar ein anderer Grund war, weshalb die Kölner nur noch das Wichtigste erledigten und nicht mehr stehen blieben, um einen kleinen Schwatz miteinander zu halten. Etwas Fremdes, Beunruhigendes hatte sich wie eine dicke Staubschicht über die Stadt gelegt und ließ die Menschen nur noch schwer Luft bekommen. Doch da war auch noch etwas anderes, das zwar spürbar war, über das aber nicht gesprochen wurde. Esther schien es, als gingen ihr die Bürger mehr als sonst aus dem Weg. Natürlich hatte sie sich längst daran gewöhnt, als Jüdin nicht mit Christen gleichgestellt zu sein oder gar Freunde in deren Reihen zu haben.

Ihr Vater hatte es ihr vor langer Zeit erklärt. Gott hatte das Volk der Juden, sein eigenes Volk, zu besonderen Taten ausersehen. Diese erforderten Kraft, festen Willen und einen unerschütterlichen Glauben, den sie trotz aller Widerstände zu leben hatten. Esther hatte dies nie als einen Nachteil empfunden, eher als eine Bürde, die sie mit Stolz trug.

Leichten Schrittes und ihren Korb schwingend, ging sie Richtung Dom, um von dort auf den Markt einzubiegen und frische Kräuter zu kaufen. Die Haushälterin ihres Vaters, eine Christin, tat sich auch nach all den Jahren noch immer schwer damit, koschere Speisen zuzubereiten. Immer wieder vergaß sie die ein oder andere Zutat, achtete nicht auf ihre spezielle Zubereitung oder überging gar wichtige Rituale, die ihr als unnütz erschienen. So hatte Esther es übernommen, ihr beim Kochen und Herrichten der Mahlzeiten zu helfen, um auf diese Weise sicherzustellen, dass wirklich koschere Speisen auf den Tisch gelangten. Schon gestern hatte Esther die gute Sophia ausgeschickt, um alles Notwendige zu besorgen. Doch zu ihrer Enttäuschung hatte sie feststellen müssen, dass die Haushälterin die benötigten Kräuter, auf die sie sie ausdrücklich hingewiesen hatte, nicht mitgebracht hatte. So war sie in aller Früh mit ihrem Korb aufgebrochen, um sie selbst auf dem Markt zu besorgen. Ob die Vergesslichkeit Sophias nur der Gleichgültigkeit geschuldet war oder ob sie es gar mit Absicht gemacht hatte, Esther ließ sich davon nicht beirren.

Sie blieb stehen und blickte zu dem riesigen Dom empor. Vor über einhundert Jahren, so hatte der Vater ihr berichtet, war mit seinem Bau begonnen worden. Mit der Hand beschattete sie ihre Augen, um im Sonnenschein das Farbenspiel der bunten Fenster bewundern zu können. Was dieses Bauwerk betraf, so konnte sie die Christen verstehen, die glaubten, ihr Gott fände Gefallen an einer solchen Schönheit. Dass jedoch der einzige und wahre Gott, Adonai, einen solchen Prunk schätzte, konnte sie sich hingegen nicht vorstellen. Aber ein Bauwerk von solcher Größe und solchem Glanz musste die Menschen, die Tag für Tag in die Stadt pilgerten, natürlich anziehen, das begriff Esther nur zu gut. Die Pracht der kunstvoll gefertigten Figuren, die kühne Architektur, mit der die Meister ihres Fachs ihr Können unter Beweis stellten, und nicht zuletzt die von überall herbeigetragenen Schätze ließen oftmals sogar jene in Gottes Schoß zurückkehren, die das Leben zu Zweiflern gemacht hatte. Doch ohne den Glauben, davon war Esther fest überzeugt, war jedwede Kreatur verloren. Selbst wenn es der falsche Glaube war. Mit einem kleinen Seufzer wandte sie sich ab und schlug den Weg zum Markt ein.

»Und ich sage Euch, Ihr Bürger von Köln, das Ende ist nah!« Die krächzende Stimme drang unangenehm zu Esther herüber. Eine Menschentraube hatte sich um den Brunnen herum gebildet, auf dessen Rand ein Mann stand und seine Worte an die Städter richtete. »Lange hat der Herr uns verschont, weil wir in seinem Sinne lebten. Doch mit der Duldung der Ungläubigen lassen wir den Teufel in unseren Reihen tanzen.« Er bückte sich und vollführte eine Drehung, als tanze er um ein imaginäres Feuer.

Ein banges Gefühl stieg in Esther auf. Schon öfter hatte sie die Menschen von den Ungläubigen reden gehört, wusste jedoch nie, wen sie damit eigentlich meinten. Vor allem verstand sie nicht, weshalb jemand den Teufel, den die Christen so sehr fürchteten, in ihre Mitte bringen sollte. Zwar hatte sie keine Vorstellung davon, was es mit dieser furchterregenden Kreatur tatsächlich auf sich hatte, doch der Gedanke, dass ihre Nachbarn in Gefahr waren, machte ihr Angst. Niemand sollte unter diesem Teufel zu leiden haben, weder Christ noch Jude noch sonst irgendein Andersgläubiger.

Der Mann auf dem Brunnen erhob abermals die Stimme, und Esther war gespannt zu erfahren, was er den Zuhörern noch zu berichten hatte. Sie erschrak, als jemand ihren Arm ergriff.

»Ihr solltet hier nicht stehen bleiben«, sagte der Mann, den sie als einen Händler namens Wyland kannte. Ein Christ, der mit ihrem Vater Geschäfte machte.

»Ich grüße Euch«, gab sie schüchtern zurück. »Doch weshalb sollte ich nicht hier stehen bleiben?«

Er zog sie am Arm mit sich fort, bis sie ein gutes Stück außer Sichtweite des Brunnens und der Menschen um ihn herum waren.

»Weil bei einer solchen Rede schnell die Stimmung umschlagen kann«, erklärte ihr der Patrizier. »Ihr solltet nach Hause gehen.« Seine Worte klangen fürsorglich, so als fürchte er, dass ernsthafte Gefahr für sie bestände.

»Aber weshalb?« Esther sah ihn aus ihren großen braunen Augen fragend an. »Der Mann auf dem Brunnen warnt vor einem Teufel in der Mitte der Bürger. Gibt es diesen Teufel wirklich? Und wenn ja, was will er von uns? Sind wir in Gefahr?«

Ihr Gegenüber biss sich auf die Unterlippe und zögerte mit der Antwort. Dann fasste er sie an den Schultern und sah ihr eindringlich in die Augen. »Esther, Ihr müsst mit Eurem Vater über das sprechen, was Ihr hier gehört habt. Eilt Euch und geht zu ihm.«

»Aber ich muss noch Kräuter kaufen«, erklärte sie zögernd.

Er schüttelte bedauernd den Kopf. »Um Eurer eigenen Sicherheit willen, geht nach Hause.« Er sah sich in alle Richtungen um. »Ich werde Euch begleiten«, entschied er kurzentschlossen und zog sie einfach mit sich.

Esther wagte nicht ihm zu widersprechen und ließ sich bis vor das Haus ihres Vaters führen.

»Geht hinein und sprecht mit ihm«, forderte er sie nochmals auf. »Und sagt Eurem Vater auch, dass er mir, wenn er Hilfe braucht, eine Nachricht schicken soll. Und nun geht.« Er drückte sie in Richtung Tür.

Sein Gesichtsausdruck spiegelte eine solche Sorge wider, dass Esther, ohne zu wissen, weshalb, eine gewaltige Angst in sich aufsteigen spürte. »Habt Dank.«

Eilig öffnete sie die Tür und ließ sie sogleich wieder hinter sich ins Schloss fallen. Aus einem unbestimmten Gefühl heraus schob sie auch gleich noch den Riegel vor. Erschöpft ließ sie sich gegen das Holz sinken.

Die Stimmen, die sie hörte, sprachen aufgeregt durcheinander. Ihr Vater hatte die Tür zu seinem Arbeitszimmer geschlossen. Mehr als die Wortfetzen, die zu ihr nach draußen drangen, konnte Esther nicht verstehen. Sie rang mit sich, ob sie ihren Vater mitten in seiner Unterredung stören sollte, entschied sich dann aber dagegen. Er mochte es nicht, mit etwas behelligt zu werden, wenn er Gäste hatte. Sollte sie vielleicht Sophia danach fragen, was die Rede des Mannes am Brunnen zu bedeuten hatte? Doch die Haushälterin war eine Christin, und vielleicht würde Esther sie mit ihrem Bericht über die Ungläubigen und das Eindringen des Teufels in die Mitte der Bürger nur ängstigen. Also hastete sie lautlos die Stufen hinauf und ließ sich in ihrem Zimmer auf ihre Bettstatt sinken. Einen Lidschlag lang blieb sie dort liegen, glitt dann von der Schlafstatt auf den Fußboden hinab und sank auf die Knie, um bei Adonai für die Christenmenschen wegen der ihnen bevorstehenden Gefahr zu beten.

Entspannt an eine Hauswand gelehnt, verfolgte Helme zufrieden das Geschehen vor dem Brunnen. Die Stimme des Hetzers schien aus Furcht vor dem drohenden Unheil geradezu zu beben. Wäre er mit dem Kerl nicht selbst immer wieder die Rede durchgegangen, wäre auch er von ihrem Inhalt überzeugt gewesen.

Er war nun schon mehr als eine Woche hier, und der Tag, an dem der ausgeschickte Bote zurückkehren musste, stand unmittelbar bevor. Wenn jetzt nichts geschah, was die Aufmerksamkeit der Patrizier von ihm ablenkte, wäre es zu spät, und er würde aus der Stadt gejagt werden, ohne seine Situation nachhaltig verbessert zu haben. Dabei hatte er sich an das gute Leben hier gewöhnt und wollte es auf keinen Fall wieder aufgeben. Wohin auch immer die Sache mit den Juden führte, ihm würde sie im besten Fall zum Bleiben verhelfen und im schlechtesten ein unbemerktes Verschwinden ermöglichen. Die sich immer weiter ausbreitende Pest half ihm dabei, die Angst unter den Menschen zu schüren. Die Möglichkeit, sich selbst mit ihr anzustecken, schloss er aus. Er war in all den Jahren noch kein einziges Mal krank gewesen. Und an einen Zusammenhang zwischen persönlicher Schuld und der Krankheit als Strafe glaubte er sowieso nicht, hatte er doch noch niemals die Folgen für eine seiner Taten tragen müssen, zumal ihm bislang auch noch keiner auf die Schliche gekommen war. Sein ganzes Leben lang war er denjenigen, die ihm mit moralischen Vorhaltungen gekommen waren oder ihn gar zur Verantwortung hatten ziehen wollen, mit Verachtung begegnet. Er tat, was er wollte und mit wem er es wollte. Und das ganz einfach, weil er stark, schlau und unbesiegbar war. Ihm würden weder die Pest noch sonst irgendwer beikommen.

Sein Mund verzog sich zu einem spöttischen Grinsen, als er beobachtete, wie eine Frau vor dem Brunnen auf die Knie sank und laut zu wehklagen begann. Die Tränen liefen ihr die Wangen hinab, während sie verzweifelt aufschluchzte.

Zwei Männer traten von hinten an sie heran, packten sie unter den Armen und zogen sie hoch. Sie hing mehr, als sie stand, zwischen ihnen, schaute flehend gen Himmel und begann laut zu beten.

Der Mann auf dem Brunnen erhob erneut seine Stimme, spie Verwünschungen und Flüche aus, verkündete die bevorstehende Bestrafung aller, die nicht zur sofortigen Umkehr bereit waren, und verfluchte die Dämonen, die schon von so vielen Bürgern Besitz ergriffen hatten.

»Dir scheint zu gefallen, was du siehst.«

Egidius war unbemerkt an Helmes Seite getreten.

»Es kann nur richtig sein, wenn die Kölner endlich erkennen, dass der Abschaum aus der Stadt gejagt werden muss.«

»Wie recht du hast.« Egidius' Stimme klang angespannt. »Doch hoffentlich bringt uns das auch tatsächlich unseren Zielen näher.«

»Deinen Zielen«, korrigierte ihn Helme. »Es ist wichtig, dass niemand auf den Gedanken kommt, dass ich ebenfalls einen Vorteil aus der Vertreibung der Juden ziehen könnte. Denn das würde meine Glaubwürdigkeit schwächen.«

»Du hast schon wieder recht.« Egidius rieb sich das Kinn und betrachtete das Schauspiel, das sich am Brunnen abspielte. »Wir sollten dich da raushalten.«

Helme versuchte, seinen Worten einen beiläufigen Klang zu verleihen. »Hast du Nachricht erhalten, ob Albrechts Bote mittlerweile zurück ist?« Er sah Egidius an. Einen Moment lang glaubte er, Unsicherheit im Gesicht seines Gegenübers auszumachen. »Mir wäre einfach wohler, wenn ich endlich mein eigenes Geld hierhätte und meine Schulden bei dir begleichen könnte.«

Der Patrizier schien nach den richtigen Worten zu suchen. Helme wurde unruhig. War man ihm bereits auf die Schliche gekommen? Egidius wandte seinen Blick wieder dem Geschehen am Brunnen zu.

»Ich habe noch nichts gehört.«

Für Helme klangen seine Worte nach einer Lüge. Sollte er nachfragen oder die Sache lieber auf sich beruhen lassen, um keinen Verdacht zu erregen?

In diesem Moment liefen zwei Stadtbüttel auf die Menschentraube zu.

»Ihr habt keine Erlaubnis, hier öffentlich etwas auszurufen«, rief einer von ihnen, bevor sie sich ihren Weg zu dem Rädelsführer durch die Menge hindurchbahnten.

»Steigt sofort von dem Brunnen herunter und kommt mit uns!« Die Körpersprache des Büttels ließ keinen Zweifel daran, dass er den Redner, sollte dieser sich weigern, eigenhändig von dort oben herunterholen würde.

»Betet zu Gott, dass Ihr nicht vom Herrn dafür gestraft werdet, dass Ihr mich mit Gewalt daran hindert, die Wahrheit zu verkünden.«

»Du verkündest hier gar nichts mehr«, stellte der Büttel mit befehlsgewohnter Stimme klar. »Komm jetzt da runter, oder ich mach dir Beine!«

Der Hetzer sank in sich zusammen und kauerte sich auf dem Brunnenrand nieder, wo er weiterhin etwas vom Teufel und seinen Dämonen vor sich hin murmelte, die sich der Seelen der Kölner bemächtigen würden. Es waren seine letzten Worte, bevor ihn die Büttel packten, vom Brunnenrand wegzerrten und mit sich fortschleiften. Helme wandte sich Egidius zu.

»Heute Abend wird er wieder frei sein.«

»Früher schon.« Der Patrizier schien sich dessen sehr sicher. »Weil so viele Häuser wegen der großen Anzahl an Pestfällen im Fischerviertel leer stehen, hat es viele Plünderungen gegeben. Die Kerkermeister können ihre Pforten gar nicht so schnell öffnen und wieder schließen, wie neue Schurken nachkommen. Einer wie unser Freund da vorne bekommt einen kleinen Tritt von ihnen und kann danach wieder seiner Wege ziehen.«

»Damit haben wir den ersten Stein gelegt.« Helme rieb sich zufrieden die Hände. »Und? Wirst du bei der kleinen Vorstellung heute Nachmittag vor dem Dom auch zugegen sein?«

Egidius grinste. »Um diese Zeit werde ich mit den anderen im Rathaus sitzen und mit Bestürzung erfahren, was sich gerade vor unserem erhabenen Gotteshaus abspielt. Gewiss wird es ein heiteres Schauspiel werden.« Er verzog zufrieden den Mund. Und wieder einmal spürte Helme, wie froh er doch war, endlich seinen Bruder im Geiste gefunden zu haben.

Esther lag erschöpft auf ihrem Bett. Die Tränen, die ihr stundenlang über die Wangen gelaufen waren, hatten salzige Spuren auf ihrer Haut hinterlassen.

Gleich nachdem der Besuch ihres Vaters das Haus an diesem Morgen verlassen hatte, war sie zu ihm geeilt, um von dem Geschehen am Brunnen zu berichten. Auch dass der Patrizier Wyland Gross sie nach Hause gebracht und ihr dringlich geraten hatte, mit ihrem Vater zu sprechen, erzählte sie. Mit Bestürzung hatte sie über die bevorstehenden Gefahren und das Unheil berichtet, das die Christenmenschen erwartete, sollten sie nicht die Ungläubigen aus ihrer Mitte vertreiben. Worte wie Teufel und Dämonen wären dabei gefallen.

Ihre Verwunderung darüber, dass ihr Vater nicht ebenso betroffen und schockiert war wie sie selbst, konnte sie nicht verbergen.

»Mit diesen Ungläubigen«, hatte Benjamin ihr erklärt, »von denen die Rede ist, sind wir gemeint, mein Kind.« Seine Hand ruhte dabei auf ihrem Kopf und streichelte sanft über ihr Haar.

»Wie meinst du das? Wir sind doch nicht ungläubig! Wir sind die Kinder des Volkes Davids!« In ihrer Stimme schwang Stolz mit und eine gelebte Ehrlichkeit, die ihrem Vater Tränen in die Augen trieb.

»Ja, meine kleine Esther, wir sind die wahren Gläubigen. Und deshalb gefällt es Adonai auch von Zeit zu Zeit, uns zu prüfen, um zu sehen, ob wir seiner würdig sind.«

»Aber weiß Adonai das denn nicht?«, fragte sie überrascht. Sie konnte die letzten Worte ihres Vaters nicht nachvollziehen. Schließlich ließ sie nie ein Gebet aus und lebte zufrieden und mit Leidenschaft die Regeln ihres Glaubens. Weshalb sollte es ihrem Gott also gefallen, sie auf die Probe zu stellen?

»Das ist nicht so einfach«, hatte Benjamin ihr erklärt. »Wir werden noch ein anderes Mal in Ruhe darüber sprechen. Doch …«, er zögerte, bevor er weitersprach. »Doch wir sind hier in Köln nicht mehr sicher, mein Kind. Wir müssen fort.«

»Fort? Aber ich will nicht von hier weg. Hier sind alle …«

Weiter kam sie nicht, denn ihr Vater hob die Hand und gebot ihr zu schweigen.

»Wir werden darüber reden, aber nicht jetzt. Ich muss nun Vorbereitungen treffen, um unseren Haushalt aufzulösen.«

Esther hatte noch viele Fragen und Einwände, wusste jedoch, dass sie zu gehorchen hatte. Ihr Vater war kurz nach ihrem Gespräch aus dem Haus gegangen. Ob er schon zurück war, wusste sie nicht zu sagen. Sie jedenfalls war danach in einem Meer von Tränen eingeschlafen.

Nun setzte sie sich auf und blickte durch das Fenster. Sie blinzelte. Täuschte sie sich, oder stieg dort hinten tatsächlich eine Rauchsäule in den Himmel? Esther rieb sich die Augen und sah noch einmal genauer hin. Die Sonne stand schon tief am Himmel. Sie hatte die Zeit für ihr Gebet verpasst. Sofort packte sie das schlechte Gewissen. Erst wenige Stunden zuvor hatte sie ihrem Vater versichert, eine gute Jüdin zu sein. Und nun enttäuschte sie Adonai durch ihr Versagen.

Seufzend erhob sie sich, holte ihren Gebetsschal, legte ihn über ihr Haar, ging in die Knie und betete leise und voller Inbrunst die Worte des Herrn. Mit Eifer bat und flehte sie, bis sie den salzigen Geschmack der Tränen spürte, die ihr wie schon einige Stunden zuvor über die Wangen liefen.

Der Junge, der keuchend die Tür des Ratssaales aufgestoßen hatte, konnte sein Anliegen kaum vorbringen, so sehr war er außer Atem. Er war so schnell gerannt, wie er nur konnte, die Angst, trotzdem zu spät zu kommen, hatte ihn angetrieben.

»Ihr müsst kommen!« Der Bursche beugte sich nach vorn und stützte keuchend seine Hände auf die Knie. »Am Dom! Dort werden Menschen geschlachtet!«

Einige der hochgestellten Männer sprangen von ihren Sitzplätzen auf. Mit wenigen schnellen Schritten war Wyland Gross bei dem Boten und fasste ihn an beiden Schultern. »Was redest du da, Junge?«

»Ihr müsst kommen!«, wiederholte dieser. »Schnell!«

Eine Sekunde der Starre, dann eilten nach den amtierenden Bürgermeistern Johann Overstolz von Efferen und Eberhard Hardevust auch die anderen Ratsherren aus dem Raum. Das Rathaus schien unter ihren Schritten zu erbeben. Wie eine wild gewordene Horde stürzten sie die Treppenstufen hinab und auf die Straße hinaus. Tatsächlich stieg eine Rauchsäule in der Nähe des Doms auf. Nackte Angst packte Wyland und legte sich mit eisernen Klammern immer enger um seine Brust. Je näher er dem Dom kam, desto furchtbarer wurde der Gestank. Der Geruch von verbrannter Haut lag in der Luft. Sein Hals war rauh, ob aus Angst oder wegen des Rauchs, der in dicken Schwaden durch die Gassen zog, wusste er nicht zu sagen. So schnell er es vermochte, hetzte er durch die Straßen bis zum Dom. Er bahnte sich seinen Weg durch die Menschenmenge, die wie er in dieselbe Richtung strömte. Eine Mischung aus Furcht und Schaulust lag in der Luft. Als er in Sichtweite des Kirchenhauses war, versuchte er sich ein Bild von dem Wahnsinn zu machen, der sich seinen Augen bot.

Auf dem Platz vor dem Dom war eine Art Scheiterhaufen errichtet worden, der lichterloh brannte. Zwei blutüberströmte Männer liefen mit nacktem Oberkörper laut schreiend um das Feuer, dessen Flammen mehrere Ellen hochschlugen. Eine geifernde Alte hielt drei Lämmer an einem Seil, die sich blökend gegen den Strick wehrten. Von einem abgeschlagenen Baumstumpf, der als Podest diente, rief ein völlig entblößter Mann den geschockten Bürgern Worte zu, mit denen er sie zur geistigen Umkehr aufforderte.

»Sie wollen eure Seelen stehlen, um sie den Dämonen zum Fraß vorzuwerfen!«

In den Gesichtern der Menschen spiegelten sich Abscheu und Angst, aber auch die Faszination angesichts des Unbeschreiblichen, das sich ihnen darbot. In banger Erwartung dessen, was sie noch alles zu sehen bekämen, blieben sie wie angewurzelt stehen, unfähig, sich von dem Treiben vor ihren Augen abzuwenden.

Wyland versuchte zu erkennen, ob jemand verletzt oder gar ins Feuer geworfen worden war. Der blutüberströmte Schreier auf dem Holzstumpf zog aller Blicke auf sich, während die Männer, die wild kreischend um das Feuer rannten, nur am Rande wahrgenommen wurden.

»Der Tag des Jüngsten Gerichts ist nah!« Der Nackte sprang gebückt von einem Bein aufs andere, bemüht, sein Gleichgewicht nicht zu verlieren. Sein Gesicht spiegelte die Qual eines gegeißelten, leidenden Mannes wider, der angsterfüllt darauf bedacht war, seine Zuhörer vor dem drohenden Unheil zu bewahren.

»Holt den Kerl da runter!«, fuhr Wyland wütend einen der Büttel an, die ebenso erstaunt wie die Bürger dem Treiben zusahen.

In diesem Moment packte die geifernde Alte eines der Lämmer, nahm es auf den Arm, sprang an das Feuer heran und warf das Tier lebendigen Leibes hinein.

»Nehmt das, ihr Dämonen und Teufel, und lasst ab von den Kölnern!«

Die Flammen schlugen über dem Tier zusammen. Ein einziges grauenvoll anzuhörendes Blöken drang den Umstehenden durch Mark und Bein, gefolgt von einem gellenden Ton, der in langgezogenes Wehgeschrei überging. Die alte Frau hatte klagend und flehend die Arme gen Himmel erhoben, als wünschte sie, vom Herrn selbst dort in Empfang genommen zu werden.

Der beißende Geruch des flammenden Schaffells stieg empor. Einige Zuschauer schlugen sich die Hände vors Gesicht. Sei es, um die Dämpfe nicht einatmen zu müssen, oder einfach vor Entsetzen. Eine Frau, die vor Wyland stand, hatte zu weinen begonnen. Ihr Gesicht konnte er nicht sehen, nahm aber das heftige Zucken ihrer Schultern wahr. Er blickte sich um. Die anderen Ratsherren waren hinter ihm zum Stehen gekommen und betrachteten ebenso reglos wie die unbeteiligten Bürger das Geschehen vor der Kirche. Keiner von ihnen, nicht einmal die Bürgermeister, schien eingreifen zu wollen, viel zu bestürzt waren sie von dem Treiben.

»Verdammt noch mal!«, schnauzte Wyland, dessen Angst mittlerweile der Wut gewichen war, den Büttel an. »Wenn du jetzt nicht sofort eingreifst, lasse ich dich im tiefsten Kerkerloch einsperren, das in Köln zu finden ist!«

Der Büttel verharrte noch einen Augenblick, löste sich dann aber aus seiner Erstarrung und stieß seinen Nebenmann an.

»Komm schon!«

Wyland drehte sich zu den Ratsherren um und bedeutete ihnen durch ein Kopfnicken ihm zu folgen. Entschieden bahnte er sich seinen Weg durch die Menge, bis er direkt vor dem Mann auf dem Podest stand.

»Im Namen des Rates der Stadt Köln verhafte ich Euch. Bedeckt Eure Blöße und folgt den Bütteln. Sofort!« Eilig drehte er sich zu der Frau um. »Und du! Wenn du noch eines dieser Lämmer anrührst oder auch nur einen Schritt zu nah an das Feuer drängst, um es hineinzuwerfen, stoße ich dich persönlich hinterher!« Seine Augen funkelten wütend und entschlossen. Die Alte blieb wie angewurzelt stehen.

Der Nackte ging jedoch zum Angriff über. »Sind die Dämonen etwa bereits mit Euch, Ratsherr?« Die Hände zum Gebet gefaltet, ging er auf dem Baumstumpf in die Knie. »Lasst mich für Euch den Herrn anflehen, den Teufel aus Eurer Seele zu vertreiben! Ich bitte Euch! Sonst ist die Hölle nah!«

Bei seinen letzten Worten bekreuzigte er sich eilig, einige der Bürger taten es ihm gleich.

Der Patrizier überlegte kurz, ob er darauf etwas erwidern sollte. Doch er wusste, dass, je heftiger er sich gegen den Verdacht, der Teufel wäre bereits sein Begleiter, wehren würde, auch das Misstrauen derer anwachsen könnte, bei denen der Prediger und das Schauspiel schon erste Zweifel gesät hatten.

»Was soll das hier eigentlich werden?«

Einer der Ratsherren war an Wylands Seite getreten. Wyland kannte ihn nur flüchtig, es war der Gewürzhändler Egidius Nürnberger.

»Hoher Herr!«, antwortete der Kerl auf dem Podest. »Wir haben sie gesehen.« Er rieb sich zitternd die Augen, bemüht, seine Tränen zurückzuhalten. »All die Menschen, die dem Tode geweiht sind. Hilflos mussten wir mit ansehen, wie der Teufel sich mit glühenden Augen über die Sterbenden beugte und unsittlich über ihre Körper strich. Lustvoll lief dem Höllenfürsten der Speichel hinab und tropfte auf ihre Leiber. Die Sterbenden«, er schluckte, bevor er die nächsten Worte stockend herausbrachte, »die Sterbenden schrien vor Angst und Schmerz«, vollendete er den Satz. »Mein Weib, meine Brüder und ich«, er deutete mit dem ausgestreckten Arm auf die Alte und die Männer, die um das Feuer herumgetanzt waren, »versteckten uns im hintersten Winkel der Scheune und beobachteten alles. Gott allein schützte uns davor, entdeckt zu werden.« Er atmete tief ein und stieß einen heulenden Laut aus. »Und dann sagte er es!«

»Was?«, fragte der Ratsherr Egidius ungehalten. »Wer hat was gesagt?«

»Der Teufel!«, schrie der Nackte heraus. »Der Teufel sagte den Sterbenden, warum Gott sie verlassen und ihm überlassen hat.«

Ein Raunen ging durch die Menge. Ganz still verharrten die Menschen und warteten gespannt auf eine nachfolgende Erklärung.

Der Nackte richtete sich auf, vollführte eine Halbdrehung und wies mit dem ausgestreckten Arm zum Dom hinüber. »Gott verließ die Menschen, weil sie die Ungläubigen in ihrer Mitte duldeten. Dreckige, todbringende Juden!« Die letzten Worte schrie er unter Tränen hinaus. Dann brach er kraftlos zusammen und fiel von dem Baumstumpf auf den Boden, wo er reglos liegen blieb.

26. Kapitel

Der Eifer, mit dem Gawin seine Arbeit verrichtete, brachte den alten Jordan zum Staunen. Aber er sagte nichts. Seiner Erfahrung nach tat es einem Burschen von Gawins Alter nicht gut, allzu viel Lob zu bekommen. In der einen Woche, die er ihn nun beschäftigte, hatte sich der Junge bewährt. Zwar wies er ihn des Öfteren zurecht, weil er selbst an den einfachsten Arbeiten stets die ein oder andere Schnitzerei als Verzierung anbrachte, was viel zu viel Zeit kostete. Doch musste er gleichermaßen zugeben, dass es ihm gefiel, wie sehr der Bursche in der Bearbeitung des Holzes aufging. Er würde es noch zu etwas bringen, wenn er sich nicht ablenken ließ. Doch für den Moment war dies nicht zu befürchten. Sein neuer Arbeiter lebte noch mit seiner Schwester zusammen und war erst vor kurzem in Bremen angekommen. Wenn er nicht an die falschen Leute geriet, könnte er seine Lebensumstände festigen und es im Holzhandwerk noch weit bringen. Der alte Zimmermann zahlte Gawin so wenig, dass er wohl kaum auf üble Gedanken kommen konnte. Dass er für diesen nebenbei immer noch ein paar Münzen mehr beiseitelegte, die er Gawin geben würde, wenn er in einem Jahr immer noch hier wäre, sagte er ihm nicht. Auch dass er bereits die Entscheidung getroffen hatte, ihn schon bald als Lehrling ins Zunftbuch eintragen zu lassen und den dafür fälligen Gulden zu bezahlen, ließ er Gawin nicht wissen. Zu oft schon war er von jungen Männern, die bei ihm in Lohn und Brot gestanden hatten, enttäuscht worden. Es schien ihm daher der richtige Weg zu sein, diesen hier möglichst kurzzuhalten.

»Ich muss nachher noch ins Rathaus!«, rief Jordan durch die Werkstatt zu Gawin hinüber.

Der hielt das Schabeisen still. »Habt Ihr etwas gesagt, Meister?«

»Ich muss noch ins Rathaus«, wiederholte der Alte. »Dort sind einige Stühle zu erneuern.«

Gawins Gesicht hellte sich auf. Das Bremer Rathaus! Wie gern würde er Jordan dorthin begleiten. Schon an der Außenfassade des Eckhauses konnte man erkennen, mit wie viel Stolz und Liebe die Bürger es errichtet hatten. Es erst von innen zu sehen wäre sicher unglaublich. Dabei erhoben sich schon erste Stimmen, die nach einem neuen, noch schöneren riefen. Aber Gawin glaubte nicht, dass sich dieser Wunsch durchsetzen würde, strahlte doch der jetzige Bau schon solch eine Pracht aus, dass sie ihresgleichen suchte.

Der Meister kam zu ihm herübergeschlichen und tippte ihm auf die Schulter. »Willst wohl gern mal das Rathaus von innen sehen, was?«

Der Junge sah ihn an und nickte schüchtern.

»Na, dann klopf dir mal später den Holzstaub von der Hose. Der hohe Ratssaal der Stadt Bremen möchte schließlich nicht schmutzig werden, wenn du ihn dir ansiehst.«

Gawin war in Versuchung, Jordan zu umarmen, so glücklich war er in diesem Augenblick. Verlegen biss er sich bei dem Gedanken, wie lächerlich er sich mit dieser Geste machen würde, auf die Lippen. »Danke, Meister.«

»Schon gut. Bist ja ohnehin mehr ein Bildhauer als ein Zimmermann. Die Schnitzereien dort werden dir sicher gut gefallen.«

»Schnitzereien?«

»Aber ja, an den Wänden. Du wirst staunen, mein Junge.«

Jordan wollte wieder zurück an seine Arbeit gehen, überlegte es sich aber anders. »Wir gehen am besten gleich zum

Rathaus. Sonst bist du mir hier am Ende noch so in Gedanken, dass du dich am Werkzeug verletzt.«

Wenig später traten sie durch die schwere Holztür des Rathauses, die beim Öffnen ein lautes Quietschen von sich gab, in die Eingangshalle. »Hundert Mal habe ich dem Tilman nun schon gesagt, dass er die Angeln ölen muss. Verdammt fauler Hund, der.«

Seine Worte drangen kaum zu Gawin durch, der viel zu beschäftigt damit war, sich staunend um die eigene Achse zu drehen und dabei die Wände emporzuschauen, deren dunkle Holzschnitzereien ihn in ihren Bann zogen.

»Du läufst noch irgendwo gegen«, grummelte Jordan, nahm den Jüngeren beim Arm und führte ihn auf eine große Treppe zu, deren mit Ornamenten verziertes Geländer sofort die neuerliche Aufmerksamkeit seines Gehilfen auf sich zog.

Ihre Schritte hallten durch den riesigen Raum, dessen Boden mit Keramikfliesen belegt war. Ein Gefühl von Erhabenheit bemächtigte sich Gawins. Die Großen dieser Stadt gingen hier ein und aus. Männer, vor denen er die größte Hochachtung hatte, Persönlichkeiten, denen das Wohl der Bürger am Herzen lag, die klug und richtig über die unterschiedlichsten Belange der Stadt entschieden und an deren Ratschluss sich jeder Einwohner zu halten hatte.

»Weißt du eigentlich ein bisschen Bescheid über den Rat?«, fragte Jordan.

Gawin schüttelte den Kopf.

Noch während sie die Treppen hinaufstiegen, berichtete der Zimmermann seinem Gehilfen, dass unter der festen Hand des Ratsherrn und amtierenden Bürgermeisters, Heinrich Doneldey, sowohl das Ansehen als auch der Einfluss der Stadt stetig gewachsen waren. Nicht zuletzt wegen der Zustiftungen aus seinem Privatvermögen und seines Einsatzes beim Dombau hatte er seine Position im Rat seit 1335 immer weiter ausbauen und die eigenen Belange fast uneingeschränkt durchsetzen können.

Ein weiterer Punkt, der dem Bürgermeister in die Hände spielte, war der schon seit längerem andauernde Zwist zwischen Gottfried von Arnsberg und Moritz von Oldenburg um das Amt des Erzbischofs. Eine Einigung war nicht in Sicht, auch wenn Gottfried in Kirchenkreisen für sein Durchsetzungsvermögen bekannt und, von Papst Clemens VI. unterstützt, zum Nachfolger des verstorbenen Erzbischofs Otto I., Graf von Oldenburg, ernannt worden war. Allerdings hatte der Papst diese Rechnung ohne die Bremer Domherren gemacht, die ihrerseits Moritz Graf von Oldenburg zum Nachfolger von Otto I. und damit zum neuen Erzbischof wählten.

Sowohl die Bremer Bürgerschaft, insbesondere aber Bürgermeister Doneldey schwankte zwischen den beiden Lagern. Es war allgemein bekannt, dass er sich stets demjenigen zugeneigt zeigte, der seine eigenen Interessen für Bremen am ehesten durchzusetzen versprach.

Vor einigen Monaten nun hatte Gottfried als Erzbischof in Bremen einziehen können, während Moritz die Stadt hatte verlassen müssen. Die Pläne des Letzteren, seine Rückkehr mit Hilfe seiner Truppen zu erzwingen, waren bisher nicht mehr als ein Gerücht. Doch dass die Angelegenheit bereits ganz ausgestanden sein sollte, wollte niemand so recht glauben.

Kaum waren Jordan und Gawin im ersten Stockwerk angekommen, als sich ganz am Ende des Flurs auch schon eine Tür öffnete, aus der zwei Männer heraustraten. Gawin blieb stehen. Genauso hatte er sich die hohen Ratsherren immer vorgestellt. Beide waren von kräftiger Statur und trugen lederne Beinlinge und ein seidenes Wams. Der ältere von ihnen hatte bereits ergrautes, aber immer noch volles und wohlgestutztes Haar. Der jüngere und dickere trug sein volles, dunkles Haar im Nacken dagegen zu einer Welle geschwungen und zudem eine schwer wirkende Goldkette um den Hals herum, woraus Gawin schloss, dass es sich bei ihm um Bürgermeister Doneldey handeln musste.

Sein Herz schien ihm vor lauter Aufregung einige Sekunden lang den Dienst zu versagen. Nervös blickte er zu Jordan, der zielstrebig und offenbar ohne jede Scheu auf die beiden Männer zusteuerte.

»Da hab ich ja die zwei Richtigen beieinander«, sagte der alte Zimmermann laut.

Gawin zuckte ängstlich zusammen, so respektlos kam ihm Jordans Begrüßung vor.

Die Männer unterbrachen ihr Gespräch. »Jordan!«, rief der ältere freundlich. »Wen bringst du uns denn da mit? Hast du endlich einen Dummen gefunden, der deine Arbeit macht?«

Sie hatten die zwei Ratsherren erreicht und blieben vor ihnen stehen. Jordan stemmte die Hände in die Hüften und straffte seinen Körper.

»Wenn ich Siegbert von Goossen hieße, vielleicht. Da wär ich's gewohnt, die Jungen für mich laufen zu lassen.« Er grinste schäl. »Aber ich bin Jordan, der Zimmermann, und mache meine Arbeit daher selbst.«

Der Ratsherr lachte und faltete seine Hände vor dem Bauch. »Du bist mir vielleicht ein Original! Und wie heißt dein junger Begleiter?«

Jordan schob seinen Gehilfen etwas vor. »Sein Name ist Gawin, und wenn er so weitermacht, werde ich ihn als Lehrjungen einstellen.«

Ein Ruck ging durch Gawins Körper. Als Lehrjunge? Er würde eine Lehre bei einem Zimmermann machen dürfen? Er konnte sein Glück kaum fassen.

Siegbert von Goossen streckte ihm zum Gruß die Hand entgegen. Nur zögernd griff Gawin zu.

»Der Lehrjunge Gawin also«, stellte von Goossen fest. »Darauf kannst du dir etwas einbilden, Bursche. Der alte Jordan hier hat nämlich an allem und jedem etwas auszusetzen. Wenn er dich bei sich in die Lehre gehen lässt, hast du schon jetzt wesentlich mehr erreicht als so manch ein anderer vor dir.«

Gawins Augen leuchteten bei diesen Worten vor lauter Freude auf. »Danke, Herr.«

»Wart ihr schon im Ratssaal?«, meldete sich nun Bürgermeister Doneldey zu Wort. »Wir brauchen dort die gesamte Bestuhlung neu. Wie lange wird das dauern?«

»Sämtliche Stühle?«, echote Jordan. »Weshalb? Sie werden ja wohl nicht alle auf einmal kaputtgegangen sein.«

»Das nicht«, bestätigte Doneldey. »Aber sie sind unbequem. Und unser großzügiger Spender hier«, dabei deutete er auf Siegbert von Goossen, »möchte kommodere Stühle für unsere Sitzungen anfertigen lassen.«

Jordan kratzte sich am Kinn. »Das wird sich schon ein bisschen hinziehen. Aber wir können es so machen, dass wir immer dann, wenn zehn neue Stühle gefertigt sind, diese gegen die alten austauschen.«

»Aber keine schlichten«, mischte sich von Goossen ein. »Wir wollen schön gedrechselte und mit Schnitzwerk versehene Stühle, die eines Ratssaals würdig sind.«

»Immer etwas noch Ausgefalleneres.« Dem Klang seiner Stimme war zu entnehmen, dass Jordan das ganz und gar nicht gefiel.

»Ich könnte die Stühle mit Verzierungen versehen«, traute Gawin sich anzumerken. Hastig warf er dem alten Zimmermann einen fragenden Blick zu. Dessen Gesicht blieb ungerührt.

»Du kannst solche Arbeiten bereits ausführen?« Von Goossen musterte ihn fragend.

Nochmals sah Gawin zu Jordan, der ihm mit einem Kopfnicken bedeutete, die Frage des Ratsherrn zu beantworten. Gawin straffte seine Schultern. »Ja, das kann ich, Herr!«

Siegbert grinste breit. »Das dafür notwendige Selbstvertrauen hat er zumindest schon einmal, dein Lehrjunge. Hoffentlich legt er sich nicht auch noch deine Sturheit zu!« Versöhnlich klopfte er Jordan auf den Arm.

»Na, nun komm mal, Gawin!« Der Zimmermann wandte sich zum Gehen. »Wir wollen die hohen Herren schließlich nicht über Gebühr aufhalten.« Über die Schulter hinweg grinste er die beiden Ratsherren frech an. »Schließlich müssen sie das Geld, mit dem sie uns am Ende fürstlich für unsere Arbeit entlohnen, erst einmal verdienen.«

Gawin deutete eine Verbeugung an und folgte Jordan dann mit flinken Schritten.

Hanno sah staunend auf die Schiffe, die in ihrem ganz eigenen Rhythmus im Hafen an- und ablegten, ihre Ladung löschten und neue Waren aufnahmen. Es war lange her, dass er ein Teil dieser Welt gewesen war, und ihm schien, als ob zwischen damals und heute nicht nur ein paar Jahre lagen, sondern ein ganzes Leben.

Soeben legte eine schwer beladene, bauchige Barke am Kai an. Hanno sah, dass sie tief im Wasser lag. Offenbar war der Bootsführer mit seiner überbordenden Fracht auf volles Risiko gegangen, um einen möglichst hohen Gewinn einzufahren. Wäre er in ein Unwetter geraten, hätte schon die kleinste Wassermenge an Deck genügt, um sein Schiff noch tiefer ins Wasser zu drücken und damit dem sicheren Untergang zu weihen.

Kaum dass ein Seemann dem Hafenjungen die Leinen zugeworfen und dieser die Stricke an den Pollern vertäut hatte, trat ein vollkommen verschwitzter Mann an Deck, der den Bootshelfern mit befehlsgewohnter Stimme Weisungen erteilte.

»Eilt euch mit dem Abladen! Ich will keinen trödeln sehen.«

Hanno lief zum Anleger. »Verzeiht, Herr, ich suche Arbeit. Kann ich beim Abladen helfen?«

Der Bootsführer musterte ihn. »Sehr kräftig siehst du ja nicht gerade aus, aber vielleicht hast du flinke Beine. Ich gebe dir zwei Pfennige für die ganze Ladung, aber nur, wenn du dich beeilst.«

Hanno nickte, sprang auf den Kahn, packte die erste Kiste und trug sie über die Rampe auf das Kai. Dort nahm sie ein weiterer Helfer entgegen und lud sie auf einen Karren, der soeben vorgeführt wurde.

Der Bootsführer beobachtete das Geschehen eine Weile. »Wenn du in diesem Tempo weitermachst«, rief er Hanno zu, »gebe ich dir sogar drei Pfennige.«

»Danke, Herr!«, kam die schnelle Antwort von Hanno, ohne dass er dabei in seiner Arbeit innehielt.

Als es Mittag wurde, hatte Hanno insgesamt sechs Booten beim Abladen geholfen. Von manchen Schiffsherren hatte er dafür mehr, von anderen weniger bekommen, doch alle zeigten sie sich mit seiner Arbeit zufrieden. Vierzehn Pfennige hatte er eingenommen, und zufrieden spürte er das Gewicht der Münzen in seiner Tasche. Erschöpft ließ er sich auf einem großen Findling nieder. Sein Magen knurrte, und einen Augenblick überlegte er, sich im Gasthaus eine anständige Mahlzeit zu gönnen. Doch kaum hatte er den Gedanken gefasst, als auch schon das nächste Schiff anlegte. Es war die reich verzierte Kogge eines Gewürzhändlers. Gewürze waren, selbst in großen Mengen verpackt, keine schwere Last. Doch tat ihnen die salzige Seeluft nicht gut. Wahrscheinlich würde der Eigner gut dafür bezahlen, die Ladung so schnell wie möglich vom Boot zu bekommen. Nur noch dieses eine Schiff, entschied Hanno, dann würde er mit seinen Einnahmen in Margrites Haus zurückkehren. Dort gäbe es auch etwas zu essen, und er könnte sofort Unterkunft und Verpflegung für eine Woche bezahlen. Zufrieden erhob er sich von dem Stein und dehnte seine schmerzenden Glieder.

»Braucht Ihr Hilfe beim Abladen?«, rief er dem Bootsführer des Gewürzschiffes im Laufen zu. »Ich arbeite schnell. Wie viel bezahlt Ihr?«

»Siehst du, das Wasser beginnt bereits, sich seinen Weg zu suchen.«

Anna kniete vor dem mit einem Siebboden versehenen Weinfass.

Margrite hatte ihr die Konstruktion erklärt und mit ihr gemeinsam den Holzbehälter befüllt, in dem im ersten Schritt Holzasche und Regenwasser zu einer Lauge gewandelt werden sollten.

Zunächst hatte Margrite ihr gezeigt, dass in den Boden des leeren Gefäßes feine Löcher gebohrt worden waren, um das Wasser später ablaufen lassen zu können. Danach hatten sie als erste Schicht kleine Steine in das Fass gelegt, hierauf eine Lage Stroh und zu guter Letzt noch eine große Menge Asche verschiedener, verbrannter Harthölzer darüber gestreut. Über diese Schichten hatten sie am Ende das Wasser gekippt, das nun unten aus dem Fass heraus und in eine unter diesem aufgestellte große Auffangschale tropfte.

»Und was geschieht als Nächstes?«

»Wir erhitzen das Rindsfett. Dann bringen wir die zuvor gewonnene Lauge und das Fett zusammen. Aber der Vorgang braucht seine Zeit, da müssen wir nicht danebensitzen.«

Anna stand auf und folgte der Seifensiederin durch die Hintertür zurück ins Haus.

»Ich bin dir wirklich sehr dankbar, dass du mir zeigst, wie die Herstellung von Seife geht«, sagte Anna im Gehen. »Sobald Gawin seinen Lohn vom Zimmermann erhält, werden wir dir das Geld geben, um weiter bei dir wohnen zu können.«

Margrite schüttelte den Kopf. »Ich weiß schon, dass ihr mir nichts schuldig bleiben werdet. Nehmt das Verdiente und kauft Stoff, damit du nebenher mit dem Nähen beginnen kannst. So kommt ihr schneller zu einem vernünftigen Auskommen.«

Ein Gefühl der Verbundenheit stieg in Anna auf, für das sie jedoch nicht die angemessenen Worte fand. Und so legte sie der Älteren stattdessen nur ihre Hand auf die Schulter und streichelte diese kurz.

»Ist schon gut«, befand Margrite. »Es ist immer schwer, wieder auf die Füße zu kommen. Aber es wird schon werden.«

27. Kapitel

Du hättest den Kerl nicht dazu ermuntern dürfen, den Leuten noch mehr vom Teufel und dem Zorn Gottes über die Juden zu erzählen, Ratsherr Egidius.« Wyland blieb auf dem Stuhl sitzen, trommelte mit seinen Fingern aber ungehalten auf das Pult vor sich.

»Woher sollte ich denn wissen, was für einen Unsinn er von sich geben würde?« Egidius schien ratlos.

»Das stimmt«, befand Albrecht. »Keiner konnte damit rechnen.«

»Wie dem auch sei.« Wyland seufzte. »Die Kölner trauen sich kaum mehr auf die Straße. Überall in den Gassen ist vom bevorstehenden Einzug des Teufels die Rede. Manche Juden in der Stadt sind ihres Lebens nicht mehr sicher.«

Lautes Gemurmel brach im Rat aus. Die Gruppe, die ihre Vorstellung vor dem Dom gegeben hatte, war ins Lochgefängnis gebracht worden. Die Sitzung im Rat war angeordnet worden, um zu besprechen, ob ihre Mitglieder eine Anklage zu erwarten hatten. Wenn nicht, mussten sie so schnell wie möglich wieder freigelassen werden, darüber waren sich die Anwesenden einig.

»Glaubst du wirklich, dass es zu Übergriffen gegen die Juden kommen wird?«, wollte ein Ratsherr, der sein Geld als Kandelgießer verdiente, von Wyland wissen, und rutschte dabei unbehaglich auf seinem Stuhl hin und her.

»Hältst du das nach dem, was den Bürgern vor dem Dom aufgetischt wurde, etwa für unwahrscheinlich?« Wyland lachte bitter auf. »Lass sich die Pest nur noch ein wenig mehr in Köln ausbreiten, und ich garantiere dir, man wird die Juden dafür verantwortlich machen. Die Menschen wollen einen

Schuldigen für ihr Unglück haben. Und nur Gott allein weiß, ob nicht schon alles zu spät ist oder ob wir es noch vermögen, der Lage wieder Herr zu werden.«

»Was soll nun mit den Irren geschehen? Wollen wir sie anklagen?« Bürgermeister Johann Overstolz von Efferen hatte sich zu Wort gemeldet.

»Wessen anklagen?« Albrecht runzelte die Stirn. »Etwa der Verbrennung eines Lamms und des Haltens wirrer Reden?«

»Wegen Ketzerei und Blasphemie.« Cornelius Nürnberger, Egidius' Bruder, hatte sich zu Wort gemeldet.

Egidius tat seine Worte mit einer wegwerfenden Handbewegung ab und meinte dann: »Sie selbst haben uns doch der Ketzerei beschuldigt, weil wir die Juden in unseren Reihen dulden. Wollen wir also dem Vorwurf der Ketzerei mit dem Vorwurf der Ketzerei begegnen? Wie kommt denn das bei den Kölner Bürgern an?« Es klang spöttisch. »Damit zerstören wir doch nur den guten Ruf des Rates.«

»Und was schlägst du dann stattdessen vor?« Cornelius beugte sich interessiert über den Tisch.

»Am besten, wir lassen sie frei und tun die Sache einfach damit ab, dass sie verwirrt und im Kopf nicht mehr ganz richtig sind.« Egidius zuckte mit den Schultern.

»Und du glaubst, dass wir damit das richtige Zeichen setzen?« Wyland zog verwundert die Augenbrauen hoch. »Das wäre ein Freibrief für jeden, der einen anderen irgendeiner Sache beschuldigen will.«

»Wenn du einen besseren Vorschlag hast …«

»Was glaubt ihr denn, was wirklich hinter dem Auftritt der vier Hetzer steckt?« Cornelius ließ seinen Blick über die Gesichter der Ratsherren wandern.

Egidius wurde unruhig. Schon immer hatte sein Bruder ihn zu durchschauen vermocht. Er war auf der Hut. Wenn er sich jetzt allzu deutlich zu Wort meldete, um das Geschehen vor dem Dom zu erklären, käme Cornelius ihm gewiss auf die Schliche. Nur würde er ihm dieses Mal, so nahm er sich vor, ganz sicher nicht ins Netz gehen. Zu oft schon war sein Temperament mit ihm durchgegangen, und er hatte sich um Kopf und Kragen geredet. Doch dieses Mal, dieses eine Mal, würde er sich zurücknehmen und das Geschehen unbeteiligt verfolgen.

Eine Zeitlang sagte keiner etwas.

»Ich meine«, fuhr Cornelius fort, »glaubt denn irgendeiner von uns wirklich, dass dieser nackte Nichtsnutz von selbst auf die Idee gekommen ist, solchen Unfug zu verbreiten?«

»Du glaubst, er wurde dazu angestiftet?« Albrecht strich sich nachdenklich über den Bart.

»Du etwa nicht?«, fragte Wyland erstaunt.

Albrecht setzte sich gerade hin. Diese Möglichkeit war ihm bislang tatsächlich noch nicht in den Sinn gekommen.

»Wer sollte denn etwas davon haben, wenn ein Nackter vor dem Gotteshaus von Tod, Teufel und Judenplage spricht?«, fragte Eberhard Hardevust, der zweite Bürgermeister der Stadt.

»Nimm Tod und Teufel aus deiner Überlegung heraus und sieh, was übrig bleibt«, forderte Cornelius.

»Ihr glaubt, es geht nur um die Juden?«

Wyland nickte zustimmend, erst zögerlich, dann entschieden.

»Das glaube ich nicht.« Egidius konnte sich nicht länger zurückhalten. Die Sitzung entwickelte sich in eine Richtung, die ihm ganz und gar nicht gefiel. Ganz gleich ob er sich dadurch verdächtig machte, er musste einfach etwas dagegen tun.

»So?« Wyland runzelte die Stirn. »Und weshalb glaubst du, diese Möglichkeit ausschließen zu können?«

Egidius bemühte sich, seiner Stimme einen ruhigen, gelassenen Klang zu geben. »Die Menschen, die das Treiben beobachteten, waren doch eher von ihm abgestoßen. Und außerdem, welchen Zweck sollte jemand verfolgen, die Leute zum Aufstand gegen die Juden anzustiften?«

»Das fragst ausgerechnet du?« Wyland war so heftig von seinem Stuhl aufgesprungen, dass dieser kippte und krachend zu Boden fiel.

»Wie meinst du das?« Egidius funkelte ihn wütend an.

Wyland atmete einmal tief durch, um seine Fassung zu bewahren. »Für keinen von uns hier ist es ein Geheimnis, wie du zu den Juden stehst.«

»Willst du damit etwa sagen, dass ich diese Irren zu ihrer Vorstellung angestiftet habe?«, schrie Egidius auf einmal in den Saal hinein.

Cornelius erschrak. Nicht wegen der Lautstärke, mit der sein Bruder die Worte geradezu aus sich herausgespien hatte. Nein. Er erschrak, weil er ihn lange und gut genug kannte, um zu wissen, dass Wyland den Nagel auf den Kopf getroffen hatte. Die Erkenntnis bestürzte ihn zutiefst. Er traute seinem Bruder viel zu, sehr viel sogar. Aber dass er so weit gehen würde … Solange er zurückdenken konnte, war sein Bruder immer verlogen und durchtrieben gewesen. Stets hatte er versucht, sich in ein besseres Licht zu rücken, hatte unwahre Geschichten erfunden und das Blaue vom Himmel heruntergelogen, um sich dadurch bei ihren Eltern einen Vorteil zu verschaffen. Oft, viel zu oft für Cornelius' Geschmack, hatte seine Mutter ihre schützende Hand über Egidius gehalten. Nie hatte sie die Wahrheit sehen wollen. Das Kapital, um sich seinen eigenen Gewürzhandel aufzubauen, war zur Gänze von den Eltern gekommen. Cornelius hatte vor der Gründung seines Weinhandels die gleiche Summe Geldes erhalten, gewiss. Doch in den Folgejahren hatte Egidius immer wieder Geldbeträge erhalten, von denen Cornelius genau wusste, dass sie von seinen Eltern stammten. Warum sein älterer Bruder nicht in der Lage dazu war, sein Auskommen selbst zu bestreiten, hatte sich ihm nie erschlossen. Er war im Grunde keiner von denen, die übermäßig viel in Hurenhäuser gingen, ihren Gewinn verspielten oder allabendlich irgendwelche Männerrunden freihielten. Dennoch rann ihm das Geld durch die Finger. Eine Zeitlang, kurz nach seiner Heirat mit Mechthild, war es besser gewesen. Cornelius wusste nicht, wie groß ihre Mitgift gewesen war. Doch glaubte er, wenn er sie ansah, kaum, dass Egidius in Liebe zu ihr entbrannt gewesen war. Der Betrag, den sie mit in die Ehe gebracht hatte, dürfte daher nicht allzu gering ausgefallen sein.

»… sie also nicht weiter festhalten?«, fragte Albrecht gerade, als Cornelius aus seinen Gedanken auftauchte und seine Aufmerksamkeit wieder ganz auf die Diskussion richtete.

»Und sie ungestraft ihrer Wege ziehen lassen?« Wyland sah zornig aus.

Cornelius sammelte rasch seine Gedanken. Ein letzter Blick auf seinen Bruder verriet ihm, dass sich die Sitzung für diesen in die von ihm gewünschte Richtung entwickelte.

»Lasst Sie uns befragen«, schlug Cornelius, einer plötzlichen Eingebung folgend, vor.

»Befragen?« Selbst Wyland schien überrascht.

Cornelius warf Egidius einen Blick zu, der diesen auf der Stelle erkennen ließ, dass sein Bruder Bescheid wusste. »Wenn sie wirklich von jemandem angestiftet worden sind, werden sie einer peinlichen Befragung nicht standhalten«, erklärte Cornelius.

»Du willst sie foltern lassen?« Egidius war aufgesprungen. »Nur weil sie für ein bisschen Aufregung gesorgt haben?«

»Ein bisschen Aufregung«, wiederholte Cornelius in spöttischem Tonfall die Worte seines Bruders, »dürfte dafür wohl kaum die treffende Bezeichnung sein, nicht wahr? Aber um das gleich richtigzustellen und deine Befürchtung zu zerstreuen: Es geht zunächst einmal nur um eine Befragung.« Betont ruhig faltete er die Hände vor der Brust und setzte sich in seinem Stuhl zurück. »Fangt nicht mit dem Rädelsführer oder dessen Weib an. Der Henker soll sich zuerst einen der tanzenden ›Brüder‹ des Predigers vornehmen. So dürften wir der Wahrheit am schnellsten auf die Spur kommen.«

Er blickte Egidius bei diesen Worten ins Gesicht.

Der war blass geworden. Blanker Hass stand in seinen Augen. Dieser verfluchte Bastard! Er wollte ihn brennen sehen! Der Blick seines Bruders hatte ihn erkennen lassen, dass er alles wusste. Doch woher zum Teufel? Niemand wusste Bescheid, außer Helme. Doch dieser hasste die Juden ebenso sehr wie er, vielleicht sogar noch etwas mehr. Aber konnte er deshalb einen Verrat von Helmes Seite tatsächlich ausschließen? Was wusste er denn wirklich von dem Kerl, der sich ihm und den Kölnern als reicher Mindener Kaufmann vorgestellt hatte? Dass Helme ein Lügner war, wusste Egidius nur zu gut, war er doch dem Boten, den Albrecht zu Helmes Anwesen ausgesandt hatte, zufällig direkt nach dessen Rückkehr in Köln begegnet. Aufgeregt hatte dieser ihm mitgeteilt, dass er auftragsgemäß in die besagte Gegend geritten war, es dort jedoch niemanden gab, der einen Helme von Minden kannte. Schnell hatte man ihm deutlich gemacht, dass sein Herr einem Betrüger aufgesessen sein musste. Weshalb er Albrecht nun so schnell wie möglich Bericht erstatten wollte. Egidius musste eine Entscheidung treffen. Und genau das hatte er getan. Es war schon Abend gewesen, und die kleine Gasse am Hafen menschenleer. Blitzschnell hatte er seinen Dolch hervorgezogen und ihn dem Boten ins Herz gerammt, noch ehe dieser begriff, dass er einen Fehler gemacht und die Auskunft dem falschen Ratsmann anvertraut hatte. Egidius fühlte sich Helme auf eine Art und Weise verbunden, die er sich selbst nicht erklären konnte. Doch jetzt kamen Zweifel in ihm auf, ob die bedingungs- wie skrupellose Entscheidung zugunsten des Freundes richtig gewesen war. Er hatte alles riskiert, um Helmes Geheimnis nicht ans Licht des Tages kommen zu lassen. Gemordet hatte er sogar dafür – zum ersten Mal in seinem Leben. Und wenn er nun genauer über die ganze Sache nachdachte, war Helme auch derjenige gewesen, der ihn dazu verführt hatte, den Pöbel zu seinem Treiben am Dom anzustiften. Fürwahr, er war Feuer und Flamme für Helmes Plan gewesen, den Hass der Kölner gegen die Juden so weit voranzutreiben, dass es den Juden unmöglich sein würde, weiterhin in der Stadt zu leben und ihren Geschäften nachzugehen.

Aber womöglich hatte er bei den Vorbereitungen für das Schauspiel auf dem Domplatz einen Fehler gemacht und nicht alle Spuren, die auf ihn hinwiesen, gut genug verwischt. Im Moment konnte er sowieso nichts anderes tun, als Schadensbegrenzung zu betreiben. Wenn er sich jetzt dafür starkmachte, die Aufrührer nicht zu befragen, setzte er sich dem Verdacht aus, selbst der Auftraggeber gewesen zu sein. Andererseits wusste nur der Anführer der Gruppe, der Prediger, wer sein Auftraggeber war. Die Gedanken schwirrten nur so in seinem Kopf umher. Was sollte er tun?

»Wir sollten abstimmen«, unterbrach ihn Johann Overstolz von Efferens Stimme in seinen Überlegungen. »Wer für eine Befragung des Pöbels ist, hebe bitte die Hand!«

Mit nur wenigen Ausnahmen stimmten die Ratsherren für

die Maßnahme. Schnell hob auch Egidius den Arm – unter keinen Umständen wollte er sich verdächtig machen. Was die Sitzung betraf, konnte er keinen Einfluss mehr nehmen. Weit wichtiger war es nun, sich über die Folgen des Beschlusses Gedanken zu machen. Wie konnte er verhindern, dass bei der Befragung sein Name fiel? Vor allen Dingen musste er einen kühlen Kopf bewahren und sich seinen nächsten Schritt genau überlegen.

»Damit schließe ich die heutige Sitzung«, hörte er Overstolz von Efferen verkünden. »Sobald das Ergebnis der Befragung vorliegt, werde ich einen neuen Termin festsetzen. Gute Geschäfte, meine Herren, und möge Gott unser geliebtes Köln schützen!«

Nachdenklich blieb Egidius sitzen, während sich die Räte um ihn herum erhoben und nach und nach den Sitzungssaal verließen.

»Na, was glaubst du, welchen Namen der Henker wohl aus dem Gesindel herausbekommen wird?«, fragte Cornelius auf einmal direkt im Rücken seines Bruders.

Pfeilschnell fuhr dieser herum. »Woher soll ich das wissen?« Sofort ärgerte er sich über seine heftige Reaktion.

Cornelius stellte sich nun aufrecht vor ihn hin und verschränkte die Arme vor der Brust. Am liebsten hätte Egidius ihm sein selbstgefälliges Grinsen aus dem Gesicht geschlagen.

»Dachte ich's mir doch«, stellte Cornelius fest, wandte sich dann ab und verließ ohne jeden Gruß den Raum.

Egidius platzte schier vor Wut. Sosehr er sich auch um Fassung bemühte, spürte er doch, wie ihm die Galle hochstieg. Eines Tages, so schwor er sich, würde er seinem Bruder noch den Garaus machen. Und wenn er dafür in der Hölle schmoren musste! Der Augenblick, in dem er seine Hände um die Kehle des verhassten Widersachers legen und zusehen würde, wie das Leben in seinen Augen erlosch, wäre es gewiss wert, jede noch so qualvolle Sekunde im Fegefeuer dafür in Kauf zu nehmen.

Ruckartig erhob er sich und verließ den Saal. Kaum dass er den unteren Treppenabsatz erreicht hatte, erblickte er Helme, der in der Eingangshalle, an eine der Säulen gelehnt, auf ihn wartete.

»Wir müssen uns unterhalten«, raunte Egidius ihm zu und zog ihn mit sich. »Aber nicht hier. Die Wände könnten Ohren haben.«

Erst als sie ein gutes Stück vom Rathaus entfernt waren, blieb der Gewürzhändler stehen und vergewisserte sich, dass ihnen niemand gefolgt war. »Verdammter Dreck!«

»Was ist geschehen?«

»Sie werden sie einer strengen Befragung unterziehen, um den Namen des Anstifters aus ihnen herauszubekommen.«

»Was? Sie bleiben weiter eingesperrt und werden befragt? Wegen einer solchen Lappalie?«

»Still!«, zischte Egidius. Wieder sah er sich nach allen Seiten hin um. »Die Männer und die Alte wissen nicht, von wem der Auftrag kam. Aber wenn der Prediger den Mund aufmacht, kann ich nur noch aus Köln fliehen.«

Helme schien von dieser Nachricht völlig ungerührt. »Dann müssen wir eben dafür sorgen, dass er seinen Mund hält.«

»Und wie willst du das anstellen? Sie sitzen im Kerker fest. Da kommen wir nicht an sie ran. Und wenn wir jetzt auch noch den Gefängniswärter bestechen, laufen wir Gefahr, dass immer mehr Menschen von der Sache erfahren. Damit gewinnen wir nichts, sondern verschlimmern die Lage nur.« Der Patrizier raufte sich die Haare.

»Lass das nur meine Sorge sein«, beruhigte ihn Helme.

»Sorg du lieber dafür, dass alles so weitergeht, wie wir es besprochen haben.«

»Bist du wahnsinnig?« Erschrocken über seine eigene Heftigkeit, drosselte Egidius schnell die Stimme. »Du willst weitermachen? Wo ich kurz davor bin, alles zu verlieren, weil ich mich von dir zu diesem wahnsinnigen Unterfangen habe überreden lassen?« Er biss sich auf die Lippen. Fast hätte er dem anderen noch vorgeworfen, den von Albrecht ausgesandten Boten nach dessen Rückkehr aus Minden zufällig getroffen und umgebracht zu haben. Doch damit würde er sich nur noch mehr in Helmes Hand begeben.

»Ich habe dich nicht überredet«, stellte dieser nun klar. »Du bist derjenige, der seinen Vorteil daraus zieht, wenn das Judenpack aus der Stadt vertrieben wird.« Er streckte den Zeigefinger aus. »Speziell ein Jude.«

»Das weiß ich.«

»Eben. Ich versuche nur dir zu helfen, also verlier jetzt nicht die Nerven.« Helme ballte die Hand zur Faust und trat näher an seinen Freund heran. »Wir müssen das jetzt durchziehen, sonst war alles umsonst.« Er blickte den Patrizier an, der nach einem kurzen Zögern schließlich nickte.

»Gut.« Helmes Körperhaltung entspannte sich wieder. Versöhnlich legte er dem Freund die Hand auf die Schulter. »Du bereitest alles vor, wie wir es besprochen haben. Um das Kerkerpack kümmere ich mich.«

»Ich glaube, mein Bruder hat einen Verdacht, dass ich in der Sache mit drinstecke.«

»Hat er Beweise?«

Egidius schüttelte den Kopf. »Wohl nur eine Ahnung. Aber wir sollten auf der Hut vor ihm sein.«

»Das bin ich immer«, gab Helme gleichmütig zurück. »Um deinen Bruder kümmern wir uns später. Solange er nur Mutmaßungen und nichts Konkretes in der Hand hat, haben wir nichts zu befürchten.« Er versuchte dem Patrizier Mut zu machen, merkte jedoch, dass der mit seinen Gedanken woanders war. Mit beiden Händen drehte er Egidius' Kopf zu sich herum und sah ihm eindringlich in die Augen. »Wenn du jetzt unüberlegt handelst, machst du genau das, was dein Bruder erreichen will.«

»Du hast recht.«

»Eben. Also geh jetzt.«

Der Gewürzhändler nickte und wandte sich zum Gehen.

»Ach, und Egidius ...«

»Ja?«

»Halt schon einmal einen guten Tropfen für den Abend bereit. Wenn mich nicht alles täuscht, haben wir dann etwas zu feiern.«

Der Patrizier lächelte freudlos ob der Bemerkung, die das schlechte Gefühl, das ihn seit der Ratssitzung wie ein treuer Hund begleitete, jedoch nicht verdrängen konnte.

»Ihr glaubt, jemand hat sie für ihr widerliches Theater bezahlt?« Benjamin hatte sich auf die Kante seines Stuhls niedersinken lassen und schüttelte fassungslos den Kopf. »Aber weshalb?«

Wyland hob die Schultern. »Darüber können wir nur spekulieren.«

»Wie ernst schätzt Ihr die Lage ein?«

Der Angesprochene stieß einen Seufzer aus. Er fühlte sich nicht wohl in seiner Haut. »Das kommt darauf an, was bei der Befragung der Aufrührer herauskommt.«

»Wann soll diese stattfinden?«

»Der Henker wurde direkt nach der Abstimmung mit ihr beauftragt. Wahrscheinlich also schon morgen.«

Benjamin nickte nachdenklich. Jeder weitere Tag, den er abwartete, konnte die Lage noch verschärfen. Andererseits scheute er sich davor, all das aufzugeben, was er sich in so vielen Jahren harter Arbeit aufgebaut hatte. Er seufzte. »Wenn es nur um mich ginge …«, sprach er seine Sorge laut aus. »Aber was ist mit Esther? Was, wenn ich zu lange warte und es am Ende zu spät ist?«

»Wisst Ihr wenigstens, wohin Ihr gehen könnt?«

»Es gibt viele Menschen, die uns helfen würden. Wir sind Juden.« Er lächelte. »Eine einzige große Familie vom Stamme Davids. Juden helfen Juden immer und überall.«

Wyland wusste darauf nichts zu sagen.

Mühsam stemmte Benjamin sich von seinem Stuhl hoch. Die letzten Tage hatten ihren Tribut gefordert. »Ich werde die Befragung dieser Menschen noch abwarten und dann eine Entscheidung treffen«, kündigte er an.

»Es freut mich, dass Ihr vorerst bleibt.« Den Gedanken, dass er hoffte, Benjamin möge seinen soeben gefassten Entschluss nicht bereuen müssen, behielt Wyland für sich.

»Nichtsdestotrotz werde ich weitere Vorbereitungen treffen, um Köln im Fall eines Falles so schnell wie möglich verlassen zu können.«

»Das ist sehr klug von Euch. Man weiß nie, wie sich die Dinge entwickeln.« Der Patrizier wurde nachdenklich. »Andererseits …«

»Andererseits was?«, forderte Benjamin seinen Gast dazu auf, sich ihm zu erklären.

»Ich nehme an, dass Ihr auch bemüht sein werdet, Eure ausstehenden Gelder einzutreiben.«

Der Jude verstand nicht, worauf sein Besucher hinauswollte. »Selbstverständlich werde ich meine Gelder einfordern. Es gibt so einige, die säumig und längst überfällig sind.

Bisher habe ich keinen großen Wert darauf gelegt, sie einzutreiben. Aber in der jetzigen Situation ...«

Wylands Stirn legte sich in noch tiefere Falten.

»Ihr sorgt Euch. Weshalb?«

»Habt Ihr Euch noch keine Gedanken darüber gemacht, warum es zu dieser Hetzjagd gekommen sein könnte?«

Benjamin zuckte mit den Schultern. »Die Pest geht um. Die Menschen haben Angst. Da suchen sie nach Schuldigen.«

Wyland wollte etwas entgegnen, behielt seine Überlegungen aber für sich. Was nützte es, wenn er Benjamin von seinem Verdacht erzählte, dass die Ereignisse der letzten Zeit ganz bewusst in die Wege geleitet worden sein könnten, damit Geldverleiher wie Benjamin aus der Stadt vertrieben und gewisse Leute dadurch des Ausgleichs ihrer Verbindlichkeiten enthoben waren? Womöglich würde dieser etwas Unüberlegtes tun, um sich die Rechtmäßigkeit seines Geschäfts und seines guten Rufes vom Rat bestätigen zu lassen. Nur der Herr allein wusste, wie weit die Situation dann eskalieren würde.

»Wie dem auch sei«, lenkte der Patrizier ein. »Ich bin froh, dass Ihr alle Vorbereitungen trefft, um Esthers und auch Eure eigene Sicherheit zu gewährleisten.«

Der Hausherr ging zu einem Pult gleich neben dem Fenster hinüber und öffnete die oberste Schublade. »Wir kennen uns schon viele Jahre.« Er nahm eine Schriftrolle heraus und schob den Auszug wieder zurück. »Wie es um Eure Ehrlichkeit und Aufrichtigkeit bestellt ist, weiß ich.« Er wandte sich um und sah seinen Besucher an. »Ich habe eine Bitte an Euch, die Euch zur Bürde werden könnte. Deshalb solltet Ihr mir Eure Antwort auch nicht sofort geben.«

Wyland zog interessiert die Augenbrauen in die Höhe. Noch nie zuvor hatte sich Benjamin mit einer Bitte an ihn gewandt.

»Ich brauche keine Bedenkzeit!«, stellte er klar. »Was auch immer ich für Euch tun kann, seht es als bereits erledigt an.«

»Ihr seid kein Jude. Dennoch betrachte ich Euch als einen wahren Freund.«

»Um was wollt Ihr mich bitten?«

Benjamin öffnete die Schriftrolle und hielt sie Wyland entgegen. »Seht Euch diese Namen an. Es sind allesamt Kölner Bürger, die bei mir teilweise sehr hohe Schulden haben.«

Wyland nahm das Schriftstück entgegen. »Und was ist nun Eure Bitte?«

»Werft einen Blick darauf. Ich werde eine Abschrift davon machen lassen und bitte Euch, diese an einem sicheren Ort für mich zu verwahren.«

»Für den Fall, dass Euch jemand bestiehlt?«

Der Jude wirkte nachdenklich. »Ich weiß nicht, was die nächste Zeit bringen wird. Deshalb werde ich Euch zusammen mit der Abschrift auch eine Vollmacht zusenden, die Euch an meiner statt in die Lage versetzt, die Schulden einzuziehen. Selbstverständlich nur, wenn Ihr mit diesem Vorgehen einverstanden seid.«

»Glaubt Ihr denn nicht nach Köln zurückzukehren, sobald sich alles wieder beruhigt hat?« Ein Anflug von Trauer schwang in der Stimme des Patriziers mit. Benjamin war für ihn weit mehr als nur ein Geschäftspartner. Stets hatte er sich in seiner Gegenwart wohl gefühlt und die ruhige Art des kleinen, unauffälligen Mannes wie auch dessen Scharfsinn schätzen gelernt. Souverän und unaufgeregt hatte Wyland ihn Situationen meistern sehen, in denen so manch anderer besonnener Kopf den Überblick längst verloren hatte. Der unerschütterliche Glaube an seinen Gott und das Vertrauen in die eigenen Fähigkeiten verliehen ihm eine souveräne Ausstrahlung. Misstrauen gegenüber anderen schien ihm fremd zu sein, obgleich sein Handeln sehr wohl ahnen ließ, dass er jeden noch so kleinen Versuch ihn zu betrügen oder zu übervorteilen durchschaute. Seiner Tochter Esther war Wyland wie ein enger Verwandter zugetan, nicht in der unmittelbaren Pflicht und doch stets mit einem wachsamen, besorgten Auge. Die Aussicht, die beiden wegen der niederen Beweggründe des dummen, grölenden Pöbels nicht mehr in seinem Leben zu haben, machte ihn wütend und traurig zugleich.

»Ich weiß noch nicht, was sein wird«, beantwortete der Hausherr Wylands Frage und schürte damit dessen Befürchtung. »Wir Juden wurden schon oft von dort vertrieben, wo wir uns zu Hause wähnten.« Er seufzte. »Es ist Adonais Wille.«

Sein Gast schwieg darauf zunächst, meinte dann aber: »Ich werde nochmals ins Rathaus gehen. Und was das dort angeht«, er deutete auf die Schriftrolle in Benjamins Hand, »könnt Ihr Euch darauf verlassen, dass ich für Euer Recht eintreten werde.«

»Habt Dank, mein Freund.« Der Jude trat an Wyland heran, griff nach dessen Hand und drückte sie in einer behutsamen Geste. »Ich vertraue Euch voll und ganz. Vielleicht sogar mehr als so manchem Freund und Blutsverwandten.«

»Ihr könnt auf mich zählen«, bekräftigte Wyland, drückte ebenfalls Benjamins Hand und verließ das Haus.

28. Kapitel

Die Wochen, die sie nun schon in Bremen lebten, waren für Hanno wie im Flug vergangen. Fast konnte er sich schon nicht mehr daran erinnern, wann er zuletzt etwas gestohlen hatte. Seit er in der Stadt war und sein Geld mit dem Abladen von Schiffen verdiente, war kein Tag vergangen, an dem er nicht für sein Essen bezahlt hatte. Die Tage, in denen er den Einarmigen vorgetäuscht hatte und stets Gefahr gelaufen war, wegen Diebstahls gefasst zu werden und zur Strafe eine Hand abgeschlagen zu bekommen, schienen für immer vorüber zu sein. Die Wandlung, die sein Leben in den letzten Wochen genommen hatte, war fast zu schön, um wahr zu sein. Am vorgestrigen Abend, als er allein in seiner Kammer gelegen und auf den Schlaf gewartet hatte, war etwas geschehen, was er selbst nicht mehr für möglich gehalten hatte: Wie von selbst war ihm ein Gebet über die Lippen gekommen. Ein Gespräch mit dem Herrn, ohne Wut oder Angst, ein kurzer Dank für die Geschehnisse der letzten Wochen und die Menschen, die er in sein Leben gesandt hatte. Wie lange war es doch her, dass er sich vom Herrn abgewandt und spöttisch über die gelacht hatte, deren Dasein von ihrem unerschütterlichen Glauben an einen gütigen und gerechten Gott bestimmt wurde. Aber nun war alles anders geworden.

Heute würde er nicht zum Hafen gehen, sondern Gawin bei der Arbeit helfen. Der Rat hatte neue Stühle bestellt, und er hatte Gawin versprochen, ihm und seinem Meister dabei zu helfen, diese schneller fertigstellen zu können. Zwar bekam Hanno von dem alten Jordan dafür weniger Geld, als er durch das Abladen der Schiffe verdiente. Aber es war ja nur für wenige Tage, und sein Rücken würde ihm die kurze Ruhepause sicher danken. Gawin war jünger als er, etwa vier bis fünf Jahre. Aber genau wie Hanno hatte auch er keine Eltern mehr und mühte sich nun darum, für sich und seine Schwester zu sorgen. In den letzten Tagen hatten sie jeden Abend miteinander verbracht, geredet und sich gegenseitig das Gefühl gegeben, füreinander so etwas wie eine Familie zu sein. Meist waren auch Margrite und Anderlin dabei gewesen. Binhildis hatte dagegen gestern nach einem Streit das Haus verlassen und war heute Morgen noch einmal gekommen, um ihre restlichen Sachen zu holen. Sie wollte fortan lieber in einem Gasthaus unterkommen. Zumindest hatte sie selbst es ein Gasthaus genannt. Dass es in Wirklichkeit ein Hurenhaus war, wusste jeder von ihnen, doch das sprach nicht einmal Margrite aus. Wie immer war es bei der Auseinandersetzung zwischen Binhildis und der Hauswirtin ums Geld gegangen, das Erstere nur ungenügend beibrachte, obwohl sie stets als Erste am Tisch saß und nach Essbarem verlangte. Margrite hatte es schließlich gereicht. Den Vorwurf, dass Binhildis es nirgendwo so einfach haben würde wie bei ihr, wollte diese nicht hinnehmen und brüllte die Ältere an, dass sie es ganz im Gegenteil an jedem anderen Ort besser treffen würde als bei ihr. Danach hatte sie die Haustür hinter sich zugeworfen und war über Nacht verschwunden. Margrites sorgenvollen Gesichtsausdruck deutete die Hübschlerin, als sie am nächsten Tag ihre Sachen holte und Margrite mitteilte, fortan nicht mehr bei ihr wohnen zu wollen, durchaus als kleinen Sieg. Seitdem war das ungute Gefühl, das Hanno sich mit Margrite in dem sicheren Glauben teilte, dass Binhildis sich nicht ganz im Klaren darüber war, was ihr in ihrer künftigen Bleibe abverlangt werden würde, nicht mehr von Hanno gewichen. Und selbst jetzt, wo er gemeinsam mit Gawin auf dem Weg zur Zimmerei war, plagte ihn die Sorge um Binhildis' Wohlergehen.

»Du bist so still«, stellte Gawin fest.

»Hm. Ich muss die ganze Zeit an Binhildis denken. Ob sie wohl wiederkommt?«

»Wer weiß? Vielleicht findet sie dort ja das große Glück.«

»Glaubst du das denn?«

»Keine Ahnung. *Sie* schien es jedenfalls zu glauben.«

Danach herrschte Schweigen zwischen den beiden, bis sie die Tür zur Zimmerei öffneten und schon beim Eintreten das laute Schimpfen des alten Jordan hörten.

»Wir sind da!«, rief Gawin und wiederholte dies mehrfach, während er in den hinteren Teil der Werkstatt ging, wo der Meister noch immer vor sich hin wetterte.

»Guten Morgen, Meister! Was ist denn geschehen?«

»Ach, dieses Dreckspack! Die Gaststube haben sie im Wahn zerschlagen. Und wer soll das alles wieder reparieren? Wie immer der alte Jordan. Mit mir können sie's ja machen. Aber diesmal werden sie mich teuer dafür bezahlen müssen.«

»Wer hat welche Gaststube zerschlagen?«, fragte Gawin genauer nach.

»Na, Pöbelvolk eben. Was weiß denn ich?«

»Sollen wir trotzdem mit der Fertigung der Stühle fortfahren?«

Jordan sah überrascht aus. »Wir? Wer ist wir?«

»Aber Meister, der Hanno und ich. Ihr habt ihn für einige Tage eingestellt, damit er uns bei den Stühlen helfen kann. Wisst Ihr das denn nicht mehr?«

»Äh, aber ja, natürlich. Hanno.« Der Zimmermann nickte mehrmals mit dem Kopf.

Gawin betrachtete ihn aufmerksam. Schon mehrmals war ihm aufgefallen, dass der Meister Dinge vergaß, die er nur kurz zuvor gesagt hatte. Anfangs hatte der Lehrjunge dies darauf zurückgeführt, dass der Ältere mit seinen Gedanken eben bei der Arbeit war, zumal er immer sehr viele Aufträge hatte und die Zeit stets drängte. Doch nach und nach hatte er zunehmend bezweifelt, dass es wirklich nur daran lag. Und mittlerweile war sich Gawin sogar sicher, dass der gute Jordan hauptsächlich aufgrund seines hohen Alters immer mehr vergaß.

Hanno war zu ihnen getreten. »Guten Morgen, Meister Jordan. Kann ich Euch helfen, oder soll ich mit den Vorarbeiten für die Fertigung der Stühle beginnen?«

Der Meister war fast unmerklich zusammengezuckt, als Hanno zu sprechen begonnen hatte.

»Hanno«, murmelte Jordan. »Du bist also der Hanno, der die Stühle für mich fertigt.«

Der Angesprochene schien darauf etwas sagen zu wollen, da der Zimmermann sich jedoch sofort wieder seiner Arbeit widmete, machte auch er sich umgehend mit Gawin zusammen ans Werk.

Gawin warf seinem Meister während der Arbeit immer wieder nachdenkliche Blicke zu. Er befürchtete, dass Jordan bald für immer und vor allem viel schneller, als er bisher angenommen hatte, in der Welt des Vergessens eintauchen würde.

»Was glaubst du? Stimmt es, was Obo erzählt hat, oder hat er übertrieben?«

Anderlin rieb sich das Kinn, wie er es immer tat, wenn er nach der richtigen Antwort suchte.

»Sicher übertreibt er.« Er bemühte sich um ein Lächeln. »Wie immer. Doch er wird sich auch nicht alles aus den Fingern gesogen haben, und das macht mir Sorgen.«

»Weiß man, wer die Seuche eingeschleppt hat?«

»Es wird ja viel geredet. Aber es scheint ein Fremder gewesen zu sein, der mit zwei seiner Männer und einem kleinen Trupp von Bauern unterwegs war. Zwei Tage nachdem sie in die Stadt gekommen sind, ist er gestorben. Seine Leute haben ihn begraben, ihre Sachen gepackt und sind danach weitergezogen.« Anderlin schüttelte den Kopf. »Nur den Tod haben sie uns hiergelassen.«

»Wie viele haben sich bereits angesteckt, weiß man das?«

»Die Rede ist von gut einem Dutzend, darunter auch zwei Kinder.«

Margrite schwieg betroffen. Der Gedanke, welchem Leid sich diese Menschen gegenübersahen, ließ sie schaudern.

Es war einige Tage her, seit ihr das erste Mal das Gerücht zu Ohren gekommen war, es hätte Pestfälle in der Stadt gegeben. Sie war keine von denen, die sich schnell Sorgen machten oder allzu viel auf kursierendes Geschwätz gaben. Doch das große Sterben, wie die Krankheit von den Leuten genannt wurde, versetzte sie in eine geradezu lähmende Angst. Wann auch immer sie auf ihrer Reise in eine Stadt oder ein Dorf gekommen waren, in denen die Pest sich auszubreiten begann, waren sie unverrichteter Dinge wieder weitergezogen.

»Gestern Abend soll es bunt zugegangen sein in der Schänke«, fuhr Anderlin fort. »Wie es genau dazu kam, wusste später niemand mehr zu sagen. Jedenfalls wurden Tische, Bänke und ein Großteil der übrigen Einrichtung zerschlagen.«

»Wurde auch jemand verletzt?«

»Ein paar Blessuren hier und da, doch nichts Ernstes, soweit ich gehört habe.«

Margrite wirkte bekümmert. »Vielleicht war es ein Fehler, so früh nach Bremen zurückzukommen. Was meinst du, sollten wir nicht besser so schnell wie möglich neue Waren kaufen und wieder losziehen?«

Anderlin machte einen Schritt auf sie zu und legte seine Finger unter ihr Kinn, so dass sie ihn ansehen musste. »Mach dir keine Sorgen, Gritchen. Womöglich wird sich die Seuche gar nicht ausbreiten. Und außerdem …«

»Was außerdem?«

»Und außerdem können wir nicht immer weglaufen, wenn uns die Krankheit irgendwo begegnet.«

»Warum nicht? Dadurch haben wir uns bislang nie irgendwo angesteckt. Und ich ziehe es vor weiterzuziehen, als langsam und qualvoll zu krepieren.«

Anderlin schlug die Augen nieder. »Und wohin?« Er sah sie eindringlich an. »Wir sind von Süden gekommen und bis hierher geflohen. Die Pest ist überall. Es gibt keinen Ort mehr, an den wir gehen könnten, um dem Schicksal einen Haken zu schlagen.«

Margrite seufzte. Sie wusste, dass Anderlin recht hatte. Doch der Gedanke, untätig abzuwarten, bis die Seuche einen jeden von ihnen in die Fänge bekäme und ein für alle Mal auslöschte, war ihr unerträglich.

»Und wenn wir mit einem der Schiffe in ein anderes Land übersetzen würden?« Ein Schauer überlief sie bei dieser Überlegung.

Anderlin kniff die Augen zusammen. »Und dann?«

»Wir könnten dort Handel treiben.« Ihre Antwort kam schnell, als hätte sie bereits darüber nachgedacht.

Ihr Gegenüber sah sie nur an. Seinem Blick konnte sie die Antwort entnehmen. »Du hast recht«, lenkte sie ein. »Wir können nicht immer fortlaufen.«

Ein Lächeln huschte über sein Gesicht. Mit einer zärtlichen Geste legte er seine Hand an ihre Wange. »Es wird schon werden. Mach dir nicht zu viele Sorgen.«

Sie schlug die Augen nieder und presste die Lippen aufeinander. Seine behutsame Berührung bewegte sie tief, und sie musste gegen die Tränen ankämpfen, die ihr in die Augen traten. Schnell drehte sie sich um und nahm sich einen der Krüge, die auf dem Regal standen. »Dann werde ich jetzt Anna holen und Seife herstellen. Schließlich müssen wir etwas zu verkaufen haben.« Mit diesen Worten ging sie hinaus, ohne ihn noch einmal anzusehen.

Anna schnupperte und schloss die Augen, als Margrite die Holzschale mitsamt ihrem duftenden Inhalt behutsam mit einem Leinentuch bedeckte.

»Wann wird die Masse getrocknet sein?«

»Es braucht einen ganzen Tag«, erklärte die Seifensiederin. »Wir stellen die Schale samt Masse hier ab und lassen sie ruhen. Morgen wirst du dann das erste Stück Seife in den Händen halten, das du selbst hergestellt hast.«

Anna strahlte sie an. »Ich kann es noch gar nicht richtig fassen. Und kaum noch erwarten«, fügte sie schnell hinzu. »Ich habe Seife gesiedet.«

»Ganz recht.« Margrite lächelte die Jüngere an. Ihre überschäumende Freude wirkte ansteckend, und sie war froh, das Mädchen bei sich aufgenommen zu haben. Es war fleißig und neugierig, lernte schnell und half darüber hinaus auch im Haushalt, um seinen Teil zum Lebensunterhalt beizutragen.

Noch einmal schnüffelte Anna an der duftenden Masse und wandte sich dann Margrite zu. »Ich habe außerdem mein erstes Kleid fertig. Möchtest du es sehen?«

Die Hauswirtin war überrascht. »Du bist fertig? Wie hast du das denn neben deiner sonstigen Arbeit geschafft?«

Anna lächelte. »Des Nachts, wenn alle schliefen und es im ganzen Haus ruhig war, habe ich mir eine der Talgleuchten genommen und genäht. Heute in der Früh bin ich fertig geworden.«

»Du bist sehr fleißig«, lobte sie Margrite. »Es wäre mir eine Freude, das Kleid zu sehen.«

Ohne ein weiteres Wort huschte Anna aus dem Raum und kam einen Augenblick später mit einem Gewand über dem Arm zurück. »Ich weiß, es ist ein bisschen zu aufwendig gestaltet«, gab sie zu.

»Für die Arbeit ist es tatsächlich nicht geeignet«, meinte die Ältere nach einer kurzen Betrachtung. »Aber Anna, es ist wunderbar geworden!« Sie trat näher und strich vorsichtig über den Stoff. »Du hast dir viel Mühe mit der Borte gegeben. Und diese Form.« Bewundernd ließ sie ihre Hände über das Kleid wandern. »Es ist etwas ganz Besonderes«, urteilte sie dann.

»Es ist für dich«, sagte Anna leise.

»Für mich?« Margrite trat einen Schritt zurück. »Das kann ich nicht annehmen. Ich weiß, wie lange Gawin arbeiten musste, damit ihr den Stoff kaufen konntet.«

»Und du hast uns bei dir aufgenommen, ohne Gewissheit zu haben, ob wir dir je zurückzahlen werden, was wir dir schuldig sind.« Ihre Stimme wurde zu einem Flüstern. »Wir haben dir so viel zu verdanken. Bitte, nimm es und sag mir, ob es passt. Es würde mir mehr bedeuten, als ich sagen kann.«

Die Seifensiederin zögerte noch einen Moment, dann lächelte sie, ging auf Anna zu und umarmte sie herzlich. »Gib her, ich werde es sofort probieren.«

Glücklich erwiderte Anna ihre Umarmung, legte dann das Gewand über eine Stuhllehne und half Margrite dabei, die Schnüre an ihrem Kleid zu lösen. Eilig streifte diese das alte Kleid ab und hob auffordernd die Arme, um sich das neue überstreifen zu lassen.

»Hoffen wir nur, dass dein Auge nicht zu schmeichelnd und der gestrige Braten nicht zu fett war«, scherzte sie.

Sanft glitt der Stoff über ihre Schultern und fand wie von selbst den Weg über ihre Hüften, bevor er mit einem leisen Rauschen ihre Beine hinabglitt.

»Beim Herrn«, entfuhr es Margrite, »wie gut sich das anfühlt!«

Anna schloss eilig und mit geschickten Händen die Schnüre am Rücken der Freundin und trat vor sie hin. Sie war offensichtlich zufrieden mit dem, was sie sah.

»Du siehst wunderschön aus.«

Ein Schauer überlief Margrites Körper. Noch nie hatte sie eine solche Rührung empfunden wie in diesem Moment. Glücklich zog sie die Jüngere an sich und drückte sie herzlich. »Und du bist sicher, dass du dieses wunderbare Gewand nicht verkaufen willst? Darf ich dir wenigstens Geld dafür geben?«

Anna schüttelte entschieden den Kopf. »Es ist dein Kleid, ich habe es für dich gefertigt. Wann immer du es trägst, denke an mich und denke daran ...« Sie fasste sich ein Herz und fügte noch hinzu: »... dass mir noch nie zuvor ein solch großzügiger und warmherziger Mensch begegnet ist wie du. Es gibt keine Worte, die meine Dankbarkeit ausdrücken können. Doch dieses Kleid kann es.«

Margrite spürte eine Woge des Glücks in sich aufsteigen. Dieses Mädchen war viel zu schön, um ihre Tochter zu sein. Aber sie fühlte in ihrem Herzen, dass es in der kurzen Zeit ihres Zusammenseins genau das für sie geworden war: eine Tochter.

»Ich werde auf dich aufpassen, Anna. Dir soll nichts geschehen, solange ich da bin.« Ihr Gesicht wurde ernst. Sie zögerte kurz auszusprechen, was ihr schon seit Tagen durch den Kopf ging. »Du bist auf der Flucht, nicht wahr?«

Anna riss erschrocken die Augen auf. Eben noch überglücklich, war sie nun wie erstarrt. Woher konnte Margrite das wissen? Verzweifelt suchte sie nach einer unverfänglichen Antwort, einer Erklärung, doch ihr Kopf schien plötzlich wie leer gefegt. Und so nickte sie schließlich stumm.

»Ich glaube, ich bin deinem Vater begegnet.«

Sofort trat die Jüngere erschreckt einen Schritt zurück. »Meinem Vater?«, stammelte sie entsetzt.

Die Freundin nickte. »Es war gut, dass du vor ihm davongelaufen bist.«

Annas Herz raste. »Aber woher weißt du …?«

»Hilfst du mir, die Schnüre zu lösen?« Sie deutete auf ihren Rücken. »Dieses Kleid hebe ich mir für einen ganz besonderen Anlass auf.«

Anna tat wie ihr geheißen. Verwirrt zog und zerrte sie die Bänder aus den Ösen.

»Weißt du, ich habe von Anfang an das Gefühl gehabt, dich von irgendwoher zu kennen. Und jetzt weiß ich auch, warum. Dein Vater hat dich uns so genau beschrieben, dass ich meinte, dich schon einmal gesehen zu haben, als wir uns die ersten Male begegnet sind. Wir sollten uns einen Würzwein aufwärmen und dann in Ruhe über alles sprechen«, nahm Margrite das Gespräch wieder auf. Sie blickte über ihre Schulter, doch Anna sah nicht auf.

Als sie die Hände sinken ließ, drehte Margrite sich zu ihr um. Vorsichtig hob sie mit ihrem Finger Annas Kinn, die ihre Augenlider niedergeschlagen hatte. »Mach dir keine Sorgen, mein Kind. Dir wird nichts geschehen. Hier wird er dich niemals finden.«

Anna hob den Blick. Ihre Augen waren mit Tränen gefüllt, und ihr Kinn zitterte.

»Ist er hier in Bremen?« Ihre Stimme war nicht mehr als ein Flüstern.

»Nein!«, sagte Margrite sofort mit bestimmter Stimme und lächelte. »Ich habe ihn in die entgegengesetzte Richtung geschickt.« Sie legte Anna ihren Arm um die Schultern. »Komm, wir sollten uns setzen. Dann werde ich dir alles erzählen.«

Mit ruhiger Stimme beschrieb Margrite den Mann, den sie für Annas Vater hielt, und berichtete danach von dem, was sich in dem Gasthaus ereignet hatte, während Anna schweigend den Becher mit Würzwein zwischen ihren Händen drehte. Es erschreckte die Seifensiederin, mit welcher Ruhe Anna aufnahm, dass ihr Vater eine Frau getötet haben sollte.

»Wie bist du darauf gekommen, dass ich seine Tochter bin?«

»Wie ich schon sagte, er hat uns dein Aussehen beschrieben. Die hellen Haare und das madonnengleiche Gesicht. Dein äußeres Erscheinungsbild ist sehr auffällig.«

Anna nickte stumm.

»Wahrscheinlich trägst du dein Haar deshalb auch immer unter einem Tuch versteckt, nicht wahr?«

»Ich bin das Ebenbild meiner Mutter«, erklärte Anna. »Jeder sagt das.«

»Ist sie gestorben?«

Wieder ein stummes Nicken als Antwort.

Margrite wagte nicht, nach der Ursache für den Tod der Mutter zu fragen. Zu groß war die Angst, dass der Vater auch hier seine Hände im Spiel gehabt haben und sie bei Anna mit ihrer Nachfrage eine niemals ganz verheilende Wunde wieder aufreißen könnte.

»Es tut mir leid, dass ich dich belogen habe«, sagte Anna beschämt.

Die Hauswirtin griff nach ihrer Hand. »Das hätte ich an deiner Stelle auch getan.«

Einen Moment schwiegen sie.

»Darf ich dich noch etwas fragen?«, nahm Margrite das Gespräch wieder auf.

»Sicher.«

»Gawin. Ist er wirklich dein Bruder? Dein Vater hat ihn uns gegenüber nicht erwähnt.«

Anna zuckte zusammen. Margrite hatte also auch ihre zweite Lüge durchschaut. Und obwohl ihr ihr Gefühl sagte, dass sie Margrite vertrauen konnte, ergriff sie eine lähmende Angst.

»Er ist nicht wirklich mein Bruder«, gab sie schließlich zu.

»Das dachte ich mir schon.« Margrite spürte, wie unwohl sich Anna in ihrer Haut fühlte und dass sie am liebsten wohl auf und davon gesprungen wäre.

»Ich bin froh, dass wir darüber gesprochen haben«, beendete Margrite deshalb das Gespräch. »Es ist mir einerlei, ob du Gawin von unserer Unterredung berichten möchtest. Von mir jedoch wird niemand etwas erfahren. Nicht einmal Anderlin.«

Hoffnung keimte in Anna auf. »Du wahrst mein Geheimnis?«

Margrite nickte und nahm sie bei der Hand. »Selbstverständlich. Wir alle haben Dinge erlebt, Anna, von denen wir nicht möchten, dass sie jemand erfährt. Ich weiß nun genug, um dich schützen zu können, sollte dein Vater hier in der Stadt auftauchen. Mehr braucht es nicht.«

Doch obwohl sie nun erleichtert hätte sein müssen, wollte die Beklemmung nicht von Anna weichen.

»Ich würde gern ein wenig für mich sein, wenn du nichts dagegen hast.«

»Natürlich nicht. Geh nur. Ich werde später noch zum Markt gehen. Möchtest du mich begleiten?«

Anna stand vom Tisch auf und schob ihren Stuhl gerade.

Sie fühlte sich plötzlich unendlich müde und glaubte, ihre Beine würden jeden Moment nachgeben. »Ich möchte dich begleiten«, sagte sie gedankenverloren.

Margrite wollte noch etwas sagen, fand aber nicht die richtigen Worte. Schweigend verfolgte sie, wie die Jüngere die Küche verließ und leise die Tür zu ihrer Kammer hinter sich schloss.

»Findest du nicht, dass der Meister heute noch einmal abwesender wirkt als sonst?«

Gawin schaute nur kurz auf und folgte Hannos Blick in die angrenzende Werkstatt, in der das fortwährende Grummeln und Gemurmel Jordans zu hören war.

»Ja, es ist schlimmer geworden«, stellte auch er fest. »Weißt du, was mir daran echte Sorgen bereitet?« Ohne Hannos Antwort abzuwarten, erklärte er: »Was, wenn er eines Tages sogar vergisst, dass ich sein Lehrjunge bin? Es gibt noch kein Schriftstück, das meine Arbeit hier bestätigt. Womöglich werde ich Jahr für Jahr hier arbeiten und doch niemals Lehrjunge werden, weil mein Meister schlichtweg vergessen hat, dass es mich gibt.«

»Darüber habe ich noch gar nicht nachgedacht«, gestand Hanno. »Du solltest mit Anderlin darüber reden. Gewiss wird er eine Möglichkeit finden, mit Jordan darüber zu sprechen. Die beiden kennen sich schon fast ihr ganzes Leben lang.«

Mit kräftigen Bewegungen sägte Gawin ein Stück Holz ab. Seine Miene war düster. Hanno legte sein Stemmbeil beiseite und kam zu ihm herüber.

»Aber allzu viele Gedanken würde ich mir jetzt auch wieder nicht machen. Bisher hat er dich noch immer erkannt. Nur meine Nase«, er tippte mit dem Finger gegen sein Riechorgan, »die kann er sich beim besten Willen nicht merken.«

Gawin ließ die Säge sinken. »Ich will nicht undankbar erscheinen. Die Möglichkeit, die Jordan mir geboten hat, hätte ich mir nicht zu träumen gewagt.« Er seufzte. »Doch ich muss auch an die Zukunft denken. Schon jetzt habe ich einen Großteil der Arbeit übernommen. Das mache ich zwar gern. Aber eines Tages möchte ich Geselle werden und später sogar Meister.« Seine Stimme nahm einen schwärmerischen Ton an. »Ich möchte, dass alle Bremer und auch die Menschen weit über die Stadtgrenzen hinaus von dem Holzkünstler Gawin sprechen, der es vermag, die wunderbarsten Dinge herzustellen. Ich möchte Madonnen schnitzen und Säulen verzieren. Die Bürger sollen auf meinen gedrechselten Stühlen sitzen, ihre Kleidung in meinen Truhen verstauen und bei jeder Berührung ihre Schönheit und Zweckmäßigkeit bewundern. Außerdem die handwerkliche Leistung bestaunen.«

Hanno schmunzelte. »Du hast dir viel vorgenommen.«

Gawin fuhr merklich zusammen. Hielt Hanno ihn etwa für einen Aufschneider, einen nichtsnutzigen Gernegroß? Er suchte den Blick des Freundes. »Glaubst du vielleicht, ich kann das nicht?«, fragte er mit herausfordernder Stimme.

Beschwichtigend legte Hanno ihm die Hand auf die Schulter. »O doch, dir traue ich das zu! Aber es wird einen langen Atem brauchen, um dein Ziel zu erreichen. Du wirst außerdem viel und hart dafür arbeiten müssen.«

Gawin nahm die Säge wieder zur Hand. »Viel Arbeit habe ich noch nie gescheut.«

Von draußen waren laute Stimmen zu vernehmen. Vorsichtig lugte Jordan um die Ecke seiner Werkstatt. »Was ist da los?«

»Ich werde nachsehen gehen, Meister«, bot sich Gawin an. Auch Hanno stand auf und trat hinter ihm auf die Straße hinaus. Beschimpfungen und Gebrüll drangen aus dem inneren Kreis einer Menschentraube zu ihnen herüber.

Gawin ging zurück in die Werkstatt. »Draußen ist eine Streiterei im Gange, Meister!«, rief er dem Alten zu.

»Eine Streiterei? Worüber?«

»Das weiß ich nicht.«

»Dann geh und finde es heraus. Und sag ihnen, sie sollen sich woanders zanken. Bei dem Geschrei kann ja keiner arbeiten.«

»Ist gut, Meister.«

Gawin ging zurück und blieb neben Hanno stehen. »Hast du mitbekommen, worum es geht?«

Als der darauf den Kopf schüttelte, gingen sie gemeinsam zu den Leuten hinüber, die sich nur wenige Schritte vor ihnen versammelt hatten.

»Was ist hier los?«, fragte Gawin eine Frau, die am Rande stand und ihren Hals reckte, um alles mitbekommen zu können.

»Einer von ihnen soll die Pest eingeschleppt haben«, erklärte die Frau. »Er soll im Auftrag des Grafen Moritz von Oldenburg gehandelt haben.«

»Wer ist das?«, fragte Gawin, der zwar meinte, diesen Namen schon einmal gehört zu haben, ihn aber keiner bestimmten Person zuordnen konnte.

»Na, das ist der Erzbischof, den sie aus der Stadt gejagt haben.«

»Und weshalb sollte der so etwas tun?«

»Was weiß denn ich?« Die Frau zuckte mit den Schultern und wandte sich wieder den Streitenden zu, um nicht noch mehr von der Auseinandersetzung zu verpassen.

Gawin und Hanno machten kehrt und gingen zur Werkstatt zurück, an deren Tür sie bereits von Jordan erwartet wurden.

»Und? Was hat es nun mit diesem Geschrei auf sich?«

»Offenbar gibt es einige Pestfälle in der Stadt. Der Gegenbischof Moritz von Oldenburg soll dafür verantwortlich sein.«

Jordan fuchtelte mit der Hand vor seinem Gesicht herum, als wolle er eine lästige Fliege verscheuchen. »Ach was, die Pest! Immer schreien sie etwas von Pest und Verrat, um die Ordnung zu erschüttern. Pah!«

Er winkte ab, drehte sich um und ging wieder hinein. Gawin und Hanno warfen sich einen fragenden Blick zu, dann folgten sie dem Alten in die Werkstatt und nahmen ihre Arbeit wieder auf.

»Wir müssen besonnen vorgehen«, urteilte Siegbert von Goossen, und die Ratsmitglieder pflichteten ihm mit behäbigem Kopfnicken bei.

Noch in der Nacht hatte den Bürgermeister die Nachricht erreicht, dass es eine Schlägerei in einer der großen Schänken gegeben hatte, bei der fast die gesamte Einrichtung zertrümmert worden war. Der Wirt hatte es nach einiger Zeit aufgegeben, sich immer wieder zwischen die beiden Aufrührer zu stellen, um dadurch das Schlimmste zu verhindern. Stattdessen hatte er seinen Sohn und sich selbst lieber in Sicherheit gebracht und nach den Stadtbütteln schicken lassen. Erst nur zu zweit, hatten auch diese schnell einsehen müssen, dass sie dem tobenden Mob keinen Einhalt gebieten konnten. Die Stimmung war bereits zu aufgeheizt, die Streithähne zu allem entschlossen.

Der Streit war entbrannt, nachdem ein Gast den Wirt beschuldigt hatte, einem Pestteufel Unterschlupf gewährt und damit alle Bremer in Gefahr gebracht zu haben. Dessen Beteuerungen, dem Mann die Krankheit nicht angesehen zu haben, gingen in wüsten Beschimpfungen unter. Die Frage, wessen Schuld denn nun die größere sei, die des Schänkenpächters oder die des Pestopfers, wurde lautstark erörtert. Immer mehr Leute beteiligten sich an der Auseinandersetzung. Bis schließlich ein Greis, der sonst stets still in einer Ecke der Schänke sein Bier trank, das Fass zum Überlaufen brachte. Mit einem jämmerlichen Klagelaut zog er augenblicklich die Aufmerksamkeit aller auf sich.

»Ich habe ihn gesehen!«, schrie er heraus.

Nach einem Moment der Stille fragte der Wirt: »Wen hast du gesehen?«

Der Alte presste die Lippen aufeinander und erhob sich langsam von der Bank. Sein Körper begann zu zittern, bis er förmlich bebte. Speichel lief aus seinem Mund. »Der Dämon war hier und hat euch befragt. Jeden Einzelnen von euch!«

In seinen Augen schien mittlerweile der Wahnsinn Einzug gehalten zu haben.

»Der Dämon war da und hat euch alle geprüft.« Er fuchtelte mit den Händen in der Luft herum. »Die Pest ist sein Urteil über euch unwürdiges Pack! Ein jeder hier ist des Todes!« Die letzten Worte schrie er wieder heraus, schubste einen Gast zu Boden, einen anderen schlug er mit Händen und trat wild um sich.

Darauf brach ein wildes Handgemenge aus, bei dem am Ende jeder auf jeden einschlug. Sechs Männer wurden später von den herbeigerufenen Bütteln als die Hauptschuldigen ausgemacht. Der alte Mann befand sich nicht unter ihnen. Er hatte sich irgendwann, während die Schlägerei noch in vollem Gange war, aus dem Staub gemacht. Und nach den Aussagen des Wirtes, der die Täter benennen musste, da ihm ansonsten niemand seinen Schaden ersetzen würde, war die Sache für die Büttel eindeutig. Sie sperrten die Schläger in den Kerker. So kam es, dass noch bevor der gesamte Rat überhaupt zusammentrat, die Schuldfrage bereits geklärt war. In der daran anschließenden Ratssitzung ging es nur noch darum, hart gegen die Schläger durchzugreifen und Stärke zu beweisen, um kopfloses Handeln unter den guten Bürgern Bremens zu vermeiden. Selbst wenn es stimmen sollte und der Teufel seine Dämonen wirklich in die Stadt geschickt hatte, um die Menschen zu prüfen und mit der Pest zu bestrafen, wollte der Rat doch keinen Zweifel daran lassen, wer hier das Sagen hatte.

»Wir können zu den Vorfällen der vergangenen Nacht nicht schweigen«, stellte Bürgermeister Doneldey klar. »Die Menschen erwarten von uns, dass wir auf die Geschehnisse reagieren. Wenn wir tatenlos zusehen, wie einige wenige unsere Stadt aufrühren, werden wir ihr Vertrauen verlieren.«

»Was schlägst du vor, das getan werden soll?«, wollte von Goossen wissen.

»Vor allem«, antwortete der Bürgermeister, »müssen wir diejenigen, die wir wegen ihrer blinden Zerstörungswut im Gasthaus dingfest gemacht haben, baldmöglichst öffentlich bestrafen.«

»Und wie?«

»Nun«, Doneldey legte eine Hand in seinen schmerzenden Nacken, »die Strafe sollte abschreckend wirken, aber keinesfalls zu hart sein. Schließlich sind wir gottesfürchtige, mitfühlende Menschen.« Er sah in die Runde und nahm zufrieden das zustimmende Nicken der meisten Mitglieder des Rates wahr. »Mein Vorschlag ist deshalb, dass wir sie tauchen.«

Jetzt wurden Blicke zwischen den Ratsherren getauscht und leise Worte getuschelt.

»Eure Meinungen bitte«, forderte Doneldey.

»Ein wahrhaft vortrefflicher Vorschlag, Bürgermeister«, sprach Siegbert von Goossen als Erster. »Allerdings gebe ich zu bedenken, dass diese Bestrafung, bei der die Verurteilten unter Wasser sind, recht schweigsam verläuft. Klagelaute würden womöglich abschreckender auf das Volk wirken.«

»Welch erhellender Gedanke.« Die Augen des Bürgermeisters leuchteten auf. »Was haltet ihr dann von Rutenschlägen? Sagen wir zwanzig?«

»Dreißig!«, forderte ein Ratsherr lautstark.

»Dann dreißig«, pflichtete der Bürgermeister ihm bei. »Ich unterstütze diesen Antrag und bitte um sofortige Abstimmung. Wer dafür ist, die Schläger auspeitschen zu lassen, der hebe den Arm.«

Augenblicklich gaben alle Anwesenden ihr Handzeichen. Keiner von ihnen wagte, sich gegen die beiden mächtigsten Männer der Stadt zu stellen.

»Gut!«, stellte der Bürgermeister zufrieden fest. »Dann lasst nach den Bütteln schicken und verkündet, dass die Aufrührer in zwei Tagen zur achten Stunde auf dem Marktplatz ausgepeitscht werden.« Noch während er dies sagte, machte er eine grüßende Geste, erhob sich und verließ den Ratssaal. Die Sitzung war damit geschlossen.

29. Kapitel

Ich schwöre es, Herr! Ich weiß nicht, was geschehen ist. Ich hatte noch nicht einmal mit der Befragung begonnen.« Mit ungläubigem Blick starrte der Henker auf den verdrehten Leib des Predigers, der tot und blutüberströmt auf dem nackten Zellenboden lag.

Albrecht zog die Stirn in Falten. »Wer hatte Zutritt zu dieser Zelle?«

»Niemand, Herr!« Der Henker raufte sich verzweifelt die Haare. »Und die Zellentür war verschlossen, als ich herkam.«

»Diese Erklärung scheint mir ein bisschen zu einfach zu sein. Was ist mit den Wachen und was mit der Frau und den Brüdern des Predigers? Haben sie etwas gehört oder vielleicht sogar jemanden gesehen?«

»Nein, Herr«, schüttelte der Henker eingeschüchtert den Kopf. Albrecht ging zu der Leiche hinüber und sah ihr in die noch immer geöffneten, weit hervorgetretenen Augen. Rotblaue Flecken am Hals hoben sich deutlich von der sonst milchweißen Haut ab. Ein Hemdsärmel des Predigers war zerrissen. Sein Hals war so weit nach hinten gedreht, dass auch für einen Unkundigen leicht zu erkennen war, dass er nicht nur gewürgt worden war. Man hatte ihm eindeutig das Genick gebrochen.

»Wir müssen klären, wie das geschehen konnte«, erklärte Albrecht, trat an dem Henker vorbei in den Gang und verließ den Kerker.

Kräftig klopfte er an die Tür, bis ein Diener ihm öffnete.

»Bitte?«

»Mein Name ist Wyland Gross. Dein Herr erwartet mich.«

Der Diener trat einen Schritt beiseite und gab die Tür frei. Der Patrizier nahm Umhang und Kopfbedeckung ab und legte sie auf eine große, eisenbeschlagene Truhe im Eingang.

»Wenn Ihr mir bitte folgen wollt. Herr Cornelius erwartet Euch im Kontor.«

»Euer zweiter Gast, Herr«, sagte der Diener, nachdem er zuerst geklopft hatte und dann in das Kontor des Patriziers eingetreten war.

»Danke, Baldewin.«

Wyland betrat den Raum und sah, dass neben ihm noch der Ratsherr Albrecht Schürer zu Gast war. Sofort schloss der Diener die Tür von außen.

»Danke, dass du so schnell gekommen bist.« Cornelius war ihm entgegengetreten und reichte ihm die Hand.

»Albrecht, Wyland, seid mir hiermit in meinem Haus willkommen. Ich war etwas überrascht, wie dringlich ihr dieses Treffen gemacht habt.«

»Du wirst gleich erfahren, weshalb«, kündigte Albrecht an und berichtete sogleich, in welchem Zustand er den aufrührerischen Prediger im Kerker vorgefunden hatte, nachdem der Henker ihm eine Nachricht geschickt hatte.

Wyland setzte sich benommen auf die Kante eines Stuhls, während Cornelius ihm ein mit Wein gefülltes Glas reichte.

»Als Albrecht mir davon berichtete«, meinte Letzterer und nahm dann ebenfalls Platz, »war mir sofort klar, dass jemand mit dieser Tat unbedingt verhindern wollte, dass sein Name während des Verhörs fällt.«

Wyland war noch immer zu betroffen, um einen klaren Gedanken fassen zu können.

»Aber wie …?«, begann er und nahm dann seine Frage wieder auf, »… wie konnte überhaupt jemand außer dem Henker und den Wachen in den Kerker gelangen? Was hat der Henker dazu gesagt?«

Albrecht hob die Schultern. »Er hatte keine Ahnung. Und ehrlich gesagt, habe ich ihm das geglaubt. Er machte auf mich einen derart verstörten Eindruck, dass ich nicht annehme, dass er irgendwie in der Sache mit drinsteckt. Abgesehen davon wäre das auch zu offensichtlich.« Er nahm einen Schluck aus seinem Becher.

»Wer hat sonst noch Zugang?«

»Hm«, brummte Albrecht, »nur der Schlüsselmeister und die Wachen, wie gesagt.«

»Traut ihr Ersterem eine solche Tat zu?«, fragte Wyland.

Cornelius lachte kurz und freudlos auf. »Das ist, so wie Albrecht ihn mir geschildert hat, wohl ausgeschlossen. Dieses kleine Männlein von Schlüsselmeister soll einen gestandenen Kerl umbringen, indem er ihn zuerst würgt und ihm dann den Hals bricht?« Er nahm einen großen Schluck. »Im Leben nicht.«

»Trotzdem müssen wir ihn befragen«, meinte Wyland. »Und ebenso die Wachen.«

»Das in jedem Fall«, stimmte Albrecht ihm zu.

»Jemand aus dem Rat muss für die Tat verantwortlich sein«, brach es aus Cornelius heraus, der dabei das Bild seines Bruders vor Augen hatte.

»Wie kommst du darauf?«

»Nur die Ratsmitglieder wussten um den Beschluss, dass eine peinliche Befragung bevorsteht.«

Albrecht nickte. »Was uns in unserer Vermutung bestätigt, dass es auch einen Auftraggeber für das Schauspiel vor dem Dom gegeben haben muss.«

»Was glaubt ihr, von wem wir hier sprechen?«, fragte Cornelius. Er scheute sich, den Namen seines Bruders selbst ins Spiel zu bringen. Auffordernd sah er die beiden anderen an.

Wyland räusperte sich. »Da kämen einige in Frage«, meinte er zögerlich. »Viele haben sich Geld von den Juden geliehen. Ich selbst habe sehr viele Geschäfte mit ihnen gemacht …«

»… bist ihnen dabei aber vermutlich nichts schuldig geblieben«, vollendete Cornelius seinen Satz. Seine Ungeduld, endlich eine klare Antwort zu erhalten, war spürbar.

»Richtig«, bekräftigte Wyland und warf einen Blick auf Albrecht, der sich seine eigenen Gedanken zu machen schien. »Dann sage ich jetzt freiheraus, was ich denke«, meinte der Patrizier schließlich und sah Cornelius direkt an. »Verzeih mir, Cornelius, doch ich glaube, dass dein Bruder in die Sache verwickelt ist.«

Cornelius atmete deutlich hörbar aus. Dann nickte er. »Genau das glaube ich auch, wollte es aber nicht als Erster aussprechen.«

Erleichterung stellte sich nach diesem Bekenntnis bei jedem der drei Männer ein.

»Was wollen wir jetzt tun?«, fragte Albrecht.

Sie beratschlagten mehrere Möglichkeiten. Während Wyland den Rat einberufen wollte, um ihre Anschuldigungen direkt vor diesem vorzubringen, schlug Albrecht vor, erst einmal mit dem Schlüsselmeister zu sprechen. Cornelius hingegen wollte den Henker davon in Kenntnis setzen, dass sie eine Verschwörung vermuteten und er deshalb keinesfalls jemand vom Tod des Gefangenen berichten durfte. Je länger der Rat und das Volk glaubten, dass dieser noch am Leben sei, desto größer wäre die Möglichkeit, dass der Mörder einen Fehler machte.

»Wieso denn das? Der Mörder weiß doch, dass der Prediger tot ist«, gab Albrecht zu bedenken.

»Das schon«, stimmte Cornelius zu. »Aber wenn der Täter, wie wir vermuten, von einem Ratsherrn den Auftrag zu diesem Mord bekommen hat, dann ist es möglich, dass Letzterer noch nicht weiß, dass alles wie geplant verlaufen ist, und sich deshalb aus der Reserve locken lässt.«

»Du meinst, wir stellen dem Kerl, der hinter dem Ganzen steckt, eine Falle?«

Cornelius grinste schief. »Genau das. Du, Albrecht, nimmst dir den Henker vor. Droh ihm nötigenfalls, dass man ihn des Mordes beschuldigen wird, wenn er auch nur ein Wort nach draußen dringen lässt.« Er dachte kurz nach. »Wyland und ich werden währenddessen dem Schlüsselmeister einen Besuch abstatten. Wenn der Henker nicht dem Mörder den Kerkerschlüssel übergeben hat, muss es wohl oder übel der Schlüsselmeister gewesen sein. Es wird nicht schwer sein, ihn zum Reden zu bringen. Danach kommen wir wieder hier zusammen und bereden, wie es weitergehen soll.«

Die drei leerten ihre Krüge, dann verabschiedete sich Albrecht, und auch die beiden anderen machten sich kurz danach auf den Weg zum Schlüsselmeister. Unterwegs sprachen sie kaum ein Wort. Jeder hing seinen Gedanken nach, und schon bald erreichten sie die kleine Kate in der alten Tuchgasse, in der der Schlüsselmeister hauste. Das Fachwerkgebälk der schiefen Hausfassade schien sich gegen den Wind zu stemmen. Cornelius klopfte an die Eingangstür und wartete kurz. Dann klopfte er erneut, diesmal lauter und fordernder.

»Mach schon auf, Lambertus! Oder sollen wir dir die Haustür eintreten?«

Eine Marktfrau ging gerade vorbei und beschleunigte ihren Schritt, als sie Cornelius' wütende Worte hörte.

»Er scheint nicht da zu sein.« Wyland runzelte die Stirn.

Cornelius drückte den Griff herunter, worauf sich die Tür

knarrend öffnete. »Unverschlossen«, bemerkte er. »Ein Schlüsselmeister, der die Tür unverschlossen lässt?«

Auch Wyland beschlich ein ungutes Gefühl, als er nach Cornelius ins Innere des Häuschens trat.

Während draußen helllichter Tag war, umfing sie nun tiefste Dunkelheit. Weder drang durch ein Fenster Tageslicht in den Flur, noch wurde er von einer künstlichen Lichtquelle erhellt.

»Lambertus!«, brüllte Cornelius aus vollem Hals und lauschte. Doch keine Antwort, kein Geräusch ließ darauf schließen, dass sich jemand im Haus befand.

»Hier stimmt doch was nicht.« Wyland war neben Cornelius getreten. Beide blickten nun die Treppe hoch und warteten, ob sich dort oben nicht doch noch etwas rührte.

»Gehen wir hinauf?«, fragte Cornelius.

Wyland nickte. »Ich werde hochgehen. Sieh du dich derweil hier unten um. Vielleicht versteckt sich der Kerl ja vor uns.«

Während die Holzstufen unter dem Gewicht des Patriziers ächzten, ging Cornelius über den Flur auf eine verschlossene Tür zu und öffnete sie. Die Küche dahinter war genauso karg, wie es das Haus auf den ersten Blick vermuten ließ. Eine rußgeschwärzte Wand hinter der Herdstelle, an der einige Gerätschaften zum Kochen hingen, eine einfache Bank und ein Tisch stellten die gesamte Einrichtung dar. Eine weitere Tür führte von der Küche in einen kleinen Innenhof hinaus, wie Cornelius durch deren verschmutzten Fensterscheibeneinsatz erkennen konnte, der auch die einzige Lichtquelle in der Küche darstellte. Hier gab es nichts, wo man sich hätte verstecken können. Er machte kehrt und schloss die Tür hinter sich. Der zweite und letzte Raum, den man vom Flur aus begehen konnte, war eine Art Stube, die in ihrer Kargheit der Küche glich. Zwei Stühle, die ihre beste Zeit schon lange hinter sich hatten, standen neben einem Holztisch. Unter einem Fenster, dem einzigen im Raum, stand eine massive Truhe mit Eisenbeschlägen, die groß genug war, dass sich ein nicht allzu stämmiger Körper in ihr verbergen konnte. Eine Hand ans Heft seines Schwertes gelegt, durchmaß er das Zimmer mit vier großen Schritten und öffnete mit Schwung den Deckel der Truhe, der mit einem Scheppern gegen die Wand schlug. Doch am Boden der Truhe befand sich nur ein Stück Tuch, in dem ein Gegenstand in Form eines Codex eingewickelt war. Und zwei Dolche, die so exakt auf einem Stück Stoff nebeneinanderlagen, als hätte sie jemand mit großer Sorgfalt dort angeordnet. Das war alles. Der Patrizier ließ den Truhendeckel wieder zuklappen und blickte sich weiter im Raum um, als er Wyland plötzlich laut seinen Namen rufen hörte. Er eilte in den Flur hinaus.

»Was ist?«, brüllte er nach oben.

»Das solltest du dir ansehen!«, kam die Stimme seines Begleiters zurück.

Ohne zu zögern, eilte Cornelius die Stufen hinauf. Nachdem auch im oberen Stockwerk nur zwei Türen zur Auswahl standen, ging er zu der geöffneten hinüber, blieb in ihrem Rahmen aber wie angewurzelt stehen. Wyland stand nur einen Schritt weit von ihm entfernt im Raum, den Blick starr auf den Leichnam gerichtet, der kerzengerade mit einem Seil um den Hals von einem der Deckenbalken herunterbaumelte. Die Augen des Toten waren geöffnet und blickten starr nach oben, die Zunge hing ihm seitlich aus dem geöffneten Mund.

Unter dem Toten lagen ein umgestürzter Stuhl und ein Schuh, der ihm offenbar vom Fuß geglitten war. Den anderen hatte der Tote noch an. Seine Schultergelenke ragten wegen des Gewichts seiner schlaff nach unten hängenden Arme spitz nach oben, und das Seil um seinen Hals hatte sich derart fest zugezogen und so tief ins Fleisch hineingegraben, dass es kaum noch sichtbar war.

»Wir haben Lambertus gefunden.« Wyland drehte sich zu Cornelius um. Dieser stand noch immer bleich in der Tür, genauso entsetzt wie er selbst.

»Glaubst du …?« Er sprach nicht weiter.

Wyland vollendete den Satz für ihn. »Dass er sich selbst erhängt hat? Nicht einen Augenblick.« Seine Stimme klang nüchtern und kalt. Er räusperte sich. »Hier ist jemand zu Gange gewesen, der vor nichts zurückschreckt.«

Cornelius nickte. »Wir müssen den Rat informieren und die Büttel kommen lassen.«

»Warte!«

Wyland war noch einen Schritt weiter in den Raum getreten und blickte sich um. »Siehst du das?«

Cornelius drehte sich in alle Richtungen, verstand jedoch nicht, worauf Wyland hinauswollte oder was er meinen könnte. Das Einzige, was er sonst noch im Raum sah, war eine einfache Pritsche, neben der ein Schränkchen stand. Und auf der anderen Seite, dort, wohin Wyland blickte, befand sich noch ein zweites kleines Tischchen mit einem Waschgeschirr darauf samt einem weiteren Stuhl, vor dem einige achtlos heruntergeworfene Kleidungsstücke lagen.

»Was meinst du?«

Wyland ging zu dem Stuhl hinüber, legte seine Hände auf die Rückenlehne und sah Cornelius ins Gesicht. »Fällt dir hieran nichts auf?«

Der Weinhändler schüttelte den Kopf und breitete dann mit einem Schulterzucken wortlos die Arme mit nach oben gedrehten Handflächen aus, um zu bedeuten, dass er den Freund nicht verstand.

»Der Stuhl«, erklärte Wyland. »Er ist vom Tischchen weggedreht. Die Kleidungsstücke sind achtlos zu Boden geworfen, so als wollte sich jemand nur eine Sitzgelegenheit schaffen.«

Cornelius wurde es eiskalt, als er begriff, was der Freund ihm damit bedeutete.

»Der Mörder hat sich hingesetzt und Lambertus beim Sterben zugesehen?« Seine Stimme war nicht mehr als ein leises Wispern.

Wyland nickte stumm.

Sie waren fast zeitgleich mit Albrecht wieder in Cornelius' Haus eingetroffen. Der Schrecken über den Leichenfund, mehr aber noch die Erkenntnis, welchem Dämon sie sich gegenübersahen, steckte ihnen tief in den Gliedern. Als sie Albrecht von ihrem Schrecken berichtet hatten, saß dieser ebenso stumm wie die beiden anderen in Cornelius' Kontor und starrte in den Becher mit Würzwein, den er zwischen seinen Fingern hin und her drehte.

Wyland fand als Erster seine Stimme wieder. »Das verändert alles.«

Albrecht und Cornelius sahen ihn fragend an.

»Wir können den Mord an Lambertus nicht verheimlichen«, erklärte er. »Auch wenn wir den Auftraggeber ursprünglich dadurch aus der Deckung locken wollten, dass wir den Mord an dem Prediger im Kerker verschweigen, ändert der Tod des Schlüsselmeisters doch alles.«

Cornelius legte sich nachdenklich den Zeigefinger auf die Lippen. »Vielleicht auch nicht.«

»Wie das?« Albrecht hob den Blick.

Cornelius stand auf, stellte seinen Becher auf den Rand des Schreibpults und ging im Raum auf und ab. »Was, wenn wir

Lambertus' Tod anzeigen, die Ermordung des Predigers aber zunächst für uns behalten?« Er ließ seine Worte eine Weile wirken, bevor er fortfuhr. »Albrecht, du hast doch dem Henker gesagt, was er zu tun hat, nicht wahr?«

Der Angesprochene nickte. »Aber unter diesen Umständen ...« Er seufzte. »Wenn der Henker hört, dass der Schlüsselmeister ermordet worden ist, wird er zu Recht davon ausgehen, dass er als Nächster dran ist.«

Wyland hob den ausgestreckten Zeigefinger in die Luft. »Nicht unbedingt. Cornelius hat recht. Wir müssen den Henker nur davon überzeugen, dass es dem Mörder lediglich um den Kerkerschlüssel ging. Ich glaube sogar, dass das die Wahrheit ist.«

»Ganz genau«, stimmte Cornelius zu. »Der alte Lambertus musste nur deshalb sterben, weil der Mörder in den Besitz des Schlüssels gelangen wollte, um auf diese Weise den Prediger im Kerker zum Schweigen bringen zu können.«

Albrecht biss sich auf die Unterlippe und kniff die Augen zusammen.

»Was denkst du?«, fragte Wyland.

»Ich weiß jetzt, wie wir's machen«, verkündete Albrecht und sprang auf. »Cornelius, wir brauchen deinen Diener. Kann man ihm vertrauen?«

»Bedingungslos!«

»Gut.« Albrechts Lippen verzogen sich zu einem kleinen abschätzigen Lächeln. »Dann werden wir den Kerl drankriegen. Also, hört zu.«

30. Kapitel

Jedem einzelnen Bremer Bürger war klar, dass die Oberen der Stadt ein für alle Mal deutlich machen wollten, dass sie mit harter Hand gegen jede Art von Aufruhr vorgingen. Die wegen der Schänkenprügelei in Gewahrsam genommenen Männer wurden in Holzkäfige gesperrt und auf einem Karren einmal durch die ganze Stadt kutschiert, so dass sich ein jeder dem Tross anschließen und die Verurteilten beschimpfen und bespucken konnte, bevor sie ihre gerechte Strafe erhielten. Sollten sie tatsächlich vom Teufel und dessen Dämonen zu ihrem Handeln angestiftet worden sein, so hatte sich der Höllenfürst zumindest in dieser schweren Stunde wieder von ihnen abgewandt und ihnen nichts von seiner Stärke zurückgelassen. Jeweils zu zweit saßen sie zusammengekauert am Boden eines Käfigs, obwohl die Büttel sie beständig mit Knüppeln durch die Stäbe hindurch traktierten und ihnen befahlen, aufrecht zu stehen und ihre Schmach wie Männer über sich ergehen zu lassen. In Höhe des zweiten Käfigs lief eine Alte mit schnellen Schritten neben dem Karren her und schimpfte laut auf die Büttel – offenbar die Mutter eines der Gefangenen. Sie schlug nach den Menschen, die am Rand der Gasse standen und Steine auf die Verurteilten warfen.

Die Stimmung in der Stadt war so ausgelassen wie schon lange nicht mehr. Seit die ersten Gerüchte vom Einzug der Pest die Runde gemacht hatten, war Bremen in einen Zustand ängstlicher Starre gefallen. Die Furcht vor der Krankheit und die Gefahr einer Ansteckung waren für die Menschen zur Bewährungsprobe geworden. Die eifernden Predigten der Kirchenmänner, die den Sündern ständig Gottes Strafe und die schrecklichsten Todesqualen vor Augen führten, zeigten in

Verbindung mit vereinzelt auftretenden Pestfällen Wirkung. Bang huschten die Menschen über den Markt, vermieden jeden noch so kurzen Schwatz und kehrten stattdessen so schnell wie möglich wieder in ihre Häuser zurück, um im Schutz ihrer vier Wände die Bestrafung der Sünder durch die Pest oder deren Vertreibung abzuwarten.

Dass die schwarzen Flecken ein sichtbarer Beweis für die unterschiedlichsten Vergehen gegen Gottes Wort waren, war allgemein bekannt. Von anderen Orten hatte man schon gehört, dass Kranke von ihren Angehörigen einfach im Stich gelassen wurden, während ihr Körper im Kampf gegen den Tod jede Stunde mehr an Kraft verlor. Ein jeder Bürger hatte das Recht, ja sogar die Pflicht, sich selbst und seine Lieben vor dem Erkrankten in Sicherheit zu bringen. War dieser doch selbst schuld an seiner Lage, schließlich strafte der Herr nur diejenigen, die kein gottgefälliges Leben geführt und ihre Seelen stattdessen dem Teufel überantwortet hatten. Zweifel an der Richtigkeit dieser Sichtweise wagte man nur hinter vorgehaltener Hand zu äußern, und selbst das nur gegenüber Gesprächspartnern, deren Verbundenheit man sich gewiss sein konnte.

Als der Tross den Marktplatz erreichte, war das Gedränge so groß, dass Anna mehrmals zur Seite gedrückt wurde. Gerade eben war sie erneut geschubst worden und gegen eine Händlerin gestoßen, bei der sie schon des Öfteren Tuch gekauft hatte.

»Verzeiht«, sagte sie rasch.

»Pass nur auf, Kindchen. Eine wie dich zerquetschen sie hier noch.«

Anna nickte rasch, sie fühlte sich immer unwohler inmitten der Menschenmenge. Lang hatte sie überlegt, ob sie überhaupt hierherkommen sollte, bis schließlich ihre Neugierde gesiegt hatte. Die Männer, denen die Verwüstung der Schänke vorgeworfen wurde, hatten allesamt ein Geständnis abgelegt. An ihrer Schuld bestand demnach kein Zweifel. Während sie zwischen den Leuten stand, hörte sie, wie eine Frau einer anderen berichtete, dass während der letzten Messe, die der Erzbischof gehalten hatte, genau in dem Moment, in dem er die am heutigen Tage stattfindende Bestrafung angekündigt hatte, die Kirchentür von selbst aufgegangen und sämtliche Kerzen auf einen Streich erloschen waren. Dies sei ein Zeichen des Teufels, hatte der Erzbischof daraufhin gewettert und mit drohender Geste kundgetan, dass der Höllenfürst schon noch erleben würde, wie die Bremer ihresgleichen mit Schlägen straften, hätten sich diese doch nur allzu leicht von ihm zu Untaten verführen lassen. Anna stockte der Atem bei diesen Worten. Noch nie zuvor hatte sie einem Kampf gegen den Teufel beigewohnt oder bei einer öffentlichen Bestrafung zugesehen. In Lünen hatte der Prediger darüber geurteilt, was richtig und gottgefällig, was schlecht und verurteilungswürdig war. Die Strafen waren überschaubar gewesen. Ein paar Rutenhiebe hier, eine Wiedergutmachung durch gemeinnützige Arbeit dort. Nichts, was das Leben der Sünder gefährdet oder ihre öffentliche Demütigung bedeutet hätte. Und über Teufel und Dämonen hatte sie nur selten predigen gehört. Ihr schien, als hätte der Teufel immer einen großen Bogen um ihr Dorf herumgemacht und wäre nur in der Welt, die sie nach ihrer Flucht kennengelernt hatte, zu Hause.

Ein Schauer lief ihr über den Rücken, als der Karren mit seinen vergitterten Käfigen auf dem Marktplatz haltmachte und die Delinquenten auf das Podest hinaufgezerrt wurden, das rechts und links von Bütteln der Stadt flankiert war. Bewegung kam in die Menge. Die Menschen drängten nach vorn, um nur kein Wort von dem zu verpassen, was dort verkündet und mit Strafe belegt wurde. Von der gewaltigen Menschenwelle mitgeschoben, musste Anna mit einem beklemmenden Gefühl feststellen, dass sie nun keine Möglichkeit mehr hatte, dem Spektakel zu entkommen. Sie zweifelte nicht mehr daran, dass die Entscheidung, hierherzukommen, falsch gewesen war. Anna reckte den Hals, um zu sehen, ob ein Ende der Menschenmenge zu erkennen war. Doch wohin sie auch blickte, sah sie überall nur Köpfe. Die Leute standen sogar noch weit bis in die auf den Markt zu führenden Gassen hinein. Wie von selbst bewegten sich ihre Füße weiter in Richtung Podest, wo ihr Blick starr an einem der gefesselten Männer hängenblieb, der sich mit gesenktem Kopf und zitternden Schultern auf die Demütigungen vorbereitete, die in den nächsten Minuten auf ihn zukommen würden.

Ein Mann trat mit einer Schriftrolle zwischen seinen Händen vor und begann, die Verstöße, die den Verurteilten zur Last gelegt wurden, der Reihe nach vorzulesen. Wieder war von Teufeln die Rede, die die braven Bremer Bürger zu ihrem Handeln verführt hätten. Den Tätern selbst war dagegen von einem gewaltigen Höllenfürsten, der in sie gefahren und verführt haben sollte, nichts anzumerken. Mit gesenkten Köpfen und in gekrümmter Haltung warteten sie auf ihre Bestrafung.

Zwei von ihnen wurden, gleich nachdem der Redner geendet hatte, von den Bütteln gepackt und an die dafür bereitgestellten Pfähle gebunden. Die einfachen Leinenhemden, die ihnen übergeworfen worden waren, wurden zerrissen und ihre nackten Rücken den gaffenden und feixenden Menschen dargeboten.

Ein prächtig gekleideter Ratsherr trat vor, hob die Hände, um für Ruhe zu sorgen, und wartete dann so lange, bis auch die letzte Stimme verhallt war.

»Bürger!«, begann der Ratsherr zu sprechen. »Die Männer,

die hier stehen, haben sich schuldig gemacht.« Er hob gebietend die Hand. »Doch sie waren es nicht allein«, setzte er seine Rede fort. »In den Straßen und Gassen hört man überall Stimmen, die da von Pest und dem großen Sterben schreien.«

Er machte eine Pause und ließ seinen Blick über die Menge schweifen.

»Hört, ihr braven Bremer! Schon oft hieß es, die Pest habe uns erreicht. Wir alle müssten sterben, wurde ausgerufen. Und doch stehen wir heute hier, kräftig und entschlossen, um unseren Feinden, und kämen sie auch als unsichtbare Krankheit zu uns, entgegenzutreten und ihnen die Bleibe in unserer geliebten Stadt zu verwehren.«

Er ließ seine Worte auf die Menschen wirken, die wie gebannt zu ihm heraufschauten. Auch Anna konnte sich seiner imposanten Ausstrahlung nicht entziehen. Sie starrte ihn mit großen Augen an. Er setzte gerade wieder zum Reden an, als ihre Blicke sich trafen.

»Und deshalb sage ich euch …«, er verstummte.

Einen Lidschlag lang schien es, es bekäme er keine Luft mehr. Er atmete mehrmals tief ein, kam dann ins Wanken und machte einen Schritt rückwärts, um nicht das Gleichgewicht zu verlieren. Eilig sprangen zwei Büttel herbei und stützten ihn, als er sich mit schmerzverzerrter Miene plötzlich an die Brust griff.

Entsetzte Rufe wurden laut, und Anna wurde bang. Der Blick des Ratsherrn war noch immer starr auf sie gerichtet, und nun deutete er auch noch mit zitternder Hand auf sie. Die Büttel begriffen zunächst nicht, folgten dann aber seinem Fingerzeig und visierten Anna nun ihrerseits. Entsetzt und voller Angst drehte diese sich um und versuchte, sich ihren Weg durch die Menge zu bahnen. Sie schubste, drückte und stieß die Menschen, um nur ja möglichst rasch von hier fortzukommen, fort von dem irren Blick des Ratsherrn, den sie noch immer in ihrem Rücken spürte. Als sie sich kurz umdrehte, sah sie, dass sich nun einer der Büttel in Bewegung gesetzt hatte und sie verfolgte. Kopflos boxte sie sich darauf durch die Menge, soweit das Gedränge es zuließ, und hörte die Verwünschungen derer, die sie beiseitegestoßen hatte. Sie bückte sich, um schmerzhaften Hieben auszuweichen, und schlängelte sich immer weiter vom Marktplatz fort. Anna wagte nicht, sich umzudrehen und zu schauen, wie nahe der Büttel schon zu ihr aufgeschlossen hatte. Ohne eine bestimmte Richtung anzuvisieren, schlug sie Haken um Haken, wo auch immer sich eine kleine Lücke zwischen den Leibern auftat. Dann – von einem Moment zum anderen – war sie aus der Menge heraus. Gehetzt blickte sie sich um. Wo war sie? Ohne lange nachzudenken, huschte sie in die vor ihr liegende kleine Gasse, bog um die nächste Ecke und rannte weiter, ohne sich umzusehen. In ihren Ohren rauschte es dumpf, doch weitere Geräusche, wie die hinter ihr hereilenden Schritte eines beschuhten Büttels, konnte sie beim besten Willen nicht ausmachen. Hastig lief sie immer weiter, bis sie sich schließlich am Hafen wiederfand, wo, im Gegensatz zum sonstigen bunten und regen Treiben, heute ausnahmsweise einmal Ruhe und Stille herrschten. Wahrscheinlich hatten sich nicht einmal die Händler und Hafenarbeiter die Vorstellung auf dem Marktplatz entgehen lassen wollen. Sie spähte nach einem Versteck, denn sollte ihr der Büttel doch bis hierher gefolgt sein, würde er sie auf dem leeren Kai sofort entdecken. Anna rannte zu einem der Lastkähne hinüber, kletterte über die Reling, hob eine der auf Deck liegenden Planen an und kroch darunter. Noch immer waren keine Schritte zu vernehmen. Auch keine Stimme, die nach ihr rief oder sie dazu aufforderte, sich zu stellen. Angestrengt horchte sie auf jedes Geräusch. Fast ärgerlich nahm sie das laute Klopfen ihres Herzens wahr, das jeden anderen Laut zu übertönen schien. Vorsichtig hob sie das Tuch an, um mehr Luft zu bekommen. Unwillkürlich lugte sie dabei auch in Richtung Kai, um einen möglichen Verfolger erspähen zu können. Aber im Hafen schien sich nach wie vor kein Mensch aufzuhalten.

Ein Räuspern ließ sie zusammenfahren.

»Du kannst da ruhig rauskommen. Hier ist niemand außer mir.«

Erschrocken blickte Anna auf eine Schuhspitze, als sie den Überwurf ein wenig anhob. Schon sah sie sich, ohne zu wissen, was ihr überhaupt vorgeworfen wurde, genau wie die Gefangenen zuvor auf einem Wagen zum Marktplatz fahren, wo sie bestraft werden sollte und die Leute sie anspuckten, um ihr ihre Verachtung zu zeigen. Was für eine Demütigung! Anna schloss kurz die Augen und atmete tief ein, dann hob sie die Plane hoch und krabbelte unter ihr hervor. Vor ihr stand breitbeinig ein Mann, die Hände in die Hüften gestemmt, und beobachtete sie.

»Was treibst du denn da?«, fragte er amüsiert.

Er war nicht der Büttel, der sie verfolgt hatte, erkannte Anna erleichtert und richtete sich dann langsam auf, während sie fieberhaft nach einer geeigneten Erklärung suchte.

»Ich wollte nur …«, war das Einzige, was sie hervorbrachte.

»Was? Dich verstecken, vermute ich mal.« Er musterte sie, lächelte aber gutmütig dabei. »Na, lass mal gut sein. Meinethalben kannst du dich noch einen Moment hier aufhalten, aber ich werde bald auslaufen. Bis dahin musst du fort sein.«

Anna nickte kurz und spähte dabei auf das Kai hinunter, um zu sehen, ob der Büttel inzwischen den Hafen erreicht hatte.

»Ich sag dir rechtzeitig Bescheid, bevor ich die Leinen losmache.« Er wandte sich um und ging mit gemächlichen Schritten zum Schiffsbug.

Anna überlegte kurz, ob sie noch eine Weile auf dem Boot verweilen sollte. Doch dann hielt sie es für besser, sich sofort auf den Weg nach Hause zu machen. Sie ging in Richtung Schiffsbug und sah sich nach dem Mann um.

»Habt Dank«, rief sie zu ihm hinüber, als sie ihn dort entdeckte, und winkte ihm zum Abschied zu.

»Warte!«, rief er ihr darauf zu und kam schnellen Schrittes auf sie zu. »Du brichst dir sonst noch den Hals, wenn du in deinem Kleid wieder von Bord kletterst.« Er hob ein langes Brett an, das unmittelbar neben der dem Kai zugewandten Bordwand auf dem Schiffsdeck lag, klappte eine Art Türchen in der Bordwand auf und schob das Brett von dort aus auf das Kai. »Bitte sehr, die Dame.« Er deutete schmunzelnd eine Verbeugung an.

Obwohl Anna seine Geste übertrieben fand, war sie doch froh über die Freundlichkeit, die der Fremde ihr erwies, indem er eigens eine Planke für sie auslegte, die sie sicher wieder an Land bringen sollte.

»Habt Dank!«, sagte sie nochmals und lief dann geschickt über das Brett auf das Kai, wo sie ihre Röcke raffte und so schnell sie konnte nach Hause lief. Erst als sie unmittelbar vor Margrites Kate stand, hielt sie inne und atmete erleichtert aus.

Auf Margrites Stirn zeigte sich eine tiefe Falte. »Und du kanntest ihn wirklich nicht?«

Besorgt hatte sie vernommen, was sich auf dem Marktplatz zugetragen hatte. Anna zitterte noch immer.

»Weder den Ratsherrn noch den Büttel habe ich je zuvor gesehen.« Sie schüttelte den Kopf. »Doch es war, als hätte mein Anblick den Ratsherrn fast zu Tode erschreckt.« Ihre

Stimme wurde leiser. »Vielleicht ist er sogar gestorben. Jedenfalls verzog er zuletzt unter großen Schmerzen das Gesicht.« Anna machte auf die Seifensiederin einen so verstörten Eindruck, dass sie tröstend nach ihrer Hand griff und diese beruhigend tätschelte. Nachdenklich meinte sie dann: »Ich kann mir ebenfalls keinen Reim darauf machen.« Und nach einer Weile fügte sie noch wie zu sich selbst hinzu: »Du sagst, dass du noch nie zuvor in dieser Stadt warst und dass du dich auch sonst nirgendwo eines Verbrechens schuldig gemacht hast?«

Anna zögerte. Die Flucht aus dem Kloster kam ihr in den Sinn. Doch die konnte man ihr ja wohl kaum zur Last legen. Und sie hatte auch sonst nichts getan, womit sie sich ihre dortige Einkerkerung verdient hätte.

»Nein, ich habe nichts getan, Margrite. Wirklich nicht. Bitte glaub mir«, bat sie mit einem Flehen in der Stimme.

»Beruhige dich, ich glaube dir doch, dass du nichts getan hast. Und doch muss es einen Grund für das Verhalten des Ratsherrn gegeben haben.« Sie schluckte schwer, bevor sie ihren nächsten Gedanken aussprach. »Ich fürchte, du bist hier nicht mehr sicher.«

Anna zuckte zusammen. Sie schluckte und schloss die Augen. Der Gedanke, dass Margrite sie wegschicken könnte, machte ihr mehr Angst als die Erinnerung an den sie verfolgenden Büttel.

»Bitte …«, war alles, was sie hervorbrachte.

Margrite stieß einen tiefen Seufzer aus. Die Not ihrer Freundin machte ihr das Herz schwer. Aber Anna musste gehen, um ihrer eigenen Sicherheit willen, obwohl der Gedanke, sie vielleicht für immer zu verlieren, fast unerträglich war. Wie sehr hatte sie sich doch an die Gesellschaft der Jüngeren gewöhnt, sich über ihre Begeisterung, das Handwerk des Seifensiedens zu erlernen, gefreut und ihre Fröhlichkeit in sich aufgesogen.

Margrite straffte die Schultern und drückte Annas Hand. »Überleg noch einmal, was könnte der Ratsherr gegen dich haben? Woher kennt er dich überhaupt?«

Anna zuckte mit den Achseln. »Ich weiß es wirklich nicht. Ich habe ihn nie zuvor gesehen.« Sie klang verzweifelt.

»Welcher war es denn? Wie sah er aus?«

Anna beschrieb Margrite den Mann aus der Erinnerung heraus so gut sie konnte.

»Das muss der Alte von Goossen gewesen sein«, murmelte Margrite. »Würde auch zu ihm passen, dass er nach vorne getreten ist und Reden geschwungen hat. Außer dem Bürgermeister dürfte sich das sonst auch keiner trauen. Und der ist wiederum viel jünger als der Mann, den du mir gerade beschrieben hast.«

Worauf Anna Margrite erzählte, dass hinter dem ersten noch ein zweiter Ratsherr auf dem Podest gestanden hatte. Nachdem sie Margrite auch dessen Aussehen ausführlich beschrieben hatte, erklärte diese, dass es sich bei dem Mann wohl tatsächlich um Bürgermeister Doneldey gehandelt haben dürfte.

»Also«, setzte die Hauswirtin an. »Nehmen wir einmal an, dass es tatsächlich der Alte von Goossen war, dem du einen solchen Schrecken eingejagt hast. Sagt dir der Name vielleicht etwas?«

Anna schüttelte den Kopf. »Ganz bestimmt nicht, Margrite, bitte glaub mir.«

»Hm«, machte Margrite. »Wir müssen …«

Lautes Poltern an der Tür unterbrach sie.

»Im Namen der Stadt Bremen, öffnet die Tür!«

Anna hielt sich entsetzt die Hand vor den Mund. Tränen

stiegen ihr in die Augen. Margrite stand auf und schob entschlossen ihren Stuhl zurück. »Geh nach hinten und versteck dich dort!«

Sie selbst ging in den Flur und Richtung Tür. »Wer ist da, und was wollt Ihr?«

Erneut wurde gegen die Tür getrommelt. »Macht sofort auf!«

»Ich komm ja schon, ich komm ja schon.« Margrite öffnete die Tür einen Spalt weit.

»Was fällt Euch ein, hier so herumzubrüllen? Und was wollt Ihr überhaupt?«

Vor sich sah sie zwei Stadtbüttel, die sich breit vor ihr aufbauten.

»Seid Ihr die Seifensiederin?«, wollte der jüngere von ihnen wissen.

»Ja, die bin ich!« Margrite wirkte weit ruhiger, als ihr zumute war. Einen Moment lang überlegte sie, ob die Wachen vielleicht ihretwegen hier waren und was sie von ihr wollen könnten.

»Eine junge Frau soll nach Auskünften der Nachbarschaft bei Euch wohnen. Sehr zierlich, mit ganz hellen Haaren.«

»Wer sagt, dass sie bei mir wohnt?«

Nun schob sich der ältere von den beiden vor. »Ihr habt hier keine Gegenfragen zu stellen, Weib. Wohnt sie hier? Dann gebt sie uns heraus.«

»Und Ihr«, sie trat nah an ihn heran und tippte mit ihrem Finger gegen seine Brust, »legt gefälligst eine höflichere Sprache an den Tag, wenn Ihr etwas mit mir zu bereden habt. Ich besitze das Bürgerrecht der Stadt Bremen, mein Guter. Und wenn Ihr nicht wollt, dass ich zusammen mit anderen Bremer Bürgern beim Rat vorstellig werde und dort über Euch berichte, tretet ganz schnell einen Schritt zurück und mäßigt Eure Stimme.« Sie funkelte ihn wütend an. »Na, wird's bald?«

Einen kurzen Moment lang glaubte Margrite, dass der Büttel sie beiseitestoßen und ins Haus eindringen würde. Doch offenbar hatten ihre Worte Wirkung gezeigt, denn der Büttel trat ein Stückchen zurück. »Entschuldigt, wenn ich zu grob Euch gegenüber war.«

Margrite machte darauf eine wegwerfende Handbewegung.

»Also, ich weiß, von wem Ihr sprecht«, meinte sie dann, da es ihr unsinnig erschien zu lügen. Annas Erscheinung war einfach zu auffällig, ein jeder hier in der Nachbarschaft hatte sie in der letzten Zeit bei ihr ein und aus gehen sehen. »Was wollt Ihr von der Frau? Hat sie etwas verbrochen?«

»Das wissen wir nicht«, erklärte ihr der Stadtbüttel. »Wir sollen sie nur so schnell wie möglich zum Ratsherrn von Goossen bringen. Zu ihm selbst.«

»Dann richtet Eurem Ratsherrn aus, dass die junge Frau freiwillig zu ihm kommen wird, aber nicht in Eurer Begleitung, sondern zusammen mit mir.«

»Aber …«

»Kein Aber, habt Ihr verstanden? Sie wird zu ihm kommen, sobald sie zurück ist und ich sie von Eurem Anliegen unterrichtet habe. Das ist alles.« Mit diesen Worten trat sie wieder ins Haus und knallte den Bütteln die Tür vor der Nase zu.

Die Büttel sahen einander verblüfft an. Daran gewöhnt Befehle entgegenzunehmen, hatten sie sich vom heftigen Widerstand der Seifensiederin überrumpeln lassen. Und so blieb ihnen nichts anderes übrig, als mit der soeben erhaltenen Auskunft zum Ratsherrn von Goossen zurückzukehren.

Drinnen lehnte sich Margrite gegen die Tür und atmete mehrmals tief durch, während Anna zögerlich auf den Korridor trat.

»Ich habe alles gehört.«

Margrite stieß sich von der Tür ab. »Dann weißt du ja Bescheid.«

»Und jetzt?«

»Jetzt gehen wir zum Ratsherrn von Goossen, um ihn zu fragen, was er von dir will.«

Die Jüngere zögerte. »Das heißt also, ich muss nicht aus Bremen und von dir fort?«

»Erst einmal sollten wir uns anhören, was von Goossen von dir will und ob dir überhaupt etwas vorgeworfen wird.«

»Und wenn sie mich dabei gefangen nehmen und einsperren?«

»Ohne jeden Grund?« Sie ging auf Anna zu, streckte die Arme aus und zog sie an sich. »Du bist hier in Bremen, Liebes. Die Willkür, die du vielleicht von woandersher kennst, herrscht hier nicht. Es gibt in dieser Stadt Gesetze, an die sich auch ein Rat halten muss.«

Anna schien erleichtert, und Margrite hoffte inständig, ihrer Freundin nicht zu viel versprochen zu haben.

31. Kapitel

Alles war bis ins Kleinste vorbereitet. Wyland spielte nervös mit seinen Fingern. Sein Blick wanderte zu Albrecht hinüber, der ihm fast unmerklich zunickte. Der aus fünfzehn Männern bestehende enge Rat war ebenso vollzählig erschienen wie die Mitglieder des weiten Rates mit zweiundachtzig an der Zahl, die beiden Bürgermeister nicht mit eingerechnet, um dem Bericht des Henkers zu lauschen, der die peinliche Befragung an den vier Aufrührern hatte vornehmen sollen. Cornelius', Albrechts und Wylands Plan sah vor, dem Verräter in ihren eigenen Reihen weiszumachen, dass die Befragung wie geplant stattgefunden hatte.

Egidius sah der Sitzung in freudiger Erwartung entgegen. Nicht mehr lange, dann würde der Tod des Predigers offiziell bekanntgegeben werden, und die Sache am Dom wäre damit endgültig für ihn ausgestanden. Er wunderte sich, dass die Ratsmänner um ihn herum noch immer glaubten, nun das Ergebnis der Befragung zu erfahren. Wusste er doch von Helme nur zu genau, dass der Abschaum den Namen seines Auftraggebers mit ins Grab genommen hatte.

Endlich könnte das Judenthema wieder in den Vordergrund gerückt und die Stimmung weiter angeheizt werden. Wer von den Spitzhutträgern an seinem Leben hing, würde über kurz oder lang die Stadt verlassen oder hatte es bereits schon getan. Heute, so spürte Egidius, war endlich der Tag gekommen, an dem sich für ihn alles zum Guten wenden würde. Für den Abend plante er bereits einen Besuch im Hurenhaus, zu dem er seine Kumpane einladen würde. Den könnte er sich nunmehr wieder leisten, nachdem er einen Großteil seiner Schulden nicht mehr zurückzahlen musste.

Der Gedanke erfüllte ihn mit Genugtuung. Viel zu lange schon hatte er auf diese und ähnliche Vergnügungen verzichten müssen, nur weil ihm irgendwelche jämmerlichen Gestalten die Geschäfte verdorben und ihm damit das Leben verwehrt hatten, das zu führen ihm zustand.

Er warf seinem verhassten Bruder einen Blick zu. Cornelius, dieser widerliche Hundsfott, würde schon noch zu spüren bekommen, was es hieß, wie eine armselige Kröte dahinvegetieren zu müssen, sobald er, Egidius, wieder mehr Macht in der Stadt hätte.

Voller Vorfreude rieb er sich die Hände.

Die Unterhaltungen waren auffallend gedämpft. Das übliche lautstarke Gebaren der Ratsherren blieb heute aus. Kaum dass Johann Overstolz von Efferen sich räusperte, verstummten auch die letzten Geräusche.

»Wir sind heute zusammengekommen, um vom Henker das Ergebnis seiner peinlichen Befragung der vier Aufrührer, die da heißen Berthold und Walburgis sowie Hugo und Rainhard, zu erfahren. Da jeder der Anwesenden mit dem Fall vertraut ist, erspare ich euch und mir, die Anklageschrift erneut zu verlesen.« Er gab dem Büttel am Eingang zum Saal einen Wink. »Der Henker möge eintreten.«

Kaum hatte der Büttel die Tür geöffnet, als auch schon ein großer Kerl mit massigen Schultern hereingeschlurft kam. Er hatte etwas Furchteinflößendes an sich, selbst wenn man nicht gewusst hätte, welches Amt er in der Stadt ausübte.

»Tritt hier in die Mitte!«, wies der Ratsvorsitzende ihn an.

Der Mann tat wie ihm geheißen, ohne seinen Schritt zu beschleunigen.

Wyland betrachtete ihn. Er hoffte, dass der Henker sich an die Absprache halten würde, war sich dessen jedoch nicht sicher. Hier und heute konnte alles Mögliche geschehen. Falls der Kerl auf den Gedanken kommen sollte, den Räten von Albrechts Drohung zu berichten, mit der dieser ihn zur Falschaussage gedrängt hatte, würden ihr Freund, Cornelius und er selbst in großen Schwierigkeiten stecken. Doch sie hatten diese Gefahr eingehen müssen. Wyland wusste nicht mit endgültiger Sicherheit zu sagen, aus welchem Grund – wenn nicht aus dem des Eigennutzes – einzelne Bürger die Hetzjagd auf die Juden eröffnet hatten, doch war er sich sicher, dass diese Menschen nicht das Geringste mit dem Teufel zu schaffen hatten.

»Und, Henker«, setzte der Vorsitzende erneut an, »hast du nun mit dem Pöbel sprechen können?«

Egidius rutschte freudig auf seinem Stuhl hin und her, unfähig, noch länger still zu sitzen.

Wyland hielt die Luft an.

»Ja, Herr, das habe ich.«

Beruhigt atmete Wyland aus und sah kurz zu Cornelius hinüber, der ebenso angespannt wie er auf seinem Stuhl saß. Der kurze Blickkontakt genügte, um einander die wechselseitige Erleichterung darüber zu versichern, dass der Henker aussagen würde, was Albrecht ihm aufgetragen hatte. Zufrieden verschränkte Cornelius die Arme vor der Brust und lehnte sich im Stuhl zurück.

Egidius riss die Augen auf. Was zum Teufel …? Der Henker hatte noch mit dem Prediger sprechen können? Er spürte, wie sich sein Puls beschleunigte.

»Nun gut«, ließ sich Bürgermeister Overstolz von Efferen vernehmen. »Dann berichte uns, was die Befragung ergeben hat.«

Der Henker räusperte sich. Egidius wurde am ganzen Körper eiskalt. Seine Fingerspitzen begannen zu kribbeln, und er musste mehrfach schwer schlucken. Gleichzeitig schienen ihm seine Lungen ein gleichmäßiges Atmen verwehren zu wollen.

Der Henker zögerte. Langsam und alles durchdringend ließ er seinen Blick über die Anwesenden schweifen. Egidius meinte, dass er auf ihm etwas länger geruht hatte als auf den anderen Ratsherren. Und in diesem Moment wusste er es: Es war vorbei. Das Pack hatte geredet. Helmes Plan war entweder fehlgeschlagen, oder er hatte ihn dreist belogen. Sobald sein Name fiele, würde es nur noch einen Wimpernschlag dauern, bis der Ratsherr auf ihn zeigen und ihn sogleich abführen lassen würde. Was für eine öffentliche Demütigung. Egidius wurde übel.

Der Henker räusperte sich. »Ihr edlen Herren«, begann er gestelzt und versuchte damit offenbar seine einfache Herkunft zu überspielen. »Ich habe die Aufrührer befragt, einen nach dem anderen.«

Der Kerl versteht es Spannung aufzubauen, stellte Albrecht mit einem verstohlenen Lächeln um die Mundwinkel herum fest.

Der Vorsitzende wurde unruhig. »Und das Ergebnis?«

»Sie wurden zu ihrer Tat angestachelt und dafür bezahlt.«

Nun war es heraus, und sofort brach ein wildes Durcheinanderreden los. Weiber auf dem Wochenmarkt hätten sich nicht besser darauf verstanden.

Egidius sah zum Ausgang. Wenn er jetzt auf und davon springen würde, könnte er womöglich die verblüfften Büttel überrumpeln und ins Freie gelangen. Er lachte kurz auf, worauf sich sofort die irritierten Blicke der anderen Rätler auf ihn hefteten. Nein, hier würde er nicht unbemerkt herauskommen. Um ein unverbindliches Lächeln bemüht, bückte er sich, als sei ihm etwas hinabgefallen. Die Aufmerksamkeit der Umsitzenden richtete sich erneut auf den Henker.

»Von wem wurden sie zu ihrer Tat angestachelt?«, wollte der Vorsitzende des Rates nun wissen.

Der Henker trat von einem Fuß auf den anderen. Wyland stellte unruhig fest, dass der Kerl allmählich die Nerven zu verlieren schien, und warf Albrecht einen hastigen Blick zu.

»Sprecht ganz offen, Henker!«, forderte Albrecht diesen daraufhin auf. »Wer hat sie zu ihrer Tat angestiftet?«

Der Angesprochene schien wieder an Sicherheit zu gewinnen. »Ein hochgestelltes Mitglied dieses Rates«, verlautbarte er dann.

Unter den Anwesenden brach ein Tumult aus. Worte der Empörung fielen.

»Dann nennt uns seinen Namen«, forderte Cornelius, der sich nun von seinem Stuhl erhoben und seinen Blick fest auf den ungeliebten Bruder gerichtet hatte.

»Nein«, stellte sich Wyland ihm entgegen. »Das ist ehrenrührig. Der Verräter soll Gelegenheit bekommen, sich selbst dem Rat zu stellen. Wird er hier öffentlich eines Vergehens beschuldigt, kommt dies einer Vorverurteilung gleich. Das dürfen wir nicht zulassen.«

Der Henker sah den Ratsvorsitzenden an, als erwarte er dessen Weisung, ob er den Namen nun laut äußern solle oder nicht.

Das Stimmengewirr schwoll wieder an. Argwöhnisch beäugten die Ratsherren einander und spekulierten über die Identität des Anstifters in den eigenen Reihen.

In diesem Moment klopfte es laut an die Tür. Einer der beiden Büttel, die den Eingang rechts und links flankierten, ging daraufhin nach draußen. Als er wieder in den Saal zurückkam, eilte er zu Cornelius und meinte: »Ratsherr Nürnberger, Euer Diener wünscht Euch dringend eine Nachricht zu überbringen.«

In diesem Moment betrat Baldewin, ohne dazu aufgefordert worden zu sein, auch schon den Raum, eilte zu Cornelius hinüber und flüsterte ihm etwas ins Ohr. Dieser riss entsetzt die Augen auf und schlug sich eine Hand vor den Mund. Der Diener verbeugte sich vor den Anwesenden und verließ danach den Raum.

»Was ist dir, Ratsherr Cornelius?«

Schwer ließ sich der Angesprochene auf seinen Stuhl niedersinken, verharrte dort einen Augenblick völlig regungslos und erhob sich dann schließlich wieder, wobei er die Hände auf den Tisch vor sich stützte.

»Meine Herren. Ich habe euch eine Nachricht zu überbringen, die euch ebenso bestürzen wird, wie sie mich bestürzt hat.« Er machte eine bedächtige Pause, um seinem Entsetzen und seinen Worten Wirkung zu verleihen. »Soeben berichtete mir mein Diener, dass Lambertus, der Schlüsselmeister, in meinem eigenen Hause verstorben ist.«

»Was?«, entfuhr es Albrecht. »Weshalb? War er etwa krank? Und warum hat er dich überhaupt aufgesucht?«

»Mein treuer Baldewin sagte, dass Lambertus sich mit letzter Kraft in mein Haus geschleppt hat, nachdem er Opfer eines Überfalls geworden ist.«

»Ein Überfall?« Nun war auch Wyland aufgesprungen. »Wer überfällt einen Schlüsselmeister? Um eine möglichst reiche Beute kann es dabei ja wohl nicht gegangen sein?«

»Nein«, stellte Cornelius klar. »Wie Baldewin mir weiterhin berichtete, ging es dem Attentäter um den Kerkerschlüssel, den er Lambertus geraubt hat.«

»Jemand, der nicht wissen kann, dass die Befragung schon stattgefunden hat, will verhindern, dass die Aufrührer reden können!« Einer der Ratsherren sprang nach vorne und streckte seine Faust gen Himmel. »Na warte, Bürschchen, dich werden wir schon dingfest machen.« Und ohne sich weiter mit den anderen Räten zu besprechen, brachte er den Bütteln gegenüber Befehle aus: »Schnell, eilt euch! Lasst die Wachen verstärken und vor allen Türen Posten beziehen.«

Egidius zuckte zusammen. Nun war es endgültig um ihn geschehen. Er begann, unkontrolliert am ganzen Körper zu zittern.

»Nur gut, dass wir die Gefangenen bereits befragt haben«, stellte Cornelius mit ruhiger, fester Stimme klar. »Sonst hätten wir den Namen des Verräters womöglich nie mehr erfahren.«

Egidius sah nicht auf. Er spürte auch so, dass der Blick seines Bruders auf ihm ruhte und sich wie ein glühendes Eisen durch ihn hindurchbrannte.

»Wo ist Lambertus' Leiche?«, fragte der Ratsvorsitzende, nachdem er die Ruhe im Saal nach mehrmaligen Ermahnungen wiederhergestellt hatte.

»Noch in meinem Hause«, erklärte Cornelius.

»Dann werden wir zwei Büttel dorthin schicken, den Körper wegzuschaffen.« Er erhob sich. »Für heute, denke ich, haben wir genug erfahren. Henker, du hältst dich bereit, deine Aussage zu Protokoll zu geben. Und«, er sah die Anwesenden an, »wenn tatsächlich einer aus dieser Runde den Pöbel zu seiner Tat angestiftet hat, sollte er im Anschluss an diese Sitzung sofort in mein Amtszimmer kommen und sich mir erklären, bevor der Henker vor einem unserer Schreiber Platz genommen hat.« Wütend schob er seinen Stuhl zurück. »Es ist eine Schande für den hohen Rat! Eine Schande!«

Schnaubend verließ er den Saal.

Albrecht beeilte sich, gleich hinter dem Henker aus dem Saal zu kommen. Mit einem Wink gab er diesem zu verstehen, die Treppe hoch zu den dort befindlichen Schreibstuben zu gehen. Der begriff sofort, ging zur Treppe und nahm dann mit großen Schritten immer zwei Stufen auf einmal. Am oberen Treppenabsatz drehte er sich um. Albrecht stand unten, sah zu ihm hinauf und nickte. Als Cornelius und Wyland sich zu Albrecht gesellten, sahen sie den Henker gerade noch in den oberen Korridor treten, bevor er ihrem Blick entzogen war.

»So weit, so gut«, stellte Cornelius fest. »Es wird nicht lange dauern, bis die ausgeschickten Wachen die Leiche des Predigers im Kerker finden und der Rat aufs Neue zusammengerufen wird. Die des Schlüsselmeisters haben wir Gott sei Dank ja noch rechtzeitig in mein Haus bringen können. Wichtig ist nur, dass der Henker seine Aussage bis dahin nicht schriftlich wiederholt hat.«

Wyland nickte. »Wir müssen dem Verräter Gelegenheit geben, sich bei den Bürgermeistern zu melden.«

»Und den Henker vor einer Falschaussage bewahren«, fügte Cornelius hinzu.

»Dann los.«

Zu dritt hasteten sie die Stufen hinauf und hielten auf die Schreibzimmer zu, die sich im hinteren Teil des Korridors befanden. Nach einem kurzen Klopfen öffneten sie die erste Tür. Dort saß der Henker vor einem Tisch, auf dessen anderer Seite ein Schreibgelehrter soeben seine Aussage aufnehmen wollte.

»Was gibt es?«, fragte der Schreiber interessiert, ohne sich seine Verärgerung über die Störung anmerken zu lassen.

»Wir müssen wissen, in welche Zellen die Aufrührer eingesperrt worden sind. Außer dem Henker findet sich in den vielen Gängen da unten ja niemand zurecht.«

Der Schreiber legte seinen Federkiel beiseite. »Wenn das so ist, nehmen wir deine Angaben wohl später auf.« Seine Miene wirkte gleichmütig, als ob ihm die Unterbrechung nicht ungelegen komme.

Der Henker erhob sich ohne ein Wort und folgte den Ratsherren aus dem Zimmer.

»Bisher ist alles so gelaufen, wie wir es gehofft haben«, sagte Albrecht leise, als sie die Tür hinter sich geschlossen hatten. Er ging einige Schritte in Richtung Treppe, linste über das Geländer nach unten und kam dann auf leisen Sohlen zu den anderen zurück. »Es sind immer noch einige Ratsherren dort unten, die sich besprechen. Wir können uns aber so lange hier aufhalten, bis jemand heraufkommt.«

»Was ist, wenn wir entdeckt werden?«, fragte Wyland besorgt.

Albrecht legte ihm beruhigend die Hand auf die Schulter. »Wir sind drei gestandene Ratsmänner. Wer würde es wagen, uns dumme Fragen zu stellen?«

Wyland war nur im Ansatz beruhigt. Nervös spähte er Richtung Treppe, als erwarte er, dort jeden Moment einige Büttel emporstiefeln zu sehen, die das abgekartete Spiel sofort durchschauten.

»Ganz ruhig«, forderte Albrecht. »Es ist nichts weiter geschehen. Der Henker hat noch keine schriftliche Aussage gemacht, er hat keinen Namen genannt und lediglich ein wenig geschwindelt, als er sagte, die Gefangenen bereits verhört zu haben.« Er wandte sich an den Vollstrecker. »Und dass du das nicht getan hast, kann dir niemand beweisen. Also, ruhig Blut.«

Der Henker nickte. »Und abgesehen davon«, ergänzte Cornelius, »zieht keiner von uns einen persönlichen Nutzen aus der kleinen Vorstellung. Es geht nur darum, den wahren Täter dazu zu bringen, einen Fehler zu machen. Das ist alles.«

Wylands Haltung entspannte sich. Dass der Henker zu diesem Zeitpunkt der Einzige war, dem man wegen seiner Falschaussage an den Kragen hätte gehen können, schien diesem nicht bewusst zu sein. Mit gleichgültiger Miene stand er neben den Ratsherren und wartete auf weitere Anweisungen.

Egidius stützte die Hände auf die Knie und holte keuchend Luft. Nach Beendigung der Sitzung war er aus dem Rathaus gestürmt. Kurz hatte er sich in alle Richtungen umgesehen und überlegt, wohin er laufen sollte. Sobald der Henker dem Schreiber seine Aussage in die Feder diktiert hätte, würde allen bekannt werden, dass er und kein anderer für die Geschehnisse am Dom verantwortlich war. Schnell würden die Oberen ihre Schlüsse ziehen. Dass er Schulden bei den Juden hatte, war nicht ungewöhnlich. Wenn jedoch der Geldverleiher, dieser gottverdammte Benjamin, über die Höhe derselben befragt werden würde, wären Egidius' Gründe, die Kölner Bürger zu einer Verschwörung gegen die Juden aufzuwiegeln, offenbar. Er fuhr sich mit den Händen über den Kopf und raufte sich die Haare.

»Was tust du da?«

Helmes Stimme hatte einen amüsierten Ton.

Helme! Dieser verdammte Hurensohn, der ihm das alles eingebrockt hatte.

»Du!« Egidius packte den Größeren am Wams und zerrte an ihm.

»Bist du wahnsinnig geworden?« Helme schlug ihm auf die Hände. »Was soll das?«

Egidius' Augen funkelten wild. »Du bist an allem schuld. Du allein!«

Helme legte einen Finger auf seine Lippen. »Scht! Nicht so laut. Wovon redest du überhaupt?«

»Wovon ich rede?« Die Stimme des Händlers überschlug sich. Er streckte den Zeigefinger aus und drückte ihn gegen Helmes Brust. »Ich rede davon, dass ich mich raushalten sollte. Du sagtest, du würdest alles richten.« Er senkte die Stimme. »Und jetzt werden sie mich drankriegen. Aber das eine sag ich dir, wenn ich stürze, reiß ich dich mit in den Abgrund.«

»Verdammt noch mal! Jetzt sag schon, was geschehen ist!«

Der Ratsmann sah aus, als würde er jeden Moment zusammenbrechen. »Sie wissen alles! Alles, hörst du? Sie wissen, wer das Pack angestiftet hat.«

»Woher?«

»Weil der verfluchte Kerkermeister es befragt hat, bevor du ihm den Garaus gemacht hast, daher!«

Helme verzog unwillig den Mund. »Bist du dir sicher?«

»Und ob ich mir sicher bin.« Egidius schnaubte. »Und der Henker sitzt gerade bei einem der Schreiber und plaudert aus, was er erfahren hat. Wir sind geliefert, mein Lieber. Du und ich vereint am Galgen.«

Bei Egidius' letztem Wort zuckte Helme fast unmerklich zusammen. Er konnte sich nicht erklären, warum. Nie hatte er Furcht vor dem Sterben gehabt. Doch die Vorstellung, am Galgen zu enden, löste auf einmal eine lähmende Angst in ihm aus.

»Das müssen wir verhindern!«, rief Helme.

»Oh, welch wunderbarer Gedanke.« Egidius lachte hysterisch. »Und sicher weißt du auch schon, wie wir das anstellen werden.«

»Der Henker ist der einzige Zeuge, richtig?«

»Richtig, der einzige.«

»Dann müssen wir ihn daran hindern, deinen Namen zu nennen.«

Der Händler lachte laut auf, riss sich aber schnell wieder

zusammen. »Es ist sowieso zu spät. Der Henker wird seine Aussage längst gemacht haben.«

»Vielleicht, vielleicht aber auch nicht. Ich muss es einfach versuchen«, sagte Helme darauf mehr zu sich selbst als zu Egidius und sprang dann in Richtung Rathaus davon.

Egidius war unschlüssig, ob er ihm folgen sollte. Einerseits wollte er mitbekommen, was der Freund zu seiner Rettung unternahm, andererseits wollte er so weit wie möglich fort sein, wenn die Büttel, sobald sein Name gefallen war, losstürmten, um ihn dem Rat vorzuführen.

Nach und nach lösten sich auch die letzten noch im Rathaus verbliebenen Grüppchen auf. Die Ereignisse der letzten Tage hatten die Ratsherren über Gebühr in Anspruch genommen, zumal ein jeder von ihnen noch seinen eigentlichen Geschäften nachzugehen hatte. Zwar konnte es kaum einer von ihnen erwarten, den Namen des Verräters zu erfahren oder gar dabei zu sein, wenn dieser unter dramatischen Umständen der Tat überführt wurde. Und auch die Frage, ob es bei dem Überfall auf den Schlüsselmeister tatsächlich um den Kerkerschlüssel gegangen war, um die Eingesperrten daran zu hindern auszusagen, oder ob womöglich noch einmal etwas ganz anderes dahintersteckte, erregte die Gemüter unvermindert heftig. Doch konnte sich die Klärung beider Fälle noch wer weiß wie lange hinziehen. Und so machten sich die Ratsherren schließlich doch auf den Weg nach Hause.

Wyland ging vorsichtig über den Korridor bis zum Geländer, sah in den Eingangsbereich hinunter und kehrte dann wieder zu den anderen zurück.

»Sie sind weg«, berichtete er.

»In Ordnung.«

Albrecht gab dem Henker einen Wink. Zu viert gingen sie auf die Treppe zu.

Die Aufregung, die Wyland schon seit Stunden wie auf glühenden Kohlen sitzen ließ, legte sich allmählich. Nicht mehr lange, und sie hätten es geschafft. Hoffentlich ging alles gut. Ihm lag das Lügen nun einmal nicht, und je länger ihre Finte dauerte, desto unwohler fühlte er sich dabei. Er warf einen verstohlenen Blick zu Albrecht, der schweigend neben ihm herging. Zwei Treppenstufen hinter ihnen war Cornelius dagegen in eine belanglose Unterhaltung mit dem Henker verwickelt, zumindest hörte es sich nicht so an, als ginge es dabei um etwas Wichtiges.

»Ratsherr Wyland!«

Die helle Frauenstimme klang freundlich und war ihm bekannt, auch wenn er niemals vermutet hätte, sie in diesem Gebäude zu hören. Und so begrüßte Wyland die Tochter seines Geschäftspartners auch durchaus verwundert.

»Esther? Was macht Ihr denn hier?«, rief er die Treppe hinab.

Die junge Frau war vor dem Saal stehen geblieben, in dem vor kurzem noch die Sitzung abgehalten worden war.

»Kann ich Euch kurz sprechen?«, bat sie.

»Ist etwas geschehen?«

Sie trat noch einen Schritt vor, und dann ging alles blitzschnell. Wie aus dem Nichts stürmte plötzlich eine vermummte Gestalt zum Eingangsportal herein und auf die Treppe zu. Sie packte die junge Frau, die ihr im Weg stand, und stieß sie mit Wucht gegen eine der Säulen der Halle, wo sie benommen zu Boden ging.

Die Männer auf den Stufen brauchten einen Moment, um überhaupt zu begreifen, was vor sich ging. Dann, ehe auch nur einer von ihnen reagieren konnte, zog der Mann, der einen breiten Hut auf dem Kopf trug und ein Tuch um sein

Gesicht geschlungen hatte, auch schon ein Gerät unter seinem Umhang hervor, das wie eine viel zu klein geratene Armbrust aussah, zielte mit einer Hand und streckte den Henker mit einem einzigen Schuss nieder. Dieser brach mit einem Pfeil im Kopf lautlos auf der Treppe zusammen. Albrecht fing den leblosen Körper gerade noch in seinen Armen auf, damit dieser sich nicht überschlagen und die Stufen hinabrollen konnte. Wyland und Cornelius tauschten einen hastigen Blick, dann sprang Cornelius in großen Sätzen die Treppenstufen hinab und nahm die Verfolgung des Gesichtslosen auf, der schnell wie der Wind sofort wieder kehrtgemacht hatte und ebenso rasch verschwand, wie er zuvor aus dem Nichts aufgetaucht war.

Wyland lief zu der am Boden liegenden Esther und half ihr dabei sich aufzurichten.

»Was ist geschehen?«, fragte sie noch immer ganz benommen.

Der Angesprochene gab keine Antwort, sondern sah die Treppe zu Albrecht hinauf, der ihm mit einem Kopfschütteln bedeutete, dass für den Henker jede Hilfe zu spät kam. Kurz darauf kam Cornelius im Laufschritt in die Halle zurückgeeilt.

»Er ist wie vom Erdboden verschluckt.«

Ein Blick genügte ihm, um zu erkennen, dass der Henker tot war.

»Wer zum Teufel war das?« Cornelius sah seine Freunde an. Er schnaubte vor Wut.

»Kommt, Esther.« Wyland half ihr auf die Beine. »Geht es mit dem Laufen?«

Sie bejahte mit einem Kopfnicken.

Inzwischen waren einige Ratsbedienstete aus ihren Schreibstuben geeilt und blickten ebenso hilflos wie verblüfft auf das Geschehen.

»Holt die Bürgermeister!«, ordnete Cornelius mit befehlsgewohnter Stimme an. Er ging zu Wyland und Esther hinüber. »Ich hoffe, Euch ist nichts geschehen?«

»Nein, Herr, habt Dank. Es geht schon wieder.«

»Du solltest sie nach Hause begleiten. Wir werden uns hier um alles kümmern.«

»Wir hätten ihn schützen müssen«, sagte Wyland leise. Cornelius nickte stumm.

Sie waren schon fast am Hause Benjamins angekommen, als Wyland die junge Frau fragte, weshalb sie ihn im Rathaus aufgesucht habe.

»Ich wollte Euch bitten, mit meinem Vater zu sprechen und ihn davon zu überzeugen, dass wir Köln nicht verlassen müssen.«

Wyland blieb stehen und umfasste ihren Arm. »Ihr habt selbst gesehen, wie weit es in dieser Stadt schon gekommen ist. Nicht einmal vor einem Mord direkt im Rathaus schrecken sie zurück. Ihr seid hier nicht mehr sicher.«

Esther wollte etwas erwidern, wusste jedoch nichts zu sagen. Vor der Haustür des jüdischen Geldverleihers blieben sie stehen.

»Habt Dank für die Begleitung«, brachte sie hervor, die Hand schon auf dem Türknauf, und ging dann in den Flur des Hauses hinein.

Ohne den Vater zu begrüßen, lief sie die Treppe hinauf in ihr Zimmer, griff nach ihrem Gebetsschal und legte ihn sich um. Danach kniete sie sich nieder und begann, verwirrt und unkonzentriert zu beten. Hunderte, sogar Tausende Male hatte sie die immer gleichen Gebetsverse in ihrem Leben schon gesprochen und Adonai um seine Güte und seinen Beistand angerufen. Stets hatte sich dabei ein Gefühl der Geborgenheit wie ein wärmendes Tuch um sie gelegt. Doch heute schienen ihr die Worte leer, kalt und seelenlos zu sein. Sie verstand nicht, wie sich ihr gesamtes Leben innerhalb weniger Wochen so hatte verändern können. All der Hass und die Angst, die sie nun in den Augen der Menschen sah, denen sie begegnete, die Gewalt, mit der sie vorhin von dem Fremden zu Boden geschleudert worden war. Und dann die Sorge in den Augen ihres Vaters, die ihr mehr Furcht einflößte als alles andere. Zwar bemühte er sich in ihrer Gegenwart immer um ein Lächeln, doch vermochte er sie damit nicht zu täuschen. Tränen liefen ihr über die Wangen, als sie den Höchsten nach dem Grund für all das Leid fragte. Doch sosehr sie auch in sich hineinhörte, schien er ihr diesmal keine Antwort geben zu wollen. Esther beendete ihr Gebet und erhob sich zittrig. War Adonai heute stumm, weil sie selbst nicht dazu in der Lage war, ihn zu verstehen, und nur zu einfältig, sich dies einzugestehen? Mit einem Seufzer legte sie den Gebetsschal zusammen, wischte sich die Tränen aus dem Gesicht und ging nach unten, um ihrem Vater von dem Geschehen im Rathaus zu berichten. Er würde es ja ohnehin erfahren. Behielte sie ihr Wissen für sich, käme zu seiner Sorge auch noch die Enttäuschung über sein eigenes Kind hinzu. Wenigstens diese wollte sie ihm ersparen.

32. Kapitel

Du wartest hier!« Margrite schob Anna in einen der hintersten Winkel der Arkadenbögen am Rathaus. »Nur wenn ich selbst dich holen komme, trittst du unter den Bögen hervor, hörst du?«

Anna nickte. Trotz des warmen Sommertages war ihr eiskalt. Seit sie am Morgen durch die Stadt gehetzt war, war die Angst nicht mehr von ihr gewichen, und die Tatsache, dass sie nicht die geringste Ahnung hatte, warum sie vor einem der Räte erscheinen sollte, hatte diese noch einmal verstärkt.

»Hast du verstanden?«, vergewisserte sich die Seifensiederin noch einmal und suchte dabei den Blick der Jüngeren.

»Ich habe Angst.«

»Mir ist auch nicht gerade wohl, Anna. Doch glaub mir: Wenn du dich eines Verbrechens schuldig gemacht hättest, wäre es mir auch mit all meinem Geschimpfe gewiss nicht gelungen, die Büttel zum Gehen zu bewegen.« Sie tätschelte Annas Wange. »Es wird schon werden, Liebes.«

Mit diesen Worten wandte sie sich ab und verschwand durch die schwere Tür des Bremer Rathauses.

Es war Jahre her, seit sie zuletzt in dem Gebäude gewesen war. Aber sie erinnerte sich noch ganz genau daran. Es war der Tag, an dem ihr von den Stadtoberen die Bürgerrechte zugesprochen worden waren. Ab diesem Zeitpunkt hatte sich ihr Leben verändert. Alles, was sie zuvor getan und wozu sie sich hergegeben hatte, um überleben zu können, war seitdem vorbei. Die Hurenbänder hatte sie abgelegt und nie wieder an ihre Kleidung geheftet. Sie war eine Frau mit den Bürgerrechten dieser Stadt, und als eine solche wollte sie auch wahrgenommen werden.

»Seid gegrüßt. Wo finde ich den Ratsherrn von Goossen?«

Der Büttel, der sich vor einer der Türen im Erdgeschoss postiert hatte, sah kurz auf. Es war ungewöhnlich, dass einzelne Zimmer im Rathaus bewacht wurden, zumindest wenn keine Versammlung stattfand. Margrite vermutete, dass mit dieser Maßnahme den Unruhen der letzten Zeit Tribut gezollt wurde.

»Der wird beim Bürgermeister sein. Die Treppe rauf und dann die letzte Tür am Ende des Korridors.«

»Habt Dank.«

Mit ruhigen Schritten stieg sie die Stufen hinauf. Oben angekommen, kam ihr auf dem Flur ein zweiter Büttel entgegen, der sie aufmerksam musterte und auf gleicher Höhe mit ihr stehen blieb.

»Wer seid Ihr, und wohin wollt Ihr?«

»Ich bin die Bürgerin Margrite Schonau und suche den Ratsherrn Siegbert von Goossen.«

»Der ist beim Bürgermeister.«

Margrite wartete, doch der Büttel bewegte sich nicht von der Stelle.

»Würdet Ihr dann wohl so gütig sein mich zu melden?«

»Wenn Ratsherr von Goossen und Bürgermeister Doneldey etwas zu besprechen haben, wünschen sie keine Störung. Im Übrigen erwarten wir den Medicus. Ratsherr von Goossen hat einen Schwächeanfall erlitten.« Er biss sich auf die Lippen, zu spät wurde ihm bewusst, dass er die letzte Auskunft wohl besser nicht erteilt hätte. Gegenüber Dritten von einer Schwäche des hohen Ratsherrn von Goossen zu sprechen wäre diesem gewiss nicht recht, würde er davon erfahren.

»In Eurem eigenen Interesse würde ich Euch empfehlen, dass Ihr Siegbert von Goossen meldet, die Frau, die er erwartet, sei hier.«

»Warum habt Ihr nicht gleich gesagt, dass Ihr erwartet werdet?«, beschwerte sich der Büttel. Er machte auf dem Absatz kehrt und ging zur hintersten Tür, klopfte und lauschte, bis ihn eine Stimme im Innern des Raums einzutreten bat. Der Büttel öffnete darauf die Tür und meldete den Besuch. Dann wandte er sich wieder an Margrite.

»Der Ratsherr ist unpässlich. Er kann jetzt niemanden empfangen.«

Margrite vernahm seine Antwort mit Erleichterung. Sie hatte die Zusage gegeben, Anna hierherzubringen und sich daran gehalten. Wenn sie nun nicht zu von Goossen vorgelassen wurde, lag es nicht an ihr.

Auf einmal hörte sie laute Stimmen, und einen Moment später trat Siegbert von Goossen an dem Büttel vorbei aus der Tür.

»Ihr seid nicht die Frau, die ich erwarte.«

Margrite nickte kurz zur Bestätigung, meinte dann aber schnell: »Nein. Aber ich bin in ihrem Auftrag da. Sie möchte erst wissen, was Ihr von ihr wollt, bevor sie herkommt.«

Er drehte sich um und sagte in den Raum hinein: »Ich werde mich in mein Haus zurückziehen. Der Medicus mag mich dort aufsuchen.«

Die Antwort des Bürgermeisters war für Margrite nicht verständlich, doch da trat von Goossen schon auf sie zu und griff nach ihrem Oberarm. »Kommt!«

Sie ließ sich von ihm einige Schritte führen, bis sie kurz vor dem Treppenabsatz standen. »Sagt mir, wo ich die Frau finden kann.«

Margrite verschränkte die Arme vor der Brust und sah ihn nur an. Er war eine hochaufragende, beeindruckende Erscheinung, und seine Körperhaltung verriet ihr, dass die Menschen für gewöhnlich taten, was er forderte. Weshalb sie es statt einer Antwort auch vorzog, den Kopf leicht schräg zu legen und ihn nur anzusehen. Er verstand die Geste sofort.

»Ich will nur mit ihr sprechen.«

»Weshalb?«

»Das werde ich nur ihr sagen.«

»Dann werdet Ihr es ihr wohl gar nicht sagen.«

»Was denkst du dir, Weib?« Er spie die Worte heraus und hob drohend die Hand.

Margrite blieb nach außen völlig ungerührt. Nichts in ihrem Gesicht verriet ihr wildes Herzklopfen.

Er atmete laut aus, ließ aber den Arm sinken. »Es hat mit ihrer Mutter zu tun.«

»Ihre Mutter ist tot.«

»Das weiß ich, verdammt noch mal.«

»Was wollt Ihr dem Mädchen dann berichten?«

Wieder packte er sie am Arm, doch diesmal grob, und funkelte sie wütend an. Sie hob stolz den Kopf, als könnte nichts, was er sagte oder tat, ihr auch nur das Geringste anhaben. Ihr unerschrockenes Auftreten zeigte Wirkung. Von Goossen merkte, dass er dieses Weib ganz offensichtlich nicht einschüchtern konnte. Und so lockerte er seinen Griff, tätschelte ihren Arm und fuhr in versöhnlichem Ton fort: »Ich versichere Euch, dass Eurer Freundin nichts geschehen wird. Ihr habt mein Ehrenwort darauf.«

Margrite nahm mit Befriedigung zur Kenntnis, dass er vom abwertenden Duzen wieder zur höflicheren Anrede übergegangen war.

»Ihr sagtet vorhin dem Bürgermeister, dass Ihr in Euer Haus wollt?«

Er nickte.

»Dann erwartet uns dort.«

»Wann?«

»Erwartet uns einfach.« Mit diesen Worten wandte sie sich zur Treppe und stieg gemächlichen Schrittes die Stufen hinab. Bemüht, weiterhin eine Gelassenheit auszustrahlen, die sie nicht besaß, nickte sie dem Büttel im unteren Flur zu und ging dann durch die Rathaustür ins Freie. Eilig huschte sie unter den Arkaden hindurch und gab Anna, die in ihrem hintersten Winkel kaum auszumachen war, einen Wink, bevor sie schnell um die nächste Häuserecke bog. Anna war sogleich an ihrer Seite.

»Was hat er gesagt? Was will er von mir?«

»Komm, hier entlang.« Margrite zog die Jüngere am Arm, lief mit ihr durch kleine Gässchen und blieb erst stehen, als sie sichtlich außer Atem war.

»Er wollte es mir nicht sagen, doch es schien ihm sehr wichtig, dich zu sehen.« Sie spähte um die Ecke die Straße hinunter. »Er erwartet uns in seinem Haus.«

»Wo ist das?«

»Dort hinten. Doch dorthin werden wir nicht gehen. Er muss hier entlangkommen. Es ist helllichter Tag, und er wird wahrscheinlich ohne Begleitung sein.« Sie reckte erneut den Hals. »Still. Da kommt jemand. Das könnte er sein.«

Anna presste ihren Rücken gegen die kalten Steine der Hauswand und bemühte sich, ruhig und langsam zu atmen. Was für ein Interesse konnte ein hoher Ratsherr nur an ihr haben? Bei dem Gedanken, dass er sie womöglich für sich gewinnen wollte, wurde ihr ganz anders. Aber sie würde keinem alten Mann zu Willen sein! Die Erinnerung an einige Kumpane ihres Vaters stieg in ihr auf, an die Blicke, die sie ihr zugeworfen hatten. Angewidert verzog sie das Gesicht. Aber ein Blick auf Margrite genügte, um sie zu beruhigen. So kurz sie die Freundin auch kannte, so genau wusste sie doch, dass diese sie niemals einem alten, vor Wollust sabbernden Greis ausliefern würde.

Wie aus dem Nichts stand die Frau, mit der von Goossen soeben im Rathaus gestritten hatte, plötzlich vor ihm. Sogleich begannen ihn die Schmerzen in seiner Brust erneut zu peinigen. Allein die Aussicht, was sie ihm zu sagen hatte, ließ ihn ruhig bleiben.

Ohne ein Wort machte sie eine Bewegung mit der Hand, worauf die junge Frau, die er auf dem Marktplatz von seinem Podest aus erblickt hatte, hinter der Hausecke hervortrat.

»Hier ist das Mädchen, das Ihr zu sprechen wünschtet.«

Er wollte der jungen Frau in die Augen sehen, doch sie hielt den Blick starr zu Boden gerichtet. Ob seine Stimme ihm in diesem Augenblick wohl gehorchen würde? Er räusperte sich, suchte nach Worten, doch obwohl er sonst stets forsch und gewandt auftrat, wusste er auf einmal nicht, wie er sich verhalten sollte. Zögernd streckte er ihr seine Hand entgegen.

»Anna. Dein Name ist Anna, nicht wahr?« Es klang ruhig und zärtlich.

Sie hob den Kopf. Der fremde Mann, der nun vor ihr stand, schien nicht mehr derselbe zu sein, der noch vor kurzem mit so sicherer, klarer Stimme zu den Menschen auf dem Marktplatz gesprochen hatte. Dieser hier wirkte zerbrechlich und bittend, seine ausgestreckte Hand wartete auf eine entgegenkommende Geste von ihr.

»Ihr kennt meinen Namen?«

Die blauen Augen, in die er nun sah, lösten eine Welle der Erinnerung aus. Er schluckte schwer und war kaum fähig, den Schauern, die ihm wieder und wieder über den Körper liefen, Einhalt zu gebieten. Sein Blick fiel auf seine Hand, die er der jungen Frau noch immer in der Hoffnung, sie würde sie ergreifen, entgegenstreckte. Doch sie tat es nicht. Schließlich zog er sie zurück und versuchte sich zu sammeln.

»Ja, Kind, ich kenne deinen Namen.«

»Woher?«

Diese Stimme, dieser Blick. Ihre Haare waren unter einem schwarzen Tuch verborgen, und doch sah er sie vor sich. Es gab keinen Zweifel, sie war das Ebenbild ihrer Mutter. Was sollte er ihr sagen, um sich zu erklären? Wie sollte er ihr beibringen, wer er war, ohne dass sie sich wegen der Schuld, die er auf sich geladen hatte, sofort wieder von ihm abwandte? Noch immer sah sie ihn in Erwartung einer Antwort an.

»Ich kannte deine Mutter«, brachte er hervor.

Wieder nur dieser Blick, die Augen, die ihn still um eine Erklärung baten.

»Deine Mutter …«, seine Stimme brach. Er räusperte sich. »… deine Mutter … sie war meine Tochter.«

Anna saß in dem breiten Lehnstuhl, den von Goossen ihr gleich nach der Ankunft in seinem Haus im Arbeitszimmer angeboten hatte, und lauschte verwirrt, aber aufmerksam der Geschichte, die der Ratsherr ihr zu erzählen begonnen hatte. Er war noch ein halbes Kind gewesen, als sein Vater, ein Kaufmann, mit ihm nach Bremen gekommen war und den Lebensmittelpunkt seiner Familie von den Niederlanden in die freie Stadt verlegt hatte. Seitdem war van Goossen an vielen Orten dieser Welt gewesen, in den Städten am Meer, an Flüssen und weit im Landesinneren. Er war auf den heiligen Pfaden der Pilger bis in den Orient gereist, wo er Dinge und Menschen gesehen hatte, die eher phantastischen Geschichten als dem wahren Leben entsprungen zu sein schienen. Dabei war sein Leben immer vom Handel bestimmt gewesen, vom Handel mit Stoffen, die so fein gewoben waren und so strahlende Farben besaßen, dass sich ihr Glanz in den Augen des Betrachters zu spiegeln schien, und vom Handel mit Kräutern und

Gewürzen, die den Gaumen der Menschen kitzelten und die Speisen zu Gerichten höchsten Genusses machten. Er berichtete Anna von der Kunst der Winzer, die als die besten ihres Fachs galten und die ihre Reben so lange hingebungsvoll veredelten, bis deren Saft ein einzigartiges Geschmackserlebnis bot. Und er berichtete ihr von den Menschen am anderen Ende der Welt, die aus den Früchten exotischer Pflanzen Süßspeisen herstellten, deren Genuss man sein ganzes Leben lang nicht mehr vergaß.

So geistreich und bunt Anna die Geschichten auch fand, war sie doch die ganze Zeit über mit der Frage beschäftigt, weshalb ihre Mutter ihr nie erzählt hatte, dass ihr Vater, Annas Großvater, noch immer in Bremen lebte. Stattdessen hatte sie Anna immer in dem Glauben gelassen, dass ihre gesamte Familie nur noch aus ihr und Helme bestand, den sie so abgrundtief verachtete.

Ob ihr Großvater von ihm wusste? Er musste ihn doch kennengelernt haben? Von ihrer Mutter wusste sie nur, dass sie mit Helme aus Bremen fortgezogen war, kurz bevor sie mit Anna niedergekommen war. Helme hatte Katharina demnach schon hier kennengelernt. Siegbert von Goossen, ihr Großvater, schien Anna außerdem ein erfahrener Mann und guter Menschenkenner zu sein. Nur weshalb hatte er dann, als die hochgestellte Persönlichkeit, die er war, seine einzige Tochter in die Hände eines Mannes wie Helme gegeben?

»Ist dein Vater tot?«, riss seine Frage sie in diesem Moment aus ihren Gedanken.

»Ehm, nein, er lebt.« Zumindest soweit ich weiß, fügte sie im Stillen hinzu.

»Weshalb bist du hier in Bremen?«

Sie warf einen hilfesuchenden Blick zu Margrite, die van

Goossens Bericht, auf einem zweiten Stuhl sitzend, schweigend gefolgt war. Der bemerkte Annas Unsicherheit.

»Es ist wegen deines Vaters, nicht wahr?«

Anna schlug das Herz bis zum Hals. Sie schluckte schwer, brachte aber keinen Ton heraus. Stattdessen nickte sie nur.

»Es musste ja so kommen«, murmelte Siegbert.

»Ihr kanntet ihn also?«

»Deinen Vater?« Die Augen des Ratsherrn verengten sich unwillkürlich zu zwei Schlitzen. »O ja, ich habe ihn kennengelernt.« Die Wut in seinen Augen war unübersehbar.

»Wahrscheinlich wirst du mich hassen, für das, was ich dir jetzt sage. Aber es war meine Schuld, dass deine Mutter ihn geheiratet hat.«

»Eure Schuld? Weshalb?«

Sein Seufzen verriet die schwere Last, die er im Begriff stand, sich von der Seele zu reden. Er zögerte und sah kurz zu Margrite hinüber. Anna reagierte sofort.

»Sie hat mich aufgenommen, als ich nicht wusste, wohin. Was immer Ihr zu sagen habt, ist bei ihr gut aufgehoben.«

Der Alte von Goossen stand auf, ging zum Fenster hinüber und sah hinaus. »Dein Vater«, er spie das Wort förmlich aus, »ist nicht der, für den du ihn hältst. Zumindest ist er nicht dein leiblicher Vater.« Er drehte sich wieder zu den Frauen herum und lehnte sich gegen die Fensterbank, auf der er sich gleichzeitig mit beiden Händen abstützte.

»Nicht?«

Er schüttelte langsam den Kopf. »Ich habe ihn damals dafür bezahlt, dass er sich als solcher ausgibt.«

Anna riss die Augen auf. »Aber …«

Siegbert von Goossen hob die Hand. »Ich werde dir alles erklären und habe Verständnis dafür, wenn du danach aufstehst und mich nie mehr wiedersehen willst. Doch um deiner

Mutter willen, hör mir bis zum Ende zu, auch wenn ich nie wiedergutmachen kann, was ich ihr damals antat.«

Dann berichtete er, und auf einmal ergab all das, was sich über so viele Jahre hinweg in Annas Kopf zu keinem klaren Bild zusammenfügen hatte wollen, endlich einen Sinn.

33. Kapitel

Nach dem Anschlag auf den Henker war Cornelius vom Ratsgebäude umgehend nach Hause geeilt, um dort nach seinem Diener Baldewin zu sehen. Denn er befürchtete, dass derjenige, der den Henker direkt vor ihren Augen ermordet hatte, sich womöglich nun auch noch Baldewin vornehmen würde, nachdem dieser die falsche Nachricht vom Tod des Schlüsselmeisters in den Rat getragen hatte. Zu seiner Erleichterung öffnete ihm der Diener jedoch die Tür, kaum dass er an sie geklopft hatte. Mit eiligen Worten und bebender Stimme berichtete Cornelius, was sich im Rathaus zugetragen hatte.

»Und Ihr glaubt, der Kerl könnte es jetzt auf mich abgesehen haben?« Baldewin schien nicht besonders beunruhigt, sondern eher interessiert zu sein.

»Ich weiß es nicht. Doch ich werde nicht riskieren, dass du sein nächstes Opfer wirst. Wir haben die Sache unterschätzt, weshalb der Henker jetzt auch tot ist.«

»Die Büttel waren inzwischen da und haben den Leichnam des Schlüsselmeisters abgeholt. Habt Ihr einen Wunsch, Herr, was ich nun als Nächstes tun soll?«

Der Patrizier versuchte sich zu sammeln, konnte aber keinen klaren Gedanken fassen. »Das Beste wird sein, wir bringen dich zunächst bei Albrecht unter. Dort bist du vorerst sicher. Pack zusammen, was du für die nächsten Tage brauchen wirst.«

»Ja, Herr.«

Baldewin verschwand nur kurz und kehrte sogleich mit einem kleinen Bündel zurück. »Ich wäre dann so weit, Herr.«

Cornelius war über den Gleichmut, mit dem sich sein Getreuer in sein Los schickte, mehr als erstaunt. Er schien weder ängstlich noch besorgt zu sein und tat ohne Widerspruch, was sein Herr ihm auftrug. Cornelius drängte sich unwillkürlich der Gedanke auf, was für ein befreites Leben es doch sein musste, keine eigenen Entscheidungen treffen zu müssen, sondern stattdessen bedingungslos stets das zu tun, was ein anderer für einen beschloss.

»Dann komm.«

Schweigend und nachdenklich gingen sie durch die Gassen Kölns. Albrechts Haus lag ein gutes Stück von dem Cornelius' entfernt, nichtsdestotrotz wählte Cornelius nicht den kürzesten, sondern den belebtesten Weg dorthin. Im Kopf ging er dabei die Möglichkeiten durch, die ihm und seinen Freunden jetzt noch blieben, um seinen Bruder doch noch zu einem Geständnis zu bewegen und damit des Vergehens der Unruhestiftung und Aufwiegelung zu überführen. Gleichwohl blickte er sich immer wieder nach allen Seiten um und prüfte, ob sie von jemand beobachtet oder gar verfolgt wurden. Wenn sie nur herausbekämen, wer der Armbrustschütze im Rathaus gewesen war, wären sie der Wahrheit schon um ein gutes Stück näher gekommen.

Der Angreifer im Rathaus war Cornelius bekannt vorgekommen, obwohl er nicht zu sagen vermochte, wo er ihn schon einmal gesehen haben könnte. Egidius selbst war es gewiss nicht gewesen, weder von der Statur noch von der Fähigkeit her, einen Mann mit der Armbrust auf eine solche Entfernung hin direkt in die Stirn zu treffen. Eine Armbrust. Eine ungewöhnliche Waffe, die dem Schützen außerdem eine Menge Übung abverlangte. Ein plötzlicher Aufschrei riss ihn aus seinen Gedanken. Er sah zu Baldewin, der seinen Blick so ruhig erwiderte, als habe er den Schrei nicht gehört.

»Woher kam das?«, fragte er seinen Getreuen.

»Aus dieser Richtung, Herr.« Baldewin deutete mit der Hand.

»Komm schon. Wir gehen nachsehen.«

Sie beschleunigten ihren Schritt. Je mehr sie sich der Richtung näherten, aus der der Schrei gekommen war, desto deutlicher vernahmen sie ein Stimmengewirr, das von einer Vielzahl von Menschen stammen musste. Kaum dass sie um die nächste Häuserecke bogen, waren sie auch schon mitten im Geschehen. Vier Männer prügelten dort auf einen einzelnen ein, der in gekrümmter Haltung auf dem Boden lag und seine Arme schützend um den Kopf gelegt hatte. Eine Frau versuchte verzweifelt, die Angreifer von ihrem Opfer fortzustoßen, und ging mit den Fäusten auf die Kerle los, die sie aber nicht weiter beachteten.

»Lasst ihn! Lasst endlich ab von ihm!«, schrie sie immer wieder.

Cornelius war mit wenigen Schritten bei ihr, packte gleichzeitig zwei der Kerle am Kragen und riss sie mit einem gewaltigen Ruck von dem am Boden Liegenden fort. Baldewin beobachtete seinen Herrn kurz und nahm sich dann eines weiteren Angreifers an, zerrte ihn zurück und versetzte ihm einen Fausthieb. Der vierte Mann bleckte wütend die Zähne, ließ von seinem Opfer ab und warf sich stattdessen auf Cornelius, der jedoch geschickt beiseitetrat und den Mann ins Leere laufen ließ. Der fluchte, machte kehrt und wollte sich gerade erneut auf den Patrizier stürzen, als dieser nach seinem Schwert griff und es dem Mann direkt an die Kehle setzte, so dass der auch nicht mehr einen Schritt weiter nach vorne machen konnte.

Die drei anderen rappelten sich auf, während die Frau sich neben ihrem Mann auf die Knie fallen ließ.

»Nur eine einzige falsche Bewegung von euch, und ihr bekommt meine Klinge zu spüren. Ich gebe euch einen Glockenschlag, um euch davonzumachen, bevor ich meinen Diener schicke, die Büttel zu holen, und ihr mein Schwert zu spüren bekommt.« Er erhöhte den Druck auf die Klinge, so dass er dem Angreifer die Haut am Hals ein wenig aufritzte. Vorsichtig trat dieser einen Schritt nach hinten, und auch die Haltung seiner Kumpane veränderte sich augenblicklich. Schließlich wichen sie auf ein Zeichen ihres Anführers rückwärtsgehend in die Gasse zurück, machten dann zusammen mit diesem auf dem Absatz kehrt und eilten davon.

Cornelius hockte sich neben den Verwundeten. »Könnt Ihr aufstehen?«

Gemeinsam mit Baldewin brachte er den stöhnenden Verletzten wieder auf die Beine. Die Frau schluchzte, als sie das zerschundene Gesicht ihres Gatten sah.

»Was wollten die Kerle von Euch?«

Baldewin hob den Spitzhut des Mannes auf, der bei dem Angriff zu Boden gefallen war, klopfte den Schmutz von ihm ab und warf seinem Herrn einen vielsagenden Blick zu, bevor er ihn an die Frau reichte.

»Ich weiß es wirklich nicht«, antwortete diese statt ihres Mannes. »Sie kamen wie aus dem Nichts und beschimpften uns als diebisches Dreckspack, das dem Teufel die Pforten zur Stadt geöffnet hätte. Dann schlugen sie auf meinen Mann ein. Doch ich schwöre Euch, wir haben niemanden bestohlen und stehen auch nicht mit dem Teufel im Bunde.«

»Könnt Ihr ohne Unterstützung laufen?« Cornelius ließ zögernd den Arm des Mannes los und prüfte kurz, ob dieser sich allein auf den Beinen halten konnte.

»Es wird schon gehen. Mein Weib wird mich stützen.«

»Kennt Ihr einen Medicus? Eure Wunden müssen versorgt werden.«

»Ja, wir kennen einen. Ich werde ihn holen lassen, sobald wir unser Haus erreicht haben.«

»Dann geht jetzt. Ich glaube nicht, dass die Kerle Euch noch einmal belästigen werden.«

»Habt Dank!« Die Frau legte sich den linken Arm ihres Mannes über die Schultern und stützte ihn auf diese Weise, als er sich mit schleppenden Schritten in Bewegung setzte. Cornelius sah ihnen mit bekümmertem Gesicht hinterher und unterdrückte den lästerlichen Fluch, der ihm wegen der tätlichen Verfolgung der Juden auf den Lippen lag.

»Es wird immer schlimmer«, presste er stattdessen bitter hervor.

Sie nahmen ihren Weg wieder auf und erreichten nur wenige Sekunden später Albrechts Haus.

»Natürlich kann Baldewin hierbleiben«, erklärte dieser sofort, nachdem Cornelius ihm in seinem Kontor seine Bedenken bezüglich der Sicherheit des treuen Dieners mitgeteilt hatte. Auch von dem Angriff auf das jüdische Ehepaar hatte er berichtet.

»Die Leute scheinen langsam den Verstand zu verlieren«, urteilte Albrecht.

»Und wir haben mit unserer kleinen Finte nichts erreicht. Weder hat der Auftraggeber des hetzerischen Schauspiels gegen die Juden gestanden, noch haben wir eine andere Möglichkeit, die Täter zu überführen.«

»Vielleicht hat er sich ja doch noch an den Ratsvorsitzenden gewandt und ein Geständnis abgelegt, ohne dass wir es mitbekommen haben?«

Cornelius schüttelte den Kopf. »Nein, Albrecht, das ist bestimmt nicht geschehen. Denn wenn es geschehen wäre, hätte man den Henker nicht mehr töten müssen. Nein, wir stehen wieder ganz am Anfang.«

Draußen auf dem Flur wurden Stimmen laut. Albrecht stand auf, entschuldigte sich und trat aus dem Kontor. Im Eingangsbereich seines Hauses sah er zwei Männer stehen, zwei Stadtbüttel, wie er sofort erkannte, die mit seinem Diener sprachen. Zielstrebig ging er auf die beiden zu.

»Was ist geschehen?«

Die Wachleute schenkten ihm sogleich ihre gesamte Aufmerksamkeit. Der größere der beiden, ein breitschultriger Kerl mit wirrem Haar, übernahm das Reden. »Verzeiht die Störung, Ratsherr«, begann er und neigte unterwürfig den Kopf.

»Was gibt es?«

»Wir haben eine Leiche aus dem Rhein gezogen und glauben, dass es sich dabei um einen Eurer Bediensteten handelt.«

»Aber ich vermisse keinen meiner Diener.« Er dachte einen Augenblick nach. »Einzig der Bote, den ich nach Minden geschickt habe, ist noch nicht zurückgekehrt. Doch der wurde sicher unterwegs aufgehalten. Dass er hier in Köln …« Er stockte. Was, wenn nun tatsächlich …? Ein beklemmendes Gefühl bemächtigte sich seiner.

»Einer der Hafenarbeiter glaubt, den Mann erkannt zu haben und zu wissen, dass er für Euch gearbeitet hat.«

Albrecht drehte sich in Richtung Kontor um und sah, dass Cornelius im Türrahmen stand und die Unterredung verfolgt hatte.

»Ich werde sofort mit Euch kommen und mir den Leichnam ansehen«, sagte er zum Büttel.

Cornelius gesellte sich nun zu ihnen. »Soll ich hier auf dich warten?«

Albrecht war verwirrt. War denn überhaupt möglich, was er vermutete? Dass sein Bote in die Stadt zurückgekehrt und von jemandem abgefangen worden war? »Ja, bleib hier«, murmelte er geistesabwesend und folgte den zwei Bütteln dann durch die geöffnete Haustür nach draußen.

Die Zeit des Wartens verging schneller, als Cornelius geglaubt hatte. Er hatte nur dagesessen und über die Ereignisse der letzten zwei Tage nachgedacht. Den Wein vor sich hatte er nicht einmal angefasst. Als Albrecht zurückkehrte und ins Kontor trat, konnte Cornelius bereits an dessen leichenblassem Gesicht sehen, dass er den Toten gekannt hatte. Ohne ein Wort hielt er ihm den Becher mit Wein hin. Der Hausherr nahm ihn und ließ sich auf den Stuhl fallen, der neben dem Schreibpult stand.

»War es der Bote?«

Albrecht nickte langsam. »Ich dachte, er sei noch immer unterwegs. Dabei muss ihn jemand gleich nach seiner Rückkehr abgestochen und in den Rhein geworfen haben. Die Fische haben dann den Rest erledigt.« Der Anblick des Toten hatte sich tief in seine Seele eingebrannt. »Ich musste zweimal hinsehen, um ihn überhaupt zu erkennen. Aber er war es.«

Cornelius wollte lieber nicht genauer auf seine letzten Worte eingehen. Er war auch so schon bestürzt genug über das hässliche Gesicht, das die Stadt, in der er lebte, ihm in den letzten Tagen zeigte.

»Und er war vor seinem Tod nicht mehr bei dir, um sich zurückzumelden?«

»Nein. Ich habe ihn zuletzt gesehen, als er sich auf den Weg nach Minden gemacht hat.«

Einen kurzen Moment durchfuhr Cornelius der Gedanke, dass der Tod des Boten und der Mord am Henker in einem Zusammenhang stehen mussten. Doch es war ihm nicht möglich, einen solchen zu erkennen.

»Wie wollen wir weiter vorgehen?«

Albrecht wollte gerade zur Antwort ansetzen, als zum zweiten Mal an diesem Tag Geräusche aus der Eingangshalle ins Kontor drangen.

»Was ist denn nun wieder?« Der Hausherr eilte mit klopfendem Herzen zur Tür. Die Erinnerung an vorhin, als die Büttel ihn vom Tod seines Boten unterrichtet hatten, war noch zu frisch, als dass er schon wieder zu seiner üblichen Ruhe zurückgefunden hätte.

»Wer ist da?«

»Ich bin es, Wyland, ich habe schon überall nach dir gesucht.«

Albrecht war erleichtert, dass es lediglich Wyland war, der ihm nun im Flur entgegenkam. Doch dessen Miene verhieß nichts Gutes.

»Ist Cornelius auch hier?«

Albrecht deutete mit dem Kopf ins Kontor.

»Gut! Ihr müsst sofort mitkommen.«

Cornelius hörte es, stand auf und trat aus dem Raum.

»Was ist geschehen?«

Wyland war außer Atem. »Ich war im Rathaus, um zu erfahren, ob dort mittlerweile jemand gestanden hat, den Prediger zu dem Auftritt vor dem Dom angestachelt zu haben.« Er schüttelte den Kopf. »Niemand hat sich gemeldet. Und was unsere kleine Vorstellung mit dem Henker beim Schreiber angeht, glaubt jeder, dass wir gerade auf dem Weg zum Kerker mit ihm waren, als er ermordet wurde. Kein Gedanke daran, dass wir in Wahrheit die Aussage des Henkers verzögern wollten.«

»Gut«, bemerkte Albrecht.

»Die Büttel wurden außerdem ausgeschickt, um in der Stadt nach einem Mann zu suchen, der eine solch kleine Armbrust besitzt, wie wir sie gesehen haben. Findet man die Armbrust, hat man auch den Mörder. Denn eine Waffe in dieser Größe dürfte es kein zweites Mal geben. Doch es ist noch etwas anderes geschehen. Vor dem Dom herrscht Aufruhr. Das ganze Volk scheint dort aufmarschiert zu sein. Es müssen Hunderte sein, wenn nicht gar Tausende. Abschaum, Huren und die Ärmsten der Armen ebenso wie gute Bürger und reiche Edelleute.«

»Und weshalb haben sie sich dort versammelt?«

»Die Juden. Sie sollen heilige Reliquien aus dem Dom gestohlen und geschändet haben.«

Cornelius schloss die Augen und holte mehrmals tief Luft. Wer auch immer in der Stadt bislang noch keine schlechte Meinung von den Juden gehabt hatte, würde spätestens jetzt vom Hass des gemeinen Mobs angesteckt werden. Selbst die gemäßigten Christen Kölns hatten mit den strengen Sitten und Gebräuchen der Juden schon immer wenig anzufangen gewusst. Allein die Behauptung, ein Jude hätte einen Frevel an den Heiligen der Stadt begangen, würde daher genügen, um auch noch diese gegen die jüdische Gemeinde aufzubringen. Zudem waren die Kölner auch so schon gereizt genug, denn die letzten Augusttage hatten die Stadt mit einer schwülen, stickigen Wärme überzogen, die einem untertags die Luft zum Atmen und in der Nacht den Schlaf raubte. Jeder noch so kleine Funke würde daher genügen, um das Pulverfass zu entzünden. Und was dann geschah, wollte Cornelius sich erst lieber gar nicht vorstellen.

»Kommt!«, hastig schob er sich an seinen Freunden durch die Haustür auf die Straße. »Wenn es uns nicht gelingt, den Aufruhr im Keim zu ersticken, wird es ein Gemetzel geben, bei dem niemand verschont bleibt.«

Sie konnten nicht nah genug an den Dom herangelangen, um zu verstehen, was auf dem Platz vor ihnen proklamiert wurde. Die Stimmung unter den Menschen war ebenso aufgeheizt wie die Luft. Schwitzende Leiber drängten gegeneinander, die Leute ächzten, schubsten und grölten Schlachtrufe.

Die Patrizier drängten sich weiter nach vorne und mussten dafür die Fausthiebe und Verwünschungen derer einstecken, die sie beiseiteschoben. Es schien eine Ewigkeit zu dauern, bis sie sich weit genug vorgekämpft hatten.

Auf den Stufen vor dem Gotteshaus stand ein Mann, der mit lauter Stimme von dem begangenen Frevel berichtete. Die Juden seien in den Dom eingedrungen, hätten die heiligen Reliquien gestohlen, auf diese gespuckt und sie unter wildem Geschrei und fremden, gotteslästerlichen Tänzen zu Boden geworfen. Immer wieder hätten sie dies wiederholt, ihre schmutzigen Leiber an den Reliquien gerieben und sich auf eine Art und Weise an ihnen vergangen, wie kein noch so schlechter Christ es dulden könne. Schließlich hätten sie die heiligen Gebeine hochgehalten, mit einem Axtschlag in zwei Teile und danach am Boden in immer kleinere Stücke zerhackt, so lange, bis nur noch eine feine Pulverschicht von der ehemaligen Heiligkeit übrig war, auf die einer nach dem anderen urinierte.

Die Christen hörten gleichermaßen mit Wut und Abscheu den Ausführungen des Mannes zu und gaben das Gehörte an die hinter ihnen Stehenden weiter.

»So ein Unsinn!«, entfuhr es Wyland.

Mit einer schnellen Bewegung des Kopfes bedeutete ihm Cornelius nicht weiterzusprechen. »Das nützt nichts. Die Leute sind viel zu aufgebracht. Lass dich nicht auf eine Streitrede mit ihnen ein, sonst rollt dein Kopf als erster.« Sein Blick war eindringlich.

»Wir wollen einen Beweis!«, rief Cornelius nun dem Mann auf den Stufen zu. »Wo ist der Beweis für deine Worte?«

Mit Bestürzung sahen die Freunde, wie daraufhin der Bischof mit hängenden Schultern und schweren Schrittes vortrat und sich neben den Redner stellte. »Die Gebeine der heiligen Ursula sind verschwunden.«

Einen Augenblick herrschte auf dem Platz Totenstille. Dann reckten sich die ersten Fäuste in die Luft. »Dafür wird uns das Pack büßen!« – »Macht die Juden nieder!« – »Sie sollen brennen!«, tönte es nun von allen Seiten des Platzes.

Albrecht bekam eine Gänsehaut. Eine Menge in solch einer aufgebrachten Stimmung wieder zu beruhigen war unmöglich.

»Wir sind Christen!«, brüllte Cornelius gegen die Schreier an. »Sagt es den Menschen, Bischof! Wir sind Christen und keine Totschläger. Wir brauchen einen Beweis, dass die Ungläubigen das Unrecht an den Heiligen begangen haben. Wo ist der Beweis?«

In den vorderen Reihen wurde es darauf ruhiger. Die Augen derer, die nicht Tod oder Verbrennung gefordert hatten, waren nun auf den Bischof gerichtet. Sie warteten, was dieser auf die Forderung entgegnen würde.

Die Spannung auf dem Platz war zum Schneiden. Jeder spürte, dass es nun von den Worten des Bischofs abhing, ob die Menge zum Mob werden oder aber friedlich, wenngleich noch immer aufgebracht, wie es sich für ordentliche Christenmenschen gehörte, in ihre Häuser zurückkehren würde, um dort darauf zu warten, dass die Schuldigen in einem anständigen Prozess abgeurteilt wurden.

»Ich habe den Beweis!«, rief der Mann neben dem Bischof. Er deutete auf ein Weib, das in einer der vorderen Reihen dem Geschehen beiwohnte. Mit einem Jungen an der Hand, der sich hinkend in Bewegung setzte, bahnte sie sich nun einen Weg nach vorne.

Albrecht reckte den Hals, um mehr erkennen zu können. Erst als die Frau die Stufen erreichte, konnte er einen Blick auf den Knaben werfen und begriff sofort, was nun folgen würde. Seine Hoffnungen schwanden.

Der Junge hatte einen übermäßig großen, runden Schädel. Sein Gesicht war flach, fast wie eingedrückt, mit einer breiten Nasenwurzel, tief sitzenden Ohren und zwei übermäßig großen, weit auseinanderstehenden Augen. Sein Mund war geöffnet, die Zunge hing ihm schräg heraus.

Die Frau begann laut zu schluchzen. Ihre Schultern bebten. Der Redner legte tröstend einen Arm um sie, während er den anderen in Richtung Zuhörer erhob.

»Sag, Frau, was du gesehen und selbst erlebt hast!«

Nach diesen Worten breitete sich wieder eine gespenstische Stille unter den Menschen aus. Wyland schluckte schwer und sah hilflos zu Cornelius, der neben ihm stand. Dessen Hände waren zu Fäusten geballt, doch das war das Einzige, was noch darauf schließen ließ, dass der Freund den Kampf nicht für ebenso verloren hielt wie er selbst.

»Mein Sohn!«, heulte die Frau. »Er war ein ganz normales Kind.« Sie schluchzte, und schweigend beobachteten die Menschen die von Schüttelkrämpfen Gepeinigte, bis sie erneut zu sprechen vermochte.

»Mein Sohn … er hat es gesehen! Er hat den Frevel, der an den Gebeinen der Heiligen begangen wurde, mit eigenen Augen gesehen! Es hat ihn wahnsinnig werden lassen. Wahnsinnig!« Einen kurzen Moment bewegte sich niemand, keiner sprach. Es war, als würde in diesem Augenblick die Zeit stillstehen. Dann brach Chaos aus.

Die Menschen brüllten und schrien, liefen los, über die Treppen, zu allen Seiten hin. Sie drängten, schubsten und stießen. Wer stolperte und zu Fall kam, wurde ohne jede Rücksicht von der Menge niedergetrampelt.

»Zum Judenviertel! Schnell!« Wyland nahm sich nicht einmal mehr die Zeit, um sich zu vergewissern, ob seine Begleiter ihm folgten. Wie von Sinnen stieß und drängte auch er, kletterte über Leiber hinweg und rannte, als ginge es um sein eigenes Leben.

Esther hatte den Älteren, die ihren Vater aufgesucht hatten, aufmerksam zugehört. Es war um eine Schändung gegangen, die einigen Leuten als Vorwand dienen würde, um ihnen ihr Hab und Gut zu entreißen und sie aus der Stadt zu vertreiben. Sie hatte die Worte gehört, doch sie konnte sich beim besten Willen nicht vorstellen, dass es wirklich dazu kommen würde.

Nun trug ihr Vater das Holzkästchen mit den bunten Blumenbemalungen in der einen Hand und hielt sie an der anderen, während er mit großen Schritten den Garten durchmaß und schließlich niederkniete.

»Du musst dir die Stelle genau merken, hörst du, Esther? Das ist sehr wichtig. In dieser Truhe sind Münzen und Schuldscheine.«

Sie nickte stumm. Das Herz schlug ihr bis zum Hals, und sie hörte das Blut in ihren Ohren rauschen.

»Warum vergraben wir unser Geld?«

»Weil es nicht mehr sicher ist, genau wie wir. Hier.« Er drückte ihr ein kleines Säckchen in die Hand. »Darin ist genug, um anderswo neu zu beginnen. Nimm es.«

»Weshalb soll ich es nehmen? Behalt du es!«

»Jetzt hör mir zu!« Er umschloss mit beiden Händen die ihren und sah ihr fest in die Augen. »Mein Kind, ich liebe dich, wie ein Mensch einen anderen Menschen nur lieben kann. Du bist mein Glück und meine große Freude. Dich an meiner Seite aufwachsen zu sehen war für mich das größte Geschenk, das Adonai den Seinen nur machen konnte. Das weißt du auch, nicht wahr?«

Esther wurde es eiskalt. Das Gefühl, dass ihr der schwerste Abschied ihres ganzen Lebens bevorstand, ergriff sie mit solcher Macht, dass sie kaum noch atmen konnte.

»Ich weiß es«, brachte sie mühsam hervor.

Benjamin lächelte. »Siehst du, mein Kind, und nur das ist wichtig. Es ist das Einzige, was zählt. Die Liebe zwischen Vater und Tochter und die Gewissheit, dass Adonai uns beistehen wird, was auch immer geschieht.«

Esther wusste nicht, was sie hierauf erwidern sollte, und sah ihn nur an. Benjamin nickte bestätigend und begann dann mit bloßen Händen eine Kuhle in den Erdboden zu graben, in die er die Holzkiste hineinstellte. Danach bedeckte er den Aushub wieder mit Erde und wischte mit der Hand darüber, so dass sich die Stelle kaum noch von dem sie umgebenden Erdboden abhob.

»Komm jetzt.«

Sie erhoben sich und gingen ins Haus zurück. Esther schob das Geldsäckchen unter ihre Kleidung und vergewisserte sich, dass es dort nicht verrutschen konnte.

»Wir werden jetzt ein paar Dinge zusammenholen und dann die Stadt verlassen.« Noch bevor seine Tochter etwas darauf erwidern konnte, stellte er klar: »Du holst jetzt ohne zu zögern deinen Gebetsschal und ein Wechselkleid. Mehr nicht. Und du tust es so schnell du kannst.«

Sein Tonfall duldete nicht den geringsten Widerspruch.

Esther ging sofort auf die Treppe zu. »Ist Sophia noch hier?«

Benjamin schüttelte den Kopf. »Ich habe sie heimgeschickt. Selbst als Christin ist sie in einem Judenhaus nun nicht mehr sicher.«

Das beklemmende Gefühl, das sich wie ein schweres Gewicht auf ihre Brust gelegt hatte, blieb, als sie die Stufen hinaufstieg und zu ihrem Zimmer ging. Draußen auf der Straße waren laute Rufe zu hören. Esther ging wieder zum Treppengeländer und schaute in den Flur hinab. Ihr Vater, der seinen Blick eben noch auf die Eingangstür geheftet hatte, drehte sich um und sah zu ihr hinauf. Sie erschrak. Er war so blass, dass seine Haut fast durchsichtig schien. In seinen Augen stand nackte Angst.

»Schnell!«, rief er.

Sofort stürzte Esther in ihr Zimmer, nahm sich ein Wechselkleid und griff nach ihrem Gebetsschal. Das Kleid stopfte sie in ein Tragetuch, den Schal legte sie sich um den Hals und stopfte ihn unter ihre Kleidung, so dass er nicht mehr zu sehen war.

Auf der Treppe hörte sie die eiligen Schritte ihres Vaters, der schon im nächsten Moment ihr Zimmer betrat.

»Wir müssen fort, schnell!«

Sie griff nach dem Tragetuch und folgte ihm, als er eilig wieder die Stufen hinablief. Unten angekommen, rannten sie zur Tür. Das Geldsäckchen unter ihrem Kleid drückte und scheuerte gegen ihre Haut, doch Esther nahm es kaum wahr. Als Benjamin die Tür öffnete, wich er sofort wieder zurück. Auf der Gasse war ein Tumult ausgebrochen. Die jüdischen Bewohner des Viertels, Männer, Frauen und Kinder, wurden in Todesangst von einer Meute Christen vor sich hergetrieben, es roch nach Blut, Schweiß und Feuer. Auf der anderen Seite der Gasse fraßen sich die Flammen bereits gierig durch das Dach des Hauses, das Benjamins Freund Jonathan gehörte. Im oberen Stock war ein Fenster geöffnet, durch das der Freund und dessen Frau Hannah ihre Angst und Verzweiflung laut hinausschrien. Unter dem Fenster war ein Mann stehen geblieben, der nun seine Arme ausbreitete, um die kleine Tochter des Ehepaars, die Hannah so weit wie möglich mit den Beinen nach unten aus dem Fenster hielt, aufzufangen. Die kleine Rinah kreischte aus Furcht vor der Tiefe. Doch während um ihn herum das Chaos tobte, streckte der Mann unter dem Fenster unbeirrt weiter seine Arme in die Höhe. Benjamin erkannte in ihm den Patrizier Wyland.

»Vater!«, schrie Esther, als nun ein Mann, den sie nie zuvor gesehen hatte, mit gezücktem Schwert die wenigen Stufen zu ihrem Vorgarten heraufsprang. Benjamin stieß Esther zurück ins Haus und versuchte, die Tür zu verschließen. Doch der Angreifer schob blitzschnell den Knauf seines Schwertes in den Türspalt.

»Hinauf!«

Sie rannte um ihr Leben. Die Schritte ihres Vaters waren direkt hinter ihr. Sie öffnete die Tür zu ihrem Zimmer, ließ ihren Vater hinein und schob sogleich einen Stuhl unter die Klinke.

Benjamin stemmte sich mit aller Kraft gegen die Seitenwand des Schrankes, der sich gleich neben der Tür befand. Nur ein kleines Stück, und man würde die Tür nicht mehr so leicht aufbekommen. Er nahm all seine Kraft zusammen und schob nun gemeinsam mit Esther, die ihm beigesprungen war, so kräftig er es vermochte. Der schwere Schrank bewegte sich quietschend über die Dielen und drückte eine tiefe Schleifspur in den Boden. Doch schon warf sich der Angreifer mit aller Kraft gegen die Tür, die jeden Moment nachzugeben drohte. Nur noch ein weiteres kleines Stück, dann würde das Möbel den Eingang versperren.

In diesem Moment wurde die Tür mit voller Wucht aufgebrochen. Holz splitterte, der Stuhl unter der Klinke flog gleich einem Geschoss durch den Raum.

Esther schrie entsetzt auf, denn schon war der Mann mit gezücktem Schwert in den Raum gesprungen und griff nach

Benjamin, den er wie einen nassen Sack zu Boden schleuderte. In einer einzigen fließenden Bewegung hob er das Schwert und rammte es seinem Opfer mit Wucht in den Unterleib. Esther war wie gelähmt, der Schrei, den ihr Vater ausstieß, war unmenschlich.

Dann aber sprang sie dem Mann von hinten auf den Rücken und versuchte, ihn von ihrem Vater fortzuziehen. Mit ihren Armen umklammerte sie seinen Hals und versuchte, ihm die Luft abzuschnüren. Doch der packte nur ihre Handgelenke, löste ihre Hände von seiner Kehle und versetzte ihr einen solchen Schlag, dass sie mit dem Kopf gegen die Wand stieß. Wie durch einen Schleier hindurch nahm sie wahr, dass die Klinge aus dem Körper ihres Vaters herausgezogen wurde. Auf allen vieren robbte sie zu ihm hinüber, umfasste mit beiden Händen seinen Kopf und legte ihre Wange an die seine. »Vater.«

Ihr Schluchzen ließ den Verwundeten noch einmal seine letzte Kraft zusammennehmen. »Meine Esther.« Seine Stimme klang sanft.

»Wie rührend!« Der Angreifer spuckte vor ihnen auf den Boden. Spritzer seines Speichels trafen Esther im Gesicht.

Dann wurde sie auch schon hochgerissen und gegen die Schranktür geschleudert. Benommen schüttelte sie ihren Kopf und wollte sich gerade wieder aufrappeln, als sie auf einmal direkt in die matten Augen ihres Vaters blickte. Der Angreifer hatte dessen Oberkörper aufgerichtet und hielt ihn in dieser Stellung von hinten fest, so dass Benjamin nun fast aufrecht vor ihr saß. Mit seiner anderen Hand drückte Benjamins Peiniger ein Messer gegen dessen Kehle. Blut quoll unter der Klinge hervor.

Esther sah dem Mann in die Augen. »Bitte, habt Erbarmen! Bitte!«

»Du flehst mich um Erbarmen an?« Die Stimme des Mannes klang völlig ungerührt. »Ich kenne kein Erbarmen.« Er nahm das Messer von Benjamins Hals, leckte mit der Zunge die Klinge entlang und schloss genussvoll die Augen, als sich der Geschmack des Blutes in seinem Mund ausbreitete. Doch noch mehr als der Anblick ihres sterbenden Vaters ließ Esther das Verhalten des Mannes erschauern, als er seine Augen wieder öffnete. Seine Pupillen waren so sehr geweitet, dass sie wie riesige schwarze Löcher wirkten. Ohne Leben und kalt. Dann verdrehte er die Augen, bleckte die Zähne, legte das Messer wieder an Benjamins Kehle und durchschnitt sie mit einer einzigen Bewegung. Dabei entfuhr ihm ein lautes, genussvolles Stöhnen.

Der Schnitt war so tief, dass Benjamins Kopf nach hinten kippte und nur noch von wenigen Muskelsträngen am Rumpf gehalten wurde.

Esther schrie und konnte nicht mehr aufhören zu schreien. Sie merkte nicht, dass Wyland mit gezücktem Schwert in den Raum hereinstürmte und dort zunächst fassungslos auf die brutale Szenerie, die sich ihm bot, blickte. Erst als er sie am Arm auf die Beine zog und zur Tür hinaus auf den Korridor stieß, kam sie wieder einigermaßen zu sich. Schnell trat Wyland ins Zimmer zurück und stellte sich dort dem Mann entgegen, den er als Helme von Minden in Egidius' Haus kennengelernt hatte und der über und über mit dem Blut seines Freundes besudelt war.

»Dafür wirst du hängen! Das schwöre ich dir!«

»Schwör nicht, was du nicht halten kannst.«

Beide Männer holten aus, ihre Klingen kreuzten sich in der Luft. Noch während der Kampf in vollem Gange war, eilte Esther die Treppe hinab und auf die Straße. Dort schienen alle um sie herum dem Wahnsinn verfallen zu sein. Häuser brannten, Menschen schrien und rannten um ihr Leben. Metallener Blutgeruch mischte sich mit Qualm. Frauen wurden auf offener Straße vergewaltigt, bevor ihnen, genau wie ihren Männern und Kindern, die Kehlen durchschnitten wurden. Mit jedem Schritt, den sie tat, entdeckte Esther mehr Menschen, mit denen sie aufgewachsen war, gebetet, gegessen und gefeiert hatte, und die nun vor ihren Augen abgeschlachtet wurden. Eine Hand griff nach ihr. Mit einer nie zuvor verspürten Kraft riss sie sich los, bückte sich und griff nach einem Messer, das neben einem Toten am Boden lag. Dann stach sie wie von Sinnen auf die Brust des Mannes ein, von dem sie sich bedroht fühlte. Er ächzte und ging zu Boden. Aus dem Innern ihres Elternhauses hörte sie noch immer Kampflärm, dazu laute Rufe. Sie musste weg von hier, nur weg!

Sie stieß auf sie zukommende Menschen zur Seite, fuchtelte mit dem Messer herum und stach immer wieder zu, sobald sie jemand berührte. Sie lief und lief, wohin, wusste sie nicht, bis die Menschen um sie herum schließlich weniger wurden, keine Hände mehr nach ihr griffen und an ihr zerrten. Als zuletzt auch keine Schreie mehr an ihr Ohr drangen, wagte sie das erste Mal, stehen zu bleiben und sich umzusehen.

Sie befand sich im Kölner Hafen, mit blutbefleckter Kleidung und tiefen Schrammen und Aufschürfungen an ihren Armen. Wohin? Sie wusste es nicht. Sie stand einfach da, mitten auf der breiten, menschenleeren Straße, und ließ den Blick in alle Richtungen schweifen. Was konnte sie tun? Nichts. Sie konnte nichts tun. Nur hier stehen. Hier stehen und darauf warten, dass jemand kam, der ihr den tödlichen Stoß versetzte. Alle tot. Sie keuchte. Wohin? Sie sah auf den Rhein. Still und glatt wie ein samtenes blaues Tuch war sein Wasser.

Jetzt nahm sie auch Schritte wahr. Wieder drehte sie sich um und hob das Messer, erneut zum Töten bereit. War das

Wyland, der da auf sie zugeeilt kam? Oder spielten ihr ihre Sinne einen Streich, und es war ein anderer Mann, ein anderer Christ? Ja, er wollte sie töten. Sie riss den Arm hoch und stürmte ihm mit einem kehligen Schrei entgegen.

»Esther!«, rief er, noch bevor sie ihn erreicht hatte.

Doch ohne in der Bewegung zu stoppen, hielt sie weiter auf ihn zu. Erst im letzten Moment machte er einen Schritt zur Seite und wich ihrem Angriff aus.

»Esther, erkennst du mich denn nicht? So komm doch wieder zu dir!« Noch einmal wich er ihr aus, drehte sich dabei aber so, dass er hinter ihr zum Stehen kam. Er packte ihr Handgelenk und schüttelte es so lange, bis sie die Klinge fallen ließ. Dann umschlang er sie so fest, dass sie sich kaum noch bewegen konnte.

Sie versuchte verzweifelt sich zu befreien. Doch er hielt sie weiter fest an sich gedrückt, bis sie schließlich aufgab, ihr Körper erschlaffte und er seinen Griff wieder zu lockern wagte. Dann suchte er ihren Blick und sagte sanft: »Bitte, Esther, sieh mich an! Erkennst du mich denn nicht?«

Ja, jetzt erkannte sie ihn. Wyland! Sie wollte ihm antworten, etwas sagen, doch da schwanden ihr die Sinne, und lautlos glitt sie zu Boden.

Waren nur wenige Augenblicke oder Stunden vergangen? Sie konnte es nicht sagen, als sie erwachte. Jemand hatte sie auf eine Pritsche gelegt und mit einem wollenen Tuch zugedeckt. Der Raum, in dem sie sich befand, war so klein, dass außer der schlichten Bettstatt nichts in ihn hineinpasste. Die Bretterwände waren einfach und ohne jede Sorgfalt gezimmert, breite Spalten befanden sich zwischen den einzelnen Latten. Esther setzte sich auf. Ihr Kopf schmerzte. Hinzu kam Übelkeit, die ihr sauer in der Kehle aufstieg und gegen die sie anzuschlucken versuchte. Vorsichtig schwang sie die Beine von der Pritsche auf den Boden und lehnte sich entkräftet mit dem Rücken an die Bretterwand. Der Boden unter ihr schwankte. Sie überlegte kurz sich wieder hinzulegen. Doch dann zwang sie sich dazu aufzustehen. Vorsichtig erhob sie sich, doch sofort wurde das Schwanken unter ihren Füßen stärker. Schnell setzte sie sich wieder, um nicht das Gleichgewicht zu verlieren und es einen Augenblick später erneut zu versuchen. Diesmal ging es. Zaghaft machte sie zwei Schritte bis zur Tür und öffnete sie. Direkt vor ihr führte eine kleine Treppe nach oben, die sie Stufe für Stufe erklomm. Die einzige Lichtquelle waren die Ritzen um die Luke herum, die sich am oberen Ende der Treppe befand. Sie war gefangen, schoss es ihr durch den Kopf, merkte dann aber, dass sie die Klappe leicht und einfach anheben konnte. Esther lugte durch den Spalt und blickte direkt auf zwei große schwarze Stiefel. Der Mann, der darin steckte, war von ihrem Standort aus nicht zu erkennen. Da wurde die Klappe, die sie über ihrem Kopf leicht geöffnet hatte, auf einmal von der anderen Seite her angehoben.

»Du bist aufgewacht. Das ist gut. Komm herauf zu uns.«

Sie erkannte Wylands Stimme sofort. Und dann war die Erinnerung an alles, was ihr widerfahren war, wieder zurück. Dass sie das Gemetzel im Judenviertel nicht nur geträumt hatte, war ihr schon nach dem Aufwachen bewusst geworden. Denn das Kleid, das sie trug, war über und über mit Blut befleckt. Doch jetzt konnte sie sich auch an das erinnern, was danach geschehen war.

Vorsichtig kletterte sie aus der Luke und nahm dabei dankbar die ihr dargereichte Hand zu Hilfe. »Danke.«

Nun erkannte sie auch, was es mit dem Schwanken des Bodens auf sich hatte. Sie war auf einem Schiff, nein, eher einem Boot, das ruhig stromabwärts trieb. Am Heck des Bootes stand ein Mann, der eine ins Wasser getauchte Holzstange mit gleichmäßigen Bewegungen hin und her führte. Er nickte ihr kurz zu, als ihre Blicke sich trafen, und sah dann sogleich wieder über sie hinweg auf das Wasser.

Wyland hielt ihr einen Becher hin. »Du solltest etwas trinken, Esther.«

Sie wollte ablehnen, nickte dann aber, weil sie hoffte, auf diese Weise vielleicht die Übelkeit zu bekämpfen, die sie noch immer quälte. »Danke.«

Noch nie zuvor hatte sie etwas Ähnliches getrunken. Nach dem ersten kleinen Schluck meinte sie, ihre Kehle würde inwendig verbrennen. Im nächsten Moment jedoch rann die Flüssigkeit warm in ihren Bauch hinab, und sie nahm erneut einen Schluck.

»Was ist ge…«, wollte sie fragen, brach dann aber ab. Sie wusste nur zu genau, was geschehen war. »Wo sind wir?«

»Wir fahren Richtung Norden. In Köln kannst du nicht bleiben.«

Sie schwiegen eine Weile.

»Wir haben Verwandte in Antwerpen.«

»Hm, das liegt leider in der anderen Richtung.«

Esther zuckte mit den Schultern. Ihr war es gleich, wohin sie fuhren. Ihr war auch gleich, wo sie ankamen. Ihr war alles gleich.

34. Kapitel

Bitte, Anderlin, hilf mir und sprich mit ihm.«
Es musste ernst um Jordans Gesundheitszustand stehen, denn Gawin hatte Anderlin noch nie um etwas gebeten.

»Wenn er mich für einen guten Lehrjungen hält, spricht doch nichts dagegen ein Schriftstück aufzusetzen. Und wenn er das nicht will, kann ich mir immer noch eine andere Stellung suchen.«

Anderlin rieb sich am Kinn. »Ganz dumm ist der Gedanke nicht. Doch warum glaubst du denn, dass Jordan keinen Gesellen aus dir machen will? Schließlich wertet das die Arbeiten, die du für ihn fertigst, doch auf.«

»Ich sage ja nicht, dass er es nicht will. Er könnte es nur einfach ...«, er zögerte, »... er könnte es einfach vergessen.«

»Ist also noch schlimmer geworden, was?«

Gawin nickte. »Es geschieht oft ganz plötzlich«, wusste er zu berichten. »In einem Moment ist er noch ganz klar, zeigt mir, wie ich richtig mit dem Werkzeug umgehen und das Holz bearbeiten muss. Und dann«, er schnipste mit den Fingern, »dann ist es auf einmal, als sei er ein ganz anderer Mensch. Er murmelt Unverständliches vor sich hin, wütet herum und befiehlt mir Arbeiten zu verrichten, die ich schon Tage zuvor erledigt habe. Neulich gar fragte er mich, wer ich sei und was ich in seiner Werkstatt zu suchen hätte.«

Anderlin seufzte schwer. Wie jeder andere hatte auch er die Veränderungen bemerkt, die mit dem alten Jordan vorgingen. Manch einer hatte diesen Umstand gar für sich ausgenutzt. So hatte erst neulich ein junger Bursche, der sein Geld mit Töpferarbeiten von schlechter Qualität verdiente, lauthals in der Wirtsstube verkündet, dass er Jordans Waren nicht mehr bezahlen müsse, weil er ihm gegenüber behauptet habe, ihn schon längst dafür entlohnt zu haben. Wenn Anderlin nur daran dachte, wurde ihm das Herz schwer. Der alte Zimmermann war in jüngeren Jahren ein hochangesehener und geschätzter Bremer gewesen, auf dessen Urteil die Menschen hörten und dem sie vertrauten. Nie hatte er Wert darauf gelegt, mit seiner Arbeit Reichtümer anzuhäufen, und seine Zunft hatte er vertreten wie kaum ein anderer. Faulheit war für ihn ebenso wie überhöhte Preise ein Ding der Unmöglichkeit. Er arbeitete gut und gewissenhaft, keine Aufgabe schien ihm zu schwer. Über viele Jahre hinweg war er der Sprecher der Zimmermannszunft gewesen, und noch immer fanden die Ratschläge des »weisen« Jordan, die er in guten Momenten nach wie vor gab, Gehör. Nur war den meisten eben entgangen, dass diese guten Momente immer seltener wurden.

»Ich werde dich begleiten und mit ihm sprechen«, entschied Anderlin und stemmte sich von der Bank hoch.

»Seit wann muss ich einem Schreiber sagen, dass ich einen Lehrjungen habe?«

Es war kein guter Tag, erkannte Anderlin sofort, um Jordan darum zu bitten, einen Vertrag aufzusetzen. Der Zimmermann war heute so klar und hellwach, dass Anderlin sich fast wünschte, er hätte ihn in einem weniger guten Zustand angetroffen.

»Du bist nicht mehr der Jüngste, mein Freund. Was ist, wenn du ein Treppengeländer reparierst und dabei in die Tiefe stürzt? Wenn du Gawin dagegen als Lehrjungen anerkennst und dies mit einem Schriftstück offenkundig machst, könnte er während deiner Genesung die gesamte Arbeit verrichten und du sogar das gleiche Geld von den Kunden dafür einfordern, weil er in deinem Auftrag und mit deinem Wissen die Sachen hergestellt hat.«

Das machte den Alten nachdenklich.

»Und überleg mal, willst du denn noch ewig so viel arbeiten müssen? Merkst du nicht auch manchmal deinen Rücken?«

»Was hat mein Rücken mit einem Vertrag zu tun?«

»Aber das liegt doch auf der Hand.« Anderlin machte eine bedächtige Pause. »Wenn dein Rücken dich mal wieder peinigt, kannst du nicht einfach aussetzen, sondern musst trotzdem weiterarbeiten, um dein Geld zu verdienen. Wenn du nun aber einen Lehrjungen hättest, der in einigen Jahren Geselle wird und der deine hervorragenden Arbeiten in der gleichen Qualität wie du herstellen kann, werden die Leute bewundernd zu dir aufblicken und sagen: Jordan, ja, der hat's richtig gemacht. Ein weiser Mann, wer beizeiten seine Nachfolge regelt.«

»Und was hat das mit meinem Rücken zu tun?«

»Himmel, Jordan, sei doch nicht so stur!«

Gawin sah seine Felle davonschwimmen. Jordan war der beste Zimmermann weit und breit, das hatte er von allen zu hören bekommen und wusste es auch selbst. Er hatte es deshalb als Privileg betrachtet, von ihm unterwiesen zu werden. Doch er machte sich nichts vor. Es war nur noch eine Frage der Zeit, bis Jordan sich seiner endgültig nicht mehr entsinnen konnte und ihn auf die Straße setzte. Mit einem schriftlichen Vertrag könnte er auch dem Meister gegenüber die Vereinbarung belegen. Er könnte sie außerdem in der Werkstatt gleich über seinem Arbeitsplatz aufhängen, damit ein jeder sehen konnte, dass er und seine Arbeit eine Zukunft besaßen. Und zwar eine, die ihn in die Kreise der Zunft führen würde.

Schweigend hatte er die Unterredung der beiden verfolgt.

Er wollte sich gerade enttäuscht abwenden, als Jordan ihn ansprach.

»Und du willst diesen Vertrag, um weiter für mich zu arbeiten?«

»Das wäre wunderbar, Meister.«

»Und wenn du ihn nicht bekommst, dann gehst du?«

»Nein, dann bleibe ich trotzdem.« Die Worte waren, ohne dass er darüber nachgedacht hatte, einfach so aus Gawin herausgesprudelt, und einen Augenblick lang fragte er sich selbst, ob sie der Wahrheit entsprachen.

»Na, dann«, Jordans Blick war wieder auf Anderlin gerichtet, »soll der Bengel sein Schriftstück bekommen. Such mir einen Schreiber. Aber einen, der hierher in die Werkstatt kommt. Ich habe keine Zeit, für so etwas meine Arbeit zu unterbrechen.«

»Ich danke Euch, Meister!« Gawin war überglücklich und schüttelte Jordan heftig die Hand, nach der er im Überschwang seiner Gefühle gegriffen hatte. »Ich danke Euch von Herzen!«

»Na, na, nicht so wild. Sonst reißt du mir noch den Arm ab und musst schon ab sofort die ganze Arbeit allein machen.«

Anderlin klopfte Gawin wohlwollend auf die Schulter. Er hatte noch einen langen Weg vor sich, bis er die Gesellenprüfung ablegen würde. Doch der Junge würde es schaffen, dessen war er sich sicher.

Hanno schaute zu, wie die Schiffe im Hafen an- und ablegten, ihre Ladung löschten und neue Fracht aufnahmen. Er hatte schon so viele Stunden und Tage auf diese Weise verbracht, dass er inzwischen genau zu sagen vermochte, wie schwer eine Kogge beladen war und ob es sich für ihn lohnte, beim Abladen zu helfen.

Er zog seine Flöte hervor und spielte ein fröhliches irisches Liedchen. Sein Blick schweifte über das rege Treiben auf dem Kai. Dabei beobachtete er auch zwei kleine Jungen, ungefähr sieben oder acht Jahre alt, die bei den Schiffern vorstellig wurden, um diesen ihre Dienste anzubieten. Doch sie hatten bei keinem Erfolg. Offenbar hielt man sie für zu jung und schwach, als dass man einen Nutzen aus ihrer Arbeit zu ziehen glaubte. Das brachte Hanno auf einen Gedanken. Er steckte seine Flöte weg und schlenderte zu den zwei Jungen hinüber, die, enttäuscht und leise vor sich hin fluchend, auf einem der Findlinge in der Nähe des Kais saßen.

»He, ihr, was wollt ihr hier?«

Der größere der beiden sah ihn finster an. »Was schert dich das?«

»Du hast ein ganz schön freches Mundwerk, Kleiner.«

»Musst mir ja nicht zuhören.«

Hanno schmunzelte. »Sucht ihr Arbeit?«

»Und wenn's so wär, was geht's dich an?«

»Vielleicht könnte ich euch helfen. Aber wenn ihr knurrig seid wie hungrige Köter, lass ich es wohl lieber.«

»Wir sind hungrig wie hungrige Köter«, sagte der kleinere leise.

»Und man gibt euch keine Arbeit, weil ihr zu klein und schwach ausseht?«

Die Jungs senkten den Kopf, was Hanno als Antwort genügte.

»Was haltet ihr davon, wenn ihr für mich arbeitet?«

»Für dich? Was ist das für eine Arbeit, und wie viel gibst du uns dafür?«

»Ein kleiner Geschäftsmann, was?« Es klang freundlich. »Ihr macht genau die Arbeit, die ihr den Bootsführern angeboten habt. Ihr entladet die Schiffe. Ich werde ebenfalls mithelfen. Für jedes abgeladene Schiff gebe ich euch einen Pfennig.«

»Einen Pfennig für jeden von uns?«

»Für den Anfang für euch beide zusammen. Aber wenn ihr gut arbeitet und flink auf den Beinen seid, gibt es mehr.«

Die beiden sahen sich an. Ohne ein Wort waren sie sich einig und sprangen von dem Findling auf. »Wann können wir anfangen?«

»Sobald das nächste Schiff einläuft. Wie heißt ihr zwei?«

»Ich bin Bruno, und das ist Haug«, antwortete der größere.

»Seid ihr Brüder?«

»Nee, das nicht. Aber wir haben nur uns.«

»Ich verstehe. Also, haltet euch in der Nähe auf. Sobald das nächste Schiff einläuft, bei dem sich die Arbeit lohnt und von dem wir den Zuschlag erhalten, werde ich euch rufen.«

Die Jungen sahen sich darauf ein wenig ratlos an und setzten sich dann schweigend wieder auf ihren Stein. Es dauerte nicht lange, bis die nächste, tief im Wasser liegende Kogge im Bremer Hafen anlegte. Hanno ging gemäßigten Schrittes zu ihr hinüber, ließ sich vom Bootsmann das Seil zuwerfen und vertäute es am nächsten Pflock.

»Braucht Ihr Hilfe beim Abladen?«

Schnell wurden sie sich handelseinig. Hanno schlug bei fünf Pfennigen ein. Und seine soeben von ihm angeworbenen Helfer erwiesen sich als flink. Wofür ihre Kräfte nicht reichten, das glichen sie mit Schnelligkeit aus. Er war sehr zufrieden mit seinen kleinen Angestellten. Hätte er die ganze Arbeit allein verrichtet, wäre er nicht nur viel langsamer gewesen, sondern die Bootsleute hätten auch den größeren Teil des Abladens selbst erledigt, wodurch er wiederum weniger verdient hätte. So hatte er fünf Pfennige statt der üblichen drei verdient. Machte einen Pfennig mehr als sonst, obwohl er einen an die Jungs weitergegeben hatte und längst nicht so viel hatte arbeiten müssen. Er war zufrieden mit sich. Auf dem Nachhauseweg spann er den Gedanken weiter. Es gab viele Straßenjungen in Bremen, wenngleich die Oberen der Stadt sie am liebsten vertrieben hätten. Solange sie noch klein und nicht in der Lage waren, sich Arbeit zu suchen, war für sie die Gefahr, beim Stehlen erwischt zu werden und eine Hand zu verlieren, daher groß. Vielleicht ließe sich ein richtiges Geschäft damit aufziehen. Und noch bevor er Margrites Haus erreicht hatte, war aus einer kleinen Beobachtung am Hafen ein großer Plan erwachsen.

»Du bist die Enkelin eines der mächtigsten Ratsherren und reichsten Mannes dieser Stadt und willst weiter hier wohnen bleiben und Kleider nähen? Hast du etwa deinen Verstand in der Seifenlauge aufgeweicht, die du gerade verschüttet hast?«

Margrite hatte sich, die Arme vor der Brust verschränkt, vor Anna aufgebaut und blinzelte sie fast zornig an. »Dir steht ein angenehmeres Leben zu, als du es hier je finden wirst.«

»Ich weiß«, kam zögerlich die Antwort. »Doch versuche wenigstens, mich zu verstehen.« Anna sah ihre Freundin mit festem Blick an. »Ich bin glücklich hier bei dir. Und ich liebe meine Arbeit, auch wenn meine Finger durch das Nähen zerstochen und meine Hände durch das Sieden immer runzliger werden. Ich will hier nicht weg.«

»Ach, Anna. Zauberhafte, schöne Anna.« Margrite setzte sich neben sie auf die Bank in der Küche. »Noch erscheint dir das alles wie das große Glück. Aber was wird in ein paar Jahren sein? Im Haus des Alten von Goossen wäre deine Zukunft gesichert. Du bist sein Fleisch und Blut, Kind.«

Anna seufzte. »Du hast ja recht, aber seit ich von zu Hause fortgelaufen bin, hat sich so vieles in meinem Leben verändert.« Sie zögerte. »Ich will jetzt mehr.«

Margrite sah ihre Freundin, in deren Augen sie das Feuer des Aufbruchs erkennen konnte, nur an. Sie kannte das Gefühl, das sie ebenfalls schon einmal in ihrem Leben verspürt hatte, nur zu gut – auch wenn dies lange Zeit zurücklag.

»Was ist denn dieses Mehr, das du willst?«

Anna legte beide Hände an die Brust, schloss die Augen und hob lächelnd den Kopf. Als sie weitersprach, klang ihre Stimme schwärmerisch. »Margrite, ich habe da einen Gedanken, einen Einfall, den ich so gern probieren möchte.«

»Nämlich?«

»Du hast mich darauf gebracht. Es gibt zwei Dinge, die eine Frau sogleich zum Strahlen bringen: ihr Aussehen und ihr Duft. Wie wäre es also, wenn wir beides zusammenbringen würden?«

»Ich verstehe nicht …«

»Warte einen Augenblick!« Anna sprang auf und rannte aus der Küche. Als sie wieder zurückkam, hielt sie einen Stoff in den Händen, an dem sie bereits eine Naht gesetzt und eine zweite zum Rand hin begonnen hatte. Dazwischen war eine kleine Wölbung zu erkennen.

»Siehst du, hier? Ich habe anstatt einer einzigen Naht noch eine zweite am Saum des Kleides gesetzt und den Stoff dazwischen mit Seife gefüllt. So verströmt die Seife ihren Duft bei jeder Bewegung des Kleides. Das Tuch, das sie einschließt, ist eng gewebt. Selbst wenn das Kleid wieder und wieder gewaschen wird, löst sich die Seife erst nach einer ganzen Weile vollständig auf und verströmt dennoch weiter ihren Duft, der sich über die Zeit hinweg im Gewebe festgesetzt hat.«

Margrite nahm das Gewand und hielt es sich unter die

Nase. Mit den Fingern tastete sie über die kleine Wölbung, die am Saum durch das Einnähen der Seife entstanden war. Mit den Fingerspitzen strich sie gleichmäßig und vorsichtig an den Nähten entlang. »Ich wollte nur fühlen, ob es beim Tragen kratzen oder drücken könnte. Im Saum ist das ja nicht der Fall, aber wenn du die Seife auch noch irgendwo weiter oben einnähen willst …«

»Daran habe ich auch gedacht.« Sie nahm den Stoff wieder an sich, zog die Naht unterhalb der Seife etwas auseinander und hielt ihn dann der Freundin wieder unter die Nase. »Siehst du. Ich habe die Seife zuerst in eine ganz feine, hauchdünne Schicht Seide gehüllt und erst danach eingenäht. Dadurch löst sie sich nicht so schnell auf, verbindet sich beim Waschen mit der dünnen Hülle und kann nicht drücken.«

»Du hast wirklich an alles gedacht.« Margrite war voll der Bewunderung. »Das ist etwas völlig Neues und wird die Damen begeistern. Jetzt musst du nur noch an die richtige Kundschaft kommen. Einfache Mägde werden sich das nicht leisten können.«

»Aber so viel aufwendiger und dadurch teurer ist die Verarbeitung doch gar nicht.«

Margrite lächelte verschlagen. »O doch, mein Kind, das ist sie! Schlag dir den Gedanken, einfache Kleider für einfache Menschen herzustellen, ein für alle Mal aus dem Kopf. Kauf nur die besten und schönsten Stoffe und nähe nur die auffälligsten Kleider. Wir werden Seife mit verschiedenen Düften herstellen, die jedem Gewand seine ganz eigene Note geben.« Sie fuchtelte mit den Armen aufgeregt in der Luft herum und schaute zur Decke hinauf, als würde sie dort oben bereits eine ganze Menge duftender Kleider vor sich sehen.

»Aber«, zögerte Anna, »die hohen Damen werden kaum bei einer wie mir kaufen.«

»Bei einer wie dir?«, echote Margrite. »Du meinst, sie werden sich zu fein dafür sein, bei der Enkelin eines der höchsten Ratsherren dieser Stadt zu kaufen?« Sie grinste breit.

»Er hat meine Mutter fortgeschickt«, erinnerte Anna an das, was Siegbert ihr und Margrite gestanden hatte.

»Und er hat dich gesehen und will dieses Unrecht an dir wiedergutmachen.« Margrite nahm Anna den Stoff ab, legte ihn auf den Tisch und fasste die Freundin an beiden Händen. »Begreif doch, das ist eine einmalige Gelegenheit. Und du verdienst sie.«

Anna war gerührt. Margrite war völlig uneigennützig und meinte es immerzu nur gut mit ihr. »Aber ich habe nicht das Geld, um mir nur die allerbesten Tuchwaren zu kaufen. Und ich möchte Siegbert nicht …«

Margrite unterbrach sie. »O nein! Das musst du auch nicht. Du wirst ihn nicht um Geld bitten, ganz gleich ob er dein Großvater ist oder nicht. Ich werde dir das Geld geben.«

»Aber, hast du denn so viel?«

»Vielleicht nicht viel, aber dafür wird es reichen. Und ich schenke es dir auch nicht, sondern du hast mir jede einzelne Münze zurückzugeben und noch einen Aufschlag für die Seife dazu. So mache ich ein gutes Geschäft, und du wirst erst vor deinen Großvater treten, wenn du eine Auswahl an vornehmsten Kleidern fertiggestellt hast. Dann kann er dich auch in die richtigen Kreise einführen und den hohen Damen vorstellen, die sich um deine Gewänder streiten werden.«

Eine warme Woge flutete Anna. Sie würde nähen können, Kleider aus edelsten Stoffen, Gewänder, deren Pracht alles bislang Dagewesene überstrahlte. Durch ihrer eigenen Hände Kraft und Geschicklichkeit würde sie ein für alle Mal dem ewigen Kreislauf aus Angst und Gewalt entkommen, den sie in Lünen zurückgelassen hatte. Ihre ständige Furcht, ihr Vater könnte sie aufspüren und sie wieder mit sich nach Hause nehmen, wich langsam von ihr. Das Bild des verhassten Mannes tauchte vor ihrem inneren Auge auf und bewirkte, dass sie sich unwillkürlich vor Abscheu schüttelte.

»Was ist? Gefällt dir der Gedanke nicht?«

Erst jetzt bemerkte Anna, dass Margrites Blick noch immer auf ihr ruhte.

»Und wie er mir gefällt.« Sie umarmte ihre Freundin heftig. »Ich danke dir vielmals.«

»Vielleicht freust du dich nicht mehr so sehr, sobald du feststellst, wie viel Geld du mir zu bezahlen hast.« Es klang warm und herzlich, und Annas Umarmung wurde darauf noch fester.

35. Kapitel

Über ganz Köln schien eine Glocke aus Blut und Tod zu liegen. Egidius lehnte sich erschöpft in seinem Kontor an die Wand und schloss die Augen. Was er in den vergangenen Stunden gesehen und erlebt hatte, war weit über seine Vorstellungskraft hinausgegangen. Er wusste, dass er nie ein guter Mensch gewesen war, und gab sich auch nicht dem Wunschglauben hin, dass der Herr ihm seine begangenen Taten dereinst vergeben und ihm den Eintritt ins Himmelreich nicht verwehren würde. Schon lange lebte er in der Gewissheit, dass er einst zu den Verdammten gehören würde. Seit seinen frühen Kindheitstagen war ihm dieses Wissen wie eine Offenbarung vorgekommen, eine Art Wegweiser, der ihm zeigte, wie er seine Tage auf Erden nutzen sollte. Eine innere Stimme wies ihn an, sich von allem und jedem so viel zu nehmen, wie er nur konnte, ohne Rücksicht zu nehmen. Nach seinem Tode erwarteten ihn eh nichts anderes als die Hölle und das ewige Fegefeuer. Deshalb war es nur recht und billig, wenn er zu seinen Lebzeiten mitnahm, was er konnte, um dadurch den ihm bevorstehenden Qualen im Jenseits besser trotzen zu können.

Er war zehn Jahre alt gewesen, als der Bruder seiner Mutter ihn an die Hand genommen und ihm einige Münzen zugesteckt hatte. Danach waren sie auf den Gauklermarkt gegangen, der zweimal im Jahr Einzug in der Stadt hielt. Akrobaten vollführten dort wilde Kunststücke, Komödianten tanzten umher, Lieder wurden gespielt, und die Menschen lachten ausgelassen über das, was ihnen dargeboten wurde. Der Geruch von Süßspeisen lag Egidius ebenso in der Nase wie der deftiger Braten und Speisen, frischer Brote, Wein und Bier.

Seine Eltern hatten ihm stets nur verdünnten Wein zu trinken gegeben, doch an diesem Tag bekam er erstmals einen vollen Becher gewärmten Würzweins und danach noch einen zweiten. Das Lachen der Schausteller wurde danach zu einem alles übertönenden Dröhnen, die bunten Kostüme und Masken lösten sich vor ihm auf, Wärme glühte in seinem Innern, und der Zuckergeschmack der kandierten Früchte liebkoste seine Zunge.

Irgendwann war es angenehm ruhig um ihn herum geworden, als die Gaukler längst verschwunden waren und sein Onkel mit ihm in dessen Haus einkehrte. Obwohl die Musik schon lange verklungen war, drehte sich Egidius noch immer im Kreis und tanzte zu nicht mehr hörbaren Klängen. Sein Onkel saß auf einem Stuhl, beobachtete, wie er um seine eigene Achse kreiselte, und reichte ihm mehr und mehr Würzwein. Irgendwann war er zu erschöpft gewesen, um sich noch weiterzudrehen, und so war er glücklich auf die Lagerstatt niedergesunken, die ihm der Onkel angeboten hatte, und genoss die zarten Berührungen, die seinen ganzen Körper vor Wonne erbeben ließen. Einen kleinen Moment, nur einen ganz kurzen Augenblick, lichtete sich der Schleier und gab ihm klare Sicht auf das, was folgen würde. Doch die Fingerspitzen glitten sanft über seinen Leib und lösten einen wohligen Schauer nach dem anderen aus. Die letzten Sonnenstrahlen des Tages blendeten ihn durch das geschlossene Fenster hindurch. Er schloss die Augen und gab sich ganz seiner Lust hin, ohne Druck, Gewalt oder Angst. Nur mit dem Genuss eines Jungen, der nie zuvor in seinem Leben eine solche Zärtlichkeit erfahren hatte. Egidius lächelte bei der Erinnerung an diesen Tag und das Geschenk, das sein Onkel ihm damit gemacht hatte. So war es noch viele Jahre lang gegangen. Einmal wöchentlich war er zu ihm gegangen, sie hatten getrunken und sich geliebt, ohne dabei je an so etwas wie Schuld, Sünde oder Unmoral zu denken. Die jungen Mädchen, die sich Egidius anbiederten und ihre Körper dem seinen näherten, fand er abstoßend und widerlich. Er verachtete sie ebenso wie seine Eltern, die ihn mit den Töchtern ihrer Geschäftspartner zusammenbrachten und ihm so manche Gesellschaft aufzwangen, die seine Abscheu ins Unermessliche steigerte. Er seufzte bei der Erinnerung an die glückliche und erfüllende Zeit mit seinem Onkel. Es war eine Zeit ohne Sorgen und Nöte, ohne Hass und Eifersucht gewesen, die an dem Tag für ihn geendet hatte, an dem er bemerkte, mit welchen Blicken sein geliebter Onkel seinen kleinen Bruder musterte. Die Begierde troff ihm buchstäblich aus den Augen, kaum dass der Junge in das Alter gekommen war, in dem Egidius gewesen war, als alles begonnen hatte. Unbändige Wut stieg bei der Erkenntnis in ihm auf, dass die Liebe, die er all die Jahre für den Bruder seiner Mutter empfunden hatte, all die Zärtlichkeit und Begierde, die sie miteinander ausgetauscht hatten, nichts weiter waren als die kranken Vorstellungen eines Mannes, der sich kleine Jungen zu Willen machen wollte. Die bittere Wahrheit, dass es nie um ihn selbst gegangen war, sondern dass er immer nur einer von vielen gewesen war, die der Onkel im Laufe seines Lebens zu sich ins Bett geholt hatte, fraß ihn tief in seinem Innersten auf. Er musste um jeden Preis verhindern, dass sein Onkel sich Cornelius nahm. Nicht um diesen zu schützen oder zu bewahren, sondern weil die Liebe und Zärtlichkeit seines Onkels allein ihm gehörte. Ihm allein.

Also tat er, was getan werden musste.

Im Nachhinein, wenn er heute über alles nachdachte, war es der erste Schritt zur Geldkasse seiner Eltern gewesen, deren Inhalt ihm bisweilen ein sehr angenehmes Leben finanziert hatte.

Es war nur wenige Tage nach seinem fünfzehnten Geburtstag gewesen, als er unter falschen Tränen seinen Eltern von den Übergriffen des Onkels berichtet hatte und dabei seine Schmerzen und Qualen, die Angst und die Pein, die er empfunden hatte, bis ins Kleinste erfand. Wie schnell seine Eltern handelten, überraschte ihn. Noch in derselben Stunde, in der die Wahrheit ans Licht gekommen war, sandte sein Vater einen Boten aus und empfing wenig später in seinem Kontor einige Männer, die Egidius noch nie zuvor gesehen hatte. Fasziniert beobachtete er die Veränderung, die seine Beichte bei den Eltern bewirkt hatte. Kein Tag mehr, an dem sie nicht deutlich machten, wie sehr sie das ihm widerfahrene Unglück bedauerten, ihn mit tröstenden Gesten der Zuneigung überschütteten und Anschaffungen für ihn tätigten, die für ihn einen unglaublichen, nie gekannten Luxus darstellten.

Was mit seinem Onkel tatsächlich geschehen war, hatte Egidius nie erfahren, doch gönnte er ihm wegen seines Verrats jede noch so qualvolle Strafe. Über sein Verschwinden verloren seine Eltern niemals ein Wort, ebenso wenig wie über das, was zu seinem Verschwinden geführt hatte. Und doch war das Unausgesprochene immer da gewesen. Wann immer er seine Eltern um etwas bat oder etwas von ihnen forderte, genügte eine schwache Andeutung, mit der er sie an sein Unglück erinnerte, und schon war der Weg für ihn bereitet. Er hatte gut daran getan, auf ihren Rat zu hören und Mechthild zu ehelichen, war doch die Aussteuer, die diese mit in die Ehe brachte, mehr als großzügig gewesen.

Nur eines hatte er seither nie mehr vermocht: zu lieben. Wenngleich er wusste, dass er nur ein Spielball für den Älteren gewesen war, so hatte er nach ihm doch keinen anderen Menschen mehr in seinem Leben geliebt. Nie mehr hatte er einen anderen Mann angerührt, auch wenn er Frauenkörper bis heute verachtete. Ihre gerundeten Hüften, die widerlich weiche Haut. Nichts, was ihn an ihren Leibern reizte, einzig, sie leiden zu sehen und zu erniedrigen, verschaffte ihm eine gewisse Befriedigung.

Ein Poltern riss ihn aus seinen Gedanken.

»Hier bist du also!« Helme war eingetreten und ließ sich unaufgefordert auf einen der Stühle fallen. »Die ganze Stadt ist in Aufruhr, und du stehst in deinem Kontor und lässt dir das Beste entgehen.«

Egidius sah ihn nur an. Helme war über und über mit Blut bespritzt. An seinem Kopf war ein kleines rotes Rinnsal getrocknet, und eine kräftige Beule und ein blaues, geschwollenes Auge verrieten, dass auch er nicht ganz ungeschoren davongekommen war.

»War ganz schön knapp. Wyland hat mich ziemlich am Wickel gehabt. Ich hätte nicht gedacht, dass er so gut mit einer Klinge umzugehen versteht.« Bewunderung schwang in seiner Stimme. »Wäre er nicht durch das Gekreische irgendeiner Judenhure abgelenkt gewesen, wäre mir kaum die Flucht gelungen.« Er wischte sich mit dem Handrücken über den Mund. »Aber dein Problem habe ich vor meiner Begegnung mit ihm noch gelöst.«

Egidius hatte kein Interesse, ihn zu fragen, was er damit meinte. Die geschlachteten Menschen im Judenviertel hatten die Erinnerungen an seinen Onkel nach all den Jahren wiedererweckt. Weshalb, konnte er nicht sagen. Mit Ekel blickte er auf Helme, der breitbeinig und selbstgefällig auf seinem Stuhl saß und sich das Blut vom Mund wischte. Seine Sicht auf den Freund hatte sich verändert. Hatte er zuvor noch einen Gleichgesinnten in ihm gesehen, hatte er jetzt nur noch Verachtung für ihn übrig.

»Du scheinst zufrieden.« Es klang spöttisch.

»Du etwa nicht? Schließlich bist du Benjamin ein für alle Mal los. Der kommt nicht wieder, sage ich dir.« Helmes Lachen ließ Egidius schaudern.

Und in diesem Moment wusste er es. Das, was er zuvor so reizvoll und anziehend an Helme gefunden hatte, waren die Augen, die all das widerspiegelten, was er damals im Blick seines Onkels gesehen hatte. Er war der gleiche Schlag Mensch. Die Erkenntnis ließ ihn zusammenfahren. Da saß er vor ihm, sein vermeintlicher Freund, und war doch nichts anderes als ein weiterer Verräter.

»Mach, dass du rauskommst!«

»Was?«

Egidius stieß sich von der Wand ab. »Du hast mich richtig verstanden. Mach, dass du fortkommst! Nimm deine Sachen und geh, du falscher Hund!«

Helme sprang von seinem Stuhl hoch. »Was ist in dich gefahren?«

»Ich weiß Bescheid, du verlogenes Stück Dreck. Du bist ein Lügner und Betrüger, und nichts von dem, was du je gesagt hast, war die Wahrheit.«

»Hast du einen Rausch?« Helme war wütend. Dieser verdammte Hurensohn wagte es, ihn so zu beleidigen, obwohl er gerade eben erst einen Juden für ihn abgeschlachtet hatte? Er suchte nach einem Grund für Egidius' Verhalten, fand jedoch keine Erklärung dafür.

»Ich weiß genau, wer du bist, Helme von Minden.« Mit tiefster Abscheu sprach er den Namen aus. »Helme, der edle Kaufmann. Ich weiß es schon lange.«

»Aber …«

»Der Bote, du nichtsnutziges Stück Dreck.«

Begreifen flackerte in Helmes Augen auf.

»Ja, du hast verstanden, wie ich sehe. Der Bote ist nicht irgendwo unterwegs aufgehalten worden. Er ist zurückgekehrt, stell dir vor. Und ich habe ihn unschädlich gemacht.« Egidius straffte seinen Körper. »Er hat mir alles erzählt. Ich weiß genau, wer du bist. Du bist nichts weiter als ein dreckiger Lügner, der mir vorgaukelt, mein Freund zu sein. Du täuschst mir gegenüber Verbundenheit vor, und wenn du bekommen hast, was du willst, wendest du dich einem anderen zu.«

Helme war sprachlos. Der Bote war also zurückgekehrt und hatte über ihn berichtet. Dann war alles aus. Er würde aus Köln fliehen müssen. »Wenn du es schon länger wusstest, warum hast du nichts gesagt?«

»Wozu? Es war mir egal.«

»Wenn das wahr ist, warum ist es dir jetzt nicht mehr egal? Was ist mit unserer Freundschaft?«

»Freundschaft?«, höhnte Egidius. »Was weißt du schon von Freundschaft? Du bist nichts, gar nichts. Ich sehe es in deinen Augen. Du wirst dir einen anderen suchen und ihm deine Freundschaft schenken. Ihm und nicht mir.«

Wie aus dem Nichts zog Egidius plötzlich ein Messer hervor und stürzte sich auf Helme. Dessen Körper reagierte instinktiv. Er riss den Arm hoch und wehrte den Stoß ab.

»Was soll das?«

Egidius drehte sich herum und versuchte es erneut. Helme gelang es, ihn am Handgelenk zu packen, und er versuchte, ihm das Messer zu entreißen.

»Stirb, du Verräter, stirb. Kein anderer kriegt dich!«

Sie rangelten miteinander, und Helme war dabei, die Oberhand zu gewinnen. Da griff Egidius wie von Sinnen mit der anderen Hand nach dem Messer und stach zu. Helme entfuhr ein Schrei. Das Messer hatte seine Schulter nur gestreift, doch die Wunde schmerzte höllisch. Egidius umklammerte das Messer fester, Mordlust stand in seinen Augen. Wieder holte er aus, diesmal zielte er auf Helmes Bauch. Doch der wich zur Seite aus, griff zu und bog seinem Gegner in einer schnellen Bewegung das Handgelenk um. Das schmatzende Geräusch, als die Klinge bis zum Heft in Egidius' Unterleib eindrang, ließ beide innehalten.

Der Patrizier blickte ungläubig an sich hinunter und auf das Messer in seinem Leib, von dem nur noch der Griff zu sehen war. Dann blickte er auf Helme, der ihn mit weit aufgerissenen Augen anstarrte, und taumelte gegen die Wand. Ein erneuter Blick auf das herausragende Heft des Messers sagte Egidius, dass er Schmerzen spüren müsste. Doch dem war nicht so. Vielmehr durchzog ein angenehmes Kribbeln seinen Leib, das ihn lächeln ließ. Er sah zu Helme, der sich für ihn nun wieder in einen Freund zurückverwandelt hatte. Er war ihm treu, erkannte er, und der Gedanke ließ eine Zufriedenheit in ihm aufkommen, wie er sie seit Jahren nicht mehr empfunden hatte. Er hob die Hand und streckte sie Helme entgegen.

»Mein Freund!«

Helme zögerte und schluckte schwer, machte dann aber einen schnellen Schritt auf ihn zu. Er stützte ihn und ließ ihn sanft zu Boden gleiten, wo Egidius mit einem Ausdruck des Glücks im Gesicht bewegungslos liegen blieb.

»Ich hole einen Medicus«, stammelte Helme.

»Nein. Bleib bei mir. Geh nicht.«

»Warum hast du das getan?« Die Verzweiflung ließ Helmes Stimme zittern.

»Lass nur«, brachte der Sterbende hervor. »Jetzt ist alles gut. Ich habe mich nicht in dir getäuscht. Du liebst mich.« Er hob die Hand und strich Helme mit einer zärtlichen Geste über das Gesicht. Ein letztes Lächeln, dann schloss er die Augen, seine Hand fiel herab, und sein Kopf sank zur Seite.

Helme blieb neben dem Toten auf dem Boden sitzen. Nie zuvor hatte ihn das Sterben eines Menschen auf diese Weise berührt. Wieder versuchte er zu verstehen, warum Egidius ihn angegriffen hatte.

Er hörte ein Poltern draußen auf dem Flur, doch er blieb sitzen und reagierte nicht weiter darauf.

»Aber Euer Bruder hat Besuch, Herr. Ich bitte Euch!«

Die Tür zum Kontor wurde aufgerissen, und Cornelius erstarrte bei dem Anblick, der sich ihm bot.

»Was …?«

Helme sah auf, und erst jetzt kehrte sein Überlebensinstinkt zurück. Flucht! Er sprang auf und wollte aus dem Raum eilen. Noch im Laufen zog er sein Schwert.

Cornelius griff ebenfalls nach seiner Klinge, konnte sie aber nicht mehr rechtzeitig aus der Scheide ziehen. Helme holte aus und versetzte ihm mit der Breitseite seines Schwertes einen wuchtigen Hieb gegen die Brust. Der Patrizier taumelte, und Helme nutzte die Gelegenheit, um durch die nunmehr freigegebene Tür in den Flur zu gelangen. Dort wich der Diener ängstlich einige Schritte vor ihm zurück, ging in die Hocke und hielt sich schützend beide Hände über den Kopf.

Helme beachtete ihn nicht weiter. Er rannte zur Haustür und auf die Straße hinaus.

Cornelius warf einen kurzen Blick auf seinen Bruder und sah sogleich, dass diesem nicht mehr zu helfen war. Sofort nahm er die Verfolgung des Mörders auf. Doch als er die Straße erreichte, war von diesem weit und breit keine Spur mehr zu sehen. Auf gut Glück wandte sich Cornelius nach rechts Richtung Marktplatz. An der nächsten Ecke blieb er stehen und prüfte, ob sich Egidius' Mörder in der von dort abgehenden kleinen Gasse versteckt hatte. Nichts. Also rannte er zum

Marktplatz weiter. Doch seine Hoffnung, den Mörder hier zu entdecken, schwand. Schreiende Menschen rannten auch hier, ein gutes Stück vom Judenviertel entfernt, noch immer kopflos durcheinander. Zwar waren es deutlich weniger als noch vor ein paar Stunden, doch schien der Wahnsinn die Menschen noch nicht vollständig aus seiner Umklammerung entlassen zu haben.

Cornelius wusste nicht weiter. Der Mörder konnte überall sein. Er selbst war zum Haus seines Bruders gegangen, um diesen zur Rechenschaft zu ziehen und wegen der Morde im Judenviertel anzuklagen. Er wusste genau, was er dem ungeliebten Familienmitglied mitten ins Gesicht sagen wollte – unter anderem, dass er ihn dafür bestraft sehen wollte, die Kölner aus Geldgier und Eigennutz gegen die Juden aufgestachelt zu haben. Zusammen mit anderen hatte er bewirkt, dass brave Bürger zu Mördern und Vergewaltigern geworden waren. Cornelius wollte, dass die Schuldigen dafür zur Verantwortung gezogen wurden. Sie und ihre Angehörigen sollten ebenso leiden wie die jüdischen Familien, die durch ihre Schuld gemeuchelt worden waren.

Aber nun war Egidius tot. Gemordet von dem Mann, mit dem er, wie Cornelius vermutete, die ganze Zeit über gemeinsame Sache gemacht hatte. Zwar hatte er keine handfesten Beweise dafür, doch hatte er über die Jahre hinweg gelernt, seinem Gefühl zu vertrauen. Auch wusste er nicht, welcher andere Zusammenhang sonst noch zwischen den beiden Männern bestehen sollte.

Was würde nun geschehen? Wer konnte bestraft, wer für die Greuel verantwortlich gemacht werden? So viele Kölner hatten ihre Hände mit Blut befleckt. Wie würde je wieder Ordnung und Friede in einer Stadt Einzug halten können, in der solch ein schreckliches Morden nicht von Soldaten, sondern von einfachen Bürgern begangen worden war? Wie sollte man mit den wenigen Juden, die das Gemetzel überlebt hatten, weiterhin Haus an Haus wohnen?

Am Ende seiner Kraft, ließ er sich mitten auf der Straße zu Boden sinken, hielt sich die Hände vors Gesicht und begann bitterlich zu weinen. Ihm war egal, wer ihn dabei beobachten mochte. Alles war verloren.

36. Kapitel

Wäre er ein besserer Mensch gewesen, hätte der Fleiß und Eifer, mit dem die Jungen die Schiffe in seinem Auftrag entluden und sich abrackerten, seinem Gewissen sicher zu schaffen gemacht. Doch er war nun einmal nicht besser, als er eben war.

Das Anwerben der Straßenkinder hatte sich als genialer Einfall erwiesen, der ihm nun jede Menge leicht verdientes Geld in die Kasse spülte.

Zufrieden nahm er zur Kenntnis, wie die Nachricht, dass es am Hafen einen gäbe, der den Straßenjungen Arbeit verschaffte und sie danach auch tatsächlich bezahlte, schneller die Runde machte als jede Krankheit, die man sich im Hurenhaus holen konnte. Die einzige Frage war nun, wie lange sich die Stadtoberen seine einträglichen Geschäfte noch gefallen lassen würden. Schließlich gehörte er keiner Zunft an und hatte auch sonst kein Gewerbe angemeldet, um die Abgaben zu bezahlen, die neuerdings innerhalb der Mauern Bremens erhoben wurden. Anfangs war nur eine Ziese, eine städtische Verbrauchssteuer, beim Weinhandel zu zahlen gewesen, der mittlerweile ausschließlich vom Rat betrieben werden durfte. Inzwischen waren jedoch Kämmerer im Einsatz, die für fast jede Tätigkeit, mit der in Bremen Geld verdient werden konnte, Steuern verlangten. Dafür waren sogar Sonderkassen eingerichtet worden, die nicht mehr der direkten Verantwortlichkeit des Rates unterstanden. Die Bremer beklagten sich mehr als einmal deutlich über die Abgaben, doch ihre Rufe verhallten ebenso ungehört wie die Forderungen der Zünfte nach mehr Mitspracherecht im Rat, in dem sämtliche für die Stadt wichtigen Entscheidungen getroffen wurden. Schon machte der Begriff »Klüngelwirtschaft« in den Schänken die Runde.

Doch Hanno war dies einerlei. Er tat, was er tat, solange es eben gutging und er ungeschoren davonkam. Was danach folgte, würde man sehen. Langsam zog er seine Flöte hervor. In letzter Zeit waren ihm viele alte irische Weisen und Melodien wieder in den Sinn gekommen. Es war wohl verfrüht gewesen zu glauben, dass er, so jung, wie er war, in Bremen eine zweite Heimat gefunden hatte. Doch er musste zugeben, dass ihm das geordnete Leben, das er hier führte, gefiel. Eine bequeme Schlafstatt in einem Haus, ein stets gefüllter Magen und neben der Arbeit immer noch genug Zeit, um auf einem Findling im Hafen zu sitzen und zuzusehen, wie die Schiffe ein- und ausliefen. Ja, daran hätte er sich durchaus gewöhnen können. Doch die vergangenen Jahre hatten ihn gelehrt, dass nichts von Dauer, nichts von Bestand war, auch wenn er in letzter Zeit nichtsdestotrotz oftmals daran dachte, wie es wohl wäre, nicht mehr weiterzuziehen. Er würde nicht ewig mit der Arbeit im Hafen sein Geld verdienen können. Und selbst wenn, wäre dies eine äußerst unsichere Angelegenheit. Zumindest wenn er wirklich sesshaft werden und eine Familie gründen wollte. Eine Familie. Es war das erste Mal, dass er den Gedanken daran nicht sofort wieder zurückdrängte. Er schalt sich selbst einen Narren ob seiner Tagträumerei, aber sosehr er sich auch sagte, dass diese sowieso niemals Wirklichkeit werden würde, erfüllte sie ihn doch mit tiefer Zufriedenheit. Und mochte er es auch nicht zugeben, wusste er außerdem ganz genau, was diesen Wunsch in ihm ausgelöst hatte. Tag für Tag sah er sie, wenn sie in die Küche kam, um dort das Morgenmahl einzunehmen. Die Schwester seines besten Freundes Gawin war nicht nur schön, sondern auch bemerkenswert klug. Mehr, als dies bei einer Frau vielleicht wünschenswert war. Hanno entfuhr ein kleiner Seufzer bei dem Gedanken an Anna. Ihr Bruder war bei einem Zimmermann als Lehrjunge untergekommen. Inzwischen hatte er sogar eine schriftliche Bestätigung dafür von einem der Stadtschreiber erhalten. Eines Tages würde er Geselle und irgendwann sogar Meister werden, wenn er nur fleißig weiterarbeitete und sich geschickt genug anstellte. Und Hanno hatte nicht den geringsten Zweifel daran, dass Gawin genau dies tun würde. Seine eigene Situation kam ihm im Vergleich zu der des jüngeren Freundes dagegen aussichtslos vor. Aber es brachte auch nichts, immer wieder darüber nachzudenken. Er seufzte erneut, erhob sich dann von seinem Findling, verstaute die Flöte und ging zu den Burschen hinüber, die nun ihrerseits aufgesprungen waren und darauf warteten, einen weiteren Auftrag von ihm zu erhalten.

Während er mit den Jungen sprach und sie für das Abladen des nächsten Schiffes einteilte, trat Gawin von hinten an ihn heran.

»So ist's recht. Die anderen arbeiten lassen und selbst nur zusehen, was?«

Hanno fuhr herum.

»Gawin! Was machst du denn hier? Musst du nicht arbeiten?«

»Ich musste etwas ausliefern und bin auf dem Rückweg zur Werkstatt. Und du? Wirbst die Jungen hier an?«

»Ganz recht.«

»Pass nur auf, dass die Stadtoberen dich nicht dabei erwischen. Sonst kannst du gleich wieder abgeben, was du und die Buben bislang verdient haben.«

»Was bleibt mir denn anderes übrig? Mit irgendetwas muss ich mir doch mein Brot verdienen.«

»Dann komm doch mit mir in die Werkstatt. Wir können

gar nicht so schnell und so viel schaffen, wie Aufträge reinkommen.«

»Aber dein Jordan bezahlt nicht wirklich gut.«

»Das stimmt, aber dafür ist es ehrliche Arbeit, mit der du dir Ansehen erwirbst, anstatt dir Ärger einzuhandeln.«

Hanno sah in die erwartungsvollen Augen der Jungen, die sich um ihn geschart hatten.

»Ich denk drüber nach. Und jetzt sieh zu, dass du zu deinem Meister zurückkommst, bevor du am Ende noch Schwierigkeiten bekommst.«

»Dann also bis später bei Margrite.«

Hanno machte eine Handbewegung, als ziehe er einen Hut vor Gawin. Der schmunzelte und wandte sich ans Gehen.

Das nächste Schiff lief ein. Hanno gab seinen kleinen Helfern ein Zeichen und trat zielstrebig an die Kaimauer, um seinen neuen Auftraggeber in Bremen willkommen zu heißen.

Kaum dass Gawin die Werkstatt betreten hatte, hörte er Jordan wie so oft laut vor sich hin schimpfen.

»Was ist geschehen, Meister?«

»Ah! Diese Kuttenträger. Nichts als dumme Gedanken im Kopf.«

»Ich verstehe nicht.«

Der Zimmermann legte die Feile beiseite, mit der er gerade die Kanten einer Bank bearbeitet hatte. »Ein Priester war hier in der Werkstatt und hat nach dir gefragt. Hab ihm gesagt, dass du nicht da bist.«

»Ein Priester? Was hat er denn gesagt?«

»Irgendetwas vom Bischof. Der will, dass du eine Madonna für den Dom schnitzt. Hab ihn fortgeschickt.«

»Eine Madonna? Ich?«

»Ich habe ihm ja gesagt, dass das Unsinn ist. Du fertigst

Stühle und Bänke, Schränke und Treppen. Und damit Schluss.«

»Aber …«

»Nichts aber. Du bist hier Lehrjunge und kein Bildhauer. Entweder du machst die Arbeit, die ich dir gebe, oder du kannst dich schleichen und sehen, wer dir eine Anstellung gibt.«

»Natürlich, Meister.«

»Und sag deiner Schwester von mir, dass sie gefälligst ihr vorlautes Mundwerk zu halten hat.« Er funkelte Gawin wütend an.

»Meiner Schwester?«

»Ganz recht. Als ich den Priester fragte, wie er darauf käme, dass du solche Arbeiten verrichten könntest, sagte er, dass deine Schwester dies einem der Ratsherren erzählt hat.«

»Aber, meine Schwester kennt hier gar keinen Ratsherren.«

»Weiß der Himmel, was sie unternommen hat, um sich bei einem von ihnen Gehör zu verschaffen.« Damit war das Gespräch für Jordan beendet, und er widmete sich wieder seiner Arbeit. Doch seine Bemerkung über Anna wollte Gawin für den Rest des Tages nicht mehr aus dem Kopf gehen, so dass er entgegengesetzt zu sonst den Feierabend herbeisehnte, um sie auf ihre Verbindung zu jenem Ratsherrn anzusprechen.

Anna saß in ihrer Kammer vor dem Fenster, um das immer schwächer werdende Tageslicht zu nutzen, und nähte an einem Gewand. Am Mittag war sie bei Siegbert von Goossen gewesen und hatte ihm drei ihrer Kleider gezeigt, die sie aus feinstem Tuch gearbeitet und mit der Seifennaht versehen hatte. Glücklich hatte sie seine Lobesworte entgegengenommen, die er ihr nicht nur aus großväterlichem Stolz heraus gezollt hatte, sondern vielmehr aus der Sicht eines Geschäftsmannes, der wusste, was sich gut verkaufen ließ und was nicht. Sogleich hatte er ihr versichert, nach einer passenden Gelegenheit zu suchen, bei der sie ihre Kleider in angemessenem Rahmen den reichen Kundinnen präsentieren könnte. Denn Damen von Stand, so hatte er ihr erklärt, würden zu jeder Zeit wie solche behandelt werden wollen, ganz gleich ob es dabei um den Kauf eines Kleides oder um die ihnen gebührenden Ehrenbezeugungen auf einem Fest ging. Deshalb bestand er auch darauf, ihr eine geeignete Räumlichkeit für den Verkauf ihrer Kleider zu besorgen. Ihren Einwand, dass sie sich dies nicht leisten könne, wischte er mit einer Handbewegung fort, als ob er eine lästige Fliege vom Tisch verscheuchte.

Einen Großteil des Nachmittags hatte sie bei ihm verbracht, und die Stunden waren aufs angenehmste verflogen. Er hatte ihr davon erzählt, wie ihre Mutter als kleines Mädchen gewesen war, und einige, fast vergessen geglaubte Erinnerungen mit ihr geteilt. Nur eines wollte er Anna nach wie vor nicht sagen: wer ihr leiblicher Vater war. Sie hatte von Goossen nur so viel aus der Nase ziehen können, dass ihre Mutter sich in einen Mann verliebt hatte, den sie – aus einem Grund, den ihr der Großvater nicht nennen wollte – jedoch nicht hatte heiraten können. Weit mehr als ein Jahr hatten sich Katharina und ihr Geliebter, der Erinnerung Siegberts nach, heimlich getroffen. Er selbst erfuhr erst von dieser Liebschaft, als seine Tochter nicht mehr umhinkonnte, sie ihm zu gestehen. Sie war in anderen Umständen, und Siegbert außer sich vor Wut. Nie hätte er gedacht, dass ihn seine Tochter so hintergehen könnte. Doch heute, so gestand er Anna mit stockender Stimme, würde er anders handeln. Damals jedoch hatte er darauf bestanden, dass Katharina den Geliebten nicht mehr traf, und seine eigene Tochter fortgeschickt. Und um sicherzustellen, dass Katharina sich auch daran hielt, und darüber hinaus ihre Ehrlosigkeit nicht offenbar werden zu lassen, hatte er sich des jungen, ehrgeizigen Kerls, der für ihn arbeitete, bedient. Helme war sicher nicht der Mann, den er sich für seine Tochter gewünscht hatte. Doch er war bereit, die Schwangere zu ehelichen, so er denn von dem alten Siegbert entsprechend dafür bezahlt wurde. Außerdem sollte er dafür Sorge tragen, dass Katharina nie mehr nach Bremen zurückkehren würde. Dafür, und um der Tochter und der Enkelin des Ratsherrn ein auskömmliches Leben bieten zu können, erhielt er einmal jährlich einen Betrag, von dem selbst ein Mann gehobenen Standes gut hätte leben können. Und immer, so berichtete Siegbert, wenn Helme ihn über einen Boten um mehr Geld bat, hatte er im Stillen gehofft, dass er seiner Tochter und Enkelin das Leben dadurch wenigstens etwas erleichtern würde. Doch nun, nachdem ihm Anna einen Einblick in ihr vergangenes Leben in Lünen gewährt und ihm von der Art und Weise berichtet hatte, mit der Helme ihre Mutter und sie behandelte, schien der alte Mann binnen weniger Augenblicke um Jahre gealtert zu sein. Stockend bat er sie um Verzeihung für die Verbannung und das Leid ihrer Kindheit, für die Lügen, die er ihrer Mutter aufgezwungen hatte, für den vermeintlichen Vater, den er für Anna ausgesucht hatte, und zuletzt auch dafür, dass er selbst nicht einmal zur Beerdigung seiner eigenen Tochter gekommen war, als ihn die Nachricht ihres Todes zusammen mit einer neuerlichen Geldforderung Helmes erreicht hatte.

Es gab noch so vieles, über das sie sprechen mussten, erkannte Anna, während sie vor dem Fenster an ihrem Kleid weiternähte. Am meisten beschäftigte sie jedoch die Frage, wer ihr leiblicher Vater war, dem so dringlich verboten worden war, sich zu seiner Liebe zu ihrer Mutter zu bekennen.

Ein Klopfen an der Tür ließ sie aufblicken. Schon betrat Gawin die Stube.

»Hier sitzt du also gemütlich am Nähen, während ich den ganzen Tag in der Werkstatt zu schuften habe.« Es klang scherzhaft, und doch versetzten seine Worte Anna einen Stich.

»Ich war auch nicht untätig, das kann ich dir versichern.«

Er bemerkte, dass sie seine kleine Neckerei nicht gut aufgenommen hatte.

»Das weiß ich doch. Es war nicht böse gemeint.«

Er ging zu ihr hinüber und neben ihrem Stuhl in die Hocke. »Und, woran arbeitest du?«

»An einem Kleid, wie du siehst.« Sie wollte ihm weiterhin die kalte Schulter zeigen, schaffte es aber nicht, als sie sein Gesicht so nah an ihrem spürte. »Die Farbe steht dir nicht. Du brauchst es also gar nicht so begehrlich zu betrachten.«

Er grinste sie ob ihrer Frechheit breit an. »Du bist ganz schön unverschämt, kleine Schwester. Dabei bin ich hier der Mann im Haus. Sieh dich also vor, mich derart zu veralbern.« Er hob gespielt drohend die Faust.

Anna legte den Daumen und den Zeigefinger um seinen Oberarm und prüfte seine Muskeln. »Ich würde sagen, da dürfte eher Margrite der Mann im Haus sein.« Beide prusteten los.

»Und, was hast du heute so gemacht?«

Anna legte das Kleid beiseite. Sie hatte Gawin bisher nichts von Siegbert erzählt, weil sie erst hatte abwarten wollen, wie sich die Dinge entwickelten. Da sie ihren Großvater nun aber schon zum dritten Mal besucht hatte und einzuschätzen vermochte, dass die Familienbande nicht mehr durch ein unbedacht ausgesprochenes Wort zerschnitten werden konnten, hielt sie nun den Zeitpunkt für gekommen, Gawin vom Alten von Goossen zu berichten.

So erzählte sie ihm von ihrer Begegnung auf dem Marktplatz, dem anschließenden Gespräch auf der Straße und schließlich von ihrem und Margrites Besuch in Siegberts Haus, bei dem ihr dieser die bestehenden Zusammenhänge erklärt hatte. Auch den heutigen Nachmittag ließ sie nicht unerwähnt, wenn sie auch nicht im Einzelnen erzählte, was ihr Großvater ihr anvertraut hatte, zumal sie sich selbst erst noch über das ein oder andere klarwerden wollte.

»Moment mal«, bat Gawin. »Hast du ihm auch von mir erzählt? Ich meine, weiß er, dass wir uns als Geschwister ausgeben?«

Anna nickte. »Er weiß es und hat herzlich über unsere Idee gelacht.« Sie verstellte ihre Stimme und brummte: »Na, dann hab ich jetzt also nicht nur eine Enkelin, sondern auch noch einen Enkel bekommen, was?«

»Das hat er gesagt?«

»Ganz recht. Du solltest mich bei meinem nächsten Besuch begleiten, Gawin. Glaub mir, du wirst ihn mögen. Er hat falsch an meiner Mutter gehandelt, dennoch ist er ein sehr herzlicher Mann.«

»Heute Nachmittag war ein Priester im Auftrag des Bischofs in der Werkstatt und ließ mir über Jordan ausrichten, dass ich eine Madonna schnitzen soll. Handelt es sich dabei vielleicht zufällig um einen Einfall, den du deinem Herrn Großvater in den Kopf gesetzt hast?«

Anna strahlte übers ganze Gesicht. »Dass er so schnell seine Kontakte spielen lassen würde, habe ich nicht erwartet. Aber das ist ja wunderbar! Und, was sagst du?«

Gawin presste die Lippen aufeinander. »Gar nichts. Dem Priester konnte ich sowieso nichts sagen, weil der Meister ihn sofort wieder fortgeschickt hat, und mit dem alten Jordan selbst war nicht zu reden. Für ihn bin ich nichts weiter als sein Lehrling und kein Bildhauer.«

»Aber das durfte er nicht.«

»Doch, das darf ein Meister bei seinem Lehrjungen durchaus. Bei einem Lehrjungen, der Bänke zimmert, statt eine Statue der Mutter Gottes zu schnitzen.« Es klang bitter.

Gawin erhob sich und streckte seine Glieder. »Aber warten wir erst einmal ab, was noch kommt. Im Moment haben wir in der Werkstatt ohnehin so viel zu tun, dass ich mich keinen Augenblick mit etwas anderem beschäftigen könnte. Wir bräuchten dringend noch einen weiteren Zimmermann. Doch Jordan sagt, dass dort draußen nur Taugenichtse herumlaufen, die sich für ehrliche Arbeit zu schade sind.«

»Er scheint mir nicht ganz einfach zu sein, dein Meister.«

»Wem sagst du das?« Er streckte sich abermals. »Ich bin vollkommen geschafft und werde jetzt erst einmal gehen und mir den Holzstaub vom Körper und aus den Haaren spülen. Wollen wir danach gemeinsam essen?«

Anna lächelte. »Ich habe uns etwas gekocht.« Sie klang stolz.

»Wirklich?«

»Ja, Siegbert meinte, mir zumindest schon einmal Geld für die drei Kleider geben zu müssen, die ich ihm heute Nachmittag vorbeigebracht habe. Es war sehr viel, doch er war sich sicher, das Geld und sogar noch mehr von den Käuferinnen wieder hereinzubekommen.« Sie hob ihre Schürze an, in der darauf das Klimpern von Münzen zu hören war. »Ich habe die Kleider genäht und dafür genau die Summe Geld bekommen, die Siegbert verlangen wird, wenn er sie weiterverkauft. Mein erstes Handelsgeschäft.« Es klang stolz. »Von dem Geld habe ich für das heutige Abendessen eingekauft und es auch schon zubereitet. Es gibt Braten und frisches Brot, das für alle reicht. Nur weiß noch niemand etwas davon. Ich wollte euch alle überraschen.«

Sie erhob sich nun ebenfalls und senkte etwas verlegen den Kopf.

»Du bist zauberhaft, weißt du das?« Gawin machte einen Schritt auf sie zu, beugte sich zu ihr hinunter und küsste sie mitten auf den Mund. Eben noch überschwenglich und gelöst, überkam ihn plötzlich ein seltsames Gefühl, dennoch wollten sich seine Lippen nicht von den ihren lösen. Und Anna schien es ebenso zu gehen. Mit großen Augen starrten sie einander an, während ihre Lippen sich noch immer berührten. Doch dann machte Gawin ruckartig einen Schritt zurück.

»Entschuldige bitte.«

Anna überspielte ihre Verlegenheit, indem sie meinte: »Warum sollte ein Bruder seine Schwester nicht küssen dürfen?«

»Vielleicht weil er gar nicht ihr Bruder ist?« Gawins Stimme klang rauh und tief. Sein Blick war fest auf Anna gerichtet. Es war das erste Mal gewesen, dass er sie geküsst hatte. Nun befürchtete er, das freundschaftliche Verhältnis, das zwischen ihnen bestand, könnte sich dadurch vielleicht trüben.

»Nicht doch.« Sie spielte mit ihren Fingern.

»Ich wollte nicht zerstören, was wir haben, Anna. Bitte verzeih.«

»Schon gut«, wiegelte sie nochmals ab.

Er trat wieder einen Schritt auf sie zu, so dass er ganz dicht vor ihr stand. Ihr Blick war noch immer zu Boden gerichtet. Sie wirkte so anziehend auf ihn wie nie zuvor, und tief sog er den Duft ihres Körpers ein, der sich mit dem der vernähten Seife vermischt hatte.

»Du kannst mich ja nicht einmal ansehen.«

Langsam hob sie den Kopf. Ihre Nasenspitzen berührten sich fast, so dicht standen sie voreinander. Es hatte sich etwas verändert, erkannte Gawin. Nie zuvor hatte er so empfunden, wenn er Anna angesehen hatte. Er wollte sie erneut küssen, sie an sich ziehen, doch sein Verstand rief ihm ein so klares Nein bezüglich seiner Gefühle zu, dass er innehielt. Vorsichtig hob er die Hand und strich Anna die Haarsträhnen zurück, die ihr ins Gesicht gefallen waren.

»Ist wirklich alles in Ordnung?«

Sie schauderte unter seiner Berührung, wollte und hoffte, dass er sie erneut küssen und berühren würde. Doch sie wusste, dass es falsch war. Es war ebenso falsch wie seinerzeit die Entscheidung ihrer Mutter, sich einem Mann hinzugeben, mit dem sie nicht verheiratet gewesen war. Fast war ihr, als könne sie Katharinas Stimme in ihrem Innern hören, die ihr riet, nicht den gleichen Fehler zu machen wie sie. Sie griff nach Gawins Hand, die er sanft an ihre Wange gelegt hatte, und küsste die Innenfläche.

»Es ist alles gut zwischen uns.« Sie zwang sich zu einem Lächeln. »Und nun geh dich endlich waschen, sonst bekommst du weder Fleisch noch Brot, weil wir anderen dir längst alles weggegessen haben.«

»Du glaubst gar nicht, wie schnell ich sein kann.« Er zwinkerte ihr zu und verließ den Raum. Anna sah ihm noch nach, als er die Tür schon längst hinter sich geschlossen hatte, und ließ sich dann mit zitternden Knien auf den Stuhl am Fenster sinken. Sie schloss erschöpft die Augen und lehnte ihren Kopf zurück. Das hatte ihr gerade noch gefehlt!

37. Kapitel

Nichts war mehr wie zuvor. Die Aufräumarbeiten im Judenviertel hatten zutage gebracht, was niemand für möglich gehalten hatte. Es gab keine Juden mehr in Köln. Sie waren fast alle vom wütenden Mob niedergemetzelt worden, und die wenigen von ihnen, die überlebt hatten, waren aus der Stadt geflohen. Wie viele Leichen tatsächlich aus den Häusern und Straßen getragen und in einem Sammelgrab außerhalb der Stadtmauern vergraben wurden, vermochte niemand zu sagen. Zumal die verkohlten Körper, die sich in den niedergebrannten Häusern befanden, gleich zusammen mit dem Bauschutt beiseitegeschafft worden waren. Über der gesamten Stadt lag eine Atmosphäre der Bestürzung und des Entsetzens angesichts der Tatsache, dass so viele Bürger sich eines schweren Verbrechens schuldig gemacht hatten. Viele hatten selbst Hand angelegt, während andere dem Unrecht entweder nur zugesehen oder es sogar verurteilt hatten, wenngleich auch sie entweder nichts dagegen unternommen oder sich dem Willen der Mehrheit gebeugt hatten. Helden hatte es keine gegeben in jener Nacht.

Erst als am Tag nach dem Massaker die ganze Grausamkeit menschlichen Handelns beim Begehen des ehemaligen Judenviertels durch die Ratsobersten ans Licht trat, kam es unter den Christen zu ersten Reaktionen. Einige von ihnen übergaben sich unmittelbar auf die vor oder neben ihnen auf der Straße liegenden Toten, die mit ihren verdrehten Armen und Beinen anklagend auf sie zu zeigen schienen.

Niemand wagte es, die Namen jener auszusprechen, die noch einen Tag zuvor ihre Nachbarn und Freunde gewesen waren. Zu keiner Zeit hörte man einen rufen, dass er den Leib eines Isaak, Benjamin, Jakob oder David gefunden und geborgen habe. Stattdessen hieß es immer nur, dass zehn weitere Opfer der »Judenschlacht« aus den Trümmern gezogen und ins Massengrab transportiert worden waren. Einzig die Kinder der Christen verstanden nicht, warum die ihnen bekannten Namen nicht mehr laut ausgesprochen werden durften. Weshalb auch der ein oder andere Name eines toten Judenkindes trotzdem fiel und wie der Schlag der Domglocke in den Ohren der Erwachsenen dröhnte.

Einhergehend mit den Aufräumarbeiten im Judenviertel waren die Menschen dazu übergegangen, ihre an der Pest verstorbenen Familienmitglieder nun nicht mehr wie zuvor außerhalb der Stadtmauern zu begraben. Deren tote Leiber wurden nun achtlos auf die Straße geworfen, damit sie von den Karren, die die gemeuchelten Juden abtransportierten, gleich mit aufgeladen werden konnten.

Der Rat musste hilflos mit ansehen, wie die Menschen taten, was sie für richtig hielten, ohne noch auf vorgeschriebene Vorsichtsmaßnahmen, Anstand oder gar Moral zu achten. Die Schlacht im Judenviertel hatte alles, was in der Stadt an Ordnung und Gesetz herrschte, außer Kraft gesetzt. Während die einen nach dem Massaker beschämt und bestürzt waren, taten andere wiederum, was ihnen zu ihrem persönlichen Vorteil gereichte. Jedwedes Miteinander und jeder Gemeinschaftssinn hatten sich zusammen mit dem Rauch der in Brand gesteckten jüdischen Häuser in Luft aufgelöst. Ein Mann tat des Nachbarn Weib Gewalt an, ein anderer bestahl den schwachen Alten, und Handelsgeschäfte wurden fast gar nicht mehr getätigt, weil ein jeder fürchtete, bereits beim Ausbreiten seiner Waren ausgeraubt und erschlagen zu werden. Köln war zu einem einzigen Ort des Wehklagens geworden, zu einem Ort, in dem Recht und Ordnung keinen Platz mehr hatten.

»Verdammt noch mal!« Die geballte Faust des Ratsherrn sauste donnernd auf den Tisch. »Wir müssen sofort etwas unternehmen. Sonst werden selbst die Letzten, die noch ein bisschen Ehre und Handelswillen im Leib haben, Köln verlassen wie die Ratten das sinkende Schiff.«

»Weil Ihr gerade davon sprecht. Die Schiffe meiden unseren Hafen, wusstet Ihr das?«, ereiferte sich nun ein anderer und streckte die Faust in die Luft. »Es wurden schon Handelsboote überfallen, kaum dass sie am Kai anlegten. So etwas spricht sich herum. Womit sollen wir Handel treiben, wenn wir keine Waren mehr erhalten?«

»Oder sie uns von den Ständen gestohlen werden«, fügte ein weiterer hinzu.

Die Männer sprachen wild durcheinander und gerieten in Streit. Bürgermeister Johann Overstolz von Efferen, der solche Plänkeleien sonst immer schnell zu unterbinden wusste, war nicht zur Sitzung erschienen. Ein Bote hatte die Nachricht überbracht, dass der Edelmann unpässlich sei. Dies wiederum hatte unter den Ratsherren das Gerücht genährt, dass es sich bei dieser Unpässlichkeit um die Pest handele und sie in Kürze wohl auf die Führung ihres Ersten Bürgermeisters verzichten müssten. Sein Amtskollege Eberhard Hardevust schien mit der Lage ebenso überfordert zu sein wie die meisten anderen Ratsherren. Er saß zusammengesunken auf seinem Stuhl und folgte der Sitzung mit teilnahmslosem Blick, unfähig, die Initiative zu ergreifen.

Cornelius blickte sich sorgenvoll um. In den letzten Tagen hatte er bereits mehr Verantwortung übernehmen müssen, als ihm lieb war. Nach dem Tod seines Bruders war es an ihm, sich um die Versorgung seiner Witwe zu kümmern. Eine Aufgabe, die ihm weder freudig noch leicht von der Hand ging. Sie waren so verblieben, dass Mechthild in Egidius' Haus wohnen bleiben würde und machen könnte, wonach ihr der Sinn stand. Cornelius würde sich in nächster Zeit einen Überblick über die Vermögenslage seines Bruders verschaffen und dafür Sorge tragen, dass Mechthild genug Mittel zur Verfügung standen, damit sie ihr gewohntes Leben weiterführen konnte. Alles andere ergäbe sich dann im Laufe der Zeit.

Nun saß er hier unter den wichtigsten Bürgern Kölns, die in dieser Lage nichts Besseres zu tun hatten, als sich Beleidigungen an den Kopf zu werfen und sich in gegenseitigen Schuldzuweisungen zu ergehen. In diesem Moment hatte er eine Art Erleuchtung. Noch vor wenigen Augenblicken hatte er keine Ahnung gehabt, wie man der Vielzahl von Problemen Herr werden sollte. Sämtliche Ordnung war in Auflösung begriffen, wildes Durcheinander und gesetzloses Verhalten die Regel geworden. Es schien geradezu unmöglich, die Kontrolle zurückzuerlangen. Doch nun, vielleicht dank einer Eingabe des Herrn selbst, stand ihm die Lösung auf einmal so klar und deutlich vor Augen, dass er aufstand, um das Wort zu ergreifen. Die Ratsherren um ihn herum hatten sich in Rage geredet und nahmen sein Ansinnen, mit ihnen zu sprechen, überhaupt nicht wahr.

»Ruhe! Sofort Ruhe!« Sein Brüllen hatte etwas von einem wütenden Bären, der sein Gegenüber zum Rückzug mahnt. Mit einem Schlag war es völlig still im Saal, und die Augen aller richteten sich auf ihn.

Mit ruhigen Schritten ging er zum Stuhl des Vorsitzenden hinüber und blieb hinter diesem stehen.

»Wenn niemand die Leitung der Versammlung übernehmen will, werde ich für heute diesen Platz einnehmen.«

Weder Zustimmung noch Ablehnung wurden laut, lediglich Albrecht brachte mit einem Kopfnicken zum Ausdruck, dass er Cornelius' Entscheidung begrüßte.

Im Saal herrschte nach wie vor Stille.

»Gut. Wir sind keine Marktweiber, sondern Ratsherren. Die Kölner Bürger erwarten zu Recht von uns, dass wir wieder geordnete Zustände in der Stadt herstellen. Darin besteht unsere Aufgabe.« Er machte eine bedächtige Pause und ließ seine Eingangsworte wirken. »Wenn also einer unter uns ist, der diese Verantwortung nicht länger auf seinen Schultern tragen möchte, mag er nun aufstehen und den Saal verlassen.«

Er wartete, ob jemand gewillt war, seiner Aufforderung Folge zu leisten. Doch niemand erhob sich.

»Köln geht in einem Sumpf von Gewalt unter. Deshalb müssen wir handeln, und zwar sofort. Um geeignete Maßnahmen ergreifen zu können, müssen wir jedoch erst einmal verstehen, wie es überhaupt zu dem derzeitig herrschenden Zustand von Gesetzlosigkeit kommen konnte. Ich habe es begriffen und weiß eine Antwort darauf.«

Gebanntes Schweigen herrschte im Raum.

»Die Antwort lautet: ungesühnte Schuld!« Er schritt mit den Händen auf dem Rücken hinter den Stühlen der Männer entlang. »Niemand wurde bislang für das, was den Juden angetan wurde, angeklagt und für schuldig erklärt. Es gibt niemanden, auf den die Menschen zeigen und spucken, keinen, den sie mit Missbilligung und Verachtung strafen können. Nicht einer der Bürger wurde für das, was geschehen ist, verantwortlich gemacht. Und warum nicht?« Er ließ die Frage eine Weile im Raum stehen und meinte dann: »Weil es zu viele waren. Es mag sogar sein, dass jemand in diesem Saal an der Schlachtung beteiligt war. Doch muss er fürchten, dafür zur Rechenschaft gezogen zu werden? Nein! Denn er war ja nur einer in der Menge, einer von vielen. Und das ist genau die Botschaft, die wir den Menschen nach dem Massaker gegeben haben. Mordet und vergewaltigt ruhig, brandschatzt und stehlt! Keiner wird euch dafür zur Rechenschaft ziehen.«

Cornelius kehrte mit ruhigen Schritten zum Stuhl des Ratsvorsitzenden zurück. Leises Gemurmel kam auf, während er wie ein Adler seinen zornigen Blick über die Männer schweifen ließ.

»Und was schlägst du vor?«, fragte Albrecht.

»Wir müssen aufdecken, wer den Aufstand angezettelt und immer noch weiter angeheizt hat – und ihn danach vor Gericht stellen.«

»Dafür müssten wir aber erst mal wissen, wer der- oder diejenigen waren«, meinte nun ein zweiter Ratsmann.

»Ich weiß, wer es war«, stellte Cornelius klar. Seine Stimme klang rauh und belegt. »Es war mein eigener Bruder Egidius.«

Einer der Ratsmänner war aufgesprungen und drohte Cornelius mit der Faust.

»Du bezichtigst deinen Bruder, der nicht mehr unter uns weilt und sich nicht mehr wehren kann, dieser Tat?« Der Kandelgießer beugte sich in seinem Stuhl nach vorn und fixierte Cornelius mit seinem Blick.

Kurz packte Cornelius das schlechte Gewissen bei dem Gedanken, dass er sogleich zu einer Lüge, wenn auch zu einer Notlüge, Zuflucht nehmen würde. Doch irgendjemand musste schließlich handeln, und die jammernden und klagenden Männer, die er hier vor sich sah, waren dazu ganz sicher nicht in der Lage, das wusste er.

»Er hat es mir gestanden, in den letzten Momenten, die der Herr ihm noch auf Erden gab, bevor er in meinen Armen starb.«

Totenstille erfüllte den Raum.

»Er wollte sein Gewissen erleichtern, in der Zeit, die ihm noch blieb. Und so gab er zu, aus Verzweiflung über seine Schulden bei den jüdischen Geldverleihern Hetze gegen diese betrieben zu haben. Er hat den Prediger bestochen, mit den Seinen das Schauspiel vor dem Dom aufzuführen. Und weil dieser ihn kannte, gab er auch den Auftrag, ihn im Kerker zum Schweigen zu bringen, damit er nicht mehr gegen ihn aussagen konnte. Auch der Schlüsselmeister und der Henker gehen auf sein Konto.«

»Hast du ihn deshalb getötet?«

Die Frage hatte Cornelius nicht erwartet. Langsam schüttelte er den Kopf.

»Nein, das habe ich nicht. Ich habe seinen Mörder noch gesehen und auch verfolgt, konnte ihn aber nicht mehr einholen. Es war derselbe Mann, der die drei Morde für ihn begangen hat. Als Egidius wieder zur Besinnung kam und dem Rat gegenüber seine Schuld gestehen wollte, hat der andere ihn getötet.«

»Wer ist der Mörder?«

»Ein angeblicher Freund meines Bruders, ein paar von euch kennen ihn. Egidius selbst hat ihn in sein Haus aufgenommen und in unseren Kreis eingeführt. Er stellte sich euch als Helme von Minden vor, wie ich vom Ratsherrn Albrecht Schürer weiß, der diesen zunächst in sein Haus aufgenommen hatte. In letzter Zeit sah man meinen Bruder und ihn kaum je getrennt voneinander, wie mir von einigen zugetragen wurde. Er floh vor mir, als ich das Kontor meines Bruders betrat, wo er diesen kurz zuvor gemeuchelt hatte.«

Niemand wagte darauf noch etwas zu sagen. Viele der Ratsherren hatten Helme und Egidius in letzter Zeit zusammen gesehen und wussten genau, von wem Cornelius sprach. Es dauerte eine ganze Weile, bis Albrecht schließlich das Schweigen durchbrach.

»Und was hast du nun vor? Willst du Egidius etwa post mortem an den Pranger stellen?«

»Ich will aufdecken, was er getan hat.«

»Was ist mit seiner Witwe?«

»Mechthild? Sie hat nichts von seinen Machenschaften gewusst.«

»Trotzdem wird sie sich danach in Köln kaum noch auf die Straße trauen können. Man wird sie meiden.«

»Ich werde dafür sorgen, dass sie die notwendigen Mittel erhält, die Stadt zu verlassen, wenn sie es wünscht.«

Albrecht nickte. »Und du glaubst, dass die bloße Erklärung, Egidius habe hinter dem Ganzen gesteckt, ausreichend ist, um wieder Ruhe in die Stadt zu bringen?«

»Nein, das glaube ich nicht. Das kann nur der Anfang sein. Die Menschen müssen wieder spüren, dass sie Folgen zu erwarten haben, sobald sie die Hand gegen ihren Nachbarn erheben oder sonst ein Unrecht begehen. Deshalb schlage ich vor, dass wir eine Schrift aufsetzen und allerorts verlesen lassen. Eine Schrift, in der wir als Rat der Stadt Köln sämtlichen Bürgern mitteilen, was sie zu erwarten haben, sollte noch einer von ihnen sich über das Gesetz stellen.« Er holte tief Luft. »Wir fordern einen jeden, dem ein Unrecht geschieht oder der ein selbiges beobachtet, dazu auf, dem Rat unverzüglich Meldung davon zu machen. Wer das nicht tut, wird ebenso wie der Täter hart bestraft werden.«

»Aber wie willst du die Menschen dazu bringen, die Aufforderung zu befolgen?«

»Wir müssen die Anzahl der Büttel erhöhen.«

»Es gibt schon jetzt zu wenige Männer, die die obrigkeitsrechtlichen Belange der Stadt schützen. Woher willst du auf einmal so viele Büttel hernehmen?«

»Wir werden Männer anwerben, die wir vorübergehend mit den Befugnissen von Bütteln ausstatten. Außerdem erhalten sie Geld dafür, je mehr Taten sie anzeigen und unterbinden. Glaub mir, wenn plötzlich überall dazwischengeschlagen wird, sobald sich auch nur einer über das Gesetz erhebt, werden wir wieder Ruhe in die Stadt bekommen. Das ist der einzige Weg.«

Cornelius hatte damit gerechnet, dass die Männer, die unterschiedlicher Meinung waren, dies nun wie sonst auch öffentlich kundtun würden. Doch entweder waren sie zu erschöpft oder wussten selbst keinen besseren Rat. Das Gemurmel, das gleich nach seinem Vorschlag eingesetzt hatte, verstummte jedenfalls so rasch, dass es ihn überraschte.

»Dann lasst uns abstimmen!«, forderte er. »Wer ist dafür, dass wir das Schriftstück so aufsetzen lassen, wie ich es vorgeschlagen habe?«

Die Männer hoben ohne Ausnahme die Hand.

»Gut«, befand Cornelius. »Dann werde ich das Nötige veranlassen. Und ich werde mich selbst um die Auswahl der Büttel kümmern. Wir müssen endlich wieder auf die Straße gehen können, ohne befürchten zu müssen, dass uns wegen einer einzigen Münze der Schädel eingeschlagen wird.«

Mit diesen Worten verließ er den Saal.

Wie schnell die Maßnahmen griffen und die Welle der Gewalt spürbar verebbte, überraschte alle. Vor allem Helme, der sich tagelang wie im Rausch durch die Straßen Kölns bewegt und sich alles genommen hatte, wonach ihm gewesen war. Eigentlich hatte er direkt nach Egidius' Tod aus der Stadt fliehen wollen, aber der dort herrschende Ausnahmezustand kam ihm sehr entgegen. Endlich konnte er sich völlig ungehemmt verhalten, wie es seiner Natur entsprach. Doch schon bald wäre es damit wieder vorbei. Diese verdammten Hilfsbüttel, erkannte Helme, die sich wegen jedem noch so geringen Vergehen auf einen stürzten und vor den Rat schleiften, lauerten an jeder Ecke. Und er konnte nicht riskieren, gefasst zu werden, wollte er dann nicht auch noch des Mordes an Egidius angeklagt werden. Auf seinen Kopf war vor zwei Tagen ein Preis ausgesetzt worden. Gleich nachdem öffentlich gemacht worden war, dass der Ratsherr Egidius Nürnberger wegen finanzieller Schwierigkeiten den Aufstand gegen die Juden herbeigeführt hatte, war auch sein eigener Name als dessen Mörder genannt worden. Einen kurzen Moment lang hatte er überlegt, Egidius' öffentliche Anprangerung für sich zu nutzen, indem er angab, den Ratsherrn im Streit wegen dessen Schandtat versehentlich zu Tode gebracht zu haben. Doch da war noch dieser Hundsfott Cornelius, Egidius' Bruder, der in diesem Fall schon dafür sorgen würde, dass ihm die Worte im Mund herumgedreht werden würden. Nein, er konnte nicht riskieren, sich den Fragen des Rates zu stellen, wenn er nicht wollte, dass sein Hals über kurz oder lang in einer Schlinge landete.

Für Helme war klar, dass nun der Zeitpunkt gekommen war, aus der Stadt zu fliehen. Nur wohin? Die wenigen Münzen, die er bei seinen Streifzügen durch Köln in den letzten Tagen erbeutet hatte, würden nicht lange reichen. Und da war immer noch Anna, wegen der er eigentlich hierhergekommen war, die in all den Wochen aber noch von keiner Menschenseele gesehen worden war. Ihm wurde immer klarer, dass sie ihn in die Irre geführt hatte. Wenn er diese kleine Hure nur endlich zu fassen bekäme! Er würde sie zerquetschen wie eine Made. Mittlerweile war es ihm sogar gleichgültig, dass er damit auch seine Haupteinnahmequelle für immer zum Versiegen bringen würde. Er hatte sich nunmehr geschworen, Anna eines qualvollen Todes sterben zu lassen, und wenn es das Letzte wäre, was er in seinem Leben noch vollbringen würde. Seine ganze Aufmerksamkeit würde er darauf verwenden, sie zu finden und so lange zu quälen, bis er in ihren Augen sehen würde, was er am meisten liebte: die Erkenntnis, dass der Tod unmittelbar bevorstand. Wie sehr würde er diesen Moment genießen!

Die Wellen schlugen gleichmäßig gegen die Planken. Schon seit Tagen waren sie auf dem Schiff. Über Esthers Kratzern hatte sich Schorf gebildet, und an manchen Stellen löste sich dieser sogar bereits wieder ab. Ihr Körper stellte sich nach und nach selbst wieder her, nur die Wunden in ihrer Seele würden wohl niemals mehr heilen. Jede Nacht sah sie ihren Vater vor sich. Nicht wie sie ihn immer gekannt hatte – ruhig, unerschütterlich und gütig. Stets sah sie ihn nur in den letzten Augenblicken seines Lebens, in denen er sie mit der Klinge am Hals und in Erwartung dessen, was unweigerlich geschehen würde, angestarrt hatte, bevor sein Hals durchschnitten und sein Kopf nach hinten gekippt war. Esther war kalt. Selbst wenn sie starr an Deck saß und ihr die kräftige Sonne auf die Haut brannte, war ihr so kalt, dass sie den Überwurf fester um ihre Schultern schlang.

Sie hatte, seitdem sie auf dem Schiff wieder zu sich gekommen war, kaum gesprochen und spürte immer wieder Wylands sorgenvollen Blick auf sich ruhen, auch wenn sie ihn nicht ansah. Er hatte ihr zur Flucht verholfen, und sie fühlte sich ihm verbunden. Doch wohin sollte die Flucht gehen, wo enden? Alles hatte sich nach diesem schrecklichen Tag in Köln verändert. Ihr altes Leben gab es nicht mehr.

»Wir werden gleich anlegen.« Wyland war an ihre Seite getreten.

»Wo sind wir?«

»In der Nähe von Hoya. Wir müssen Proviant laden, bevor wir weiterfahren und das letzte Stück unserer Reise zurücklegen.«

»Wohin?«

»Ich werde dich nach Bremen bringen, Esther. Dort habe ich Bekannte, bei denen du unterkommen kannst.«

Sie nickte nur. Der Gedanke, fortan bei fremden Menschen zu leben, bereitete ihr Unbehagen. Doch sie hatte keine Angst davor, dafür hatte sie schon zu viel gesehen in ihrem jungen Leben.

»Werdet Ihr bei mir bleiben, dort in Bremen?«

Wyland spürte, wie die Frage an sein Herz rührte. »Nein, Esther, das kann ich nicht. Ich werde nach Köln zurückreisen und dafür sorgen, dass die Schuldigen für ihr Tun verurteilt werden. Bis auf einen.« Seine letzten Worte waren nicht mehr als ein Flüstern.

»Bis auf einen?«, wiederholte sie.

Seine Augen nahmen einen kalten Ausdruck an. »Den Mörder deines Vaters werde ich mir persönlich vornehmen. Und wenn ich seiner habhaft werde, wird er von mir nicht einmal die Gnade erfahren, die jeder zum Tode Verurteilte vom Henker gewährt bekommt, wenn er ihn mit einem einzigen Schlag ins Jenseits befördert.« Er wandte sich ab und ließ seinen Blick über die Landschaft gleiten, die langsam an ihnen vorbeizog.

»Danke«, hauchte Esther, die nicht wusste, was sie sonst darauf sagen sollte.

38. Kapitel

Während des gemeinsamen Abendessens hatte Anna nicht ohne Stolz das Kleid vorgeführt, das gerade erst fertig geworden war. Wobei sie die Besonderheit mit der eingenähten Seife, die bisher nur Margrite bekannt war, auch allen anderen erklärt hatte. Anderlin, Hanno und auch Gawin hatten nicht schlecht gestaunt.

»Auf dass die Bremerinnen die Kleider gut riechen können«, hob Hanno an und prostete Anna mit seinem Becher zu. Die anderen stimmten mit ein und tranken auf gutes Gelingen. Hannos Blick ruhte auf Anna, die sich in ihrem Kleid vor ihnen im Kreis drehte, damit sie es von allen Seiten betrachten konnten. Sie sah zauberhaft darin aus, und der Wunsch, sich ihr zu erklären, wuchs mit jedem Augenblick, den er sie länger betrachtete. Und so fasste er einen Entschluss.

»Sag mal, Gawin, gilt dein Angebot noch, dass du mich in der Werkstatt deines Meisters unterbringen möchtest?«

Der Angesprochene ließ den Becher sinken. »Hast du genug davon, die Burschen am Hafen für dich arbeiten zu lassen?«

Hanno hob beschwichtigend die Hände.

»Das klingt vorwurfsvoll, mein Freund. Dabei hatten alle etwas davon. Die Jungen bekamen ohne mich keine Arbeit. Und was ist schon dabei, wenn ich nicht nur ihnen, sondern auch mir damit helfe?«

»Aber nun reicht es dir?«

»Das Abladen hat keine Zukunft. Was ist, wenn ich irgendwann mal ein Weib oder gar eine Handvoll Bälger zu ernähren habe?« Sein Blick ruhte auf Anna, während er dies sagte.

»Glaubst du, Jordan würde einen weiteren Lehrjungen aufnehmen?«

»Ich werde ihn fragen. Aber lass uns noch ein wenig warten. In den nächsten Tagen soll mein Eintrag ins Zunftbuch erfolgen. Dann ist alles in trockenen Tüchern.«

Anderlin pfiff anerkennend durch die Zähne. »Der Eintrag ins Zunftbuch? So schnell? Musst dich gut geführt haben. Hast du den Gulden, der bei der Eintragung fällig wird?«

»Jordan streckt ihn mir vor und zieht ihn mir in kleinen Beträgen wieder vom Lohn ab.«

»Bleibt denn dann überhaupt noch etwas über?«

»Der Meister sagt, wenn ich so weiterarbeite, soll ich mir darum keine Gedanken machen.«

Anderlin klopfte ihm anerkennend auf die Schulter. »Dann hast du dich gut geführt, ganz gewiss. Und das, obwohl du keiner der alten Meisterfamilien angehörst. Kannst stolz auf dich sein, mein Junge.«

Gawin nahm das Lob mit einem Lächeln entgegen. Ein warmes Gefühl floss durch seinen Körper, und ein gewinnender Blick glitt zu Anna, die diesen strahlend erwiderte. Seine Gedanken schweiften einen Augenblick lang ab. Wenn sie auf die Art und Weise zusammen sein würden, die er sich wünschte, mussten sie in ein eigenes Haus ziehen, wo sie nur für sich waren. Doch bis dahin wäre es noch ein weiter Weg. Er würde alles tun, um die Jahre der Lehrzeit zu verkürzen, und so bald wie möglich ein Gesellenstück fertigen, das selbst die hohen Erwartungen Jordans übersteigen würde.

»Na, wo bist du mit deinen Gedanken?«

Gawin fuhr fast unmerklich zusammen, dann lächelte er die Hauswirtin an.

»Ich habe gerade nachgedacht, wie gut wir alle es getroffen haben. Anna kann nähen, wie sie es immer wollte, hat nebenher noch das Handwerk des Seifensiedens erlernt und kann beide Gewerke nun miteinander verbinden. Hanno hat hier auch noch keinen Tag hungern müssen und will sich nun genau wie ich einem festen Handwerk zuwenden. Keiner von uns stammt aus Handwerkerfamilien, und doch haben wir alle Möglichkeiten.« Er machte mit der Hand eine Bewegung in Richtung Margrite und Anderlin. »Und das nur, weil ihr uns aufgenommen und die Gelegenheit dazu gegeben habt. Der Herr war uns wohlgesinnt, als wir euch beide trafen. Habt Dank!«

»Darauf trinke ich!« Hanno hob den Becher wie schon zuvor, als er auf Anna angestoßen hatte. Zwar trank Hanno in Gawins Augen nicht ungewöhnlich viel, doch ließ er auch keine Gelegenheit aus. Gawin hoffte, es nicht irgendwann bereuen zu müssen, dass er ihn seinem Meister als Lehrjungen empfohlen hatte.

»Was soll das heißen, er lässt sich entschuldigen? Dieser verfluchte Emporkömmling soll sein Hinterteil sofort hierherbewegen, sonst werd ich ihm Beine machen!« Siegbert von Goossen brüllte so laut, dass der Bote erschrocken zusammenfuhr. Schnell verbeugte er sich ergeben.

»Ja, Herr! Ich werde es sofort ausrichten, Herr!« Er verbeugte sich wieder und wieder und verließ dann rückwärtsgehend den Raum.

Siegbert schäumte vor Wut. Seitdem er seiner Enkelin begegnet war und diese ihm die Liebe und Lebenslust zurückgegeben hatte, die er für immer verloren geglaubt hatte, bereute er mehr denn je, die eigene Tochter einst aus politischen Überlegungen heraus verstoßen zu haben. Im Gegensatz zu früher hätte er nun sogar alles, was er besaß, wirklich alles, seinen gesamten Besitz und all seinen Einfluss, dafür gegeben, Katharina nur noch ein einziges Mal wiedersehen zu können, um sie um Verzeihung zu bitten. Er seufzte. Es war zu spät, und was hatten ihm all die Lügen und Intrigen gebracht? Er war mehr gefürchtet als beliebt, ein Mann, der in dem Ruf stand, mit seinen Feinden nicht lange zu fackeln. Doch nun schien offenbar nicht einmal mehr sein Ruf zu wirken. Dieser verfluchte Hurensohn hatte zu springen, wenn er ihn rief. Ihm, Siegbert, ihm allein und seinem Einfluss im Rat und bei den Mächtigen dieses Landes, hatte dieser Wicht seine Stellung zu verdanken. Er hatte ihn aus dem Nichts geholt und einen einflussreichen Mann aus ihm gemacht. Seine Kiefer mahlten aufeinander. Wenn dieser Mistkerl nicht innerhalb der nächsten Stunde vor ihm erschiene, würde er Siegberts ganze Wut zu spüren bekommen, und dann gnade ihm Gott!

Unruhig schritt er auf und ab, während er auf seinen Gast wartete. Er überlegte sich, wie er sich verhalten würde, ließe ihm Bischof Gottfried von Arnsberg erneut die Nachricht zukommen, dass er derzeit unabkömmlich sei. Doch das geschah nicht. Es klopfte, und sein Diener meldete Siegbert den erwarteten Besuch.

»Verzeih, wenn ich dich warten ließ.«

»Du siehst beschissen aus!«, polterte Siegbert. »Wenn du deine Aufgaben als Bischof ebenso wichtig nehmen würdest wie deine Sauferei und dein Rumhuren, ginge es Bremen besser.«

»Siegbert, mein Freund! Was für eine freundliche Begrüßung. Hat dir etwas die Stimmung verdorben?«

Von Goossen lagen alle möglichen Beschimpfungen und Zurechtweisungen für den Jüngeren auf den Lippen, aber er hielt sich zurück.

»Ich habe mit dir zu reden. Kann ich dir etwas anbieten?«

»Einen Wein!«

Siegbert rief nach seinem Diener.

»Gerald, unser Besucher wünscht etwas zu trinken. Nimm einen Teil Wein und gib drei Teile Wasser hinzu. Für mich dasselbe.«

»Sehr zuvorkommend«, kommentierte der Bischof die Bestellung.

»Setz dich!«

»So gereizt, mein lieber Siegbert? Was ist geschehen, das sich dir so auf den Magen geschlagen hat?« Sein jovialer Unterton brachte seinen Gastgeber erst recht zur Weißglut.

»Ich bin nicht gereizt, wie du es nennst, sondern besorgt. So viele Jahre haben wir darauf hingearbeitet, dich auf den Bischofsstuhl zu hieven. Und nun, da es vollbracht ist, scheint es dir nicht das Geringste zu bedeuten. Doch ich habe nicht getan, was ich getan habe und dafür viel zu viel geopfert, um mein Ziel nun gefährdet zu sehen, nur weil du dich wie ein elender Bock aufführst.«

»Tja, vielleicht hättest du doch auf Moritz von Oldenburg setzen sollen.« Mit hochmütigem Blick zupfte Gottfried von Arnsberg an seinen Fingernägeln herum.

»In der Tat, das hätte ich wohl.«

»Nun, wir sind uns wohl einig, dass du jetzt, wo ich endlich den Posten innehabe, auf den wir so lange hingearbeitet haben, schwerlich noch umschwenken kannst.«

Siegbert sprang auf und begann im Zimmer auf und ab zu gehen. »Ja, ich habe darauf hingearbeitet, darin dürften wir uns wohl einig sein. Ich habe Himmel und Hölle in Bewegung gesetzt hat, um endlich Rat und Kirche in Bremen zu einen und unter eine Herrschaft zu stellen, die sich nicht ständig gegenseitig bekämpft.«

»Unter deine Herrschaft, Siegbert. Darum ging es dir und

geht es dir noch heute.« Von Arnsberg beugte sich auf seinem Stuhl vor. »Wir wollen doch nicht so tun, als wäre es dir ausschließlich um das Wohl dieser Stadt gegangen. Du warst von Anfang an darauf aus, weit mehr Macht als jeder andere an dich zu raffen. Und verstehe mich richtig – ich bewundere das. Aber wir wissen doch beide, dass ich und jeder andere nicht mehr für dich sind als ein Mittel zum Zweck, damit du die Kontrolle über die Stadt erlangst und in deinen Händen behältst. Ich bitte dich, Siegbert. Du kennst deine eigenen Beweggründe doch besser als wir alle – und ich kenne sie auch.«

Von Goossen ging langsam um seinen Arbeitstisch herum und ließ sich auf den Stuhl plumpsen. »Das mag früher einmal so gewesen sein, doch heute ist alles anders.« Seine Stimme klang brüchig.

»Ach ja? Und weshalb, wenn ich fragen darf?«

»Katharinas Tochter ist in Bremen.«

»Welche Tochter von welcher Katharina?«

Erneut sprang von Goossen auf. »Meiner Tochter Katharina!«, brüllte er. »Der Katharina, die du damals verführt und dann mit einem Kind in ihrem Leib sitzengelassen hast. Die Katharina!«

Gottfried lag eine weitere, spöttische Bemerkung auf den Lippen, doch er verkniff sie sich. Siegbert von Goossen war gewiss kein einfacher Mensch, und er hatte ihn auch schon so manches Mal aus der Haut fahren sehen, wenn sich jemand seinem Willen widersetzen wollte. Deshalb wollte er es jetzt auch nicht auf die Spitze treiben, zumal ihm der Unterton in Siegberts Stimme verriet, dass dies für ihn gefährlich werden konnte.

»Und du sagst, ihre Tochter ist in Bremen? Hast du sie kennengelernt, und weiß sie, wer du bist?«

»Ich habe sie in Kenntnis gesetzt, ja.«

»Über was genau hast du sie in Kenntnis gesetzt?«

Die Spannung, die nun in der Luft lag, kostete Siegbert zur Gänze aus. Sollte der große Bischof Gottfried ruhig befürchten, dass die Frucht seiner Lenden plötzlich unverhofft vor ihm stünde und ihn vor allen Leuten mit seinem Vergehen konfrontierte. Einen Moment lang musterte er ihn noch, wie er dasaß und sich langsam Schweißtropfen auf seiner Stirn bildeten.

»Natürlich …«, legte Siegbert eine Kunstpause ein, »… habe ich ihr nichts von dir gesagt.«

Der Bischof atmete hörbar laut aus.

»Aber ich gedenke, dieses Versäumnis bald nachholen zu wollen.«

Nun war Gottfried derjenige, der aufsprang. »Was?«

Siegbert genoss es, ihn derart aus der Fassung zu bringen. »Was denn? Willst du deine Tochter denn gar nicht kennenlernen? Sie ist ein hübsches Mädchen, das genaue Ebenbild ihrer Mutter. Du wirst sicher entzückt …«

»Hör sofort damit auf!«, fiel Gottfried ihm ins Wort. »Was willst du?«

Mit großer Befriedigung stellte Siegbert fest, endlich wieder die Oberhand über diesen Kerl gewonnen zu haben, dem seine Machtposition in den letzten Wochen über die Maßen zu Kopf gestiegen war.

»Das werde ich dir bei Gelegenheit schon noch mitteilen.« Siegbert lehnte sich entspannt in seinem Stuhl zurück. »Für den Moment genügt es, dich über ihr Erscheinen in Kenntnis gesetzt zu haben. Das wäre dann im Augenblick alles. Aber halte dich in nächster Zeit etwas mit dem Schnaps zurück. Du solltest dir einen klaren Kopf bewahren. Wer weiß, wie schnell ich dich brauche und du dann zur Stelle sein musst.«

Der Bischof schnaubte wütend und ging zur Tür.

»Einen schönen Tag noch, Ratsherr Goossen!« Er presste die Worte zwischen seinen Zähnen hindurch.

»Ebenso, mein Lieber, ebenso. Ach, und Gottfried, nur eines noch.«

Der Angesprochene drehte sich nochmals um.

»Anna, so heißt meine liebreizende Enkelin, erfreut sich bester Gesundheit. Da du in dieser Stadt der Vertreter der heiligen Mutter Kirche bist, solltest du dafür beten, dass sich daran nichts ändert.«

Gottfried hob den Kopf. Es gab so einiges, was er dem Ratsherrn in diesem Augenblick am liebsten ins Gesicht geschleudert hätte, doch wieder mahnte ihn seine innere Stimme zur Vorsicht. »Ich werde für die Unversehrtheit deiner Enkelin beten, Ratsherr. Und ich bin sicher, dass der Herr mich erhören wird.«

»Gut so«, spöttelte Siegbert. »Denn würde ihr etwas geschehen, wüsste ich in meiner Verzweiflung nicht mehr, was ich täte.«

Der Bischof funkelte ihn wütend an, nickte und schloss dann die Tür hinter sich.

Fast wäre er mit der jungen Frau zusammengestoßen, die seitlich neben Siegberts Diener stand, der eben im Begriff gewesen war, anzuklopfen. Erschrocken wich sie einen Schritt zurück, als der Gottesmann aus dem Raum gestürmt kam. Er sah sie an, senkte rasch den Kopf und eilte dann davon.

Was für ein ungewöhnliches Verhalten für einen Diener des Herrn, dachte sie still bei sich.

»Ja?«

»Eure Enkelin, Herr«, meldete der Diener.

Von Goossen bedeutete mit einer Geste, dass sie eintreten

möge. Anna machte einen Schritt, drehte sich im Rahmen aber noch einmal um.

»Wer war denn der Mann, der eben gegangen ist? Er hätte mich fast umgerannt.«

»Das war der Bischof, meine Liebe.« Er trat auf sie zu und legte ihr beide Hände auf die Schultern. »Wie schön, dich zu sehen.«

»Ich freue mich auch.« Sie gab ihm einen Kuss auf die Wange. »Heute bin ich aber nicht ohne Grund hier.«

»Du machst mich neugierig.«

»Ich möchte dir jemanden vorstellen.« Sie wandte sich zur Tür um. »Komm herein, Gawin.«

Siegbert musterte den jungen Mann, der den Raum betrat.

»Das ist mein Bruder, von dem ich dir bereits erzählt habe.«

Siegbert ging mit ausgestreckter Hand auf ihn zu. »Dann werde ich jetzt also meinen Enkelsohn kennenlernen.«

Gawin reichte ihm die Rechte. »Seid gegrüßt, Ratsherr.«

»Bitte, nenn mich Siegbert. Sonst ist das Ganze noch aberwitziger, als es ohnehin schon ist.« Er zögerte, trat einen Schritt zurück und musterte Gawin eingehend. »Wir kennen uns bereits, nicht wahr?«

Gawin nickte schüchtern, sagte jedoch nichts.

»Du bist der Lehrjunge des alten Jordan. Wir haben uns im Rathaus getroffen, als die neue Bestuhlung des Saals in Auftrag gegeben wurde. Es freut mich, dass du so eine ordentliche Anstellung gefunden hast.«

Gawin nahm es als Kompliment und lächelte.

»Hast du einen Moment Zeit für uns, oder warten deine Geschäfte auf dich?« Anna hakte sich bei ihrem Großvater unter.

»Der Handel kann ebenso warten wie der Rat, mein liebes Kind. Kann ich euch etwas anbieten?«

»Nun, so viel Zeit haben wir nun auch wieder nicht. Wir müssen schon bald wieder an unsere Arbeit zurück. Das Geld verdient sich schließlich nicht von selbst.«

»Noch nicht, Anna. Doch auch das wird kommen. Oder habt ihr etwa Sorgen?«

»Geldsorgen?« Sie lächelte gerührt. Siegbert verhielt sich genau, wie man es von einem Großvater erwartete. »Nein, wir haben keine Geldsorgen. Aber danke, dass du danach fragst.«

»Du weißt, Anna, dass du jederzeit zu mir kommen kannst, solltest du in Schwierigkeiten geraten oder die Geschäfte nicht so gehen, wie du es dir wünschst!«

»Das weiß ich«, versicherte sie. »Doch deshalb sind wir nicht hier.« Es klang herzlich, und sie spürte, dass ihre Gefühle für den alten Herrn in der kurzen Zeit, die sie sich kannten, nicht nur aufrichtig, sondern auch stärker geworden waren.

»Ich wollte dir nur ein weiteres Kleid vorbeibringen, das ich gerade fertiggestellt habe, und dich bei dieser Gelegenheit auch mit Gawin bekannt machen.«

»Haben Sie ein Wort beim Bischof dafür eingelegt, dass er mir den Auftrag erteilt, eine Madonna zu fertigen?«

Die Frage brannte schon die ganze Zeit in Gawin, zumal er sich keinen Reim darauf machen konnte, wer sonst auf den Gedanken hätte kommen können, dass er dazu in der Lage war. Außerdem hatte Anna ihm ja erzählt, dass sie mit ihrem Großvater über seine Fähigkeiten gesprochen hatte.

Siegbert breitete die Arme aus. »Mein lieber Gawin, du solltest dir dringend angewöhnen, mich zu duzen. Wenn ihr euer kleines Schauspiel aufrechterhalten wollt, das dich zu meinem Enkelsohn macht, ist es nicht gerade sehr zweckdienlich, wenn du mich weiterhin mit Ratsherr von Goossen anredest.«

Gawin sah verschämt zu Boden. »Ist gut.«

»Es ist schon eine komische Sache, die da über uns drei hereingebrochen ist. Doch ich bin so froh, Anna, dich nach all den Jahren bei mir zu haben, dass du sogar noch fünf weitere Brüder haben könntest.«

Anna gab sein Lächeln zurück und versetzte Gawin einen Stoß. »Na los doch.«

Gawin sah auf. »Also, hast du den Bischof beauftragt?«

»Ja, in der Tat.« Siegbert klang zufrieden. »Anna hatte mir berichtet, was für ein Künstler in dir steckt. Und da dachte ich mir, diese Aufgabe würde dich mehr erfreuen, als immer nur Stühle und Bänke zu fertigen.«

»Dann danke ich Euch, ich meine dir, herzlich dafür. Doch ich kann die Madonna leider nicht fertigen. Jordan und ich haben alle Hände voll zu tun, und täglich kommen weitere Aufträge.«

»Er sollte einen weiteren Mann einstellen.«

»Das werde ich ihm auch gleich nachher vorschlagen, aber selbst dann werde ich nicht so schnell zu der Statue kommen. Doch ich wollte mich bedanken.«

Siegbert ging zu Gawin und legte ihm väterlich die Hand auf die Schulter. »Nun, da du der Bruder meiner liebreizenden Enkelin bist, solltest du dich daran gewöhnen, dass sich dadurch vieles in deinem Leben ändern wird.«

Gawin wusste nicht, wie er auf diese Ankündigung reagieren sollte, also blickte er erneut nur verschämt zu Boden.

»So, und nun möchte ich euch beiden etwas zeigen. Denn ich hätte heute, wärt ihr mir nicht zuvorgekommen, eh noch einen Boten ins Haus der Seifensiederin gesandt.«

»Wirklich? Weshalb?«

»Ich habe dir etwas zu berichten, meine Liebe. Und zu zeigen.« Siegbert schien zu überlegen, was er als Erstes tun wollte. »Kommt mit«, sagte er schließlich.

Sie folgten ihm aus dem Raum und über den oberen Korridor die Stufen hinab bis in die Eingangshalle, wo Siegbert vor einer der Türen haltmachte und seine Hand auf den Türgriff legte.

»Ich habe deine Kleider ein wenig unter den hochgestellten Bremer Damen herumgehen lassen. Nun, meine Kleine, sie sind bereits verkauft, und weitere Aufträge sind dir sicher.«

Schwungvoll öffnete er die Tür und ließ Anna als Erste eintreten. Der verschlug es bei dem Anblick, der sich ihr bot, schier den Atem. An drei Wänden des großen, lichtdurchfluteten Raumes standen hohe Regale, in denen fein säuberlich eine Vielzahl von verschiedensten Stoffballen in allen Farben gestapelt war. Die untersten Fächer waren jeweils nur mit unzähligen Rollen von Bändern und Bordüren gefüllt. Direkt vor den zwei mannsgroßen Fenstern gegenüber der Tür stand ein Stuhl, daneben ein Tisch mit verschiedenen Garnen und Nadeln, neben dem sich wiederum ein riesiger quer gestellter Verkaufstresen befand, der sowohl zur Ablage wie auch zum Zuschneiden der Stoffe diente.

Anna trat mit offenem Mund an eines der Regale heran und ließ ihre Fingerspitzen über die kostbaren Stoffballen gleiten. Sprachlos drehte sie sich zu Siegbert um.

»Genau so hatte ich mir vorgestellt, dass du gucken würdest, wenn du das hier siehst.« Er strahlte sie an. »Freust du dich, mein Kind?«

Sie eilte zu ihm hinüber und drückte ihn immer wieder heftig an sich.

Siegbert schluckte schwer, legte vorsichtig die Arme um sie

und erwiderte ihre Umarmung. »Das ist ab heute dein Reich, meine Anna.«

Sie löste sich von ihm und trat einen Schritt zurück.

»Ja, du hast schon verstanden. Hier kannst du die feinen Damen empfangen und ihnen die Stoffe zeigen, aus denen du ihre Kleider fertigen wirst. Und auf dem Stuhl dort kannst du in aller Ruhe und bei gutem Licht nähen. Natürlich nur, wenn du das möchtest.« Er räusperte sich. »Ich würde mich außerdem freuen, wenn du …«, er drehte sich zu Gawin, »… wenn ihr beide in mein Haus ziehen würdet. Es ist groß genug, nein, es ist sogar viel zu groß für nur einen einzelnen Mann.« Er wandte sich wieder an Anna. »Aber ich verstehe auch, wenn ihr euch dagegen entscheiden solltet. Betrachtet es als einen Vorschlag, überlegt in Ruhe und beratet euch. Doch dieser Raum gehört in jedem Fall dir, Anna. Und ich stelle dir Marquardt an die Seite, er wird dir alles beschaffen, was du benötigst.«

»Marquardt?«

Siegbert machte einen Schritt aus dem Raum hinaus und rief den Namen laut durch die Eingangshalle. Nur wenige Augenblicke später kam ein Mann die Treppe herunter, den der Ratsherr in das Tuchzimmer winkte.

»Anna, ich möchte dir Marquardt vorstellen. Er ist mir seit vielen Jahren ein treuer Helfer. Ich vertraue ihm, und du kannst es auch. Er ist des Lesens und Schreibens mächtig und wird die Verhandlungen für dich führen, wenn du Stoffe aussuchst. Mit ihm an deiner Seite wird dich niemand zu übervorteilen versuchen.«

Anna beugte leicht das Knie, worauf Marquardt sie erschrocken ansah. Er war hier der Diener, auch wenn sein Herr diesen Begriff nicht benutzt hatte, während sie die Enkelin seines Herrn und damit die Frau war, der er Gehorsam zu leisten hatte. Dass sie ihm vorab Dankbarkeit für seine Dienste bezeugte, und noch dazu auf diese Weise, war unangebracht und verwirrte ihn.

Sie schien seine Gedanken zu erahnen, denn schnell kam sie wieder nach oben und auf ihn zu. »Ich freue mich, dich kennenzulernen, Marquardt. Wir werden uns sicher gut verstehen«, meinte sie mit einem huldvollen Nicken ihres Kopfes und warf ihrem Großvater einen unsicheren Blick zu, der ihr nun seinerseits mit einem sanften Nicken bedeutete, dass die Anrede Marquardts korrekt sei.

»Das ist sehr gütig, Herrin.«

Der Diener stand da, schaute sie aufmerksam an und wartete auf weitere Weisung.

»Ich würde mir im nächsten Schritt gern einen Überblick verschaffen.«

»Wie Ihr wünscht, Herrin.« Er zögerte noch einen Moment. Doch da Anna nichts weiter sagte, nahm er dies als Hinweis, sich entfernen zu dürfen. Er verbeugte sich und verließ den Raum.

»Es ist mir peinlich, dass er mich Herrin nennt.« Sie hatte es ganz leise gesagt und war dabei dicht an Siegbert herangetreten.

Er lachte gutmütig. »Du wirst dich daran gewöhnen, glaub mir. Marquardt ist ein Juwel, das versichere ich dir. Seine Eltern waren reiche Bauern in Böhmen, die den dortigen Unruhen zum Opfer gefallen sind. Ich habe ihn freigekauft. Weiß der Himmel, was sie sonst mit ihm angestellt hätten. Er ist mir seit Jahrzehnten treu ergeben, und seine Fähigkeiten als Buchhalter sind außerordentlich. Ich betrachte ihn nicht als Diener, doch ihm selbst scheint diese Funktion eine gewisse Sicherheit zu geben.«

»Also soll ich ihn nicht wie einen Gleichgestellten behandeln?«

»Sei einfach du selbst, mein Kind. Alles andere wird sich finden.«

Als Gawin die Werkstatt betrat, knurrte Jordan ihn an, dass er spät dran sei. Eine Erklärung wollte der Alte nicht hören, und so machte sich Gawin einfach an die Arbeit, die er am Vortag nicht mehr beendet hatte.

Die veränderte Situation Annas und damit auch seine eigene ließ ihm den Kopf schwirren. Nach dem Besuch bei Siegbert hatte Anna ihn noch bis zur Werkstatt begleitet und war nun auf dem Weg zu Margrite, um alles mit ihr zu besprechen. Er zweifelte daran, dass es unter diesen veränderten Vorzeichen richtig war, die Geschichte, sie seien Geschwister, noch länger aufrechtzuerhalten. Schließlich gab es keinen Grund mehr, weiterhin zu lügen. Doch Anna war anderer Ansicht. Und warum ihm tatsächlich so viel daran lag, ihr bisheriges Verhältnis zueinander aufzuklären, bevor sie allen Bremern ein für alle Mal als Bruder und Schwester galten, behielt er lieber für sich. Was sollte er auch sagen? Dass er ein begehrliches Zucken in seinen Lenden spürte, sobald sie in seiner Nähe war? Dass ihm in ihrer Gegenwart bewusst wurde, dass der Junge nun zum Manne wurde? Er schüttelte den Kopf. Nein, es sollte wohl nicht sein. Sie waren Bruder und Schwester, und dabei blieb es.

Von der Straße drang ein lautes Rumpeln in die Werkstatt, an deren Tür nur wenig später heftig geklopft wurde. Da Jordan weiter seine Arbeit verrichtete und nicht einmal aufsah, ging Gawin zur Tür und blickte nach draußen. Vier Männer standen vor ihm, einer breiter als der andere.

»Wir liefern den Baumstamm«, sagte einer von ihnen, drehte sich um und deutete auf den Karren hinter sich, vor den zwei Ochsen gespannt waren und dessen Ladefläche gut doppelt so groß war wie die der Fuhrwerke, die sonst in der Stadt unterwegs waren.

»Meister!« Gawin drehte sich um. »Erwarten wir die Anlieferung eines ganzen Baumes?« Es klang spöttisch.

Schlurfend kam Jordan heran.

»Jetzt müssen wir für dieses Ding hier auch noch Platz schaffen.« Verärgert sah er sich um. »Aber es hilft ja nichts. Draußen können wir's wohl kaum lagern. Schafft den Stamm hier herein.«

Gawin trat beiseite und hielt die Tür auf, während die vier Männer all ihre Kraft aufbieten mussten, um die schwere Last zunächst vom Wagen zu rollen und danach mit Unterstützung der Ochsen teils ins Haus zu ziehen, teils zu hieven.

»Wohin?«

»Dort an den Rand.« Jordan deutete mit der Hand auf eine Stelle. »Und beschädigt ihn mir nur ja nicht. Das Holz darf keiner Spannung ausgesetzt werden und brechen, sonst können wir es nicht mehr gebrauchen.«

So vorsichtig es ging, schoben sie den Stamm an die zugewiesene Stelle auf den Boden und verließen sogleich wieder die Werkstatt. Gawin deutete einen Gruß an und schloss dann hinter ihnen die Tür.

»Was wollt Ihr daraus fertigen, Meister?«

»Ich? Ich überhaupt nichts. Du wirst das Vergnügen haben.«

»Ich? Aber ich habe noch nie einen solchen Stamm bearbeitet. Was soll ich daraus denn herstellen?«

»Das fragst du noch? Der Bischof scheint dir zuzutrauen, dass du in der Lage bist, aus diesem ungehobelten Riesentrumm eine übergroße Madonna zu schnitzen. Und ich kann während dieser Zeit zusehen, wie ich meine Arbeit schaffe. Pah!« Er spuckte auf den Boden.

»Aber das kann ich nicht.«

»Das habe ich dem Bischof auch ausrichten lassen. Doch er scheint es besser zu wissen und traut dir diese Fähigkeit zu. Er hat auch bereits eine kräftige Anzahlung geleistet und das Arbeitsmaterial beschafft, wie du siehst. Die Frage, ob du es dir zutraust oder nicht, hat sich damit erledigt. Du musst die Madonna nun fertigen, ob du willst oder nicht.«

»Aber …« Gawin schwieg. Die begonnene Debatte fortzuführen würde nichts bringen. Aber dafür war nun ein guter Zeitpunkt, seinem Meister mit einem anderen Ansinnen zu kommen.

»Meister, wenn Ihr wirklich Hilfe braucht, wüsste ich jemanden.«

»Ja?«

»Hanno. Der junge Bursche, den Ihr schon ein paar Mal als Aushilfe hattet. Er möchte Lehrjunge werden, genau wie ich.«

»So fleißig wie du ist er aber nicht.«

»Aber das wird er sicher werden.«

Ein Lächeln huschte über Jordans Gesicht.

»Aber du lernst ihn an. Und wenn er nicht spurt, setze ich ihn wieder vor die Tür.«

»Selbstverständlich, Meister.«

»Und ich werde ihm den Lehrgulden nur dann bezahlen, wenn er sich für mich bereits gerechnet hat.«

Gawin nickte.

»Dann soll er morgen herkommen. Ich nehme ihn.«

»Habt Dank, Meister!«

Jordan grummelte etwas und drehte sich dann um.

»Ach, Meister?«

»Ja?« Er wandte sich Gawin wieder zu.

»Könnt Ihr mir sagen, wie ich bei dem Riesending beginnen soll?« Er deutete mit einem fragenden Blick zu dem Baumstamm hinüber.

Jordan grinste schief. »Nicht mit der Axt, mein Sohn. Nicht mit der Axt.« Er lachte kehlig auf und schlurfte in seine Werkstatt zurück.

39. Kapitel

Verärgert stellte er fest, dass er durch das bequeme Leben in Köln verweichlicht war. Helme hatte die sich immer weiter ausbreitende Pest genutzt, sein Gesicht vermummt und dann dabei geholfen, die auf den Straßen liegenden Leichen auf die Fuhrwerke zu laden, um auf diese Weise, ohne Aufsehen zu erregen, zu den Massengräbern außerhalb der Stadtmauern zu gelangen. In einem unbemerkten Moment hatte er sich dort draußen dann davonstehlen können und befand sich nun auf dem gleichen Weg, auf dem er vor einigen Wochen hierhergekommen war. Noch immer nagte an ihm, dass Anna ihn für dumm verkauft und in die falsche Richtung geschickt hatte. Das würde sie büßen, doppelt und dreifach. Doch erst einmal musste er das Miststück finden. In der Ferne sah er zwei Reiter, die ihm in gemütlichem Schritttempo entgegenritten. Sofort schätzte er ab, wie groß und kräftig sie wohl waren, obwohl er auf diese Entfernung hin nur wenig sehen und noch weniger erkennen konnte, womit und ob sie überhaupt bewaffnet waren. Er tastete nach der Armbrust, die er wie immer unter seinem Umhang verborgen bei sich trug. Einen der beiden würde er mit einem schnellen Schuss erledigen können. Danach hieße es Mann gegen Mann. Doch um den zweiten auf den Boden zu zwingen, müsste er wohl zuerst dessen Pferd töten, der Rest wäre sicher schnell erledigt. Am Ende hätte er zumindest ein Pferd, um den weiten Weg, der vor ihm lag, bequem zurücklegen zu können. Mit jedem weiteren Schritt setzten sich die Bilder des bevorstehenden Kampfes in seinem Kopf zusammen. Die einzige Gefahr bestand darin, dass derjenige, den er zuerst mit der Armbrust erledigen würde, nicht vom Pferd fiel, sondern von diesem im schnellen Galopp davongetragen wurde. Wenn er dann im weiteren Kampf das andere Tier tötete, hätte er nichts gewonnen. Er schüttelte den Kopf, um den Gedanken zu vertreiben. Was war nur los mit ihm? Solche Zweifel hatte er doch sonst nie gehabt, und es beunruhigte ihn, diese Veränderung an sich festzustellen. Er verlangsamte seinen Schritt und atmete tief ein. Der Jäger in ihm war erwacht, und er wollte Beute machen. Mit jeder weiteren Vorwärtsbewegung maß er die Reiter ab. Welcher von beiden war der schwächere, welcher saß sicherer im Sattel? Wessen Haltung verriet ihm, dass er den kampferfahreneren vor sich hatte?

Seine Fragen erübrigten sich, als er einen der beiden erkannte. Es war der Salzhändler Ekkehard Lobner, der vor einigen Wochen aus Köln in den Norden aufgebrochen war, um dort neue Geschäftskontakte zu knüpfen und weitere Lieferanten des »weißen Goldes« aufzutun. Ein Kaufmann und sein Diener. Helme würde keine große Gegenwehr zu erwarten haben und dabei auch noch die Gelegenheit erhalten, sich einen weiteren Geldsack vorzunehmen. Ein schiefes Grinsen zog über sein Gesicht. Lobner konnte noch nichts von den letzten Vorfällen in Köln gehört haben, dafür war er zu weit und zu lange fort gewesen. Und selbst wenn. Helmes Name würde dabei sicher nicht gefallen sein. Beim Näherkommen erkannte er, wie richtig er mit seiner Vermutung lag, denn Lobner grüßte ihn freundlich und zügelte seinen Schimmel.

»Helme von Minden, richtig? Wir haben uns kurz vor meinem Aufbruch im Hause des Gewürzhändlers Egidius kennengelernt.«

»Richtig. Ekkehard Lobner, wenn ich nicht irre?«

»So ist es.« Der Kölner zog den Handschuh aus und streckte Helme die Rechte zur Begrüßung entgegen.

»Warum seid Ihr zu Fuß und ganz allein unterwegs?«

Helme fasste das Pferd am Zügel und hielt es fest. »Köln ist nicht mehr die Stadt, die Ihr vor einigen Wochen verlassen habt.«

»Wieso das? Was ist geschehen?«

»Vieles. So vieles, dass es sich nicht auf die Schnelle berichten lässt. Die Pest ist ausgebrochen, und die Juden wurden aus der Stadt vertrieben.«

»Die Juden wurden aus der Stadt vertrieben?«, wiederholte Lobner ungläubig. »Aber weshalb?«

Helme zuckte mit den Schultern.

»Und Ihr kehrt deshalb nun nach Hause zurück?«

»So ist es.«

»Nun, dann wünsche ich Euch einen guten Weg und bin gespannt, was mich in Köln erwarten wird.«

»Leider gar nichts.«

»Wie meint Ihr?«

Helme fasste mit der Linken den Zügel des Pferdes fester, während er die Rechte mit der Armbrust blitzschnell unter seinem Umhang hervorzog, mit dieser auf den Diener zielte und ihm einen Pfeil mitten in die Stirn schoss. Leblos sackte der Mann vornüber und glitt vom Pferd, das sich nicht von der Stelle gerührt hatte.

Lobner seinerseits starrte Helme fassungslos an, ohne in irgendeiner Weise auf den Angriff zu reagieren. Da wurde er auch schon am Bein gepackt und mit einem Ruck von seinem Reittier gezerrt. Sofort war Helme über ihm und stach ihm mit dem Messer, das er stets unter seinem Wams versteckt hielt, in die linke Brust. Alles geschah so plötzlich, dass dem Salzhändler nicht einmal mehr ein Schrei über die Lippen kam. Grimmig beobachtete Helme, wie sich die Augen des Sterbenden schlossen, ohne ihn den besonderen Moment genießen zu lassen, in dem sich die Angst angesichts des kurz bevorstehenden Todes in ihnen ausbreitete.

Er zog sein Messer mit einem schmatzenden Geräusch aus der Brust des Kaufmanns, wischte es an dessen Wams ab und stand auf. Die Pferde hatten sich noch immer kaum von der Stelle gerührt, sondern lediglich ein paar Schritte vor und zurück gemacht. Helme griff nach den Zügeln des einen, stieg auf den Rücken des Schimmels und nahm seine Reise wieder auf, als wäre nicht das Geringste geschehen. Es geschah nicht aus Gedankenlosigkeit, dass er die Leichen mitten auf dem Weg liegen ließ. Sollten die Leute, die in Richtung Köln zogen, doch auf der Stelle sehen, in welch gottverlassene Stadt sie sich begaben. Helme spuckte aus, dann ließ er die Pferde antraben.

»Es gibt keine Spur von ihm!« Der Büttel, der Cornelius und Albrecht Meldung machte, war völlig außer Atem. »Weder bei sich zu Hause noch an den anderen Orten, die ich prüfen sollte. Er ist wie vom Erdboden verschluckt.«

»Ist gut. Du kannst gehen.« Cornelius warf dem Büttel eine Münze zu, die dieser noch in der Luft auffing und schnell einsteckte, bevor er den Raum verließ.

»Denkst du das Gleiche wie ich?«

Albrecht nickte. »Ich fürchte, dass er bei dem Versuch, den Juden zu helfen, selbst ein Opfer des Mobs geworden ist.«

Cornelius nickte. »Das meine ich auch, denn sonst hätte Wyland uns gewiss Nachricht geschickt.« Er seufzte. Seit dem grausigen Pogrom hatten sie den Freund nicht mehr gesehen. Auch das Gesinde im Hause Wylands war ohne Nachricht von ihm und schien ein wenig ratlos, ob es seine Dienste nun weiter versehen oder das Haus einfach verlassen sollte. Cornelius hatte im Namen des Freundes die Weisung erteilt, dass alle zunächst wie gewohnt ihren Arbeiten nachgehen sollten, und auch erklärt, vorübergehend für die Löhne aufkommen zu wollen. Doch über kurz oder lang musste er eine Entscheidung treffen, wie es weitergehen sollte. Diesen Moment wollte er jedoch noch so lang wie möglich hinauszögern.

»Hat man unter den Leichen nachgesehen?«

Albrecht zuckte mit den Achseln. »Die Büttel sagen, dass es nur Juden waren. Die toten Christen wurden woanders begraben, und unter denen hat sich Wyland nicht befunden. Es wäre natürlich auch möglich, dass man ihn zusammen mit den Pestopfern abtransportiert hat.«

»Wyland war ein stattlicher Mann. Die Pesttoten haben ausgemergelte Körper. Das wäre den Totensammlern aufgefallen.«

»Du glaubst wirklich, dass bei diesen Massen an Toten noch jemand auf so etwas geachtet hat?«

Cornelius seufzte. »Was ist mit Wylands jüdischem Freund, diesem Benjamin?«

»Tot! Ihm wurde der Unterleib durchbohrt und die Kehle durchgeschnitten.«

»Und seine Tochter Esther?«

»Ist verschwunden.«

»War sie unter den Toten?«

»Das weiß ich nicht.«

Cornelius ging nachdenklich auf und ab. »Und wenn er sie in Sicherheit gebracht hat?«

»Wyland?«

»Ja.«

»Das wäre natürlich noch eine Möglichkeit. Aber sie könnte auch ebenso gut zusammen mit Hunderten anderen in einem Massengrab liegen.«

»Und doch ist es eine Möglichkeit.«

Albrecht spürte, dass sein Freund die Sache noch nicht verloren geben wollte. Er ging zu ihm und legte ihm die Hand auf die Schulter. »Das ist es. Und wir werden dafür sorgen, dass Wyland genug Zeit bekommt, nach Hause zurückzukehren und sein Heim unverändert vorzufinden. Wir übernehmen abwechselnd die in den nächsten Wochen dafür anfallenden Kosten. Sollte er noch leben, wird er uns gewiss bald Nachricht senden oder gar zurückkehren.«

»Ein guter Plan«, bekräftigte Cornelius, und ihr soeben gefasster Entschluss erfüllte ihn mit neuer Hoffnung und Zuversicht.

Ob es ihre wackligen Beine oder die schmale Planke war, die sie wanken ließ, wusste Esther nicht zu sagen. Doch hätte Wyland sie nicht gestützt, wäre sie sicher in die Weser gestürzt.

»Na, na, Vorsicht, Fräuleinchen!«, hörte sie die Bemerkung des Bootsführers.

Am sicheren Ufer angekommen, sah sie sich um. Der Bremer Hafen war ein lebendiger, weitläufiger Umschlagplatz für Waren aller Art. Vieles hier erinnerte sie an Köln, was sie einerseits beruhigte, andererseits aber mit schmerzlichen Erinnerungen für sie verbunden war. In einigem Abstand vom Kai waren Lagerbuden aufgestellt, in denen Waren für wenige Stunden oder Tage deponiert wurden, bevor man sie zum Weitertransport aufs nächste Schiffe verlud. Ein Stück weiter boten Fischhändler ihren Fang zum Kauf an. Wyland legte Esther beschützend den Arm um die Schulter und schob sie sanft weiter. Sie ließ sich genauso teilnahmslos von ihm führen, wie sie inzwischen auf alles reagierte, was man ihr sagte oder zeigte. Die letzten Tage auf dem Boot hatte sie nur dann etwas gegessen oder getrunken, wenn Wyland es ihr gereicht und darauf bestanden hatte zu sehen, wie sie es hinunterschluckte. Wenn sie an sich selbst hinabblickte, wusste sie, was für einen schlechten Eindruck sie auf den Betrachter machen musste. Ihre Handgelenke waren so dünn, dass sie jeden Moment zu zerbrechen schienen. Ihre Finger glichen langen Hühnerknochen, die lediglich noch mit einer dünnen Hautschicht überzogen waren. Wie ihr Gesicht aussehen mochte, wusste sie nicht. Den geliebten Bronzespiegel ihrer Großmutter mit den kleinen Verzierungen am Rand und dem eingravierten Muster auf der Rückseite hatte sie ebenso im Hause ihres Vaters zurückgelassen wie dessen toten Körper. Manchmal, wenn sie träumte, sah sie Benjamin, wie er sich trotz durchschnittener Kehle erhob und sie mahnte, ihren Pflichten im Haus nachzukommen, während ihm das Blut aus dem offenen Halse quoll. Fassungslos starrte sie dann auf die Wunde und traute sich nicht, ihm zu sagen, dass er tot und alles verwüstet sei. An dieser Stelle wachte sie stets schweißgebadet und wie ein Hund in der Sonne hechelnd auf.

Wyland führte sie langsam an den Ständen vorbei, weg vom Hafen und durch mehrere kleine Gassen, bis sie vor einem Haus standen, das noch größer war als das ihres Vaters. Der Patrizier trat vor und klopfte an die stattliche Eingangstür. Es dauerte einen Moment, bis die Tür geöffnet wurde und ein freundlich rundes Gesicht sie fragend ansah.

»Kann ich Euch helfen?«

»Ich bin der Kaufmann Wyland Gross. Wir möchten zum Ratsherrn Siegbert von Goossen.«

»Erwartet er Euch?«

»Nein. Doch er wird uns gewiss empfangen. Wir sind alte Freunde.«

Die Haushälterin musterte das ungleiche Paar, das da vor ihr stand. Ein Patrizier in einem Gewand, das seine beste Zeit schon lange hinter sich hatte, und ein Klappergestell von einem Mädchen mit blutbeflecktem Kleid, das sie überhaupt nicht einzuschätzen wusste. Schließlich trat sie beiseite und ließ die beiden eintreten.

»Wartet hier. Ich werde meinem Herrn melden, dass Ihr ihn zu sprechen wünscht.« Sie gab einem Wachmann, der sich im unteren Korridor aufhielt, ein Zeichen, die Besucher im Auge zu behalten, und verschwand dann hinter einer Tür, die ins Kontor führte.

Nur einen Wimpernschlag später trat Siegbert von Goossen heraus, sah Wyland und breitete seine Arme aus. »Ich dachte schon, meine Gertrud hätte sich verhört. Was für eine Freude, mein Freund, dass du mich nach so langer Zeit endlich wieder einmal besuchen kommst.«

Er trat an seinen Gast heran und umarmte ihn herzlich.

»Und wen hast du denn da bei dir?« Siegbert musterte die junge Frau freundlich.

»Darf ich dir Esther, die Tochter eines befreundeten jüdischen Geldverleihers vorstellen?« Er senkte die Stimme. »Ihr Vater wurde in Köln getötet, und sie hat keinen Ort mehr, an dem sie bleiben kann.«

Siegbert trat mit bestürztem Gesicht zu der jungen Frau und ergriff ihre Hände. »Nehmt mein Bedauern über Euren Verlust entgegen, mein Kind.«

Sie nickte stumm.

Er wandte sich wieder an Wyland. »Wegen welchen Vergehens wurde die arme Seele denn hingerichtet?«

»Er wurde nicht hingerichtet, sondern feige ermordet, weil er Jude war.«

Von Goossens Gesichtszüge veränderten sich augenblicklich. Seine Augen wurden zu schmalen Schlitzen, seine Brauen zogen sich wütend zusammen, und seine Lippen pressten sich fest aufeinander. »Judenhass? Ich kann dieses Pack, das ständig gegen die Juden predigt und hetzt, nicht ausstehen, verdammt noch mal!«

Esther zuckte bei diesem Gefühlsausbruch zusammen.

»Oh, bitte entschuldigt. Ich wollte Euch nicht erschrecken. Doch ich habe schon viele Freunde wegen dieses Wahnsinns verloren.«

Wyland nahm Esther bei der Hand. »Ich habe Esther in der Hoffnung hergeführt, dass sie eine Zeitlang bei dir wohnen kann, Siegbert. Ich weiß nicht, wie sich die Dinge in Köln entwickeln, und dein Haus schien mir der einzige, wirklich sichere Ort für sie zu sein.«

»Selbstverständlich!« Er sah Esther an. »Vielleicht könnt Ihr hier den Schrecken vergessen, den Ihr erlebt haben müsst und der Euch noch immer ins Gesicht geschrieben steht.«

Die Jüdin schlug die Augen nieder, ohne ein Wort des Dankes hervorbringen zu können.

»Hab Dank, mein Freund. Ich selbst werde nach Köln zurückkehren und dir Nachricht schicken, sobald ich mir über den dortigen Stand der Dinge Überblick verschafft habe.«

»Aber zunächst einmal«, Siegbert klopfte ihm freundschaftlich auf die Schulter, »essen und trinken wir gemeinsam, und du erzählst mir, was sich in der Stadt ereignet hat. Außerdem wird dir, so wie du aussiehst, ein wenig Schlaf ebenso guttun wie ein Bad.«

Wyland atmete einmal tief durch. »Ich bin froh, dass wir hierher zu dir gekommen sind.«

»Ich auch, mein Freund, ich auch.« Von Goossen drehte sich zu seiner Haushälterin um, die die Unterhaltung in einigem Abstand verfolgt hatte und nun offenbar auf Anweisungen ihres Dienstherrn wartete. »Gertrud, richte Zimmer für unsere Gäste her und nimm dich Esthers an.«

»Ja, Herr!«

Sie trat an die junge Frau heran und griff vorsichtig nach ihrem Arm. »Komm, mein Kind.«

»Ach, und, Gertrud?«

»Ja, Herr?«

»Lass einen Boten nach meiner Enkelin schicken. Gewiss wird es Esther helfen, eine Begleiterin an ihrer Seite zu haben, die sich im gleichen Alter wie sie befindet.«

»Du hast eine Enkelin?« Wyland zog verblüfft die Augenbrauen in die Höhe.

»Ja, das habe ich.« Der Stolz, der in Siegberts Antwort mitschwang, war unüberhörbar. »Ich werde dir bei einem Glas Wein davon erzählen.« Er lotste seinen Gast in Richtung Kontor, während Esther mit der Haushälterin ging, die sie behutsam die Stufen ins Obergeschoss hinaufführte.

Gertrud wusste, dass ihr Dienstherr stets bereitwillig half, wobei er ihrer Meinung nach oft weit mehr gab, als nötig war. Doch bei diesem jungen Mädchen sah sie das anders. Die wenigen Bruchstücke, die sie von der Unterhaltung mitbekommen hatte, und der Anblick der Jüdin genügten ihr, um zu wissen, dass diese arme Seele bereits mehr hatte sehen müssen, als es für einen jungen Menschen gut sein konnte. Sie würde sich ausgiebig um sie kümmern, beschloss sie und führte den Gast in ein Zimmer, von dem sie fand, dass es eines der schönsten im ganzen Haus war. Die Wände waren mit Teppichen geschmückt, und zwei große Fenster erhellten den Raum bis in den kleinsten Winkel hinein.

»Habt Ihr ein Wechselkleid, das ich für Euch waschen lassen kann?«

Esther schüttelte langsam den Kopf.

»Nicht mehr, ich habe zuletzt nur noch das hier retten können, sonst nichts.« Sie zog ihren Gebetsschal unter der Kleidung hervor und breitete den zerknitterten Stoff mit sorgsamen Handbewegungen auf dem Bett aus.

Gertrud wusste nicht genau, wofür dieser Schal gut sein mochte, erkannte jedoch an der Art, wie die Jüdin ihn glatt strich, dass er von großer Bedeutung für sie war. Ihrer Meinung nach hätte auch dieser eine Wäsche vertragen können, doch sie verkniff sich die Bemerkung.

»Vielleicht wollt Ihr Euch zunächst ein wenig hinlegen und ausruhen. Ich gebe Euch Bescheid, sobald die Enkelin des Herrn von Goossen eingetroffen ist, und mache Euch mit ihr bekannt.« Sie lächelte ihr aufmunternd zu und ging zur Tür, die sie vorsichtig hinter sich ins Schloss zog.

Esther stand noch immer da, unschlüssig, ob sie sich tatsächlich aufs Bett legen und ein wenig ausruhen sollte. Die Haushälterin war sehr freundlich zu ihr gewesen, und dennoch gab ihr hier nichts das Gefühl, sich wie in ihrem alten Heim getrost auf das Lager niedersinken lassen zu können. Zögerlich setzte sie sich daher auf die Bettkante und sah zum Fenster hinüber, durch das sie einen Blick auf den nicht weit entfernten Bremer Dom werfen konnte. Sie hatte schon von dem gewaltigen Gotteshaus gehört, auf das die Bürger dieser Stadt ebenso stolz waren wie die Kölner auf das ihre. Der Gedanke blitzte in ihr auf wie die Spitze eines Speers im Sonnenlicht. Nicht dass ihr der Dom und der Protz, den die Kölner ihrem Gott widmeten, von großer Bedeutung schienen. Doch solange sie denken konnte, hatte sie das riesige Gebäude mit der Stadt verbunden, die ihre Heimat gewesen war und es nun nie wieder sein würde. Mit geradem Rücken und hochgezogenen Schultern saß sie da und blickte hinaus, während ihr die Tränen in einem nicht enden wollenden Strom über die Wangen liefen und auf ihr Kleid tropften.

Sie wusste nicht, wie lange sie so dagesessen hatte, als es vorsichtig klopfte und sie ihren Blick zur Tür wandte, ohne jedoch zum Eintritt aufzufordern. Zögerlich wurde sie darauf geöffnet, und Gertrud lächelte sie an.

»Esther? Darf ich Ihnen Anna, die Enkelin unseres Hausherrn, vorstellen?«

Eine junge Frau, nur wenige Jahre älter als sie selbst, mit schimmernd blonden, fast schon weißen Haaren betrat das Zimmer. Sie trug ein Kleid aus feinstem Stoff, und als sie näher trat, breitete sich im gesamten Raum ein so lieblicher, hinreißender Duft aus, dass Esther sich von einer wahren Wolke des Wohlgeruchs eingehüllt fühlte. Sie erhob sich von der Bettkante, machte aber keinen Schritt auf die andere zu.

»Ich bin Anna.« Sie gaben sich die Hand.

»Esther.«

»Gertrud berichtete, dass du eine Weile hier im Hause wohnen wirst.«

Die Jüdin nickte schüchtern und senkte den Kopf, sagte aber nichts. Anna wurde unsicher und warf Gertrud einen schnellen Blick zu. Die Ältere bedeutete ihr, es weiter zu versuchen.

»Hättest du vielleicht nachher, wenn du dich ein bisschen ausgeruht hast, etwas Zeit für mich? Ich bin gerade dabei, unten im Haus einen Raum mit noch ein paar fehlenden Dingen auszustatten, um dort die Kleider zu verkaufen, die ich fertige.«

Esther sah auf. »Gern.«

Anna war sich nicht sicher, ob sie sich noch weiter vorwagen sollte, glaubte dann aber, das Richtige zu tun. »Gertrud hat mir in kurzen Worten berichtet, was dir zugestoßen ist.«

Sie ging zu der Jüngeren und nahm ihre Hand. »Ich hoffe, dir dabei helfen zu können, den Schmerz hinter dir zu lassen.«

»Danke.« Die Jüdin räusperte sich, brachte jedoch kein weiteres Wort hervor. Anna ließ ihre Hand wieder los.

»Ich bin unten, wenn du mich suchst. Komm, wenn dir danach ist. Ich warte dort auf dich.« Sie musterte den Gast. »Würdest du gern dein Kleid waschen lassen? Gertrud könnte sich darum kümmern, während du derweil etwas von mir tragen kannst.«

»Das wäre sehr gütig.«

»Wunderbar!« Anna lächelte. »Ich werde mich beeilen und dir eines vor die Tür legen.« Sie wollte noch etwas sagen, um die angespannte Situation weiter zu entkrampfen. Doch sie hatte schon mehr gespielte Fröhlichkeit an den Tag gelegt, als es ihrem Wesen entsprach. Deshalb ließ sie es gut sein und bedeutete Gertrud, mit ihr zusammen den Raum zu verlassen.

»Dann bis nachher.« Mit diesen Worten zog sie die Tür hinter sich ins Schloss. Kraftlos ließ Esther sich wieder auf die Bettkante sinken und richtete ihren Blick erneut auf den Dom.

»Es ist die Angst vor dem großen Sterben, die die Menschen zum Äußersten getrieben hat.« Siegbert von Goossen war ebenso bestürzt wie verärgert über das, was Wyland ihm über die Geschehnisse in Köln berichtet hatte. »Hier gab es bisher nur wenige Pesttote. Aber ich fürchte, dabei wird es nicht bleiben.«

»Bei uns war es mehr als nur diese schleichende, alles dahinraffende Krankheit. Es wurden ganz gezielt Hunderte von Juden wie Vieh abgeschlachtet. Der Herr allein weiß, wie sich die Stadt jemals wieder davon erholen soll.«

»Wurden die Schuldigen überführt?«

Wyland zuckte mit den Achseln. »Ich bin noch am Tage des Mordens mit Esther geflohen. Für ihren Vater konnte ich nichts mehr tun. Was danach in Köln geschah, weiß ich nicht.«

»Was hast du jetzt vor?«

»Nun, da ich Esther bei dir in Sicherheit weiß, werde ich so schnell wie möglich zurückkehren und Zeugnis darüber ablegen, was ich mit eigenen Augen gesehen habe. Ich weiß, wer den alten Benjamin ermordet hat. Und der Schweinehund wird mir dafür büßen.«

Von Goossen nickte. »Gönn dir noch einen Tag, um neue Kräfte zu sammeln. Ein Pferd und was du sonst noch für deine Rückreise brauchst, bekommst du von mir.«

»Ich werde dir einen Boten senden und meine Schulden bei dir begleichen, sobald ich wieder in Köln bin.«

Siegbert lachte kurz und freudlos auf. »Als wenn ich das nicht wüsste, mein Freund. Doch weit wichtiger als die Münzen ist, dass du mir Nachricht schickst, sobald die Lage in Köln geklärt ist. Was dort geschehen ist, kann sich auch in jeder anderen Stadt des Reiches zutragen, selbst hier in Bremen. Man muss auf solche Dinge gefasst sein, um ihnen begegnen zu können.«

»Glaub mir, Siegbert. Der Mörder von Benjamin hat mit Hilfe einiger anderer diesen Aufstand auf die Spitze getrieben. Er kam erst vor wenigen Wochen als Fremder in die Stadt und wurde mit großem Gottvertrauen von den Kölner Händlern aufgenommen. Doch glaube mir: Er ist kein Christ, kein Mensch, sondern ein wahrer Dämon. Du kennst ihn nicht und kannst deshalb nicht ermessen, welche Genugtuung es ihm bereitet, den Menschen Grausamkeiten zuzufügen.«

Siegbert blickte nachdenklich in seinen Becher. »Ich weiß, von welcher Sorte Mensch du sprichst, mein Freund. Auch ich habe einmal einen solchen Mann gekannt – und damals den großen Fehler begangen, ihn ziehen zu lassen, anstatt ihn unter meiner Kontrolle zu behalten.«

Wyland blickte seinen Freund fragend an, erhielt aber keine weitere Erklärung. Offenbar hatte er mit seinem Bericht über das Pogrom in Köln Erinnerungen in Siegbert wachgerufen, die dieser tief in sich vergraben hatte. Erst wollte er nachfassen, hielt es dann aber für besser, die Sache auf sich beruhen zu lassen.

Siegbert kehrte selbst aus seinen mit Schuldgefühlen belasteten Gedanken wieder in die Gegenwart zurück. Er stürzte den letzten Schluck Wein die Kehle hinunter und stellte das Gefäß dann geräuschvoll auf den kleinen Tisch neben ihnen.

»Ich werde mich nun darum kümmern, dass alles zusammengetragen wird, was du für deine sichere Heimkehr brauchst.« Er stand auf, und auch Wyland erhob sich rasch.

»Ich danke dir, Siegbert. Ich werde dir das nie vergessen und hoffe, es eines Tages wiedergutmachen zu können.«

»Ich bin derjenige, der so einiges wiedergutzumachen hat. Vielen gegenüber, glaub mir das.«

Wyland verstand nicht, was Siegbert damit meinen könnte. Nachdenklich ergriff er die Hand, die der Ältere ihm entgegenstreckte, und schüttelte sie.

»Warte hier. Ich schicke dir Gertrud, dass sie dir dein Zimmer zeigt. Du musst dich ein bisschen ausruhen. Selbst wenn du morgen den schnellsten und kräftigsten Zossen des Reiches unter dir haben solltest, ist der Weg zurück nach Köln keine Kleinigkeit. Ich gebe dir Bescheid, wenn ich die Vorbereitungen abgeschlossen habe. Dann kannst du morgen in aller Frühe aufbrechen.«

»Hab Dank!«

Von Goossen durchmaß den Raum mit großen Schritten und verschwand aus dem Kontor. Seinen Gast ließ er mit dem

Gefühl zurück, dass hinter seinem Verhalten weit mehr steckte als nur die Hilfsbereitschaft eines alten Freundes. Er befand jedoch, dass es nichts brachte, sich weiter Gedanken darüber zu machen. Wenn Siegbert ihm die Geschichte eines Tages erzählen wollte, würde er es schon tun. Seufzend ließ Wyland sich in den Stuhl zurücksinken und wartete, bis Gertrud ihn in sein Zimmer führte. Für einen Augenblick schloss er die Lider, um schon jetzt alle Kraft in sich zu bündeln, die er morgen für den bevorstehenden Ritt brauchen würde.

40. Kapitel

Die Lage entspannte sich allmählich, was dringend nötig war, sollten das Leben und die Geschäfte in Köln endlich wieder ihren normalen Gang nehmen und damit auch wieder Gelder in die Stadt fließen. Denn neben all dem menschlichen Leid hatte das Pogrom der Stadt auch gewaltige finanzielle Einbußen gebracht. Wie ein Lauffeuer hatten sich die grausamen, rechtlosen Zustände, die in der Domstadt herrschten, unter den auswärtigen Händlern herumgesprochen. Hinzu kam, dass die jüdischen Geschäftsleute nicht nur selbst einen Bogen um Köln machten, sondern auch ihre Freunde und deren Freunde dazu aufforderten, den Handel mit den Judenmördern zu vermeiden. Geldverleiher gab es in Köln keine mehr, so dass Geschäfte größeren Umfangs nicht mehr getätigt werden konnten, da nur die wenigsten Bürger über die gewaltigen Geldsummen verfügten, die dafür gebraucht wurden. Gerüchte besagten, dass die Nachbarstädte Mainz und Koblenz die großen Gewinner waren. Während der Hafen Kölns verwaist und unbelebt war, wurde dort rege Handel getrieben. Zwar waren erste Erfolge im Kampf gegen die Anarchie erzielt worden. Doch Überschreitungen und Übergriffe waren noch immer an der Tagesordnung. Und nicht nur das machte Cornelius zu schaffen. Auch seine eigene finanzielle Situation drohte langsam in eine Schieflage zu geraten. Nachdem er sich einen groben Einblick in Egidius' Hinterlassenschaft verschafft hatte, stand für ihn fest, dass dieser so gut wie bankrott gewesen war, wobei die Verbindlichkeiten, die er bei den Geldverleihern angehäuft hatte, noch nicht einmal mitberücksichtigt waren. Nun war es an ihm, Mechthild weiterhin standesgemäß zu versorgen, wenngleich er ihr unmissverständlich zu verstehen gegeben hatte, dass er sich außerstande sah, ihren gehobenen Lebensstil weiterfinanzieren zu können. Die Reaktion seiner Schwägerin hatte ihn überrascht. Ohne zu klagen oder Einspruch zu erheben, hatte sie seine Mitteilung zur Kenntnis genommen und lediglich gefragt, ob es möglich sei, dass sie in ihrem Haus blieb oder ob ein Umzug in ein kleineres Heim vonnöten wäre. Cornelius wollte sich noch nicht festlegen, sagte ihr jedoch zu, alles in seiner Macht Stehende zu tun, um den Verkauf ihres Hauses zu vermeiden. Die Witwe hatte es mit einem freundlichen Kopfnicken hingenommen und sich sogleich wieder ihrer Stickerei zugewandt. Cornelius blieb diese Frau ein Rätsel.

Ein weiteres Problem bestand für ihn darin, dass Albrecht und er das Anwesen ihres Freundes Wylands verwalteten und mit den nötigen Mitteln versorgten, ohne bislang Nachricht von ihm erhalten zu haben oder zu wissen, ob er überhaupt noch am Leben war. Der Herbst hatte bereits Einzug gehalten, und die ersten Wintertage würden auch nicht mehr lange auf sich warten lassen. Die vierte Jahreszeit war ohnehin schon immer die schwierigste für die Kaufleute gewesen, da die großen Schiffe, die über die weiten Meere fuhren und in fernen Ländern Waren an Bord nahmen, dann wieder in ihre sicheren Heimathäfen zurückkehrten, um dort zu ankern und den schweren Herbst- und Winterstürmen zu entgehen. In diesem Jahr nun hatte Cornelius es durch die schrecklichen Ereignisse und Zustände in der Stadt versäumt, seine Lager ausreichend mit Waren zu füllen, um seine Geschäfte auch während der kalten Jahreszeit betreiben zu können. Er war ein gestandener Mann, der Widerstände stets als Herausforderung empfunden hatte. Doch in seiner jetzigen Situation wuchsen ihm die Schwierigkeiten über den Kopf.

Sein einziger Fels in der Brandung war sein Freund Albrecht, der einen Teil seiner finanziellen Lasten gemeinsam mit ihm trug und sich vorbildlich dafür einsetzte, dass Wyland während seiner Abwesenheit nicht von seinem eigenen Gesinde übervorteilt wurde. Auch im Rat, der inzwischen auf knapp zwanzig Herren geschrumpft war, stand er ihm bei.

Die Pest hatte nunmehr ihre gierigen Klauen in fast jede Kölner Familie geschlagen, ganz gleich ob arm oder reich, Patrizier, Knecht, rechtschaffener Bürger oder Lumpenpack. Falsche Prediger liefen durch die Stadt und boten den Menschen an, gegen gute Münze mit ihnen zu beten und den Herrn für ihr gottloses Tun um Vergebung anzuflehen, damit er ihre Lieben vor dem großen Sterben bewahrte.

Cornelius war der festen Überzeugung, dass die Schnelligkeit, mit der der Schwarze Tod sich ausbreitete, tatsächlich eine Strafe Gottes war, wollte dies jedoch unter keinen Umständen öffentlich äußern. Seit dem Pogrom war ein Unglück nach dem anderen über Köln hereingebrochen, und nur eine feste Hand und eine kompromisslose Ordnung konnten seiner Meinung nach dafür sorgen, dem zügellosen Treiben Einhalt zu gebieten. Der Handel musste zu seiner alten Größe zurückgeführt werden. Nur so und nicht anders konnte Köln vor dem Untergang bewahrt werden, der nach Cornelius' Überlegungen nicht mehr so weit entfernt war, wie die Gutgläubigen unter den Ratsherren wähnten.

Er saß über seinen Unterlagen, als es an die Tür seines Kontors klopfte und sein Diener eintrat.

»Herr! Hier ist ein Bote mit dringender Nachricht für Euch! Er wurde von den Bütteln im Rathaus geschickt.«

»Lass ihn eintreten.«

Der Diener machte einen Schritt zur Seite, und ein junger Bursche, der sicher erst seit kurzem im Dienst stand, trat schüchtern ein und zog seine Mütze vom Kopf.

»Habt Dank, dass Ihr mich empfangt, Herr.« Nervös knetete er seine Mütze in den Händen.

»Welche Nachricht bringst du?«

»Nicht weit vor der Stadt hat man den toten Körper meines Herrn und seines Begleiters gefunden.«

»Wer ist dein Herr, Junge?«

»Mein Herr ist der Salzhändler Ekkehard Lobner, Herr!«

Cornelius stand von seinem Stuhl auf. »Ekkehard ist tot, sagst du? Wie ist das geschehen?«

Der Junge hob die Achseln. »Ich weiß es nicht, Herr. Mein Herr war auf Reisen, um mit neuen Salzhändlern ins Geschäft zu kommen. Er war lange Zeit unterwegs.«

»Das weiß ich«, erinnerte sich Cornelius. »Wir sind uns kurz vor seiner Abreise noch begegnet. Er hat mir von seinem Vorhaben erzählt.«

»Und nun war er fast wieder daheim, da wurde er kurz vor den Toren Kölns gemeuchelt. Eine kleine Gruppe Reisender hat ihn und seinen Begleiter gefunden, auf ihren Karren geladen und in die Stadt zu meiner Herrin gebracht. Eine der Frauen hat ihn erkannt und wollte gottgefällig dafür sorgen, dass mein Herr ein Begräbnis bekommt. Meine Herrin hat ihr einige Münzen dafür gegeben und mich angewiesen, Meldung im Rathaus zu machen.«

»Und warum kommst du nun zu mir?«

»Einer der Büttel, ich kenne seinen Namen nicht, hat mich zu Euch geschickt, damit ich Euch davon berichte. Der Büttel sagte, es würde Euch sicher interessieren, dass der Begleiter meines Herrn mit einem besonders kleinen Pfeil aus einer Armbrust in den Kopf geschossen wurde.«

Cornelius' Augen wurden groß. »Ein Armbrustpfeil mitten in der Stirn?«

»Genau dort.«

Die Augen des Patriziers verengten sich, und ohne es zu merken, drückte er den Federkiel, der sich noch immer in seiner rechten Hand befand, so stark zusammen, dass er zerbrach. Der Bursche bemerkte es und blickte Cornelius verwundert an.

»Das hast du gut gemacht, Junge.« Cornelius sah an dem Burschen vorbei zu seinem Diener hinüber. »Gib ihm eine Münze und führ ihn in die Küche, wo er ein paar dicke Scheiben Schinken bekommen soll.«

Die Augen des Burschen leuchteten hell auf. »Danke, Herr.«

»Ich werde später ins Haus deiner Herrin kommen und mit ihr sprechen. Richte ihr das aus, wenn du wieder zurück bist.«

»Das werde ich, Herr. Danke, Herr.« Der Bote verbeugte sich tief und verließ rückwärts das Kontor.

Cornelius ließ sich wieder auf seinen Stuhl sinken. Ihm schwirrte der Kopf. Die Probleme wollten und wollten kein Ende nehmen, doch die Art und Weise, in der Lobner und vor allem sein Begleiter zu Tode gekommen waren, verriet ihm, dass der Mann, der für den Tod des Henkers verantwortlich war und dem er noch eine ganze Reihe weiterer Morde zuschrieb, die Stadt verlassen hatte. Einen Augenblick erfasste ihn darob ein Gefühl der Erleichterung, dann aber schwor er sich, die Spur dieses Verbrechers aufzunehmen, sobald wieder Ruhe in Köln eingekehrt wäre und erneut Gesetz und Ordnung herrschten. Der Lump würde ihm schon nicht entkommen – und für die Stadt war es nur gut, dass er fort war.

Er hatte einiges von dem stehenlassen, was ihm Gertrud, die Haushälterin seines Freundes Siegbert, hatte mitgeben wollen. Zumindest konnte Wyland sich nunmehr nur allzu gut erklären, woher von Goossen seinen dicken Wanst hatte, und er schmunzelte darüber, wie eindringlich die gute Gertrud ihn davon zu überzeugen versucht hatte, dass ein Mann seiner Größe dies alles essen müsse, um die Strapazen des ihm bevorstehenden Rittes meistern zu können. Um nicht unhöflich zu sein, hatte er noch ein zweites Proviantbündel auf sein Pferd geladen und sich dann sofort auf den Weg zurück nach Köln gemacht. Die Sorge, was sich dort während seiner Abwesenheit alles ereignet haben mochte, trieb ihn schon seit Tagen um. Er konnte nur hoffen, dass sein Haus und sein Geschäft nicht geplündert oder gar niedergebrannt worden waren und sein Gesinde ihm treu geblieben war, wenngleich es keine Nachricht von ihm bekommen hatte. Was auch immer er während seiner Abwesenheit an Besitz verloren hatte, würde er sich wiederholen. Die Sicherheit Esthers war ihm den Verlust wert, ganz gleich, wie groß dieser auch ausfiel.

Er war noch vor Tagesbeginn aufgebrochen und hatte nur dank Siegberts Vermittlung das zu diesem Zeitpunkt noch geschlossene Stadttor Bremens passieren dürfen. Wenn alles gutginge, er sich nur wenig Rast gönnte und das Pferd drei Mal wechselte, würde er in vier Tagen seine Heimatstadt erreichen. Seine Wasser- und Essensvorräte waren in jedem Fall ausreichend, so dass er deswegen nicht zusätzlich haltmachen musste.

Bereits am ersten Tag kam er weiter, als er gedacht hatte. Es dämmerte bereits, als er beschloss, dem Reittier und sich die nötige Ruhe zu gönnen, um am Folgetag frisch und erholt den nächsten Streckenabschnitt meistern zu können. Auf dem Weg begegneten ihm einige Bauern, die nach des Tages harter Arbeit mit müden Knochen von den Feldern heimkehrten.

»Seid gegrüßt. Ich suche eine Unterkunft für die Nacht. Gibt es eine Schänke in der Gegend, in der ich auch das Pferd wechseln kann?«

»Es gibt eine, aber glaubt mir, dort wollt Ihr gewiss nicht unterkommen, Herr. Aber wenn es nur für Euch ist, Ihr Euer Pferd gegen ein frisches auswechseln und das alte, bis Ihr zurückkommt, gut versorgt wissen wollt, kann ich Euch einen Platz in meiner Scheune anbieten. Mein Weib ist eine gute Köchin, und ich mache Euch einen angemessenen Preis.«

»Was verlangst du für die Nacht?«

»Für Euch fünf Groschen, für das Pferd nochmals fünf.«

Wyland war zu müde, um zu verhandeln. Der Bauer verstand sein Zögern jedoch falsch.

»Na gut, vier Groschen für den Gaul, aber dabei bleibt's. Immerhin bekommt der Zossen frisches Heu, bis Ihr ihn wieder abholt, und Ihr selbst am Abend und am Morgen eine gute Mahlzeit.«

»Na dann, betrachte mich als deinen Gast.«

Ein Grinsen huschte über das Gesicht des anderen. Neun Groschen waren viel Geld, zu viel für eine einfache Übernachtung und die Unterstellung eines Pferdes, wie er fand. Doch dem Fremden sah man an, dass er es entbehren konnte, und er, seine Frau und die Bälger würden es gut gebrauchen können. Zufrieden zeigte er seinem Gast den Weg zu seiner kleinen Kate mit dem angrenzendem Stall, gab seinem Weib Bescheid, den Mann zu versorgen, und war zufrieden mit dem heutigen Tag, der ihm zuletzt noch einen unerwarteten Münzregen beschert hatte.

Wyland brach in aller Frühe wieder auf. Das Pferd des Bauern war wider Erwarten kein Ackergaul, sondern ein kräftiges Tier, auf dem der Bauer regelmäßig in die nächste Stadt zu reiten pflegte. Außerdem hatte Wyland besser geschlafen, als er es sich hätte wünschen können. Zum Frühstück setzte ihm die Frau des Bauern wie schon am Abend zuvor Brot, Butter und sogar zwei Scheiben Schinken vor. So reich bewirtet, gab ihr Wyland noch einen Groschen zusätzlich, den sie rasch in der Geldkatze unter ihrem Rock verschwinden ließ. Ihr Mann würde gewiss nichts davon sehen, erkannte Wyland schmunzelnd, verabschiedete sich dann und machte sich auf den Weg.

Helmes Laune befand sich auf dem Tiefpunkt, als er seinen Heimatort Lünen erreichte. Dort hatte sich in den Monaten seiner Abwesenheit nichts verändert, und er spuckte verächtlich aus. Der Mief und die Enge der kleinen Stadt und die Bescheidenheit ihrer Bürger waren ihm unerträglicher denn je. Deren Gottergebenheit und widerstandsloses Einhalten der gemeinschaftlichen Regeln zuwider. Er überlegte kurz, in die Schänke zu gehen, entschied sich dann aber dagegen. Gerhild und ihr Gezeter würde er jetzt nicht ertragen können, ohne ihr den Hals umzudrehen. Was er sich schlichtweg nicht leisten konnte, wollte er dafür nicht umgehend gelyncht werden. Er stieg vom Pferd, öffnete die Stalltür und gab dem Tier einen kräftigen Schlag auf die Kruppe. Der Schimmel lief hinein, und Helme nahm ihm Sattel und Zaumzeug ab, hatte aber nicht die geringste Lust, das klatschnasse Tier abzureiben. Sollte sich der Gaul nur gleich daran gewöhnen, dass sein Dasein hier kein Zuckerschlecken werden würde. Danach schloss er grimmig das Stalltor und überließ das Pferd sich selbst.

Er stapfte zu seiner Kate hinüber, die ihm nach den prachtvollen Häusern, in denen er die letzten Wochen gelebt hatte, noch kleiner und schäbiger als sonst vorkam. Als er die Tür öffnete, stieg ihm sofort ein penetranter Verwesungsgeruch in die Nase, der ihn unwillkürlich einen Schritt zurück machen ließ. Das verdammte Wild in seinem Kellerschacht hatte er völlig vergessen. Dem Geruch nach dürfte das Fleisch sich inzwischen verflüssigt haben. Diesen Gestank würde er nie mehr ganz aus dem Haus herausbekommen.

Einen Augenblick schoss ihm der Gedanke durch den Kopf, dass der Verwesungsgeruch womöglich nicht nur von dem Wild ausgehen könnte. Schnell betrat er nun trotz des bestialischen Gestanks das Haus. Die Vorstellung, Annas leblosen und vor Hunger ausgezehrten Körper in einem der Zimmer vorzufinden, hatte sein Glied steif werden lassen. Doch enttäuscht musste er feststellen, dass ihm sein Wunschdenken einen Streich gespielt hatte. Er schalt sich selbst einen Narren. Selbst wenn die kleine Hure tatsächlich zurückgekehrt wäre, hätte das widerspenstige Ding sich nie einfach zum Sterben hingelegt, sondern die Nachbarn um Hilfe gebeten. Vielleicht war sie ja sogar wieder in Lünen und bei Gerhild, dieser Schlange, untergekrochen. In diesem Fall hätte das kleine Miststück nicht einmal die Wildkadaver entfernt, so dass seine Behausung nun nicht mehr zu gebrauchen war. Wütend ballte er seine Hände zu Fäusten. Wenn er dieses Dreckstück nur endlich zwischen die Finger bekäme.

Da fiel sein Blick auf einen Gegenstand, der in der Mitte des Tisches lag: einen Ring auf einem Stück Pergament. Er nahm das Schmuckstück und besah es von allen Seiten. Wo zum Teufel hatte er diesen Siegelring nur schon einmal gesehen? Als es ihm einfiel, verengten sich seine Augen, und sein Mund verzog sich zu einem spöttischen Grinsen. Die geschriebene Nachricht konnte er nicht entziffern. Doch er wusste, wer ihm den Brief seines alten Kumpans vorlesen würde. Rasch verließ er die Kate und machte sich auf den Weg zur Kirche. Doch Pater Anselm war nirgendwo zu sehen, das Eingangsportal verschlossen. Zerknirscht sah Helme zur Schänke hinüber. Sie war der einzige Ort, an dem der Gottesmann zu dieser Zeit wahrscheinlich anzutreffen war. Wenn er also nicht noch länger warten, sondern wissen wollte, was auf dem Pergament stand, blieb ihm nichts anderes übrig, als Gerhilds Gezeter in Kauf zu nehmen. Er knirschte mit den Zähnen und stapfte zum Gasthaus. Kaum dass er die Tür geöffnet hatte, verstummten alle Gespräche.

»Ja, ganz recht. Ich bin zurück.« Er trat ein.

Aller Blicke waren auf ihn gerichtet. Eine Begrüßung kam jedoch keinem über die Lippen.

Wie er vermutet hatte, saß der Pater auf einer der Bänke und genehmigte sich einen Humpen Bier. Helme ging zu ihm hinüber und setzte sich auf die Bank ihm gegenüber. Die Gäste, die dort bereits Platz genommen hatten, rückten enger zusammen.

»Pater Anselm, auf ein Wort.«

Helme blickte die Umsitzenden drohend an. Ohne dass er nur ein Wort verlieren musste, standen sie auf und suchten sich einen anderen Platz.

»Helme, wir dachten nicht, dass wir dich hier noch einmal sehen würden. Hast du deine Tochter gefunden?« Der Geistliche bemühte sich um eine ruhige Stimme, was ihm aber mehr schlecht als recht gelang.

Gerhild spitzte die Ohren. Zu gern hätte sie etwas über den Verbleib des Mädchens erfahren, das ihr über die Jahre hinweg so sehr ans Herz gewachsen war.

Helme schüttelte den Kopf und reichte dem Priester das Pergament. »Was steht hier drauf?«, fragte er leise und sah sich dabei im Gasthaus um. Ihm war bewusst, dass die Umsitzenden versuchen würden, ihre Unterredung zu belauschen, obgleich einige so taten, als kümmerte sie das Geschehen nicht weiter.

»Und euch alle hier geht das rein gar nichts an!«, polterte Helme los. »Ich will nur die Nachricht hier von Pater Anselm vorgelesen bekommen, dann bin ich vielleicht schneller wieder fort, als ihr eure Krüge leeren könnt.«

»Gebe Gott, dass es so ist!«, meinte Gerhild und funkelte ihn dabei herausfordernd an.

Helme hätte ihr am liebsten mitten ins Gesicht geschlagen. Diesem Weibsstück würde er eines schönen Tages auch noch den Garaus machen. Eine kurze, heftige Welle der Erregung lief durch seinen Körper.

»Deine Fratze ist in der Zwischenzeit auch nicht schöner geworden!«, konterte er. »Könnte gut darauf verzichten, sie jeden Tag sehen zu müssen.«

Die Wirtin schien nicht im mindesten beeindruckt. »Wer hätte gedacht, dass wir zwei einmal der gleichen Meinung sind, Helme?« Sie verzog spöttisch den Mund.

Lange würde er sich nicht mehr beherrschen können. Also wandte er sich wieder Pater Anselm zu und tippte mit dem Zeigefinger auf das Pergament.

»Es ist eine Nachricht von deinem alten Freund«, flüsterte der Geistliche verschwörerisch.

»Das weiß ich bereits.« Helme zog den Ring hervor. »Er hat mir auch das hier mitgeschickt.«

»Es war ein Kurier hier, ein junger Novize, vor vielen Wochen. Gleich nachdem du fort warst.«

»Dann hat er mir also diese Botschaft hinterlassen?«

Pater Anselm nickte.

»Was steht darin?« Er hatte die Stimme noch einmal gesenkt.

Der Geistliche beugte sich so weit über den Tisch, dass sein Mund an Helmes Ohr war. »Anna ist bei ihm im Kloster. Du sollst dorthin kommen.«

Er ließ sich wieder auf die Bank zurückfallen und sah sein Gegenüber an. Ein Moment verging, ohne dass Helme auch nur die geringste Regung anzusehen war. Doch dann sprang er plötzlich auf und verließ ohne ein weiteres Wort die Schänke.

»Hoffentlich fressen ihn diesmal unterwegs die Wölfe«, meinte Gerhild giftig und warf dem Priester einen missbilligenden Blick zu.

Als Helme in seinen Stall trat, tänzelte der Schimmel dort unruhig hin und her. Der plötzliche Lichteinfall hatte ihn erschrocken. Eilig legte Helme dem Tier das Zaumzeug an und den Sattel auf und trat mit ihm ins Freie. Einen Augenblick überlegte er, seine Kate anzuzünden und alles in Schutt und Asche zu legen. Der Verwesungsgestank würde sich ohnehin nie mehr verziehen, und mit dem Entzünden seines Heims könnte er den Nachbarn vor seinem Weggang noch einmal zeigen, was er von ihnen hielt. Dass er je hierher zurückkommen würde, glaubte er nicht. Die Erinnerungen, die er mit dieser Stadt verband, waren alles andere als gut. Wie ein Verbannter hatte er seine Zeit hier abgesessen. Doch damit war nun Schluss. Er schwang sich auf sein Pferd und warf noch einen letzten Blick zurück. Sollte sich doch der Gestank, der in der Kate herrschte, in ganz Lünen ausbreiten. Auf diese Weise konnte er diesem Pack, selbst wenn er schon längst fort war, noch eins auswischen. Hämisch grinsend hieb er seinem Pferd die Fersen in die Flanken und stürmte in nördlicher Richtung davon.

Obwohl er noch gut eine Stunde hätte weiterreiten können, bevor das Licht des Tages seine Kraft verlor, beschloss Wyland in Lünen zu übernachten. Er war so gut vorangekommen, dass er Köln am morgigen Tag in jedem Fall erreichen würde. Müde ritt er bis zu einem Gasthaus, vor dem er anhielt und vom Pferd stieg. Der Zossen schreckte auf, als ein Reiter, wie vom Teufel gejagt, an ihm vorbeipreschte. Ein beunruhigendes Gefühl stieg in dem Patrizier auf. Er meinte, den Mann auf dem Schimmel, den er nur noch von hinten sah, schon einmal gesehen zu haben. Er kniff die Augen zusammen und schaute ihm noch so lange hinterher, bis er aus seinem Blickfeld verschwunden war. Wyland schüttelte den Kopf, legte das Reitgeschirr seines Pferdes über einen Pflock und betrat die Schänke. Selbst wenn er den Reiter schon einmal gesehen hatte, wollte ihm doch nicht einfallen, wo und wer dieser überhaupt war.

In dem Gasthaus stand eine garstig dreinblickende Wirtin hinter dem Tresen und wetterte über die Tische hinweg einen Geistlichen an, der im hintersten Teil des Raumes auf einer Bank saß.

»So wie der hinausgestürmt ist, wird es etwas mit Anna zu tun gehabt haben, Pater. Und ich schwör Euch an dieser Stelle und bei allem, was mir heilig ist: Sollte der armen Kleinen wegen der Auskunft, die Ihr dem Halunken gegeben habt, irgendetwas geschehen, dann kann Euch der Allerhöchste selbst nicht mehr beschützen, so wahr ich hier stehe!«

»Ich habe ihm lediglich die Nachricht vorgelesen, die der Bote für ihn hinterlassen hat.« Die Stimme des Predigers klang brüchig.

»Und was war das für eine Nachricht?«

»Das kann ich weder dir, Gerhild, noch einem anderen hier sagen. Es steht mir nicht zu.«

»Gebe der Herr, dass Ihr Euch nicht versündigt habt, Pater! Gebe es der Herr!«

Erst jetzt schien die Wirtin Wyland zu bemerken, der ruhig den Disput zwischen ihr und dem Priester verfolgt hatte.

»Kann ich Euch helfen, Herr?«

»Ich suche eine Bleibe für die Nacht und einen Stall für mein Pferd.«

»Wir haben oben eine Kammer frei. Die könnt Ihr haben.«

In diesem Moment trat ein breitschultriger Mann aus einem Nebenraum zu der Wirtin.

»Utrich, wir haben einen Gast«, stellte Gerhild fest und wandte sich wieder Wyland zu.

»Mein Mann wird Euch alles zeigen. Das Zimmer bezahlt Ihr vorab, ebenso das Heu für Euer Pferd.«

Wyland nickte. »Ist gut.«

Utrich bedeutete ihm, dass sie dazu die Schänke verlassen mussten, und trat dann hinter dem Gast ins Freie.

41. Kapitel

Nachdem Esther nun im Hause ihres Großvaters lebte, war für Anna die Frage, ob auch sie dessen Angebot annehmen und dort wohnen sollte, entschieden. Gawin jedoch wollte bei Margrite bleiben. Besonders das Zusammensein mit Hanno, aber auch die väterliche Freundschaft, die ihn mit Anderlin verband, ließen ihn in dem viel kleineren alten Fischerhaus, in dem er eine Heimat gefunden hatte, verbleiben. Margrite nahm es Anna nicht übel, umgezogen zu sein. Nachdem ihr diese berichtet hatte, dass im Haus ihres Großvaters vor kurzem eine junge Frau untergekommen war, die ein wahres Martyrium erlebt hatte und der sie nun dabei helfen wollte, sich in Bremen einzuleben, war für Margrite die Sache klar gewesen. Sie hatte Anna sogar beim Fortschaffen ihrer Habseligkeiten geholfen und sie mit so viel Seife ausgestattet, dass die Jüngere Hunderte neuer Kleider damit bestücken konnte. Anna ließ es sich außerdem nicht nehmen, mindestens einmal täglich bei ihrer ehemaligen Hauswirtin vorbeizukommen, mit ihr gemeinsam Seife zu sieden und etwas Zeit zu verbringen. Das erste Mal seit dem Tod ihrer Mutter fühlte sie sich wieder einer Familie zugehörig. Sie lebte und arbeitete bei ihrem Großvater, hatte in Esther und Gawin eine jüngere Schwester und einen älteren Bruder gefunden und in Margrite und Anderlin eine Art Ersatzeltern, die ihr mit Rat und Tat zur Seite standen.

Fröhlich schwang sie ihren Korb und trällerte ein Liedchen, während sie auf dem Weg zu den Marktständen vor dem Dom war, um dort einige frische Waren zu besorgen. Sie war allein, denn Esther hatte sich an diesem Morgen nicht wohl gefühlt und war deshalb nicht mitgekommen. Es war nicht der Körper, der der Freundin zu schaffen machte, sondern ihre gequälte Seele, und Anna konnte nur allzu gut nachvollziehen, wie sich Esther fühlen musste. Zwar hatte die Jüdin selbst kaum ein Wort über die Vorgänge in Köln verloren, doch man sah ihr deutlich an, wie sehr die Erinnerungen sie Nacht für Nacht peinigen mussten, bis ihnen das Licht des Tages wieder etwas von ihrem Schrecken nahm.

Anna kaufte einige kandierte Früchte, die einer der Händler zu jeder Jahreszeit anbot. Wie immer reichte er ihr über den Tresen eine der Süßigkeiten zum direkten Verzehr, die Anna ebenfalls wie immer mit einem Lächeln annahm. Was für eine unglaublich Wende ihr Leben doch genommen hatte! Hier in Bremen hatte sie von Anbeginn an nur Glück und Gelingen erfahren und das erste Mal in ihrem Leben das Gefühl, von allen Menschen in ihrer näheren Umgebung gemocht und geschätzt zu werden. Und sie hatte keine Geldsorgen mehr, sondern konnte sich erstmals schöne Dinge leisten und auch anderen mit einem Geschenk ab und an Freude bereiten. Sie liebte es, sich selbst zu verwöhnen. Es gab nur eine Sache, die sie trotz all ihres Glücks noch plagte. Sie hatte das Gefühl, dass ihr Großvater ihr nicht die ganze Wahrheit über den damaligen Weggang ihrer Mutter und die Heirat mit Helme erzählt hatte. Stets verstand er es, ihre Unterhaltung, sobald sie auf diesen Punkt zu sprechen kam, geschickt in eine andere Richtung zu lenken. Ein Umstand, den Anna sehr wohl bemerkte und der sie zunehmend bedrückte. Doch sie sagte sich, dass sie vielleicht zu ungeduldig war. Schließlich kannte sie den Mann, dessen Blut durch ihre Adern floss, erst seit wenigen Wochen. Also würde sie Geduld beweisen, wenngleich dies keine ihrer Stärken war, und beschloss, es einstweilen auf sich beruhen zu lassen. Irgendwann, so sagte sie sich, würde der richtige Moment gekommen sein. Und bis dahin hätte sie genug Möglichkeiten, all das, was Siegbert und Bremen ihr boten, ausgiebig zu genießen. Sie grüßte den Händler zum Abschied und ging dann, ein Lied summend, ihres Weges.

Da hatte sie plötzlich wie schon einige Male zuvor das Gefühl, beobachtet zu werden. Schnell drehte sie sich in alle Richtungen um. Das erste Mal, als sie geglaubt hatte, jemand würde sie observieren, hatte sie dies noch auf den Umstand geschoben, dass sie nach wie vor befürchtete, ihr Vater könne sie hier aufspüren – mochte sie auch noch so weit von Lünen entfernt sein. Erst die Sicherheit, die Margrite und auch Siegbert ihr gaben, hatte dieses Gefühl abgeschwächt. Und aus welchem Grund sollte sie hier in Bremen auch jemand beobachten? Zumal sich Helme, so er sie denn gefunden hätte, niemals damit begnügt hätte, sie nur auszuspähen. Doch hier und jetzt, mitten auf dem Markt zwischen all den vielen geschäftigen Menschen, packte sie erneut die Angst und ließ sie immer wieder in alle Richtungen blicken. Und dann sah sie ihn. Sollte er sich zuvor noch versteckt oder so getan haben, als interessiere er sich nicht für sie, hatte er nun seine Deckung aufgegeben. Der junge Novize, der an der nächsten Hausecke stand und sie unverhohlen anstarrte, konnte nicht viel älter als sie selbst sein. Mit zusammengekniffenen Augen blickte er sie unentwegt an. Dabei wirkte er weder ängstlich noch zornig, und Anna konnte sich keinen Reim darauf machen, was er von ihr wollte. Einen Lidschlag lang sah sie zu Boden und überlegte, ob sie den Fremden stellen und gezielt danach fragen sollte, warum er sie beobachtete. Doch als sie wieder aufblickte, war der Fremde bereits verschwunden. Anna schauderte. Wer war dieser Novize, und was wollte er von ihr? Mit klopfendem Herzen machte sie sich wieder auf den Rückweg. Ihre Unbeschwertheit hatte sich ebenso wie das sichere Gefühl, endlich ein Zuhause gefunden zu haben, in Luft aufgelöst. Bedrückt bahnte sie sich mit großen Schritten ihren Weg durch die Menge. Sie wollte sich nicht mehr fürchten. Und wenn sie das nächste Mal diesen Novizen sah, würde sie ihn, ob Kirchenmann oder nicht, am Kragen packen und aus ihm herausschütteln, weshalb er ihr nachstellte. Schon allein die Vorstellung machte ihr Mut, und trotzig nahm sie die Melodie wieder auf, die sie vor der beklemmenden Begegnung vor sich hin gesummt hatte.

Kurz bevor sie das Haus ihres Großvaters erreichte, lief ihr Gawin über den Weg.

»Guten Tag, Bruderherz!«, rief sie ihm zu.

Gawin verzog das Gesicht. Ihm fiel es immer schwerer damit umzugehen, dass Anna ihn auf diese Weise ansprach. Seit sie aus dem gemeinsamen Zimmer bei Margrite gezogen war, hatte er die Hoffnung gehegt, dass seine Gefühle für sie mit der Zeit schwächer werden würden. Doch so war es nicht. Vielmehr war sie sein erster Gedanke, sobald er erwachte, und sein letzter, wenn am Abend der Schlaf über ihn kam. Oft tastete er dann nach seinem steif gewordenen Glied und verschaffte sich Erleichterung, während er sich dabei vorstellte, dass nicht er, sondern Anna ihn berührte. Die Leidenschaft, mit der er sich nach ihr sehnte, schien von Tag zu Tag stärker zu werden. Inzwischen ärgerte er sich über alle Maßen, die Behauptung aufrechterhalten zu haben, dass sie Geschwister waren. Doch was sollte er jetzt noch tun, nachdem sie es so gewollt und er darin eingewilligt hatte? Ihr die Wahrheit zu sagen kam für ihn nicht in Betracht.

Doch da war auch noch etwas anderes, das zusehends an ihm nagte. Hanno sprach ebenso viel von Anna, wie Gawin an sie dachte, und der Klang, den Hannos Stimme hierbei annahm, ließ ihm jedes Mal die Zornesröte ins Gesicht steigen.

Hanno hatte es bemerkt und sich beeilt ihm zu versichern, dass seine Absichten durchaus ehrenwert seien und er sich schon jetzt auf den Tag freue, da er Anna mit seiner Hände Lohn ein eigenes Heim bieten könne, wenngleich es sicher kleiner und weitaus bescheidener sein würde als das ihres Großvaters. Gawin hatte ihn mit den Worten zurechtgewiesen, er solle seine Leidenschaft lieber dem Holztisch zukommen lassen, an dem er gerade herumfeilte. Seine schroffe Art ließ Hanno merklich zurückschrecken. Gawin wollte ihm seine heftige Reaktion erklären, doch die richtigen Worte wollten ihm einfach nicht über die Lippen kommen. Also hatte er es dabei belassen und sich rasch wieder an die Arbeit gemacht.

Nun hatte ihn Anna fast erreicht und umarmte ihn überschwenglich zur Begrüßung. »Na, musst du gar nicht arbeiten?«

Sie duftete nahezu berauschend, und als sich ihre Brüste während der Umarmung kurz gegen seinen Oberkörper drückten, begann sich sein Glied zu versteifen. Er schluckte heftig, antwortete dann aber mit unbewegter Stimme.

»Ich wurde ins Rathaus gerufen. Dort soll irgendetwas zu Bruch gegangen sein.«

»Was bist du denn so kurz angebunden?«

»Ich bin nicht kurz angebunden! Ich muss nur arbeiten und habe keine Zeit.« Mit diesen Worten stapfte er davon.

Anna blieb verwirrt und auch ein wenig zornig zurück. Gawin wurde immer übellauniger und grober zu ihr, ganz gleich, wie sehr sie sich auch um ihn bemühte. Gewiss nahm er ihr übel, dass sie in das Haus ihres Großvaters gezogen war und ihn bei Margrite zurückgelassen hatte. Obwohl ihm Siegbert mehr als einmal angeboten hatte, dass auch er ein großes Zimmer mit einem eigenen Bett bekäme. Doch er schien sich Margrite weit mehr verpflichtet zu fühlen, als sie es tat, wenngleich auch sie die Hauswirtin in mancher Stunde schmerzlich vermisste. Aus diesem Grunde besuchte sie die Freundin auch, sooft es ihr ihre Zeit neben dem Nähen und Verkaufen ihrer Kleider erlaubte. Und dann war da auch noch Esther, die ihr so sehr ans Herz gewachsen war, dass sie sich gern um die Jüngere kümmerte und sich wie ein Kind darüber freute, dass diese nach und nach ihre Scheu verlor und mittlerweile sogar ab und zu wieder zu lächeln vermochte. Sie fühlte sich verantwortlich für den Gast ihres Großvaters und wollte Esther dabei helfen, eines Tages wieder befreit und glücklich in die Zukunft blicken zu können. Genauso wie sich auch ihr Leben nach all den Jahren der Verzweiflung, Angst und Demütigungen in Bremen noch einmal komplett gewandelt hatte.

Sie sah Gawin mit eiligen Schritten um die Hausecke verschwinden, beschloss, sich nicht den Tag von ihm verderben zu lassen, und stieß mit Schwung die Tür zum Haus ihres Großvaters auf. Esther erwartete sie bereits auf dem oberen Korridor und stieg nun mit schnellen Schritten die Stufen hinab.

»Da bist du ja. Ich habe schon auf dich gewartet.« Sie umarmte Anna, sobald sie die Freundin erreicht hatte.

»Ist etwas geschehen?«

Esther schüttelte den Kopf, hakte sich bei Anna ein und drängte sie Richtung Tuchzimmer. »Nein, das nicht. Aber ich bin heute früh wieder nach einer Nacht voller Alpträume erwacht.«

»Das dachte ich mir schon. Deshalb habe ich dir auch etwas Besonderes mitgebracht.« Sie griff in ihren Korb und zog den Beutel mit den kandierten Früchten hervor. »Hier. Wenn deine Zunge dies schmeckt, wird die Nachwirkung deiner schlechten Träume im Nu verschwinden.«

Esther nahm die Süßigkeit mit einem dankbaren Lächeln entgegen und öffnete die Tür zum Nähzimmer. »Kann ich dir vielleicht bei der Arbeit helfen? Ich kann nähen, und wenn du mir sagst, was ich machen soll, kann ich dir gewiss zur Hand gehen.« Sie steckte sich eine Frucht in den Mund und schloss genüsslich die Augen. »Möchtest du auch?«

»Da sag ich nicht nein.« Anna stellte zufrieden fest, dass ihr Plan aufgegangen war. Ein Lächeln hatte den Weg in das Gesicht der Jüngeren gefunden.

»Wenn du mir helfen willst, freue ich mich. Hast du bei dir zu Hause auch genäht?« Sie griff nochmals zu und holte sich eine weitere Süßigkeit heraus.

»Nur gelegentlich. Ich habe mehr gestickt.«

Bei diesen Worten kam Anna ein Gedanke. »Vielleicht solltest du dann auch jetzt nicht nähen, sondern eher Verzierungen vornehmen. Für die feinen Damen, für die wir die Gewänder fertigen, können die Kleider, die sie tragen, gar nicht aufwendig und außergewöhnlich genug sein.«

»Wenn du mir das zutraust?«

»Warum nicht? Ich bin sicher, dass du ebenso gut sticken kannst wie ich nähen. Stell dir nur vor, was für wunderbare Kleider wir fertigen werden.« Sie griff glücklich nach Esthers Händen, verzog dann aber das Gesicht. »Zuvor sollten wir uns jedoch erst einmal den klebrigen Zucker von den Früchten abwaschen, bevor wir die Stoffe damit anfassen«, meinte sie gutgelaunt, und Esther stimmte gelöst in ihr Lachen mit ein.

Er war ihr nachgeschlichen, bis sie in dem großen Haus verschwunden war. Schon seit Wochen hatte er sie beobachtet und war nun sicher, dass sie in Bremen bleiben würde. Für ihn war damit der Zeitpunkt gekommen, zu Bruder Hermannus zurückzukehren und ihm Bericht zu erstatten. Nur wenige Tage nach Stephans Rückkehr aus Lünen hatte sein Mentor feststellen müssen, dass die junge Frau aus dem Keller verschwunden war. Sogleich hatte Hermannus ihn angewiesen, sie wieder aufzuspüren. Stephan hatte gehorcht und zu seinem großen Glück immer nur geradeaus dem Weg nach Norden folgen und danach fragen müssen, ob jemand die junge Frau und ihren möglichen Begleiter gesehen hatte. Die Schönheit der Frau war so auffällig, dass sich einfach ein jeder an sie zu erinnern vermochte. Sogar einer der Wachleute am Bremer Stadttor wusste sofort zu sagen, dass sie nur einen Tag zuvor durch das selbige in die Stadt gekommen war. Nur um sicherzugehen, dass sie ihr Ziel erreicht hatte und sich nach einer gewissen Zeit nicht wieder auf die Reise machte, war er noch mehrere Wochen lang in Bremen geblieben. Doch nun würde er die Stadt wieder verlassen. Jeden Tag ging sie die gleichen Wege, traf sich mit denselben Leuten und erledigte Besorgungen. Sie hatte hier ihren Lebensmittelpunkt aufgeschlagen, dessen war er gewiss, und ihm wurde wehmütig ums Herz bei dem Gedanken, das pulsierende Leben der Stadt erneut gegen die Ödnis des Klosters eintauschen zu müssen. Doch dort war sein Heim und sein Platz. Es stand ihm nicht zu, dagegen aufzubegehren. Und er wollte auch Bruder Hermannus nicht enttäuschen, wenngleich er sich immer mehr fragte, was dieser gegen die junge Frau haben mochte, die seinen Beobachtungen nach all die Wochen über nichts Verwerfliches getan hatte. Doch es musste einen Grund geben, selbst wenn ihm immer wieder Zweifel daran kamen, denn sonst hätte sein Ziehvater ihm wohl kaum diesen Auftrag erteilt.

Er schob den Gedanken beiseite und kehrte in seine Unterkunft zurück. Eilig zurrte er sein Bündel mit den wenigen

Habseligkeiten zusammen und ging dann zur Hauswirtin, um bei ihr die Wegzehrung für die ersten zwei Tage zu erstehen. Er hatte sparsam gelebt und noch immer genug Münzen übrig, um eine geraume Weile in der Stadt bleiben zu können. Er hielt in seiner Bewegung inne. Und wenn er nur einmal etwas Verbotenes täte? Wenn er sich einen guten Rheinwein gönnte, von dem man sagte, dass er auf der Zunge zu tanzen begann und der Gaumen sich noch Stunden nach dem einmaligen Genuss an diesen erinnern würde? Wütend zwang er sich zur Ordnung. Schon allein der Gedanke daran war Teufelswerk. Der Höllenfürst suchte ihn zu verführen und hätte ihn doch tatsächlich fast dazu gebracht, eine Sünde zu begehen. Ein Augenblick der Schwäche, den er zu beichten schwor. Mit Freude würde er die Geißelung hierfür in Kauf nehmen. Rasch straffte er seinen Körper, hob sein Bündel an und stieg die steilen Stufen hinab. Sobald er seine Wegzehrung erhalten hätte, würde er schleunigst aus dieser verruchten Stadt verschwinden, in der die Versuchung selbst vor Novizen nicht haltmachte.

»Es ging uns noch nie so gut, nicht wahr?« Anderlin ließ zärtlich seine Hand auf Margrites wohlgeformtem Hinterteil ruhen. Seit sie wieder in Bremen waren, hatte es nur wenige Nächte gegeben, in denen sie nicht die Schlafstatt miteinander geteilt hatten und am Morgen gemeinsam erwacht waren. Er genoss diese frühen Stunden, in denen der Tag noch nicht gekommen und seine Geliebte eine ganz andere Frau war. Hier in dieser Kammer war sie leidenschaftlich und zärtlich zugleich. Sie war ein Weib, das noch nicht mit fester Stimme ihre Dienerschaft anwies und auf dem Markt den schroffsten Umgangston pflegte, um nicht übervorteilt zu werden. In diesen Stunden war sie nur seine Margrite, und er wünschte, das

Licht des Tages möge nie durch die schmalen Ritzen der hölzernen Fensterläden dringen.

Margrite seufzte glücklich auf. »Du hast recht. So schön hatten wir es noch nie.« Sie machte eine kurze Pause, bevor sie weitersprach. »Vielleicht sollten wir nicht mehr von hier fortgehen.« Sie hielt den Atem an, ängstlich, ob der Mann, mit dem sie Nacht für Nacht das Bett teilte, sie zurückweisen würde.

Doch Anderlin nahm sie in den Arm und zog sie fest an sich. »Das habe ich mir auch schon überlegt, dachte dann aber, es wäre dir nicht recht.«

Sie stemmte sich hoch. »Mir nicht recht? Wie kommst du denn darauf?«

Er drehte sich auf den Rücken und starrte an die Decke, die er im noch dunklen Raum nur schemenhaft ausmachen konnte. »In den vergangenen Jahren wollten wir immer nur so viel Geld wie möglich anhäufen. Hier in Bremen haben wir unser Auskommen, doch auf unseren Reisen können wir doppelt so viel verdienen.«

»Das ist wahr.«

Anderlin tastete nach ihrer Hand. »Aber brauchen wir überhaupt so viel Geld?«

»Für mich könnte es so bleiben, wie es jetzt ist.« Margrites Stimme klang verletzlich. Anderlin war sich nicht sicher, doch ihm schien, als würde sie weinen. Er drehte sich ihr wieder zu und umfasste sie leidenschaftlich. »Ich liebe dich, Margrite.«

»Aber …«

Er legte ihr zärtlich den Finger auf die Lippen. »Sag jetzt nichts, bitte. Sonst werde ich diese Worte niemals herausbringen und es ewig bereuen.«

Sie schwieg. Hunderte Male hatte sie unter ihm gelegen. Doch so nah wie in diesem Moment waren sie sich in all den Jahren noch nie gekommen.

»Ich liebe dich«, setzte er erneut an, »wie man einen Menschen nur lieben kann. Ich liebe dich seit so vielen Jahren, aber ich wusste immer, dass du nicht das Gleiche für mich empfindest.«

Sie wollte protestieren, doch der Druck seines Fingers auf ihrem Mund verstärkte sich und zwang sie dazu zu schweigen.

»Ich weiß, warum du niemanden an dich heranlassen wolltest. Ein Mann, der früher in deinem Dorf gelebt hat, erzählte mir eines Tages, was dir dort widerfahren ist.«

Margrites Herz hämmerte heftig gegen ihre Brust, doch sie sagte kein Wort.

»Du bist eine Frau, wie sie herzlicher und aufrichtiger nicht sein kann. Was dir geschehen ist, tut mir unendlich leid. Für ein Kind sind wir zwar beide schon zu alt, doch wenn du dich mir anvertrauen willst, schwöre ich dir bei allen Heiligen, dass ich dich bis ans Ende unserer Tage lieben werde.« Er schluckte schwer. »Mir ist klar, dass du mich nicht ehelichen kannst, da du vor Gott einem anderen dein Wort gegeben hast. Doch wenn du für mich genauso empfindest, wie du für einen Ehemann empfinden würdest, will ich dich als mein Eheweib betrachten und für dich sorgen wie ein Mann für seine Frau.«

Mehr sagte er nicht, und langsam, geradezu ängstlich, löste er seinen Finger von ihren Lippen.

Margrites Herz schlug nun so laut, dass es in ihren Ohren dröhnte. Seine Worte hatten ihr die Tränen über die Wangen laufen lassen, und der Gedanke, dass er all die Jahre um ihre Geschichte gewusst und kein Wort gesagt hatte, entfachte eine Leidenschaft in ihr, wie sie sie noch nie zuvor gekannt hatte.

»Anderlin. Ich liebe dich, wie ein Weib ihren Gatten nur

lieben kann. Ich brauche nicht mehr Geld, als wir hier in Bremen verdienen können, und ich bete zu Gott, dass es keinen Tag mehr geben möge, da ich aufwachen muss, ohne dich neben mir liegen zu sehen.«

Anderlin atmete so laut aus, dass es einem Zischen gleichkam. Er drückte sie an sich, dass ihr die Luft wegblieb, nahm dann ihr Gesicht zwischen seine Hände und küsste sie wie noch nie zuvor. Zärtlich streichelten sie einander über die nackte Haut. Aus dem Atmen wurde Keuchen, die Berührungen immer wilder, ungezügelter. Anderlin rollte sich auf Margrite und glitt in sie hinein. Sie empfing ihn mit einem Stöhnen und presste ihn an sich. Sooft sie sich schon geliebt hatten, war es für beide dennoch, als berührten sie sich in dieser Intensität und Ausschließlichkeit das erste Mal. Keuchend kam er zum Höhepunkt, und Margrite wurde von einer Welle der Lust geflutet, die ihren ganzen Körper erzittern ließ.

Die hellen Lichtstrahlen, die durch die Ritzen der Fensterläden strömten, kündigten den Tag an. Doch die Liebenden schlossen die Augen und blieben einfach liegen.

42. Kapitel

Herr im Himmel, es ist ein Wunder!« Mit großen Augen stieß der Diener die Haustür so weit auf, wie er konnte, um den Gast eintreten zu lassen. »Herr Cornelius, Herr Cornelius«, rief er laut in Richtung Kontor, »kommt nur und seht, wer da ist!«

Die Tür des Kontors wurde geöffnet. »Baldewin! Was brüllst du denn …« Seine Stimme erstarb. Mit ausgebreiteten Armen lief er dem Ankömmling entgegen. »Gott sei Dank! Wyland, du lebst. Ich kann es kaum glauben!« Er umarmte den Freund überschwenglich. »Ich habe es nicht mehr zu hoffen gewagt.«

Wyland nickte. »Cornelius, ich bin gleichfalls froh, dich wohlauf vorzufinden!«

Die Erleichterung, Köln nach all der Zeit und den Strapazen der Reise wieder sicher erreicht zu haben, spiegelte sich in seinem Gesicht.

»Komm und berichte mir, was geschehen ist. Auch ich habe dir viel zu erzählen.« Cornelius legte ihm den Arm um die Schulter. »Baldewin, bring uns den besten Wein, den der Keller zu bieten hat. Und schick einen Boten zum Hause des Herrn Albrecht Schürer, der dem Ratsherrn ausrichten soll, dass Herr Wyland heimgekehrt ist.« Er umarmte den Freund nochmals innig. »Mein Gott, wie schön ist es doch, dies sagen zu können.«

Im Kontor setzten sie sich auf zwei gegenüberstehende Stühle.

»Ich bin als Erstes zu dir gekommen und war noch nicht einmal zu Hause. Insofern es dieses überhaupt noch gibt.« Die letzten Worte waren ihm nur stockend über die Lippen gekommen, nun sah er Cornelius forschend an, um in dessen Gesicht eventuell ablesen zu können, was aus seinem Heim nebst Gesinde geworden sein mochte.

»Du hast noch ein Zuhause, es ist alles geregelt.«

Wyland atmete erleichtert aus. Er hatte so sehr darauf gehofft, dass es seinen Haushalt und seinen Handel noch geben würde, obgleich er sich kaum vorstellen konnte, wie dies ohne sein Zutun möglich sein sollte.

»Albrecht und ich haben uns um alles gekümmert. Du brauchst dir keine Gedanken zu machen. Es ist alles in bester Ordnung.«

»Albrecht und du? Ihr seid wahre Freunde, wie kann ich euch jemals dafür danken? Was auch immer ihr an Zeit und Kosten dafür aufwenden musstet, werde ich euch unverzüglich zurückerstatten.«

Cornelius wiegelte ab. »Das hat keine Eile. Berichte du erst einmal, wie es dir während der Zeit deiner Abwesenheit ergangen ist und wo du dich überhaupt aufgehalten hast.«

Es klopfte an der Tür, und die Haushälterin trat mit einem Tablett in der Hand ein. Sie stellte einen Krug Wein, zwei Becher und ein Brett mit Schinken, Brot und Butter auf dem Tisch ab.

»Erlaubt mir zu sagen, Herr Wyland, dass Baldewin uns in der Küche von Eurer Rückkehr berichtet hat und auch wir überglücklich ob Eurer wohlbehaltenen Heimkehr sind.« Sie warf ihrem Herrn einen unsicheren Blick zu, um festzustellen, ob sie sich mit ihren Worten nicht vielleicht zu viel herausgenommen hatte. Die Herzlichkeit in Cornelius' Blick verriet ihr jedoch, dass ihre spontane Ansprache richtig gewesen war.

Wyland erhob sich von seinem Stuhl. »Das ist wirklich sehr nett von dir, Runhilde. Und richte auch den Mägden meinen Dank dafür aus.«

Sie errötete. »Eure Frieda war schon ganz grün im Gesicht vor lauter Sorge.« Sie wandte sich an Cornelius. »Erlaubt Ihr mir wohl, dass ich rasch zu ihr gehe, um ihr zu berichten, dass ihr Herr heimgekehrt ist?«

»Du und dein gutes Herz, Runhilde«, meinte Cornelius wohlwollend. »Geh nur zu ihr und sag ihr, dass sie alles vorbereiten soll. Ihr Herr schläft heute Abend endlich wieder in seinem eigenen Bett.«

Sie knickste und lief rasch hinaus.

Nachdem auch Albrecht eingetroffen war und den verloren Geglaubten aufs herzlichste willkommen geheißen hatte, berichteten ihm die beiden Freunde, was sich während seiner Abwesenheit in Köln zugetragen hatte, von der Randale und dem gesetzwidrigen Treiben der Bürger, von den ausbleibenden Schiffen und schlecht laufenden Geschäften sowie der sich nur langsam wieder normalisierenden Situation in der Stadt. Den Bürgermeistern Johann Overstolz von Efferen und Eberhard Hardevust fehlte es Albrechts Meinung nach an der nötigen Durchsetzungskraft, die Krise zu meistern. Beim älteren der beiden Männer, Overstolz von Efferen, lag dies ganz sicher an seiner schweren Erkrankung. In jedem Fall würde er schon bald seine einjährige Amtszeit hinter sich gebracht haben, was den Patriziern ersparte, ihn des Amtes zu entheben. Bei Eberhard Hardevust, der am Johannistag, also erst im Juni dieses Jahres gewählt worden war, war man sich noch unsicher, wie man verfahren sollte. Die nächsten Wochen, hieß es allenthalben, würden über ein mögliches vorzeitiges Ausscheiden des Bürgermeisters aus dem Amt entscheiden. Dies war zwar nicht mehr als ein Gerücht, doch Albrecht wollte es nicht unerwähnt lassen, um seinen Freund über die Lage und die Stimmung, die derzeit unter den reichen Kölner Familien herrschte, in Kenntnis zu setzen.

Die Nachricht von Egidius' Tod nahm Wyland mit Gelassenheit entgegen. Nur um Cornelius' willen tat es ihm leid, allerdings wurde ihm während dessen Bericht sehr schnell klar, dass auch dieser den Tod seines Bruders – allen Familienbanden zum Trotz – als keinen sehr großen Verlust empfand. Als die Unterredung jedoch auf dessen Mörder kam, legte Cornelius größeres Interesse an den Tag. Er berichtete, dass es ihnen bisher nicht gelungen sei, den Mann ausfindig zu machen. Die Vermutung lag nahe, dass dieser Köln verlassen haben und in seine Heimat zurückgekehrt sein musste. Die Mitteilung erinnerte Wyland an etwas, das unmittelbar mit dem Mörder zu tun hatte. Und dann ging alles ganz schnell, Situationen und Geschehnisse der letzten Wochen wuchsen zu einer Erkenntnis zusammen. Die Art und Weise, in der sich der Mann bewegt hatte, seine Größe, sein Gesicht!

»Ich habe ihn gesehen!«, rief er aufgeregt.

»Wen?«

»Helme von Minden! Verdammt, natürlich! Er war es!« Seine Stimme überschlug sich. »Es war in einer kleinen Stadt, etwa ein Tagesritt von hier entfernt. Lünen, ja, so hieß die Stadt. Dort stürmte er auf einem Pferd an mir vorbei.«

»Und da hast du ihn gesehen? Was hat er dort gemacht? Habt ihr miteinander gesprochen?«

Wylands Gesichtsausdruck versteinerte. »Miteinander gesprochen? Wenn ich den Kerl je wiedersehen sollte, werde ich ihn mit meinen eigenen Händen töten.«

Die Freunde blickten ihn nur fragend an.

»Er hat den Juden Benjamin in seinem eigenen Haus abgeschlachtet und wollte dessen Tochter Esther gerade dem gleichen Schicksal zuführen, als ich zum Glück dort aufgetaucht bin.«

»Während des Massakers gegen die Juden?« Albrecht hatte sich vorgebeugt und legte seine Hand beruhigend auf Wylands Arm.

»Ja. Als ich in Benjamins Haus kam, war er bereits tot. Ich konnte nur noch Esther retten.«

Dann berichtete er den Freunden seinerseits, was sich seit jenem Tag und jener Nacht zugetragen hatte: von der Rettung Esthers, ihrer gemeinsamen Fahrt nach Bremen und der Unterbringung der jungen Frau im Hause Siegberts von Goossen.

»Und wir haben uns schon gefragt, ob du vielleicht nicht selbst in dieser schrecklichen Mordnacht umgekommen und versehentlich in einem der Massengräber gelandet bist.«

Wyland schnaubte. »Wenn es nach Helme von Minden gegangen wäre, gewiss.«

Er ging in Gedanken noch einmal den Augenblick durch, in dem er Helme hatte davonjagen sehen, und wie er selbst danach das Gasthaus betreten hatte. Die Wirtin hatte schroffe Reden über den Mann geschwungen, daran erinnerte er sich noch gut. Sie schien ihn gut gekannt zu haben. Die Mosaiksteine in seinem Kopf ergaben langsam ein Gesamtbild. Wenn die Wirtin Helme von Minden kannte, dann gewiss nicht, weil er dort nur Rast gemacht hatte.

»Sagtest du nicht gerade, Wyland, der Kerl hätte sich als Helme von Minden vorgestellt, sprich, er käme aus Minden?«, fragte Cornelius.

Wyland nickte. »Zumindest wurde er mir und anderen unter diesem Namen in Egidius' Haus vorgestellt.«

»Ganz bestimmt sogar«, bekräftigte Albrecht. »Ich habe sogar einen meiner Diener als Boten dorthin geschickt, ihr erinnert euch doch sicher. Der sollte Helme von Mindens Dienerschaft darüber unterrichten, dass ihr Herr überfallen worden war und deshalb frische Kleidung und neue Geldmittel benötigte. Doch der Bote konnte mir nach seiner Rückkehr in Köln nicht mehr berichten, weil er als Fischfutter im Rhein gelandet war.«

Wyland ballte die Hände zu Fäusten. »Ich war schon beim ersten Treffen mit ihm davon überzeugt, dass dieser Mann uns vorführt. Der war noch nie ein Edelmann, noch gehört er den Kaufleuten an. Wir haben damals einen Betrüger und Mörder in unserer Mitte aufgenommen.«

»Und einen hohen Preis dafür bezahlt«, ergänzte Cornelius.

»Was wollen wir nun unternehmen?« Wyland sah zwischen den Freunden hin und her.

»Im Moment gar nichts, mag uns das auch noch so sehr gegen den Strich gehen.« Cornelius war aufgestanden. »Aber die Probleme in Köln sind derzeit einfach zu groß, als dass wir alles stehen und liegen lassen könnten, um dem Mann Gott weiß wohin nachzusetzen. Selbst wenn er in Lünen gelebt haben sollte, hilft uns diese Erkenntnis nicht weiter.«

Albrecht und Wyland erhoben sich nun ebenfalls. »Cornelius hat recht, Wyland. Hier gibt es jetzt genug zu tun, was Vorrang hat. Doch wir werden von Mindens Taten darüber nicht vergessen. Weder den Mord an Benjamin und Egidius noch den am Henker und Schlüsselmeister, die er, wie ich vermute, ebenfalls auf dem Gewissen hat. Und eines schönen Tages werden wir ihn dafür hängen sehen.«

Wyland trat zwischen die beiden und legte jedem eine Hand auf die Schulter. »Das werden wir, meine Freunde, so wahr ich hier stehe.«

Es war Jahre her, dass er das Kloster zuletzt besucht hatte, doch fand er den Weg dorthin ohne Mühe wieder. Sein Pferd war klatschnass und schnaubte heftig, als er den Zügel herumriss und es rüde zum Stehen brachte. Helme hatte weder sich noch dem Tier längere Pausen gegönnt, sondern den Schimmel angetrieben und gehetzt, als ginge es um Leben und Tod. In wenigen Augenblicken würde er Annas habhaft werden. Er konnte es kaum erwarten. Und sein alter Freund würde gewiss dafür sorgen, dass die Leiche unauffällig entsorgt werden würde. Dafür dürfte er sich vorher an der kleinen Schlampe auch noch gütlich tun, während Helme den beiden zusehen und Anna danach die Kehle zudrücken würde. Sein Glied versteifte sich in der Hose.

Genauso hatten sie es schon einmal gemacht, damals, mit dieser kleinen Magd, die so wunderbar geduftet hatte. Das war kurz bevor er Katharina heiratete gewesen. Alles war bereits vorbereitet, van Goossen hatte ihm schon das Geld dafür bezahlt, und Hermann und er wollten sich noch ein letztes Mal treffen, bevor er selbst weggehen und sein Freund in Bremen zurückbleiben sollte. Seit Jahren schon kannten sie sich und wussten, was sie voneinander zu halten hatten. Es war diese besondere Verbindung, wie es sie nur zwischen Männern gab, die sich nicht mehr darum scherten, was der jeweils andere womöglich von ihm dachte. An jenem Tag hatten sie sich außerhalb der Bremer Stadtmauer getroffen, um sich zu verabschieden. Damals dachte Helme noch, nach nur wenigen Jahren mit seiner Frau und dem Bastard, den sie gebären würde, nach Bremen zurückkehren und sein altes Leben wieder aufnehmen zu können. Zwar wusste er, dass er es nun nicht mehr so bunt treiben können würde, wie er es die ganzen Jahre zuvor getan hatte, doch wäre er nie auf den Gedanken gekommen, derart lange in einem stickigen Städtchen wie

Lünen ausharren zu müssen. Sie hatten an einem kleinen Ausläufer der Weser gesessen und über die Zukunft gesprochen, als sie etwas weiter entfernt eine Magd sahen, die sich mit einem Korb dem Wasser näherte, am Ufer niederkniete und dort die schmutzige Wäsche zu waschen begann. Die Männern wechselten lediglich einen Blick, dann erhoben sie sich vom Boden und näherten sich dem Mädchen am Ufer, der eine von rechts, der andere von links und in einem größeren Bogen, um es abzufangen, sollte es fliehen wollen. Wie auf der Jagd kreisten sie ihre Beute ein. Selbst wenn die Magd früher bemerkt hätte, dass sie ins Visier der beiden geraten war, hätte sie ihrem Schicksal kaum noch entgehen können. Doch sie vergegenwärtigte sich ihre Situation erst, als Helmes Schatten über sie fiel und sie erschrocken zusammenfuhr. Sie musste sofort gewusst haben, was ihr bevorstand – er hatte es in ihren Augen lesen können. Während er selbst sich nur an ihrer Angst ergötzte, packte Hermann sie am Schopf und zog sie auf die Füße. Ein kurzer Schrei entfuhr ihr, dann presste Hermann seine Lippen auch schon auf die ihren und betatschte grob ihre Brust. Mit dem anderen Arm hielt er sie fest umschlungen, bis sie sich heftig zu wehren begann, was Hermann erst richtig zu erregen schien. Er stöhnte auf und nestelte an seiner Hose, so dass die Magd sich aus seiner Umklammerung befreien konnte und mit ein paar schnellen Schritten zu flüchten versuchte. In diesem Augenblick setzte Helme ihr nach und riss das Mädchen nach nur wenigen Fuß mit sich zu Boden. Es schrie auf, als er es mit seinem vollen Gewicht unter sich begrub. Einen Moment hatte er gezögert, aber dann war Hermann schon bei ihnen gewesen. Mit einem Ruck schlug er der Magd die Röcke hoch und fasste nach ihrer Scham. Wieder schrie sie laut auf.

Helme hörte noch heute Hermanns Stimme, die ihn antrieb. »Stopf ihr das Maul! Na los! Stopf ihr das Maul mit deinem Schwanz!«

Während Hermann in sie eindrang und sie nur noch wimmerte, holte auch Helme sein steifes Glied hervor und zwang sie mit einem Druck auf ihren Kiefer, ihren Mund zu öffnen. Sein Glied ließ sie würgen und gurgelnde Geräusche von sich geben, während ihr Körper unter Hermanns Stößen bebte. Wie im Traum in eine ferne Welt entrückt, war Helme die Zeit erschienen, bis er sich ergossen hatte und im gleichen Moment auch Hermanns Bewegungen nach einem langgezogenen Stöhnen erstarben. Ganz langsam zog Helme sein erschlafftes Glied aus dem Mund der Magd. Wieder würgte sie und erbrach. Ihr Gesicht lief rot an, und die Augen traten ihr aus den Höhlen, bis Hermann sich von ihr herunterrollte und sie ihren Körper auf die Seite drehen konnte. Sie hustete und spie das Erbrochene in einem ersten Schwall aus sich heraus, danach hustete, würgte und erbrach sie sich noch ein weiteres Mal.

Hermann stand auf und zog sich die Hose hoch, während er mit einem Grinsen auf das röchelnde Mädchen hinabblickte. Er warf Helme einen zufriedenen Blick zu, während die Magd zu schluchzen begann. In diesem Augenblick nahm Helme eine Bewegung wahr und sah auf. Eine Handvoll Bauern mit Mistgabeln in der Hand kam auf sie zugerannt. Helme bedeutete Hermann, rasch das Weite zu suchen, und so ergriffen die beiden die Flucht, während das Mädchen sich wimmernd zusammenrollte und leise vor sich hin weinte.

Hätte Helme zu diesem Zeitpunkt gewusst, welche Folgen ihm hieraus erwachsen würden – er hätte ihr sofort die Kehle durchgeschnitten.

Noch am selben Tag kamen die verfluchten Bremer Büttel und setzten ihn fest. Gewiss wusste er sofort, worum es ging, wenngleich er es als absurd empfand, dass wegen der kleinen Schlampe solch ein Aufheben gemacht wurde. Froh konnte sie sich schätzen, endlich einmal von zwei richtigen Kerlen anstatt von irgendeinem Tölpel von Knecht durchgenommen worden zu sein. Zwar war er kein Edelmann, der sich nehmen konnte, was und wen er wollte, ohne sich der Gefahr einer Bestrafung auszusetzen. Doch er hatte Siegbert von Goossen in der Hinterhand, dessen Tochter er bald ehelichen würde und der es deshalb gewiss nicht zu der öffentlichen Schande einer Gerichtsverhandlung auf dem Marktplatz kommen lassen würde. Die Sache zwischen Katharina und ihm war bereits viel zu weit fortgeschritten, als dass Siegbert noch einen Rückzieher machen konnte, ohne dabei Gefahr zu laufen, dass ihn der sich wölbende Bauch seiner Tochter zum Gespött bei den Ratsherrn werden ließ und er damit riskierte, seine Pläne für die Zukunft aufgeben zu müssen.

Mit Genugtuung hatte er zur Kenntnis genommen, dass von Goossen nur kurze Zeit, nachdem Helme eingesperrt worden war, an den Gitterstäben aufgetaucht war und ihm wilde Flüche entgegengeschleudert hatte.

Wie Helme vermutet hatte, wollte Siegbert auf keinen Fall einen öffentlichen Prozess riskieren. Schroff wies er ihn an, sich bereitzuhalten, nach seiner Freilassung sofort die Stadt zu verlassen. Auf Hermann angesprochen, erwiderte Siegbert, sich auch um diesen kümmern zu wollen.

Die Erinnerungen an die darauffolgenden Stunden erfüllten Helme noch immer mit Wut. Durch die Heimlichenpforte hatte er Bremen verlassen müssen. Katharina hatte ihn dort bereits erwartet. Wie Drecksgesindel hatten sie sich davonschleichen müssen. Und das alles wegen einer Magd, die nicht mehr wert war als ein Korb voller Obst zur Erntezeit. Während Siegbert ihnen als Begleiter den damals noch jungen Pater Anselm zur Seite gestellt hatte, der sie in ihr neues Heim nach Lünen führen und dort die geistliche Führung der Gemeinde übernehmen sollte, bekam er ein paar Wochen später von Hermann die Nachricht, dass dieser in einem Kloster untergebracht worden war. Nie hätte Helme vermutet, dass der Freund es dort lange aushalten würde. Doch irgendetwas am Klosterleben schien ihm zu gefallen, denn in regelmäßigen Abständen hatte er ihm über Pater Anselm Mitteilung geschickt, sich noch immer dort aufzuhalten.

Das Quietschen des sich öffnenden Tores riss ihn aus seinen Gedanken.

»Bitte, tretet ein! Ihr werdet bereits erwartet. Darf ich Euer Pferd versorgen lassen?« Ein junger Novize, nicht älter als sechzehn Jahre, hielt die Tür zum Innenhof des Klosters weit geöffnet.

»Ich werde erwartet?« Helme trat in den Hof, übergab dem Jungen die Zügel und sah im gleichen Augenblick Hermann, der mit ausgebreiteten Armen auf ihn zueilte.

»Mein Freund! Du weißt gar nicht, wie lange ich dich hier schon erwarte!«

Sie umarmten sich herzlich.

»Wie viele Jahre ist es nun her? Und wie du aussiehst in deiner Kutte, Hermann.«

»Bruder Hermannus, wenn ich bitten darf. Folge mir. Wir haben uns viel zu erzählen.«

Helme fasste den Freund am Arm und hielt ihn zurück. »Und sie ist wirklich hier?«

»Sie war es. Aber es ist ihr gelungen, aus dem Keller zu entfliehen.«

»Verdammt!«

Bruder Hermannus grinste breit. »Keine Sorge. Ich weiß, wo sie steckt. Ein Vögelchen kam gerade erst gestern heimgeflogen und hat es mir berichtet. Ich habe nur auf dein Eintreffen gewartet. Wir werden uns gemeinsam auf den Weg machen und die Bastardbrut wieder einfangen.«

Helme blieb stehen. »Du weißt, wo sie ist?«

Der Kirchenmann grinste verächtlich. »Du wirst es kaum glauben. Sie ist dorthin geflohen, von wo wir vertrieben worden sind.«

»Sie ist in Bremen?« Helmes Gesicht rötete sich vor Wut.

Hermann nickte. »Wir werden uns jetzt erst einmal stärken und ein wenig über die alten Zeiten plaudern.« Er sah sich im Hof um und vergewisserte sich, dass niemand sie hören konnte. »Und dann werden wir in aller Ruhe besprechen, was wir mit ihr machen, wenn wir ihrer habhaft geworden sind.«

»Was du mit ihr machen kannst, wüsste ich schon.« Helmes Gesicht verriet, woran er dachte. Hermann grinste breit und klopfte ihm freundschaftlich auf den Rücken. »Der Gedanke gefällt mir. Wir sollten uns etwas Besonderes für sie einfallen lassen.«

43. Kapitel

Die Stimmung in der Stadt war merklich umgeschlagen. Immer mehr Pestfälle wurden bekannt, und kaum noch ein Bürger traute sich auf die Straße, um seinen Geschäften oder sonstigen Erledigungen nachzugehen. Auf Geheiß des Rates bemühten sich die Leichensammler der Stadt, die Toten so unauffällig und rasch wie möglich fortzuschaffen. Es waren Gräber außerhalb der Stadtmauern ausgehoben worden, in denen die Toten, anstatt wie sonst üblich auf dem Kirchenfriedhof, zur letzten Ruhe gebettet wurden. Bisher waren vor allem ärmere Menschen vom Schwarzen Tod betroffen. Doch die Angst hatte mittlerweile von allen Bürgern Besitz ergriffen, ob arm oder reich, alt oder jung. Der Bischof selbst war in Jordans Werkstatt erschienen und hatte bei Gawin auf die Fertigstellung der Madonna gedrängt, die den Bürgern als Zeichen dafür dienen sollte, dass der Herr die Stadt nicht verlassen hatte. Der alte Jordan, der das Gespräch verfolgt hatte, ließ Gawin seither ausschließlich an der Statue arbeiten, während Hanno und er derweil all die Bänke, Tische und Schränke fertigten, die bei ihnen in Auftrag gegeben worden waren. Während Gawin langsam und bedächtig verschiedene Feilen benutzte, um das Antlitz der Madonna kunstvoll aus dem Holz zu schälen, schimpfte und fluchte Hanno über die Arbeitsbedingungen und den geringen Lohn. Gawin beobachtete es mit Sorge. Er wusste, dass Hanno sich neuerdings mit dem Lautzer, einem Gerbergesellen, abgab. Die aufwieglerischen Reden des Lautzers konnte man zwar als Geschrei eines unzufriedenen Tunichtguts abtun, doch Gawin bemerkte dennoch, welche Wirkung sie auf Hanno hatten. Dem Lautzer ging es um den zu geringen Lohn und das nicht vorhandene Mitspracherecht der Handwerker im Rat der Stadt, und er hatte bereits erschreckend viele Anhänger um sich geschart, die seine Parolen weitergaben. Hanno war sogar so töricht gewesen, den alten Jordan mit Reden dieser Art zu behelligen und ihn dazu bringen zu wollen, sich den Handwerkern anzuschließen und ihre Forderungen in den Rat zu tragen. Zum Glück hatte der Meister nicht viel mehr als ein Kopfschütteln für Hanno übrig gehabt, doch die Sorgenfalte über seinem Nasenrücken hatte sich beim Zuhören vertieft, was Gawin verriet, dass ihn Hannos Worte mehr beunruhigten, als er zuzugeben bereit war.

»Hast du dir mal überlegt, wie viel Geld die Kirche und auch die Stadt durch deine Madonna einnehmen werden, wenn sie vollendet ist?« Hanno stand mit verschränkten Armen vor der Werkbank und funkelte Gawin herausfordernd an. »Und was hast du davon?« Er senkte die Stimme. »Einen Lehrlingslohn bei einem senilen Greis.«

Gawin legte die Feile beiseite. »Was ist bloß los mit dir? Du meckerst wie eine Ziege, sobald der Tag beginnt, und hörst nicht einmal damit auf, wenn die Sonne schon längst wieder untergegangen ist.«

»Ich erkenne eben, was vor sich geht. Ganz im Gegensatz zu dir.«

»Wenn du die Arbeit hier dermaßen schrecklich findest, solltest du zurückgehen in den Hafen und kleine Jungs für dich arbeiten lassen.« Wütend ließ er sein Werkzeug auf den Tisch fallen. »Ich erkenne dich nicht wieder.«

»Was glaubst denn du, weshalb die ganzen armen Menschen an der Pest sterben, während die reichen noch keinen einzigen Toten zu beklagen haben?«

»Gewiss wirst du es mir verraten?«

»Es wurde ein Pakt geschlossen! Ein Pakt mit dem Teufel

über die Anzahl der Seelen, die er mit sich nehmen darf. Und die Reichen haben ihr Leben mit viel Geld bei Satan ausgelöst, was die Armen natürlich nicht konnten.«

Gawin tippte sich mit dem Zeigefinger gegen die Stirn. »Jetzt hast du wohl völlig den Verstand verloren!«

»Ach ja? Hast du's denn noch immer nicht begriffen? Es geht nur um Macht und Geld. Und wer weder das eine noch das andere besitzt, ist dem Tode geweiht.« Hanno machte eine Geste in Richtung Tür. »Du bekommst ja nichts mit, weil du dich hier drinnen verschanzt und den ganzen Tag nur an deiner Madonna feilst. Doch geh einmal auf die Straße hinaus! Da hörst du es überall.«

Gawin nahm seine Feile zur Hand, um sich wieder an die Arbeit zu machen, als Hanno ihn am Arm packte.

»Ich sage dir, wenn wir jetzt nicht zusammenhalten und uns der gemeinsamen Sache anschließen, sind wir verloren.«

Gawin machte sich mit einer heftigen Bewegung los. »Und ich sage dir, geh zurück an die Werkbank und lass mich arbeiten. Oder scher dich fort!«

Hanno funkelte ihn wütend an, trat mit dem Fuß gegen den Tisch und stürmte hinaus. Lautlos kam Jordan herangeschlichen und blieb vor Gawin stehen.

»Er trägt viel Zorn in seinem Herzen. Du musst achtgeben, dich nicht bei ihm anzustecken.«

»Das werde ich nicht!«, erwiderte Gawin heftiger, als er beabsichtigt hatte.

Jordan nickte nachdenklich, warf noch einen Blick auf die Statue und schlich dann ohne ein weiteres Wort zurück in den Nebenraum.

Für Anna war es jeden Morgen wieder ein Erlebnis, die Türen zu ihrem Arbeitszimmer aufzustoßen und sich an den vielen

Stoffen und Farben zu erfreuen. Esther hatte erst gestern einem Kleid mit einer aufwendigen Halsstickerei den letzten Schliff verliehen, und Anna freute sich darauf, es seiner Besitzerin am heutigen Tag durch einen Boten überbringen lassen zu können. Zusammen kamen sie in einer Woche inzwischen auf drei Kleider, die mit ihren Duftnähten und Stickereien an Einzigartigkeit ihresgleichen suchten. Schon jetzt konnte Anna den vielen Anfragen nicht mehr nachkommen und sann deshalb über die Anregung ihres Großvaters nach, noch ein oder zwei zusätzliche Näherinnen einzustellen.

»Es ist wunderschön geworden.« Esther war an ihre Seite getreten und tastete mit den Fingern über das Kleid.

»Ja, das ist es, und wenn wir so weitermachen, wirst du bald eine reiche Frau sein«, bestätigte Anna zufrieden.

Die Augen der Jüngeren verengten sich. »Ich war schon einmal reich. Aber es hat mich nicht glücklich gemacht.«

»Verzeih!«

»Nein, nein, du kannst nichts dafür. Ich musste nur unwillkürlich an Köln denken und daran, was ich alles zurückgelassen habe.«

»Vielleicht kannst du ja eines Tages dorthin zurückkehren«, meinte Anna tröstend.

Esther schüttelte den Kopf. »Dort ist nichts mehr, wofür es sich zurückzukehren lohnt.«

»Dann versuch, nicht mehr daran zu denken. Und …«, sie zögerte, »… kannst du dir nicht vorstellen, vielleicht auch hier glücklich zu werden? Hier in Bremen?«

Die Jüngere lächelte ob Annas Versuch sie aufzumuntern. »Gewiss. Vor allem, wenn wir etwas so Schönes fertigen.« Sie deutete auf das Kleid.

»Siehst du. Glaub mir, irgendwann verschwinden auch die dunkelsten Gedanken. Ich weiß es aus eigener Erfahrung.«

»Aber hast du denn auch schon etwas Furchtbares erlebt? Ich dachte, du würdest schon immer hier in diesem wunderbaren Haus leben, von Siegbert beschützt und behütet?«

»Nein, Esther, gewiss nicht. Und sobald es die Zeit erlaubt, werde ich dir meine Geschichte erzählen. Doch jetzt sollten wir Marquardt bitten, einen Boten mit dem Kleid loszuschicken. Die Frau des Ratsherrn von Klee wird es kaum erwarten können.«

Die Jüdin lächelte, wenngleich sie sich fragte, was ihrer Freundin wohl widerfahren sein mochte. Aber sie würde es schon noch erfahren, befand sie und spürte, dass die Verbundenheit zwischen ihnen jeden Tag mehr wuchs.

Am Nachmittag nahm Anna sich die Zeit, ihrer Freundin Margrite noch einen kurzen Besuch abzustatten. Doch zu ihrer Verwunderung fand sie deren Haustür, die sonst stets offen war, dieses Mal verriegelt vor. Sie betätigte mehrmals kräftig den eisernen Klopfer und wartete. Es dauerte etwas, bis sie Schritte im Flur hörte und die Pforte geöffnet wurde. Margrite steckte ihren Kopf zur Tür hinaus.

»Ach, du bist es.«

Anna machte einen Schritt vor, um einzutreten, und stockte, als Margrite die Tür nicht freigab.

»Du musst wieder gehen.«

»Weshalb? Habe ich etwas falsch gemacht?«

Margrite schüttelte den Kopf, trat zur ihr hinaus und zog die Tür hinter sich ins Schloss. »Du könntest dich anstecken.«

Annas Augen weiteten sich. »Was ist geschehen?« Sie wollte Margrite die Hand auf den Arm legen, doch die zuckte zurück.

»Berühr mich lieber nicht.« Kraftlos ließ sich die Seifensiederin auf die Stufen vor ihrem Haus niedersinken. Anna setzte sich an ihre Seite.

»Es ist Binhildis. Anderlin hat sie auf der Straße gefunden. Der Hurenwirt hat sie einfach hinausgeworfen, als sie zu schwach war, um noch weiter zu arbeiten.«

»Was hat sie denn?« Annas Stimme klang ängstlich.

»Zwar hat sie noch keine Flecken. Doch ich denke, dass der Schwarze Tod bereits Besitz von ihr ergriffen hat.«

»Habt ihr nach einem Arzt geschickt?«

Margrite verzog spöttisch den Mund. »Schon vor Stunden. Aber es gibt einfach zu viele Pestfälle in der Stadt. Sollte der Medicus, so Gott will, noch hier erscheinen, hat Binhildis Glück, wenn sie bis dahin überhaupt noch lebt.«

»So schlimm ist es?«

Margrite nickte ohne ein Wort.

Eine Weile saßen sie nachdenklich nebeneinander, ohne dass eine der Frauen sprach.

»Aber auch ihr könntet euch anstecken.« Es klang verzagt.

»Da mach dir mal keine Sorgen, meine Kleine.« Margrite lächelte der Jüngeren aufmunternd zu. »Wir haben schon so viel überstanden, dass uns auch die Pest nicht unterkriegen wird.« Sie bemühte sich, Zuversicht in ihre Stimme zu legen, bemerkte aber selbst, dass ihr das nicht ganz gelang.

»Es war richtig von Anderlin sie herzubringen«, stellte sie klar. »Binhildis hat ihre Fehler, doch allein mitten auf der Straße zu krepieren, hat sie nicht verdient.«

»Was ist mit Gawin und Hanno?«

»Sie wissen noch nichts davon. Anderlin hat Binhildis gebracht, nachdem die beiden das Haus schon verlassen hatten.«

»Dann werde ich sofort in die Werkstatt gehen und es ihnen mitteilen. Außerdem werde ich Siegbert fragen, ob sie einstweilen bei uns unterkommen können.«

Margrite stand von den Stufen auf. »Das ist gut. Und du solltest jetzt besser gehen und mich in nächster Zeit nicht besuchen kommen. Ich werde dir Nachricht schicken, sobald hier alles wieder beim Alten ist.« Sie ging zur Tür und sah Anna nach, die folgsam die Stufen hinunterstieg und sich auf den Weg zu Jordans Werkstatt machte. Kurz drehte sie sich noch einmal um und winkte Margrite zum Abschied. Bei dem Gedanken, dass die Freundin sich bei Binhildis angesteckt haben könnte und damit dem Tode geweiht war, traten ihr unwillkürlich die Tränen in die Augen.

Und auch Margrite, die zurück ins Haus ging und leise die Tür hinter sich schloss, fragte sich schweren Herzens, ob es vielleicht das letzte Mal gewesen war, dass sie die junge Frau, die für sie wie eine Tochter war, zu Gesicht bekommen hatte.

Als Anna die Werkstatt betrat, schlug ihr als Erstes eine Wolke Holzstaub entgegen. Gawin sah von seiner Arbeit auf.

»Anna? Was machst du denn hier?«

Sie wollte ihm mit einer spaßigen Bemerkung antworten, fragte dann aber, mit den Gedanken noch immer bei Margrite, nur: »Darf ich dich nicht einfach besuchen kommen?«

Er legte die Feile beiseite und kam auf sie zu. »Nun sag schon. Was ist los?«

Sie beugte sich vor und hauchte ihm einen Kuss auf die Wange. »Ich muss mit dir reden.«

Sie wirkte so niedergeschlagen, dass sich ihm die Sorge sofort wie ein Stein auf die Brust legte. »Was ist geschehen?«

Anna sah sich um. »Ist Hanno nicht hier? Ihn betrifft es ebenso.«

»Er ist weggegangen. Der Herr allein weiß, ob er wiederkommt.«

Der alte Jordan trat aus dem angrenzenden Raum zu ihnen

herein, erkannte Anna und verschwand ebenso lautlos wieder, wie er gekommen war.

Anna ging zu einem Holzbrett, das lose über zwei Baumstümpfe gelegt worden war, und setzte sich. »Ich war eben bei Margrite.«

»Und?«

»Sie hat mich an der Tür abgewiesen.«

»Weshalb? Habt ihr euch gestritten?«

»Wenn es nur das wäre. Aber sie wollte mich nicht ins Haus lassen, weil Binhildis dort ist. Anderlin hat sie auf der Straße gefunden. Sie ist krank.«

Ohne dass sie es ausgesprochen hatte, wusste Gawin sofort, wovon sie sprach. Anna nickte still. »Ich wollte Hanno und dir Bescheid sagen. Ihr solltet euch für eine Weile vom Haus fernhalten.«

»Aber ich habe meine gesamten Sachen dort.«

»Du wirst ja auch dorthin zurückkehren können. Aber eben nicht in den nächsten Tagen, sonst könntest du dich womöglich anstecken.«

»Und wo soll ich schlafen?«

»Du kannst mit zu uns kommen. Siegbert hat dir mehr als einmal ein Zimmer bei sich angeboten. Gewiss ist er einverstanden.«

»Und Hanno?«

Anna stand auf. »Auch für den wird sich ein Plätzchen bei Siegbert finden lassen. Sagst du es ihm, wenn du ihn siehst?«

»Wenn ich ihn sehe, ja.« Gawin kratzte sich am Kopf. »Doch so, wie der hier rausgerauscht ist, bin ich mir nicht sicher, wann und ob ich ihn überhaupt wieder zu Gesicht bekomme.«

»Wo kann er denn sein? Soll ich nach ihm suchen?«

»Das lässt du lieber sein, hast du gehört?« Gawins Stimme klang barsch. »Abgesehen davon, dass die Pest in der Stadt umgeht, treibt Hanno sich in Kreisen herum, in denen weder du noch ich etwas verloren haben.«

Anna sah ihn ob seiner heftigen Worte verwundert an.

Er tätschelte beruhigend ihren Arm. »Mach dir keine Gedanken, ich kümmere mich darum. Ich werde nach ihm suchen.«

Die Berührung ließ Annas Haut kribbeln. Wie so oft in letzter Zeit sehnte sie sich nach den kleinen, fast unmerklichen Zärtlichkeiten, die sie früher untereinander ausgetauscht hatten. Es stimmte sie froh, dass sie nun wieder unter einem Dach leben würden, wenngleich der Anlass dazu kein erfreulicher war.

»Dann bis nachher. Ich werde Siegbert Bescheid geben.« Sie hauchte ihm zum Abschied einen Kuss auf die Wange und ertappte sich dabei, ihre Lippen dort länger als nötig verweilen zu lassen. Schnell wich sie zurück und eilte ohne ein weiteres Wort wieder aus der Werkstatt hinaus.

Ihr Duft hing noch lange im Raum und machte es Gawin schwer, sich auf seine Arbeit zu konzentrieren. Sosehr er sich auch bemühte, nicht an sie zu denken, trat ihm doch immer wieder ihr Bild vor Augen und ließ sein Herz schneller schlagen. Schließlich ließ er sein Werkzeug sinken und ging zu Jordan hinüber.

»Ich habe etwas zu erledigen, bin aber so schnell ich kann wieder zurück.«

»Ja, ja!«, murmelte Jordan nur und sah nicht einmal auf. Gawin ließ seinen Blick noch einen Augenblick auf dem alten Kauz ruhen, bevor er sich umdrehte, nach seinem Umhang griff und die Werkstatt verließ.

Als er ins Freie trat, schlug ihm der Wind eisig kalt entgegen. Kurz erinnerte er sich an seine Zeit im Wald, wie er sich zu dieser Jahreszeit immer tiefer in seine Höhle zurückgezogen und die steifen Glieder am schwachen Feuer gewärmt hatte. In den wenigen Monaten, die seither vergangen waren, hatte sich sein ganzes Leben verändert. Er war von einem Jungen zu einem Mann geworden, und das gute Essen hatte ihn so schnell wachsen lassen, als hätten seine Knochen nur darauf gewartet, endlich in die Höhe schießen zu dürfen. Er zog sich den Umhang fester um die Schultern und machte sich auf den Weg. Zuerst wollte er es in den einschlägigen Schänken versuchen. Am Hafen würde Hanno sich bei diesen Temperaturen wohl kaum aufhalten, so dass sich Gawin den Weg dorthin sparen konnte.

Schon als er die Tür zur ersten Wirtschaft öffnete, drang ihm Hannos laute Stimme entgegen. Gawin verdrehte die Augen bei den Parolen, die er ihn grölen hörte, bezwang aber seinen Unmut und trat ein.

»Da bist du ja!« Hanno war aufgesprungen und prostete ihm zu. »Ich habe doch gewusst, dass du dich schon noch besinnen wirst! Komm hier herüber, mein Freund, und setz dich! Lass uns trinken!« Er hob den Becher. »Das ist mein Freund Gawin!«, verkündete er lautstark in die Runde.

Gawin machte ihm ein Zeichen, zu ihm herüberzukommen, als ein anderer Mann auf ihn zutrat. Er hatte den Lautzer noch nie zu Gesicht bekommen, wusste aber sofort, wer da vor ihm stand.

»Sei willkommen! Man nennt mich den Lautzer. Hast auch du genug von der Knechterei, die nur den Meistern der jeweiligen Zunft die Beutel füllt?«

Gawin wollte sich nicht streiten, doch die Art und Weise, wie dieser Kerl mit ihm sprach, weckte unwillkürlich seinen Widerspruchsgeist. »Ich bin sehr zufrieden mit meiner Arbeit.« Er wollte es verbindlich klingen lassen, aber eine gewisse Schärfe war unüberhörbar.

»Soso, ein zufriedener Lehrjunge, ja?« Der Lautzer machte eine Handbewegung über die Köpfe der anderen hinweg. »Dann bist du der einzige hier. Ich gratuliere dir.«

»Danke!« Gawin sah an ihm vorbei zu Hanno. »Kommst du?«

»Na, na, warum so abweisend? Keiner hier missgönnt dir dein kleines Glück bei deinem Meister.« Der Lautzer sprach sehr langsam und legte Gawin den Arm um die Schulter, als wären sie gute Freunde. »Wir hier freuen uns immer, wenn es unter uns vielen endlich einmal einen gibt, der nicht ausgebeutet wird. Keiner von uns hat überhaupt gedacht, jemals einen solchen Burschen zu Gesicht zu bekommen.« Seine Augen glitzerten gefährlich, doch Gawin hielt seinem Blick mit spöttischer Miene stand, obwohl sich ein ungutes Gefühl in ihm breitmachte.

»Wir sollten darauf trinken, wie gut es dir geht, wenngleich du mit deiner Zufriedenheit uns alle hier verspottest, die wir für unsere Rechte kämpfen wollen.«

»Ich verspotte niemanden!«, meinte Gawin und schüttelte den Arm des Lautzers ab.

»Wer, sagtest du, ist dein Meister?«

»Der Zimmermann Jordan. Und er ist nicht wie jene, die ihr beschreibt.«

»Jordan, ja? Einer der ältesten Meister in der Stadt.« Der Lautzer ging einige Schritte umher und sah seine Zuhörer eindringlich an. »Wir haben ihn gefragt, deinen Jordan, ob er sich uns anschließen und im Rat für uns sprechen will. Er hätte es verdient, dort einen Platz zu haben. Wir wollten ihm helfen, doch er hat abgelehnt.«

»Weil er zufrieden ist mit der bestehenden Ordnung.« Gawin war neben ihn getreten und sprach nun in der gleichen Weise zu den Anwesenden, wie der Lautzer es tat.

»Zufrieden mit der Ordnung?«, echote dieser. »Wie kann man mit einer Ordnung zufrieden sein, die einigen wenigen das Recht gibt, über das Wohl und Weh vieler anderer zu bestimmen? Einige wenige, die sich den Bauch vollschlagen, ihren eigenen Wohlstand sichern und den hart Arbeitenden den Fuß in den Nacken setzen, um noch mehr Einnahmen aus ihrer Hände Arbeit zu ziehen?«

Es gefiel Gawin nicht, wie sich die Lage entwickelte, aber er wollte sich auf keinen Fall in einen Streit verwickeln lassen. »Ich bin noch nicht lang genug hier, um mich mit allem auszukennen, was in der Stadt geschieht. Ihr habt eure Ansichten, ich die meinen. Belassen wir es dabei«, wiegelte er daher ab und gab Hanno erneut ein Zeichen, ihm nach draußen zu folgen. Doch der Lautzer legte ihm erneut die Hand auf die Schulter. »Wohl gesprochen, obwohl ich nicht glaube, dass du so harmlos bist, wie du dich gibst. Womöglich müssen wir damit rechnen, bald Besuch von den Bütteln zu bekommen.« Er kam mit seinem Gesicht bedrohlich nahe an Gawin heran.

»Ich will nur mit meinem Freund reden«, erwiderte er und sah seinem Gegenüber in die Augen. »Wenn du also erlaubst?« Er wischte die Hand von seiner Schulter, drehte sich um und ging hinaus.

Einen Augenblick später erschien Hanno vor der Tür.

»Du bringst mich noch in Schwierigkeiten mit deinem Gerede. Was willst du überhaupt hier, wenn du dich uns ohnehin nicht anschließen willst? Schickt Jordan dich, um mir zu sagen, dass ich nicht mehr wiederkommen soll?«

»Nein, darum geht es nicht.« Gawin spähte in alle Richtungen, um sicherzugehen, dass niemand sie belauschen konnte.

Er war noch immer aufgewühlt von der Auseinandersetzung mit dem Lautzer, zwang sich jedoch zur Ruhe. »Es geht um Margrite und Anderlin.«

»Was ist mit ihnen?«

»Sie haben Binhildis bei sich aufgenommen. Womöglich hat sie sich mit der Pest angesteckt. Wir können vorerst nicht ins Haus zurück.«

»Und wo sollen wir hin?«

»Anna hat angeboten, dass wir bei ihrem Großvater unterkommen können.«

»Bei *ihrem* Großvater? Ist er nicht auch ebenso dein Großvater?«

Gawin trat von einem Bein aufs andere. Ihm wollte keine schnelle Antwort darauf einfallen, und er ärgerte sich, seine Worte nicht besser gewählt zu haben.

»Willst du nun dort wohnen oder nicht?«

»Aber ja doch. Wenn er mich bei sich aufnimmt. Gewiss werde ich mich daran gewöhnen, in einem Raum mit einem weichen Bett und jeder Menge Prunk zu schlafen.«

»Pass nur auf, was du dort sagst und wie du dich verhältst«, warnte Gawin ihn eindringlich. »Sonst sitzt du schneller wieder auf der Straße, als du Reden schwingen kannst.«

Er sah Hanno an, dass er etwas darauf erwidern wollte, sich dann aber eines Besseren besann.

»Ich muss zurück in die Werkstatt. Und du solltest auch lieber mitkommen und wieder arbeiten, als dich hier volllaufen und von den Kerlen aufstacheln zu lassen. Komm heute Abend zum Goossen-Haus. Ich werde Bescheid geben, dass man dich einlassen soll.«

»Ist recht«, meinte Hanno, wandte sich um und ging zurück in die Schänke.

Gawins Hoffnung, den Freund am Abend einigermaßen

nüchtern Siegbert von Goossen vorstellen zu können, war damit dahin. Mit einem Seufzer machte er kehrt und ging zur Werkstatt zurück, um wenigstens noch einen Teil seines Tagewerks zu beenden.

Unterwegs kamen ihm nur zwei Menschen entgegen, die sich Tücher vor den Mund hielten und rasch an ihm vorbeihuschten. Ansonsten war die Stadt wie ausgestorben. Nur aus den Schänken hörte man den ein oder anderen Laut nach draußen dringen, und von weiter weg vernahm Gawin das Quieken der Schweine, die beim Knochenhauer in einem engen Pferch auf ihr Ende warteten.

Wie sehr sich Bremen doch in den letzten Wochen verändert hatte. Gawin schlug den Kragen seines Umhangs höher und stapfte missmutig weiter, bis er die Werkstatt des alten Jordan erreicht hatte. Er wollte gerade die Tür öffnen, als jemand rasch an seine Seite trat und ihn am Arm festhielt.

»Auf ein Wort.« Gawin blickte in die hellblauen Augen Siegberts von Goossen und bemerkte zum ersten Mal, wie ähnlich sie denen Annas waren.

»Gern«, brachte er hervor. »Wollt Ihr nicht eintreten?«

»Besser nicht. Ich will nicht, dass Jordan uns hört.«

»Dann gehen wir ein Stück.«

Sie schlenderten gemeinsam in Richtung Hafen. Außer ihnen war weit und breit keine Menschenseele zu sehen.

»Fast unheimlich, wie verlassen die Stadt wirkt, nicht wahr?«

Gawin nickte. »Was kann ich für Euch tun, Ratsherr Goossen?«

»Ich bat dich schon einmal, mich Siegbert zu nennen. Schon um Annas willen. Es gibt bereits Stimmen, die sich wundern, dass sie bei mir wohnt, während ihr Bruder dies ablehnt.«

»Wenn es Euch … ich meine dir recht ist, würde ich das gerne ändern.«

»Ich habe schon gehört, dass deine Hauswirtin sich womöglich angesteckt haben könnte.«

Gawin blieb stehen. »Das ist noch längst nicht gesagt. Sie hat lediglich eine Kranke bei sich aufgenommen, bei der noch nicht klar ist, ob sie die Pest hat oder nicht irgendetwas anderes.« Sein Herz schlug schneller bei dem Gedanken, dass sowohl Margrites als auch Anderlins Leben in Gefahr sein könnte.

Siegbert nickte und meinte dann mitfühlend. »Wir wollen dafür beten, dass ihr Gast lediglich von einem heftigen Fieber heimgesucht wird und am Ende alle Vorsicht unnötig war.«

Gawin nickte ebenfalls, und sie gingen weiter.

»Und was wollt …«, er räusperte sich, »was willst du nun von mir?«

Sie hatten den Hafen erreicht. Der Wind fegte um die Häuser und pfiff ihnen kalt ins Gesicht.

»Es geht um Anna«, begann Siegbert. »Jetzt, wo sie in mein Leben getreten ist, will ich nicht riskieren, sie wieder zu verlieren.«

»Warum solltest du sie verlieren? Ich glaube nicht, dass sie wieder fortgehen will.«

»Was weißt du über sie?«

Gawin zuckte mit den Achseln. »Dass wir nicht wirklich Geschwister sind, muss ich dir ja nicht erzählen.«

Siegbert lächelte nur.

»Ansonsten kann ich dir nur sagen, dass für sie immer nur Bremen zählte und das Nähen. Also genau das, was ihr jetziges Leben ausmacht.«

»Und du?«

»Ich? Ich bin zufrieden.«

»Ich habe da einige Geschichten über dich gehört.«

»Über mich?«

»Ganz recht. Und das könnte sich auch für Anna nachteilig auswirken.«

Gawin blieb stehen und wartete auf eine Erklärung.

»Du sollst mit dem Aufrührer Lautzer gemeinsame Sache machen.«

»Das stimmt nicht! Ich bin kein Aufrührer und werde mich diesen Leuten auch nicht anschließen. Ich kenne zwar jemanden, der ihre Auffassungen teilt, doch das hat mit mir nichts zu tun.«

»Du musst aufpassen, mit wem du dich abgibst, mein Junge. Diese Stadt hat ihre Ohren überall. Wenn du nicht achtgibst, hast du sehr schnell einen bestimmten Ruf weg. Und damit auch die Deinigen.«

»Aber wer sagt denn so etwas über mich?«

»Das ist unwichtig. Aber da mir die Geschichte als deinem vermeintlichen Großvater zugetragen wurde, besteht die Gefahr, dass sie noch weitere Kreise zieht.«

»Und was kann ich dagegen tun?«

»Halt dich fern von deinem Freund.« Es klang drohend.

Gawin zögerte, was er darauf erwidern sollte. Der scharfe Ton, in dem Siegbert die letzten Worte ausgesprochen hatte, wie auch diese selbst waren als Warnung für ihn gedacht, das wusste er wohl.

»In Ordnung«, gab er knapp zurück.

Siegbert nickte zufrieden.

»Dann geh jetzt zurück und arbeite weiter an deiner Madonna. Es ist nur gut, wenn die Stadt Trost im Glauben findet. Und wenn du am Abend deinen Raum in meinem Hause beziehst, sollten wir unsere kleine Unterhaltung vor Anna unerwähnt lassen.«

»Und was ist mit Hanno? Auch er braucht eine Unterkunft.«

»Er ist doch derjenige, der sich mit den Aufrührern abgibt, nicht wahr?«

Gawin nickte.

»Sprich mit ihm und mach ihm klar, dass das, worauf er sich da eingelassen hat, gefährlich ist. Wenn er auf dich hört, ist er mir willkommen und kann bleiben, solange es ihm beliebt.«

»Und wenn er nicht auf mich hören will?«

»Dann kann er an jedem anderen Ort bleiben, der ihm beliebt, nicht jedoch in meinem Haus.«

»Ich verstehe.« Gawin verabschiedete sich von Siegbert und machte sich auf den Rückweg. In seinem Kopf hallten die Worte Siegberts nach. Vielleicht war er wirklich zu leichtfertig gewesen und hatte die Folgen, die Hannos Verhalten für alle Beteiligten haben könnte, zu wenig bedacht. Er überlegte kurz, seinen Freund nochmals in der Schänke aufzusuchen, besann sich dann jedoch auf seine Pflichten. Er war der Arbeit schon viel zu lange ferngeblieben, und Jordan würde ihn auch so schon zurechtweisen. Er rannte das letzte Stück des Weges und erreichte schließlich die Werkstatt. Als er eintrat, lauschte er kurz, es war so ungewöhnlich still und kein einziges Arbeitsgeräusch zu hören.

»Jordan?«, hallte Gawins Stimme durch die Werkstatt. Keine Antwort. Ein ungutes Gefühl ergriff von ihm Besitz. Instinktiv griff er nach einem Hammer, der auf seinem Arbeitstisch lag, und ging mit diesem langsam, nachdem er sich vergewissert hatte, dass außer ihm niemand mehr im Raum war, zum Werkzimmer seines Meisters hinüber.

Noch einmal rief er nach dem Alten, hob dann den Hammer und trat in den angrenzenden Raum.

Sofort eilte er zu dem leblosen Körper am Boden der Werkstatt hinüber und bettete den Kopf des Meisters in seinen Schoß.

»Jordan, um Himmels willen! Was ist mit dir?«

Der Angesprochene gab keinen Laut von sich. Gawin lauschte, ob er noch atmete. Ganz nah brachte er seinen Kopf an dessen Gesicht und spürte so etwas wie einen schwachen Atemzug. Eilig griff Gawin ihm an die Brust. Das Herz seines Meisters schlug noch.

»Jordan! Jordan, was ist geschehen?«

Ein leises Stöhnen entfuhr der Kehle des alten Mannes. Erst jetzt bemerkte Gawin, dass die Hand, mit der er Jordans Kopf hielt, blutverschmiert war.

»Halt aus, Jordan! Ich hole den Medicus! Ich bin sogleich wieder da!«

Zitternd versuchte der Zimmermann, seine Hand zu heben. Seine Augenlider flatterten unter der Anstrengung, und ein weiteres Röcheln entfuhr seiner Kehle.

»Bleib!«

Gawin, der Jordans Kopf vorsichtig in seinem Schoß angehoben hatte, um aufstehen zu können, hielt mitten in der Bewegung inne.

»Aber ich muss Hilfe holen! Du bist verletzt, Jordan, schwer verletzt.«

Ein Lächeln huschte über die Lippen des Alten.

»Es ist schon bald geschafft, mein Sohn.«

Gawin war sich einen Augenblick nicht sicher, ob Jordan durch den Schlag auf den Kopf wirr daherredete und ihn deshalb als seinen Sohn bezeichnete. Dann begriff er, dass die liebevolle Anrede die Gefühle seines Meisters für ihn wiedergab. Er kämpfte gegen die Tränen an.

»Ich bin hier, Jordan. Ich werde nicht gehen.« Er griff nach der Hand des Sterbenden und streichelte sie sanft.

»Ein Leben lang habe ich mir einen Sohn wie dich gewünscht.« Seine Stimme war nicht mehr als ein Hauch, und Gawin musste sich mit dem Ohr direkt an seinen Mund beugen, um seine Worte verstehen zu können.

»Einen Sohn, der das Holz ebenso liebt wie ich. Und ich habe ihn gefunden, wenn auch spät.«

Er hustete, und ein kleines Rinnsal Blut lief ihm seitlich aus dem Mund. Gawin drehte Jordans Kopf etwas zur Seite, damit sich das Blut nicht in seinem Mund sammeln konnte und der Meister elendig daran ersticken musste.

»Alles, was ich habe, gebe ich an dich weiter. Ich habe es dir nie gesagt, doch jeden Abend, wenn die Arbeit getan war, ging ich zu deiner Madonna und bewunderte dein Werk. Du hast eine Gabe, mein Sohn. Gib sie nicht auf, auch wenn die Stimmen der Zweifler lauter sind als deine Zuversicht.«

»Bitte, Jordan, lass mich den Medicus holen, damit er dir helfen kann.«

Die Antwort war nur ein Röcheln.

»Bitte!«, flehte Gawin noch mal.

»Ich habe nicht mehr viel Zeit, Gawin. Der Herr greift nach meiner Hand. Es würde sich nicht gehören, ihn warten zu lassen.« Wieder lächelte er leicht.

Gawin konnte seine Tränen nicht länger zurückhalten.

»Sag mir, was geschehen ist. Bist du gefallen?« Er zögerte, den nächsten Gedanken auszusprechen, zwang sich aber dazu. »Wurdest du angegriffen, Jordan?«

»Sie waren zu dritt.« Wieder hustete er und spie diesmal einen ganzen Schwall Blut dabei aus. »Die paar Münzen, die sie mir abgenommen haben, werden kaum reichen, sich richtig volllaufen zu lassen.« Es klang bitter und verächtlich zugleich.

»Wer war es?« Der Verdacht, der in Gawin aufkam, war vermischt mit Wut, Verzweiflung und Ohnmacht.

»Hasse nicht, mein Sohn. Fertige deine Madonna und finde deinen Frieden.« Er nahm all seine Kraft zusammen und drückte die Hand des Jüngeren, so fest er es vermochte.

»War es Hanno?« Gawins Stimme klang rauh und brüchig.

Ein Lächeln legte sich auf das fahle Gesicht des alten Mannes.

»Ich warte auf dich in der Ewigkeit, mein Sohn.« Ein letztes Zucken lief durch seinen Körper, dann sank sein Kopf zur Seite.

»Nein!« Gawins Schrei durchschnitt den Raum. Er nahm den toten Leib in die Arme, drückte ihn an sich und legte seine Wange an die Jordans. So blieb er sitzen, unfähig, sich zu bewegen und von dem leblosen Körper zu trennen.

Anna wurde immer ungeduldiger. Schon seit Stunden wartete sie auf Gawins Eintreffen im Hause von Goossens, und auch Hanno hatte sich noch nicht blicken lassen.

»Ob ihm etwas geschehen ist?« Sie sah zu Esther hinüber, die mit den Schultern zuckte.

»Was soll ihm denn geschehen sein? Sagtest du nicht, dass er über der Arbeit an seiner Madonna oft alles um sich herum vergisst?«

Siegbert von Goossen erhob sich von seinem Stuhl. »Ich werde einen Boten zur Werkstatt schicken, der nach dem Rechten sieht.«

»Ich danke dir.« Anna warf ihm einen liebevollen Blick zu. Dass es jemanden in ihrem Leben gab, der ihr beistand und ganz selbstverständlich half, tat ihr unendlich gut.

Die Stimmung bei Tisch war angespannt. Lustlos stocherte Anna in ihrem Essen und lauschte auf jedes Geräusch, das aus dem Korridor zu ihnen hereindrang. Es kam ihr endlos lang vor, bis sie die Stimme des Boten hörte und schon im nächsten

Moment Marquardt den Raum betrat, zu Siegbert eilte und ihm etwas ins Ohr flüsterte.

Der drehte sich zu Anna um und warf ihr einen Blick zu, den sie nicht zu deuten vermochte. Ein Schauer lief ihr über den Rücken.

»Was ist geschehen?«

»Gawin ist unversehrt«, beeilte sich der Großvater ihr zu sagen.

»Aber?«

Esther verfolgte das Gespräch mit ängstlichen Blicken.

»Jordan ist tot.«

»Was?« Anna beugte sich über den Tisch. »Weshalb? Was ist geschehen?«

»Das steht noch nicht fest.«

Siegbert stand auf, schenkte sich Wein nach und leerte den Becher in einem Zug. Dann berichtete er, was er von Marquardt über die Situation, die dieser bei seinem Eintreffen in der Werkstatt vorfand, erfahren hatte. Auch ließ er nicht unerwähnt, dass Gawin in der Waschküche sei, um sich das Blut, das seine Kleider durchtränkt hatte, von der Haut zu spülen.

Esther schluckte. Die Erwähnung des vielen Blutes ließ sie an die Schreckensnacht in Köln zurückdenken und am ganzen Körper erschauern. Die Bilder, die vor ihrem geistigen Auge vorüberzogen, waren so furchtbar, dass sie in Versuchung war, sich die Hände gegen die Ohren zu pressen, um nichts mehr von Gewalt, Tod und Schmerz hören zu müssen. Doch sosehr sie sich auch bemühte, übermannten sie doch die Erinnerung und der Schmerz, der damit verbunden war. Sie sprang von ihrem Stuhl auf und rannte hinaus.

Anna warf Siegbert einen verwirrten Blick zu. »Ich kümmere mich um sie.« Eilig schob auch sie ihren Stuhl zurück und folgte der Freundin.

44. Kapitel

Anna hatte lange neben Esther auf dem Bett gesessen und zärtlich deren Kopf gestreichelt, bis ihre Tränen versiegt waren und sie in einen tiefen Schlaf gesunken war. Leise schlich sie sich hinaus in ihr eigenes Zimmer, legte ihre Kleider ab und setzte sich vor den kleinen Tisch mit dem Waschgeschirr. Mit einer zärtlichen Geste nahm sie die Seife, feuchtete ihre Hände in der Schale an und verteilte die duftende Kostbarkeit dann in deren Innenflächen. Genussvoll und erschöpft zugleich schloss sie ihre Augen. Mit sanften Bewegungen ließ sie die Hände über ihre Schultern gleiten, strich die Arme entlang und wieder zurück. Mit den Fingerspitzen verteilte sie die Seife auf ihrem Hals, umfasste ihren Nacken und rieb die cremige, reinigende Substanz ein. Langsam tauchte sie ihre Hände wieder in die Wasserschale und befeuchtete ihren gesamten Oberkörper bis zum Bauchnabel. Dann nahm sie das Seifenstück erneut zur Hand und strich damit langsam ihren Körper hinab.

Sie schreckte zusammen, als es an die Tür klopfte.

»Einen Moment!«

Eilig warf sie sich einen Umhang über die Schultern, zog ihn vor ihrem Körper zusammen und öffnete dann einen Spaltbreit die Tür. Gawin sah sie nur an. Ohne ein Wort gab sie den Eingang frei, und er betrat den Raum.

Sogleich umhüllte ihn der Duft in ihrem Zimmer, und seine hochgezogenen Schultern entspannten sich und sanken hinab.

»Hast du etwas gegessen?«

»Ich habe keinen Hunger.«

Kraftlos ging er zum Bett hinüber, setzte sich auf die Kante und vergrub sein Gesicht in beiden Händen.

Anna ging zu ihm hinüber, hielt mit einer Hand den Umhang geschlossen und hockte sich vor ihn auf den Boden. Vorsichtig griff sie mit ihrer freien Hand nach seiner Rechten, zog sie von seinem Gesicht zu sich hinab und hielt sie sanft fest. Sie sagte kein Wort, sah ihn nur an.

»Jordan ist tot.«

»Ich weiß«, gab sie leise zurück. »Siegbert hat es mir gesagt. Was ist geschehen?«

Er zuckte mit den Schultern. »Als ich in die Werkstatt kam, lag er am Boden und blutete aus einer tiefen Wunde am Kopf.«

»Lebte er noch?«

»Ja, doch ihm blieb kaum mehr die Zeit, sich von mir zu verabschieden.« Seine andere Hand ballte sich zur Faust. »Ich weiß, wer es war.«

Annas Augen weiteten sich. »Wer?«

»Hanno.«

»Was? Hat Jordan das gesagt?«

»Das musste er nicht. Ich weiß es auch so.«

»Aber …« Sie versuchte, ihre Gedanken zu ordnen. Hanno war Gawins bester Freund. Und Jordan hatte ihn bei sich arbeiten lassen. Weshalb sollte Hanno so etwas tun?

»Die Trauer trübt deinen Blick«, urteilte sie vorsichtig. »Hast du mit Hanno gesprochen? Hat er selbst dir denn gestanden, dass er Jordan das angetan hat?«

In Gawins Blick lag nichts als blanker Hass und Verachtung.

»Es ist alles meine Schuld. Wenn ich Hanno nicht in die Werkstatt geholt hätte, könnte mein Meister noch leben. Ich hätte diesen Dreckskerl am Hafen lassen oder ihn besser gleich den Fischen vorwerfen sollen.«

Anna zuckte erschrocken ein Stück zurück, besann sich

dann aber und umarmte ihn fest, wobei sich ihr Umhang ein Stück öffnete.

»Hör auf! Hör auf damit! Und urteile nicht über Hanno, bis du nicht wirklich weißt, was geschehen ist.«

Kurz versuchte Gawin, sie von sich stoßen, ließ dann aber die Arme sinken und begann jämmerlich zu schluchzen. Wie ein Ertrinkender hielt er sich an ihr fest, und Anna strich ihm zärtlich über den Kopf. Als wäre er ein Kind, schmiegte er sich an sie und genoss die Liebe, die aus jeder ihrer Gesten sprach. Sanft küsste sie sein Haar. Tief sog er ihren Duft ein, strich mit seiner Hand ihren Rücken entlang und löste sich behutsam aus der Umarmung. Gawin nahm ihr Gesicht in seine Hände und küsste ihre Stirn, ihre Nase, ihre Wangen, schließlich ihre Lippen. Anna schloss die Augen, spürte das wohlige Kribbeln auf ihrer Haut und erwiderte seinen Kuss. Keiner von beiden bewegte sich, nur ihre Lippen ruhten aufeinander, als hätten sie zum ersten Mal in ihrer beider Leben den für sie bestimmten Platz gefunden. Vorsichtig öffnete Gawin mit seiner Zunge Annas Lippen und glitt in ihren Mund. Erwartungsvoll ließ sie es geschehen, umkreiste mit ihrer Zunge die seine und trat noch enger an ihn heran. Er zog sie an sich, hinauf zu sich aufs Bett, während ihr Umhang in einer einzigen Bewegung sanft zu Boden glitt. Langsam ließen sie sich aufs Bett sinken, ohne dass sie ihre Lippen voneinander lösten. Gawins Hand ertastete Annas Körper, strich über ihre Arme, berührte ihren Bauch und schließlich ihre Brüste. Ein leises Stöhnen entfuhr ihr unter seinen Küssen, die nun drängender, fordernder wurden. Sie tat es ihm gleich, strich seinen Körper hinab und spürte die Hitze in ihrem Schoß, als ihre Hand seine pralle Männlichkeit erreichte. Nie zuvor hatte sie einen Mann auf diese Weise berührt. Oft schon, wenn sie des Abends wach gelegen hatte und der

Schlaf nicht über sie kommen wollte, war sie in einer Mischung aus Scham und Erregung mit der Hand zwischen ihre Beine hinabgeglitten. Doch das war vollkommen anders gewesen als jetzt, wo jede seiner Berührungen sie überraschte und ein Gefühl der Lust in ihr entfachte, das sie nie zuvor gekannt hatte. Wieder entfuhr ihr ein Stöhnen, und auch Gawin gab einen genüsslichen Laut von sich. Seine zärtlichen Berührungen wurden drängender. Fest strich er über ihre Brüste, drückte und küsste sie und ließ seine Hände über ihren ganzen Körper gleiten. Er tastete und erkundete ihn, bis er sich schließlich auf sie rollte und in sie eindrang. Einen Augenblick wagte sie nicht zu atmen. Da begann er, sich langsam und gleichmäßig in ihr zu bewegen, küsste sie, keuchte leise in ihr Ohr. Sie drückte ihm kraftvoll ihren Unterleib entgegen, wollte ihn noch tiefer in sich spüren. Immer leidenschaftlicher schlangen sich ihre Körper ineinander und fanden in einen gemeinsamen Rhythmus, bis Gawin sich aufbäumte, heftig stöhnte, und sie spürte, wie er sich in ihr ergoss. Heftig atmend stützte er sich auf seine Ellbogen und schluckte mehrmals, um seinen ausgetrockneten Hals zu befeuchten. Er wagte kaum sie anzusehen, hob aber langsam seinen Kopf und blickte ihr in die Augen. Nie zuvor hatte er sie schöner gesehen, sein Leben lang würde er nicht vergessen, wie sie in diesem Moment ausgesehen hatte. Liebevoll und schüchtern sah sie ihn an, während sich ihre Brust noch immer heftig hob und senkte. Sie lächelten einander an, Gawin beugte seinen Kopf zu ihr hinab und küsste sie zärtlich. Sie schloss die Augen, und Tränen liefen ihr die Wangen hinab. Als sie die Lider wieder aufschlug, sah sie ihn nur an. Er wischte ihr sanft die Tränen fort.

»Warum weinst du?« Seine Stimme klang sanft, doch auch ein wenig unsicher.

Sie musste sich räuspern, bevor sie sprechen konnte. »Ich hätte nie gedacht, dass es so wundervoll sein würde.«

Er lächelte. »Bereust du es?«

»Niemals, solange ich lebe.«

Er küsste sie abermals und ließ sich neben sie gleiten. So blieben sie liegen und schliefen ein. Erst in den frühen Morgenstunden des nächsten Tages erwachte Gawin. Irgendwann in der Nacht musste Anna die Decke über sie beide gelegt haben. Nun schlief sie friedlich neben ihm. Sanft küsste er sie zum Abschied, um sich sodann leise fortzustehlen. Doch da schlug sie die Augen auf, zog ihn wieder zu sich hinab und küsste ihn. Sogleich regte sich seine Männlichkeit, und auch Anna schien erneut erregt zu sein, denn sie presste sich an ihn und küsste ihn leidenschaftlich. Kurz und heftig umschlangen sich ihre Körper und Zungen, und schon war er wieder in ihr. Anna stöhnte leise auf und drängte ihm entgegen. Sie hätte stundenlang so weitermachen können.

Als sie später vor ihrem Waschtisch saß und sich reinigte, glaubte sie, noch immer Gawins Berührungen auf ihrer Haut zu spüren. Sein Geruch haftete noch überall an ihr, und sie bedauerte, ihn mit Seife und Wasser abspülen zu müssen. Als sie mit dem nassen Lappen zu ihrer Scham hinabglitt, überkam sie in Erinnerung an die letzte Nacht ein wohliger Schauer. Nichts war nun mehr wie zuvor, doch sie bereute es nicht. Sie hatten sich auch nicht der Blutschande schuldig gemacht, denn Gawin und sie waren in Wirklichkeit keine Geschwister. Allerdings müssten sie dies nun zumindest im Haus ihres Großvaters richtigstellen. Doch fürs Erste, so hatten sie beschlossen, bevor er gegangen war, sollte nach außen hin noch alles beim Alten bleiben. Zu viel ging derzeit in der Stadt vor, und sie wollten abwarten, bis sich die Umstände wieder beruhigt hatten. Margrite und Siegbert wussten eh Bescheid, und Jordan war tot. Und Esther, Anderlin, Binhildis und Hanno sowie die Bediensteten im Goossen-Haus waren ihnen wohlgesinnt und dürften, so ihre Überlegung, wohl kein Problem darstellen.

Als sie fertig angekleidet war, trat sie hinaus auf den Flur, wo sie auf Esther traf. Einen kurzen Moment wurde Anna unsicher, fragte sich, ob man ihr den Verlust ihrer Jungfräulichkeit womöglich ansehen konnte. Doch die Freundin umarmte sie wie sonst auch.

»Wie geht es dir heute Morgen? Hattest du wieder Alpträume in der Nacht?«

»Nein.« Esther schien beschwingt. »Heute Nacht nicht. Vielleicht musste ich erst erfahren, dass auch woanders schreckliche Dinge passieren, um zu begreifen, dass es nirgendwo auf dieser Welt vollkommene Sicherheit gibt.«

»Das ist wohl wahr, meine Esther«, meinte Anna und ging mit ihr gemeinsam die Treppe hinunter. Wie gern hätte sie der Freundin von der vergangenen Nacht erzählt, verwarf den Gedanken aber sofort wieder. »So guter Laune, wie wir beide heute sind, sollten wir ein ganz besonderes Gewand fertigen.«

»Ach ja, und was für eines?«

»Ich weiß noch nicht«, gab Anna zu. »Eines mit wunderbaren, kräftigen Farben, aus einem weich fließenden Stoff und mit reichen Verzierungen.« Sie reckte beide Arme zur Decke und lachte ausgelassen.

Esther musterte sie, während ein Lächeln ihre Lippen umspielte. »Was ist denn mir dir los? So kenne ich dich ja gar nicht.«

Anna stupste mit ihrem Zeigefinger auf Esthers Nase. »Gewöhn dich dran!« Wieder lachte sie, hob ihre Röcke an und lief vor der Freundin davon, die die Herausforderung ausgelassen annahm.

»Na, na, ihr rennt einen ja um!« Gertrud schnaubte entrüstet, konnte sich jedoch ein Schmunzeln nicht verkneifen. Sie hatte beobachtet, wie gut ihrem Herrn die Anwesenheit seiner Enkelin tat. Gertrud hatte schon für Annas Mutter gekocht, und Anna, die Katharina bis aufs Haar glich, nun im Hause zu haben bewirkte, dass auch sie sich wieder jung fühlte.

»Entschuldige, Gertrud!« Anna fasste sie an den Schultern, drehte sie einmal um die eigene Achse herum und gab ihr hastig einen Kuss auf die Wange.

Spätestens jetzt hätte Gertrud ihr ohnehin nicht mehr böse sein können, also schüttelte sie in gespieltem Ernst den Kopf, schmunzelte und machte sich daran, in der unteren Stube den Tisch für das Frühstück zu bereiten. In diesem Moment betraten Siegbert und Gawin den Raum. Ein Blick in ihre Gesichter verriet, dass etwas geschehen sein musste, und Annas gute Laune verflog sofort.

»Guten Morgen. Gibt es schlechte Nachrichten?«

Siegbert ließ sich auf einen der Stühle sinken. »Guten Morgen, ihr beiden.« Er bemühte sich, Anna und Esther ein Lächeln zu schenken, was ihm sichtlich nicht leichtfiel.

»Gestern Abend hat der Mob in Bremen gewütet. Gleich in aller Früh habe ich Nachricht davon erhalten und soeben schon Gawin davon berichtet. Nicht nur Jordan, sondern auch drei andere Meister unterschiedlicher Gewerke wurden ermordet.«

Sie setzten sich an den Tisch, Gawin direkt Anna gegenüber. Sie versuchte, in seinem Gesicht zu lesen. Die Vertrautheit der vergangenen Nacht schien sich in den Morgenstunden ins Nichts aufgelöst zu haben. Enttäuscht wandte sie sich an Siegbert.

»Wer noch?«

Ihr Großvater hob kurz die Schultern. »Drei weitere Männer wurden erschlagen in ihren Häusern und Werkstätten aufgefunden. Ein Gerber, ein Plattner und ein Schuhmacher. Gebe der Herr, dass nicht noch mehr Leichen auftauchen!«

»Wer, glaubst du, steckt dahinter?« Diesmal war es Gawin, der Siegbert um eine Antwort bat.

»Der Vogt geht davon aus, dass es Diebe waren, die keine Zeugen für ihre feige Tat zurücklassen wollten. Doch ich glaube das nicht.« Er faltete bedächtig die Hände.

»Sondern?«

»Du selbst warst in der Stunde, als Jordans Seele ins Reich des Herrn einging, zugegen. Er war dein Meister, und du kanntest ihn gut. Wie viel Geld hatte er in seiner Werkstatt aufbewahrt?«

»Ich kann es nicht genau sagen. Aber Jordan sagte mir mit seinen letzten Atemzügen, dass es den drei Kerlen, die ihn überfallen hätten, kaum reichen würde, sich davon zu betrinken.«

»Eben das meine ich auch. Man hätte anderswo reichere Beute machen können. Und im Grunde wäre es dann auch nicht nötig gewesen, jeden der Meister gleich zu erschlagen.«

»Du meinst also, es ging nicht um Geld, sondern um die Meister selbst, um ihre Stellung?«

Siegbert nickte nachdenklich.

»Das Aufrührerpack«, er warf Gawin einen wissenden Blick zu, »versucht überall, die gottgewollte Ordnung dieser Stadt aus den Angeln zu heben. Gibt es keine Handwerksmeister mehr, wer soll dann die verschiedenen Gewerke lehren? Die Handwerksburschen, -lehrlinge und -gesellen wollen im Rat ein eigenes Mitspracherecht, obwohl sie ihrem Rang und ihrer Stellung nach dort nichts verloren haben. Sind nun die Meister erst einmal weg, die als vermittelnde Instanz zwischen ihnen und den Ratsherren stehen, ist der Weg für sie frei. Einer muss schließlich die Arbeiten verrichten.«

»Und du glaubst wirklich, nur um ein größeres Mitspracherecht zu erzwingen, morden diese Leute unschuldige Männer?«, fragte Anna ungläubig.

Siegbert nickte langsam und nachdenklich.

»Aber es gibt mehrere Schuhmacher-, Gerber-, Plattner- oder auch Zimmermannsmeister in der Stadt. Was ist mit den anderen Meistern, die verschont geblieben sind?«, gab Gawin zu bedenken.

Das grimmige Gesicht Siegberts verriet Gawin, dass er eine bittere Antwort auf diese Frage parat hatte. »Das genau ist es ja, was dieses Pack bezweckt. Ihre Nachricht ist angekommen. Ihr Meister da draußen, schließt euch unserer Sache an und erhebt eure Stimme dafür, dass wir mehr Macht bekommen! Oder ihr sterbt!« Das letzte Wort klang so bitter, dass die anderen ihn nur stumm ansahen.

Siegbert stand auf. »Ich werde zum Rathaus gehen. Sicher werde ich dort schon erwartet. Es müssen Entscheidungen getroffen werden. Vor allem aber sollen diese elenden Mörder gefunden und auf dem Marktplatz gehängt werden.« Er schlug mit der Faust auf den Tisch.

»Was soll ich tun?« Gawins zögerliche Frage ließ Siegberts Wut ein wenig abklingen.

»Du? Was meinst du?«

Gawin atmete einmal tief durch. »Mein Meister ist tot«, meinte er schließlich. »Was soll ich nun anfangen?«

Siegbert zögerte. »Geh in die Werkstatt und arbeite an deiner Madonna«, beschloss er. »Der Leichnam ist längst fortgeschafft, und du bist es deinem Meister schuldig, auch dann weiterzuarbeiten, wenn du nicht weißt, woher dein nächster Lohn kommt. Ich selbst werde ins Rathaus gehen und darüber berichten, dass einer der Toten der Meister meines Enkels ist. Gemeinsam entscheiden wir dann, was zu tun ist.«

Anna wollte widersprechen, wusste jedoch nicht, welche Begründung sie dafür anführen sollte. Wenn Siegbert erst einmal im Rat verkündet hätte, dass Gawin sein Enkel war, gäbe es keine Möglichkeit mehr, die Geschichte ihrer vermeintlichen Geschwisterschaft richtigzustellen. Verzweifelt suchte sie nach den richtigen Worten und warf Gawin einen flehentlichen Blick zu. Der stand jedoch bereits auf, sah sie noch einmal kurz an und folgte Siegbert dann stehenden Fußes nach draußen.

Das Schlimmste war die Dunkelheit. Sie wollte es der Kranken so angenehm wie möglich machen, konnte jedoch nur schwer widerstehen, die Fensterläden weit aufzureißen und die frische kalte Winterluft hereinströmen zu lassen. Stattdessen zündete Margrite einige Kerzen an, die wenigstens ein bisschen Licht verströmten, setzte sich zu Binhildis ans Bett und wechselte die Lappen, die sie ihr auf Stirn und Beine gelegt hatte. Deren Körper schien zu glühen, und die schwarzen Flecken, die sich gestern noch leicht auf der Haut abgezeichnet hatten, waren zu Beulen geworden, die jeden Augenblick aufzuplatzen drohten.

Vorsichtig träufelte Margrite einige Tropfen Wasser auf den Mund der Sterbenden. Kurz bewegte diese ihre Lippen, und auch ihre Lider flatterten kurz, doch sie vermochte nichts mehr zu sagen und konnte auch die Augen nicht mehr öffnen. »Du hast es bald geschafft«, flüsterte Margrite und strich Binhildis sanft das nasse Haar zurück.

Anderlin betrat den Raum. »Ich hoffe nur, es war kein Fehler, sie herzubringen. Vielleicht hätte ich sie einfach auf der Straße liegen lassen sollen. Dann wäre es bereits zu Ende.«

Margrite streckte die Hand nach ihm aus. Er trat vor und ergriff sie.

»Dann wärst du nicht der Mann, den ich liebe«, sagte sie zärtlich.

»Und wenn wir uns nun ebenfalls anstecken?«

»Das werden wir nicht. Der Herr hat uns viele Wege aufgegeben, und wir brauchten unsere Zeit, den richtigen zu finden. Nun, da das geschehen ist, wollen wir auch weiterhin auf den Ewigen vertrauen.«

Es klopfte heftig an der Haustür. Anderlin wandte sich sofort um und verließ das Zimmer.

»Lass niemanden ein!«, rief ihm Margrite schnell nach.

Als Anderlin die Tür einen Spaltbreit öffnete, sah er Hanno mit zerschlagenem Gesicht vor sich stehen.

»Ich kann dich nicht reinlassen. Weißt du denn nicht Bescheid?«

»Die Pest kann nicht schlimmer sein als das, was mich hier draußen erwartet.«

Anderlin zögerte. »Was hast du ausgefressen?«

Hanno blickte ängstlich über seine Schulter. »Lass mich rein!«

Schnell gab Anderlin die Tür frei und schloss sie hinter Hanno wieder ab.

»Das könnte dein Todesurteil sein.«

»Wage ich es nicht, ist es das auf jeden Fall.«

Margrite war aus der Kammer getreten, in der Binhildis lag. »Was tust du denn hier? Warum hast du ihn eingelassen, Anderlin?«

»Ich habe ihn mehr oder weniger dazu gezwungen«, gab Hanno betreten zurück und ging in Richtung Küche.

Dort ließ er sich auf eine der Bänke fallen und wartete, bis auch Margrite und Anderlin sich gesetzt hatten.

»Habt ihr schon von den Meistermorden gehört?«

»Von was?«

»Ich vergaß. Ihr geht ja nicht mehr vor die Tür. Die ganze Stadt spricht bereits davon.« Er stieß einen tiefen Seufzer aus, bevor er fortfuhr und von den abscheulichen Morden berichtete, die sich am gestrigen Tage zugetragen hatten. Als er geendet hatte, sah Margrite betroffen zu Boden, Anderlin hingegen schien misstrauisch zu sein.

»Was hast du damit zu tun, und weshalb bist du in Gefahr?«

»Ich weiß, wer dafür verantwortlich ist.«

»Dann musst du dich sofort an den Vogt wenden.«

»Nein, denn dann werde ich ebenso am Galgen baumeln.«

»Du warst dabei?« Vorwurf und Verachtung schwangen mit, als Margrite die Frage stellte.

»Ich war betrunken. Wir alle waren voll.«

»Also bist du ein Mörder.«

»Nein, das bin ich nicht!« Hannos Stimme überschlug sich. Er raufte sich die Haare und schüttelte den Kopf. »Aber ich habe sie auch nicht aufgehalten. Ich wusste, was sie vorhatten. Ich hätte etwas tun, dagegen einschreiten müssen. Aber ich habe nur dagestanden und sie tun lassen, was sie tun wollten. Und dann war es zu spät, und Jordan bereits tot.« Die Bitte um Vergebung lag in seinem Blick, als er Margrites Hände ergriff.

Doch Anderlin packte zu und schleuderte Hanno von der Bank.

»Fass sie nicht an, du verfluchter Dreckskerl!«

Der Angegriffene kauerte sich auf dem Boden zusammen und begann zu weinen.

»Lass gut sein«, mahnte Margrite leise und stand auf. »Ich werde wieder nach Binhildis sehen.« Sie schlich zur Tür hinüber. »Hast du gesagt, Jordan ist tot?« Sie sah zu Hanno hinab, der sich schniefend wieder aufrappelte.

Er nickte kraftlos.

»Wenn ich wiederkomme, bist du aus meinem Haus verschwunden.« Damit verließ sie den Raum.

»Aber wo soll ich denn hin?« Hannos Weinen ging in ein heftiges Schluchzen über. Doch Margrites Herz blieb davon unberührt.

45. Kapitel

Schon oft hatte er sich vorgestellt, wie es wäre, wenn er eines Tages wieder in Bremen, der Stadt, aus der er einst verjagt worden war, hoch zu Ross und mit stolzer Brust an der Seite des beleibten Bruder Hermannus einreiten würde. Doch nun, da es endlich so weit war, machte sich beim Durchqueren des Stadttors Enttäuschung bei Helme breit. Er hatte Bremen prunkvoller in Erinnerung, prächtiger. Die Bauten schöner und imposanter, vom Reichtum der Bauherren zeugend. Doch im Vergleich zu Köln war die Stadt nur wenig beeindruckend, und Helmes Verachtung wuchs mit jedem Schritt, den sein Pferd vor den anderen setzte.

Die Wachen hatten die beiden Ankömmlinge gemustert und diese dann, ohne das Wort an sie zu richten, passieren lassen. Auf den Straßen schienen sie die einzigen Menschen weit und breit zu sein, und die beklemmende Stille, die wie ein dicker, jeden Laut verschluckender Nebel über Bremen lag, bestärkte Helme in seinem Gefühl der Überlegenheit. Dennoch spürte er, dass hier etwas im Gange war und es noch einen anderen Grund dafür geben musste, dass die Bürgerinnen und Bürger in ihren Häusern blieben.

»Ist ja wie ausgestorben«, bemerkte Bruder Hermannus.

»Ja, war schon mal mehr los. Die haben wohl nur darauf gewartet, dass wir zurückkommen und hier wieder ein bisschen für Stimmung sorgen.« Helmes Gesicht verzog sich zu einer feixenden Grimasse. »Lass uns zusehen, dass wir irgendwo vernünftig unterkommen. Wird ja nicht überall so trostlos sein wie in den leeren Gassen hier.«

»Womöglich wäre es unklug, eine Schänke in der Nähe des Marktplatzes zu wählen. Die Unterkünfte am Hafen sind fast ebenso gut, aber weiter entfernt von den Stadtoberen.«

Bruder Hermannus deutete auf das Gebäude, das sie gerade passierten. Helme folgte seinem Fingerzeig und blickte zum Rathaus hinauf.

»Dort oben werden sie wohl gerade sitzen, die fetten Geldsäcke, und über Recht und Ordnung entscheiden.« Er spuckte auf den Boden. »Wenn wir die kleine Hure in dem stattlichen Patrizierhaus, das uns dein Novize beschrieben hat, erst einmal gefunden haben und mit ihr fertig sind, könnten wir uns für den einen oder anderen von ihnen auch noch etwas einfallen lassen. Wenn es unsere Zeit dann noch erlaubt«, fügte er jovial hinzu, während im oberen Stockwerk soeben krachend ein Fenster geschlossen wurde.

Im Rathaus drehte sich Siegbert wieder zu den anderen Ratsherren um, nachdem er das offen stehende Fenster mit Schwung geschlossen hatte.

»Wir müssen die Verantwortlichen so schnell wie möglich dingfest machen!« Wütend stapfte er zu seinem Platz rechts neben Bürgermeister Doneldey zurück. Dieser legte ihm beschwichtigend die Hand auf den Unterarm.

»Du hast recht, Siegbert. Jeder Einzelne von uns ist deiner Meinung. Doch müssen wir mit Bedacht vorgehen. Nicht alle Bürger der Stadt sind der Auffassung, dass mehr hinter den Meistermorden steckt als das völlig aus dem Ruder gelaufene Toben einiger betrunkener Diebe.«

»Und ich sage, dass wir die Verantwortlichen in den Aufrührerkreisen um den Lautzer suchen müssen. Dort sind wir richtig.« Von Goossen ließ seine flache Hand auf die Tischplatte sausen. »Habt ihr die Reden dieses Mannes denn verfolgt? Er will Macht, und das eben nicht nur für die Meister.

Nein!« Siegbert schüttelte energisch den Kopf. »Die Gesellen wollen im Rat ebenfalls ein Wörtchen mitreden. Als ob ein Gerbergeselle etwas von Führung und Ordnung verstände.«

»Doch was, wenn wir eine Verschwörung vermuten, wo gar keine ist? Womöglich würden wir die Sache, indem wir ihr mehr Bedeutung zumessen, als sie hat, dadurch sogar noch befördern?« Die Worte Doneldeys wurden vom zustimmenden Nicken der Anwesenden begleitet.

Da klopfte es heftig an der schweren Eichentür zum Sitzungssaal.

»Ja?«

Ein Bote, der zufolge seines roten Gesichts gerannt sein musste, betrat den Raum. »Ich soll vermelden, es gibt Zeugen! Einer von ihnen sitzt beim Schreiber und macht gerade seine Aussage über den schändlichen Mörder.«

»Ich komme!« Doneldey war aufgesprungen und ging zur Tür. »Wartet hier auf mich, ihr braven Herren. Sobald ich etwas weiß, werde ich euch Nachricht geben.«

Als er einige Zeit später den Saal wieder betrat, wirkte sein Gesicht aschfahl. »Siegbert! Würdest du kurz zu mir herauskommen?«

Sofort stand von Goossen auf. Obwohl er vom Verhalten des Bürgermeisters äußerst beunruhigt war, schritt er ruhig an den Ratsherren vorbei auf den Flur hinaus. Wer ihn nicht sehr gut kannte, merkte ihm die Unruhe, die von ihm Besitz ergriffen hatte, nicht an.

Sorgfältig prüfte Doneldey, ob die Tür hinter seinem Freund auch wirklich ins Schloss gefallen war, bevor er sich an Siegbert wandte.

»Es gibt einen Verdacht, wer für die Morde verantwortlich sein soll.«

»Sehr gut! Wer ist es?«

»So wirst du gewiss nicht mehr sprechen, sobald du den Namen erfahren hast.« Doneldey machte eine kurze Pause. »Der Lehrjunge des alten Jordan, dein Enkel Gawin, ist des Mordes beschuldigt worden.«

»Was für ein Unsinn!«, donnerte Siegbert los. »Wer kann denn so etwas behaupten? Ich will selbst mit dem Kerl sprechen.«

»Das ist nicht so einfach, Siegbert, das weißt du genau. Wir müssen achtgeben, dass nicht der Verdacht der Einflussnahme auf uns fällt. Du musst dich von dem Zeugen fernhalten, und zwar während der gesamten Untersuchung. Sowohl von dem, der gerade seine Aussage macht, als auch von den anderen.«

»Ja, bist du denn …?«

»Siegbert! Bitte nimm Vernunft an!«, beschwor ihn Doneldey eindringlich. »Du weißt doch besser als jeder andere, was in dieser Stadt vor sich geht.«

Siegbert schüttelte den Kopf. »Dass Gawin etwas mit der Sache zu tun hat, ist ausgeschlossen.«

»Kannst du dir da so sicher sein?«

Von Goossen straffte seinen Rücken und faltete die Hände vor seinem Bauch. »Wie meinst du das, Heinrich?«

»Bitte, Siegbert, ich bin dein Freund, daran zweifle bitte nicht. Doch dein Enkel war lange weg. Du hast ihn ja nicht einmal erkannt, als wir ihm im Rathaus das erste Mal begegnet sind, erinnerst du dich? Jordan hat euch erst miteinander bekannt machen müssen, bevor dir klarwurde, wer er überhaupt ist. Wie viel weißt du also wirklich über ihn? In der Tat genug, um nur auf sein Wort zu hören und die Aussagen anderer außer Acht lassen zu können?«

»Du hast recht. Gawin ist noch nicht lange in Bremen. Und

ich war ihm kein guter Großvater, so wenig Kontakt, wie wir hatten.«

»Wenig? Wohl eher gar keinen. Ich bin einer deiner engsten Freunde, und ich wusste nicht einmal, dass du einen Enkel hast.«

»Aber ich habe ihn gestern Abend gesehen, als er heimkam, nachdem er den armen Jordan gefunden hatte. Und ich bin lange genug auf dieser Welt, um Unehrlichkeit zu erkennen, wenn ich ihr begegne. Und das, was aus den Augen dieses Jungen sprach, war eindeutig Trauer, Entsetzen und Wut über den Tod eines geliebten Menschen. Da war kein Schein und kein Trug. Das schwöre ich bei meiner Seele.«

Der Bürgermeister seufzte laut. »Und da bist du dir ganz sicher?«

»So wahr ich hier stehe, Heinrich!«

Doneldey musterte ihn eine Weile, ohne etwas zu sagen. Schließlich schien er zu einem Ergebnis gekommen zu sein. »Dann, mein lieber Siegbert, haben wir einen dreisten und kaltschnäuzigen Lügner dort oben im Schreibzimmer sitzen, der bei allen Heiligen schwört, dass dein Enkel ein kaltblütiger Mörder ist.«

»Lass uns zu ihm gehen.« Siegbert hob beschwichtigend die Hände. »Ich werde kein einziges Wort sagen, nur zuhören. Aber ich möchte ihm in die Augen blicken, diesem Kerl, der einen jungen, unschuldigen Mann ohne Skrupel an den Galgen bringen will.«

»Dann komm.«

Sie stiegen gemeinsam die Stufen hinauf, ohne sich weiter darum zu kümmern, dass noch immer der gesamte versammelte Rat im Saal auf ihre Rückkehr wartete. Vor der Schreibstube blieben sie stehen.

»Du lässt mich reden, hast du gehört?«

Siegbert nickte schweigend, klopfte kurz an die Tür und öffnete sie dann. Der Schreiber setzte soeben das Bremer Siegel unter das verfasste Schriftstück und sah auf.

»Meine Herren? Wir sind bereits fertig. Möchten Sie das Protokoll einsehen?«

Von Goossen trat einen Schritt vor, griff nach dem Papier und musterte dabei eindringlich den jungen Mann, der dem Schreiber gegenübersaß und soeben seine Aussage gemacht hatte. Er war in Versuchung den Fremden anzusprechen, spürte jedoch den Blick Bürgermeister Doneldeys in seinem Rücken und besann sich des Versprechens, das er gegeben hatte.

Mit dem Papier in der Hand lehnte er sich an die Wand und las in aller Ruhe Zeile für Zeile. Dabei bemerkte er, dass der Zeuge ihn musterte und dabei mit seinen Fingern herumzuspielen begann.

»Geht es dir gut, Junge?« Eindringlich sah Siegbert ihn an. Als Antwort erhielt er ein heftiges Nicken.

Heinrich Doneldey trat an seine Seite und überflog die geschriebenen Zeilen.

»Und das alles bist du bereit, bei einer Verhandlung auf dem Marktplatz zu wiederholen, ja?«, übernahm er es nun, den Zeugen zu befragen.

»Auf dem Marktplatz?«, stammelte der Angesprochene.

»Ja, auf dem Marktplatz«, bestätigte der Bürgermeister. »Wo sonst? Ein Mord wird immer auf dem Marktplatz verhandelt und vollstreckt.« Doneldey nahm das Schriftstück in die Hand und las es nun seinerseits noch einmal durch. »Und die anderen, die du hier namentlich zu Protokoll gegeben hast, müssen dies ebenfalls tun. Als Einwohner dieser Stadt wirst du das doch wissen?«

Unruhig zappelte der Zeuge auf seinem Stuhl hin und her.

Hatte er ein schlechtes Gewissen, oder fühlte er sich nur allgemein unwohl bei dem Gedanken, mit seiner Aussage einen Menschen an den Galgen zu bringen? Doneldey wusste es nicht zu sagen, warf Siegbert jedoch einen vielsagenden Blick zu.

»Dann sind wir hier fertig«, stellte der Bürgermeister fest und gab von Goossen einen Wink, mit ihm das Schreibzimmer zu verlassen.

Kaum dass sie die Tür hinter sich geschlossen hatten, griff Heinrich nach dem Arm des Freundes. »Geh du jetzt nach Hause und sprich mit deinem Enkel. Sag ihm, was gegen ihn vorgebracht wurde. Ich werde dagegen den Rat über die Sache informieren, jedoch klarstellen, dass wir von einer üblen Verleumdung ausgehen, die einer eindringlichen Untersuchung bedarf.«

»Hab Dank, dass ich auf dich zählen kann.« Die letzte Stunde hatte ihre Spuren in Siegberts Gesicht hinterlassen. Erschöpft hastete er die Stufen hinab und verließ das Rathaus.

Helme und Hermannus hatten ihre Pferde zum Stehen gebracht. Während der Kirchenmann zur Spitze des Doms hinaufsah, inspizierte sein Begleiter die nähere Umgebung. Auf dem Marktplatz waren zwar einige Stände geöffnet, doch das übliche Treiben, das an solchen Örtlichkeiten für gewöhnlich herrschte, suchte man hier vergebens.

Merkwürdigerweise fühlte er sich auf einmal beobachtet. Suchend ließ er seinen Blick umherschweifen, konnte aber niemanden ausmachen, der ihn eingehend gemustert oder gar angestarrt hätte. Das Mädchen, dem bei seinem Anblick vor Schreck die Perlen zu Boden gefallen waren, die es nur einen Augenblick zuvor bei einem der Händler gekauft hatte, konnte er nicht sehen. Zu schnell war es hinter einem der Stände abgetaucht und, in dessen Schutz geduckt, vom Platz gelaufen, ohne sich noch um die kostbare Ware zu kümmern, die schimmernd vor ihm im Dreck gelegen hatte.

Esther rannte, so schnell sie ihre Beine trugen. Das Herz schlug wild in ihrer Brust, und das Blut pulsierte laut in ihren Ohren. Ihr war eiskalt und heiß zugleich, kleine Schweißtropfen rannen ihr die Stirn hinab. Und obwohl sie gerade erst losgerannt war, klebten ihr die Kleider bereits völlig durchnässt am Körper.

Wenig später hatte sie schon das Goossensche Haus erreicht, wo sie fast den Hausherrn umgerannt hätte, der gleichzeitig mit ihr dort eingetroffen war. Auch er schien gehetzt, nahm jedoch die Bestürzung in Esthers Blick wahr.

»Was ist geschehen, Kind? Du siehst aus, als wärst du dem Leibhaftigen selbst begegnet.«

Statt einer Antwort schob sie ihn ins Haus, schloss die Tür hinter ihnen und legte hastig den Riegel vor. Sie keuchte.

»Er ist hier!« Mehr brachte sie nicht heraus, bevor sie mit dem Rücken an der Tür zu Boden glitt und einen kurzen, erstickten Schrei ausstieß.

»Himmel, du bist ja völlig außer dir!« Siegbert sah zum Nähraum hinüber, unschlüssig, wie er sich verhalten sollte. Er musste Gawin dringend die Nachricht aus dem Rathaus überbringen, konnte die Jüdin in diesem Augenblick jedoch auf keinen Fall sich selbst überlassen.

»Marquardt, Gertrud, Anna, Gawin!«, brüllte er durchs ganze Haus. Sofort kam einer der beiden Wachleute, die sonst ihren Platz im Korridor einnahmen, aus der Küche gelaufen.

»Ist etwas geschehen, Herr? Braucht Ihr Hilfe?«

Auch die Tür des Nähzimmers öffnete sich auf sein Rufen hin, und Anna schaute mit schreckgeweiteten Augen nach draußen. »Mein Gott, Esther!« Sie stürmte auf die Freundin zu und nahm sie sogleich in den Arm. »Wurdest du überfallen? Bist du verletzt?«

Esther schüttelte nur schluchzend den Kopf, brachte aber noch immer keine weitere Erklärung heraus.

In diesem Moment klopfte es an der Haustür. Siegbert entfuhr ein gotteslästerlicher Fluch. Wenn das bereits die Büttel waren, die Gawin zum Verhör abholen wollten, hatte er ihn nicht einmal mehr schonend darauf vorbereiten können.

»Öffnet nicht!«, schrie Esther und krallte sich in Annas Kleid.

»Wer ist da?« Siegberts Stimme klang noch tiefer als sonst und so grimmig, dass selbst Anna angst und bange wurde.

»Marquardt«, kam die knappe, verdutzt klingende Antwort.

Von Goossen schob Esther sanft ein Stück beiseite, damit er die Tür öffnen konnte.

Marquardt trat ein und war angesichts der Situation, die er vorfand, sichtlich verstört. Zumal sein Herr, kaum dass die Tür geschlossen war, den Riegel auch schon wieder ruckartig vorgelegt hatte.

»Was ist denn nur?«, stammelte Marquardt und blickte auf die weinende Esther hinab.

»Wir waren eben noch auf dem Markt und haben Perlen für eine Stickerei gekauft, da wurde sie kreidebleich, ließ den teuren Schmuck achtlos zu Boden fallen und rannte, als wäre der Teufel hinter ihr her.« Er zog ein Tuch mit den schmutzigen Perlen hervor. »Ich habe alle aufgesammelt, die ich finden konnte, doch verbürge ich mich nicht dafür, in diesem Dreck noch alle gefunden zu haben.«

Anna blickte verwirrt von Marquardt zu der weinenden Esther in ihrem Arm. Behutsam führte sie sie schließlich zu einem Stuhl, drückte sie sanft auf die Sitzfläche und kniete sich zu ihren Füßen nieder.

»Versuch, dich zu beruhigen. Dir kann hier nichts geschehen.«

Doch es dauerte noch eine ganze Weile, bis sich Esther wieder so weit gefasst hatte, dass sie etwas sagen konnte.

»Er ist hier«, flüsterte sie. »Der Mörder meines Vaters ist in der Stadt, um zu vollenden, was er in Köln begonnen hat.«

»Was?« Siegbert entglitten die Gesichtszüge. »Woher soll er wissen, dass Wyland dich zu mir nach Bremen gebracht hat?«

»Ich weiß es nicht.« Es klang erschöpft. »Doch er war es. Er saß auf einem Pferd und sah sich gemeinsam mit einem christlichen Geistlichen den Dom an.«

»Dort waren in der Tat zwei Männer auf Pferden«, bestätigte Marquardt, »die ich in der Stadt noch nie zuvor gesehen habe und die das Gotteshaus betrachteten.«

»Der auf dem Schimmel ist der Mörder meines Vaters.« Esther sank wie ein Häufchen Elend auf dem Stuhl in sich zusammen, und Anna hielt sie an den Schultern fest, damit sie nicht nach vorne überkippen konnte.

»Was wollen wir jetzt tun?« Sie sah ihren Großvater fragend an, der sich an die Stirn fasste.

»Wir müssen sofort einen Boten zu Wyland schicken«, entschied er rasch. »Nach dem, was er mir berichtete, ist der Mann ein in Köln gesuchter Mörder, der nun offenbar den Weg zu uns gefunden hat. Doch auch hier ist etwas geschehen, das ich euch …«

Es klopfte dröhnend an der Tür. »Öffnet! Die Büttel der Stadt Bremen fordern Einlass!«

Siegbert ballte die Hände zu Fäusten. »Anna, wo steckt Gawin?«, flüsterte er ihr zu.

»In der Werkstatt! Weshalb?« Auch sie hatte die Stimme gesenkt.

Er legte den Finger an die Lippen. »Frag jetzt nicht, Kind, sondern tu, was ich dir sage. Du nimmst jetzt den Ausgang über den Hof, läufst zu ihm und trägst ihm auf, sich sofort zu verstecken. Und zwar am Hafen in einem Lager mit Handelsware, das ich dort unten habe.« Er drehte sich um. »Marquardt, du begleitest sie und nimmst die Schlüssel mit. Ich selbst werde euch von dort wieder abholen, sobald es mir möglich ist.«

»Aber …?«

Siegbert schüttelte den Kopf und brachte Anna damit zum Schweigen. »Schnell«, zischte er. »Hinten hinaus! Ich erkläre es euch später.«

Wieder klopfte es. »Ratsherr von Goossen, bitte öffnet die Tür!«

Gertrud war mittlerweile mit einem Tuch in den Händen aus der Küche gekommen und sah Anna und Marquardt verwirrt hinterher, die sich ohne Gruß flink an ihr vorbeigedrückt hatten.

»Mach ihnen auf, sobald ich es dir sage!« Siegbert zog Esther vom Stuhl und zerrte sie hinter sich her die Stufen hinauf. Oben angekommen, wies er sie an, in ihr Zimmer zu gehen.

»Was ist denn da vor der Tür los?«, rief er laut vernehmlich vom Treppenabsatz. »Gertrud, öffne und sag mir, wer es wagt, in dieser Weise Einlass zu begehren!«

Seine Haushälterin nickte ihm zu und ging zur Tür. »Ich komm ja schon. Und hoffentlich habt Ihr einen guten Grund für Euer Rumgebrülle.«

Langsam schob sie den Riegel zurück und öffnete die Tür nur so weit, dass nicht einmal ihr Kopf durch den schmalen Spalt hindurchgepasst hätte.

»Wer seid Ihr, und was wollt Ihr?«

»Wir haben den Auftrag, den Enkel des Ratsherrn von Goossen mitzunehmen. Lasst uns eintreten.«

»Ihr klopft an und fordert Einlass? Wer glaubt Ihr wohl, wer Ihr seid? Höflich bitten dürft Ihr, und dann werde ich Eurem Wunsch entsprechen. Ansonsten hole ich die Wachen, die Euch beibringen werden, in welcher Weise man in einem guten Hause eine Bitte vorträgt!«

Siegbert schmunzelte ob Gertruds Art, die Büttel hinzuhalten und Anna und Marquardt dadurch einen gehörigen Vorsprung zu verschaffen, wenngleich sie nicht einmal wusste, worum es ging.

Der Büttel räusperte sich. »Wir sind vom Rat geschickt und bitten Euch höflich uns einzulassen, um den Enkel des Herrn von Goossen zum Verhör mitzunehmen.«

»Wenn Ihr so nett fragt, tretet ein.« Sie gab die Tür frei, drehte sich zu Siegbert und grinste breit, ohne dass es die Büttel sehen konnten.

Der zweite Wachmann von Goossens war an die Seite seines Kameraden getreten und baute sich kampflustig vor den Bütteln auf. Doch diese bedrohliche Geste war nach Gertruds Standpauke gar nicht mehr nötig. Die beiden Büttel, zwei gestandene Mannsbilder, legten auch so schon eine gehörige Portion Respekt an den Tag.

»Verzeiht uns die Störung, Ratsherr von Goossen!«

Siegbert war die Treppe heruntergekommen und trat nun auf die Büttel zu.

»Jeder Beauftragte der Stadt ist mir in meinem Hause willkommen! Nun sagt mir, was Euer Begehr ist.«

»Es tut uns leid, doch wir sollen Euren Enkel abholen. Gewiss ist es ein Missverständnis, doch wir haben unsere Befehle.«

»Und genau die sollt Ihr auch ausführen, guter Mann. Ich habe Vertrauen in die Entscheidungen und Anweisungen des Rates. Wie könnte ich diesem ansonsten schon seit Jahrzehnten angehören?«

»Habt Dank für Euer Verständnis.«

»Doch muss ich Euch enttäuschen. Mein Enkel ist nicht da.«

»Und wo ist er?«

»Ich werde gern nach ihm suchen lassen, und wenn Ihr möchtet, könnt Ihr auch gern eintreten und einen Blick in das Innere eines jeden Zimmers werfen. Meine Männer werden es Euch nicht verwehren.« Er sah seine Wachleute an, die zum Zeichen, dass sie seinen Befehl verstanden hatten, nickten.

Der Büttel sah seinen Gefährten an und wiederholte dann seine Frage. »Wisst Ihr denn, wo wir Euren Enkel finden können?«

»Nun, ich habe durchaus die ein oder andere Vermutung, wo er stecken könnte, und werde meine Leute gerne nach ihm mit der Bitte ausschicken, er möge sich so schnell wie möglich hier einfinden. Noch vor dem Abend, da bin ich mir sicher, werde ich dann gemeinsam mit ihm im Rathaus vorstellig werden.«

»Mit Verlaub, Ratsherr von Goossen, aber wir haben klaren Befehl, ihn unverzüglich in Gewahrsam zu nehmen. Der Vorwurf, der sich gegen ihn richtet, ist ein ernster. Wir werden wohl kaum darauf warten können, dass er sich im Rathaus einfindet, sobald es seine Zeit erlaubt.« Die Stimme des Büttels klang ein wenig spöttisch. »Was nicht bedeuten soll, dass wir nicht glauben, er würde nicht selbst und aus freien Stücken dorthin kommen«, fügte er schnell hinzu.

»Dann«, Siegbert hob die Arme, als wäre er völlig ratlos, »werde ich Euch wohl nicht helfen können. Gawin könnte überall und nirgends stecken, wie Männer seines Alters es eben zu tun pflegen.«

Die Büttel sahen sich an, unschlüssig, was sie hierauf sagen und vor allem tun sollten.

»Ich habe Euch in eine schwierige Lage gebracht, ich weiß. Verzeiht einem alten Mann.« Jovial breitete er nochmals die Arme aus. »Doch möchte ich Euch nochmals bitten, durch die Zimmer meines Hauses zu gehen und Euch selbst davon zu überzeugen, dass mein großväterliches Herz nicht über das des Ratsherrn siegt und ich meinen Enkel entgegen meiner Pflicht als Bürger dieser Stadt zu schützen versuche.«

Wieder wechselten die Büttel einen Blick, dann schien die Entscheidung gefallen zu sein. »Wir danken Euch, Ratsherr von Goossen, für Eure freundliche Einladung. Doch leider erlaubt es unser Befehl nicht, weitere Zeit zu vergeuden. Könnte Euer Enkel sich in der Werkstatt seines verstorbenen Meisters aufhalten?«

»Das ist sehr gut möglich, denn er ist sehr pflichtbewusst, auch wenn ihm der Schreck über dessen plötzlichen Tod noch tief in den Gliedern steckt. Aber wenn Ihr selbst nachsehen wollt. Ich hingegen werde meine Männer in die Schänken schicken. Dort dürfte er heute, meiner eigenen Einschätzung nach, eher zu finden sein.«

Die Büttel wandten sich zum Gehen. »Bitte richtet Eurem Enkel in jedem Fall aus, dass seine Anwesenheit im Rathaus unabdingbar und dringlich ist.«

»Das versteht sich von selbst«, versicherte Siegbert und begleitete die Männer noch bis zur Tür. Doch kaum hatte sich diese hinter den beiden geschlossen, atmete er auch schon laut vernehmlich aus.

Die Haushälterin trat sogleich wieder aus der Küche heraus. »Was ist denn um Himmels willen heute hier los?«

»Zu viel, als es in Kürze in Worte fassen zu können, Gertrud. Schnell, geh nach oben und kümmere dich um die arme Esther. Und lass nach einem Boten schicken, der noch heute mit dem schnellsten Pferd, das sich auftreiben lässt, und einer Nachricht an den Kaufmann Wyland Gross nach Köln aufbricht.«

»Ja, Herr! Und mit welcher Nachricht?«

»Das wird dir Esther sagen. Und nun eil dich, bevor noch etwas geschieht, was unser Einschreiten erfordert.«

Sie nickte und rannte rasch die Treppen hinauf. Noch bevor sie die Tür zu Esthers Zimmer geöffnet hatte, hörte sie diese drinnen ein inbrünstiges Gebet sprechen. Leise klopfte sie an und trat ein.

Immer wieder blieb Siegbert stehen, um sicherzustellen, dass ihm auch wirklich niemand folgte. Obwohl er nach außen hin gelassen wirkte, war er innerlich angespannt und ruhelos. So viele Jahre hatte er darauf hingearbeitet, ein ruhiges und sicheres Leben führen zu können, und für sein politisches Fortkommen viele Opfer gebracht. Zu viele, wie er sich, seitdem er Anna aufgenommen hatte, eingestehen musste. Bereits nur wenige Wochen, nachdem er Katharina damals fortgeschickt hatte, war ihm die Erkenntnis gekommen, einen entsetzlichen Fehler begangen zu haben. Doch sein Stolz hatte ihn davon abgehalten, einen Boten zu ihr zu senden und seine Entscheidung rückgängig zu machen. Später hatte er den Gedanken dann immer wieder zurückgedrängt und sich selbst zur Ordnung gerufen, an seinen ursprünglichen Zielen festhalten zu müssen. Zwar hatte er des Nachts, wenn der Schlaf nicht über ihn kommen wollte, sich oftmals an der Vorstellung gelabt, sie eines Tages, zusammen mit seiner Enkelin, wieder in den Arm nehmen zu können. Doch alles, was er de facto getan hatte, war, dem Schurken, der seiner in Ungnade gefallenen Tochter ein Dach über dem Kopf und ein erträgliches Leben sichern sollte, monatlich eine Summe Geldes zu schicken. Zwar verlangte dieser um ein Vielfaches mehr als das, was seinerzeit zwischen ihnen vereinbart worden war. Doch das scherte Siegbert nicht. Ihn dünkte es, auf diese Art wenigstens etwas für sein eigen Fleisch und Blut zu tun, denn obgleich die Berichte, die er regelmäßig von Pater Anselm einforderte, auf keinerlei materielle Not schließen ließen, meinte er diesen doch zu entnehmen, dass ein erfülltes Dasein anders aussah. Und auch die Hoffnungen, die er in Annas leiblichen Vater, den jetzigen Bischof, gesetzt hatte, hatten sich nicht im Ansatz erfüllt. Die Macht, die dieser nun besaß, nutzte er fast ausschließlich zu seinem eigenen Wohl und keineswegs zu dem der Stadt. Zwar war er ein williger Befehlsempfänger und tat stets, was Siegbert ihm auftrug, blieb dabei jedoch weit hinter Siegberts Erwartungen zurück. Doch die Möglichkeit, mit Hilfe des Bischofs den Machtkampf zwischen Klerus und Rat um die Vorherrschaft in der Stadt in seinem Sinne zu entscheiden, war ihm im Vergleich zum Verlust seiner Tochter auf einmal nicht mehr wichtig.

All das ging ihm durch den Kopf, während er ruhigen Schrittes durch die Gassen der Stadt ging und fast nicht bemerkte, dass er bereits vor dem Warenlager am Hafen stand, in dem sich nun, sollte sein Plan aufgegangen sein, Marquardt, Gawin und Anna befanden und auf seine Ankunft warteten.

Das Vorhängeschloss, das sonst von außen die Tür sicherte, war fort. Und der Versuch, die Tür zu öffnen, verriet Siegbert, dass sie von innen abgesperrt worden sein musste. Er atmete erleichtert aus. Noch ein Blick in alle Richtungen, dann klopfte er an.

Ohne nachzufragen, wurde der Verschlag geöffnet. Siegbert trat ein und blinzelte in die Dunkelheit.

»Ich habe Euch bereits vom oberen Stockwerk aus kommen sehen«, erklärte Marquardt direkt neben seinem Ohr. »Die anderen sind im hinteren Bereich. Ich wollte kein Talglicht entzünden, um nicht auf uns aufmerksam zu machen. Bleibt nah bei mir.«

Er ging voraus und zeigte Siegbert den Weg. Rechts und links von ihnen stapelten sich Kisten mit Gewürzen, Säcke mit Salz und im hinteren Bereich Fässer mit Butter. Letztere war jedoch kein Verkaufsgut. Vielmehr nutzten findige Geschäftemacher die Butter lediglich als Transportmittel, indem sie angefertigte Glasscheiben tief in diese hineindrückten, um sie auf diese Weise unbeschadet auf die Reise in alle Welt zu schicken.

Gawin und Anna saßen dicht beieinander auf einer Kiste, die Hände in die des anderen verschränkt, und warteten auf das, was nun weiter geschehen sollte.

Siegberts Blick fiel auf ihre Hände, und er wusste sofort, dass da mehr dahintersteckte, als es im ersten Moment den Anschein hatte. Doch jetzt, so befand er, war nicht der richtige Augenblick, sich darum zu kümmern.

»Was ist denn nur geschehen?«, fragte Gawin. »Ich soll mich hier verstecken wie ein Hasenfuß, ohne überhaupt zu wissen, weshalb.«

»Ich werde dir verraten, weshalb«, kündigte Siegbert an und zog eine Kiste heran, auf der er Platz nahm. »Du wirst des Mordes verdächtigt, genauer genommen beschuldigt.«

»Was? An wem?«

Siegbert fiel es sichtlich schwer, die nächsten Worte auszusprechen. »An Jordan.«

Gawins Augen weiteten sich vor Schrecken. »Ich soll das getan haben?«

»Es gibt einen Zeugen. Genau genommen sogar eine ganze Handvoll Zeugen.«

»Aber …«, Gawin suchte nach Worten. »Es kann doch keine Zeugen für etwas geben, das ich nicht getan habe.«

Siegbert beugte sich zu ihm hinüber und legte ihm beruhigend die Hand auf die Schulter. »Ich weiß das, Gawin. Und Bürgermeister Doneldey ebenfalls. Du musst dir Feinde gemacht haben. Nur ist mir der gesamte Zusammenhang noch nicht klar.«

»Aber …«, stammelte der Beschuldigte erneut. »Wer behauptet das nur, und vor allem, warum?«

»Kennst du einen Burschen namens Leupold?«

»Nein.«

»Er ist derjenige, der die Aussage vor dem Rat gemacht hat.«

»Ich schwöre dir, ich kenne niemanden, der so heißt.«

»Aber was könnte er gegen dich haben, wenn du ihn nicht einmal kennst?« Siegbert rieb sich nachdenklich das Kinn.

»Wer sind die anderen?«, fragte Marquardt, der hinter seinem Herrn stand und das Gespräch verfolgt hatte.

»Einer hieß Arnulf, ein anderer Greimolt, Niklas und …«, der Ratsherr brach ab.

»Und?« Gawin sah ihn fragend an.

»Und Hanno.«

Anna sprang auf. »Das hat er nicht getan! Hanno würde so etwas niemals über Gawin sagen. Das kann nicht sein!«

»So steht es in der Aussage, die dieser Leupold vor dem Ratsschreiber gemacht hat.«

Eine Weile sagte keiner mehr etwas. Anna setzte sich wieder auf die Kiste, dicht neben Gawin.

»Doch es ist jetzt nicht von Bedeutung, wer was gesagt hat. Es ist wichtig, dass du selbst ins Rathaus gehst, um dich zu stellen.«

»Was? Ich soll mich stellen? Sie werden mich hängen!«

»Nein, es wird eine Untersuchung geben. Und es ist erforderlich, dass du deinen Teil dazu beiträgst, um die Morde aufzuklären.«

»Und warum sollte ich mich dann erst hier verstecken, wenn ich am Ende doch wie ein Lamm zur Schlachtbank trotte?«

»Damit du dich selbst stellen, auf diese Weise mit ganz und gar reinem Gewissen vor den Rat treten und dich gegen die Anschuldigungen wehren kannst – und nicht weil dich die Büttel dorthin gebracht haben.«

»Aber wie soll ich den Räten denn meine Unschuld beweisen?«

Siegbert umfasste seine Hände. »Ich verstehe, dass du Angst hast. Doch wenn du jetzt fliehst, wirst du dein ganzes Leben lang fliehen müssen. Du musst mir vertrauen, Gawin.«

»Ich vertraue dir doch. Und ich vertraue auf das Gewicht deiner Fürsprache im Rat. Ich weiß, wäre ich allein, würde mir dort niemand sein Ohr schenken.«

»Dann hör auf mich und lass uns jetzt zusammen zum Rathaus gehen.«

»Dein Großvater hat recht, Gawin«, bekräftigte Marquardt. »Wahrscheinlich würdest du nicht einmal aus der Stadt kommen.«

Siegbert erhob sich von seinem Platz. »Vertrau mir, Junge«, forderte er abermals. »Und nun komm, lass uns gehen.«

»Ich werde euch begleiten.« Anna stand ebenfalls auf, zog Gawin mit sich nach oben und nahm ihn dann bei der Hand. »Dann kommt.«

Gemeinsam verließen sie das Lagerhaus und schlugen den direkten Weg zum Rathaus ein. Unterwegs hielten sie Ausschau nach den Bütteln, um diesen zu guter Letzt nicht doch noch in die Arme zu laufen und damit die Wirkung, die Gawins freiwilliges Erscheinen vor Gericht auslösen sollte, zu zerstören. Doch niemand begegnete ihnen unterwegs, und als sie das Rathaus erreichten, wähnte Siegbert wenigstens die erste Etappe zu Gawins Freispruch schon einmal für gewonnen.

»Ratsherr von Goossen«, grüßte ihn einer der Wachleute und verbeugte sich.

»Ich habe meinen Enkel gefunden, und er ist bestürzt ob der Vorwürfe, die gegen ihn erhoben wurden. Gebt sogleich dem Vogt Bescheid und lasst nach den Ratsherren schicken. Meine Haushälterin erwartet uns zum Abendessen, und ich sehe nicht ein, dass der Stuhl meines Enkels dann leer bleiben sollte.«

Der Wachmann verbeugte sich abermals und tat wie ihm geheißen.

Es dauerte seine Zeit, bis der Rat erneut vollständig versammelt war. Bürgermeister Doneldey war als einer der Ersten eingetroffen und nahm Siegbert von Goossen beiseite.

»Du hast ihm gesagt, was man ihm zur Last legt?«

»Ja.«

»Wie hat er darauf reagiert?«

»Wie sollte er wohl? Er war entsetzt, erschrocken, wütend. Einer derjenigen, die ihn gesehen haben wollen, ist sein bester Freund.«

»Das ist eine üble Sache. Aber es hat sich noch etwas anderes ergeben, was die Sache nicht besser macht.«

»Was?«

»Jordan, der Meister deines Enkels, war erst kürzlich bei einem der Schreiber, hat ein Dokument aufsetzen und hinterlegen lassen.«

Siegbert schwante Übles. »Was steht darin?«

»Er hat seinen Nachlass geregelt. Gawin bekommt alles.«

Von Goossen senkte den Kopf, und als er ihn wieder hob, sah er den Freund zunächst nur an und meinte dann: »Um Himmels willen!«

Der nickte. »Damit, so wird es heißen, hatte Gawin einen guten Grund ihn zu töten.«

»Das verändert alles.«

Doneldey nickte zum zweiten Mal. »Was schlägst du vor?«

»Wir müssen alle, die als Zeugen benannt wurden, vor den gesamten Rat bringen und verhören lassen.«

»Das ist nicht üblich, und es wird heißen, dass du deine Macht in der Stadt für deine persönlichen Zwecke nutzt. Gerade jetzt, wo alles in Aufruhr ist, könnte dies …«

»Das ist mir egal!«, fuhr Siegbert auf und atmete dann mehrmals tief durch. »Verzeih, Heinrich. Die Sorgen haben mich mein gutes Benehmen vergessen lassen.«

»Ist schon gut, Siegbert. Und du hast recht. So viele Jahre hast du all deine Kraft und sehr viel Geld für das Wohl Bremens aufgebracht. Da ist es nur recht und billig, dass die Stadt und damit der Rat dir nun den dafür überfälligen Dank zollen.«

»Du beschämst mich mit deiner Güte, mein Freund.«

»Ich werde dafür Sorge tragen, dass die Zeugen hergeholt werden. Von der Menge in einer öffentlichen Versammlung auf dem Marktplatz angestachelt, würden sie sich womöglich noch in ihrem Tun bestätigt fühlen. Doch unter den Augen der Großen dieser Stadt zu bestehen dürfte so manch einem dieser Lügner zusetzen.«

»Du nennst sie Lügner? Also glaubst auch du fest an die Unschuld meines Enkels?«

»Er ist dein Enkel, mein Freund, und du glaubst seinen Worten. Damit ist alles gesagt.«

Anna fühlte sich erschöpft, als sie zusammen mit Marquardt das Goossensche Anwesen erreichte. Ihr Großvater hatte ihr aufgetragen, dort auf seine und auch Gawins Rückkehr zu warten, und obgleich sie ihm anfangs widersprochen hatte, war sie zuletzt doch seinem Wunsch gefolgt. Zunächst ging sie in Esthers Zimmer, um nach ihr zu sehen. Als sie die junge Frau dort nicht antraf, ging sie in das Nähzimmer, wo sie die Freundin, ganz vertieft in eine Stickerei, auch fand. Erschöpft ließ sich Anna auf dem zweiten Stuhl nieder.

»Wie geht es dir?«

Esther ließ den Stoff in ihren Schoß sinken. »Besser, ich war heute Morgen nur so erschrocken wie noch nie in meinem Leben. Wo warst du den ganzen Tag? Ich habe mich gesorgt.«

»Gawin wurde verhaftet.«

»Was? Weshalb?«

»Er wird des Mordes an Jordan beschuldigt.«

Fast kam es Esther vor, als treibe Anna einen Scherz mit ihr, so ruhig, wie sie ihr über die unglaublichen Vorfälle berichtete.

»Und das erzählst du mit einer solchen Gelassenheit?«

»Oh, glaub mir, ich bin alles andere als das. Aber ich bin einfach zu erschöpft und kann nur mehr darauf vertrauen, dass Siegbert Gawin zur Seite stehen und sich um alles kümmern wird.«

Esther konnte noch immer nicht fassen, was Anna ihr da erzählte, und meinte nur, wie leid ihr das alles täte und wie sehr sie hoffe, dass sich alles zum Guten für Gawin wenden werde.

Anna nickte. »Aber wir hatten ja noch gar keine Gelegenheit, über das zu sprechen, was sich bei dir heute Morgen ereignet hat. Ich hoffe, du verzeihst mir, dass ich wegen Gawin so schnell gehen musste?«

»Du hattest doch gar keine andere Wahl. Und ich habe mich ja auch so wieder beruhigt.«

Sie erzählte Anna von dem Moment auf dem Marktplatz, in dem sie den Mörder ihres Vaters so unverhofft aus nächster Nähe gesehen hatte.

»Hat er dich auch gesehen?«

»Das glaube ich nicht. Dafür war ich viel zu schnell verschwunden.«

»Gut.«

Esther berichtete weiter, dass Gertrud bereits einen Boten mit Nachricht für Wyland nach Köln geschickt hätte. Nun könne sie nur noch abwarten und würde in nächster Zeit das Haus nicht mehr verlassen.

»Aber«, Anna zögerte, »bedeutet das, du verlässt uns, sobald dieser Wyland da ist, und kehrst nach Köln zurück?«

»Darüber habe ich noch gar nicht nachgedacht. Ich wollte eigentlich nie wieder dorthin, doch wenn der Mörder mir bis hierher gefolgt ist, ist mein Leben in Bremen weit mehr in Gefahr.«

»Doch woher weiß er denn überhaupt, dass du hier bist?«

»Irgendjemand muss es ihm verraten haben.«

»Aber das passt doch nicht zusammen«, widersprach Anna. »Der Einzige, der wissen kann, wohin er dich gebracht hat, ist Wyland. Und er wird demjenigen, vor dem ihr geflohen seid, wohl kaum einen Hinweis gegeben haben.«

Esther sah sie nur an.

»Und außerdem frage ich mich, warum er nach dir gesucht haben sollte. Dass er aus Köln fortmusste, verstehe ich ja, denn nach dem, was du mir über den furchtbaren Tod deines Vaters erzählt hast, ist der Kerl geliefert, wenn die Kölner seiner habhaft werden. Meinst du denn, er ist nach Bremen gekommen, weil er verhindern will, dass du über ihn aussagst?«

»Wahrscheinlich wird es so sein.«

»Wir müssen die Anzahl der Wachen erhöhen, und du musst dich, solltest du das Haus doch einmal verlassen, auf Schritt und Tritt von ihnen begleiten lassen.«

Eben noch erschöpft und niedergeschlagen, weckte die Aufgabe, alles erdenklich Mögliche für den Schutz der Freundin in die Wege zu leiten, neue Lebensgeister in Anna. Sie stand auf und ging nach draußen zu dem Wachmann, der auf dem Korridor neben der Eingangstür seinen Platz eingenommen hatte. Sofort stand er auf, als er die Enkelin seines Herrn auf sich zukommen sah.

Mit wenigen Worten erklärte sie ihm, dass die Anzahl des Wachpersonals zu verdoppeln sei, ohne ihm Einzelheiten für den Grund dieser Maßnahme mitzuteilen. Er verschwand kurz in der Küche, wohl um dort mit seinem Kameraden zu sprechen, und kam nach wenigen Augenblicken in den Korridor zurück, um Anna zu vermelden, dass alles Notwendige veranlasst werden würde. Zufrieden ging sie wieder ins Nähzimmer.

»Die Anzahl der Wachen wird erhöht. Glaub mir, der Kerl kriegt dich nicht.«

»Danke.«

Das war alles, was Esther sagte, und der Gleichmut, mit dem sie ihre Stickerei fortsetzte, ließ Anna schaudern.

Draußen war es dunkel geworden, doch der Ratssaal war mit einer Vielzahl von Dochtleuchten hell erleuchtet. Schon seit Stunden wurden die Zeugen jeweils einzeln in den Saal gerufen, um über jede einzelne Begebenheit des vergangenen Tages zu berichten. Sobald einer seine Aussage gemacht hatte, wurde der nächste hereingerufen und befragt. Danach wurden die Angaben der Vernommenen miteinander verglichen, um auf mögliche Unstimmigkeiten zu stoßen. Dabei ergab sich allerdings ein so einheitliches Bild, dass es Siegbert von Goossen graute.

Die Zeugen behaupteten einvernehmlich, dass Gawin am Nachmittag in der Schänke »Zum roten Ochsen« aufgetaucht sei und den Gerbergesellen, den alle nur den Lautzer nannten, um ein Gespräch gebeten habe. Dieser habe zugesagt, und die beiden hätten sich darauf kurz in einer Ecke miteinander unterhalten, ohne dass einer der Zeugen jedoch mitbekommen hätte, worum es ging. Aber es sei schnell zu einem Streit zwischen den beiden gekommen, und der Lautzer hätte den nun des Mordes Beschuldigten lautstark dazu aufgefordert, sich sein Vorhaben aus dem Kopf zu schlagen. Er habe gebrüllt, von einer solchen Sache nichts wissen zu wollen, und dass es ihm um Gerechtigkeit im Rat ginge, nicht jedoch um die Begünstigung eines Einzelnen. Als sich hierauf einige andere, nämlich die jetzt vor dem Rat erschienenen Zeugen, einmischten und fragten, was ihn so erzürnte, hätte der Lautzer allen laut vernehmlich mitgeteilt, dass Gawin den Mord an seinem Meister und noch weiteren Zunftträgern plane. Dieser sei darauf wutentbrannt aus der Schänke gestürmt. In der Schänke wiederum hätte man daraufhin beraten, ob man ihn beim Rat anzeigen und von seinem Vorhaben berichten müsse. Doch so richtig ernst habe wohl niemand Gawins Vorhaben genommen. Erst als man von den abscheulichen Taten an den Meistern erfahren habe, hätte man erkannt, dass es ein Fehler gewesen war, ihn nicht gemeldet zu haben.

Auf die Frage der Ratsmitglieder, was die Zeugen denn vermuteten, warum Gawin nicht nur seinen Meister, sondern auch die anderen getötet habe, antworteten diese alle mit den fast gleichen Worten. Gawin habe den Verdacht dadurch auf sie, die Gruppe der Aufrührer, richten wollen, um von sich selbst abzulenken.

In den Gesichtern seiner Ratskollegen konnte Siegbert ebenso viel Zustimmung wie Misstrauen erkennen. Es war unmöglich vorherzusagen, was sie am Ende glaubten und was nicht.

Plötzlich wurden draußen Stimmen laut. Fackelschein erhellte die Straße, und Rufe, die zunächst nicht zu verstehen waren, tönten bis in den Ratssaal hinein.

Die Befragung der Zeugen wurde unterbrochen, einer der Diener ging zum Fenster und sah hinaus. Eine aufgebrachte Menschenmenge hatte sich dort unten versammelt, rief wütende Parolen und streckte die Fackeln wie zum Angriff in die Höhe.

»Ein Aufruhr, meine Herren«, verkündete der Diener schlicht und öffnete eines der Fenster.

Nun waren die Worte, die gerufen wurden, deutlich zu verstehen. Bürgermeister Doneldey trat ans Fenster und hob die Hand, um sich Gehör zu verschaffen.

»Was ist euer Begehr?«

»Wir fordern Gleichheit und eine öffentliche Verhandlung!«, brüllte einer hinauf.

»Es wird eine öffentliche Verhandlung geben!«, schrie Doneldey zurück. »Wer das Gegenteil behauptet, lügt!«

»Wäre der Mörder nicht der Enkel eines der Euren, er wäre längst im Kerker!«

»Er ist bereits eingesperrt!«, stellte Doneldey klar.

»Ja! Wahrscheinlich in einem Raum, den selbst Könige nicht als schlecht empfinden würden!« Der Rädelsführer hob drohend seine Fackel. Zustimmendes Gemurmel kam unter den Umstehenden auf.

»Wenn er schuldig ist, kommt er in den Kerker, wie jeder andere auch.«

»Das muss in einer öffentlichen Verhandlung festgestellt werden, nicht hinter den verschlossenen Türen des Rathaussaales.«

»Und so wird es auch sein! Die Befragung ist hiermit zu Ende.« Mit diesen Worten schloss der Bürgermeister das Fenster, gab den anwesenden Saaldienern einen Wink und ließ die Türen öffnen.

»Soll ich notieren, dass die Befragung damit beendet ist?«, fragte der Schreiber.

»Sie ist beendet«, erklärte Doneldey mit laut vernehmlicher Stimme und warf seinem Freund Siegbert einen Blick zu, der diesem bedeutete, dass er unter diesen Umständen nicht anders hatte handeln können. Fast unmerklich nickte der Freund ihm zu und verließ ohne ein weiteres Wort zusammen mit den anderen den Saal.

46. Kapitel

Fünf Tage waren seit Gawins Festsetzung vergangen. Die Verhandlung auf dem Marktplatz sollte übermorgen stattfinden. Siegbert hatte einen Advokatus in Dienst genommen. Den besten, von dem er gehört hatte und der in der Kürze der Zeit herbeigeschafft werden konnte. Wieder und wieder waren von Goossen und der Advokatus mit Gawin jede noch so kleine Kleinigkeit durchgegangen, die diesen hätte entlasten können. Der öffentliche Druck auf den Bürgermeister und den gesamten Rat trug nicht gerade dazu bei, die Lage rund um die Verhandlung zu entschärfen. Der Lautzer hatte viele neue Anhänger gewinnen können, indem er sich selbst als Wohltäter darstellte, der für die Rechte der kleinen Bürger kämpfte und damit warb, auch nicht um des eigenen Vorteils willen gemeinsame Sache mit den Reichen zu machen. Da außerdem durchgesickert war, dass Gawin der Alleinerbe Jordans war, kursierten Gerüchte, dass er dem Lautzer gar eine große Summe geboten habe, sollten dieser und seine Anhänger die Morde für ihn erledigen. Auch dass er ihm für den Fall, dass er nicht gemeinsame Sache mit ihm mache, gedroht habe, es so aussehen zu lassen, als ob der Lautzer hinter den feigen Morden stecke. Die Reden hatten sich auf eine Art und Weise verfestigt, die selbst den erfahrensten Advokaten zum Verzweifeln bringen konnte. Die Bürgerinnen und Bürger, deren einziger Gesprächsstoff in letzter Zeit die Pest gewesen war, schienen zu neuem Leben zu erwachen. Mit einer hohen Wahrscheinlichkeit von Gawins Verurteilung zu sprechen war noch untertrieben. In den Augen der Menschen war er so schuldig wie der Leibhaftige selbst, ja, es war fast, als könnten sie mit seiner Hinrichtung auch gleich die schlechten Geister vertreiben, die sich in der Stadt niedergelassen hatten.

Siegbert war in den letzten Tagen über die Maßen gealtert. Seine Kraft schien ihn mehr und mehr zu verlassen, und Anna hatte Sorge, dass der mögliche Tod Gawins auch den ihres Großvaters nach sich ziehen könnte. Er schlief kaum noch. Einmal war sie des Nachts wach geworden und hatte ihn unruhig durchs Haus wandern sehen. Nicht in seinen prächtigen Gewändern, sondern im Nachthemd, in dem er so alt und zerbrechlich auf sie gewirkt hatte, dass sein Anblick Anna fast mehr geängstigt hatte als das ihr vor Augen stehende Ende Gawins. Dabei dachte sie kaum noch an etwas anderes.

Esther, die selbst tagtäglich mit der Angst lebte, der Mörder ihres Vaters könnte jeden Augenblick vor dem Haus auftauchen, war ihre einzige Stütze. Mit ungewöhnlicher Tapferkeit verstand sie es, Anna Mut zuzusprechen und sie von ihren traurigen Gedanken abzulenken. Von dem Boten, den sie nach Köln ausgesandt hatten, war noch keine Nachricht gekommen. Allerdings rechneten sie auch nicht vor dem morgigen Tag damit, da er mindestens acht Tage für den Weg nach Köln und wieder zurück nach Bremen benötigen würde. Die ganze Situation schien Anna so verfahren, dass sie kaum noch einen klaren Gedanken fassen konnte. Genäht hatte sie schon seit Tagen nicht mehr, und ihre Sehnsucht nach Gawin verursachte ihr schon fast körperliche Schmerzen. All ihre Besuchsgesuche waren abgelehnt worden. Einzig Siegbert, der Advokat Amandus Scheller und ein Priester hatten Zutritt zu ihm. Wenn sie den Berichten ihres Großvaters Glauben schenken konnte, ging es dem Gefangenen leidlich gut. Einzig die schlechte Aussicht, je wieder in Freiheit gesetzt zu werden, ließ ihn verzweifeln. Dabei hatte ihm Siegbert noch nicht einmal gesagt, welch schreckliche Art der Todesstrafe ihn im Falle seiner Verurteilung erwartete. Aus anderen Städten hatte man erfahren, dass Bremen von der Pest reingewaschen werden könne, wenn diejenigen, die mit ihrer boshaften Seele die Menschen verdarben, bei lebendigem Leibe in einem Kessel gekocht würden. Der Geruch des gegarten Fleisches schrecke den Teufel mehr als alles andere, schwäche ihn gar in seiner Kraft. So hielt man es im Rat nunmehr für angebracht, nach dieser Verfahrensweise vorzugehen, um die vom Dämon befleckten Seelen zu vertreiben und damit wieder Ordnung und Wohlstand in die Stadt zurückzubringen.

Siegbert wurde übel bei dem Gedanken, dass er, der alles für die Machterhaltung ebendieses Rates getan hatte, nun mit gebundenen Händen dastand und nicht das Geringste auszurichten vermochte, um dieses völlig sinnlose und grausame Unterfangen zu verhindern. Auch sein Gespräch mit dem Erzbischof, der seine Stellung ausschließlich ihm zu verdanken hatte, war ergebnislos verlaufen. Gottfried von Arnsberg dachte nicht daran, sich großartig in die Angelegenheit einzumischen. Siegberts Bestreben, einen gescheiten jungen Mann über viele Jahre hinweg zum Erzbischof aufzubauen, der dem Rat zugewandter sein sollte als dem Klerus, war gescheitert. Und nun saß er in seinem Bischofspalast, der mächtige Gottfried von Arnsberg, nannte sich selbst Erzbischof von Gottes Gnaden, wenngleich der Klerus ihn nur unter dem erheblichen Druck des Rates zum Erzbischof gemacht hatte, und rührte keinen Finger, um seinem Förderer beizustehen. Nie zuvor hatte Siegbert sich so nutzlos und alt gefühlt. Schon viele schwere Schicksalsschläge hatte er in seinem Leben erdulden müssen. Früh waren seine Eltern gestorben, noch jung hatte er die Geschäfte übernehmen müssen. Und sein Weib, obgleich weit jünger als er, hatte die gemeinsame Tochter nur wenige Jahre heranwachsen sehen. Viele Freunde hatte er verloren, manche waren gestorben, einige hatten ihn enttäuscht, wieder andere waren fortgegangen, ohne dass er wusste, ob er sie je wiedersehen würde. Doch noch nie hatte er eine so große Verzweiflung und Mutlosigkeit in sich gespürt wie in diesen letzten Tagen. Er sann darüber nach, ob er Anna sagen sollte, wer ihr leiblicher Vater war, fragte sich dann aber, was damit gewonnen wäre. Sie würde auf einen kaltherzigen Menschen treffen, für den sie nichts weiter als ein Stachel war, den er sich bereits vor langer Zeit aus dem Fleisch gezogen hatte. Womöglich würde er sie sogar als Bedrohung ansehen und ihr Schaden zufügen wollen. Von Goossen verwarf den Gedanken, mit Anna zu sprechen. Sie hatte schon genug Sorgen um das Schicksal ihres »Bruders«. Siegbert dachte mit Sorge daran, wie eng aneinandergedrängt die beiden im Lagerhaus auf ihn gewartet hatten. Er sah noch immer ihre ineinander verschlungenen Finger vor sich und wähnte, dass es ein Fehler gewesen war, die Lüge, Gawin wäre sein Enkel, aufrechterhalten zu haben.

Doch womöglich würde dies übermorgen schon keine Rolle mehr spielen, wenn es ihm bis dahin nicht gelungen war, die Unschuld des jungen Mannes zu beweisen.

Es klopfte an der Tür zum Goossen-Haus, und Siegbert hörte, wie Marquardt unten ein paar Worte mit jemandem wechselte. Er erhob sich, ging in den Korridor und ein Stück die Treppe hinunter. Doch sein Diener hatte das Gespräch schon beendet, schob den Riegel vor und drehte sich zu ihm um.

»Es war ein Bote mit Nachricht für Eure Enkelin, Herr.«

»Was für eine Nachricht?«, fragte Anna, die gerade aus dem Nähzimmer trat, in dem sie gemeinsam mit Esther die Morgenstunden verbracht, aber kaum etwas gearbeitet hatte.

Sie sah Marquardt fragend an.

»Eure Freundin, die Seifensiederin, lässt Euch ausrichten, dass eine gewisse Binhildis verstorben ist.«

Anna nickte. »Danke.«

»Der Bote sagte noch, es sei bereits vor drei Tagen geschehen, doch die Seifensiederin würde Euch erst jetzt verständigen, weil sie sicher sein wollte, dass sie und ein gewisser Ambertin …«

»Anderlin«, korrigierte Anna.

»Ebenjener«, räumte Marquardt ein, »sich nicht angesteckt hätten. Sie möchte sich mit Euch treffen, und zwar zur Mittagsstunde.«

»Gut, und wo?«

»Vor dem Dom, schlug sie vor.«

»Ich danke dir, Marquardt.«

Er verbeugte sich und verschwand in Richtung Küche.

»Sie scheint mir eine umsichtige Frau zu sein, deine Freundin«, bemerkte Siegbert.

Unvermittelt ging Anna zu ihm hinüber und umarmte ihn.

»Ja, das ist sie.« Fest schmiegte sie sich an ihn, und er erwiderte die liebevolle Geste.

»Nanu, womit habe ich mir das denn verdient?«

»Damit, dass du mein Großvater bist«, gab Anna zurück. »Und damit, dass du so bist, wie du bist.« Sie lächelte, und beide genossen diesen Moment der Unbeschwertheit.

Als Anna am Mittag zum Dom ging, überwog die Freude in ihr, Margrite nach so langer Zeit gesund wiederzusehen. Gertrud begleitete sie noch ein gutes Stück bis zu den Marktständen. Doch von dort aus konnte Anna bereits die kräftige Gestalt, die vor dem Westportal des Doms auf sie wartete, erkennen.

Sie beschleunigte ihren Schritt und rannte das letzte Stück

sogar, bis die herzliche Umarmung Margrites sie zum Stehen brachte.

»Du hast mir so gefehlt!« Anna drückte ihr einen herzhaften Kuss auf die Wange.

»Ach, meine Kleine, ist das schön! Gehen wir ein Stück?«

Sie schlenderten ohne Ziel durch die Gassen. »Hat Binhildis noch sehr lange leiden müssen?«

Margrite nickte. »Ja, und es war schrecklich zusehen zu müssen, wie die Arme sich quälte, ohne ihr helfen zu können. Glücklicherweise hat sich meine Befürchtung, Anderlin oder ich könnten uns angesteckt haben, nicht bestätigt.«

»Hast du von den Beschuldigungen gegen Gawin gehört?«

»Ja, aber erst heute Morgen. Wir waren die ganzen letzten Tage nicht mehr draußen. Als ich es erfuhr, bin ich fast umgefallen vor Schreck. Das ist auch einer der Gründe, weshalb ich dich um dieses Treffen bat.«

»Was meinst du?«

Sie waren stehen geblieben. »Gawin hat die Meister nicht ermordet.«

»Ich weiß, dazu wäre er nicht fähig. Doch wir müssen seine Unschuld beweisen. Und damit sieht es nicht gut aus.«

»Das meine ich nicht.« Margrite fuchtelte mit der Hand. »Ich weiß genau, dass er es nicht war.«

»Woher?«

»Weil der Täter es mir selbst erzählt hat.«

»Du weißt, wer es war?« Annas Stimme überschlug sich.

»Mach dich darauf gefasst, dass diese Nachricht alles andere als schön ist«, bereitete Margrite sie vor. »Es war Hanno zusammen mit einigen anderen.«

»Also hatte Gawin doch recht damit, dass Hanno etwas mit Jordans Tod zu tun hat. Und nun versucht er also auf diese Weise …«

»Was?«

»Hanno ist einer von denen, die Gawin der Tat beschuldigen und als Zeugen gegen ihn aussagen.«

»Oh, mein Gott! Aber weshalb? Sie waren Freunde.«

»Sag das Hanno. Er scheint es nämlich vergessen zu haben. Seine Aussage hat er jedenfalls bis heute nicht zurückgezogen. In zwei Tagen findet auf dem Marktplatz die Verhandlung statt. Und wenn bis dahin nicht noch ein Wunder geschieht, ist es um Gawin geschehen.« Sie hatte die Hände ihrer Freundin ergriffen.

»Dass Hanno und die Aufrührer es Gawin anhängen wollen, wusste ich noch nicht. Ich war gleich, nachdem ich in der Früh von den Anschuldigungen erfuhr, im Rathaus, um dort meine Aussage über das zu machen, was Hanno mir gestanden hat.«

»Und?«

»Man hat mich nicht vorgelassen. Zeugen sollen in der öffentlichen Verhandlung auf dem Marktplatz angehört werden, wie es die Ordnung verlangt.«

»Wie es die Ordnung verlangt«, wiederholte Anna spöttisch. »Was ist das für eine Ordnung, in der viele Mörder mit dem Finger auf einen Unschuldigen zeigen und man ihre Worte für bare Münze nimmt?«

Sie gingen weiter, bis sie das Goossensche Haus erreichten.

»Ich werde sehen, was ich tun kann, um doch noch beim Rat Gehör zu finden. Und du berichte bitte umgehend deinem Großvater von unserem Gespräch, vielleicht kann er ja seinerseits auch etwas unternehmen.«

»Warum kommst du nicht gleich mit und sprichst selbst mit ihm? Womöglich hat er oder der Advokat einen Einfall, wie sich deine Aussage am besten nutzen lässt.«

Margrite sah an dem stattlichen Haus hinauf, das ihr mit all seiner Pracht Respekt abzufordern schien und diese Wirkung nicht verfehlte.

»Wenn es Gawin hilft.« Es klang unsicher und ein wenig halbherzig. Das Lächeln Annas, die ihre Freundin darauf an der Hand nahm und beschwingt mit ihr das Haus betrat, ließ ihre Unsicherheit jedoch schnell wieder schwinden.

Er hatte dieses Weib schon einmal gesehen, doch ihm wollte ums Verrecken nicht einfallen, wo das gewesen war. Helme zermarterte sich den Kopf seit dem Moment, in dem er die beiden Frauen beobachtet hatte, die Hand in Hand das Haus des Alten von Goossen betreten hatten.

Schon seit zwei Tagen klapperte er – entsprechend dem Bericht des Novizen – alle Patrizierhäuser Bremens ab, observierte sie und fragte das Gesinde, das in ihnen ein und aus ging, nach Anna, sobald sich die Gelegenheit dazu bot. Allein das Goossensche Gebäude hatte er dabei außen vor gelassen, denn den Gedanken, dass Anna und ihr Großvater sich kennengelernt hatten und sie bei ihm eingezogen sein könnte, hatte er für zu abwegig gehalten, um ihn ernsthaft in Erwägung zu ziehen. Er hatte sich getäuscht und war nur dank eines Zufalls noch auf Annas Spur gestoßen. Einer der Marktständler hatte ihm auf seine Nachfrage hin von einer jungen Frau berichtet, auf die seine Schilderung zutraf. Er erzählte ihm außerdem, dass diese regelmäßig Tuchballen bei einem Händler am Nebenstand kaufte und dass sie weiterhin die Enkelin eines der bedeutendsten Ratsherren der Stadt sei und stets einen Lakaien dabeihätte, der mit den Händlern um die Waren feilschte, die das junge Fräulein aussuchte.

Fast konnte Helme es nicht glauben, dass von Goossen und Anna sich auf solch verschlungenen Umwegen wiedergefunden hatten. Denn dies verschlechterte seine Ausgangslage ungemein, würde er sich das Miststück nun wohl kaum mehr so einfach schnappen und von hier fortschaffen können.

Damit waren seine ursprünglichen Pläne zunichtegemacht, obwohl er deshalb noch lange nicht daran dachte, die Sache verloren zu geben.

Er musste nur umdenken. Wenn der Alte von Goossen das Mädchen nicht nur bei sich aufgenommen, sondern womöglich gar in sein Herz gelassen hatte, könnte sich dieser Umstand für ihn durchaus noch auszahlen. Hatte Siegbert Katharina und ihre Tochter früher auch nicht in seiner unmittelbaren Nähe haben wollen, würde er Letztere jetzt vielleicht doch schmerzlich vermissen, so sie ihm wieder entrissen werden würde. Dies könnte ihm eine unglaublich hohe Einmalzahlung verschaffen, mit der er bis ans Ende seiner Tage ein sorgloses Leben führen – und Anna dennoch grausam töten könnte. Ja, die veränderte Ausgangslage könnte sich in der Tat noch als wahrer Glücksfall erweisen.

So beobachtete er nun schon eine Weile das Kommen und Gehen im Hause Goossen. Seine Erregung war gewachsen, als er Anna wenig zuvor allein vor die Tür hatte treten sehen. Gerade hatte er sie sich holen wollen, da war eine knittrige Alte, womöglich die Haushälterin, zu ihr hinausgekommen und gemeinsam mit ihr ein Stück des Weges gegangen. Zwar war die Alte danach zum Markt abgebogen, aber da hatte Anna auch schon die Beine in die Hand genommen und war auf die Frau zugelaufen, mit der sie nun gemeinsam wieder ins Goossen-Haus zurückgekehrt war.

Außerdem war Bruder Hermannus nicht bei ihm. Der nutzte die Zeit, um seine offenbar nicht weniger werdenden Münzen im Hurenhaus zu lassen, stand ihm doch die Rückkehr ins Kloster in absehbarer Zeit vor Augen. Helme kratzte sich bei dem Gedanken zwischen den Beinen. Auch er hatte seit jener Nacht in Köln, als er in die Augen der kleinen Jüdin gesehen hatte, während er ihrem Vater genüsslich die Kehle durchtrennte, keine Erleichterung mehr gefunden. Schon der Gedanke daran erregte ihn, und so zog er sich noch tiefer in den schmalen Gang zwischen zwei Häusern zurück, um für einen Moment die Augen zu schließen und sich ganz seiner Erinnerung hingeben zu können.

Nicht lange nachdem die stämmige Frau zusammen mit Anna das Haus betreten hatte, kam sie auch schon wieder heraus und ging rasch davon. Helme beschloss ihr zu folgen. Er müsste ohnehin auf Hermann warten und mit ihm gemeinsam eine Gelegenheit abpassen, bei der sich Anna weit genug und möglichst allein von dem Goossen-Haus entfernte, um sie dann, ohne die Aufmerksamkeit anderer zu erregen, mit sich nehmen zu können. Würde sein Plan durch ein allzu forsches Vorgehen vereitelt oder der alte Siegbert Wind von ihm bekommen, wäre alles dahin – und das wollte er unter keinen Umständen riskieren. Und so ging er Margrite nach, bis diese bei sich angekommen und im Haus verschwunden war. Nun hieß es, so viele Nachforschungen wie möglich anzustellen, um in Erfahrung zu bringen, mit wem Anna verkehrte, wohin sie wann ging und was für Angewohnheiten sie sonst noch hatte. Je mehr er über sie in Erfahrung brächte, desto sicherer konnte er sich sein, sie einzukreisen und ihr jeden Rückzugsweg versperren zu können. Er war wieder auf der Jagd, und jede Faser seines Körpers dankte es ihm mit dieser ganz speziellen Art von Befriedigung, die er viel zu selten erfuhr.

Langsam schlenderte er zum Hause Siegberts zurück, den er nach so vielen Jahren nun zum ersten Mal wiedersah. Er war soeben aus der Tür auf die Gasse getreten und schlug den Weg Richtung Dom ein. Alt war er geworden, geradezu ein Greis, nur noch ein Schatten jenes bedeutenden Mannes, der ihn seinerzeit mit so entschiedener Geste aus der Stadt verwiesen und in die Verbannung geschickt hatte. Siegbert von Goossen war als Gegner kaum mehr ernst zu nehmen. Lange hatte er auf diesen Tag warten müssen. Der Alte bog um die nächste Hausecke und war aus seinem Blickfeld verschwunden.

Kurz dachte er daran, schnell auf das Haus zuzugehen, an die Tür zu klopfen und diese mit Wucht aufzustoßen, sobald der Riegel von innen zurückgeschoben wurde. Doch wusste er nicht, wie viele Wachleute der Alte von Goossen insgesamt beschäftigte. Vier an der Zahl hatte er jedenfalls schon gezählt, die zu unterschiedlichen Zeiten das Anwesen betreten und wieder verlassen hatten. Aber das waren nur die, die regelmäßig den Vordereingang benutzten. Was auf der Rückseite des Hauses geschah, konnte er nur erahnen. So ließ er den Gedanken, sich gewaltsam Zutritt zu verschaffen, wieder fallen und nahm lieber wieder den Beobachtungsposten ein, den er schon in den letzten Tagen bezogen hatte. Er würde den richtigen Moment abwarten und hatte auch schon eine sehr genaue Vorstellung davon, wann dieser gekommen sein könnte. In den Schänken erzählte man von einem großen Prozess, der in zwei Tagen auf dem Marktplatz abgehalten werden sollte. Es ging um irgendeinen Lehrburschen, der einige Meister niedergemacht haben sollte. Wie immer würden sich dann fast alle Einwohner der Stadt dort versammeln, um sich das Spektakel nicht entgehen zu lassen. Und diesen Umstand wollte Helme für sich nutzen. Entweder würde Anna dem Schauspiel beiwohnen, oder aber sie bliebe zu Hause. Siegbert von Goossen jedoch müsste wegen seiner Stellung im Rat der öffentlichen Verhandlung in jedem Fall beiwohnen. Und ein paar seiner Wachleute würden sich an diesem Tage ebenfalls dort einfinden müssen, wenn auch nur schwer abzusehen war, wie viele. Jedenfalls wären sie weder in voller Stärke im Goossenschen Haus noch auf dem Marktplatz. Und überdies vertraute Helme auf die jedem Menschen innewohnende Neugierde und setzte folglich darauf, dass Anna sich dem Schauspiel nicht entziehen würde. Fand er doch selbst ein gewisses Vergnügen an der Vorstellung, neben der Möglichkeit, Annas habhaft zu werden, auch noch einen Menschen sterben zu sehen.

»Hast du ihr alles erzählt?« Anderlin nahm Margrite, die er sich gegenüber Dritten angewöhnt hatte, als sein Eheweib zu bezeichnen, zur Begrüßung in den Arm und ließ seine Hände auf ihren Hüften ruhen.

»Ihr, und auch ihrem Großvater, dem Ratsherrn.«

»Und? Wird er uns Gehör verschaffen?«

»Ihm sind die Hände gebunden. Wir werden bis zur Verhandlung auf dem Marktplatz warten müssen. Doch er schien sehr erleichtert, die Geschichte aus meinem Munde zu erfahren. Womöglich hat er selbst schon an der Unschuld Gawins zu zweifeln begonnen oder war einfach niedergeschlagen, ihm trotz all seiner Macht nicht helfen zu können. Ich weiß es nicht.«

»Gewiss wird alles gut, sobald wir auf dem Marktplatz sprechen können.«

»Das hoffe ich.« Sie legte ihren Kopf an seine Schulter. »Wir haben viel Schutz erfahren durch den Herrn. Dass wir uns bei Binhildis nicht angesteckt haben, ist allein schon ein Wunder.«

»Ein Wunder?« Anderlin wiegte den Kopf hin und her. »Ich glaube, dass die Krankheit uns nichts konnte, hängt eher damit zusammen, dass du alles im Haus – uns eingeschlossen – ständig einer übermäßigen Reinigungsprozedur mit deinen verschiedenen Seifen unterzogen hast. Vielleicht sollten wir dies auch an den Medicus weitergeben, der sich um die vielen Pestkranken kümmert.«

»Und du glaubst, man würde auf uns hören?«

»Du hast recht. Wer sollte das schon tun?«

Sie nickte bedauernd.

Es war nur noch ein Tag bis zur Verhandlung, und Anna blickte dem kommenden Tage mit Schrecken entgegen. Ihre ursprüngliche Hoffnung, Gawin könne möglicherweise freigelassen werden, war gänzlich geschwunden. Selbst an ein Wunder glaubte sie nicht mehr. Seit Gawin festgesetzt war, schlief sie kaum noch und konnte so gut wie keinen Bissen mehr zu sich nehmen. Esther stand ihr bei, so gut es ging, vermochte jedoch nur wenig gegen die lähmende Angst auszurichten, die Anna mehr und mehr ihre innere Kraft raubte.

Im Eingangsbereich erhoben sich Stimmen.

»Mein Herr ist nicht da, und er hat mir auch nicht gesagt, dass er Besuch erwartet!« Der zweite Wachposten hatte sich breit neben dem ersten vor der Tür aufgebaut.

»Ich muss Euch daher bitten später wiederzukommen.«

»Wo können wir den Ratsherrn finden?«

»Das darf ich Euch nicht sagen.«

»Und die junge Frau Esther, ist sie da?«

Anna gefror das Blut in den Adern. Womöglich war das der Mann, der Esthers Vater ermordet hatte und nun versuchte, sich durch eine List Zugang zum Haus zu verschaffen. Sie erhob sich auf die Zehenspitzen, um über die Wachen hinweg einen Blick auf die Gesichter der Männer zu erhaschen, die Einlass begehrten. Doch sie konnte lediglich erkennen, dass es zwei waren.

»Auch darüber werde ich Euch keine Auskunft erteilen.«

»Hört mir zu, guter Mann. Ich selbst gab Esther in die Obhut Eures Herrn. Er sandte mir eine Nachricht, dass sie sich in Gefahr befände.«

»Niemand hier im Hause befindet sich in Gefahr.«

Vorsichtig schlich Anna im Rücken der Wachen die Stufen hinauf und öffnete dort leise die Tür zum Zimmer der Jüdin. Diese kniete gerade, einen zarten Schal über Kopf und Schultern gelegt, vor ihrem Bett und sprach ein Gebet.

»Bitte entschuldige, wenn ich dich störe«, flüsterte Anna, »aber unten sind zwei Männer, von denen einer behauptet, eine Nachricht von Siegbert erhalten zu haben. Die Wachen verwehren ihnen den Zutritt. Kannst du vielleicht vorsichtig von oben nachsehen, ob einer der beiden der Patrizier ist, der dich gerettet hat und dein Vertrauen besitzt?«

»Wyland!«, entfuhr es Esther.

»Scht! Wenn er es nicht sein sollte, läufst du Gefahr, dass er sich gewaltsam Zutritt verschafft, sollte er deiner ansichtig werden.«

Esther bedeutete der Freundin verstanden zu haben und schlich dann, so leise sie konnte, hinter dieser auf den Korridor hinaus. Am Treppengeländer blieben sie stehen, und Esther lauschte. Zwar konnte sie nicht jedes Wort verstehen, aber darüber, wem die Stimme, die zu ihr nach oben drang, gehörte, bestand für sie kein Zweifel.

»Wyland!« Sie hob die Röcke und hastete die Stufen hinab.

Die Wachen drehten sich nach ihr um und traten beiseite, als sie bei ihnen angekommen war.

»Dem Herrn sei Dank!« Wyland umarmte Esther so heftig, dass der jungen Frau einen Augenblick lang die Luft wegblieb.

Siegberts Leute gaben nun vollständig die Tür frei und ließen Wyland und Cornelius eintreten.

Helme glaubte, seinen Augen nicht zu trauen. Was zur Hölle machten die Kölner Geldsäcke unter Siegberts Tür? Und spielten ihm seine Augen einen Streich, oder war das junge Mädchen, das den Patrizier Wyland soeben leidenschaftlich umarmt hatte, nicht die kleine Schlampe, die ihm während der »Judenschlacht« entkommen war?

Als die Tür des Goossenschen Hauses von innen verschlossen wurde, kam er aus seinem Versteck hervor und machte sich davon. Die Ankunft der Kölner veränderte alles, schon zum zweiten Mal würde er seinen Plan ändern und noch einmal gründlich nachdenken müssen. Vor allem, weil es vielleicht sogar geschickter sein könnte, gleich beide junge Frauen zu verschleppen. Bruder Hermannus hätte bestimmt nichts dagegen, würde bei zwei Frauen anstatt einer doch der ein oder andere Leckerbissen mehr für ihn abfallen. Ein hämisches Lächeln huschte über sein Gesicht. Das Glück schien ihm insofern gewogen, als es ihm nun auch noch die Jüdin in die Arme trieb. Selbst wenn das bedeutete, dass er sich jetzt nicht nur um Siegberts Wachleute, sondern auch noch um die zwei Kölner kümmern musste. Aber für die würde ihm sicher noch etwas Besonderes einfallen.

47. Kapitel

Der Menschenauflauf war gewaltig. Siegbert hatte mit weniger Leuten gerechnet, hatte die Angst vor der Pest sie doch in den letzten Wochen daran gehindert, auf die Straße zu gehen. Nichtsdestotrotz wollte sich dieses Spektakel anscheinend kein Bremer Bürger entgehen lassen, und so blickte man aus den Fenstern des Rathaussaales über ein Meer von Köpfen, das sich vom Marktplatz bis hinüber zum Dom erstreckte.

Direkt neben dem Podest, auf dem die Verhandlung stattfinden sollte, war ein gesonderter Holzsockel errichtet worden, auf dem der größte Kessel stand, den er jemals gesehen hatte. Seitlich des Gefäßes waren Eisenstangen angebracht und im Boden verkeilt worden, die sein Gewicht hielten, während direkt unter ihm Holzscheite und Stroh als Nahrung für das Feuer aufgeschichtet waren, mit dem das bereits dampfende Wasser erneut zum Kochen gebracht werden würde.

Helfer schleppten in Bottichen reihum Wasser herbei, das sie in den Kessel füllten, welchen sie danach immer wieder sorgsam mit einer Holzplatte abdeckten, damit die Hitze nicht entweichen konnte. Es hatte bereits ein Unglück gegeben, als ein unaufmerksamer Bediensteter beim Befüllen des Kessels abgerutscht war und sich ein Teil des kochend heißen Wassers über seinen Leib ergossen hatte. Seine Schmerzensschreie waren im Johlen der Menschen untergegangen, die teils erschrocken kreischten, teils jubelten.

Siegbert wandte sich angewidert ab. Der Menschen Seele war in seinen Augen das Grausamste, was diese Welt je hervorgebracht hatte. Das Ganze hier war ihm unerträglich. Und er wusste auch nicht, ob er richtig gehandelt hatte, indem er ausschließlich Bürgermeister Heinrich Doneldey von Margrite und Anderlin berichtet hatte, die sich während der laufenden Verhandlung zu Wort melden würden, um auszusagen, was Hanno ihnen gestanden hatte.

Margrite war in der Stadt bekannt. Sie besaß die Bürgerrechte, und ihre Stimme besaß Gewicht, wenn auch kein übermäßig großes. Über Anderlin hingegen wusste er so gut wie nichts. Und so käme es vor allem auf die Glaubwürdigkeit der beiden und auf die Sympathie an, die das Volk ihnen entgegenbringen würde. Die Menschen wollten am heutigen Tage jemanden kochen sehen, wobei nicht nur die Art der Hinrichtung neu und reizvoll für die Bremer war. Auch der Gedanke, dass mit diesem Kochen der Teufel und seine Pestboten aus der Stadt vertrieben werden würden, ließ sie in Hochstimmung geraten.

Blieb nur zu hoffen, dass Gawin am Ende nun doch nicht in dem übergroßen Topf landete, der schon gut mit Wasser gefüllt war. Einerseits sollte das Feuer darunter nicht zu früh entzündet werden. Schließlich wusste man nie, wie lange sich eine Verhandlung noch hinzog. Andererseits wollte man auch nicht riskieren, dass das Wasser nicht rechtzeitig zum Sieden gebracht wurde und die Zuschauer deshalb lange warten mussten, bis der Verurteilte endlich zu schreien begann.

»Bist du so weit?« Heinrich Doneldey war unbemerkt an Siegbert herangetreten und legte ihm freundschaftlich die Hand auf den Rücken.

»Kann man bei so etwas überhaupt so weit sein?«

»Es wird schon, mein Freund. Vertrau auf den Herrn.«

»Ich kann nur hoffen, dass dieser sich nicht gerade mit Grauen von diesem Spektakel abwendet.«

Gemeinsam verließen sie, begleitet von den Stadtbütteln,

das Rathaus und bahnten sich ihren Weg durch die Menge zum Marktplatz, wo sie als die letzten von allen Ratsmitgliedern ihren Platz auf dem Podest einnahmen.

Auf der anderen Seite des Podestes setzte sich in diesem Augenblick Advokatus Amandus Scheller auf den für ihn vorgesehenen Stuhl.

Anna reckte den Hals. Gawin war noch nicht hier. Sie schauderte bei dem Gedanken, dass er wahrscheinlich in einem Gefangenenwagen auf den Marktplatz herangeschafft werden würde, damit die Leute genug Zeit hätten, ihn auf dem Weg hierher zu bespucken und zu verhöhnen. Sie war deshalb erstaunt, als er, zwar mit auf den Rücken gefesselten Händen, lediglich mit einer Wache an seiner Seite, wie aus dem Nichts auf dem Podest auftauchte und zur Rechten des Advokatus auf einen zweiten Stuhl gedrückt wurde.

Sein Blick schweifte über die Menge. Sie versuchte, sich weiter nach vorne zu schieben, damit er sah, dass sie hier war, um ihm in dieser schweren Stunde beizustehen. Doch die Menge stand schon jetzt so dicht, dass sie Mühe hatte, ihren Fuß auch nur einen einzigen winzigen Schritt nach vorne zu setzen.

Bürgermeister Doneldey erhob sich und richtete sich in voller Größe vor den Leuten auf. »Ihr lieben Bremer! Wir sind heute hier, um ein Verbrechen, welches an Abscheulichkeit seinesgleichen sucht, aufzuklären und den oder die Schuldigen ihrer gerechten Strafe zuzuführen.«

Seine Wortwahl, die zu verstehen gab, dass es auch mehrere Angeklagte geben könne, war dem Volk durchaus nicht entgangen. Ein Raunen und Flüstern ging darauf durch die Menge.

»Lasst euch gesagt sein, dass wir Bremer es nicht zulassen, wenn unschuldige Menschen so grausam aus unserer Mitte gerissen werden!«

Jubel brach aus. Der Bürgermeister hob beide Hände, um sich erneut Gehör zu verschaffen.

»Das Verbrechen, welches hier verhandelt wird, muss bis ins Kleinste aufgeklärt werden. Deshalb ist es auch unbedingt notwendig, dass wir uns alle, die wir heute hier versammelt sind, so benehmen, wie es einer solchen Verhandlung geziemt. Sollte dies nicht geschehen, sähe sich der hohe Rat leider dazu gezwungen, den Prozess in den Rathaussaal zu verlegen und euch an der weiteren Verhandlung nicht mehr teilhaben zu lassen.«

Geflüsterte Unmutsbekundungen kamen auf. Doch wagte keiner offen aufzubegehren. Die Befürchtung, die Verhandlung würde dann sofort, noch ehe sie überhaupt begonnen hätte und man zu seinem Vergnügen gekommen wäre, verlegt werden, war zu groß.

»Seht euch den Beschuldigten an, ihr Bremer, und hört, was er zu sagen hat. Und seht euch ebenso die Zeugen an und lauscht ihren Ausführungen. Am Ende wird der Rat in euer aller Namen zu einem Urteil kommen, um Recht zu sprechen. Es liegt an jedem Einzelnen von euch, ob es hier auf dem Marktplatz dazu kommt oder nicht.«

Er drehte sich um und wandte sich Gawin zu.

»Herr Advokatus, seid Ihr bereit?«

Scheller erhob sich von seinem Platz. »Das sind wir, Herr Bürgermeister.«

»Und möchte der Beschuldigte etwas sagen zu den schweren Vorwürfen, die gegen ihn erhoben wurden?«

»Das möchte er.« Er gab Gawin ein Zeichen, sich ebenfalls zu erheben. Mit gesenktem Kopf folgte dieser der Aufforderung. Er räusperte sich und musste mehrmals schlucken, bevor er einen Ton herausbringen konnte.

»Nie hätte ich meinem geliebten Meister so etwas angetan – und auch keinem anderen Menschen.« Sogleich setzte er sich wieder, und Advokat Scheller nickte ihm zu.

»Das ist aber ein gutaussehender Bursche«, hörte Anna eine junge Frau neben sich einer anderen zuflüstern. »Schade um ihn, wenn sie ihn wirklich kochen sollten.«

Anna warf der Frau einen kurzen Blick zu, wandte sich dann aber wieder dem Geschehen auf dem Podest zu.

»Die Anklage mag verlesen werden«, hörte sie den Bürgermeister soeben anordnen.

Ein Mann, den sie nicht kannte, trat vor und verlas darauf die Klageschrift. Wer nicht schon vorher wusste, worum es ging, hätte in dem Stimmengewirr, das nun wieder auf dem Platz aufkam, nichts von dem verstanden, was vorgetragen wurde. Anna mühte sich ruhig zu bleiben, bis der erste Zeuge, ein Mann namens Leupold, endlich aufgerufen wurde. Er erschien auf dem Podium und ratterte seine Aussage herunter. Nicht nur Anna kam es dabei so vor, als hätte er seine Worte auswendig gelernt, denn sie hörte die Frau von vorhin und einen Mann rechts von ihr eine Bemerkung in diese Richtung machen. Gawin warf der Zeuge dabei keinen Blick zu, nicht einmal, als er an ihm vorbeischlich und die Treppen zum Podium wieder hinabstieg.

Genauso verhielt es sich auch mit den anderen Zeugen, weshalb Anna nach einer Weile den Aussagen auch nur noch mit halbem Ohr zuhörte. Erst als Hanno erschien, schenkte sie dem Geschehen wieder ihre volle Aufmerksamkeit. Er begann zu sprechen, und seine Angaben unterschieden sich in nichts von denen seiner Vorredner. Durch die Menge hindurch suchte sie seinen Blick und glaubte auch, dass ihrer beider Augen sich kurz begegnet wären. Denn Hanno senkte darauf sofort das Haupt und sah zu Boden, als ob er der Verachtung, Wut und Enttäuschung in ihrem Blick nicht habe standhalten können. Ein Gefühl der Genugtuung erfüllte sie, während die Zuschauer erneut zu raunen und zu tuscheln begannen. Alles schien gesagt, nun wartete man darauf, was als Nächstes geschehen würde.

Bürgermeister Doneldey baute sich erneut gut sichtbar vor der Menge auf. »Dies waren nun die Zeugen, die gegen den Beschuldigten sprachen.« Er vollführte eine Halbdrehung. »Herr Advokatus, gibt es hierzu noch etwas zu sagen?«

Scheller erhob sich.

»Eine ganze Menge, Herr Bürgermeister. Aus diesem Grunde möchte ich die Zeugen auch zu einem späteren Zeitpunkt noch einmal befragen. Für den Moment jedoch rufe ich die Seifensiederin Margrite Schonau auf, eine Bürgerin dieser Stadt, die jedem hier als ehrliches und aufrichtiges Weib bekannt ist.«

Margrite stieg auf das Podest, und Bürgermeister Doneldey setzte sich wieder. Wie gern ich jetzt nur Hannos Gesicht sehen würde, dachte Anna bitter.

»Wollt Ihr bitte laut und vernehmlich berichten, was Ihr über das Geschehen um die sogenannten Meistermorde wisst, Bürgerin?« Der Advokatus legte die Betonung auf das letzte Wort.

»Das will ich tun, wenngleich es nicht viel zu berichten gibt.« Sie stellte sich aufrecht hin und ließ den Blick über die wartende Menge schweifen.

»Einer derer, die hier soeben behauptet haben, dass der Lehrjunge Gawin seinen wie auch die anderen Zunftmeister gemeuchelt hat, gestand mir gegenüber, selbst einer der Täter zu sein.«

»Welcher von ihnen war es, und was hat ihn Euch gegenüber zu diesem Eingeständnis bewogen? Berichtet alles, was Ihr darüber wisst«, forderte Advokat Scheller sie auf.

»Der junge Mann mit Namen Hanno war es, der mir dies mitteilte, wahrscheinlich, um sein Gewissen zu erleichtern. Er kam am Morgen nach den schrecklichen Taten zu mir.«

Lautes Gemurmel kam in der Menge auf. Scheller hob die Hand zum Zeichen dafür, dass er fortfahren wollte. Sogleich kehrte wieder Ruhe ein.

»Weshalb?«, fragte der Advokat nach. »Seid Ihr befreundet, oder warum wollte er Euch gegenüber seine Schuld darlegen?«

Die Blicke der Bevölkerung wanderten zwischen dem Advokaten und Margrite hin und her.

»Hanno hat einige Wochen in meinem Haus gelebt. Ich vermiete Zimmer«, fügte sie rasch hinzu, um von Anfang an keinen Zweifel über die Verbindung zwischen ihnen aufkommen zu lassen. »Er hatte sich unserer kleinen Gruppe auf dem Weg nach Bremen angeschlossen.« Sie sah kurz zur Seite, wohl um zu überlegen, ob sie noch weiteres Wissen preisgeben sollte. Dann straffte sie ihren Körper. »Das erste Mal gesehen habe ich ihn, als er sich als Einarmiger ausgab, um auf diese Weise eine ahnungslose Bürgerin bestehlen zu können.«

Der Advokat räusperte sich. »Verzeiht mir, doch warum lasst Ihr einen solchen Kerl zur Miete bei Euch wohnen?«

Margrite zuckte mit den Schultern. »Nicht dass ich es gutgeheißen hätte. Ich selbst hätte anstelle dieser Bürgerin sein können. Doch ich dachte mir damals, dass er es nur täte, um überleben zu können. Er tat mir leid, und da dies in einer fremden Stadt geschehen war und nicht in Bremen, meinem eigenen Zuhause, behielt ich mein Wissen für mich.«

Ein Raunen ging durch die Menge. Die Menschen schienen unschlüssig, wie sie das Verhalten der Seifensiederin bewerten sollten.

Advokat Scheller ließ seinen Blick über die Menge schweifen. Die Ehrlichkeit Margrites, sich selbst nicht besser darzustellen, als sie war, hatte ihr einige Sympathiepunkte eingebracht. Mit Genugtuung stellte er fest, dass sie eine gute Zeugin abgab.

»Also würdet Ihr sagen, Ihr hattet Mitleid mit diesem Hanno und wolltet ihm helfen, damit er nicht auch hier in Bremen unschuldige Menschen beraubt?«

»Ja, Herr!« Zwar waren dies nicht Margrites wirkliche Beweggründe gewesen, doch fand sie nicht, dass sie den Advokaten darüber hätte aufklären sollen.

»Gut. Wir verstehen nun, wie Ihr zu diesem Hanno steht. Berichtet uns also denn, was an dem Morgen nach den Meistermorden geschah.«

Ein Raunen ging durch die Menge, und Margrite wartete, bis sie wieder die ungeteilte Aufmerksamkeit der Zuschauer besaß. Dann fuhr sie fort, berichtete über Hannos Erscheinen in ihrem Haus und darüber, wie er verzweifelt gestanden hatte, dabei gewesen zu sein, als Jordan und die anderen ums Leben gekommen waren.

Unter den Zuschauern brachen wilde Streitgespräche los. Anna versuchte herauszuhören, in welche Richtung diese tendierten, und erschrak, als sie feststellen musste, dass die meisten an Margrites Aussage zweifelten. Sie blickte zu Siegbert hinüber, der mit nachdenklichem Gesicht auf die Menge sah. Auch er schien zu spüren, dass bei der Mehrheit der Versammelten keineswegs Zweifel an Gawins Schuld aufgekommen waren.

Als nächster Zeuge wurde Anderlin aufgerufen, der die Aussage seiner Vorrednerin mit seinen eigenen Worten bestätigte. Als er wieder vom Podest stieg, trafen sich Gawins und Siegberts Blick. Sie wussten beide, dass die Angaben der beiden Fürsprecher womöglich nicht ausreichen würden, um den Rat von Gawins Unschuld zu überzeugen. Außerdem war äußerst fraglich, inwiefern die Ratskollegen Siegberts dem Druck der öffentlichen Meinung gewachsen waren oder ihm nachgaben. So oder so musste heute jemand wegen der Morde verurteilt und hingerichtet werden. Das war selbst dem Dümmsten auf dem Platz klar.

»Die Zeugen sind vernommen!« Bürgermeister Doneldey hatte sich wieder von seinem Platz erhoben. »Oder wünscht Ihr, Herr Advokat, einen der Zeugen erneut zu befragen?«

Scheller erhob sich. »Ja! Ich bitte darum, denjenigen, den sie Hanno nennen, erneut vorzuführen.«

Der Bürgermeister gab einem der Büttel ein Zeichen. Nur widerwillig erhob sich Hanno von dem Stuhl, der neben dem der anderen Zeugen direkt vor dem Podest aufgereiht war. Schwerfällig stieg er die Stufen hinauf und blieb an der Stelle stehen, an die ihn der Büttel geführt hatte.

»Da bist du … oh, verzeiht, ich meinte natürlich, da seid Ihr«, er betonte das letzte Worte über Gebühr, »ja wieder. Auch wenn ich nun weiß, dass Ihr Euch früher als Krüppel ausgegeben habt und davon lebtet, ehrbare Bürgerinnen zu bestehlen, möchte ich es in diesem Prozess keineswegs an angemessenem Respekt fehlen lassen.«

Die Menschen lachten auf und fühlten sich offenbar durch die Art und Weise, in der der Advokat Hanno vorzuführen verstand, gut unterhalten.

»Oder war das etwa gelogen?«

»Ehm, was?« Hanno legte seine Stirn in Falten.

»Der Bericht der Bürgerin Schonau, wonach Ihr Euch als Krüppel ausgabt, um besser stehlen zu können?«

»Nein«, flüsterte Hanno und sah betreten zu Boden.

»Wie bitte? Ich kann Euch kaum verstehen.«

»Nein«, wiederholte Hanno laut. »Es war nicht gelogen.«

»Das hatte ich auch nicht angenommen«, stellte Scheller selbstgefällig fest. Der Advokat verschränkte die Hände hinter seinem Rücken und schritt dann auf dem Podest auf und ab, als müsse er alles noch einmal genau durchdenken.

Unruhe kam unter den Zuschauern auf, und auch einige Ratsherren räusperten sich vernehmlich.

Scheller sah hoch, als würde er sich erst in diesem Augenblick wieder gewahr, wo er sich befand und was seine Aufgabe war.

»O verzeiht!«, bat er laut. »Ich war mit meinen Gedanken kurz woanders.«

»Schon gut.« Bürgermeister Doneldey bedeutete ihm mit einem Zeichen seiner Hand nunmehr fortzufahren.

Das war nicht die Vorlage, die sich der Advokat erhofft hatte. Schnell schritt er zu den Stühlen der Ratsherren hinüber. »Nochmals bitte ich Euch um Entschuldigung, Ihr hohen Herren. Doch wisst Ihr, was mich so nachdenklich macht?«

Schwungvoll drehte er sich während dieser Frage um und zeigte mit dem ausgestreckten Finger auf Hanno. »Wie kann einer wie er es wagen, die Bremer für dumm verkaufen zu wollen?«

Wieder ging ein Raunen durch die Menge. Erste zustimmende Rufe kamen auf.

Scheller trat direkt neben Hanno, ließ seinen Blick über die Zuschauer schweifen und machte eine weit ausholende Armbewegung. »Sagt, haltet Ihr all diese Menschen dort wirklich für so dumm?«

Hanno sah ihn verwundert an und zuckte dann mit den Schultern, er wusste nicht, worauf der Advokat mit seiner Frage hinauswollte.

Dieser lachte laut auf. »Habt Ihr das gesehen, Ihr braven

Bremer. Er weiß es nicht. Er weiß nicht, ob er Euch für dumm verkaufen kann oder nicht.«

»Aber das habe ich doch gar nicht …«

Weiter kam Hanno nicht. Der Advokat hob die Hand. »Vielleicht solltet Ihr schweigen, wollt Ihr nicht sogleich Eure eigenen Gebeine dort zischen sehen.« Er deutete mit dem ausgestreckten Arm zum dampfenden Kessel hinüber.

»Also gehen wir das Ganze noch einmal durch«, fuhr er fort. »Ihr lebtet zur Miete bei der Seifensiederin Margrite, die Euch Hilfe anbot und Euch aufnahm, obgleich Ihr von niemandem eine solche Tat erwarten oder gar verlangen konntet. Ist das richtig?«

»Ja, Herr.«

»Und der zu Unrecht Beschuldigte dort drüben, Gawin, lebte ebenfalls eine Zeitlang dort, ist das ebenfalls richtig?«

Hanno nickte schweigend.

»Gut.« Wieder wandte er sich den Zuschauern zu und machte eine weitläufige Handbewegung. »So ist nun jedem hier klar, in welchem Verhältnis ihr alle zueinander steht und dass ihr euch kennt.«

Er verschränkte erneut die Arme hinter dem Rücken und ging auf und ab. Doch diesmal sprach er währenddessen weiter.

»Sagt mir, Hanno, womit verdient Ihr Euer Geld?«

Hanno trat unruhig von einem Bein aufs andere. »Dies und das?«

Der Advokat legte eine Hand an sein Ohr, als hätte er die Antwort nicht verstehen können. »Was sagtet Ihr? Immer wieder sprecht Ihr derart leise, dass das leise Brodeln im Kessel Euch gar übertönt. Also, welcher Arbeit geht Ihr nach, sagtet Ihr?«

»Ich habe mein Geld mit dem Abladen von Schiffen verdient.« Hannos Stimme klang kräftig, doch er sah, während er sprach, nicht auf.

»Wirklich? Eine sehr ehrenwerte Aufgabe, wie ich finde.«

Einige der Zuschauer lachten amüsiert, andere riefen höhnende Worte.

»Na, na!«, mokierte sich der Anwalt. »Bremen ist eine große Handelsstadt. Wenn die reichen Koggen aus aller Herren Länder bei uns anlegen und Hilfe dabei erhalten, ihre Ladung zu löschen, sind sie gewiss froh. Ich finde, dass Hanno hier einen wichtigen Dienst leistet.«

Verunsichert, wie sie hierauf reagieren sollten, schwiegen die Menschen und warteten darauf, was der Advokat als Nächstes vorbringen würde.

»Also, Hanno, Ihr entladet Schiffe, schön, schön. Auf jeden Fall besser, als zu stehlen, nicht wahr?«

Wieder lachten einige.

»Und sonst? Habt Ihr auch andere Arbeiten in dieser schönen Stadt verrichtet, seit die Bürgerin Margrite Euch so freundlich Unterschlupf gewährt hat?«

»Ja.«

»Und was waren das für Arbeiten?«

»In der Zimmerei.«

Der Advokat blieb abrupt stehen und drehte sich zu Hanno um. »Tatsächlich? Ihr seid Zimmermann, genau wie der zu Unrecht Beschuldigte?«

»Ich bin in meiner Ausbildung noch nicht so weit wie er«, räumte Hanno ein.

»Nicht? Warum nicht? Ihr seid etwa gleich lang in dieser Stadt und um einiges älter als er.«

Hierauf wusste Hanno nichts zu antworten.

»Wer hat Euch denn Eure Anstellung gegeben?«

»Jordan.« Es war nur ein leises Krächzen.

»Wie bitte? Ihr flüstert schon wieder.«

»Meister Jordan«, platzte er heraus.

»Nein, wirklich?« Der Anwalt tat erstaunt. »Der Meister des zu Unrecht Beschuldigten hat auch Euch bei sich angestellt? Das war sehr nett von ihm.« Er legte den Zeigefinger nachdenklich auf seine Lippen. »Oder auch nicht. Hat er Euch am Ende gar schlechter behandelt als den zu Unrecht Beschuldigten? Hat er Euch nicht angeboten, dort als Lehrjunge in Dienst zu gehen?«

»Doch, hat er.« Wieder sprach Hanno leise, doch diesmal bemerkte er es selbst und wiederholte seine Worte deshalb so laut, dass er sie fast über den Marktplatz hinweg brüllte.

»Tatsächlich? Und hat Euch die Arbeit gefallen?« Es klang spöttisch.

»Nicht besonders.«

»Was glaubt Ihr, woran das lag? Hattet Ihr minderwertigere Arbeiten zu verrichten als der zu Unrecht Beschuldigte?«

»Nein.«

»Sondern?«

Hanno zuckte mit den Achseln. »Was wollt Ihr eigentlich von mir?« Seine Stimme klang verunsichert und zittrig.

»O entschuldigt, ich wollte Euch nicht zu nahe treten.« Die Worte des Anwalts troffen geradezu vor Spott.

Hanno wäre am liebsten davongestürmt. Doch ein rascher Blick zu den Stufen, die vom Podest hinabführten, sowie zu dem guten Dutzend Büttel, die sich rechts und links neben den anderen Zeugen postiert hatten, ließ ihn den Gedanken zu fliehen, sofort wieder verwerfen.

»Nun, dann kommen wir also zu dem Morgen, an dem Ihr zu der Bürgerin Margrite Schonau kamt, um Euer Gewissen zu erleichtern.« Wieder blieb der Anwalt stehen und führte einen Finger an die Lippen. »Da fällt mir ein, wenn Ihr dort des Morgens erst eintraft, wo habt Ihr die Nacht verbracht, da Ihr doch eigentlich im selben Haus wohntet?«

Endlich glaubte Hanno den Moment gekommen, in dem sich die Dinge zu seinen Gunsten wendeten. »Ich konnte nicht dort schlafen, weil sie eine Kranke aufgenommen hatten.«

»Eine Kranke, tatsächlich?« Der Advokat wirkte einen kurzen Moment verunsichert. Doch dann schien er die Entscheidung getroffen zu haben, weiterhin seinem Instinkt zu folgen und die Befragung in die gleiche Richtung fortzusetzen, wenngleich er damit ein Risiko einging, weil er die Antwort auf seine Fragen nicht mehr vorhersehen konnte.

»Ja.«

»Woran war sie erkrankt, und weshalb konntet Ihr deshalb nicht dort wohnen?« Schon als er das Wort »krank« wiederholte, hatten die Menschen erschrocken geschwiegen. Und Scheller wusste ganz genau, über welche Erkrankung sie hier sprachen – ein Umstand, der ihm nur zusätzlich in die Hände spielen konnte.

»An der Pest«, brachte Hanno knapp hervor.

Entsetzt wichen die Zuschauer nun ein Stück vom Podium zurück.

»An der Pest?«, echote der Anwalt. »Und die Bürgerin Schonau hat sich trotzdem um die Arme gekümmert?«

»Ja.«

»Und sie hat Euch auch davor gewarnt, das Haus zu betreten, damit Ihr Euch nicht ansteckt?«

»Ja.«

»Das ist wahrhaft christlich!« Es klang wie ein Siegesruf.

Der Advokat ging zum Rand des Podests, blieb in der Nähe Margrites stehen und verbeugte sich tief. »Meinen Respekt, Bürgerin Schonau. Menschen wie Ihr seid es, die dieser

Stadt den Ruf verleihen, so einzigartig und barmherzig zu sein wie keine zweite. Ich danke und verbeuge mich tief vor Euch!«

Jubel und Hochrufe brandeten auf. Die Menschen klatschten und riefen Margrites Namen.

Der Advokatus verharrte noch einen Moment in seiner ehrerbietigen Haltung, kam dann mit einem Ruck wieder nach oben und hob die Arme.

»Und habt ihr sie gesehen, ihr braven Bremer? Das blühende Leben ist diese Frau. Sie hat sich nicht angesteckt, weil der Oberste selbst seine schützende Hand über solch ein engelsgleiches Wesen hält!«

Wieder jubelte die Menge schier außer sich vor Freude auf.

Und erneut hob Scheller die Arme. »Doch wir müssen hier die Unschuld des zu Unrecht Beschuldigten beweisen, also lasst uns zur Sache zurückkehren.«

Siegbert von Goossen hatte die Verteidigungsmaßnahmen des Advokaten genau verfolgt. Seiner Meinung nach war dieser ein weit besserer Schauspieler als Rechtsgelehrter, findig mit Worten und Gesten und damit genau der richtige Verteidiger für diese Art von Prozess, erkannte er zufrieden.

»Also, Hanno. Ihr kamt am Morgen ins Haus der Bürgerin Schonau, um Euer Gewissen zu erleichtern. Ist das richtig?«

Hanno sah in die Menge und erkannte das Gesicht des Lautzers, der fast unmerklich mit dem Kopf schüttelte.

»Nein«, war die knappe Antwort.

»Was meint Ihr damit? Dass Ihr nicht in ihr Haus kamt oder dass Ihr nicht Eure Seele erleichtern wolltet? Hattet Ihr vielleicht nur vor, mit der Tat vor ihr zu prahlen?«

Der Angesprochene trat von einem Bein aufs andere. »Ich war nicht dort.«

»Ach nein? Dann wollt Ihr mir also weismachen, die gute

Bürgerin Schonau hätte sich Euer Geständnis nur ausgedacht?«

»Ich, ich …«, stammelte er.

»Verdammt noch mal, Hanno! Sag jetzt endlich die Wahrheit und tu wenigstens einmal in deinem elenden Leben das Richtige!« Margrite war von ihrem Platz aufgesprungen und stemmte die Hände in die Hüfte. »Das ist die letzte Gelegenheit, die der Herr dir gibt, bevor er dich im Ewigen Feuer brennen lässt.«

Erschrocken blickte Hanno zu ihr hinunter, dann schlug er die Hände vors Gesicht und sank in sich zusammen, als hätte er körperliche Schmerzen.

»Ich war es nicht. Doch ich wusste, was sie vorhatten, und habe nichts dagegen getan.«

Mit einem schnellen Schritt war Scheller an seiner Seite und stützte ihn. Rasch warf er dem Schreiber einen Blick zu. »Habt Ihr das aufgeschrieben? Konntet Ihr seine Worte verstehen?«

Der Schreiber nickte und notierte rasch einige Worte mit dem Federkiel auf das Pergament, bevor er wieder aufblickte und dem Advokaten bedeutete, alles aufgeschrieben zu haben.

Nun kam Bewegung in die Menge, und auch Annas Herz schlug schneller. Die Menschen drängten weiter nach vorne, um die nächsten, offenbar alles entscheidenden Momente nur ja nicht zu verpassen.

Sie spürte, dass dies die Wende sein könnte. Hanno stand mittig auf dem Podest, die Hände noch immer vor dem Gesicht, und schien seinen bebenden Schultern nach zu weinen. Der Advokat legte tröstend seinen Arm um ihn und bat erneut mit einer Geste seiner Hand um Ruhe.

»Es ist nicht leicht!«, rief er in die Menge.

»Er wurde zur Falschaussage angestiftet und hat nun verständlicherweise Angst vor denen, die schon vor den Morden an den Meistern nicht zurückgeschreckt sind.«

Hanno ließ seine Hände sinken, und Scheller blieb neben ihm stehen und bedachte ihn mit einem mitleidigen Blick.

»Gleich wird er uns sagen, was wirklich geschehen ist.«

Mit bedächtigen Schritten ging der Anwalt zu seinem Platz zurück und setzte sich.

»Jordan soll ihm alles hinterlassen haben, dem Lehrburschen! Stimmt das?«

Der Ruf kam aus dem Publikum. Sofort sprang Advokat Scheller auf. »Wer hat das gefragt?« Wütend funkelten seine Augen die in erster Reihe vor dem Podest Stehenden an.

»Das war ich!« Ein Mann trat hervor und hob den Arm.

Bürgermeister Doneldey stand nun ebenfalls auf.

»Bist du nicht der, den sie den Lautzer nennen?«

»Das ist richtig, Herr!«

»Wenn das so ist«, entgegnete Scheller, »sollst du, wenn wir der Bürgerin Margrite Glauben schenken, was wohl jeder hier tut, deine Leute zu den Meistermorden angestachelt haben. Womöglich warst du sogar dabei.«

»Ich kann Euch eine Vielzahl von Namen nennen, mit denen ich in der Mordnacht zusammen war und die dies beschwören werden. Doch Ihr habt meine Frage nicht beantwortet: Stimmt es, dass der Lehrjunge alles erbt?«

»Das ist richtig«, antwortete Doneldey statt Scheller.

»Dann scheint mir die Sache eindeutig«, brüllte der Lautzer zu ihm hinauf und grinste schief.

»Und welchen Grund und vor allem wie sollte der Beschuldigte es in nur einer Stunde geschafft haben«, fragte der Bürgermeister nach, »gleich noch drei weitere Meister dem Allmächtigen zuzuführen? Denn für die Zeit danach gibt es Zeugen.«

Advokat Scheller zuckte fast unmerklich zusammen. Er selbst hätte diese Frage nicht gestellt, um dem Lautzer nur ja keine Vorlage für lange Reden zu geben. Er ahnte, was nun kommen würde.

»Ja, seht ihr denn nicht, was hier geschieht, ihr braven Bremer?« Er quetschte sich durch die Menge, bis er direkt vor dem Podium angekommen war. Einige der Umstehenden hievten ihn hinauf. Kaum dass er festen Stand hatte, erhob er laut die Stimme.

»Jeder hier weiß, wer ich bin und was ich fordere! Doch habe ich je dazu aufgefordert, sich mit Gewalt zu holen, was uns rechtmäßig zusteht? Nein!« Er zeigte mit dem Arm auf Gawin. »Er dort, die arme verirrte Seele, die jeder von uns nur bedauern kann, er ist dagegen derjenige, der zu allem bereit war. Auch ich bin zu allem bereit, ja! Aber nicht auf diese Weise!«

Er schritt auf dem Podest auf und ab, rempelte Hanno dabei an und murmelte eine Entschuldigung. Doch seine Augen warfen ihm einen kurzen drohenden Blick zu.

»Und als er danach wieder aus seinem Wahn erwachte, blutbesudelt, und ihm klarwurde, was er getan hatte, fragte er sich, wie er von dem Verbrechen ablenken könnte, das er an dem armen Meister Jordan verübt hatte, und tötete weiter und weiter und weiter.«

»Das reicht jetzt!«, schnauzte Doneldey.

»Die braven Bremer hier haben ein Recht zu erfahren, wie es sich zugetragen hat«, blaffte der Lautzer zurück.

»Lasst ihn reden!«, forderte eine Stimme aus der Menge, der sich sogleich weitere anschlossen.

Doneldey seufzte tief, während die Lippen des Lautzers ein triumphierendes Lächeln umspielte. Das war der Augenblick, auf den er gewartet hatte.

»Ich glaube nicht, dass dieser Gawin ein schlechter Mensch ist.« Der Lautzer machte einen betroffenen Eindruck. »Und, ich weiß, ihr werdet erschrecken, aber ich kann ihn sogar verstehen!«

Verstörte Rufe wurden laut.

Beschwichtigend hob der Redner die Hände. »Habt auch ihr, brave Bremer, Mitgefühl für ihn in eurem Herzen, ich flehe euch an!« Wieder deutete er mit dem ausgestreckten Arm auf Gawin. »Können wir ihm wirklich die Verzweiflung, die in ihm steckte, zum Vorwurf machen? Ich sage euch, nein, wir können es nicht! Dieser Lehrbursche wollte nichts anderes als das, wofür auch ich seit langer Zeit schon kämpfe. Wir Gesellen und Lehrburschen, wir einfaches Volk, die wir aus eurer Mitte kommen, wir wollen Anerkennung! Wir wollen Rechte! Wir wollen spüren, dass unser Schaffen zu einem Teil auch uns selbst zugutekommt!«

Er peitschte die Menschen mit seinen Worten auf, und immer mehr unterstützten ihn, pflichteten ihm bei. Wieder hob er die Arme und brachte die Menge zum Schweigen.

»Ich bin mir sicher, dass er nicht ganz bei Sinnen war, als er die schrecklichen Taten beging. Und der Teufel selbst wird ihm danach eingeflüstert haben, andere dafür bezahlen zu lassen. Deshalb lasst uns weder dem Burschen Hanno, der zu einem falschen Geständnis bereit ist, noch der Bürgerin Margrite oder ihrem Begleiter zürnen. Sie wussten es nicht besser.«

Wieder zustimmendes Gemurmel.

»Nur ...«, erhob er laut die Stimme, »... nur eines dürfen wir nicht vergessen. Dass die Meister tot sind und dass dafür der Angeklagte dort oben bestraft werden muss, so schrecklich dies auch immer sein mag!«

Erschöpft ließ er die Schultern sinken, sah kopfschüttelnd zu

Boden und ließ sich kraftlos vom Rande des Podests nach unten gleiten. Zwei Männer halfen ihm, sicheren Stand zu finden.

Anna begann zu zittern. Der Auftritt des Lautzers hatte die Hoffnung, die kurz zuvor in ihr aufgestiegen war, mit einem Schlag zerstört. Er hatte Gawins Schicksal besiegelt.

Doch da hob Hanno, der während der Rede des Lautzers keinerlei Reaktion gezeigt hatte, den Kopf, und sein Blick traf den des Lautzers, der ihm eine zweite, stille Warnung sandte. Eben noch mut- und antriebslos, spürte er auf einmal eine gewaltige Wut in sich aufsteigen.

»Du elender Lügner!«, brüllte Hanno aus vollem Hals und kam damit dem Advokaten Scheller zuvor, der gerade etwas sagen wollte.

»Sieh dich vor, was du sagst!«, zischte der andere darauf gefährlich leise zurück.

»Das werde ich nicht!«, schnauzte Hanno zurück. »Ich werde nicht länger die der Lüge bezichtigen, die reinen Herzens sind.«

Der Advokat, der fast auf gleicher Höhe stand, atmete geräuschvoll aus.

»Und ich werde mich nicht aus Angst vor dir und deinen Irren verkriechen, die nichts anderes wollen, als all das zu zerstören, was sich ehrliche Menschen in dieser Stadt aufgebaut haben.«

»Halt sofort dein Maul, oder es wird dir noch leidtun.« Das Gesicht des Lautzers war wutverzerrt.

»Es tut mir jetzt schon leid!« Hanno spuckte auf den Boden. »Es tut mir leid, dass ich dir zugehört habe. Es tut mir leid, dass ich dir vertraut habe, und es tut mir leid, dass ich die hintergangen habe, die an mich geglaubt haben.« Er drehte sich zur Seite und wandte sich an die Ratsherren. »Ich möchte eine Aussage machen.«

In diesem Moment kam Bewegung auf. Der Lautzer versuchte, sich durch die dicht gedrängten Menschen zu drücken. Ein Büttel warf dem neben ihm stehenden Wachsoldaten einen schnellen Blick zu, dann sprangen die beiden los. Ein Tumult brach los, als sie die Umstehenden beiseitedrückten, um den Flüchtenden zu erreichen. Doch der konnte sich noch weniger schnell durch die Menge arbeiten und kam daher nicht weit, bis ihn die Hand eines der Wachmänner an der Schulter packte und rückwärts zu Boden riss. Dort wand sich der Lautzer und trat nach ihm, woraufhin einige Männer beherzt zupackten und die Büttel unterstützten. Sie rissen ihn vom Boden hoch und führten ihn gemeinsam mit den Bütteln wie eine Trophäe zum Podest und vor den Rat der Stadt.

»Der ist es, der kochen soll!«

»Kocht ihn, kocht ihn!«, fielen die Leute auf dem Platz in den Ruf mit ein.

Die Zeugen, die zusammen mit Hanno gegen Gawin ausgesagt hatten, starrten nun mit vor Schreck geweiteten Augen umher. Leupold war aufgesprungen und wollte gleich dem Lautzer sein Heil in der Flucht suchen, doch da war schon ein Büttel bei ihm und packte ihn am Kragen.

»Nicht so schnell, Freundchen. Das dürfte auch dich betreffen.«

Der Prozess drohte außer Kontrolle zu geraten, und Bürgermeister Doneldey hatte alle Mühe, sich überhaupt Gehör zu verschaffen.

»Ruhe! Ruhe! Sonst werden wir sofort abbrechen und die Verhandlung über die wahren Schuldigen im Rathaussaal fortführen.«

Gawin atmete erleichtert aus. Wie auf glühenden Kohlen sitzend, hatte er verfolgt, wie sich seine Lage während der Verhandlung mehrfach drehte. Kaum wähnte er sich in Sicherheit, hatte er auch schon wieder befürchten müssen, jeden Augenblick dem Kessel zugeführt zu werden. Nach der Ankündigung des Bürgermeisters jedoch, nun über die wahren Täter weiterverhandeln zu wollen, bestand kein Zweifel mehr, dass sich zumindest für ihn alles zum Guten wenden würde. Sein Blick fiel auf Hanno, der reglos dastand und wartete, was als Nächstes geschehen würde. Ob er nun anstatt seiner getötet werden würde? Wahrscheinlich käme es ganz darauf an, wie die Ratsmänner seine Schuld bewerteten. Schließlich hatte er mehrfach zugegeben, von den Taten gewusst, jedoch nie selbst mit Hand angelegt zu haben.

»Werte Ratsherren, ihr lieben Bremer!«, ergriff nun der Bürgermeister erneut das Wort, und dieses Mal wurde es von einem Moment zum anderen so still, dass man eine Maus hätte piepsen hören können.

»Lasst uns nun schweigend der Aussage des Hanno folgen.«

Worauf sich die Blicke aller wieder auf Hanno richteten, der nun zu berichten begann, wie er den Lautzer und seine Anhänger kennengelernt hatte. Nur ein einziges Mal wurde er durch einen wütenden Zwischenruf unterbrochen, und zwar, als er erklärte, dem Lautzer zugesichert zu haben, über dessen Taten zu schweigen.

»Wie konntest du nur, Junge?«, schallte es durch die Menge, und mehrere zustimmende Rufe schlossen sich an, die aber schnell wieder abebbten, als Hanno weitersprach.

Ohne weitere Unterbrechung berichtete er bis hin zu dem Augenblick, in dem er mit seinen vermeintlichen Freunden wieder in ihr Gemeinschaftsquartier zurückgekehrt war und diese sich in blutdurchtränkter Kleidung ihrer Taten auch noch gerühmt hatten.

Fassungslos schlugen einige Frauen die Hände vor den

Mund, andere begannen bitterlich zu weinen. Als Hanno endete, wusste niemand mehr etwas zu sagen.

»Dann kommt der Rat nun zur Abstimmung«, stellte Heinrich Doneldey schließlich fest, und die Männer erhoben sich.

Anna fühlte sich so kraftlos, dass sie kaum mehr in der Lage war, sich auf den Beinen zu halten. Zwar war Gawin außer Gefahr, doch die Schilderung Hannos über den gesamten Hergang hatte sie über alle Maßen entsetzt. Und wenngleich sie kein Mitleid mit den Mördern, nicht einmal mit Hanno empfand, wurde ihr dennoch übel bei dem Gedanken, auf welche Weise diese die Welt nun gleich verlassen mussten. Bang sah sie in die Gesichter der Ratsmänner, die mit versteinerter Miene die Stufen vom Podest herabstiegen und in einer Reihe hintereinander zwei Bütteln folgten, die ihnen einen Weg durch die Menge bis hin zum Rathaus bahnten.

Margrite und Anderlin sprachen leise miteinander, als die hohen Herren mit betroffenen Mienen an ihnen vorbeischritten.

Wieder wurde es unruhig auf dem Platz. Die einen murmelten in Grüppchen untereinander, einige wiederum drängelten sich nach vorne, um besser sehen zu können, wie frisch kochendes Wasser in den Kessel nachgefüllt wurde, während nochmals andere versuchten, einen Blick aus nächster Nähe auf den Lautzer und seine Gefolgsleute zu erhaschen, die, mit auf dem Rücken gefesselten Händen und von Bütteln bewacht, auf das Podest geführt worden waren.

In vielen Gesichtern war Abscheu zu lesen wegen des widerlichen Schauspiels, das allen bevorstand.

Es dauerte nicht lange, bis der Vogt verkündete, dass der Rat zu einem Urteil gelangt sei und nun zum Schauplatz zurückkehren werde. Wie schon zuvor gingen die Ratsherren in einer Reihe hintereinander, stets in gebotenem Abstand zum Vordermann.

Als sie das Podest erreichten, nahm ein jeder den Platz ein, den er vorher schon innegehabt hatte. Ein sichtlich mitgenommener Heinrich Doneldey ergriff das Wort.

»Die Meinung im Rat war einstimmig!«, rief er laut aus. »Die vormals als Zeugen Verhörten und nun des vierfachen Mordes Bezichtigten namens Leupold, Arnulf, Greimolt und Niklas sowie der Lautzer sind schuldig. Auch wenn nach Hannos Aussage der Leupold nicht selbst bei den Morden mit dabei war, so war er doch derjenige, der gegen den Zimmermann Gawin ein falsches Zeugnis ablegte und ihn für die schrecklichen Morde hingerichtet sehen wollte. Seine Schuld wiegt daher nicht weniger schwer als die der anderen. Hanno hat sich im letzten Augenblick dagegen wieder dem Herrn zugewendet und die Wahrheit ans Licht gebracht. Er wird deshalb am morgigen Tage zur achten Stunde mit dreißig Peitschenhieben für seine Taten bestraft. Danach trifft ihn die Verbannung. In den nächsten fünf Jahren darf er die Stadt Bremen nicht mehr betreten.« Er machte eine kurze Pause und atmete tief durch.

»Nun zu den Mördern.« Er drehte sich kurz in Richtung der Angeklagten. Alle fünf hatten den Blick zu Boden gerichtet und schauten auch jetzt nicht auf. Bürgermeister Doneldey wandte sich wieder den Menschen auf dem Marktplatz zu.

»Wegen der abscheulichen Morde, die begangen wurden, wird ein jeder von ihnen zum Abtauchen in kochendes Wasser verurteilt und muss so lange in dem Kessel verbleiben, bis sich seine unsterbliche Seele vom Körper löst und danach vom Teufel und seinen Dämonen in Empfang genommen wird. So soll es geschehen!«

Jubel brach aus! Die Menschen umarmten sich überschwenglich, stießen und drückten gegeneinander. Anna erhielt einen kräftigen Stoß von der Frau, die vor ihr stand und ihrerseits zurückgestoßen wurde. Fast wäre sie zu Boden gegangen, hätten nicht zwei kräftige Hände sie von hinten gehalten. Sie murmelte ein paar Dankesworte und mühte sich wieder um einen festen Stand. Wer sie gerade vor dem Sturz bewahrt hatte und nun direkt hinter ihr stand, bekam sie nicht mit, weil sie just in diesem Augenblick einen weiteren Stoß erhielt und sich an ihrer Nachbarin festhalten musste. Schnell richtete sie den Blick wieder auf das Podium.

Die Holzplatte, die über dem Kessel lag, wurde nun von drei kräftigen Männern entfernt. Kaum dass sie weg waren, entzündete ein vierter das Feuer. Gierig fraßen sich die Flammen durch die trockenen Holzscheite und schlugen schnell rund um das Gefäß in die Höhe, so dass die Menschen in unmittelbarer Nähe erschrocken zurückwichen. Die Büttel sorgten dafür, dass rundherum genug Platz frei blieb, damit die Umstehenden nicht mit kochendem Wasser bespritzt wurden, sobald die Delinquenten in den Kessel hinabglitten.

Gawin saß noch immer auf dem Stuhl der Anklage, nur wenige Meter von dem Kessel entfernt. Niemand hatte sich bisher darum gekümmert, dass seine Hände noch immer auf dem Rücken gefesselt waren. Der Dampf des siedenden Wassers zog bis zu ihm herüber. Selbst auf dic Entfernung hin wurde ihm heiß. Er mochte sich nicht ausmalen, wie es gewesen wäre, wenn man ihn in den Kessel getaucht hätte.

Arnulf, dem Ersten in der Reihe, wurden jetzt die Fesseln durchgeschnitten. Ein weiterer Büttel schleppte ein massives Brett herbei, das um gut sechs Köpfe länger war als er selbst und auf dem ein kleiner Querbalken im unteren Drittel angebracht war. Nach und nach erkannten die Bremer, wie die

Hinrichtungsmethode funktionieren würde. Das Brett wurde von zwei kräftigen Wachen rechts und links fast senkrecht aufgestellt und in dieser Position gehalten, während eine dritte Arnulf anwies, mit den Füßen auf den Querbalken zu steigen und sich rücklings an das Brett zu lehnen. Kaum dass dies geschehen war, griff ein Büttel seine Arme und band sie ihm hinter dem Brett zusammen.

Von der Seite sah Gawin, dass der Querbalken, auf dem nun das gesamte Gewicht des Verurteilten ruhte, nur lose mit vier Holzkeilen in das Brett geschlagen war. Sobald der untere Teil des Bretts ins Wasser tauchte, würden sie sich lösen und den Körper unweigerlich ins kochend heiße Nass rutschen lassen.

Advokat Scheller warf seinem Mandanten einen kurzen Blick zu. Er war nur zu froh, dass seine Rede gefruchtet und Hanno doch noch die Wahrheit gesagt hatte. Scheller wollte sich nicht ausmalen, wie es gewesen wäre, wenn Gawin statt der anderen in das siedende Wasser abgetaucht wäre. Es war nicht die erste Verurteilung, der er beizuwohnen hatte. Doch diese Art der Hinrichtung schien ihm weitaus grausamer zu sein als viele andere, denen er in den letzten Jahren zusehen musste.

Arnulf selbst ließ alles mit sich geschehen. Kurz blickte er noch einmal zum Dom hinüber, als wähne er von dort in seinen letzten Momenten auf Erden noch Gnade zu erfahren. Der Querbalken unter seinen Füßen knarrte bereits bedenklich, und der Vogt rief zur Eile, um die wacklige Konstruktion nicht schon vor der Hinrichtung zerbersten zu lassen.

Die Menge johlte, erst noch verhalten und leise, dann immer lauter, fordernder. Schließlich kamen erste Jubelschreie auf, als die Wachen das Brett hochhievten und Arnulf in der

Waagerechten zum Kessel hinübertrugen. In diesem Moment betrat der Erzbischof das Podest.

»So überantworten wir nun deine unsterbliche Seele dem Allmächtigen, auf dass er dir vergebe deine schändlichen Taten und dich einziehen lässt in sein Reich! Amen!«

Die Büttel hoben das Brett erneut an und brachten es vorsichtig, damit Arnulf nicht sofort ins kochende Wasser hinabrutschte, in die Senkrechte. Mit einem Ruck stellten die Büttel das Brett vollends auf und tauchten Arnulfs Füße auf dem Querbalken damit in das brühend heiße Nass.

Er schrie so laut und markerschütternd auf, wie es nur eine gequälte Seele vermochte. Wie zur Antwort schrien auch einige Männer und Frauen in der Menge auf. Das Knarren, als die Holzkeile nachgaben und der Querbalken wegbrach, konnte man nicht hören. Plötzlich sah man jedoch, wie Arnulfs Körper haltlos das Brett hinabrutschte.

Wasser spritzte auf und ließ die Menschen einen Satz nach hinten machen. Keiner wagte zu sprechen, so mancher hielt sogar den Atem an. Doch Arnulf versuchte nicht mehr sich aufzurichten. Wahrscheinlich hatte er schon beim Eintauchen das Bewusstsein verloren oder war kurz danach gestorben. Einer der Büttel drückte mit einer Holzstange mehrfach gegen den Körper des Delinquenten, der mit dem Rücken nach oben im Wasser trieb. Doch weder zuckte Arnulf hierbei, noch veränderte er ansonsten in irgendeiner Weise seine Position.

»Er hat's hinter sich!«, rief der Büttel aus, und sofort brach aufs Neue ein unbeschreiblicher Jubel aus.

Der beißende Gestank gekochten Fleisches erfüllte die Luft, als insgesamt sechs Büttel sich mühten, den leblosen Körper mit Stangen aus dem Kessel zu zerren. Es dauerte eine Weile, bis sie es geschafft hatten, ohne sich dabei zu verbrühen.

»Der Nächste«, ordnete der Büttel, der die Prozedur leitete, ruhig an.

Leupolds Knie zitterten so heftig, dass er sich kaum noch auf den Beinen halten konnte. Als einer der Büttel ihm die Handfesseln durchschnitt, stieß er jedoch ein durchdringendes »Nein« aus und wehrte sich nach Leibeskräften, als die Büttel ihn packten und auf das Brett hieven wollten. Diesen Moment nutzte der Lautzer zu einem zweiten Fluchtversuch. Die Stufen hinunterkommen zu wollen war ausgeschlossen. Der einzige Weg, der ihm offen stand, führte direkt an dem Kessel vorbei. Nur hier standen in einiger Entfernung keine Wachen, da niemand Gefahr laufen wollte, sich versehentlich die Haut zu verbrennen.

Wie von Sinnen stürmte er los und rannte dabei Advokatus Scheller einfach über den Haufen. Ebenso stieß er Gawins Stuhl mit einem gewaltigen Ruck um, so dass dieser rücklings zuerst vom Stuhl und dann vom Podest fiel und mit dem Rücken hart auf dem Platz aufschlug. Reglos blieb er liegen.

Anna stockte der Atem. Sie konnte Gawin nicht mehr sehen. Seine Hände waren bis eben gefesselt gewesen. Angst packte sie, dass ihr Geliebter trotz der bewiesenen Unschuld doch noch zu Tode kommen würde. Sie wollte zu ihm eilen, konnte in der dichtgedrängten Menge aber keinen Schritt nach vorne machen. Siegbert war aufgesprungen und eilte unter den erschreckten Rufen der Menschen zu der Stelle, an der Gawin vom Podest gefallen war.

Schon sprangen die ersten Büttel hinter dem Verurteilten her, der sich seinerseits mit vier, fünf raschen Schritten einen Vorsprung zu schaffen vermochte.

Auch Leupold wollte die Verwirrung nutzen, wandte sich um und preschte in die gleiche Richtung wie der Lautzer davon. Doch in seinem Fall waren die Büttel aufmerksamer. Einer von ihnen stürzte sich auf den Verurteilten, der gerade im Begriff war, seitlich vom Podest zu springen, und bekam ihn im letzten Moment zu fassen. Leupold verlor das Gleichgewicht und schlug mit voller Wucht auf dem Rand des Kessels auf. Ein paar der seitlich im Boden verkeilten Eisenstangen brachen weg, das Gewicht von Leupolds Körper tat ein Übriges. Unter dem Gekreische der Menschen kippte der Kessel um, und sein kochender Inhalt ergoss sich über das Podest auf den Marktplatz hinab. Gawin, der noch immer am Boden lag und gerade erst wieder zu sich kam, wurde von einem Schwall getroffen und schrie gellend auf.

»Helft ihm, schnell, verdammt noch mal!« Siegbert war dem Wasser ausgewichen und mühte sich, Gawin beiseitezuzerren.

Zwei Büttel hasteten zu ihm hinüber und zogen Gawin nach oben. Wieder schrie er vor Schmerzen.

Am meisten hatte er an der Brust abbekommen. Klatschnass klebte der noch immer heiße Stoff auf seiner Haut.

Inzwischen hatten die Büttel den Lautzer wieder eingefangen und zerrten ihn rüde zurück zum Podest. Für den immer noch am Boden liegenden Leupold brauchte man keinen Vollstrecker mehr. Beim Sturz auf den Kessel musste er sich so schwer verletzt haben, dass keiner mehr etwas für ihn tun konnte.

Bürgermeister Doneldey lief aufgeregt auf dem Podium hin und her, gab den Bütteln Befehle und schrie nun mit einem Blick auf Gawin und Siegbert, der dicht über dem Verletzten kauerte: »Gibt es hier einen Medicus? Dann möge er sich sofort hierherverfügen.«

Ein Mann erhob darauf in der Menge die Hand und drückte sich dann durch die Menschen hindurch, die ihm, so gut es ging, Platz machten, und ließ sich ebenfalls neben Gawin nieder, um seine Wunden zu begutachten. Vorsichtig schlug er dessen Hemd nach oben. Die verbrühte Haut hatte Bläschen geschlagen, war tiefrot und löste sich an manchen Stellen in Fetzen ab. Eilig fühlte er Gawin die Stirn und zog eines der flackernden Augenlider empor.

»Wir müssen ihn von hier fortbringen, und zwar schnell!«

Sofort kamen zwei Büttel, um den Anweisungen des Medicus Folge zu leisten und Gawin wegzutragen. Siegbert ging ihnen voraus und machte ihnen den Weg bis zum Rathaus, dem nächstgelegenen Gebäude, in das sie gehen konnten, frei.

Währenddessen führten die Wachmänner die noch übrig gebliebenen drei Verurteilten, die sie die ganze Zeit über festgehalten hatten, vor die Ratsleute.

»Was sollen wir jetzt mit ihnen machen, Bürgermeister?«, wollte einer der Büttel wissen und deutete dabei auf den umgekippten Kessel.

»Hängt sie!«, brüllte jemand aus der Menge, und sogleich bildeten sich laute Sprechchöre, die allesamt die Hinrichtung der Männer forderten.

»Vogt, Ihr übernehmt das«, ordnete Bürgermeister Doneldey an. »Hängt sie sogleich am Galgen auf und schafft ihre Kadaver danach unverzüglich aus der Stadt. Wenn ich aus dem Rathaus zurückkomme, will ich keinen mehr von ihnen sehen.«

Die Menge johlte, und der Vogt bedeutete seinem Dienstherrn mit einem Kopfnicken, den Befehl verstanden zu haben.

Während die Menschen um sie herum weiter nach vorn in Richtung Podest drängten, versuchte Anna, sich seitlich einen Weg aus der Menge zu bahnen, um zu Gawin zu gelangen. Sie schubste, schlug mit den Fäusten und trat mit den Füßen um sich, um die Menschen, die sie daran hinderten, zum Rathaus zu laufen und sich um ihren Geliebten zu kümmern, aus dem Weg zu räumen.

Helme ließ sie nicht aus den Augen. Bereits während der gesamten Verhandlung auf dem Platz hatte er hinter ihr gestanden und sie sogar davor bewahrt zu stürzen. Nun musste er nur aufpassen, dass er sie in dem Gedränge nicht verlor.

Am liebsten hätte er sie sich jetzt schon gegriffen, bevor sich der Abstand zwischen ihnen noch weiter vergrößerte. Sie aus dieser Menschenmenge zu zerren, während sie sich wehrte und schrie, würde jedoch ganz sicher misslingen. Zwar könnte er sie gleich mit einem Faustschlag gegen das Kinn außer Gefecht setzen. Doch auch das würde auffallen ebenso wie der Umstand, dass er sie dann den ganzen Weg tragen müsste, wonach ihm außerdem nicht der Sinn stand.

Also ließ er sie laufen, folgte ihr aber mit einigem Abstand, ohne von ihr entdeckt zu werden.

Anna kam es so vor, als ob die Menschenmenge kein Ende nähme. Obwohl sie von der Menge weg zur Seite hin entfliehen wollte, wurde sie von ihr wie von einer Welle immer wieder ein Stück weit nach vorne getragen. Keiner der Versammelten wollte verpassen, was sich nun auf dem Podium ereignete.

Doch von einem Moment zum anderen war Anna aus der Menge heraus, zwar ein gutes Stück vom Platz entfernt, aber sie konnte sich immerhin wieder frei bewegen. Hastig rannte sie in Richtung Rathaus. Sie war schon fast angekommen, als sie plötzlich von hinten gepackt und festgehalten wurde. Erschrocken wandte sie den Kopf und konnte nicht glauben, dass es wirklich Helme war, der sich grinsend zu ihr beugte, sie dann an den Haaren packte und sie auf diese Weise in die Knie zwang.

»Na, freust du dich, deinen Vater endlich wiederzusehen?«

Sie brachte nicht mehr als einen gurgelnden Laut hervor. Sie wollte schreien, um die Rathauswachen auf sich aufmerksam zu machen. Doch dann sah sie nur noch einen dunklen Schatten auf sich zukommen, bevor es Nacht um sie herum wurde.

48. Kapitel

Es stank und roch nach Fäulnis. Annas Gesicht schmerzte ebenso wie ihr Kopf. Nur zögernd schlug sie die Augen auf. Sie lag auf Stroh, welches alles andere als frisch war, und nur ein Stück von ihr entfernt sah sie die Hufe eines Pferdes. Vorsichtig richtete sie sich auf, um das Tier nicht zu erschrecken und von ihm getreten zu werden.

»Oho, die junge Dame wird wach!«, hörte sie eine spöttische Stimme, die ihr bekannt vorkam, ohne sie jedoch einer bestimmten Person zuordnen zu können. Sie blinzelte, während es in ihrem Schädel klopfte. Rechts von sich sah sie nun einen Mann in Mönchskutte fettleibig und mit gespreizten Beinen auf einer Kiste sitzen. Mit kräftigen Bewegungen rieb er sein Glied. Anna schaute angewidert zur Seite, begriff dann aber, wen sie vor sich hatte, und sah ihm darauf trotz seines schamlosen Tuns in die Augen.

»Hätte nicht gedacht, dass mir ein Weiberleib noch mal so gefallen würde.« Seine Bewegungen wurden heftiger, bis er schließlich zum Höhepunkt kam und seine Hand sinken ließ.

Der Geruch seines Samens zog bis zu Anna herüber. Ihr wurde übel, und sie schloss kurz die Augen, um sich nicht übergeben zu müssen.

»Ja, das gefällt dir, du kleines Miststück. Wärst halt ein bisschen früher wieder zu dir gekommen, dann hättest du selbst noch Hand anlegen können. Aber das wird schon noch, kannst dich jetzt schon darauf freuen.«

Er machte einen Schritt auf sie zu, ging in die Knie, griff ihr ins Haar und zog ihr Gesicht zu sich heran. Der Gestank war unbeschreiblich und ließ sie würgen, ohne diesmal verhindern zu können, dass sie sich direkt neben seinen Füßen übergeben musste.

»Kotz hier nicht rum, du kleine Schlampe«, meinte er grob und verpasste ihr eine schallende Ohrfeige. In diesem Augenblick wurde die Tür geöffnet.

»Na, feiert ihr Wiedersehen?« Helme baute sich grinsend im Türrahmen auf.

Bruder Hermannus stemmte sich hoch. »Die Dame fühlt sich nicht besonders«, bemerkte er süffisant.

»Na, woher das wohl kommen mag?« Helme ging zu seinem Pferd und schlug dem Tier mit der flachen Hand heftig auf die Kruppe. Der Schimmel wieherte und stieg auf. Instinktiv legte sich Anna schützend beide Arme um den Kopf.

»Was bist du aber auch empfindlich geworden.« Helme packte ihren Arm und zerrte sie ein paar Schritte Richtung Tür.

»Hast du wirklich geglaubt, wir würden uns nicht wiedersehen, meine Kleine?« Seine Stimme klang ruhig, geradezu sanft, doch deshalb nicht weniger gefährlich. »Dabei haben wir uns doch immer so gut verstanden. Du bist ein wenig undankbar, finde ich.«

Anna schloss die Augen. Gewiss würde er sie töten. Solange sie in seinem Haus gelebt hatte, war sie sich stets sicher gewesen, dass dieser Tag kommen würde. Sie dachte an Siegbert und Gawin, zwei Männer, die sie beide auf ihre jeweils eigene Weise geliebt hatten. Das war mehr, als so manches Weib in seinem ganzen Leben erfuhr.

»Du denkst, es ist schon so weit?« Helme lachte kehlig auf. »Geduld, meine Kleine«, flüsterte er und küsste sie geradezu zärtlich auf die Stirn. »Du wirst dich noch etwas gedulden müssen.«

Esther schritt unruhig im Zimmer auf und ab. Während Anna der Verhandlung unbedingt hatte beiwohnen wollen, war es ihr unmöglich erschienen, dabei zusehen zu müssen, wie ein Mensch womöglich sein Leben ließ. Abgesehen davon wäre es auch gefährlich für sie gewesen, sich unter so viele Menschen zu mischen. Der Mörder ihres Vaters musste ganz in der Nähe sein, und sosehr sich Wyland und auch Cornelius wünschten, diesen zu fassen zu bekommen, wollten sie doch nicht riskieren, die junge Frau in Gefahr zu bringen.

Am Fenster blieb sie stehen, sah eine Zeitlang hinaus und musterte dann schweigend die Patrizier, die nur ihretwegen den weiten Weg aus Köln zurückgelegt hatten.

»Woran denkst du? An deine Freundin und ihren Bruder?«, fragte Cornelius.

Esther nickte. »Ja, ich bin in Gedanken bei der Verhandlung. Hoffentlich wird Gawin seine Unschuld beweisen können.«

Cornelius stand auf und trat zu ihr ans Fenster. »Dieses Warten treibt mich noch in den Wahnsinn. Was wollen wir tun, wenn sich der Kerl nicht bald blicken lässt, Wyland?«

»Da er in Bremen aufgetaucht ist, wird er auch versuchen, Esther in seine Gewalt zu bekommen.«

»Wäre mir bewusst gewesen, Euch in Schwierigkeiten zu bringen, ich hätte keinen Boten geschickt.«

»Du bringst uns nicht in Schwierigkeiten«, stellte Wyland klar. »Mein guter Freund ist nur nicht gerade der Geduldigste.«

Cornelius lächelte verschmitzt. »Da hast du recht. Und wir sind froh, die Nachricht erhalten zu haben. Jedem von uns wird es eine Freude sein, diesen Abschaum seiner gerechten Strafe zuzuführen.«

Esther seufzte und sah wieder hinaus. Noch immer war auf der Straße niemand zu sehen.

»Wie lange dauert eine solche Verhandlung denn in der Regel?«

»Das ist ganz unterschiedlich.« Cornelius nahm wieder Platz. »Ist die Sache eindeutig, geht es schnell. Wenn sich die Schuld jedoch nicht beweisen lässt oder gar Zweifel an ihr bestehen, kann es sich ziehen.«

»Dann wollen wir es als gutes Zeichen werten, dass weder Anna noch Siegbert bisher zurückgekehrt sind.« Esther versuchte, ihrer Stimme einen zuversichtlichen Klang zu geben.

»Ihr beide seid gute Freundinnen geworden, nicht wahr?«

»Das stimmt. Und wir ergänzen einander bei der Arbeit. Während sie die allerschönsten Gewänder so geschickt und schnell näht, wie ich es noch nie zuvor gesehen habe, veredele ich diese nachträglich mit meinen Stickereien. Es ist ein gutes Gefühl, eine wirkliche Aufgabe zu haben. Außerdem kann ich mir auf diese Weise Geld verdienen. Zwar hat mir Siegbert oft gesagt, dass das nun wirklich nicht nötig ist, doch genieße ich es, mit meinen eigenen Münzen auf den Markt zu gehen, dort einzukaufen und ab und an für alle zu kochen. Am Anfang hat das Gertrud, der Haushälterin, zwar missfallen. Doch ich glaube, inzwischen freut auch sie sich, wenn sie einmal nicht am Herd stehen muss und ich Speisen zubereite, die ihr selbst fremd sind.«

»Du klingst glücklich«, stellte Wyland zufrieden fest. »Und wegen mangelnden eigenen Geldes brauchst du dir keine Gedanken zu machen. Ich habe es dir bislang noch nicht gesagt, doch nur wenige Tage vor seinem Tod hat dein Vater mir eine Vielzahl von Schuldscheinen und Urkunden anvertraut. Selbst wenn wir nur einige wenige davon eintreiben können, reicht die Summe immer noch aus, um dir ein auskömmliches Leben zu sichern.«

»Ja, ich bin hier glücklich«, bestätigte Esther. »Viel glücklicher, als ich geglaubt habe, je wieder sein zu können.«

»Das freut mich.«

Es klopfte laut vernehmlich an der Haustür, und Esther eilte, von ihren Begleitern gefolgt, zum Treppengeländer, um zu sehen, ob die Freunde heimkehrten. Doch vor der Tür stand lediglich ein Bote, der eine Nachricht für Siegbert überbrachte.

Esther schien eine kleine Ewigkeit vergangen zu sein, bis sie endlich Siegberts Stimme unten im Eingangsbereich hörte.

»Tragt ihn hier hinein«, ordnete von Goossen an. »Aber vorsichtig. Er hat schon genug durchgemacht.«

Wie schon zuvor trat Esther ans Treppengeländer und sah hinunter. Gawin wurde gerade, auf einer Trage liegend, in die große Stube getragen.

Sofort eilten Esther und die Patrizier die Stufen hinab.

»Was ist geschehen?«, rief Esther, noch bevor sie Siegbert erreicht hatte.

»Es war grauenhaft. Gawin ist freigesprochen worden, hat aber schwere Verbrennungen am Oberkörper erlitten. Sein Leben ist zwar nicht in Gefahr, doch es wird Zeit brauchen, bis seine Wunden wieder verheilt sind. Der Medicus hat den Apotheker angewiesen, nachher noch einen Boten mit Salbe vorbeizuschicken. Wenn wir diese regelmäßig auftragen, wird dies die Heilung unterstützen.«

»Es war bereits ein Bote da«, berichtete ihm Esther.

»Wirklich?« Siegbert ging hinaus und befragte einen seiner Wachleute. Mit einem Schreiben in der Hand kam er wieder zurück. Als er es öffnete und zu lesen begann, weiteten sich sich seine Augen ungläubig.

»Wo ist Anna?«, fragte er mit brüchiger Stimme.

»Sie wollte der Verhandlung beiwohnen, ist aber noch nicht zurück. War sie denn nicht bei dir?«

Von Goossens Beine schienen ihm den Dienst zu versagen. Zitternd tastete er nach einem Stuhl und ließ sich kraftlos auf ihn niedersinken. Er sah auf das Schriftstück in seiner Hand. »Das darf nicht sein.«

»Um Himmels willen, so sprich doch, was ist denn nur geschehen?« Esther eilte zu ihm und hockte sich zu seinen Füßen auf den Boden.

»Er hat sie.«

Gawin stöhnte und bewegte den Kopf. Er kam langsam wieder zu sich. Der Mohnsaft, den der Medicus ihm eingeflößt hatte, schien an Wirkung zu verlieren.

Esther blickte ratlos von Wyland zu Gawin und wieder zu Siegbert, dem das Schriftstück aus der Hand zu Boden geglitten war.

»Was steht dort geschrieben? Gib mir das Schreiben!«, bat Wyland und streckte auffordernd seine Hand aus. Esther hob das Schreiben vom Boden auf und reichte es Wyland, der hastig zu lesen begann.

»Verdammt noch mal! Was sind das nur für Zeiten?« Er drehte sich zu Cornelius um. »Es ist eine Nachricht von einem gewissen Hermann, der darin mitteilt, Anna verschleppt zu haben. Er fordert Geld, viel Geld.« An Siegbert gewandt, fragte er: »Kannst du diese Summe aufbringen?«

Von Goossen nickte. Seine Augen schwammen in Tränen. »Und doch werde ich sie nie wiedersehen.«

»Was?«

»Die Unterschrift. Ich weiß, wer mir diese Nachricht geschickt hat. Er ist ein grausamer Geist aus meinem früheren Leben.«

»Will er sich wegen irgendetwas an dir rächen?«

»Ich weiß es nicht. Doch ich weiß, dass er die Menschen verachtet, und ich weiß, wie er sie behandelt. Wenn Anna nicht schon tot ist, können wir ihr nur wünschen, dass sie es bald ist. Sich in den Händen dieses Mannes zu befinden ist schrecklicher, als es der Tod je sein könnte.«

Esther war zutiefst erschrocken. Hilflos blickte sie zu Wyland hinüber, der seinerseits mit unergründlicher Miene Siegbert betrachtete. Offenbar wusste er, wovon der Freund gesprochen hatte.

»Noch gibt es Hoffnung, Siegbert. Hast du einen Verdacht, wohin der Kerl deine Enkelin verschleppt haben könnte? Cornelius wie auch ich sind erfahrene Kämpfer. Und deine Wachmänner sehen ebenfalls so aus, als ob sie etwas von ihrem Handwerk verstünden. Lass uns versuchen, sie zu finden.«

»Der Mann, der diese Zeilen geschrieben hat, war seit vielen Jahren nicht mehr in Bremen. Ich weiß nicht, wo er sich verstecken könnte.« Alle Kraft schien aus dem sonst so zielstrebigen und stolzen Mann gewichen zu sein.

»Wache!«

Der Wachmann eilte auf Wylands Ruf sogleich aus dem Flur herbei. »Der Bote, der dir diese Nachricht gegeben hat, wie sah der aus?«

»Hm, wie ein Mönch eben so aussieht. Gewiss war er kein Dominikaner. Die sind alle dünn und ausgemergelt. Dieser hier stand gut im Futter.«

»Und in welche Richtung ist er gegangen?«

Der Wachmann zuckte mit den Achseln. »Das weiß ich nicht.«

»Ist gut.« Mit einer Handbewegung bedeutete Wyland ihm, sich wieder auf seinen Posten begeben zu können.

»Ein Mönch? Auch ich habe vor einigen Tagen einen beleibten Mönch gesehen«, berichtete Esther. »Er hat den Mörder meines Vaters begleitet.«

»Mönche gibt es viele«, mischte Cornelius sich ein. »Ich glaube kaum, dass es da eine Verbindung gibt.«

»Ich schließe mich Cornelius an. Das ist sehr unwahrscheinlich.«

»Aber es gibt bestimmt nicht viele dicke«, beharrte Esther.

»Doch, das sind sogar die meisten. Man könnte gar glauben, die Fastenzeit ist nur dazu da, damit die Gottesdiener nicht eines schönes Tages platzen. Abgesehen davon hat sich der Mann vielleicht lediglich als Mönch verkleidet, um nicht Gefahr zu laufen, von den Wachen wiedererkannt zu werden.«

»Weshalb? Sein Gesicht war doch nicht verhangen.«

»Du hast doch den Posten gehört, Esther. Er erinnert sich nicht an das Gesicht, sondern nur an die Mönchskutte. Und genau das wird der Bote auch bezweckt haben.«

»Hermann ist heute Mönch.« Siegbert hatte dagesessen und das Gespräch teilnahmslos verfolgt. Nach diesen Worten richteten sich nun aller Augen auf ihn.

»Er ist tatsächlich Mönch? Sagtest du nicht, er sei ein Monstrum?«

»So ist es. Nur aus diesem Grunde hat er die Nachricht mit seinem Namen gezeichnet. Er will sich nicht verstecken, sondern will im Gegenteil, dass ich ganz genau weiß, in wessen Gewalt sich Anna befindet.«

Kurze Zeit sagte niemand ein Wort.

»Nehmen wir an«, nahm Cornelius das Gespräch wieder auf, »dieser dicke Mönch namens Hermann läuft in seiner Kutte durch Bremen.«

»Ja, und?«

»Na, so ein Mönch wird doch immer von irgendjemand

gesehen. Und irgendwo muss er ja auch untergekommen sein. Es ist deine Stadt, Siegbert. Wo kann jemand einen Platz zum Schlafen und Essen finden, der nicht allzu großes Aufsehen erwecken, sich gleichzeitig aber frei durch die Stadt bewegen will?«

»In einem Wirtshaus?«

»Richtig. Aber es muss eines sein, das einen gesonderten Stall oder Schuppen hat, in den er Anna einsperren kann. Schließlich wird er sie schwerlich an den Haaren durch die Schänke in sein Zimmer zerren können.«

»Die meisten Unterkünfte haben einen Stall für die Pferde.«

»Und deshalb brauchen wir so viele Männer, wie du nur auftreiben kannst.«

Von Goossen zögerte.

»Siegbert, ich bitte dich!« Wylands Stimme klang schärfer, als er es beabsichtigt hatte.

Sofort riss sich der Ratsmann zusammen. »Du hast recht! Wir holen Anna da raus!«

Er stand auf und eilte zur Tür, als wäre er in diesem Moment wieder zu neuem Leben erwacht. »Marquardt!«, brüllte er nach draußen. »Marquardt!«

Gawin zuckte auf seiner Trage zusammen, doch Siegbert schien ihn völlig vergessen zu haben und beachtete ihn nicht weiter.

»Ja, Herr?« Der Bedienstete hetzte aus der Küche herbei.

»Wir haben eine Aufgabe für dich, für die du sämtliche Männer einspannen musst, die du in Bremen kennst. Der Kölner wird dir den Plan erklären. Hör ihm genau zu und bete dann dafür, dass der Herr uns beisteht. Es geht um Annas Leben.«

»Unserer Anna?« Marquardt sah erschrocken zwischen seinem Dienstherrn und Wyland hin und her. »Erklärt mir rasch, was ich tun soll.«

Anna wusste nicht, wie viel Zeit vergangen war. Bruder Hermannus saß zusammengesunken im Stroh, nicht weit von ihr entfernt. Sie hatte noch immer nicht herausgefunden, in welcher Beziehung er und Helme zueinander standen. Jedoch erklärte sich dadurch zumindest, weshalb der Mönch sie seinerzeit in den Klosterkeller gesperrt hatte. Sie schienen gut befreundet zu sein, und die widerwärtige Art des Mönchs bestärkte Anna in der Ansicht, dass die beiden gut zusammenpassten.

Vorsichtig setzte sie sich auf und lauschte. Helme war vor geraumer Zeit fortgegangen und noch immer nicht zurückgekehrt. Sie tastete mit den Fingern vorsichtig zu der Stelle an ihrem Bein hinab, an der sie noch vor der Verhandlung ihr Messer mit einem feinen Ledergurt befestigt hatte, wie sie es immer tat, bevor sie das Haus verließ. Doch gewiss würden die Kerle sie abgetastet und ihr die Waffe abgenommen haben.

»Vermisst du das hier?« Er hielt das Messer in die Höhe.

Sie erschrak, als sie die Stimme des Mönches vernahm und feststellen musste, dass dieser gar nicht geschlafen hatte.

»Ich habe es dir sicherheitshalber abgenommen. Am Ende hättest du dich sonst noch verletzt.«

Anna sagte nichts, sondern ließ ihren Blick nur auf Hermanns feist grinsendem Gesicht ruhen. Es überraschte sie, dass sie keinerlei Angst empfand. Stattdessen verlieh ihr die Gewissheit, dass ihre Flucht vor dieser grausamen Kreatur schon bald für immer zu Ende wäre, eine unerschütterliche innere Ruhe. Sie hatte sich mit ihrem Tod abgefunden. Einzig und allein der Gedanke, sich nicht mehr von Gawin, Siegbert und Esther verabschieden zu können, schmerzte sie. Auch Margrite, ihre mütterliche Freundin, und Anderlin hätte sie gerne noch ein letztes Mal gesehen. So blieb ihr nur zu hoffen, dass diese eines Tages die Wahrheit über ihr Verschwinden erfahren und nicht in dem Glauben bleiben würden, sie hätte sich ohne ein Wort davongestohlen.

Sie drehte ihren Kopf hin und her, um die Schmerzen in ihrem Nacken erträglich zu machen, bog ihren Rücken durch und stützte sich dabei mit den Händen auf dem Boden ab. Unter der dünnen Strohschicht ertastete sie eine bewegliche Holzlatte.

»Na, was verbiegst du dich denn so? Willst wohl, dass ich zu dir rüberkomme, was?« Hermann griff sich in den Schritt und streckte seine Beine aus.

Anna zuckte zusammen. Allerdings nicht wegen Hermanns Anzüglichkeiten, sondern weil sie unter dem Stroh tatsächlich auf eine lose, scheinbar abgebrochene Holzlatte gestoßen war. Die Latte war zwar kräftig, aber nicht lang genug, um sie als Waffe nutzen zu können. Vorsichtig ließ sie ihre Hand weiter unauffällig über den Boden gleiten, um Stück für Stück den Holzboden unter sich zu erkunden. Dabei reckte und streckte sie sich immer wieder, damit Hermann nur ja nicht bemerkte, was sie in Wirklichkeit tat. Ihr Herzschlag beschleunigte sich, als sie einen Luftzug wahrnahm, der durch den Spalt zweier nebeneinanderliegender Bretter nach oben in den Stall drang. Unter ihr musste eine Art Hohlraum oder Grube sein. Deutlich konnte sie außerdem spüren, dass sich entlang eines der beiden Bretter, durch die der Luftzug kam, ein langer Riss zog. Vorsichtig rückte sie ein Stück davon weg, ihren Blick dabei stets auf Hermannus gerichtet, der ihre wenigen sparsamen Bewegungen jedoch ihrem schmerzenden Rücken zuschrieb und nichts Böses zu ahnen schien.

Anna drückte mit den Fingern neben den Riss, um zu spüren, wie weit das Holz nachgab. Ein kleines Knarren war die Folge, und sofort hielt sie in ihrer Bewegung inne.

Bruder Hermannus hatte die Augen zwar geschlossen, doch wollte sich die junge Frau kein weiteres Mal von ihm täuschen lassen.

»Darf ich bitte einmal kurz aufstehen? Meine Glieder schmerzen.«

Der Mönch schlug die Augen auf und musterte sie.

»Es wäre sehr gütig, würdet Ihr mir dies erlauben«, zwang sich Anna, so höflich wie nur möglich zu sein.

Er machte eine gleichgültige Handbewegung.

»Streck dich, so viel du willst. Doch wenn du auch nur einen Schritt zu viel machst, wird dir das nicht gut bekommen. Die Tür erreichst du nicht, das schwöre ich dir.«

»Danke.«

Anna stand auf, streckte sich, dehnte ihre Beine und machte dabei einen kleinen Schritt in Richtung des morschen Brettes. Wieder knarrte es, und Anna räusperte sich schnell, um den Laut zu übertönen. Dann setzte sie sich wieder hin.

»Jetzt ist es besser. Ich danke Euch!«

Er grummelte etwas, verschränkte die Arme vor dem mächtigen Leib und schloss wieder die Augen.

Anna überlegte. Vielleicht würde die angebrochene Bodenlatte ja tatsächlich unter Hermanns Gewicht nachgeben. Es war zumindest die einzige Möglichkeit, die sie hatte, um hier herauszukommen. Wieder untersuchte sie den Riss und blickte dann zu Hermann. Der rührte sich nicht.

In diesem Moment hörte sie außerhalb des Stalls Stimmen. Sie erstarb in ihrer Bewegung und lauschte.

»… dort hinten sind die Pferde. Der Mönch muss fortgegangen sein. Ich habe ihn heute noch nicht gesehen. In der Schänke warten Gäste auf mich. Wenn Ihr noch etwas wollt, findet Ihr mich dort.«

Bruder Hermannus sprang auf. »Kein Wort von dir, hörst du?«

Er zog seinen Dolch und stellte sich direkt neben die Tür.

Anna starrte angstvoll zu ihm hinüber, da wurde der Verschlag auch schon geöffnet, und ein Mann stand unter der Tür. Anna erkannte sogleich, dass er einer der Wachleute war, die für ihren Großvater arbeiteten, und schrie laut auf.

Der Mann zog darauf sofort sein Schwert. Doch Bruder Hermannus war schneller. Er fluchte laut auf, griff mit seiner Hand nach dem Fremden und zerrte ihn in den Stall herein. Völlig überrascht verlor dieser das Gleichgewicht und fiel der Länge nach hin.

Mit einem Satz stürzte sich Bruder Hermannus auf den Mann, der sein Schwert während des Sturzes verloren hatte und sich nun ohne Waffe seiner Haut erwehrte, so gut es ging.

Anna suchte derweil im Stroh nach der losen, kurzen Holzlatte, die sie zu Beginn ihrer Entdeckung ertastet hatte.

Die Männer kämpften um den Dolch in Hermanns' Hand. Einen Augenblick schien es, als würde der Wachmann die Oberhand gewinnen. Verzweifelt umschlang er mit beiden Händen Hermannus' Arm und versuchte, den Dolch von seinem Körper abzuwenden. Doch in diesem Augenblick beugte der Mönch seinen Oberkörper nach hinten und ließ sich dann mit seinem ganzen Gewicht nach vorne auf seinen Widersacher fallen. Anna sah, wie der Dolch bis zum Heft in den Leib des Wachmannes eindrang, dieser zu würgen und Blut zu spucken begann und sich dann nicht mehr bewegte. Bruder Hermannus ließ sich vom Körper des Toten zu Boden gleiten und blieb erschöpft neben ihm liegen.

Anna schlug das Herz bis zum Hals. Sie sprang auf und hastete zur Tür.

Doch schneller, als sie es für möglich gehalten hatte, kam

Bruder Hermannus wieder auf die Beine, packte sie an den Haaren und riss sie zurück.

Wie von selbst fuhr ihr Arm kraftvoll in die Höhe, sie drehte sich zu dem völlig Verdutzten um und stach ihm die Holzlatte mitten ins rechte Auge.

Der Schrei, den der Mönch ausstieß, hatte nichts Menschliches mehr an sich.

Anna stürmte aus dem Stall. Sie rannte, ohne zu wissen, wo sie war und in welche Richtung sie sich wenden musste. In diesem Teil der Stadt war sie noch nie zuvor gewesen, und einen Augenblick lang zweifelte sie sogar daran, ob sie sich überhaupt noch in Bremen befand.

Ihre nackten Füße flogen nur so über den eiskalten Boden dahin. Einige Male sah sie sich um, doch niemand kam ihr nach. Es wäre aber auch einem Wunder gleichgekommen, hätte ihr Bruder Hermannus in seinem Zustand noch zu folgen vermocht.

Als sie an einer Weggabelung ankam und nach rechts sah, meinte sie, in der Ferne Wasser ausmachen zu können. Anna sandte ein stilles Gebet gen Himmel, dass es die Weser sein möge, und rannte weiter. Kurz sah sie sich um. Fast blieb ihr das Herz stehen, weil sie glaubte, in einiger Entfernung Helme erkannt zu haben, der ihr folgte. Dann wurde sie nochmals schneller und rannte um ihr Leben.

Bald erkannte sie die ersten Häuser und wusste wieder, wo sie sich befand. Mit einem unbeschreiblichen Gefühl der Erleichterung hielt sie nun auf Margrites Haus zu und klopfte wenig später wie wild an deren Tür.

»Macht auf! Margrite! Schnell, öffnet mir!«

Sie hämmerte so heftig, dass sie gar nicht hörte, wie der Riegel von innen zurückgeschoben und der Einlass freigegeben wurde.

»Anna, Kind! Um Himmels willen!« Anderlin stand in der Tür und schaute sie besorgt an. »Was ist denn geschehen?«

Sie huschte hinein, schlug die Tür ins Schloss und schob den Riegel vor. Völlig außer Atem blieb sie stehen, unfähig, etwas zu sagen.

»Anna!« Margrite war herbeigekommen und blickte ängstlich an ihr hinab. Annas Kleid war völlig zerrissen, sie trug keine Schuhe, und ihre Arme waren voller Kratzer, die Hände blutüberströmt. »Bist du verletzt?«

Die Jüngere schüttelte den Kopf, brachte aber noch immer kein Wort heraus.

»Komm herein und setz dich erst mal. Und dann berichte uns, was geschehen ist.«

Margrite führte sie in die Küche. Anderlin folgte den beiden und setzte sich auf die Bank ihnen gegenüber.

Zitternd hielt Anna den Becher zwischen ihren Händen, den Margrite ihr gereicht hatte, und nahm vorsichtig einen Schluck.

»Mein Vater … er ist hier und hat mich verschleppt. Ich konnte fliehen, doch er wird kommen, um mich zu holen.«

»Was?«

»Ich weiß nicht, weshalb er mich nicht gleich getötet hat.«

»Ich dachte, deine Eltern seien tot. Und weshalb sollte dein Vater dich töten wollen?« Anderlin kniff verständnislos die Augen zusammen.

»Das ist jetzt unwichtig«, entschied Margrite, die ihr Versprechen Anna gegenüber gehalten und Anderlin niemals erzählt hatte, was Anna ihr über ihre Vergangenheit anvertraut hatte. »Wir müssen dich so schnell wie möglich ins Haus deines Großvaters bringen. Danke dem Allmächtigen dafür, dass wir gerade eben nach Hause gekommen sind, sonst hättest du vor verschlossener Tür gestanden.«

Ein Poltern im hinteren Teil des Hauses ließ die drei aufschrecken.

»Habt ihr das gehört?« Anderlin war aufgestanden. »Ich gehe nachsehen.«

»Nein!«, rief Anna. »Tu das nicht, Anderlin. Das ist er, ich weiß es.«

»Wie sollte er dich gefunden haben?«

»Er muss meine Flucht beobachtet haben, jedenfalls ist er mir auf dem Weg hierher gefolgt, ich weiß es, weil ich mich einmal umgedreht und ihn gesehen habe. Aber bitte, sieh nicht nach. Er wird dich töten!«

Margrite blickte ihren Mann besorgt an. »Anna hat recht. Geh nicht. Lass uns lieber fliehen.«

Vorsichtig ging sie zur Küchentür, öffnete sie leise und prüfte, ob jemand auf dem Korridor zu sehen war. Dann bedeutete sie den anderen, ihr leise zu folgen.

Lautlos schlichen sie über den Flur in Richtung Haustür. Anderlin kam als Letzter und drehte sich immer wieder um, aber im Gang war nach wie vor niemand zu sehen.

Margrite hatte den Ausgang erreicht und schob den Riegel sachte und langsam zurück, um nur ja kein Geräusch zu machen, das sie verriet. Anna presste sich an ihren Rücken.

Da ließ eine tiefe Stimme die drei zusammenfahren.

»Schieb den Riegel wieder vor, Weib. Meine Armbrust verfehlt ihr Ziel nie.«

Anderlin drehte sich blitzschnell um und sah am Ende des Flures in das Gesicht des Mannes, der seinerzeit Cecilie so grausam ums Leben gebracht hatte.

»Du?«

»Ganz recht. Und nun weg von der Tür. Ich will nur Anna. Ihr zwei bleibt ungeschoren, solange ihr euch mir nicht in den Weg stellt.«

Anderlin drehte sich ganz langsam zu Margrite um, und ihre Blicke trafen sich im Bruchteil eines Lidschlags in einer Art stummen Übereinstimmung. Anderlin lächelte Margrite an. Sie war die einzige Frau, die er jemals geliebt hatte. Die Jahre, die sie gemeinsam verbracht hatten, waren wunderbar gewesen. Und wie schnell sie verflogen waren.

Beide wussten, dass dies der Moment des Abschieds war. Margrite umklammerte den zurückgezogenen Riegel, und Anderlin nickte ihr fast unmerklich zu. Seine Augen würden ihr bedeuten, wann der richtige Zeitpunkt gekommen war.

Noch einmal schenkte er ihr einen Blick, in dem all die Liebe lag, die er für sie empfand. Dann senkte er kurz die Lider und schlug sie wieder auf. Jetzt!

Margrite griff ruckartig nach Annas Arm, während Anderlin sich umdrehte und auf Helme zurannte.

Die Tür schlug krachend gegen die Wand, so schwungvoll hatte Margrite sie aufgerissen. Die Frauen liefen so schnell sie konnten und sahen nicht zurück. Der Pfeil hatte Anderlin direkt in die Brust getroffen. Er taumelte, hielt sich aber noch auf den Beinen, fest entschlossen, solange es ihm nur möglich war, den Weg zu versperren. Helme stürmte auf ihn zu und stieß ihn beiseite. Der Schwerverletzte fiel, umklammerte mit seinen Armen aber Helmes rechtes Bein und verhinderte dadurch, dass dieser den Frauen nachsetzen konnte.

»Lass mich los, du Schwein!« Helme trat nach Anderlin, doch dessen eiserner Griff lockerte sich nicht. »Verdammte Missgeburt!« Helme ließ seine Armbrust fallen, zog sein Messer aus dem Leder hervor, holte aus und stach zu. Immer und immer wieder versenkte er die Klinge in Anderlins Leib, bis es ihm unter wilden Flüchen und Verwünschungen endlich gelang, sich frei zu machen. Er packte seine Armbrust und stürmte aus dem Haus. Und noch bevor er auf der Straße war, hatte Anderlin seine Augen für immer geschlossen.

»Komm!« Anna zerrte Margrite hinter sich her. Sie rannten durch die Gassen und mussten sich den Fluch so manchen Mannes und mancher Frau anhören, die sie dabei anrempelten oder gar zu Boden stießen. Hoffnung keimte in Anna auf, als sie die Straße mit dem Haus ihres Großvaters endlich erreichten und Helme sie noch immer nicht eingeholt hatte. Sie sprangen die Stufen zur Eingangstür hinauf und hämmerten gegen das schwere Holz.

»Wer ist da?«, kam eine Stimme aus dem Innern.

»Ich bin es! Anna! Macht auf!«, schrie sie beinahe, denn in diesem Augenblick sah sie Helme um die Ecke biegen.

»Macht auf!« Nochmals hämmerte sie mit beiden Händen gegen die Tür, die nun von Wyland geöffnet wurde.

»Gott sei Dank«, hörte sie Esthers Stimme, als Margrite und Anna ins Innere des Hauses schlüpften.

»Zu! Zu!«, war das Einzige, was Anna hervorbrachte. Doch es war bereits zu spät. Helme war es gelungen, seine Klinge gerade noch rechtzeitig in den Spalt zwischen Rahmen und Tür zu schieben. Schnell legte er seine Armbrust ab, danach stemmte er sich mit seinem ganzen Gewicht gegen die Tür und versuchte, sie weiter aufzudrücken.

Die Frauen schrien auf, und Wyland zog im selben Moment, in dem die Tür vollends auf- und Anna und Esther dadurch zu Boden gestoßen wurden, sein Schwert. Keinen Augenblick zu spät, denn schon stand Helme im Eingang und begann, Wyland mit seinem Schwert zu attackieren.

Margrite packte Anna am Arm und zog sie zu Esther hinüber. Danach half sie beiden wieder auf die Beine und lotste sie in Richtung Treppe.

»Wachen!«, brüllte Anna aus vollem Leib, während die Klingen der beiden Männer mit voller Wucht aufeinanderschlugen.

Doch niemand eilte ihnen zu Hilfe. Wie hätte sie auch ahnen sollen, dass Siegbert alle Wachposten zusammen mit Cornelius und Marquardt und noch einigen anderen Männern ausgeschickt hatte, um in der Stadt nach einem Mönch zu suchen, der für sich und seinen Begleiter eine Unterkunft samt Stall angefragt und bezogen hatte?

Die drei Frauen hatten den oberen Treppenabsatz erreicht, wo sich Margrite sofort nach einer möglichen Waffe umsah. Esther stand währenddessen mit Anna am Geländer und verfolgte ängstlich, wie Wyland sich dort unten verzweifelt gegen die Hiebe seines Gegners zur Wehr setzte, aber immer weiter zurückweichen musste. Helmes Kraft schien nicht nachzulassen, er schlug heftig zu, und es brauchte nicht mehr viel, dann hätte er den Kölner gegen die Wand gedrängt.

»Gib acht!«, rief Esther nach unten – ein Fehler, wie sie sofort bemerkte, bewirkte ihr Ruf doch, dass Wyland für einen Augenblick zu ihr nach oben blickte und deshalb den kräftigen Hieb nicht kommen sah, der ihn seitlich am Kopf traf. Mit einem Ächzen ging er zu Boden.

In diesem Moment kam Cornelius durch die Eingangstür gestürmt.

»Hast du's also bis hierher geschafft?«, brüllte der Patrizier. Helme drehte sich langsam zu ihm um.

»Sieh an, sieh an. So sieht man sich also wieder. Du kannst deinem Freund gleich in die Hölle nachfolgen.«

»Nach dir!« Cornelius schwang seine Klinge hin und her. Im gleichen Moment war Helme schon bei ihm und ließ sein Schwert auf das des Kölners niederfahren.

Sie attackierten einander, wehrten ab und schlugen erneut

mit den Schwertern zu. Immer wieder wich einer von ihnen aus, während der andere mit viel Schwung die Wand, einen Leuchter oder gar eine Kommode traf, die zu Bruch ging.

Cornelius versuchte, sein Gegenüber von der Wohnstube wegzulocken, in der Gawin noch immer auf der Bahre lag. Geschickt drehte und duckte er sich weg und ließ sich dabei von Helme Richtung Küche treiben. Aus den Augenwinkeln heraus sah er bereits seitlich von sich den Türrahmen, vollführte eine Drehung und drückte mit dem Ellbogen den Türdrücker hinab. Verbissen kämpften sie weiter, hieben mit ihren Klingen schwer aufeinander ein. Helme versuchte, einen Schwertstreich gegen Cornelius' Kopf zu führen, verfehlte ihn aber und schlug stattdessen eine Pfanne, die neben der Feuerstelle an einer Eisenstange hing, von der Wand. Mit einem lauten Scheppern fiel sie herab.

Anna, Margrite und Esther konnten nur erahnen, was in der Küche vor sich ging. Schließlich nahm Esther, sosehr sie der Anblick des Mörders ihres Vaters auch schreckte, all ihren Mut zusammen und rannte flink die Stufen hinab.

»Was tust du?«, rief Anna ihr hinterher.

»Er ist schwer verletzt.« Die Jüdin ging neben Wyland in die Knie und untersuchte seine Wunde. Sie war nicht so tief, wie Esther vermutet hatte. Die Klinge musste abgeglitten sein, denn sie hatte zwar eine gewaltige Schwellung, aber nur einen kleinen und nicht allzu tiefen Schnitt hinterlassen, auch wenn dieser kräftig blutete und Wylands Haar und seine rechte Schulter bereits dunkelrot gefärbt waren. Er stöhnte, als Esther seinen Kopf abtastete.

»Helft mir!«, rief diese darauf den Freundinnen zu.

Anna und Margrite kamen die Treppe heruntergeeilt. Anna und Esther griffen jeweils nach einem Bein des Verletzten, während Margrite ihn unter den Schultern fasste. Wyland stöhnte einmal leise auf, wurde aber sogleich wieder ohnmächtig. Gemeinsam hievten sie den Kölner nach oben, mussten ihn aber mehrmals zu Boden lassen und erneut wieder anheben, bis sie ihn in die Wohnstube geschleppt hatten. Dort angekommen, schlossen sie sofort die Tür hinter sich und schoben dann sämtliche Möbelstücke davor, die sie bewegen konnten.

»Ihr bleibt hier!«, ordnete Anna an, zog Wylands Messer aus der Lederscheide unter dessen Wams und eilte zum Fenster. »Ich werde Hilfe holen.« Ohne eine Antwort abzuwarten, öffnete sie das Fenster, hob ihre Röcke und kletterte auf das Sims. Sie blickte nach unten. Die Straße war menschenleer, und hier draußen war das Klirren der Schwerter, das aus dem Innern des Hauses durch die offene Haustür drang, noch deutlicher zu vernehmen.

Dieser verfluchte Kölner war ihm mehr als ebenbürtig, musste Helme sich wütend eingestehen. Ein paar Mal schon hatte dieser Mistkerl ihn schwer in Bedrängnis gebracht, und wenn er sich nicht schnell etwas einfallen ließe, würde er den Kampf sogar noch verlieren.

Sein Blick fiel auf die Holzscheite auf der Feuerstelle, die, obwohl außen bereits weißlich grau, im Innern noch immer glühten.

Mit einer weit ausholenden Bewegung ließ er sein Schwert durch die Scheite hindurchfahren und schleuderte sie vom Herd seinem Gegner entgegen. Cornelius konnte nicht mehr rechtzeitig ausweichen und wurde von einem der Scheite getroffen, der ihm auch sofort Hemd und Haut an der Schulter versengte. Ein zweites Scheit fiel auf die Schürze der Köchin, die diese auf dem kleinen Schemel neben der Kochstelle abgelegt hatte. Schnell fraß sich die Glut durch das Gewand und setzte das Holz des Schemels in Brand. Nur wenig später sprangen die Flammen auf den Tisch über. Cornelius' Entschlossenheit, seinen Gegner zu bezwingen, hatte Helme mit dieser Finte jedoch keineswegs geschmälert.

Es dauerte nicht lange, bis der aufsteigende Rauch den Kontrahenten die Sicht nahm.

Cornelius schlug wild um sich, damit ihm Helme nicht zu nahe kommen konnte, der Rauch nahm ihm nun vollständig die Sicht. Plötzlich kam ihm ein Gedanke. Er hielt inne und lauschte. Doch außer seinem eigenen Atem und dem Geräusch der Flammen war rein gar nichts mehr zu hören.

Verflucht, hatte er sich doch tatsächlich von diesem Mistkerl hereinlegen lassen. Er bewegte sich in Richtung Tür, riss sie mit einem Ruck auf und lief geduckt hinaus, nachdem er sich zuvor nach links und rechts abgesichert hatte.

»Du hast es schneller gemerkt, als ich dachte.«

Cornelius sah Helme, der sich neben der offenen Haustür bückte und mit Bedacht seine Armbrust aufhob, hämisch grinsen. Der Kölner wollte schon auf ihn zustürmen, als er gerade noch rechtzeitig erkannte, dass Helmes Waffe bereits gespannt war. Mit einem Sprung zur Seite entging er dem Pfeil. Doch Helme lachte nur und legte rasch den nächsten ein, während Cornelius sich noch nicht einmal aufgerappelt hatte. Der zweite Pfeil durchbohrte mit einem leisen Surren seine versengte Schulter. Der Kölner sog tief die Luft ein. Er konnte den linken Arm nicht mehr bewegen. Der dritte Pfeil traf ihn in den Oberschenkel.

»Mach ein Ende, du verfluchter Hurensohn!«, schrie er, aber Helme lachte nur ein weiteres Mal diabolisch und schoss genüsslich den vierten Pfeil ab, der fast auf gleicher Höhe in Cornelius' zweiten Oberschenkel eindrang, in der der Pfeil in seinem anderen Bein steckte.

»Ein Ende machen? Jetzt schon? Wo es doch gerade anfängt, unterhaltsam zu werden?«

Cornelius lehnte schräg an der Wand. Er war am Ende. Einzig und allein seinen rechten Arm konnte er noch bewegen, all seine anderen Gliedmaßen gehorchten ihm nicht mehr. Helme ging zu ihm hinüber und setzte ihm das Schwert an die Kehle.

»Was für ein Bild! Der große Kölner Ratsherr Cornelius Nürnberger sitzt, alle Glieder von sich gestreckt, am Boden und wartet auf den Tod durch meine Hand.« Helme spuckte ihm mitten ins Gesicht. »Wenn das doch nur dein Bruder sehen könnte. Gewiss hätte der gute Egidius seine Freude daran.«

»Derselbe Egidius, den du gemordet hast.«

Das breite Grinsen verschwand aus Helmes Gesicht. »Nicht dass es wichtig wäre. Aber ich hatte zu keiner Zeit vor, dies zu tun. Der Gute ist am Ende wahnsinnig geworden.«

»Wahrscheinlich dank deiner Gesellschaft.«

»Du hast ein ziemlich loses Mundwerk für einen, der …« Verblüfft riss Helme die Augen auf. Ein stechender Schmerz fuhr durch seinen Rücken. Ungläubig tastete er mit der rechten Hand seine linke Schulter ab und spürte weiter unten eine Wunde, deren Blut bereits sein Hemd durchtränkte. Im selben Moment bemerkte er auch die Gestalt, die nun von hinten neben ihn trat und ihn ansah.

Anna hielt das bluttropfende Messer noch immer in der Hand. Weder sie noch Helme sprachen ein Wort. Sie starrten sich nur an, bis Helme schließlich laut und immer lauter zu lachen begann und Anna dann urplötzlich mit der Rechten im Nacken packte.

»Willst du mich töten? Deinen eigenen Vater?«

»Du bist nicht mein Vater«, entgegnete sie ruhig. »Und

nun lass mich los und verschwinde ein für alle Mal aus meinem Leben.« Sie versuchte, sich aus seinem Griff zu winden, doch er ließ nicht locker. Ohne lange nachzudenken, holte sie aus und stach ihm das Messer in den Arm.

Er brüllte wie ein gereizter Stier auf.

»Ich sagte, lass mich los!«, hörte Anna sich sagen, wenngleich sie ihre eigene Stimme nicht mehr erkannte.

Cornelius ächzte. »Lauf weg, Mädchen! Lauf, solange du noch kannst.« Er versuchte, sein Schwert zu greifen, konnte es aber nicht anheben.

»Du!« Helmes Gesicht war vor Wut rot angelaufen. Er wischte sich den blutenden Arm an seinem Wams ab.

»Du wagst es mich zu verletzen, du kleiner Bastard?« Helme hob das Schwert und wollte es auf Anna niedersausen lassen. Doch er war in seinen Bewegungen langsamer geworden, wie Anna mit Genugtuung feststellte, so dass sein Schwert ihr nur das Messer aus der Hand schlug, sie selbst sich aber unter ihm hinwegducken konnte.

Sofort bückte sie sich, um es wieder aufzuheben, da sah sie, dass sie ihn schwerer an der Schulter verletzt haben musste, als sie geglaubt hatte, denn das Blut lief ihm in einer breiten Bahn den Rücken hinab und tropfte bereits auf den Boden. Doch da sauste sein Schwert schon wieder auf sie herab, und sie konnte sich nur noch mit einem Satz neben Cornelius an die Wand retten.

Mit einem Fuß stieß Helme das am Boden liegende Messer weit von sich fort.

»Na, was nun? Erst nehme ich mir deinen Freund hier vor, und dann bist du an der Reihe, meine Kleine. Und glaub mir, es wird nicht schnell gehen. Allein dafür, was du mit Bruder Hermannus gemacht hast, werde ich mir viel Zeit für dich lassen.«

Anna drängte sich dicht an Cornelius. Verzweiflung sowie Hass und Wut gegen den Mann, der sie ihr Leben lang gepeinigt hatte, brachen sich in diesem Moment Bahn und ließen sie ihre letzten Kräfte und all ihren Mut zusammennehmen. Sie nahm Cornelius' Schwert in die Hand, sprang mit einem unmenschlichen Schrei auf und rammte das schimmernde Metall in Helmes Leib. Dann ließ sie sich wieder zu Boden fallen, drängte sich abermals an Cornelius und vergrub ihr Gesicht an seiner Schulter.

Sie sah nicht mehr, dass Helme rücklings wie ein gefällter Baum zu Boden fiel, wo er bewegungslos und mit weit geöffneten Augen liegen blieb.

»Wir müssen hier raus«, raunte Cornelius. »Das Feuer in der Küche breitet sich immer weiter aus.«

Anna blickte zu Helme, wischte sich die Tränen aus dem Gesicht und meinte dann: »Könnt Ihr aufstehen?«

Er schüttelte den Kopf.

»Wartet. Ich hole Hilfe.« Sie stand auf, lief zur Wohnstube hinüber und klopfte heftig gegen die Tür. »Margrite, Esther, öffnet! Ich bin es. Der Kölner ist verletzt, und das Haus brennt. Wir müssen hier raus.«

Im Innern hörte man, dass schwere Gegenstände verschoben und gerückt wurden. Dann öffnete sich die Tür einen Spalt, und Margrite linste vorsichtig heraus.

»Komm!«, war alles, was Anna zu ihr sagte.

Die drei Frauen schleppten zuerst Cornelius, dann Wyland und schließlich Gawin aus dem Haus. Zuletzt rannte Esther noch einmal eilig in ihr Zimmer, um ihren Gebetsschal vor den Flammen zu retten, während Anna in den angrenzenden Häusern bereits die Nachbarn alarmierte.

Keiner achtete mehr auf Helme, der ohne jede Bewegung

dalag und die Augen an die Decke richtete. Glaubte diese kleine Schlampe wirklich, ihn erledigt zu haben? Er bräuchte nur einen Moment, nicht mehr als einen Wimpernschlag, um seine Kräfte erneut zu bündeln und sich zu erheben. Vielleicht müsste er erst einmal seine Wunden versorgen lassen. Anna musste das Messer und danach das Schwert ziemlich tief in seinem Leib versenkt haben. Der Qualm über ihm wurde immer dichter, schien ihm dabei helfen zu wollen, unbemerkt zu verschwinden. Er röchelte. Dieser verfluchte Rauch wurde schlagartig so dicht, dass er kaum noch atmen konnte. Gleich, gleich wäre es so weit. Dann würde er aufstehen und gehen, aufstehen und sich davonmachen. Schwer drückte etwas gegen seine Brust. Er wollte husten, doch sein verdammter Körper wollte ihm nicht gehorchen. Jetzt! Er musste jetzt aufstehen. Jetzt musste es geschehen. Er nahm all seine Kraft zusammen, wollte seinen rechten Arm und sein Bein anwinkeln und sich dann vom Boden hochstemmen. Eher verwundert nahm er wahr, dass seine Glieder sich keinen Fingerbreit rührten, ihm keine Bewegung mehr möglich war. Er hörte noch Schritte, die mehrfach im Eingangsbereich eilig hin und her liefen. Doch der Qualm hatte sich bereits wie ein dickes Leichentuch über ihn gelegt, als er seinen letzten Atemzug tat.

Die Löscharbeiten waren bereits in vollem Gang, als Siegbert um die Ecke bog und kaum seinen Augen trauen wollte.

Seine Enkelin, die er schon tot geglaubt hatte, stand erschöpft, aber auf den ersten Blick unverletzt inmitten einer Menschenschlange, die von Hand zu Hand Eimer um Eimer weiterreichte, um einen Brand in seinem Haus zu löschen.

Als sie ihn sah, gab sie ihren Platz in der Kette auf und rannte auf ihn zu. »Du bist unverletzt, dem Himmel sei Dank!«

»Ich?« Er drückte sie an sich. »Ich unverletzt? Die ganze Stadt haben wir nach dir abgesucht, und ich hatte schon kaum mehr Hoffnung, dich lebend wiederzusehen.«

»Helme ist tot. Ich habe ihn getötet.«

»Du hast Helme getötet?«

»Ja. Er hatte mich zusammen mit einem Freund verschleppt.«

»Die Küche war nicht mehr zu retten, Ratsherr von Goossen«, trat in diesem Moment einer der Männer zu ihnen, die noch immer Eimer mit Wasser in das qualmende Haus hineinreichten. »Und ein Teil des Eingangsbereichs sieht auch ziemlich mitgenommen aus. Aber das Feuer ist gelöscht, nur stinkt es da drinnen jetzt bestialisch nach Rauch und allerlei Verbranntem.«

»Lasst es stinken!«, brachte Siegbert gelöst hervor.

»Ich habe außerdem die Büttel rufen lassen, wegen des Toten. Das ist Vorschrift, und ich …«

»Ihr habt richtig gehandelt«, unterbrach Siegbert ihn. »Und habt vielen Dank für Eure Hilfe. Ich werde mich dafür erkenntlich zeigen.« Der Ratsherr legte den Arm um seine Enkelin und nahm dann die Verletzten in Augenschein, die in einer Reihe auf der Straße aufgebahrt waren.

»Erst einmal müssen wir uns um eine Unterkunft kümmern, in der unsere Freunde versorgt werden können. Danach wird sich alles andere finden.«

Anna hockte sich neben Gawin nieder, der vor einiger Zeit wieder das Bewusstsein erlangt hatte. »Wie fühlst du dich?«

»Wie zu heiß gekocht«, scherzte er und brachte Anna damit zum Lachen.

»Du bist unmöglich!«, meinte sie liebevoll und fügte dann hinzu: »Wir werden dich von hier wegbringen und dich gesund pflegen. Alles wird wieder gut.«

Für die nächsten Wochen bezogen sie gemeinsam ein Stadthaus, dessen Bewohner vor der Pest geflohen waren. Auch Margrite kam mit ihnen. Die Vorstellung, in das Haus zurückzukehren, in dem sie mit Anderlin gelebt hatte und in dem er auf so grausame Weise gestorben war, war ihr unerträglich. Sie überlegte, es endgültig zu verkaufen, doch zunächst wollte sie sich die Zeit nehmen, ihren Verlust zu betrauern. Sie hatte mit Hilfe Siegberts dafür gesorgt, dass Anderlin ein Grab direkt neben der Kirche bekam, ein Ort, der normalerweise den wichtigen Bürgern der Stadt vorbehalten war. Täglich ging sie dorthin und nahm manchmal auch ein Stück Seife für ihn mit, eine Geste, über die er, so bildete sie sich ein, gewiss lächeln musste.

Die Pest hatte ihren Zenit überschritten, und die Todesfälle gingen langsam zurück. Wo noch vor kurzem die Leichen zuhauf auf den Straßen gelegen hatten, standen nun wieder kleinere Gruppen von Leuten zusammen und tratschten über die neuesten Ereignisse in der Stadt.

Erzbischof Gottfried von Arnsberg war seines Amtes enthoben und aus Bremen vertrieben worden. Und das, obwohl er eine Madonna hatte schnitzen lassen, die kurz vor der Vollendung stand und deren Liebreiz und Anmut schon jetzt weit über die Stadtmauern hinaus bekannt war. Seine Nachfolge war noch nicht geregelt, doch störten sich die Bremer kaum daran. Vielmehr mussten wegen der vielen Pesttoten zahlreiche Posten neu besetzt und die Ordnung wiederhergestellt werden. Es herrschte Aufbruchsstimmung unter den Bürgern.

So fiel auch eine Geschichte, die man allenthalben hörte, nicht weiter ins Gewicht. Es ging dabei um eine junge Näherin und ihren Gatten, den Künstler, der die Madonna des Bischofs gefertigt hatte. Der vertriebene Erzbischof, so hieß es, hatte, zum Schutz der reinen Seelen seiner ihm anvertrauten Schäfchen, die beiden zum Schein als Geschwister ausgegeben, weil er hoffte, die Statue, die der Näherin bis aufs Haar glich, dadurch als das wahre Abbild einer Jungfrau ausgeben zu können.

Manch ein Bremer schüttelte über diesen Einfall des Bischofs verwundert den Kopf. Was für ein ulkiger Gedanke, in der Tat. Doch was ließ sich der Klerus nicht alles einfallen, um seine Herde im Sinne des Herrn zu lenken?

Nachwort

Einige Personen, die in diesem Buch eine Rolle spielen, sind historisch belegt.

Dies sind zum einen die Bürgermeister der Stadt Köln, Johann Overstolz von Efferen und Eberhard Hardevust. Tatsächlich verhielt es sich in der damaligen Zeit so, dass immer zwei Bürgermeister ins Amt gewählt wurden, und zwar zu Weihnachten und zum Johannistag am 24. Juni. Auf diese Weise gab es jeweils einen »älteren« und einen »jüngeren« Bürgermeister, was sich ausschließlich auf die jeweilige Amtszeit bezog, die auf ein Jahr begrenzt war. Sie durften erst nach zwei Jahren wieder gewählt werden.

Dann habe ich die wichtige, historisch verbürgte Person Heinrich Doneldeys meinem frei erfundenen Siegbert von Goossen als Freund an die Seite gestellt.

Doneldey war der erste Bürgermeister Bremens, gleichzeitig Dombaumeister und eine bedeutende Persönlichkeit. Ich hoffe sehr, dass ich seinem Charakter mit meiner Darstellung nahegekommen bin.

Ebenso gab es Gottfried von Arnsberg und Moritz von Oldenburg, die sich um das Amt des Erzbischofs in Bremen erbitterte Streitereien lieferten. Ersterem jedoch ein heimliches Kind, meine Protagonistin Anna, unterzuschieben ist eine freche Erfindung von mir.

Leider keine Erfindung war hingegen die schreckliche »Judenschlacht« in der Nacht vom 23. auf den 24. August 1349. Die von mir im Roman dargestellten abscheulichen Taten dürften sehr nah an der Wahrheit liegen.

Das Unglaubwürdigste zuletzt: die Hinrichtung eines Menschen durch Kochen im heißen Wasser. Man mag es sich kaum vorstellen, doch es ist wahr. Diese Hinrichtungsmethode war vor allem für Giftmischer vorgesehen. Der Bezug, durch das Kochen der »unreinen Seele« auch den Teufel aus der Stadt jagen zu können, um die Bürger vor der Pest zu bewahren, ist jedoch wiederum meine Erfindung.

Und noch ein Letztes muss ich zugeben: Soweit mir bekannt ist, kam im Mittelalter kein Mensch auf die Idee, Seifenstücke in Kleider einzunähen, um die Damen in einen wunderbaren Duft zu hüllen. Aber nun ja – ich hätte es schön gefunden.

Quellenliste

Bubke, Karolin: Die Bremer Stadtmauer. In: Veröffentlichungen aus dem Staatsarchiv der Freien Hansestadt Bremen, Selbstverlag des Staatsarchivs, Bremen 2007

Elmshäuser, Konrad: Geschichte Bremens, C. H. Beck, München 2007

Künzel, Werner / Rellecke, Werner: Geschichte der Freien Hansestadt Bremen. In: Dies. (Hrsg.): Geschichte der deutschen Länder, Aschendorf, Münster, 2005

Lohmann, Fritz: Das Bremer Wappen – vom Himmelsschlüssel zum Stadtsignet, Edition Temmen, Bremen 2010

Schulz, Peter: Justiz in Bremen: schütze das Recht …, hrsg. von der Freien Hansestadt Bremen, Bremen 1998

Schwarzwälder, Herbert: Geschichte der Freien Hansestadt Bremen. Band I, Edition Temmen, Bremen 1995

Ders.: Bremer Geschichte, Döll, Bremen 1993

Ders.: Bremen im Wandel der Zeiten: Die Altstadt, Eilers & Schünemann, Bremen 1972

Ders.: »Bannerlauf« und »Verrat« in Bremen (1365–1366). In: Bremisches Jahrbuch 53, Sonderdruck, Steiner, Bremen 1975

http://www.suite101.de/content/geschichte-der-stadt-bremen-a39243#ixzz1ExMETZ8R

http://www.adelvolk.de/page5.html

http://www.dietz-lenssen.de/GenLenssen3.html

Danksagung

Ja, so ein Buch schreibt sich nicht von allein. Es kostet viel Herzblut, eine Geschichte lebendig werden zu lassen. Ich hoffe, dass es mir gelungen ist, Sie, lieber Leser, ganz und gar auf die Seite meiner Anna zu ziehen!

Und bei aller Leidenschaft für das Schreiben ist es doch eine Gemeinschaftsaufgabe, aus einer Idee ein Buch entstehen zu lassen. Deshalb ist es für mich keine Pflicht, sondern eine Freude, den Menschen zu danken, die mir hierbei zur Seite standen. Dies sind im Einzelnen:

Ingeborg Castell, die Frau, die immer als Erstes meine Texte zu sehen bekommt und deren Gespür für Literatur ich über alle Maßen vertraue. Wenn sie sagt, dass ein Manuskript gut ist, bin ich auf der sicheren Seite.

Meine Agentin Lianne Kolf, die zusammen mit ihrem Team immer das Beste für mich herausholt und für jede meiner Fragen ein offenes Ohr hat.

Der Droemer Knaur Verlag. Wirklich jeder dort, mit dem ich zu tun hatte, hieß mich ganz herzlich in der Droemer-Familie willkommen und gab mir von Anfang an das Gefühl, nun dazuzugehören.

Meine Cheflektorin bei Droemer, Frau Christine Steffen-Reimann, muss ich einfach gesondert erwähnen. Sie stand mir mit einer Engelsgeduld und Rat und Tat zur Seite.

Dr. Heike Fischer. Mit ihr gemeinsam am Manuskript zu arbeiten war für mich ein reines Vergnügen, und ich hoffe, dass wir noch viele weitere Projekte genauso verwirklichen können. Wenn mir mal die Wörter ausgingen, hat sie mir einfach welche von sich gegeben und verdient damit meinen besonderen Dank.

Zu guter Letzt, doch in persönlicher Hinsicht am wichtigsten, möchte ich mich bei der Rasselbande bedanken, der ich dieses Buch gewidmet habe. Mein Mann und meine Kinder haben jede einzelne Zeile dieses Buches mitgetragen, mich unterstützt und immer wieder Erledigungen von mir ferngehalten. Eine solche Familie zu haben ist jeden Tag wieder ein Geschenk. Danke, dass ihr immer für mich da seid!

Iny Lorentz

Das goldene Ufer

Roman

Deutschland im 19. Jahrhundert: In der Schlacht von Waterloo rettet der junge Walther seinem Kommandeur das Leben. Zum Dank nimmt dieser sich des Waisenjungen an – ebenso wie der kleinen Gisela, deren Vater im Kampf fiel. Beide wachsen von nun an im Schoße der Grafenfamilie auf – sehr zum Unwillen des Grafensohnes, der sie aus tiefstem Herzen verachtet. Jahre später wird aus der Abneigung Hass, denn der Erbe des Grafen will die schöne Gisela für sich. Doch deren Herz schlägt schon lange für Walther – und er erwidert ihre Liebe. Am Ende scheint es für das Paar nur einen Ausweg zu geben …

Der Beginn der neuen großen Auswanderersaga
der Erfolgsautorin!

KNAUR